Claire Delacroix

Dame meines Herzens

Roman

Aus dem Amerikanischen
von Björn Junker

Ullstein

Der Ullstein Taschenbuchverlag ist ein Unternehmen der
Econ Ullstein List Verlag GmbH & Co. KG, Berlin
Deutsche Erstausgabe
3. Auflage 2001

First published by Dell Publishing, New York
Titel der amerikanischen Originalausgabe: The Damsel
Übersetzung: Björn Junker
Umschlagkonzept: Lohmüller Werbeagentur GmbH & Co. KG, Berlin
Umschlaggestaltung: Init GmbH, Bielefeld
Titelabbildung: Pino Daeni/Agentur Schlück, Garbsen
Redaktion: EH
Gesetzt aus der Sabon, Linotype
Satz: Josefine Urban – KompetenzCenter, Düsseldorf
Druck und Bindearbeiten: Ebner Ulm
Printed in Germany
ISBN 3-548-24788-1

Für Christine Zika,
die sich eine Geschichte wie die von
Aschenputtel wünschte.

Prolog

Schloß Kiltorren, Irland
April 1172

Burke de Montvieux erreichte die Kuppe des Hügels, zügelte sein Schlachtroß und betrachtete die Landschaft, die sich vor ihm ausbreitete. Seit drei Tagen war er ohne Unterbrechung geritten und hatte sein Roß bis an die Grenzen der Erschöpfung getrieben, Brianna von Tullymullaghs herausfordernde Worte stets im Gedächtnis.

Es ließ sich nicht leugnen, daß Burke die Aufgabe, die Brianna vor Jahr und Tag den Fitzgavin-Brüdern auferlegt hatte, um ihre Hand zu gewinnen, nicht mit der Begeisterung angegangen war, die dem Gebot der Dame gebührte. Auch hatte er ihr keine Gabe gebracht, mit der er ernsthaft glaubte, ihr Herz gewinnen zu können – denn in Wirklichkeit verlangte es Burke nicht nach Briannas Zuneigung.

Alys von Kiltorren war es, die ihn in seinen Träumen verfolgte.

Burkes schuldbewußte Erkenntnis dieses unritterlichen Verhaltens hatte ihn zurück nach Tullymullagh geführt, nur um Brianna und seinen älteren Bruder Luc glücklich vermählt zu finden. Burke hatte geglaubt, die Sache habe damit ein Ende, doch war Brianna nicht mit einer einfachen Entschuldigung zufrieden – sie verlangte nicht nur, die Wahrheit zu hören, sondern bestand auch darauf, daß er die Angelegenheit ins reine brachte.

Brianna hatte Burke auf die Suche nach seiner Braut geschickt: Er sollte die Dame, der sein Herz gehörte, nicht nur finden, sondern auch ihre Hand gewinnen.

Nun hatte er sein Ziel deutlich vor Augen, und Burkes Herz schlug schneller, da er nicht wußte, was ihn erwartete. Er hielt inne und musterte das Anwesen, das er lange Jahre nicht mehr gesehen hatte.

Schloß Kiltorren lag an der Westküste Irlands, und seine moosbewachsenen Mauern ragten über den Felsen, als hätten sie seit Anbeginn der Zeiten hier gestanden. Mit der wilden Launenhaftigkeit des beginnenden Frühlings überzogen perlgraue Wolken den Himmel und brachten eiskalte Luft. Die Sonne stand tief am Horizont, eine glühende Scheibe, die die See mit einem Streif von rotem Licht überzog.

Zwei Jahre waren vergangen, seit Burke die gedrungenen Türme von Kiltorren zuletzt gesehen hatte, und drei Jahre war es her, daß die funkelnden Augen einer Maid im Schatten jener Türme sein Herz bezwungen hatten. Zweimal war er seitdem nach Kiltorren zurückgekehrt und hatte nichts gefunden außer Kummer und Schmerz. Wie ein Sturm brach die Erinnerung über ihn herein.

Der Aufruf zu einem Turnier hätte zu keinem passenderen Zeitpunkt kommen können, denn nach zehn Jahren unter der Herrschaft seines Vaters war Burke bereit für eine neue Herausforderung. Er brauchte Ablenkung, doch war er nicht der einzige, der der Einladung des Herrn von Kiltorren gefolgt war.

Er war jedoch der einzige, der Alys von Kiltorren wahrnahm, die Nichte des Herrn.

Lord Cedric und seine Gemahlin Deirdre hatten ihre prächtigsten Gewänder angelegt, um die Gruppe von Rittern willkommen zu heißen, und ihre Juwelen glänzten im Licht der Sonne. Die Art, wie sie ihre Töchter in den Vordergrund schoben, machten ihre wahren Beweggründe mehr als deutlich, obwohl die jungen Frauen der Aufmerksamkeit kaum wert waren.

An der Kleidung der ältesten Tochter hatte man in nichts gespart. Sie war weit über den Rang ihrer Familie geschmückt, und ihre winzigen Augen maßen gierig Roß und Gefolge jedes

Ritters. Die Jüngere schien verängstigt ob all dieser Aufmerksamkeit und starrte fortwährend auf ihre Hände, während die Höflichkeiten ausgetauscht wurden.

Doch da war noch eine andere Dame, die sich am Rande der Gruppe aufhielt, nicht der Dienerschaft zugehörig, doch auch nicht Teil der engeren Familie. Sie besaß die Würde einer Königin, und ihre stolze Haltung stand in deutlichem Gegensatz zu der Mißachtung, mit der die Familie sie strafte.

Als Burke sich ihr näherte und sie genauer ansah, weckte die sanfte Schönheit der Dame vollends sein Interesse. Ihr herzförmiges Gesicht war so lieblich, als stamme es direkt aus dem Lied eines Barden, und ihre vollen Lippen verlangten nach einem Lächeln. Das schlichte Blau ihres taillierten Kleides betonte ihre wohlgeformten Kurven, und sie war hochgewachsen und schlank wie die Klinge eines Schwertes. Eine verirrte Locke ihres gewellten blonden Haares war ihrem Schleier entkommen und tanzte im Wind, als würde sie Burke zu sich rufen.

Schon nach diesem einen Blick wußte Burke, daß er mehr über diese Dame erfahren mußte. Ungeduldig ob der langen Vorstellung nickte er knapp Lady Deirdre und ihren Töchtern Malvina und Brigid zu und wandte sich mit seinem gewinnendsten Lächeln an Lord Cedric, der alles gesagt zu haben schien, was er sich vorgenommen hatte.

»Gehört diese Dame ebenfalls zu Eurer Familie?« fragte Burke und wies auf die Schöne im Hintergrund.

Die so bezeichnete Dame errötete sanft. Lady Deirdres Augen blitzten. Malvina, die verwöhnte Tochter, verzog das Gesicht.

»Sie ist nur eine Nichte«, erklärte Cedric. »Ein Mündel der Familie, ohne Mitgift, nicht wert, daß man sie beachtet.«

Burke dachte genau das Gegenteil und unternahm keine Anstrengung, dies zu verbergen. »Sicherlich ist es nicht zuviel verlangt, mir die Ehre ihrer Bekanntschaft zu gewähren?«

Lord Cedrics Miene verfinsterte sich, und er warf seiner Nich-

te einen düsteren Blick zu. Ihre Augen weiteten sich kaum merklich, und zu spät erkannte Burke, daß sie den Preis für seine Neugier würde zahlen müssen.

Doch dann trat sie vor, und Burke vergaß alles andere.

»Meine Nichte«, verkündete Lord Cedric gereizt. »Alys von Kiltorren.« Seine Gemahlin rümpfte verächtlich die Nase.

Alys schien solche Aufmerksamkeiten nicht gewohnt zu sein. Sie errötete und lächelte, und als Burke ihre Hand küßte, zitterte diese leicht in der seinen. Im selben Augenblick beschloß Burke, die Dame genauer kennenzulernen. Er würde mehr über sie herausfinden, würde das Lachen aus ihr hervorlocken und in Erfahrung bringen, warum die Familie ihr nur Mißachtung entgegenbrachte.

Burke seufzte, fuhr sich mit der Hand über die Stirn und wünschte sich, älter zu sein, vertrauensvoller und sicher, daß ihn nichts von seiner Liebe fernhalten könne.

Denn er hatte Alys damals in jedem Winkel des großen Saales gesucht, und die Wortwechsel mit ihr hatten ihn überzeugt, daß sie eine Frau war, die seiner Werbung wert war. Burke hatte schon bald ihr Lachen gewinnen können, und als ihre Augen bei seinen Scherzen glitzerten, hatte er ein Gefühl des Triumphes verspürt, größer als alles, was er jemals auf dem Schlachtfeld empfunden hatte. Ihre Augen waren von der wundersamsten Farbe, einem herrlichen Goldbraun, durchzogen mit Funken von Sonnenlicht, die zu tanzen schienen, wenn Alys lachte.

Und sie hatten geglüht, als Burke sich den ersten Kuß von seiner holden Dame nahm. Doch Alys hatte den Kuß des leidenschaftlichen Ritters erwidert. Mehr Ermutigung brauchte es nicht, und Burke gehörte ihr ganz und gar.

Es gab mehr solch süßer Küsse und mehr Lachen, mehr solcher gestohlener Momente, als Burke hätte sagen können, und jeder von ihnen zog Burke stärker in den Bann seiner Dame. Zum ersten Mal in seinem Leben war Burke wirklich verliebt.

Und es schien so, als würde seine Zuneigung erwidert.

Bis zu jenem Tag in den Stallungen. Burke warf der fernen Burg einen düsteren Blick zu, denn er wußte, daß er jenen kurzen Augenblick, der alles verändert hatte, niemals vergessen würde.

Es war ein warmer Nachmittag, als Burke Alys in den Ställen fand. Obwohl er sie gesucht hatte, gab er vor, überrascht zu sein. Aber Alys durchschaute seinen Trick natürlich sofort.

Man hatte ihr eine niedere Arbeit zugewiesen, ohne Zweifel, um sie den Blicken der Gäste zu entziehen. Doch selbst unter solchen Umständen strahlte die Dame wie ein Juwel. Sie lächelte, als sie Burkes gewahr wurde, wollte aber nichts davon hören, daß er ihr die Arbeit abnahm. Burke verweilte noch, konnte sich nicht von ihr losreißen. Allein Alys' Anblick ließ sein Herz schneller schlagen, ein kurzes Lächeln nur ließ ihn sich nach einem ihrer süßen Küsse verzehren.

An diesem Tag hatte Alys sich das Haar hochgebunden, und sie trug ein altes, abgewetztes Kleid, das ihre vollen Brüste bedeckte; ihre weißen Knöchel blitzten unter dem Saum hervor. Das Gewand war eindeutig ein Überbleibsel aus jenen Tagen, als die Gestalt der Dame noch nicht zu ihrer jetzigen Vollkommenheit erblüht war. Burke haßte es, sie solcher Schmach ausgesetzt zu sehen, und wußte, daß er einen Weg finden mußte, dieses Unrecht zu beseitigen.

Als sie Anstalten machte, einen Eimer voll schmutzigen Wassers zu heben, konnte es Burke nicht länger ertragen. Er trat an ihre Seite und nahm ihr den schweren Eimer ab. »Wohin gehört das?«

Alys' Augen weiteten sich. »Burke, das könnt Ihr nicht! Es schickt sich nicht!«

»Es schickt sich noch weniger, daß Ihr solche Arbeit verrichtet«, sagte er grimmig. »Ihr müßt mir nur sagen, wo das hingehört.«

»Aber Ihr seid Gast hier!«

»Und Ihr seid eine Dame.« Seine Entschlossenheit duldete keinen Widerspruch, und Alys schüttelte den Kopf und lächelte.

Sie kreuzte die Arme und sah ihn an, ein neckendes Glitzern in den goldenen Augen. »Und Ihr, mein Herr, seid höchst starrköpfig.«

Burke grinste, setzte den Eimer ab und näherte sich ihr. Der Blick der Dame strahlte, sie ahnte offenbar seine Absicht und machte einen spielerischen Schritt zurück.

Es war ersichtlich, daß sie keine Einwände hatte, und Burke lächelte, als er sie sanft an die hölzerne Wand des Stalls drängte. »Und Ihr, meine schöne Dame, seid überaus bezaubernd.« Er hob eine Hand an die weiche Kurve ihres Kinns, doch Alys lachte laut auf.

»In diesem Kleid?« Sie zeigte auf ihren zerrissenen Rock, rümpfte spielerisch die Nase und lachte wieder. »Oh, Burke! Habt Ihr mit Eurem Verstand etwa auch Euer Augenlicht verloren?«

»Mein Herz habe ich verloren«, gestand er und umfing Alys mit seinen Armen. Es war nicht das erste Mal, daß er sie so in die Enge getrieben hatte, und Burke sah die Vorfreude in ihren Augen.

»Ihr seid unverbesserlich«, hielt sie ihm vor, und ein Grübchen erschien auf ihrer Wange. Ihre Augen leuchteten fröhlich, und Burke konnte den Pulsschlag an ihrer Kehle sehen. Er berührte die zarte Haut mit den Fingerspitzen, genoß es, wie ihr Atem stockte, und ließ seine Finger am Saum ihres Kleides entlangwandern.

»Ihr führt mich in Versuchung«, gab er zu und strich mit den Fingerspitzen über ihre volle Brust, die aus dem Kleid zu entkommen versuchte. Alys keuchte. Burke ließ seine Hand über ihren Nippel streichen, und als sie seinen Namen flüsterte, konnte er ihr nicht länger widerstehen.

Burke beugte den Kopf und bedeckte die Lippen seiner Dame mit den seinen, während seine Hand unter ihr Kleid glitt und ihre bloße Brust liebkoste. Sie preßte sich an ihn, ihre Hände versanken in seinem Haar, und Burke fühlte, wie sie sich zum erstenmal ganz an ihn drängte. Sie war vollkommene Süße und Nachgiebigkeit, stark und weich zugleich, und Burke wollte nichts mehr, als diese Frau zu der seinen zu machen.

Selbst jetzt noch ließ die Erinnerung Burkes Mund trocken werden. Er spürte Alys noch, konnte fühlen, wie sein Herz schlug, konnte das von der Sommersonne erwärmte Stroh riechen und das Staunen in ihren herrlichen Augen sehen.

Und er fühlte wieder die Rundung ihrer Brust unter seinen Fingern, den harten Nippel, der sich gegen seine Hand erhob.

Doch dieser eine unsäglich süße Kuß war ihr Verhängnis geworden. In eben diesem Augenblick war die Stalltür unter Zeter und Mordio aufgeflogen, als Lord und Lady von Kiltorren mit dem halben Haushalt hereinstürmten und eine Erklärung verlangten. Burke schloß die Augen, als er sich an den Lärm erinnerte. Er haßte sich dafür, daß es ihm nicht gelungen war, eine vernünftige Erklärung hervorzubringen.

Wieder verspürte er denselben Schmerz wie damals, als Alys – bis unter die Haarspitzen errötend und von Deirdres geflüsterter Anschuldigung »Hure!« verfolgt – aus dem Stall floh, während sie ihr Kleid über der Brust zusammenhielt.

Burke hatte nicht geahnt, daß er sie niemals wiedersehen sollte.

Er hatte versucht, ihr zu folgen, doch ohne Erfolg, da die Familie ihn im Stall festgehalten hatte. Burkes Gesicht verfinsterte sich bei der Erinnerung. Es hatte fast einen halben Tag gedauert, bis er sich von ihren unaufhörlichen Fragen losreißen konnte, und auch das war ihm nur gelungen, weil er laut verkündet hatte, daß er die Dame zur Frau nehmen wolle – wenn auch nur, um sie alle zum Schweigen zu bringen.

Diese Erklärung hatte sie verstummen lassen und sie dazu gebracht, sich zur Beratung zurückzuziehen. Alys, so schien es, war an einer solchen Verbindung nichts gelegen, denn noch am selben Abend erreichte ihn die Nachricht, daß sie seinen Antrag ablehne. Man sagte ihm sogar, daß sie ihn nie mehr wiedersehen wolle. Burke verließ die Mauern von Schloß Kiltorren, gefangen in einem ungewohnten Wirbelsturm der Gefühle.

Ein erfahrenerer Ritter hatte Burke erklärt, später werde er froh sein, daß die Begebenheit so geendet hatte. Und in seiner Jugend und Unsicherheit hatte Burke gehofft, daß Alys' Entscheidung wirklich zum Besten sein möge.

Ein bloßes Jahr fern von Schloß Kiltorren jedoch hatte nur die Macht bestätigt, die Alys über Burkes Herz hatte. Sie ließ ihn nicht mehr los, verfolgte ihn in seinen Träumen, und er glaubte ihr Lachen im Stimmengewirr eines jeden Saales zu vernehmen. Schließlich war Burke nach Kiltorren zurückgekehrt, entschlossen, die Dame zu sehen und entweder ihre Macht über ihn zu brechen oder die Zurückweisung von ihren Lippen zu empfangen.

Doch Lady Deirdre und Lord Cedric hatten gestanden, daß Alys verschwunden sei, wohin, wußten sie nicht zu sagen. Burkes Enttäuschung hatte ihn fast in die Knie gezwungen, und wieder hatte er den Ort mit schwerem Herzen verlassen.

Jetzt, als er das Dorf und die Felder von der Kuppe des Hügels betrachtete, durchströmten ihn all die alten Gefühle. Er bemerkte, daß sich der Besitz kaum, und wenn, dann nicht zum Guten verändert hatte. Burke konnte nicht anders, als sich zu fragen, ob innerhalb der Mauern alles beim alten geblieben war.

Könnte Alys zurückgekehrt sein?

War es möglich, daß sie noch unvermählt war?

Hätte damals ein Geständnis seiner Liebe eine andere Antwort gebracht? Brianna war sich dessen sicher, und ihre Überzeugung erfüllte Burke neuerlich mit der Entschlossenheit, die Wahrheit von der holden Dame in Erfahrung zu bringen.

Plötzlich vernahm Burke den Warnruf des Torwächters, und ihm wurde bewußt, daß die Dämmerung hereingebrochen war. Sein Herz tat einen Sprung, und er gab Schattenmond die Sporen, entschlossen, die Tore von Kiltorren zu passieren, bevor sie für die Nacht geschlossen wurden.

Und wirklich stand die Sonne schon gefährlich tief über dem Horizont.

Kapitel 1

»Guten Abend, Alys«, grüßte Godfrey, als Alys in den Schatten von Kiltorrens Toren trat. Sie versuchte sich zu beeilen, da sie wußte, daß die Torflügel geschlossen werden sollten, doch der große Mehlsack, den sie trug, behinderte ihren Schritt.

Die Ziegen drängten sich um ihre Waden, blökten und stießen ihr an die Knie. Edana, die Ziegenhirtin, schlüpfte an ihr vorbei, rief mit der ihr eigenen Fröhlichkeit einen Gruß und scheuchte die Ziegen, die sich laut über ihre Hast beschwerten, durch das Tor.

Alys hob das Mehl trotz der Schmerzen in ihrem Rücken höher, erlaubte sich einen undankbaren Gedanken an die unaufhörlichen Forderungen ihrer Tante und brachte ein Lächeln für den freundlichen Wärter zustande.

»Auch dir einen guten Abend, Godfrey.«

Godfrey runzelte besorgt die Stirn, während er den Sack betrachtete. »Die Last is' viel zu schwer für Euch«, sagte er, »das is' doch keine Arbeit für eine Dame.«

Alys stellte den Sack im Hof ab und wischte sich die Stirn. »Gott sei Dank ist es von hier nicht mehr weit zur Küche.« Sie lächelte tapfer. »Ich schaffe es schon, Godfrey, wie ich es immer tue.«

Doch der alte Mann schüttelte mißbilligend den Kopf. »Das is' nich' recht. Euer Großvater würde sich im Grab rumdrehen...«

Bevor Alys den Wärter wegen dieser Ungebührlichkeit warnen konnte, tönte der Donner von Hufschlag in ihren Ohren. Sie wandte sich zugleich mit Godfrey um und sah ein riesiges schwarzes Kriegspferd auf das Tor zusprengen.

Das Schlachtroß war von der Farbe vollkommenen Ebenholzes mit einer seidigen Mitternachtsmähne, ein stolzes Tier von seltener Größe.

Alys' Mund war plötzlich wie ausgetrocknet. Sie hatte es erkannt. Sie schloß die Augen, sicher, daß sie sich getäuscht hatte, doch der Reiter brachte sein Roß mit einer Gewandtheit im Torbogen zum Stehen, die sie nur zu gut kannte. Die Bediensteten und Bauern, die in der Nähe des Tors umherliefen, blieben stehen, um den Ritter anzustarren, und Alys war unter ihnen in ihrer einfachen Kleidung fast unsichtbar.

Er nahm seinen Helm ab und schüttelte das schwarze Haar, während das Roß ungeduldig aufstampfte. Burke de Montvieux war nach Kiltorren zurückgekehrt.

Alys' Herz setzte aus. Seine unerwartete Ankunft ließ sie zu Stein erstarren.

Denn Burke war nicht nur zurück, er sah auch besser aus als je zuvor. Die Jahre hatten seine Schläfen mit attraktiven silbernen Strähnen überzogen, sein Kinn war kantig, seine Nase adlergleich und seine Augen von jenem silbrigen Blau, das jede Täuschung zu durchschauen schien.

Um seine Lippen bemerkte sie eine ungewohnte Anspannung, während er Godfrey mit prüfendem Blick maß. Burkes Schultern schienen noch breiter, seine Gestalt noch muskulöser als die des Mannes, der hartnäckig seinen Platz in ihren Träumen behauptete. Eine Aura von Befehlsgewalt umgab diesen Ritter, die er, als sie ihn das letzte Mal gesehen, noch nicht besessen hatte.

»Ich bin Burke de Montvieux«, verkündete er, und allein der Klang seiner Stimme ließ Alys' Herz schneller schlagen. »Und ich komme mit dringlichem Begehren nach Schloß Kiltorren.«

»Ja?« Godfrey trat bedächtig in die Mitte des Torbogens und

stemmte die Hände in die Hüften. Der unerschütterliche Torwächter war kein kleiner Mann, und seine Mißbilligung war deutlich spürbar.

»Und was ist Euer Begehr?«

»Ich komme«, gestand Burke mit gesenkter Stimme voller Humor, »auf Geheiß Prinzessin Briannas.«

Alys verspürte einen ungewohnten Anflug von Eifersucht, obwohl sie versuchte, ihre Reaktion zu unterdrücken. Sie wußte, daß Burke ein Mann von großem Charme war, ein Ritter, der darin geübt war, die Zuneigung von Edelfrauen zu gewinnen. Sie hätte nicht überrascht sein sollen, daß er einer berühmten Schönheit diente.

»Ja?« fragte Godfrey abweisend.

»Ja.« Burke grinste offen und hob eine dunkle Augenbraue. »Ich komme nach Kiltorren auf der Suche nach einer Braut.«

Alys verschlug es den Atem. Es konnte nicht sein! Der leise Laut, den sie hervorstieß, genügte, um Burkes Blick auf sie zu lenken.

Dem Ritter stockte auf höchst angenehme Weise der Atem. Alys durchlief ein freudiger Schauer, als sie sah, wie seine Augen bei ihrem Anblick leuchteten, während Godfrey einen Boten in das Schloß schickte.

»Alys«, murmelte Burke und schwang sich mit offensichtlicher Begeisterung aus dem Sattel. »Ihr seid es wirklich!« Seine Augen strahlten mit einer Glut, an die Alys sich noch gut erinnerte, und ein warmes Lächeln lag auf seinen Lippen. »Ich kann mein Glück gar nicht fassen!«

Burke überwand die Entfernung zwischen ihnen mit ein paar langen Schritten. Er ergriff Alys' Hand und küßte sie mit einer Inbrunst, die ihre Knie weich werden ließ.

Wie in den Geschichten von Heloise, die Alys nach dem Tod ihrer Mutter aufgezogen hatte, kümmerten ihren Helden die bescheidenen Umstände, in denen sie lebte, nicht. Burke hatte sie nicht im Stich gelassen, hatte sie nicht der Schande preisgegeben, wie die Tante behauptete.

»Guten Tag, Burke«, flüsterte Alys, unfähig zu einer angemesseneren Begrüßung. Ihr Herz schlug höher, und sie errötete unter seinem prüfenden Blick. Burke entledigte sich seiner Handschuhe und hob eine starke Hand an ihre Wange; die Wärme seiner Finger ließ Alys bei der Erinnerung an seine Zärtlichkeit erschauern. Er schien sie mit Blicken zu verschlingen, und sie schalt sich, daß sie je an seiner guten Absicht gezweifelt hatte.

Burke senkte den Kopf, um sie auf schickliche Weise zu küssen, und Alys stellte sich auf die Zehenspitzen, um ihm entgegenzukommen.

»Ich hatte die Hoffnung schon aufgegeben, Euch ebenfalls hier anzutreffen«, sagte er leise, sein Atem warm auf ihren Lippen.

»Ebenfalls?« fragte Alys überrascht.

Burke lächelte mit der ihr wohlbekannten Zuversicht zu ihr hinunter. »So wie Eure Kusinen. Daß sie unvermählt sein würden, wußte ich im voraus.« Er zwinkerte, doch Alys wich zurück.

»Ihr habt nicht erwartet, mich auf Kiltorren anzutreffen, und doch kamt Ihr, eine Braut zu finden?«

»Ja, ich war sicher, Ihr wäret verschwunden.« Burkes Lächeln wankte nicht. »Es kommt in der Tat höchst gelegen.«

Aber Zweckmäßigkeit war nicht Teil der romantischen Sage, wie Alys sie kannte.

Die Lösung des Rätsels wurde immer deutlicher. Burke kam auf der Brautsuche nach Kiltorren, war aber gleichzeitig überzeugt, Alys nicht anzutreffen.

Was nur bedeuten konnte, daß Alys den Platz an seiner Seite nicht einnehmen sollte. Genau wie die Tante immer behauptete, wie Alys immer befürchtet hatte: Dieser Ritter sah in ihr eine Geliebte, aber keine Braut.

»Schamloser Hund!« Alys schlug Burke, so hart sie konnte, in das schöne Gesicht, rannte davon und verfluchte ihr törichtes Hoffen, während sie mühsam die Tränen zurückhielt.

»Alys!« rief Burke, doch sie wollte nicht hören, was er zu sagen hatte.

Ja, in ihrer Hast stolperte sie fast über den Saum ihres Rockes. Alys riß ihren Korb an sich, entfernte sich mit großen Schritten, wirbelte dann herum und drohte dem erstaunten Ritter mit dem Finger.

»Und kommt ja nicht auf die Idee, mir noch einmal zu nahe zu kommen!«

Ohne Zweifel hätte er sie damals vor drei Jahren einfach auf den Rücken geworfen, wenn man sie nicht gestört hätte, und nun kam es ihm gelegen, sie zu seiner Verfügung zu haben, während er ihre Kusine umwarb.

Oh, sie hätte schreien mögen.

Burke hielt inne und sah aus wie ein Mann, der einem ungeahnten und unbegreiflichen Feind gegenüberstand, während Godfrey die beiden mit mißtrauischem Blick beobachtete. »Alys, was habt Ihr? Vor einem Augenblick noch wart Ihr bereit, Euch meiner Umarmung hinzugeben.«

»Noch vor einem Augenblick war mir das Ausmaß Eurer Gemeinheit nicht bewußt!« gab Alys leidenschaftlich zurück. Ihre Wangen glühten rot, so erhitzt war sie. »Ihr mögt vergessen haben, was sich zwischen uns begab ...«

»Alys«, unterbrach Burke sie mit leiser, betörender Stimme. »*Nichts* an Euch kann ich vergessen.«

Die Intensität seiner Worte brachte Alys augenblicklich zum Verstummen. Sie schluckte und erwiderte seinen Blick. Der sinnliche Glanz seiner Augen ließ sie erröten.

Instinktiv wollte sie ihm vertrauen, obwohl sie nicht vergessen hatte, welche Probleme er ihr in der Vergangenheit bereitet hatte. Alys' Entschlossenheit wankte gefährlich, als Burke einen kleinen Schritt auf sie zu machte, und ihr Herz schlug schneller.

»Glaubt mir, meine Dame«, fuhr er sanft fort, während sein Blick sich mit Zuneigung füllte, »nur die Hoffnung auf ein Lächeln von Euch hat mich wieder zu diesen Toren geführt.«

Diese unverschämte Lüge brach den Bann.

»Ihr *lügt!* Gerade eben noch habt Ihr erklärt, Ihr hättet nicht erwartet, mich hier zu finden!« Alys machte einen Schritt rückwärts, wütend, daß sie ihm wieder vertraut hatte.

Burkes Lächeln gefror. Er runzelte die Stirn und sah plötzlich sehr jung aus. »Es ist wahr, ich wußte, Ihr würdet nicht auf Kiltorren sein...«

Alys stützte die Hände in die Hüften und fragte herausfordernd: »Und was soll dann dieser Unsinn über mein Lächeln bedeuten?«

Burke kam auf sie zu, und seine Augen blitzten. »Ich hatte immer vor, Euch zu finden, Alys.«

»Nachdem Ihr Euch mit einer meiner Kusinen vermählt habt?« fragte sie, denn seine Behauptung, daß er gekommen sei, eine Braut zu nehmen, schmerzte sie immer noch. »Oder vielleicht während Eurer Verlobungszeit? Wie überaus galant!«

Burkes Augen funkelten gefährlich. »Alys, das habe ich nicht gemeint. Ihr habt mich mißverstanden.« Er fuhr sich mit der Hand durchs Haar und warf den faszinierten Zuschauern einen wütenden Blick zu. Er beugte sich näher zu Alys und senkte die Stimme. »Alys, wir müssen einen Augenblick allein sein...«

»Ihr werdet mich nie wieder allein antreffen, dessen könnt Ihr Euch sicher sein.« Alys machte einen Schritt zurück, um Abstand zwischen sich und Burke zu bringen. Wie oft mußte dieser Mann sie noch enttäuschen, bevor sie einsah, daß er nicht der Ritter ihrer Träume war?

Burke biß die Zähne zusammen. »Alys, das muß ein Irrtum sein. Wir müssen einen Moment...«

Doch Burke sollte keine Gelegenheit haben, seine Bitte zu vollenden, denn plötzlich strömten die Familie und das Gefolge aus dem Schloß. Die schrille Stimme der Tante drang an ihre Ohren und trieb selbst die Ziegen in die entlegensten Ecken des Hofes.

»Burke de Montvieux!« rief Lady Deirdre. »Ihr seid es wirklich! Beeilt euch Mädchen, beeilt euch! Burke ist hier, der begehrteste Ritter, der je die Schwelle unseres Hauses überschritten hat!«

Alys drehte sich gerade rechtzeitig um, um zu sehen, wie ihre Tante ihrer ältesten Tochter mit dem Finger drohte. »Malvina! Rück deinen Reif zurecht. Und halt dich gerade!«

Malvina tat wie geheißen, und ihre Augen glänzten gierig beim Anblick des Neuankömmlings. »Burke!« jubelte sie und wäre in ihrer Eile, an seine Seite zu gelangen, fast über ihre prächtigen Röcke gestolpert. »Ist es wahr, daß Ihr eine Braut sucht?«

Es war mehr als deutlich, wer nach Malvinas Meinung diese Braut sein sollte.

Aber Malvina hatte schon immer gemeint, daß alle Güter dieser Welt nur ihr zuständen. Wie so oft war Alys' Kusine für einen ganz gewöhnlichen Wochentag viel zu prunkvoll gekleidet; ihre Juwelen glänzten in der Sonne, und der Umhang war mit Pelz eingefaßt. Alys fiel auf, daß Malvina schon anfing, die Nähte ihres neuen Gewandes auf ihre Haltbarkeit zu prüfen.

Und sie wußte genau, wessen Aufgabe es sein würde, das Kleid wieder einmal zu flicken. Es war nicht Malvinas Art, sich auch nur einen Genuß zu versagen – noch konnten die Eltern ihrer Ältesten etwas abschlagen.

»Ich wußte, Ihr würdet um einer meiner geliebten und liebreizenden Töchter willen zurückkehren, mein Junge!« rief Alys' Onkel, Cedric von Kiltorren. Sein Körperumfang hatte ihn etwas langsamer gemacht, und er schnaufte vor Anstrengung, als er sich näherte.

Das Funkeln in Cedrics Augen war unmißverständlich. Alys schüttelte den Kopf, wohl wissend, daß ihr Onkel ein neues Geschenk für seine geliebte Tochter erspäht hatte.

Fast tat Burke ihr leid.

Doch hauptsächlich fühlte sie sich elend. Sie hätte doch wissen müssen, daß romantische Geschichten nicht einfach wahr werden! Burke war nicht der noble Aucassin, der Held aus Heloises Geschichten – er war nur ein Mann, der seine Gelüste befriedigen wollte. Obwohl sie seinem Charme einmal fast erlegen wäre, würde sie diesen Fehler nicht wieder machen.

»Hier kommt Eure Braut«, erklärte sie Burke kalt. »Ich möchte Euch nicht aufhalten.« Alys hob das Kinn und rauschte so würdevoll davon, wie es in ihrem zerrissenen Kleid und mit dem Sack Mehl auf der Hüfte nur ging.

»Alys, geht nicht fort!«

Alys runzelte die Stirn, packte ihre Last fester und ignorierte den Ritter bewußt. Sie drängte sich durch den Wirbel von feiner Wolle und pelzbesetzten Säumen, der den Besucher umgab, ohne daß ein Mitglied der Familie sie bemerkt hätte.

Aber Burke rief ihr nach: »Alys! Bleibt stehen!«

Alys konnte nicht verhindern, daß ihr Herz vor Freude einen Sprung tat, weil er ihr Verschwinden bemerkte.

Doch dann schalt sie sich eine Närrin und ging ohne anzuhalten weiter.

Dies war also der Ritter, dem sie fast ihre Unschuld geschenkt hätte. *Dies* war der Mann, der ihr süße Versprechungen ins Ohr geflüstert hatte. *Dies* war der Mann, der sie in den Augen ihrer Tante schlechtgemacht hatte und der dann unbeschwert davongeritten war.

Und der Alys einfach zurückgelassen hatte, so daß sie drei Jahre den Zorn ihrer Tante ertragen mußte.

Das war nun wirklich kein ritterliches Benehmen.

Es war kein Trost, daß die süße Wärme von Burkes letztem

Kuß nie aus ihrem Gedächtnis geschwunden war. Ach, sie war eine törichte Närrin, weil sie ihn liebte, eine noch größere Närrin, weil sie sich seinem Kuß hingegeben hatte, und die größte Narretei von allen war es, sich immer noch nach ihm zu sehnen. Man hätte denken können, daß sie älter und weiser geworden sei, daß sie es besser wüßte, als den betörenden Küssen und süßen Beteuerungen eines Mannes zu trauen.

Hatte sie denn gar nichts gelernt? Alys stürmte über den Burghof, so erzürnt über sich wie über den Neuankömmling.

»Alys, ich muß mit Euch reden!« rief Burke laut. Alys blickte über die Schulter und sah, wie Burke ohne Erfolg versuchte, die Menge abzuschütteln, die ihn umgab. Gleichzeitig gab er ihr mit der Hand ein Zeichen, stehen zu bleiben.

Oh, wie Alys es genoß, ihm den Rücken zuzudrehen und mit hocherhobenem Kinn zur Küche zu schreiten.

Gelegen. Alys knurrte es leise vor sich hin, während Tränen ihr die Sicht nahmen. Eher würde die Hölle gefrieren, als daß sie so töricht sein würde, auch nur einen weiteren Augenblick allein mit Burke de Montvieux zu verbringen.

♠

Burke war klar, daß etwas schiefgegangen war, denn seine liebliche Alys war erzürnt.

Sein Kinn schmerzte noch von der Wucht ihres Zorns.

Wie war sie nur auf die Idee gekommen, daß er ihre Kusine umwerben wollte? Glaubte sie, daß ihre Zurückweisung ihn dazu getrieben hatte? Burke konnte sich nicht vorstellen, daß ihn jemals irgend etwas dazu treiben könnte. Alys' offensichtliche Wut überzeugte Burke aber auch, daß er ihr keineswegs gleichgültig war.

Nein, sie liebte ihn noch, sonst wäre es ihr gleich gewesen, wen er zur Braut nahm. Es würde nur einen Augenblick dauern, ihr die Wahrheit zu erklären, und sie würde ihm ihre Lippen darbieten, damit er sie küßte.

Burke konnte es kaum erwarten, genau das zu tun.

Doch nun war er gefangen. Deirdre hatte ihn bei den Toren wirkungsvoll in die Falle getrieben, und Burke erinnerte sich wieder, wie wenig er diese Frau und ihre manipulative Art mochte.

Er warf einen Blick in die Richtung, in die Alys geflohen war, und ihm wurde erst jetzt bewußt, unter welchen Umständen sie leben mußte. Sie hatte ein so zerschlissenes Kleid getragen, daß seine Fetzen nur noch durch Willenskraft zusammengehalten wurden. Tatsächlich war ihre Stellung im Haus während seiner Abwesenheit nur noch schlechter geworden.

Es machte Burke wütend, mit welcher Geringschätzung Alys' Familie sie behandelte. Er zwang sich zu größter Höflichkeit, denn er wußte, daß jedwedes ungehobelte Benehmen seinem Streben nach Alys' Hand hinderlich sein würde.

»Lord Kiltorren.« Burke begrüßte den Mann mit einer leichten Verbeugung.

»Willkommen, Burke de Montvieux! Willkommen in unserem Heim!« Cedric wies auf die drei Frauen, die sich um ihn drängten. »Ihr erinnert Euch an meine Familie?«

»Wie könnte ich sie vergessen?« Burke beugte sich tief über Deirdres Hand, küßte sie und überließ es der Familie, sich einen Reim auf seine knappe Erwiderung zu machen. »Es ist mir ein Vergnügen, Lady Kiltorren.«

Deirdre seufzte hörbar, warf ihrem Gatten einen bedeutungsvollen Blick zu und gab Malvina einen Stoß in die Rippen. Das Mädchen, nicht hübscher als vordem, aber merklich runder, trat vor und lächelte breit. Was von Malvinas Haar zu sehen war, glühte feurig orange wie ein Sonnenuntergang, und ihre Haut war milchig weiß.

Doch war es nicht ihre Gestalt, die Burke abstieß, oder die

Tatsache, daß sie die überraschend leuchtende Haarfarbe ihres Vaters geerbt hatte, sondern ihre offensichtliche Gier. Sie betrachtete Burkes Roß und Gewand, als wolle sie deren Wert gleich hier abschätzen.

»Mein Herr, Ihr müßt Euch an unsere liebreizende Tochter Malvina erinnern.« Deirdre schob ihre Tochter nach vorne.

Mutter und Tochter hatten wenig Ähnlichkeit. War Malvina blaß und plump, so war Deirdre dunkel und schlank. Die ältere Frau war ständig in Bewegung, und man hatte das Gefühl, daß sie nach allem griff, was in ihre Nähe kam.

Zumindest das hatten sie gemeinsam.

»Natürlich«, murmelte Burke und beugte sich über Malvinas reich beringte Hand.

»Und dies ist Brigid.« Deirdre zog ihre jüngere Tochter fast gewaltsam nach vorne. Das Mädchen errötete und starrte störrisch auf ihre Zehen. Ihre Versuche, sich unauffällig wieder in den Hintergrund zurückzuziehen, brachten ihr einen festen Klaps ein.

Burke tat das Kind leid, das wohl gerne auf die Vorstellung verzichtet hätte. Brigid war weitaus hübscher als ihre ältere Schwester, obwohl sie an Alys' Schönheit nicht heranreichte. Die Sommersprossen verliehen ihr ein kindliches Aussehen, und das Haar ihres Zopfes war von einem tieferen Rot als das ihrer Schwester.

Brigids Augen waren weit aufgerissen, ihr Blick dem eines vertrauensvollen Pferdes nicht unähnlich. Offenbar besaß sie weder Alys' scharfen Verstand noch ihr Feuer, vermutete Burke. Wahrscheinlich trampelte die Mutter häufig auf der Kleinen herum. Brigid schien jedenfalls weder in ihr Äußeres noch in sich selbst Vertrauen zu haben.

Kein Wunder. Burke beschloß, diese Ungerechtigkeit wiedergutzumachen und dieser Tortur wenigstens einen Sinn zu geben.

»Schöne Brigid, wie entzückend, Euch wiederzusehen«, sagte er, als er sich über ihre Hand beugte. »Ihr seid zu einer wahren Schönheit erblüht, seit wir uns das letzte Mal sahen.«

Er hörte, wie Brigid tief einatmete, und bemerkte, daß ihr Gesicht noch röter wurde.

Als Burke aufsah, rieb sich Cedric vergnügt die Hände. »Stimmt es, was der Bote verkündete? Seid Ihr gekommen, um Euch eine Braut zu nehmen?«

Deirdre drängte ihre Töchter nach vorne und lächelte hungrig.

Burke erwiderte das Lächeln. »Ja, ich reite auf Geheiß von Prinzessin Brianna von Tullymullagh, die mir auftrug, eine Braut zu finden.«

Cedric hüstelte hinter vorgehaltener Hand. »Und habt Ihr ein bestimmtes Fräulein im Sinn, mein Herr?«

Burke blickte Cedric abschätzend an und spürte instinktiv, daß dies nicht der richtige Zeitpunkt war, bekanntzugeben, daß seine Werbung Alys galt. »Das habe ich, aber mit Eurer Erlaubnis möchte ich meine Wahl noch für mich behalten.« Und er schenkte dem Burgherrn sein breitestes Lächeln.

Natürlich wurde er mißverstanden, genau wie er es geplant hatte.

»Ah!« rief Cedric und blinzelte ihm zu. »Der Junge will sich seiner Erinnerungen sicher sein, bevor er seine Wahl bekannt gibt. Nicht verkehrt, gar nicht verkehrt. Kommt, kommt, Ihr sollt im Schloß selbst wohnen. Godfrey! Finde jemanden, der sich um das Roß unseres Gastes kümmert!«

»Ja, Herr.« Godfrey ließ das Tor herunter und pfiff nach einem Stallknecht. Während des Gesprächs war es plötzlich dunkel geworden, und die Nacht umgab sie wie ein Vorhang. Aus der Tür zum Saal strömte das Licht wie ein Leuchtfeuer.

»Wenn Ihr erlaubt, werde ich selbst zu den Ställen gehen. Ich fürchte, Schattenmond ist manchmal recht unruhig.«

»Gut, gut«, dröhnte Cedric. »Vielleicht wollt Ihr uns bei einem späten Mahl Gesellschaft leisten?«

»Wir alle würden nur zu gerne von Euren Abenteuern in den letzten Jahren hören«, fügte Deirdre hinzu.

»Und natürlich von den Turnieren, die Ihr gewonnen habt«, sagte Malvina. Brigid warf Burke einen scheuen Blick zu, bevor sie wieder auf ihre Hände blickte.

Burke hätte fast zugestimmt, da er keinen Weg sah, dieser Verpflichtung zu entgehen, als ihm ein frecher Gedanke kam. Schließlich wollte er mit einer Frau sprechen, die nicht besser als eine Dienstmagd angesehen wurde. Also würde er die Dienste einer Magd benötigen. Und da war eine Sache, die perfekt in Burkes Pläne paßte. Es konnte kein Zufall sein, daß sein Wunsch gerade jetzt nur zu verständlich war.

Burke begutachtete seine von Schlamm überzogenen Beinkleider und seinen zerknitterten Waffenrock mit scheinbarer Reue und erwiderte dann den Blick seines Gastgebers. »Ich fürchte, ich bin nicht in dem Zustand, neben Euch an der Tafel zu sitzen, Lord Cedric. Ich bin die letzten drei Tage und Nächte ohne Unterbrechung geritten, um Kiltorren zu erreichen.«

»Um zu Eurer Braut zu eilen«, hauchte Deirdre mit strahlenden Augen.

Cedric schnippte mit den Fingern. »Wir werden Euch ein Bad bereiten lassen, während Ihr Euch um Euer Roß kümmert. Es wird bereit sein, wenn Ihr wieder ins Schloß kommt. Und wir werden noch genug Zeit für ein Mahl haben.«

»Eine gute Idee«, stimmte Burke zu. »Ich habe jedoch noch ein Begehr.«

»Was wünscht Ihr?«

»Ihr könnt alles bekommen, was in unserer Macht steht«, sagte Deirdre.

»Euer Wunsch«, fügte Malvina mit rauchiger Stimme hinzu, »ist uns Befehl.«

Ohne Zweifel glaubte das Mädchen, sie wirke betörend. Burke wollte nicht derjenige sein, der ihre Illusion zerstörte. Er räusperte sich und sah wieder zu Cedric. »Ich habe letztes Jahr meinen Knappen verloren und konnte es noch nicht über mich bringen, ihn zu ersetzen. Gibt es in Eurem Hause jemanden, der mir mit meinem Kettenhemd helfen kann?«

»Der Stallknecht könnte Euch behilflich sein«, erklärte Cedric bereitwillig, aber Deirdre gab ihm einen Stoß in die Seite. Er sah sie offensichtlich erstaunt an, aber sie schenkte Burke ein Lächeln.

»Mein lieber Gemahl, es wäre kaum schicklich, für jemanden von niederer Geburt, einem so angesehenen Ritter wie unserem Gast zur Hand zu gehen.« Ihr Lächeln wurde breiter wie das eines Raubtiers, und Burke wußte, daß er sich in acht nehmen mußte. »Leider, mein Herr, gibt es in unserem Schloß außer uns niemanden von adliger Geburt.« Sie trat mit einer ausladenden Geste zurück, die auch ihre Töchter einschloß. »Meine Töchter wären erfreut, Euch zu helfen.«

»Mutter!« protestierte Malvina sofort, und Brigid sah aus, als würde sie ohnmächtig.

Burke war nicht so unerfahren, daß er nicht sofort sah, was Deirdre vorhatte. Sie hätte niemals vorschlagen dürfen, daß eine Dame des Hauses einem Ritter bei seinem Bad half, doch offenbar hatte die Verzweiflung sie zu diesem Schritt getrieben.

Welche Tochter er auch wählte, nahm Burke dieses Angebot an, würde Deirdre behaupten, daß durch das Alleinsein mit ihm ihre Ehre gefährdet sei, und ihn dadurch zwingen, sie zur Frau zu nehmen.

Aber Burke hatte nicht vor, bei diesem Spiel mitzumachen.

»Meine Dame, Euer Angebot ehrt mich«, sagte er glatt. »Doch ich würde nie dem Ruf dieser Fräulein schaden wollen, noch von Euch erwarten, bei solch niedriger Tätigkeit Hand anzulegen.« Er bemühte sich, unbeteiligt zu klingen, während er sich beeilte, seinen Vorschlag zu machen. »War nicht eben noch Eure Nichte hier am Tor?«

Deirdre konnte wieder lächeln. »Ausgezeichnet!« rief sie und nickte Burke zu. »Sie ist genau die Richtige, um Euch zur Hand zu gehen. So soll es geschehen.«

Sie zeigte keinerlei Besorgnis um Alys' Ruf. Burke wußte instinktiv, daß sie Alys' Ehre nicht in Gefahr sahen, weil sie ihm bei seinem Bad behilflich war. Er biß die Zähne zusammen und hoffte, daß es niemand bemerken würde.

Deirdre machte einen tiefen Knicks und blickte ihre Töchter böse an, als diese ihr es nicht sofort gleichtaten. Zwei ungeschickte Knickse wurden ausgeführt, dann nahm Deirdre ihre Töchter beim Ellbogen und führte sie in den Saal zurück. Ihre Lobrede war zu leise, als daß Burke sie hätte verstehen können, aber er konnte sich den Inhalt auch so denken.

»Frauen«, sagte Cedric gedankenverloren, bevor er Burke zulächelte. »Wundervolle Geschöpfe, nicht?«

Manche schon, dachte Burke und machte sich auf den Weg zu den Ställen.

Kapitel 2

Die Wut verließ Alys so schnell, wie sie gekommen war, und sie fühlte sich wie eine gutgläubige Närrin. Gerade sie hätte den Preis kennen sollen, den es kostete, den süßen Lügen eines Mannes zu glauben, denn sie mußte Tag für Tag damit leben. Sie wischte den Küchenboden und kämpfte gegen ihre Enttäuschung an.

Ihre Tante freute sich natürlich hämisch.

»Alys!« hallte Deirdres schrille Stimme in der Küche wider, daß alle Bediensteten das Gesicht verzogen. Sogar die Ziegen, die im Burghof blökten, verstummten für einen Augenblick.

»Hast du es schon gehört?« fragte die Tante in den Raum hinein. »Burke de Montvieux ist gekommen, um eine meiner Töchter zur Braut zu nehmen.« Sie lächelte. »Offensichtlich hat er einen guten Geschmack.«

Oder er ist völlig blind geworden, dachte Alys.

»Wie können wir Euch behilflich sein, Herrin?« fragte der Koch höflich.

»Ich möchte mit meiner Nichte sprechen.« Deirdre betrachtete Alys mit einem kalten Lächeln. »Unser Gast wünscht ein Bad zu nehmen. Natürlich kann ein solch nobler Herr nicht von jemand von niedriger Geburt bedient werden, und er hat keinen Knappen.« Sie lächelte süffisant, während ihr Blick auf Alys ruhte. »Er möchte, daß du ihm zur Hand gehst.«

»Ich?« Alys blinzelte überrascht, aber das Lächeln ihrer Tante wurde nur noch breiter. Alys hörte, wie es dem Koch die Sprache verschlug, wie Edana keuchte, und sie trat vor, um zu protestieren: »Aber Tante, ich kann einem Ritter nicht beim Bade behilflich sein! Das wäre höchst unschicklich!«

Doch ihre Tante schien das nicht zu stören. »Wenn es dich trösten sollte: Als Malvina sich spontan erbot ihm zu helfen, war Burke sehr besorgt.« Deirdre lächelte allen im Raum zu, offenbar, um Alys Zeit zu geben, sich mit dieser neuen und unwillkommenen Aufgabe anzufreunden. »Sein Benehmen war höchst ritterlich, als er seine Besorgnis um ihre jungfräuliche Unschuld und ihren Ruf kundtat. Ich glaube, sie gefällt ihm.«

Die Tante sah Alys direkt an: »Es ist aufschlußreich, daß er sich erst an dich erinnert hat, als ich ihm gestehen mußte, daß wir keine Bediensteten von adliger Geburt haben. *Daraufhin* hat er gezielt nach dir verlangt.«

Alys war entsetzt, daß Burke sie so schamlos behandelt haben sollte, aber ihre Tante ignorierte sie, drehte sich mit wehendem Kleid um und schritt davon. Auf der Schwelle blieb sie stehen und warf einen flüchtigen Blick zurück, ein Glitzern in den Augen.

»Vielleicht verlangt es den Mann nach mehr, als nur nach einem Bad«, sagte Lady Kiltorren. »Es ist offensichtlich, daß er weiß, wie er seine Bedürfnisse diskret befriedigen kann, und auch, wer dies tun sollte.«

Das konnte die Tante nicht meinen, versuchte Alys sich einzureden. Das *konnte* sie einfach nicht.

Aber Deirdre konnte. Schlimmer noch, sie unterstrich ihre Anweisung mit einem durchdringenden Blick: »Ich habe es dir doch immer gesagt, Alys. Der Apfel fällt nicht weit vom Stamm. Der Tochter einer Hure sollte es nicht schwerfallen, demselben Gewerbe nachzugehen wie ihre Mutter. Sieh zu, daß unser geschätzter Gast nicht enttäuscht wird, Alys, oder ich werde sehr erzürnt sein.«

Und damit war sie verschwunden.

Alys konnte eine Weile nichts sagen, so groß war ihre Wut. Es war eine Sache, daß Burke nach ihr verlangte, aber eine ganz andere, daß ihr Vormund diese Lust billigte!

»Ich werde es nicht tun!« rief sie.

Die Stille in der Küche war vollkommen, aber dann begann der Koch, wütend die Petersilie zu hacken. Er war groß, muskulös und kahl wie ein Ei: »Nicht? Und was wirst du dann tun?«

Seine Frage ließ Alys innehalten. Sich der Tante zu widersetzen würde Folgen haben, und sie verfluchte Burke inbrünstig, daß er sie in eine solche Zwangslage gebracht hatte. Alys holte die Eimer aus der Ecke und füllte sie, bevor sie es sich anders überlegen konnte.

»Ich werde tun, was die Tante mir aufgetragen hat, und diesem Ritter sein Bad bereiten, nicht mehr und nicht weniger.« In ihrer Wut verspritzte Alys Wasser auf den Boden, aber das war ihr gleich. »Ich werde mich keinem Mann hingeben, bevor ich verheiratet bin, sei er Ritter oder Schurke! Burke de Montvieux wird von mir weder bekommen, was er erwartet, noch was er verlangt.«

Alys schöpfte wütend das Wasser. »Es ist Zeit, daß dieser Mann erfährt, was ich von ihm halte«, erklärte sie, und das Küchenpersonal jubelte.

♠

Die Badestube war noch warm, denn sie grenzte an die Öfen, die in einer der Küchenwände eingelassen waren. Diese Öfen strahlten noch Hitze aus, lange nachdem das Brot gebacken war, und Alys hatte die Konstruktion ihres Großvaters schon immer für genial gehalten. Außerdem war es sehr angenehm, daß das Zimmer immer nach frischem Brot roch.

Die Badestube hatte keine Fenster, und die Decke war niedrig. Zwei hölzerne Bottiche, groß genug, daß ein Mann bis zu den Schultern mit Wasser bedeckt werden konnte, standen in der

Mitte des Steinbodens. Der Raum hätte gefegt werden müssen, denn da ihre Tante und Kusinen sich angewöhnt hatten, auf ihren Zimmern zu baden, wurde er selten genutzt. Alys füllte den Zuber mit heißem Wasser und begann mit der Arbeit.

Es stimmte, daß nur wenige Ritter nach Kiltorren kamen, doch niemals war einer von ihnen ohne Knappen erschienen. Das hatte Burke so geplant, Alys wußte es genau. Kein Ritter, schon gar nicht von Burkes Reichtum und Erfolg, ritt ohne einen oder mehrere Knappen. Der Mann hatte vor, Alys zu verführen, und zwar noch bevor er sich eine Braut nahm. Vielleicht erwartete er sogar, daß sie ihm auch danach noch zu Willen wäre. Bestimmt hatte Burke sein Gefolge im letzten Dorf zurückgelassen.

Alys kochte vor Wut über die ungenierte Mißachtung des Ritters. Sie hatte sich schon einmal von seinem Charme und seiner Überzeugungskraft täuschen lassen, aber seine Taten verrieten seine wahren Absichten. Burke war nicht der Ritter ihrer Träume, und sie würde seine Berührungen nicht noch einmal erdulden.

Es wäre das beste, dies ein für allemal klarzustellen.

Alys hielt inne und lächelte, als ihr eine Idee kam. Sie konnte den Spieß umdrehen und dafür sorgen, daß dieser tapfere Ritter, der sonst alles fest im Griff hatte, ihr ausgeliefert war: eine höchst verlockende Aussicht.

Und wenn sie ihn erst einmal soweit hatte, würde Burke keine andere Wahl bleiben, als ihr zuzuhören. Alys kicherte leise bei diesem erfreulichen Gedanken, drehte sich um, um auch in der letzten Ecke zu fegen, und erstarrte.

Denn der bewußte Ritter lehnte an der Tür.

Alys' Widerstand begann im selben Augenblick zu schmelzen, als sie seinem silbernen Blick begegnete.

Das war kein gutes Zeichen.

Burke hatte die Arme vor der Brust verschränkt, ein trockenes

Lächeln auf den Lippen, und er beobachtete sie mit einer Eindringlichkeit, die sie von Kopf bis Fuß erschauern ließ.

»Alys«, murmelte er, und der Klang seiner Stimme ließ ihr Herz schneller schlagen. »Wie könnt Ihr noch schöner sein, als Ihr es in meiner Erinnerung wart?«

Seine Worte brachten Alys schneller wieder zur Vernunft, als alles andere es gekonnt hätte. Dieses Kompliment hätte er jeder beliebigen Maid machen können, und es kam ihm so glatt über die Lippen, daß sie nicht daran zweifelte, daß er von seinem Erfolg überzeugt war. Sie würde ihm schon zeigen, was sein Charme wirklich wert war!

Aber erst, wenn sie ihn da hatte, wo sie ihn haben wollte.

Alys lächelte, so süß sie konnte. »Ich muß noch mehr Wasser holen«, sagte sie mit einer Sanftheit, die sie ganz und gar nicht verspürte. »Vielleicht wollt Ihr beginnen, Eure Kleider abzulegen?«

Burke schenkte ihr ein kurzes Lächeln und ergriff sanft ihren Arm. Seine Berührung ließ Alys erschauern. Sie atmete tief ein, doch sie konnte sich nicht losreißen.

Sein Blick war noch durchdringender, jetzt, wo er ihr so nah war. Alys' Mund war plötzlich trocken.

»Alys«, flüsterte er. »Wäret Ihr so nett und würdet die Tür schließen, wenn Ihr zurückkehrt? Ich möchte nicht, daß man uns überrascht.«

Während er sich nahm, was er von ihr wollte. Diese Bitte war eine weitere Bestätigung, daß sie seine Absichten richtig eingeschätzt hatte. Heloise hatte oft gesagt, daß man eine vernünftige Frau daran erkennen könne, daß sie denselben Fehler nicht zweimal machte. Heute würde sie ihren Rat befolgen.

Alys zwang sich, weiter zu lächeln. »Das war auch mein Gedanke«, brachte sie mühsam hervor. Burke hätte sie näher zu sich gezogen, den Blick bedeutungsvoll auf ihre Lippen gerichtet, doch Alys entriß ihm ihren Arm. Sie eilte in die Küche und war sich bewußt, daß er sie beobachtete, doch sie blickte nicht zurück.

Ihr Herz raste, und ihre Hände zitterten, obwohl Alys nicht sagen konnte, ob wegen Burkes Berührung oder wegen der Kühnheit ihres Vorhabens.

Sie würde auf keinen Fall zugeben, daß sie drei lange, einsame Jahre gehofft hatte, daß die Geschehnisse nicht das bedeuteten, was sie dachte, daß Burke guten Grund gehabt hatte, sie zu verlassen, daß ihre Tante sich geirrt hatte und Burke zurückkommen würde.

Ihr Ritter in schimmernder Rüstung würde eines Tages nach Kiltorren kommen, doch Burke war eindeutig nicht dieser sehnlich erwartete Mann.

Es war besser, der Wahrheit ins Gesicht zu schauen, auch wenn es schmerzte.

♠

Burke runzelte die Stirn. Er war sich nicht sicher, was er von Alys' Verhalten halten sollte. Sie war nicht mehr wütend auf ihn, doch trotzdem war sie dem Kuß ausgewichen, den er ihr geben wollte. Schatten standen in der Tiefe ihrer goldenen Augen, und Burke hatte das unwillkommene Gefühl, daß es seine Schuld war.

Wahrscheinlich war es einfach nur Verwirrung und nicht mehr. Er hatte nichts getan, um Alys zu beleidigen, und bald würde sie es wissen. Burke lächelte bei dem Gedanken daran, wie sie sich küssen würden.

Wenn er weiterhin solches Glück hatte, könnte womöglich alles aus der Welt sein, bevor sie diesen Raum verließen. Burke könnte ihre Verlobung beim abendlichen Mahl bekanntgeben, und sie könnten Kiltorren bei Tagesanbruch verlassen.

Es wäre einfach zu schön.

Burke pfiff vor sich hin, während er den Waffengürtel öffnete, und legte die Schwertscheide zur Seite. Er zog seinen Wappenrock aus und spannte die Schultern unter dem Gewicht der Rüstung. Obwohl er vorher etwas anderes gesagt hatte, wollte er Alys keinesfalls die Aufgabe aufbürden, ihm aus seinem Panzerhemd zu helfen. Die Kettenrüstung war einfach zu schwer.

Und bei allen Göttern, diese Frau hatte auf Kiltorren allem Anschein nach hart genug gearbeitet. Burke streifte die Stiefel ab, denn er wußte, daß er mit dem Kettenhemd alleine fertig werden würde. Schließlich hatte er es im vergangenen Jahr oft genug getan.

Burke zog das Panzerhemd bis zu den Unterarmen hoch und löste das Wams, das er zwischen Rüstung und Unterkleid trug. Dann beugte er sich vornüber, bis er fast seine Knöchel umfassen konnte. Er bewegte die Schultern, bis der Saum des Kettenhemdes über seinen Hals rutschte und die harten Ringe der Rüstung an seinen Kopf stießen. Burke verdrehte die Augen bei dem Gedanken, wie lächerlich er wirken mußte, und war froh, daß es bald überstanden war. Er zuckte noch einmal mit den Schultern, aber es tat sich nichts.

Die Rüstung hatte sich an der Polsterung verfangen.

Burke fluchte und richtete sich auf. Schnell wurde deutlich, daß das Kettenhemd nicht wieder in seine Ausgangslage zurückfallen würde. Es hatte sich um seinen Hals gelegt, sich in dem verfluchten Polsterhemd verhakt und hing über seinen Kopf wie die Kapuze einer Mönchskutte. Burke konnte nicht einmal die Arme herunternehmen, denn seine Ellbogen steckten auf Höhe der Ohren fest. Er beugte sich mit einem Knurren nach vorne und wand sich wie wild, entschlossen, sich so schnell wie möglich zu befreien.

Natürlich fand Alys ihn genau so vor. Er erkannte sie an ihrem überraschten Lachen. Burke hatte immer versucht, die Dame zum Lachen zu bringen, aber nicht auf seine Kosten!

»Aus meiner Sicht ist es nicht besonders amüsant«, knurrte er.

»Ach, ich weiß nicht«, sagte Alys leichthin. »Man sieht Euch nicht oft im Nachteil.«

Die leichte Belustigung in ihrer Stimme wurmte ihn: »Und was soll das wieder heißen?«

»Nur, daß Ihr ein Mann seid, der sonst stets bekommt, was er will, oder auch mehr.«

Burke wußte nicht, was er mit dieser Bemerkung anfangen sollte. Er hörte, wie sie den Riegel vor die Tür schob, und war erleichtert, daß ihn zumindest niemand sonst so sehen würde. So hatte er sich das Treffen mit seiner Dame nicht vorgestellt, aber nun war es nicht mehr zu ändern.

»Alys, Ihr müßt die Rüstung vom Wams trennen, damit ich mich befreien kann.«

Es folgte eine kleine Pause, als dächte sie darüber nach: »Und das käme Euch ... gelegen?«

»Alys, dies ist kein Scherz«, sagte Burke ernst. Er vermochte im Augenblick keine rechte Geduld für ihre Neckereien aufzubringen. Er wand sich kräftig und biß die Zähne zusammen, als die Rüstung sich nicht bewegte: »Es ist wohl nicht zuviel verlangt, daß Ihr mir helft ...«

Alys durchschritt den Raum und blieb regungslos vor Burke stehen, als wolle sie sichergehen, daß er sah, daß sie nichts tat. Er beobachtete sie aus seinem Kettenhemd heraus, und sie erwiderte seinen Blick gelassen. Sie rührte keinen Finger, sondern kreuzte sogar herausfordernd die Arme vor der Brust, was die sanften Kurven ihrer Brüste hervorhob.

»Im Gegenteil, werter Herr«, versetzte sie ernst, »mir scheint, Ihr habt nicht das Recht, auch nur das Geringste von mir zu verlangen, nach allem, was Ihr getan habt.«

Burke blinzelte: »Was ist das für ein Unsinn?« Er mühte sich, kam aber nicht voran, und seine Wut steigerte sich, ob der Widerspenstigkeit von Rüstung und Maid. »Ich habe nichts Unrechtes getan, Alys!«

Ihre goldenen Augen blitzten: »Nichts Unrechtes? Ihr habt mich in Schande zurückgelassen, Ihr kehrt wieder, um um meine Base zu werben, und dann erwartet Ihr, daß ich mich Eurer ersten Berührung hingebe, und als das nicht geschieht, wollt Ihr dafür sorgen, daß mein Ruf für immer befleckt wird!« Sie hob eine schöne Braue: »Wenn das nichts ist, dann möchte ich nicht wissen, was Ihr eine Heldentat nennt.«

Burke konnte mit der Rüstung über dem Kopf nicht klar denken. Alys hätte genausogut eine fremde Sprache sprechen können. Er wand sich mit neuer Entschlossenheit, und irgend etwas zerriß. Auch seine Geduld würde bald reißen!

Zur Hölle mit dieser Rüstung!

»Alys, ich verstehe Euch nicht. *Ihr* wart es doch, die mich aus den Toren Kiltorrens wies, wenn Ihr Euch auf die Wahrheit besinnt.«

»Ich? *Ihr* seid verschwunden! Und ohne ein Wort.« Alys trat wutentbrannt einen Schritt näher: »Und Ihr könnt Euch bestimmt vorstellen, was meine Tante davon gedacht hat, nachdem sie uns überrascht hat, Eure Hand auf meiner Brust!«

Burke schnaufte vor Verzweiflung, bemühte sich aber, seine Stimme ruhig zu halten: »Alys, das war ein Mißverständnis ...«

»Ja, das war es wirklich«, erklärte die Dame, »denn ich dachte, Ihr würdet mich ehrenvoll behandeln.«

»Das habe ich!« rief Burke. Schließlich war sie es, die seine Werbung abgewiesen hatte. »Was konnte ein Mann von Ehre nach alledem anderes tun, als fortzugehen?«

Alys lachte kurz auf: »Kein Mann von Ehre hätte sich verhalten, wie Ihr es tatet.«

Burke warf der Dame durch seine Rüstung einen stählernen Blick zu. Er war nicht gerade in der körperlichen Lage, um einer Frau einen gewichtigen Einspruch vorzutragen, doch es schien, als hätte er keine Wahl: »Alys, ich habe geglaubt, es wäre echte

Zärtlichkeit zwischen uns gewesen und daß meine Zuneigung erwidert würde ...«

»Das dachtet Ihr!« Ihre Augen blitzten wie Bernstein in der Sonne, und sie trat noch näher, aber nur, um ihm mit dem Finger zu drohen: »Ihr wolltet mich, das war offensichtlich, und ich war töricht genug zu glauben, es wäre mehr als bloße Paarung, die Ihr begehrtet!«

Paarung? Er war doch kein Tier!

»Was für ein geschmackloser Unsinn ist das jetzt?« brüllte Burke und wand sich heftig in seiner Rüstung.

Das Wams riß, die Rüstung löste sich, und Burke schüttelte sie knurrend ab. Sie fiel polternd zu Boden, und Alys sprang gerade noch rechtzeitig zur Seite. Burke gab dem niederträchtigen Haufen Metall einen kräftigen Tritt.

Dann warf er Alys, die vor ihm zurückwich, einen wütenden Blick zu und stützte die Hände in die Hüften.

Es war an der Zeit, die Wahrheit ans Licht zu bringen.

»Was soll dieses dumme Zeug, das Ihr da von Euch gebt, Alys? Es war mehr als eine Paarung, die ich mir wünschte, und das wißt Ihr.«

»Wohl kaum!« erwiderte die Dame erzürnt. »Selbst jetzt versucht Ihr mich in Verruf zu bringen, während Ihr um meine Basen werbt.«

»Ich mache Euren Kusinen nicht den Hof!«

»Nein? Und warum seid Ihr dann nach Kiltorren zurückgekehrt?«

»Um eine Braut zu nehmen, Alys. Ich sagte es bereits.«

»Und Ihr habt auch zugegeben, daß Ihr nicht erwartet habt, mich hier zu finden.« Alys sah ihn wütend an. »Was nur heißen kann, daß meine Kusinen die einzigen Anwärterinnen für diese Rolle sind!«

»Nein, Alys! Ich kam Euretwegen!« Bevor sie protestieren konnte, beeilte Burke sich, die Angelegenheit klarzustellen: »Ich wollte mich nach Euch erkundigen und Euch dann ausfindig machen. Ihr solltet meine Braut werden.« Er näherte sich ihr und streckte der mißtrauischen Maid seine Hand entgegen: »Alys, Ihr wißt, ich bin ein Mann von Ehre.«

»Nein, das weiß ich nicht.« Alys wich herausfordernd zurück, und ihre Augen blitzten betörend. »Euer Werben war schon vor drei Jahren nicht ehrenhaft, wie kann es da heute ehrenvoll sein?«

»Nicht ehrenhaft?« Burke fuhr sich mit der Hand durchs Haar. »Und daß ich um Eure Hand angehalten habe? Wie hat Euch das entehrt?«

»Ihr habt niemals um meine Hand angehalten!«

»Das habe ich ganz gewiß getan!« Burke verstand nicht, wie sie diese Tatsache einfach leugnen konnte: »So etwas vergißt ein Mann nicht einfach.«

Doch offensichtlich war Alys nicht überzeugt. Sie warf das Haar über die Schulter, hob das Kinn und musterte ihn so keß, daß er sie am liebsten mit Küssen überhäuft hätte. Er konnte sich nicht erinnern, daß sie ihn auch damals so in Wallung gebracht hatte.

»Vielleicht habt Ihr eine Eurer vielen anderen Werbungen mit jenen Tagen auf Kiltorren verwechselt«, schlug sie mit sanfter Herausforderung vor. »Ich bezweifle nicht, daß Ihr großen Erfolg bei den Edelfrauen habt.«

Burke drohte ihr mit dem Finger, denn der Ton dieser Unterhaltung gefiel ihm ganz und gar nicht: »Nur *einen* Heiratsantrag habe ich je gemacht, Alys, und nur dieser eine wurde zurückgewiesen.«

»Ach ja?« Sie hob eine Braue. »Und wem habt Ihr diesen Antrag gemacht?«

»Nur Euch!« rief Burke.

Alys lehnte sich vor und flüsterte ihre Anklage: »Lügner!«

»Ich bin kein Lügner!« brüllte Burke und hoffte fast, daß seine

Lautstärke sie zum Zuhören bringen würde. »Ich habe in gutem Glauben um Eure Hand angehalten.«

Alys ließ sich nicht überzeugen. »Das kann nicht stimmen«, sagte sie knapp. »Sicherlich hätte ich davon gehört.«

Burke konnte es nicht glauben: »Ihr habt den Antrag nicht vernommen?«

Die Dame schüttelte den Kopf: »Weil es keinen gab.«

Wie konnte das sein?

Burke senkte flehend die Stimme, denn er spürte, daß hier etwas nicht stimmte: »Alys, ich versichere Euch, es gab ihn. Ich habe diesen Antrag gemacht, ich schwöre es. Bei meiner Ehre.«

Alys rollte die Augen, doch bevor sie etwas sagen konnte, machte Burke einen Schritt vorwärts und packte sie bei den Schultern. Sie hielt den Atem an, und ihre Augen öffneten sich weit, ein beruhigendes Zeichen, daß sie sich seiner bewußt war. Sanft lag sie in seinen Armen, der Puls schlug an ihrer Kehle, und der betörende Duft ihrer Haut überflutete ihn.

Irgend etwas war schrecklich schiefgegangen, aber Burke hatte fest vor, es wieder in Ordnung zu bringen.

Und dann würde er sich seinen Kuß holen.

»Ich habe diesen Antrag so gewiß gemacht, wie Ihr ihn abgewiesen habt«, sagte Burke beharrlich und versuchte Alys zu bewegen, ihm zu glauben. »Vor drei Jahren hielt ich um Eure Hand an, bot ich an, Euch zu heiraten.« Er spürte, wie ein Teil seines Schmerzes in seine Worte einfloß: »Glaubt mir Alys, ich hatte gehofft, Ihr hättet wenigstens den Anstand gehabt, mir Eure Zurückweisung selbst zu überbringen.«

Alys runzelte die Stirn, und Unsicherheit zeigte sich in ihrem Blick: »Aber ...«

Mehr Ermutigung brauchte Burke nicht, um sein Flehen zu verstärken. Er zog sie näher zu sich, spürte, wie sie ihm entgegenkam, und fühlte schon den Erfolg: »Alys, ich wünschte, wir könnten zu diesem Nachmittag zurückkehren, noch einmal von vorn beginnen ...«

Alys' Augen blitzten, sie wand sich aus seinen Armen und brachte schnell den Bottich zwischen sie: »Wirklich! Aber diesmal würdet Ihr mich vollends zur Hure machen!«

»*Was?!*« Burke stürzte ihr nach. Diese Frau trieb ihn zur Raserei, und er wollte sie schütteln, bis sie wieder zur Besinnung kam. Plötzlich nahm die Dame einen der Eimer, die sie mitgebracht hatte, vom Boden auf. In ihrer Hast verspritzte sie etwas Wasser.

»Dies Wasser ist eiskalt, mein Herr, und wahrscheinlich nicht das Bad, das Euch vorschwebt«, warnte sie ihn mit einer Selbstsicherheit, die ihm neu war: »Haltet Euch von mir fern, oder Ihr werdet den Inhalt des Eimers zu spüren bekommen.«

Burke kreuzte die Arme vor der Brust und betrachtete diese unerwartet kühne Maid. Er zweifelte nicht, daß sie ihre Drohung wahr machen würde.

Alys hatte sich wahrhaftig verändert.

Und sie war noch viel faszinierender als die süße Jungfer, an die er sich erinnerte.

Bei allen Göttern, Burke war froh, daß er im Recht war. Es versprach ein interessanter Kampf zu werden, denn Alys' Küsse würden himmlisch schmecken, hatte er sie erst einmal überzeugt, daß er nichts Falsches getan hatte. Die Versöhnung würde jeden Preis wert sein, den er jetzt zahlen mußte.

Doch die Frage blieb, wieso hatte sie seinen Antrag nicht erhalten? Es machte einfach keinen Sinn ...

Außer, die Familie hatte sie belogen.

Burke atmete tief ein, sicher, daß dies der Grund war. Sie behandelten Alys auch sonst schlecht, warum sollte es hier anders sein? Wenn das stimmte, hatte Alys nicht allen Grund, ihm zu mißtrauen?

Burke wünschte sich inbrünstig, er wäre nicht so vertrauensselig gewesen, Kiltorren zu verlassen, ohne die Ablehnung aus dem Mund seiner Dame zu empfangen.

Welche anderen Lügen hatte man ihr über ihn und seine Taten erzählt?

Burke stützte die Hände in die Hüften und beugte sich über den dampfenden Zuber, um Alys' Blick zu begegnen: »Ich wüßte gerne das Ausmaß der Missetaten, für die Ihr mich verantwortlich macht.«

»Habt Ihr sie schon vergessen?« fragte Alys sanft.

Burke preßte die Lippen zusammen: »Mir scheint, sie sind mir unbekannt.« Er hob eine Braue. »Oder vielleicht bin ich sogar unschuldig.«

»Unschuldig«, wiederholte Alys, unerwartet lächelte sie spielerisch: »Ich glaube nicht, daß Unschuld zu Euren Eigenschaften gehört, Burke.«

Burke konnte sich ein Grinsen ob dieser zutreffenden Bemerkung nicht verkneifen. »Fälschlicherweise unter Anklage zu stehen ist vielleicht nicht dasselbe, wie unschuldig zu sein«, mußte er zugeben.

Alys lachte wider Willen leise und biß sich auf die Lippen. Ernüchtert betrachtete sie ihn mit plötzlichem Ernst: »Ihr solltet besser Euer Bad nehmen, bevor es ganz kalt ist.«

Der Themenwechsel war ein wenig abrupt, aber Burke erkannte, daß sie recht hatte. Und dieses Bad hatte er tatsächlich nötig. Vielleicht war es das, was seine Dame störte.

Burke sah Alys an. Zur Zeit war er sich nicht sicher, ob er ihre Reaktion richtig einschätzen konnte: »Und dann werdet Ihr mir alles erzählen?«

Alys begegnete seinem Blick: »Ihr werdet ganz sicher mehr zu hören bekommen, als Euch lieb ist.«

Das war nur recht und billig. Burke nickte zustimmend, befreite sich aus dem zerrissenen Wams und zog das Leinenhemd aus.

Er warf Alys, die ihn vorsichtig beobachtete, einen schnellen Blick zu und sagte barsch: »Dreht Euch um. Es ziemt sich nicht, daß Ihr einen Mann zur Gänze seht.«

Alys blickte ihn herausfordernd an: »Ich dachte, mein Ruf würde Euch nicht kümmern.«

»Dann habt Ihr falsch gedacht«, gab Burke zurück.

»Warum habt Ihr dann verlangt, daß ich Euch hier behilflich bin?« Alys stellte den Eimer ab und stützte eine Hand in die Hüfte: »Die ist nicht der richtige Ort für eine Maid. Wie konntet Ihr mich so in Verruf bringen?«

»Das wollte ich nicht«, verteidigte sich Burke. »Dies ist der einzige Ort, der mir einfiel, wo man uns nicht stören und unsere Unterhaltung nicht hören würde.« Alys schien trotz dieser Behauptung immer noch skeptisch zu sein, so daß Burke sich bemühte, seine Entschlossenheit zu zeigen: »Außer mir kümmert Eure Ehre hier niemanden.«

Sie schien überrascht von seiner Leidenschaftlichkeit und wußte einen Augenblick lang nicht, was sie sagen sollte. Burke fühlte sich ärgerlicher, als er es je gewesen war. Es war eine Sache, daß die Taten eines Mannes für schlecht befunden wurden, aber eine ganz andere, daß seine Herzensdame so hart über ihn urteilte, obwohl er nichts Falsches getan hatte.

Burke warf der Dame einen strengen Blick zu, als er nach der Kordel seiner Beinkleider griff. Fast war er überrascht, daß sie seiner Bitte entsprach und sich umdrehte.

Burke ließ die Hose fallen, kletterte in den Zuber und entspannte sich, als das warme Wasser ihn bedeckte. Seine schlechte Laune verflog, und der ihm eigene Optimismus kehrte zurück. Er würde Alys von der Wahrheit überzeugen, und sie würde ihn mit offenen Armen willkommen heißen.

Burke hatte noch nie sein Ziel verfehlt, schon gar nicht ein so wichtiges. Warum sollte sich das ändern? Sobald er erst einmal die Verbrechen kannte, derer sie ihn für schuldig hielt, und wußte, welche Lügen sie über ihn gehört hatte, konnte Burke sie mit der Wahrheit widerlegen.

Es würde ganz einfach sein.

»Sagt es mir, Alys«, bat er sie sanft. »Sagt mir, was nicht stimmt.«

Doch die Dame lief um den Zuber herum, griff sich seine Kleidung, öffnete die Tür und warf sie mit unverhohlener Schadenfreude auf den Gang hinaus. Burke sah Alys erstaunt zu, einen Augenblick abgelenkt durch die Art und Weise, wie ihr zerschlissenes Kleid ihre Kurven umspielte und ihre bloßen Knöchel unter dem ausgefransten Saum hervorblitzten.

Als sie sich ihm wieder zuwandte, sah Burke überrascht, daß ihre Augen vor Schalk funkelten. Ihr Gesichtsausdruck erinnerte ihn so stark an die junge Alys, daß er nicht sofort begriff, was sie getan hatte. Kurz kehrte sogar das Grübchen auf ihrer Wange zurück.

Doch dann schob Alys triumphierend den Riegel wieder vor, und Burke runzelte die Stirn.

Warum hatte sie seine Kleidung hinausgeworfen?

»Jetzt«, sagte sie siegesgewiß, »seid Ihr mir ausgeliefert, mein Herr.« Bevor Burke wußte, wie ihm geschah, hob Alys erneut den Eimer hoch. Sie näherte sich ihm mit einer Entschlossenheit, die ihm für die nahe Zukunft nichts Gutes verhieß.

»Was tut Ihr?« fragte Burke und war schon fast aufgestanden, als ihm ihre Unschuld einfiel.

Und seine Erregung.

Er setzte sich so schnell wieder hin, daß es spritzte. Sein Blick fiel auf ihre zarten Füße unter dem teuflisch kurzen Rock, und alles wurde noch schlimmer. Wenn er nur etwas anzuziehen hätte! Seine Augen weiteten sich, als sie den Eimer entschlossen fester packte.

Er saß wahrhaftig in der Falle.

Etwas stimmte hier nicht, aber Burke wußte nicht, was.

Schließlich sah es *seiner* Alys gar nicht ähnlich, so unberechenbar zu sein.

Aber seine Alys war im Innern dieser faszinierenden Unbekannten eingeschlossen, dieser Frau, die ihm trotzte und ihn herausforderte und in ihm ein Verlangen weckte, wie es seine Maid nie getan hatte.

»Und nun, Burke de Montvieux«, vertraute ihm Alys mit einem Lächeln an, das sein Herz trotz seiner Zwangslage schneller schlagen ließ, »werde ich Euch ganz genau sagen, was Ihr getan habt und was ich von Euren Taten halte.«

Burke wurde klar, daß er sie völlig falsch eingeschätzt hatte, ein Fehler, der sich als überaus kostspielig erweisen konnte.

♠

Zu ihrer Überraschung fühlte Alys sich nicht wirklich als Siegerin, als sie Burke in die Enge getrieben hatte. Es war sein teuflischer Charme, der ihr zusetzte.

Und er wirkte auch gar nicht, als wäre er gefangen, was überaus unbefriedigend war. Nur für einen kurzen Augenblick hatte er beunruhigt ausgesehen, dann hatte Burke sich mit einem nachsichtigen Lächeln in der Wanne zurückgelehnt. Er schien die Situation unter Kontrolle zu haben, obwohl er nackt in einem Bottich saß, ohne seine Kleidung und ihr völlig ausgeliefert. Aber er beobachtete sie genau. Alys war sich sicher, daß er sich schon Dutzende von Plänen zurechtlegte.

Doch sie ließ sich nicht abhalten. Sie machte einen Schritt auf ihn zu: »Vor drei Jahren habt Ihr mich in den Ställen geküßt.«

Burke zog die Augenbrauen hoch und kniff dann die Augen zusammen, während er sie ansah. Das Wasser umspielte ihn, und heißer Dampf stieg von der Oberfläche auf. Der Anblick seiner breiten, sonnengebräunten Schultern brachte Alys' Entschlossenheit ins Wanken.

»Ja, das habe ich getan«, gab Burke bereitwillig zu. Er schien überhaupt nicht beunruhigt. »Wenn ich mich recht entsinne, schöne Dame, habt Ihr diesen Kuß erwidert.« Burke beugte sich vor und stützte die Ellbogen auf den Rand des Zubers, einen herausfordernden Glanz in den Augen: »Wenn Ihr erneut geküßt werden wollt, Alys, braucht Ihr nur zu fragen.« Er grinste, und Alys' Herz setzte für einen Moment aus. »Es wäre mir ein Vergnügen.«

»Euer Vergnügen ist genau das Thema hier!« Alys setzte den Eimer ab, um dem aalglatten, selbstsicheren Ritter zu drohen. »Ihr habt mein Vertrauen und meine Unschuld ausgenutzt.«

»Ihr habt diese Küsse ebenfalls genossen, Alys.«

Alys errötete, denn er hatte recht: »Aber Ihr habt ausgenutzt, daß mir Ritter Eurer Art unbekannt waren!«

Burkes Augen blitzten, und er lehnte sich mit neuerlicher Eindringlichkeit vor: »Meiner *Art?* Warum nur scheint mir dies kein Kompliment zu sein, Alys?«

Alys hob stolz das Kinn: »Ich spreche von vagabundierenden Rittern, die sich nehmen, was sie wollen, und sich nicht um die Folgen scheren.«

Das nahm Burke nicht hin. Er richtete sich auf, und auf seiner Stirn erschien eine Zornesfalte: »Ich bin kein Vagabund!«

»Nein? Hättet Ihr Euch denn damit zufriedengegeben, meine Brust zu streicheln, wenn man uns nicht gestört hätte?« verlangte sie zu wissen und haßte das Stocken in ihrer Stimme. »Oder hättet Ihr Euch genommen, was Ihr begehrtet, bevor Ihr Kiltorren und mich verließt?«

»Alys!« Burkes Gesicht verriet seine Empörung, und Alys war froh, daß sie nun wußte, wie bereitwillig er log. »Ich habe Euch nicht verlassen...«

»Ja, Ihr seid zurückgekehrt, um Eure Eroberung zu Ende zu bringen, während Ihr meine Basen umwerbt.« Burke holte Luft, aber Alys war nicht zu stoppen: »Was habt Ihr mit Eurer Forderung beabsichtigt, daß ich Euch bei Eurem Bad behilflich bin? Wie könnt Ihr außer acht lassen, daß es im Schloß vor Gerüchten nur so wimmeln wird?«

»Die Geschichten der Dienerschaft kümmern mich nicht!«

»Aber *mich!* Kam es Euch nicht in den Sinn, Rücksicht auf meinen Ruf zu nehmen? Ich muß hier leben, muß unter der Herrschaft meiner Tante leiden, und wenn sie mich eine Hure nennt, hat das Folgen, das versichere ich Euch.«

»Alys, ich würde Euch niemals entehren.«

»Ein leeres Versprechen, denn genau das habt Ihr getan!« Alys wagte es, sich ihm noch weiter zu nähern, und sagte entschlossen: »Meine Tante hat in den letzten drei Jahren viel Aufhebens um mein schändliches Verhalten gemacht, wie sich wohl jeder Narr denken kann, und ich habe gelernt, welcher Preis auf diese Anschuldigung steht. Glaubt nicht, ich werde Euch zu Willen sein, denn ich weiß, was für ein Mann Ihr seid.«

»Sagt es mir«, forderte Burke sie trügerisch sanft auf. Er war gefährlich ruhig, seine Augen funkelten, und Alys sah mit Genugtuung, daß sie seine volle Aufmerksamkeit besaß.

»Ihr seid unverbesserlich, unmöglich, und man kann Euch nicht trauen«, verkündete sie und lehnte sich noch weiter vor, um ihr Argument anzubringen: »Wisset mein Herr, daß ich *niemals* wieder so töricht sein werde, Euch zu glauben, oder gar Eure Berührung zu erdulden!«

Burkes Augen funkelten, doch Alys ahnte nicht die Gefahr, und plötzlich schlang er den Arm um ihre Taille. Durch die abrupte Bewegung verlor sie das Gleichgewicht und fiel gegen ihn. Sie hatte keine Zeit, sich vor dem Fall zu fürchten, denn Burke zog sie schützend an seine Brust. Ihre Hüfte ruhte auf dem Rand des Zubers, Burke hielt sie in den Armen, und der Saum ihres Kleides hing ins Wasser.

Alys konnte den Blick nicht von Burkes entschlossenem Gesicht abwenden. Sie konnte nicht einmal die Kraft aufbringen, sich zu bewegen, nicht als er den Kopf beugte, nicht einmal, als seine Lippen nur eine Handbreite über den ihren schwebten.

Denn sie wußte, was er vorhatte.

Und trotz all ihrer deutlichen Worte wollte Alys nichts mehr als diesen Kuß.

Zur Hölle mit ihm!

»Habt Ihr alles gesagt, was Ihr wolltet?« murmelte Burke. Alys blieb stumm.

»Dann werde ich Euch etwas sagen«, erklärte Burke leise und bestimmt. Er blickte ihr unverwandt in die Augen: »Ihr solltet mich gut genug kennen, um zu wissen, daß ich einer Herausforderung niemals ausweiche. Wir werden uns wieder begegnen, meine Dame, und das oft. Das verspreche ich Euch.«

Burke lächelte, und Alys stockte der Atem, als wüßte sie nichts über diesen Mann, der sie besitzergreifend festhielt, als wüßte sie nicht, welchen Preis ihre Triebe ihr abverlangen würden. Ihr Herz schlug schneller in Erwartung seines Kusses, und Alys haßte sich, daß sie die Tochter ihrer Mutter war.

»Ob Ihr wollt oder nicht, Ihr seid die Dame meines Herzens«, sagte Burke so bestimmt, daß Alys' Mund trocken wurde. »Ich habe Euer Herz schon einmal gewonnen, und ich werde es wieder tun. Dessen könnt Ihr gewiß sein, Alys.«

Alys konnte gerade noch Luft holen, bevor er sie entschlossen küßte.

Kapitel 3

Burkes Kuß brachte eine Saite in Alys zum Klingen, die sie am liebsten bis zu ihrem Lebensende nicht mehr vernommen hätte.

Sein Kuß hielt alles, was die Erinnerung ihr versprach, und mehr. Burke war sanft, wie es immer seine Art gewesen war, seine Berührung gleichzeitig zärtlich und stark. Er entfachte ein Feuer in ihr, weckte ein wildes Verlangen, unwillkommene Gefühle, die Alys die Geschichten ihrer Tante über das Erbe ihrer Mutter glauben ließen, Geschichten, von denen Alys nur zu gerne bewiesen hätte, daß sie nicht stimmten.

Zu Alys' Beschämung war es Burke, der ihre Umarmung beendete, Burke, der den Kopf hob und ihr in die Augen sah. »Ich bitte Euch, mir meine Kühnheit zu verzeihen«, sagte er sanft, während seine Hand ihre Hüfte streichelte, »aber ich konnte Euch nicht länger widerstehen.« Er schenkte ihr ein warmes Lächeln: »Und vielleicht mußte ich mich versichern, daß es die holde Maid meiner Träume noch gibt.«

Wie immer brachte dieses Kompliment Alys zur Besinnung.

»Schurke!« Sie schlug Burke auf die Schulter, floh von der Kante des Zubers und hielt erst inne, als sie sich in sicherer Entfernung wähnte.

Ach, Alys mochte gar nicht daran denken, wie viele Frauen eben diese Worte schon von den Lippen dieses Ritters vernommen hatten, sie mochte nicht an die Scharen von bereitwilligen Jungfern denken, die sein Bett gewärmt hatten! Aber *sie* würde nicht zu ihnen gehören, wie gelegen dem Ritter dies auch erscheinen mochte. Alys wrang ihr Kleid aus und starrte wütend den Mann an, der für den Aufruhr in ihrem Herzen verantwortlich war: »Ihr seid Euch Eures Charmes zu sicher, mein Herr!«

Wieder spielte jenes betörende Lächeln um Burkes Lippen, und seine Augen funkelten, während er sie betrachtete: »Jeden Tag und jede Nacht der drei letzten Jahre habe ich mich nach einem Kuß von Euch gesehnt, Alys.«

Dies waren genau die falschen Worte, wenn Burke vorgehabt hatte, sie zu besänftigen. »Wirklich?« fragte Alys herausfordernd. »Wie seltsam, daß Ihr Euch nicht die Mühe gemacht habt, dieses Haus noch einmal aufzusuchen!«

Burke runzelte die Stirn: »Ich verstehe nicht.«

»Nein! Und ich genauso wenig!« gab sie scharf zurück. »Ihr habt mich belogen. Ihr habt mir Versprechungen gemacht, und dann bedeuteten sie Euch gar nichts! Wie konntet Ihr einfach davonreiten?« Sie wandte sich jäh ab, denn sie wollte nicht, daß der Ritter ihre Tränen sah.

»Alys, das muß ein Irrtum sein«, sagte Burke bestimmt, und die Entschlossenheit seiner Stimme ließ sie wünschen, sie könnte ihm noch einmal glauben. Oh, sie war einfach zu schwach! »Ich bin zurückgekehrt ...«

»Es *gibt* keinen Irrtum!« unterbrach ihn Alys. Sie wirbelte herum und sagte, so schnell sie konnte: »Ihr seid abgereist, sofort nachdem man uns in den Stallungen überrascht hat, und drei Jahre lang hat Euch Euer Weg nicht ein Mal nach Kiltorren geführt.«

Burke schüttelte den Kopf wie ein verwundeter Bär: »Alys, Ihr habt mich falsch beurteilt. Laßt mich Euch alles erklären.«

»Spart Euch die Worte«, erwiderte Alys, »Eure Taten sprechen für sich.«

Burkes Miene verfinsterte sich, und er breitete verzweifelt die Arme aus, als ihn abermals die Geduld verließ: »Ja, das tun sie!«

»Genau!« schrie Alys ihm ins Gesicht. »Wißt Ihr wenigstens, was Ihr getan habt?«

»Was denn?« Burke brüllte jetzt ebenfalls: »Ich fordere Euch auf, es genau zu betrachten!«

»Ihr macht Euch meine Unschuld zunutze, und dann laßt Ihr mich entehrt im Hause meines Vormunds zurück!«

»Ich habe nichts dergleichen getan!« Burke sprang auf: »Ich habe um Eure Hand angehalten.«

»Aber nicht bei mir.«

»Natürlich nicht, Ihr wolltet nicht einmal mit mir sprechen!«

Alys keuchte, erstaunt, daß er an dieser unmöglichen Geschichte festhielt: »Oh nein, Burke. Ihr habt mir *keinen* Antrag gemacht! Man hat mir berichtet, daß Ihr sofort verschwunden seid, ohne Euch auch nur umzudrehen!«

Burke fuchtelte mit dem Finger in der Luft herum: »Und Ihr habt Euch nie die Mühe gemacht, die Wahrheit selbst herauszufinden? Bei allen Göttern, Alys, war es Euch nicht einmal wichtig genug, Euch zu vergewissern?«

»Wichtig genug, *mir*? Ich habe Euch *nichts* bedeutet! Ihr wolltet nur Euer Verlangen befriedigen!«

»Mein Verlangen ist hier von keinerlei Bedeutung!«

»Wirklich nicht?« Alys zeigte auf das harte Glied des Ritters. »Aber es ist immer noch vorhanden!« Und damit hob sie den Eimer voll kaltem Wasser, der zu ihren Füßen stand, auf und leerte ihn über dem Ritter aus.

Burke blieb vor Schock der Mund offenstehen, und er erbleichte. Dann brüllte er wie ein wütender Stier.

»Es reicht!« donnerte er und stürzte sich auf Alys.

Aber Alys wartete nicht ab, was Burke tun würde.

Sie rannte.

Sie warf den Riegel zurück, riß die Tür auf und floh zu den anderen Bediensteten, die sich im Kücheneingang versammelt hatten, während sie die Tür hinter sich zuschlug.

Alle Augen waren neugierig auf sie gerichtet, und offensichtlich war ein Teil des Streits – oder zumindest die Lautstärke – nach außen gedrungen. Auch Edana stand da mit ihrem Milcheimer, die Hand vor den offenen Mund geschlagen und die Augen weit aufgerissen.

»Alys!«

Aber Alys hatte schon den halben Gang zwischen sich und Burke gelegt, als dieser die Tür der Badestube auftrat. Sie schlug heftig an die Wand, und Alys mußte einfach zurückblicken. Burkes Augen funkelten, sein Kinn war entschlossen vorgestreckt, und Alys konnte nicht verhindern, daß ihr ungesitteter Blick tiefer wanderte.

Es schien, das kalte Wasser hatte nur geringe Auswirkungen gezeigt. Sie sah seine muskulösen, starken Beine und seine Brust und vergaß beinahe zu atmen.

Himmel, war dieser Mann verführerisch! Alys blickte gerade rechtzeitig wieder auf, um mitzubekommen, wie Burke klar wurde, daß er nicht nur Publikum hatte, sondern auch völlig nackt war.

Die Wut verschwand sofort aus seinem Gesicht, und er rieb sich die Stirn, ein reuevolles Lächeln auf den Lippen. Obwohl er laut genug gebrüllt hatte, um die Burg bis in die Grundfesten zu erschüttern, war sein Zorn so schnell verflogen, wie er gekommen war.

Erst jetzt fiel Alys auf, daß sie Burke nie zuvor so wütend gesehen hatte. Immer war er die Ruhe selbst, sein Benehmen untadelig, seine Ausgeglichenheit unangreifbar.

Aber sie hatte ihn dazu gebracht, sich zu vergessen.

Und er hatte sie verleitet, sich zu wehren, wie sie es noch nie getan hatte. Alys wunderte sich, aber gleichzeitig lief ihr ein freudiger Schauer über den Rücken.

Wenn sie auch nichts anderes hatte, seine Aufmerksamkeit war ihr sicher.

»Bei allen Göttern, Alys«, murmelte er vertraulich. »Ihr bringt mich dazu, daß ich mich vergesse.«

Alys wurde hochrot, als sie ihre eigenen Gedanken aus dem Mund dieses charmanten Schurken vernahm. Sie mußte sich zwingen, der Versuchung zu widerstehen, sein Lächeln zu erwidern.

Burke, verflucht sei sein Scharfsinn, hatte eindeutig bemerkt, daß sie damit keinen großen Erfolg hatte. Ihre Blicke begegneten sich für einen atemlosen Augenblick, dann sammelte der Ritter seine Kleidung vom Boden auf. Auf dem Weg zurück in die Badestube blieb er stehen, das Unterkleid vor sich haltend.

»Ich bitte Euch um eine Gunst, meine Dame«, sagte er leise, und ohne Alys die Möglichkeit zu geben, ihn zu unterbrechen, sprach er weiter: »Ich habe mir Eure Vorwürfe gegen mich angehört, oder?«

»Das habt Ihr«, gestand Alys vorsichtig.

»Dann ist es nur recht und billig, daß Ihr mir ebenfalls zuhört und mir Gelegenheit gebt, mich zu verteidigen.« Burke hob eine Braue, als könne er ihren Wunsch, ihn abzuweisen, spüren: »Das wäre nur gerecht.«

Nicht gerecht war, daß Alys' Herz schon schneller schlug bei dem Gedanken, mehr Zeit mit ihrem Ritter zu verbringen. Sie wußte genau, daß sie nicht allen seinen Bitten würde widerstehen können, vor allem nicht, wenn er seine süßen Versprechungen mit noch süßeren Küssen unterstrich.

Und es war besonders ungerecht, daß seine Bitte überaus vernünftig war.

Sie war sich der Bediensteten bewußt, die sich hinter ihr drängten und gierig jedem Wort lauschten. Alys warf schwungvoll ihren Zopf über die Schulter und versuchte verzweifelt, sich den Anschein zu geben, als würden Burkes Worte sie nicht berühren. »Ich habe noch andere Arbeit zu erledigen«, erklärte sie neckend, »und keine Zeit, der Laune eines Gastes nachzugeben.«

»Zur Hölle mit Euer Arbeit!« gab Burke zurück. »Ihr müßt Euch zumindest meine Verteidigung anhören. Nennt mir den Ort, und ich werde dort sein, Alys. Ich schwöre es.«

Seine Eindringlichkeit hätte Alys fast dazu gebracht, einzulenken, aber sie änderte ihre Meinung gerade noch rechtzeitig. »Ihr seid schnell mit Schwüren bei der Hand«, warf sie ihm statt dessen vor.

Wieder lächelte Burke sinnlich und brachte Alys' Entschlossenheit immer mehr ins Wanken. »Doch würde ich Euch bereitwillig noch mehr zusichern, wenn es mir die Ehre Eurer Gesellschaft brächte.« Er trat näher, charmant wie immer, obwohl er immer noch unbekleidet war. »Trefft Euch mit mir, Alys«, bat er ernsthaft. »Trefft Euch mit mir, und laßt Wahrheit zwischen uns sein.«

Oh, Alys war versucht, ihm nachzugeben, aber sie zwang sich, die Tatsachen zu bedenken. Die Wahrheit konnte Burke nicht zum Vorteil gereichen. Nie hatte Alys Kiltorren verlassen; wäre Burke ein zweites Mal durch diese Tore geritten, wäre ihr das kaum entgangen. Wie wollte er das zu seinem Vorteil erklären, ohne zu lügen?

Verflucht sei ihre Neugier! Sie würde ihm gar nichts gewähren!

»Ich kann nicht verweilen und Euren Märchen lauschen, wenn es noch so viel zu tun gibt«, sagte sie hochmütig und entfernte sich langsam.

»Alys!« rief Burke, und sie mußte einfach zurückblicken. »Zweifelt nicht, meine Dame«, beharrte Burke so leise, daß Alys sich anstrengen mußte, seine Worte zu verstehen. »Wir werden uns noch einmal über diese Sache unterhalten. Noch ist nicht alles zwischen uns geklärt.«

Alys hob das Kinn, ermutigt durch die Entfernung zwischen ihnen: »Das, mein Herr, ist wahr. Eure Entschuldigung ist schon lange überfällig.«

»Keine Angst, Alys, Ihr werdet mehr von mir erhalten, als Euch zusteht.« Burkes Lächeln blitzte auf, und seine Augen wurden ganz dunkel vor Dringlichkeit: »Ich schwöre es Euch, meine holde Maid.« Und damit verschwand er wieder in der Kammer und ließ Alys nach Luft schnappend zurück.

Sie war nicht seine holde Maid!

Noch würde sie es jemals sein!

Alys versuchte, ihre Röte zu unterdrücken, als sie sich der Menge vor der Küche näherte.

Edana kicherte: »Oh, Alys, die Herzensdame eines solchen Mannes zu sein!« Sie seufzte, und ihre Wangen röteten sich, wahrscheinlich ob ihrer schändlichen Gedanken. Mit einem zufriedenen Seufzen stellte sie ihren Eimer ab: »Wie kannst du ihm nur das Geringste verwehren?«

Doch bevor Alys antworten konnte, hörte sie die Rufe ihrer Tante von oben.

»Alys? Alys! Glaube nicht, ich hätte unseren Gast nicht gehört!« Die andern wichen ängstlich von Alys ab, die Augen voller Furcht. Beim Klang der energischen Schritte verschwand das ganze Gefolge im Gang auf der Stelle. »Wie hast du unseren Gast jetzt wieder gekränkt?«

Alys' Herz sank, und ihr Mund war plötzlich trocken. Burke hatte sie dazu gebracht, sich in mehr als einer Hinsicht zu vergessen.

♠

Deirdre war gar nicht erfreut, und es war ihr gleich, wer das mitbekam. Sie stürmte den Gang zwischen Bad und Küche hinunter, nicht überrascht, daß ihre Nichte dort auf sie wartete. Die junge Frau hielt sich aufrecht, aber die Augen verrieten ihre Angst.

Und Alys hatte auch *allen* Grund, sich zu fürchten.

Es war Jahre her, daß Deirdre sie geschlagen hatte, aber sie hatte ihren Weidenstock nicht aus Mangel an Gelegenheit beiseite gelegt. Wieder einmal dachte Deirdre, daß die Ereignisse bei jenem letzten Mal nur Zufall gewesen seien und kein böses Omen. Es wurde Zeit, daß sie die Gerte wieder gebrauchte.

Sie war schwer versucht, sie jetzt zu holen, denn dieses Mädchen hatte wahrlich ein Gespür dafür, Deirdres wichtigste Pläne zu durchkreuzen.

Alys wich bis an die Wand zurück, sah dabei aber nicht im geringsten schuldbewußt aus: »Ihr habt nach mir gerufen?«

Die Dreistigkeit dieses Mädchens war über alle Maßen aufreizend. Deirdre ging langsam auf sie zu und überlegte, wie sie Alys bestrafen sollte. Das Kind mußte lernen, daß ihr Schicksal nicht in ihren Händen lag. Sie konnte nicht zulassen, daß Alys die vielversprechendste Gelegenheit, die seit Jahren durch Kiltorrens Tore geritten war, zerstörte.

»Ich habe unseren Gast gehört«, sagte Deirdre streng. »Er schien *überaus* ungehalten. Hast du ihm die Befriedigung verweigert, Alys?« Sie senkte gefährlich die Stimme: »Hast du dich wieder einmal meinen Anweisungen widersetzt?«

Alys' aufsässige Art wurde nur noch deutlicher, und das Blitzen in ihren Augen verschlechterte Deirdres Laune noch. »Ich habe mich ihm nicht hingegeben, und das werde ich auch nicht, egal, was Ihr dazu sagt!«

»Du Närrin!« Deirdres Lippen wurden schmal. »Deine Unverschämtheit könnte ihn vertreiben! Glaube mir, ich werde keinen Bräutigam für Malvina verlieren, egal was es kostet!«

»Malvina kann Burke de Montvieux gerne haben«, gab Alys zurück.

Deirdre hielt inne und betrachtete nachdenklich ihr Mündel, so überrascht war sie von dieser Behauptung. Sie hatte immer geglaubt, Alys hätte eine Schwäche für diesen Ritter, so wie er für sie.

»Was soll das heißen?«

»Ich sehe keinen Grund, warum ich meine Keuschheit opfern sollte, um Malvinas Heirat sicherzustellen«, verkündete Alys. »Burke und Malvina können sich von mir aus vermählen, das hat nichts mit mir zu tun.«

Außer, daß eine entehrte Alys für alle Zeiten ungeeignet für die Ehe wäre, eine strategisch überaus verlockende Aussicht. Deirdre hatte gehofft, daß eine Probe von Alys' Charme das unwillkommene Interesse des Ritters für ihr Mündel beenden würde.

Doch nun schien Alys ihre Meinung über den Gast geändert zu haben.

Das unerwartete Pfeifen eines Mannes erklang im Gang. Es kam eindeutig aus der Badestube. Deirdres Wut ließ nach, denn es schien, als wäre noch nicht alles verloren, wenn der Mann heiter genug war, vor sich hin zu pfeifen.

Burke de Montvieux konnte kaum vorhaben, Kiltorren aus Ärger zu verlassen. Deirdre betrachtete ihre Nichte und dachte, daß sie es vielleicht doch zu eilig gehabt hatte, zwei Fliegen mit einer Klatsche zu schlagen.

Vielleicht konnte die Situation noch gerettet werden.

»Wenn du Burkes Verlangen schon nicht erfüllen willst«, bestimmte Deirdre ruhig, »dann darfst du nie in seiner Nähe sein. Ich werde es nicht zulassen, daß drei Jungfrauen um die Aufmerksamkeit des Mannes buhlen.«

»Ich mache mir nichts aus Burkes Aufmerksamkeit!« Alys richtete sich sichtbar auf. »Und ich habe bereits beschlossen, unseren Gast zu meiden.«

»Wirklich?«

»Wirklich.« Die Entschlossenheit des Mädchens war unübersehbar.

Deirdre konnte ihr Lächeln nicht verbergen. Es schien, als habe in diesem Fall die Trennung die Liebe nicht gestärkt. Burke hatte Alys offensichtlich zurückgewiesen, und daß das Mädchen sich beleidigt fühlte, konnte man nutzen. Ja, Malvina würde diesen Mann schnell erobern, wenn Alys von ihm fernblieb.

Deirdre richtete einen strengen Blick auf Alys und nannte ihre Bedingung: »Du wirst dich nicht in die Nähe dieses Ritters begeben, solange er auf Kiltorren weilt.«

»Ich habe nicht vor, ihn aufzusuchen«, antwortete Alys hochmütig. »Aber man kann mich nicht dafür verantwortlich machen, was er tut.«

»Wenn er zu dir kommt, wirst du dich zurückziehen«, versetzte Deirdre. »Du wirst unter keinen Umständen seine Gesellschaft teilen.«

Alys hob das Kinn: »Ich wünsche seine Gesellschaft nicht.«

Die Art und Weise, wie ihre Wangen sich bei dieser Behauptung röteten, war nicht sehr beruhigend, und Deirdre beschloß, nichts dem Zufall zu überlassen.

»Du hast dich meiner ausdrücklichen Anweisung widersetzt und mußt bestraft werden«, erklärte sie ihrem Mündel. »Du wirst, wenn nötig, die ganze Nacht lang arbeiten, damit jeder einzelne Boden im Haus glänzt. Sobald du damit fertig bist, wirst du die Feuerstellen säubern, bis die Steine wie neu aussehen. Und dann wirst du genug duftende Kräuter sammeln und schneiden, daß jedes einzelne Zimmer nach Frühling riecht.«

Die Aufgabe war gewaltig, und Deirdre hielt für einen Moment inne, um zu beobachten, wie Alys das Ausmaß der Arbeiten aufnahm. Für einen Augenblick sanken ihre Schultern herab, bevor sie sich wieder strafften.

Was hätte sie nicht darum gegeben, zu sehen, wie Alys sich nur ein Mal aufgab.

»Ungehorsam wird hier nicht geduldet, Alys, noch ist es eine ansprechende Eigenschaft für eine junge Frau«, knurrte Deirdre. »Vergiß nicht, daß deine Anwesenheit in diesem Haus in solch schweren Zeiten nur geduldet wird, weil ich mir meiner Pflicht der Familie gegenüber bewußt bin. Verstehst du, was ich sage?«

Alys' Lippen wurden schmal: »Nur zu gut.«

»Dann solltest du mit der Arbeit beginnen«, schloß Deirdre, als sie sich abwendete, »wenn du in dieser Nacht überhaupt Schlaf finden willst.«

♠

Burke schlenderte in den großen Saal, darauf vorbereitet, Alys seine Verteidigung vorzutragen. Bei Tisch würde sie ihm nicht ausweichen können, das stand fest. Sein Blick schweifte über die Tafel, und er war enttäuscht, nicht wegen des Festmahls, das dort bereitstand, sondern weil eine bestimmte Dame nicht anwesend war.

Malvina kreischte und eilte an seine Seite, drängte sich unverfroren an ihn und blickte bewundernd zu ihm auf: »Oh Burke, Ihr seht prächtig aus heute abend! Darf ich Euch Burke nennen? Jede andere Anrede wäre so formell!« Sie schlug mit den Wimpern und senkte ihre Stimme: »Oder wäre es vermessen, Euch mein Gebieter zu nennen?«

»Überaus vermessen«, gab Burke zurück. »Und höchst unschicklich. Ich glaube, Eurer Mutter würde solche Vertraulichkeit, da wir uns so kurz erst kennen, nicht gefallen.«

»Natürlich, natürlich!« stimmte Deirdre zu. Ihr Lächeln gab Burke das Gefühl, sie würde ihn bei lebendigem Leib verschlingen, bekäme sie die Gelegenheit: »Besinnt Euch auf Eure Manieren, Mädchen!« Sie kniff Brigid, die vortrat, um zu knicksen, dabei aber über ihr Kleid stolperte.

Galant nahm Burke ihre Hände. Brigid richtete sich auf, sah mit Schrecken ihre Hände in den seinen, bevor sie sie ihm schnell entzog. Sie wurde feuerrot und sah auf ihre Füße.

»Habt Ihr Euch verletzt?« fragte er. Doch obwohl Burke höflich wartete, antwortete das Mädchen nicht. Brigid sah zu ihrer Mutter, deren Lippen schmal wurden.

»Antworte dem Herrn, Kind!«

Brigid schluckte und warf Burke einen um Hilfe suchenden Blick zu. Er lächelte leicht, um sie zu beruhigen. Sie wurde noch röter, und gleich darauf erkannte Burke das Problem.

»N-n-nein«, brachte Brigid schließlich heraus und floh an die Tafel.

Malvina grinste schadenfroh ob der Flucht ihrer Schwester. Sie drängte sich noch näher an Burke, und ihre Brust berührte seinen Arm. Deirdre war Malvinas plumpe Vertraulichkeit nicht entgangen, doch sie schalt ihre Tochter nicht. Cedric strahlte nur.

Diese Familie war wirklich seltsam.

»Sie ist schwachsinnig«, vertraute ihm Malvina an und nickte zu ihrer Schwester hinüber.

Burke sah sie bei dieser herzlosen Bemerkung kalt an: »Ich finde sie reizend.«

Malvina fiel das Kinn herunter, und sie machte ein finsteres Gesicht.

Das würde ihr zu denken geben. Burke befreite sich aus Malvinas Umklammerung und verbeugte sich vor seinen Gastgebern: »Ich möchte mich noch einmal für Eure Gastfreundschaft bedanken.«

Deirdre kniff die Lippen zusammen: »Und ich muß mich für die *Schwierigkeiten* entschuldigen, die Ihr bei Eurem Bade erdulden mußtet.«

»Es gab keinerlei Schwierigkeiten. Alles war vortrefflich.«

Deirdre legte die Hand auf Burkes Arm und führte ihn zu Tisch: »Ihr seid zu höflich, mein Herr. Leider kann man in einem Schloß von dieser Enge nicht vermeiden, zu hören, wenn ein Mann sich erbost.«

»Ich weiß nicht, was Ihr meint«, erwiderte Burke und fragte sich, wieviel die Frau von seinem Streit mit Alys mitbekommen hatte.

Deirdre lachte trügerisch sanft: »Ihr könnt mich nicht täuschen, mein Herr! Ich weiß, daß Euch meine Nichte verärgert hat.«

»Im Gegenteil«, antwortete Burke glatt. »Ihre Gesellschaft war überaus anregend.« Er warf einen bedeutungsvollen Blick über die kleine Gruppe: »Eigentlich hatte ich darauf gehofft, heute abend ihre Gesellschaft genießen zu dürfen. Wann wird sie zu uns stoßen?«

Hinter seinem Rücken zischte Malvina durch die Zähne. Deirdre zog scharf die Luft ein und sah aus, als hätte sie Essig statt Wein getrunken. »Sie wird *nicht* mit uns essen!«

»Und aus welchem Grund?«

Deirdres Gesichtszüge verhärteten sich: »Sie gehört nicht hierher.«

Burke war nicht bereit, die Sache einfach auf sich beruhen zu lassen: »Wirklich? Und doch habt Ihr selbst mir gestanden, daß sie außer Euch die einzige andere Person von adliger Geburt auf Kiltorren ist.« Er hob eine Braue, als er Deirdres durchdringenden Blick spürte. »Dort, wo ich aufwuchs, wäre es angemessen, daß sie in der großen Halle speist.«

Deirdre preßte die Lippen so fest aufeinander, daß sie fast nicht mehr zu sehen waren: »Aber wir sind hier in Irland, mein Herr, und unsere Gebräuche unterscheiden sich sehr von den Euren.«

»Ja, das sehe ich.« Bevor sie sich beleidigt fühlen konnte, schenkte Burke seiner Gastgeberin sein schönstes Lächeln. Er hatte an diesem Abend nicht umsonst seine prächtigsten Gewänder angelegt, und er war kein Mann, der sich so einfach von seinem Kurs abbringen ließ.

Er würde Alys noch heute sehen.

»Sicherlich wäre es nicht zuviel verlangt, sich in dieser Sache nach den mir bekannten Gebräuchen zu richten?« fragte er. »Ich würde meinen, daß alle hier sich an ihrer Gesellschaft erfreuen würden.«

Die betretene Stille, die dieser Behauptung folgte, ließ Burke plötzlich fürchten, daß Alys nicht nur aus mädchenhafter Zurückhaltung dem Saal fernblieb: »Ist Eure Nichte nicht wohlauf?«

»Genau!« Deirdre lächelte strahlend, ganz offensichtlich, um über ihre Lüge hinwegzutäuschen. »Sie liegt mit einer Grippe danieder.« Malvina verzog das Gesicht. »Wir müssen uns von ihr fernhalten, damit sich niemand bei ihr ansteckt. Kommt!« Sie winkte Burke, zur Tafel zu treten, und Malvina hastete um sie herum, um ihren Platz einzunehmen. »Laßt uns essen.«

Burke rührte sich nicht. »Ich wußte nicht, daß eine Grippe so schnell ausbrechen kann. Noch vor kurzer Zeit erschien mir die Dame vollkommen gesund.«

»Ach, Alys ist so anfällig!« lachte Deirdre. »Sie ist so ein zartes Geschöpf.«

»Und doch war sie stark genug, heute nachmittag diesen schweren Korb in die Küche zu tragen«, sagte Burke, bevor er sich zurückhalten konnte. »Er schien mir überaus schwer zu sein für eine solch zarte Person.«

»Alys lügt wegen ihrer Krankheit, um sich nicht zu uns gesellen zu müssen«, warf Malvina ein. »Und auch über ihre Arbeit. Sie will nur Mitleid erregen.«

»Ach ja?«

»Ihr dürft nicht beleidigt sein!« erklärte Cedric. »Alys ist zu stürmisch, das steht außer Frage.«

»Launisch und unzuverlässig.« Deirdre verdrehte die Augen.

»Aufreizend«, zwinkerte Cedric.

»Und ganz besonders arbeitsscheu«, schloß Malvina mit Befriedigung. »Gerade heute morgen hat sie richtig getrödelt mit meinem Badewasser.«

Brigid runzelte die Stirn, während sie die Familie ansah: »Aber zu m-mir ist sie immer nett«, hielt sie dagegen. Sie sah so gequält drein, daß Burke wußte, daß man ihm nicht die Wahrheit sagte.

»Nun«, schloß er und lächelte der jüngeren Tochter des Hauses zu, »vielleicht könnten wir sie überreden, zu uns zu stoßen.«

Brigid errötete wieder, aber ihre Mutter drängte sich zwischen sie und Burke. »Das ist nicht nötig«, behauptete Deirdre mit ihrem kalten Lächeln. »Ich möchte nicht, daß das Kind unnötig verwöhnt wird. Sie wurde zu Tisch gerufen, und wenn sie sich uns nicht anschließen will, dann ist das ihre Entscheidung. Sie braucht Aufmerksamkeit, wie Ihr sicher schon bemerkt habt, und ich möchte ihr nicht mehr geben, als ihr zusteht.«

Sie log, und Burke wußte es. Alys machte sich nichts aus Aufmerksamkeit. Hatte sie sich nicht zurückgehalten, als die Familie sie offen ignoriert hatte? Sie reizte ihn in der Tat, aber sie war weder launisch noch unzuverlässig.

Aber bevor er weitere Einwände erheben konnte, bedachte Deirdre ihn mit einem strengen Blick: »Mein Herr, Euer Interesse an meiner Nichte ist mir schleierhaft. Ich dachte, Ihr würdet unsere Gastfreundschaft empfangen, um Euch wieder mit unseren Töchtern bekannt zu machen.«

»Alys war vorhin höchst verärgert«, sagte Burke, der ahnte, in welche Richtung die Überlegungen seiner Gastgeberin gingen. »Es ist nur schicklich, daß ich mich versichere, daß ich das Fräulein nicht beleidigt habe.«

Deirdre schnaubte: »Ihr mögt versichert sein, daß Alys nicht beleidigt ist und Eurer Aufmerksamkeit nicht wert. Was ich Euch über ihre Herkunft erzählen könnte …« Sie schüttelte den Kopf, als könne sie es nicht über sich bringen, es auszusprechen, und Burke mußte sich beherrschen, um seinen Ärger nicht zu zeigen.

Deirdre lächelte: »Doch genug davon. Ihr seid auf der Suche nach einer Braut nach Kiltorren geritten, und die einzigen in Frage kommenden Bewerberinnen erwarten Euch.«

»Jawohl, Ihr könnt doch nicht bereits entschlossen sein, Eure Braut an anderer Stelle zu suchen!« sagte Cedric laut. Er legte die Hand auf Burkes Schulter. »Mein Junge, Ihr habt noch kaum Gelegenheit gehabt zu erkennen, wie meine Töchter in den vergangenen Jahren erblüht sind. Kommt, kommt zu Tisch!«

Und Burke wurde bewußt, daß ihm nichts anderes übrigblieb. Deirdre war zu klug und zu sehr auf ihre eigenen Ziele bedacht, um sein offensichtliches Interesse an Alys zu dulden. Wollte Burke nicht von Kiltorren verwiesen werden, bevor es ihm gelang, Alys' Hand zu erobern, würde er eine gute Vorstellung bei seiner Werbung um Malvina abliefern müssen.

Kein schöner Gedanke, doch Burke zwang sich, sein bestes Lächeln zu zeigen. Gott sei Dank rechtfertigte der Zweck die Mittel.

»Ich danke Euch für Eure beruhigenden Worte, meine Dame.« Burke verbeugte sich. »Ihr habt meine Besorgnis zerstreut, so daß ich nun um so besser die Anmut Eurer Töchter genießen kann.«

Malvina und Deirdre lächelten, Brigid wurde abermals rot, und Cedric drängte Burke, sich zwischen seine Töchter zu setzen. Burke nahm Platz, und sofort legte Malvina die Hand auf seinen Oberschenkel. Ihre unerwartete Vertrautheit ließ ihn zusammenfahren.

»Ihr müßt uns von all den Abenteuern erzählen, die Ihr erlebt habt, seit Ihr das letzte Mal durch unser Tor geritten seid«, forderte sie ihn auf und schmiegte ihre Brust an seinen Arm. »Wie viele Turniere habt Ihr gewonnen?«

Burke wollte unsanft Malvinas Hand entfernen, aber er bemerkte Deirdres unerbittlichen Blick. Gerade noch rechtzeitig beherrschte er sich, nahm Malvinas Hand in seine und hob sie galant an die Lippen.

»Euer Wunsch ist mir Befehl«, murmelte er, bevor er ihre Hand bestimmt auf die Tafel legte. »Ich hoffe nur, meine Geschichten mißfallen Euch nicht, denn Ihr seid offensichtlich eine Jungfrau von guter Erziehung.« Malvina kicherte und rutschte näher heran, ihr Bein an seinem.

Bei den Göttern, es würde ein langer Abend werden.

♠

Alys arbeitete wie niemals zuvor. Sie schrubbte, sie fegte und sie schleppte, bis ihr alles weh tat. Und dann schrubbte sie wieder. Sie säuberte den Küchenherd von Asche und trug Eimer um Eimer voll Ruß aus dem Schloß.

Sie hielt sich bewußt von der großen Halle fern und achtete darauf, keinen noch so flüchtigen Blick auf die Empore zu werfen, wenn sie durch den Schatten zur Treppe schlich. Zum Glück waren nur auf dem Podium die Fackeln entzündet, und sie bezweifelte, daß jemand ihr Kommen und Gehen bemerken würde. Einmal vernahm sie aus diesem Raum das vertraute, tiefe Lachen eines Mannes, unterbrochen von Malvinas Kichern.

Es klang nicht, als würde der Mann *nicht* um ihre Kusine werben.

Alys knirschte mit den Zähnen und putzte sowohl die oberen als auch die kleineren Zimmer unten mit wilder Entschlossenheit. Schweiß rann ihr den Rücken hinunter, und Asche bedeckte ihre Haut, die Nacht begann sich herabzusenken, aber sie arbeitete weiter.

Immer noch spitzte sie die Ohren, unfähig, der Versuchung zu widerstehen, nach der Stimme ihres Ritters zu lauschen. Jedesmal wenn sie Burke leise lachen hörte, schrubbte sie härter.

Eindeutig genoß er Malvinas Gesellschaft, dachte sie giftig, und er vermißte sie überhaupt nicht. Er würde Malvina nicht umwerben, ha. Der Mann verdrehte die Wahrheit zu seinen Gunsten, das war offensichtlich. Alys fluchte leise und putzte.

Doch so sehr sie sich auch abmühte, Alys konnte Burke nicht

aus ihren Gedanken vertreiben. Weder seine Berührung noch seinen Charme oder das Funkeln in seinen Augen, als er ihr so bereitwillig sein Wort gab.

Obwohl es gelogen war.

Alys war bewußt, daß die Wurzel allen Übels ihre Schwäche für diesen Ritter war. Schließlich wußte sie genau, daß die Zärtlichkeit eines Mannes nur zur Entehrung führen konnte, wußte sie mehr als genug darüber, was es hieß, die Tochter einer Hure zu sein, wußte sie, daß Burke sie schon einmal tief enttäuscht hatte und es ohne Zweifel wieder tun würde.

Doch wenn Burke seinen durchdringenden Blick auf sie richtete, oder schlimmer noch, sie berührte, vergaß sie einfach alles. Es war Irrsinn, einem Mann solche Macht über ihre Gedanken zu erlauben, doch selbst, daß sie sich dieser Tatsache bewußt war, verminderte nicht die Anziehungskraft, die Burke auf sie ausübte.

Und auch nicht ihre wachsende Neugier.

Denn Alys konnte nicht verhindern, daß sie sich fragte, was dieser Mann sagen würde, wenn er könnte. Gab es womöglich eine andere Erklärung für Burkes Abreise damals?

Würde er sie belügen, nur um sie in sein Bett zu bekommen? Oder gab es einen Aspekt der Wahrheit, den Alys nicht kannte? Die Möglichkeit, daß Burke unschuldig war, quälte Alys die ganze Nacht.

Und das nicht nur, weil sie nicht ungerecht sein wollte.

Doch die Möglichkeit, daß sie eine vertrauensselige Närrin war, quälte sie noch stärker. Sie hatte Heloises Geschichten wohl doch zu eindringlich gelauscht!

Und sie hatte es schließlich der Tante versprochen. Alys kehrte mit ihren Töpfen in die Küche zurück, das Kinn hoch erhoben, als es still wurde, während sie an der Tafel vorbeiging.

»Mir scheint, daß Alys sich bemerkenswert schnell von ihrer Grippe erholt hat«, merkte Burke trocken an. Alys sah, daß Malvina sich ihm fast auf den Schoß setzte und er nichts dagegen unternahm.

Verlangte sein Stolz, daß ihm jede Frau zu Füßen lag?

Ihre Tante lachte und dachte sich eine neue Lüge aus, während Alys die Zähne zusammenbiß. Grippe? Es war typisch für diese Frau, irgendeine weit hergeholte Geschichte zu erfinden, um ihr Verhalten zu erklären. Alys begann die Küche sauber zu machen, mit der leisen Hoffnung, daß ein gewisser Ritter sie aufsuchen würde, bevor er zu Bett ging.

Doch nach und nach wurde es ruhig im Schloß, und auf der Treppe waren Schritte zu hören. Alys ertappte sich dabei, wie sie auf die lauten Schritte eines Mannes lauschte, und ihre Energie verließ sie, als sie hörte, wie Burke den Saal in Richtung Treppe verließ und nicht zur Küche kam.

Ach, sie war eine törichte Närrin!

Erst als die Halle leer war, schleppte Alys ihre Eimer hinüber. Der Saal schien jetzt kalt und verlassen, und das Feuer war bis auf die Glut heruntergebrannt. Der Boden schien kein Ende zu nehmen, doch Alys schrubbte pflichtbewußt weiter, während Schnarchen und das Trippeln eiliger Mäuse das Schloß erfüllten.

Sie verfluchte ihre Tante aus tiefstem Herzen, dann verfluchte sie Burke, weil er sie so durcheinandergebracht hatte. Sie verfluchte ihre Mutter, weil sie dumm genug gewesen war, den verführerischen Lügen eines Mannes zu erliegen.

Hätte ihre Mutter der Versuchung widerstanden, wäre Alys nicht als Bastard geboren, ihre Mutter wäre nicht an gebrochenem Herzen gestorben, und sie würde nicht hier knien und Kiltorrens Böden säubern.

Und dann verfluchte sie sich selbst, daß sie im Begriff war, denselben traurigen Fehler zu begehen. Die Wahrheit war zu offensichtlich, und keine schönen Träume, keine romantischen Geschichten oder charmanten Männer verhinderten, daß Alys sie erkannte.

Aber was *würde* Burke sagen, wenn sie ihm die Gelegenheit gab? Obwohl sie wußte, daß es falsch war, brannte Alys darauf, es zu erfahren.

Als die ersten Strahlen der Sonne in die Halle fielen, war Alys mit dem Putzen fertig. Sie richtete sich auf und streckte sich, während sie das Ergebnis ihrer Arbeit nicht ohne Befriedigung musterte. Alys fuhr sich müde durchs Haar.

Heloise hatte oft gesagt, daß die Neugier der Untergang der Unschuld sei, und Alys gestand sich widerstrebend die Wahrheit dieser Worte ein. Wie falsch es auch war, welche Lügen er ihr auch auftischen würde, sie mußte wissen, was Burke zu seiner Verteidigung zu sagen hatte.

Und es gab nur einen Weg, ihre Neugier zu befriedigen: Alys würde dem Mann Gehör schenken müssen. Es war riskant, wenn man das Versprechen bedachte, das sie ihrer Tante gegeben hatte, aber vielleicht konnte sie es vor ihr geheimhalten.

Aber zuerst würde Alys die Kräuter schneiden und diese verfluchte Arbeit zu Ende bringen. Wenn das Glück ihr hold war, würde die Tante erst spät aufstehen und so damit beschäftigt sein, Alys' Arbeit zu überprüfen, und dabei wie immer nach Nachlässigkeiten suchen, daß Alys' Abwesenheit ihr nicht sofort auffallen würde.

Oder daß sie sich ihr widersetzte.

Denn das würde ohne Zweifel das letzte Mal sein, daß Alys mit Burke sprach. Wenigstens darin hatte der Mann recht. Er hatte Alys zugehört, und so war es nur gerecht, daß auch sie ihm Gehör schenkte.

Jedenfalls war das die Ausrede, die Alys benutzte, um ihn aufzusuchen. Allein im Garten, das Messer in der Hand, hoffte Alys inständig, daß sie vernünftig genug wäre, Burkes Anziehungskraft zu widerstehen.

Es war nicht besonders ermutigend, daß sie bereits jetzt wußte, daß die Chance nicht gerade groß war.

Kapitel 4

Als Alys die Kräuter über den frisch geputzten Boden verteilt hatte, war es bereits spät am Morgen. Schon vor einiger Zeit hatte sie Burke pfeifen gehört und wußte, daß er wach war. Nachdem sie sich versichert hatte, daß sowohl die Tante als auch Malvina noch in ihren Betten lagen, begab sie sich auf ihre heimliche Mission.

Aber Burke war weder im großen Saal noch in der Küche, nicht in der Waffenkammer und auch nicht im Hof. Alys dachte, er wäre vielleicht ausgeritten, aber sein Roß stand noch im Stall. Das gewaltige Tier hatte sein Maul im Futtertrog versenkt, während Kerwyn leise zu ihm sprach und seine Flanke striegelte. Keiner von beiden sah sie an.

Alys blieb im gefleckten Sonnenlicht stehen, das den Gang erfüllte, der an den Ställen entlangführte, und spähte suchend in die Stallungen. Sie kam nur selten hierher, denn ihre Aufgaben hielten sie im Haupthaus fest, und als sie den Geruch des Ortes wahrnahm, kehrten ihre Gedanken an einen weit zurückliegenden Nachmittag zurück. Ihre Füße führten sie ans andere Ende, als hätten sie ein Eigenleben.

Die Ställe dort wurden nicht länger gebraucht. Mit jedem Schritt ließ sie den Lärm von Pferden und Stallknechten weiter hinter sich, aber in ihrer Erinnerung hallten sie nach. Den Eimer mit Schmutzwasser in ihrer Hand kaum spürend, lächelte sie, als ihr wieder einfiel, wie Burke damals aufgetaucht war.

Er hatte gedacht, er könnte sie täuschen, daß sie nicht an seinen Augen hätte erkennen können, daß er ihr absichtlich gefolgt war.

Damals war Burke so leicht zu durchschauen gewesen.

Hatte sie jedenfalls geglaubt. Alys' Lächeln erstarb.

Sie blieb vor dem letzten Stall stehen und fragte sich, ob sie ihrer Laune nachgeben sollte. Sie warf einen Blick über die Schulter, um sich zu versichern, daß sie niemand beobachtete, und trat in den Stall.

Alles war noch wie damals. Staub tanzte in einem verirrten Sonnenstrahl, und der Geruch von Heu und Dung, Leder und Pferd erfüllte ihre Nase. Alys hörte das entfernte Stampfen von Hufen, zugegeben weiter weg und seltener als damals, und machte einen weiteren Schritt in den schattigen Stall hinein.

Genau hier war es geschehen. Alys schloß die Augen, lehnte sich zurück und erlaubte der Erinnerung, zu Burkes leidenschaftlichem Kuß zurückzukehren. Fast konnte sie seine Eindringlichkeit wieder fühlen, spürte, wie ihr Blut bei seiner Berührung in Wallung geraten war.

Oh, wie sehr sie ihn geliebt hatte!

Oder *geglaubt* hatte, ihn zu lieben. Aber der Mann, den Alys liebte, war Aucassin aus Heloises Geschichte, ein tapferer und schöner Ritter, den die niedrige Stellung seiner Herzensdame nicht kümmerte und der sich von nichts aufhalten ließ, ihre Hand zu gewinnen. Aucassin war treu bis in den Tod, ritterlich und bereit, für die Liebe alles aufzugeben.

Doch Aucassin existierte nicht. Alys hatte einfach ihre liebste Geschichte mit der Wirklichkeit verwechselt. Sie schüttelte den Kopf und drehte sich um, um wieder zu gehen.

Da wurde Alys bewußt, daß sie nicht allein war.

Ihr Atem stockte, als sie Burke an der Wand lehnen sah. Die Schatten hatten ihn verborgen, doch sein Blick strahlte durch das Dunkel. Er stand stiller da, als Alys es für möglich gehalten hätte.

Und doch war er real. Burke beobachtete sie, daran war nicht zu zweifeln, die Arme über der breiten Brust gekreuzt. Sein Lächeln ließ Alys am ganzen Körper erschauern.

Offensichtlich hatte er heute schon Zeit in den Stallungen verbracht, denn seine prächtigen Stiefel waren mit Schmutz überzogen. Burke hatte seinen Wappenrock abgelegt, und das weiße Unterkleid betonte noch die Stärke seiner Arme und die Bräune seiner Haut. Sein Haar war zerzaust, und er sah aus wie vor langer Zeit.

Alys' Herz setzte kurz aus, als sie, wenn auch nur sich selbst, eingestand, daß Burke weitaus atemberaubender war als vor drei Jahren.

»Darf ich zu hoffen wagen«, fragte er sanft, »daß Ihr nach mir sucht?«

Alys spürte, wie sie rot wurde, aber sie senkte die Augen nicht. »Ja«, gab sie zu, obwohl ihr Mund plötzlich ganz trocken war, »es schien nur höflich, Euch anzuhören.«

Burke schien diese Behauptung zu amüsieren. Er fuhr sich durchs Haar und brachte die dunklen Locken noch mehr durcheinander. »Dann habe ich der Höflichkeit einiges zu verdanken«, bemerkte er, einen Anflug von Humor in der Stimme.

Alys' verräterisches Herz tat einen Sprung, als er sich aufrichtete. Schnell machte sie einen Schritt zurück, aber die Stallwand war direkt hinter ihr.

Sie drohte Burke mit dem Finger, während ihre Angst vor ihrer Reaktion auf ihn wuchs: »Bleibt, wo Ihr seid. Ich bin gekommen, um Euch anzuhören, und mehr als meine Aufmerksamkeit werdet Ihr nicht erlangen.«

Burke lehnte sich wieder an die gegenüberliegende Wand. »Diesmal habt Ihr keinen Wassereimer dabei, um Euer Geheiß zu bekräftigen«, merkte er milde an.

Alys hob herausfordernd das Kinn: »Ihr behauptet, ein Mann von Ehre zu sein, nun beweist es.«

Er betrachtete sie, ohne etwas zu sagen, die Spannung zwischen ihnen war fast greifbar. »Touché«, gab er schließlich zu. Sein Blick wanderte durch den Stall: »Hier hat sich wenig verändert.«

Alys merkte, wie sie das schwindende Vermögen der Familie verteidigen wollte: »In einem Pferdestall verändert sich nun einmal wenig, und dieser Teil der Stallungen wird zur Zeit selten genutzt.«

»Hm.« Burke runzelte die Stirn. »Hier haben wir uns damals getrennt, und ich werde damit beginnen, was danach geschah.« Er sah sie an: »Ich nehme an, Ihr könnt Euch noch an jenen Tag erinnern?«

Alys spürte, wie sich ihr der Hals zuschnürte, als sie sich an die Erniedrigung erinnerte: »Es war das letzte Mal, daß ich Euch sah. An mehr brauche ich mich nicht zu erinnern.«

»Ihr seid geflohen.«

»Und Ihr seid mir nicht gefolgt«, versetzte Alys und hörte selbst den Schmerz dieser alten Wunde in ihrer Stimme.

Burke schüttelte den Kopf, und ein Anflug von Frustration zeigte sich auf seinem Gesicht: »Eure Familie hat es verhindert! Sie haben mich in die Enge getrieben wie einen Hund, genau wie sie es gestern am Tor taten. Es herrschte das reine Chaos, sie überhäuften mich mit Anschuldigungen und Befehlen und machten mich halb verrückt.« Erneut warf er ihr einen Blick zu: »Alles, was ich wollte, war, mit Euch zu sprechen.«

»Ich war auf meinem Zimmer.«

»Ja, das hat man mir gesagt.« Burke schaute grimmig: »Damals hat Eure Familie wenigstens noch so getan, als läge ihr Eure Ehre am Herzen, und ich konnte ihre Lügen nicht durchschauen. Als ich um Eure Hand anhielt...«

Alys hob die Hand, um dieser Unwahrheit Einhalt zu gebieten: »Burke, Ihr könnt nicht um meine Hand angehalten haben!«

Burkes Augen funkelten. »Ich *tat* es! Noch am selben Tag. Ich sagte, ich würde Euch zur Frau nehmen, und machte meine ehrenhaften Absichten klar. Erst nachdem sie meinen Antrag vernommen hatten, ließen sie mich gehen«, fuhr er fort, die Wut in seiner Stimme war nicht zu überhören. »Aber Eure Familie bestand darauf, Euch meinen Antrag selbst zu überbringen. Sie kehrten fast augenblicklich zurück und sagten, Ihr wolltet mein Angebot nicht annehmen. Sie haben mir gesagt, daß Ihr mich nicht einmal sehen wolltet.«

Alys spürte, wie ihr vor Erstaunen der Mund offenstand. Burke hatte nicht nur um ihre Hand angehalten, er glaubte auch noch, sie hätte ihn *zurückgewiesen*?

»Ich habe einen ganzen Tag gewartet«, fuhr Burke verbittert fort. »Ich habe meinen Antrag erneuert, doch Eure Familie brachte mir ein weiteres Mal eine abschlägige Antwort.«

Seine Worte klangen so leidenschaftlich, leidenschaftlich und verletzt, daß Alys anfing zu zweifeln. Solche Erregung konnte doch nicht gespielt sein?

Obwohl es immer noch keinen Sinn ergab.

Burke starrte auf seine Füße: »Ich gestehe, daß ich nicht wußte, was ich denken sollte. Ich wußte nichts über Liebe oder Heirat, aber ich wußte, daß ich niemals solches Glück verspürt hatte wie in Eurer Nähe. Ein alter Ritter hat mir gesagt, ich solle froh sein, daß ich die Folgen meiner jugendlichen Unbekümmertheit nicht zu tragen brauche. Ich wußte nicht, ob er nicht vielleicht die Wahrheit sprach.«

Burke seufzte: »Und so ging ich fort, wie ich dachte, daß Ihr es mir aufgetragen hättet.« Er hob den Blick zu Alys, und seine Augen funkelten eindringlich: »Das war mein erster Fehler. Ich hätte darauf bestehen sollen, die Zurückweisung von Euren Lippen zu empfangen.«

Alys wußte nicht, was sie glauben sollte. Ihr aufsässiges Herz drängte sie, sich auf Burkes Seite zu stellen.

»Ich kehrte zu meinem Vater zurück und zog mit ihm in die Schlacht«, sagte dieser weiter, »ich erduldete jede der Verbindungen, die meine Mutter für mich eingehen wollte. Aber es war seltsam, Alys, ich konnte nicht anders, als all diese Frauen mit Euch zu vergleichen, und jedesmal fiel dieser Vergleich zu Euren Gunsten aus. Die Zeit tat nichts, um Eure Anziehungskraft zu schmälern. Immer wieder träumte mir von Euch, und allmählich wurde mir bewußt, daß, was ich für Euch fühlte, vielleicht niemals vergehen würde.«

Burke hielt inne und runzelte die Stirn. Er senkte die Stimme: »Und so kehrte ich ein Jahr später in der Hoffnung nach Kiltorren zurück, daß Ihr meine Werbung diesmal erhören würdet.«

Also *das* war auf jeden Fall eine Lüge!

»Das tatet Ihr nicht!« sagte Alys bestimmt, wütend, daß er so mit ihr spielte, und noch wütender, daß sie so leicht zu täuschen war.

Burkes Blick begegnete dem ihren: »Doch, das tat ich, Alys. In jenem Frühling war ich hier, doch Ihr wart es nicht.«

»Das ist unmöglich! Ich habe Euch schon gesagt, daß ich auf Kiltorren geboren wurde und diese Mauern nie verlassen habe.«

»Ihr wart nicht hier«, bestand Burke auf seiner Version. »Eure Tante erklärte, Ihr hättet das Schloß verlassen müssen, daß sie nicht wüßte, wo Ihr wäret. Eure Familie gab vor, sehr besorgt zu sein, und sie baten mich, ihnen sofort Bescheid zu geben, wenn ich Euch jemals zu Gesicht bekäme.«

Er hob eine Braue, als zweifelte er an dem, was er als nächstes sagte: »Sie schienen krank vor Sorge zu sein.«

»Aber das ergibt keinen Sinn!« widersprach Alys. »Ich habe Kiltorren nie verlassen.«

»Wo wart Ihr dann, Alys?« fragte Burke. Frustriert breitete er die Arme aus: »Ich sage die Wahrheit. Ich *war* hier.«

»Aber ich hätte gewußt, daß Ihr hier seid. Ich hätte Euch gesehen!«

Burke schüttelte den Kopf: »Ich weiß nicht, wie dieses Rätsel zu lösen ist, Alys. Ich weiß nur, was ich gesehen habe und was mir erzählt wurde. Ich habe Euch hier nicht angetroffen, und so ging ich wieder und hoffte, Euch wenigstens auf meinen Reisen zu begegnen.«

Er schluckte und stieß mit dem Fuß in das alte Heu: »Und das war mein zweiter Fehler, denn bevor ich nicht nach Kiltorren zurückkam, sah ich Euch nicht wieder.«

Alys schüttelte verzweifelt den Kopf: »Offensichtlich, weil ich die ganze Zeit hier war!« Sie stützte die Hände in die Hüften, um ihn besser beobachten zu können: »Was glaubt Ihr, mit diesen Lügen erreichen zu können, wenn ich Euch die Gelegenheit gebe, die Wahrheit zu sagen?«

Burkes Blick war fest: »Alys, es scheint, uns beiden wurden auf Kiltorren Lügen erzählt, aber nicht vom anderen.«

Er schien sich so sicher, daß Alys anfing zu zweifeln. Schließlich war es nicht schwer, sich vorzustellen, daß die Tante sie belog.

Alys runzelte die Stirn: »Aber die Tante hätte mir bestimmt von einem Antrag berichtet.«

»Hätte sie das?« fragte Burke grüblerisch. »Sie war gestern schnell mit der Lüge über Eure angebliche Krankheit bei der Hand.«

»Oh, ich verteidige sie nicht, weil ich an ihre Ehrlichkeit glaube.« Alys verschränkte die Arme vor der Brust und lächelte trokken: »Sie wäre nur zu froh, sich der Bürde meiner Anwesenheit zu entledigen, dessen könnt Ihr sicher sein.«

»Wirklich?« Burke schien das nicht für so sicher zu halten wie Alys. Sein Blick glitt über ihre Kleidung, und Alys wurde bewußt, daß sie vor Schmutz starren mußte. »Sie haben in Euch eine gute Arbeitskraft, das steht außer Zweifel.«

»Man hat mir gesagt, ich müßte mir meinen Unterhalt verdienen.«

»Wie Eure Kusinen es tun?« fragte Burke ärgerlich.

Alys biß sich auf die Lippe und betrachtete den Ritter mißtrauisch. Obwohl sie ihr ganzes Leben rebellische Gedanken gehegt hatte, war es unangenehm, diese so offen mit jemandem zu teilen: »Es ist wohl nur natürlich, daß mein Onkel und meine Tante ihr eigen Fleisch und Blut bevorzugen.«

»Ihr seid ihr Fleisch und Blut!« rief Burke. Er ging in offensichtlicher Verzweiflung im Stall auf und ab. »Ihr seid vom selben Geschlecht wie Eure Kusinen.« Er streckte ihr bittend die Hand entgegen: »Habt Ihr Euch nie gefragt, warum ihr Leben sich so von Eurem unterscheidet?«

»Doch«, gab Alys unbehaglich zu. »Die Tante sagt, sie wünscht nicht, daß ich so hochmütig werde wie meine Mutter.«

Burke schnaubte mit einer Verachtung, die nicht mißzuverstehen war. »Eurer Tante ist wohl bewußt, daß Ihr die lieblichste der drei Jungfräulein seid, die ihrer Obhut unterstehen«, erklärte er rundweg. Alys' Herz machte einen Satz bei diesem versteckten Kompliment. »Sie sorgt sich um die Ihren, aber auf Eure Kosten.«

Doch es gab noch einen anderen Aspekt, den Burke nicht kannte und der viel entscheidender war.

»Aber wir sind nicht gleichwertig, denn ich bin ein uneheliches Kind.« Alys spürte, wie sie errötete, als sie das zugab. »Meine Mutter brachte Schande über Kiltorren und über den Namen ihres Vaters. Die Tante möchte mich vor dem Fehler meiner Mutter bewahren.«

Doch Burke verschränkte die Arme vor der Brust. Offensichtlich maß er diesem Detail nicht die Bedeutung bei, die ihm zukam: »Alys, das Blut dieses noblen Hauses fließt in Euren Adern, egal wie Ihr auf diese Welt gekommen seid. Könige und Königinnen erkennen ihre Nachkommenschaft von der falschen Seite des Bettes an, und Kiltorren ist nun wirklich keine Königsburg. Eure Mutter mag in die Irre gegangen sein, aber Ihr müßt nicht für ihre Schuld bezahlen.«

»Aber die Tante sagt, ich trage das Mal der Hure.«

Burke fluchte und spuckte aus; daß er solches Verhalten verurteilte, war mehr als deutlich. »Alys, Ihr müßt Euch fragen, was Eure Tante gewinnt, wenn sie Euch so schmäht.« Er zählte seine Argumente an den Fingern vor, beim Daumen beginnend: »Sie verschafft ihren Töchtern einen Vorteil, denn nie werden sie mit Euch verglichen werden, solange Ihr die Kleider einer Dienstbotin tragt.«

Burke klopfte auf seinen Zeigefinger: »Sie gewinnt eine Magd, die sie nicht auszubilden, zu entlohnen und um deren Heirat sie sich keine Gedanken zu machen braucht. Ich bin mir sicher, Ihr bedient alle drei.« Er zählte weiter, ohne ihr Gelegenheit zu geben, die Wahrheit seiner Worte zu bestätigen. »Sie gewinnt ein weiteres Paar Hände für die Küche, ohne daß sie noch ein Maul stopfen müßte, und das ist keine Kleinigkeit, wenn es dem Haus nicht gutgeht.«

Er machte einen Schritt auf sie zu und klopfte schwer mit dem Zeigefinger der anderen Hand auf seinen Mittelfinger: »Aber es muß noch einen anderen Grund geben, dessen bin ich mir sicher. Solche Verbitterung muß eine Wurzel haben.«

»Da ist noch mein Mal...«

»So etwas gibt es nicht!«

»Aber die Tante besteht darauf...«

»Sie *lügt!*« erklärte der Ritter leidenschaftlich. »Eure Tante nimmt Anstoß an Eurer Existenz, Alys, egal was Ihr sagt oder tut. Ich werde herausfinden, warum.«

Alys runzelte die Stirn und wandte den Blick ab, während sie sich bemühte, gegen Burkes Überzeugungskraft anzukämpfen. Sie wußte, daß er die Wahrheit über die Böswilligkeit der Tante sprach, aber was war mit dem Rest?

Im selben Augenblick machte Burke einen Schritt nach vorn,

nahm ihr Kinn zwischen Daumen und Zeigefinger und zwang sie, ihn anzusehen. Sie war sich schmerzlich seiner Hand bewußt, die er neben ihrer Schulter gegen die Stallwand gestützt hatte. Sie nahm den Geruch seiner Haut war, das Funkeln seiner Augen, die leichte Berührung seiner Hand an ihrem Kinn. Ihr Herz schlug schneller, als ihr klar wurde, daß sie allein seine Aufmerksamkeit hatte, daß es nur sie war, die er wollte.

Um nichts in der Welt hätte sie ihn hier stehenlassen können.

»Wenn alles so gewesen wäre, wie ich es sage, Alys«, flüsterte Burke und suchte ihren Blick, »hättet Ihr damals Eure Hand in meine gelegt?«

Schon beim Gedanken daran mußte Alys schlucken. Sie glaubte nicht, daß Burke eine solche Eindringlichkeit vortäuschen könnte, und in diesem Augenblick war sie sich sicher, daß er nicht log.

Ja, sie wollte ihn schon anflehen, sie von Kiltorren zu entführen, koste es, was es wolle. Alys wollte wieder von Burke als ihrem Ritter, ihrem Geliebten, ihrem Aucassin träumen können.

Doch Alys hatte geschworen, den Fehler ihrer Mutter nicht zu wiederholen, der die Wurzel allen Übels war. Und jetzt sagte Burke nichts von Heirat, selbst wenn er es damals getan hatte.

Alys fiel gerade noch rechtzeitig ein, was er nicht erwähnt hatte. Denn es war offensichtlich, trotz allem, was Burke behauptete, daß er gekommen war, um Malvina zu umwerben.

»Aber was, wenn es *nicht* stimmt?« flüsterte sie zittrig.

Burke nahm Alys' Hand, bevor sie sich entfernen konnte, legte sie auf sein Herz und hielt sie dort fest. Seine Haut war warm, selbst durch das Hemd hindurch, und sie fühlte seinen Herzschlag. Seine Hand bedeckte die ihre, und Alys wurde von einem Verlangen nach mehr als nur einer Berührung überflutet, so stark, daß ihr die Knie weich wurden.

»Aber Alys, es ist wahr.«

»Und was ist mit Malvina?«

Burke verzog das Gesicht: »Alys, ich sehe nur Euch.« Seine Augen bohrten sich in ihre, und seine Stimme sank zu einem eindringlichen Flüstern herab: »Ich schwöre es.«

Als Alys zögerte, bückte sich Burke zu ihr herunter und berührte ihre Lippen mit den seinen. Sie hätte sich ihm entziehen können, doch sein Herz unter ihrer Hand schlug immer schneller.

Dieses kleine Zeichen, daß ihre Berührung nicht ohne Auswirkung auf diesen tapferen Ritter war, entzückte Alys. Sie starrte zu ihm hinauf und konnte nur zusehen, als er sich niederbeugte, um sie erneut zu küssen. Sie erschauerte vor Verlangen, als seine Lippen die ihren bedeckten. Er schmeckte warm und nach dem Leichtbier, das er zum Frühstück getrunken hatte. Er war genau so sanft und zärtlich, wie er es immer gewesen war.

Alys fügte der Liste der Eigenschaften dieses Ritters »unwiderstehlich« hinzu, als sie die Augen schloß. Ihre Lippen öffneten sich, und sie reckte sich ihm entgegen, als sie sich dem Augenblick und seiner Umarmung hingab.

Burke stöhnte und zog Alys an sich. Seine Hände ergriffen Alys' Hüfte mit einer Sicherheit, die sie ihre Einwände vergessen ließ. Sein Kuß war sanft und tief, und seine Berührung ließ Alys' Herz schneller schlagen. Alys öffnete die Lippen und drängte sich an ihn, begierig auf alles, was er zu geben hatte.

Als seine kräftigen Finger unter ihr Hemd glitten und ihre Brust umfingen, stockte Alys der Atem. Burke strich langsam mit dem Daumen über Alys' Nippel, und sie erschauerte am ganzen Körper. Er beendete den Kuß, als es ihr den Atem verschlug, blinzelte ihr zu und beugte sich dann vor und führte ihre Brust an seine Lippen.

Und Alys, die auf seine schwarze Mähne sah, erfüllt von der Lust, die seine Lippen in ihr wachriefen, wurde plötzlich bewußt, was sie tat. Was ein Mann war, zeigte sich in seinen Taten und nicht in seinen schönen Worten oder seinen Küssen.

»Nein!« rief sie, schob ihn fort und sah gerade noch das Erstaunen in seinen Augen, bevor sie davonrannte.

»Alys!« rief Burke, doch Alys drehte sich nicht um. Sie raffte ihre Röcke und floh, ebenso vor Burke wie vor ihrem eigenen wollüstigen Verlangen.

Oh, sie war eindeutig die Tochter ihrer Mutter!

»Alys!« brüllte Burke, und sein Ruf hallte im Hof wider. »Diese Sache ist noch nicht ausgestanden!«

Alys konnte nicht riskieren, stehenzubleiben und seinen verführerischen Worten zu lauschen. Sie suchte Zuflucht, und ihr Herz schlug, als wolle es zerspringen.

Doch als sie die Küchentür erreichte, wurde Alys klar, daß das Glück ihr an diesem Morgen nicht hold war.

Dort stand die Tante, und ihr wütendes Gesicht ließ Alys' Schritte stocken. »Du warst wieder bei ihm«, beschuldigte sie Alys.

Alys blieb stehen, aber sie konnte nicht lügen: »Ja, dies eine Mal.« Ihr Magen schnürte sich vor Furcht zusammen, als sie sah, wie die Augen der Tante sich verengten: »Es war das letzte Mal, ich schwöre es.«

Die Tante hob die Augenbrauen: »Ungehorsam bleibt Ungehorsam, Alys, sei es einmal oder tausendmal.«

Alys blickte zurück zu den Stallungen, in denen sie einen Ritter wußte, dem sie nicht zu trauen wagte. Er war nicht zu sehen.

Und im ganzen Schloß gab es sonst niemanden, der ihr geholfen hätte, zumindest jetzt nicht mehr. Und sie konnte es auch von niemandem verlangen, nach allem was geschehen war.

Aber das würde sich nicht wiederholen. Alys zwang sich, ruhig zu atmen, sah die Tante an und beschloß, daß ihr eine weitere Runde harter Arbeit nicht schaden würde.

Sie trat mit erhobenem Kinn vor, nicht ahnend, wie sehr sie den Zorn ihrer Tante unterschätzt hatte.

♠

Cedric wartete im oberen Zimmer auf sie, als Deirdre kurz vor Mittag aus der Küche kam. Er trug diesen besorgten Gesichtsausdruck, der ihr verriet, daß er etwas von ihr wollte. Es bereitete Deirdre Vergnügen, ihm ihre Aufmerksamkeit erst einmal vorzuenthalten, denn sie wußte, es würde ihn nur noch mehr beunruhigen.

Sie hatte den Stock an diesem Morgen mit voller Kraft geschwungen, und an ihren Händen zeigten sich Blasen, so sehr hatte sie ihre Nichte geschlagen. Aber ihre Hände wären nicht so weich geworden, hätte sie den Stock nicht vor zwei Jahren beiseite gelegt.

Das war der Preis, den Deirdre für Cedrics Aberglauben zahlen mußte.

Genau wie damals hatte Alys nicht den Hauch eines Protests von sich gegeben, hatte weder geschrien noch geweint und alles still leidend ertragen. Und das hatte sie erst recht rasend gemacht. Deirdre hatte sich für einen Augenblick vergessen bei dem Versuch, ihrer Nichte eine Reaktion zu entlocken, daher rührten die Blasen.

Aber ihre Hand würde heilen.

Wie auch zweifelsohne Alys.

Eines war sicher: Alys würde in den nächsten Tagen Burkes Blick nicht noch einmal von Malvina ablenken. Und das war mehr als genug Zeit für Malvina, das Herz ihres Gastes zu gewinnen. Ein paar Blasen waren ein geringer Preis, wenn sie die Heirat ihrer Tochter damit sicherstellte.

Cedric verschränkte die Arme vor der Brust und betrachtete sie mißtrauisch. »Wo bist du gewesen?« fragte er.

»In der Küche«, antwortete sie forsch und öffnete ihre Truhe. »Haben die Mädchen ihre prächtigsten Gewänder angelegt? Ich möchte, daß sie gut aussehen für diesen Ritter.«

»Das tun sie.« Cedric machte einen Schritt auf sie zu, und seine Stirne legte sich in Falten: »Was hat dich aufgehalten, Deirdre? Es sieht dir gar nicht ähnlich, zu spät bei Tisch zu erscheinen, wenn wir einen Gast haben, schon gar nicht, wenn dieser Gast ein heiratsfähiger Ritter ist.«

Deirdre lächelte knapp: »Cedric, du willst unserem Gast doch nur das Beste auftischen, oder nicht?«

Doch Cedric ließ sich nicht vom Thema abbringen: »Es dauert sicher nicht lange, zu befehlen, daß das gute Bier gezapft oder daß ein neuer Käse angeschnitten werden soll. Du hast wieder Unfrieden gestiftet, wenn ich mich nicht sehr irre.«

»Cedric!« Deirdre täuschte Entrüstung vor. »Das würde ich niemals ...«

Aber sie hatte keine Gelegenheit, ihren Satz zu Ende zu bringen, denn Cedric ergriff ihre rechte Hand. Er drehte die Handfläche nach oben, als wüßte er, was er finden würde, und sah Deirdre direkt ins Gesicht.

»Du hast es wieder getan«, beschuldigte er sie. »Ich dachte, wir hätten nach dem letzten Mal etwas abgemacht.«

Deirdre hob das Kinn: »Sie hatte es verdient.«

»Wirklich?« Cedric blickte skeptisch. »Es ist nur schwer zu glauben, daß Alys Gelegenheit hatte, genug Ärger zu machen, um das zu verdienen. Du bist zu hart zu dem Mädchen, Deirdre.«

»O Cedric, erspare mir deinen mitleidigen Unsinn!« Deirdre entriß ihm die Hand und beugte sich über die Truhe, um, ohne wirklich etwas zu sehen, nach einem Kleid zu suchen.

»Weißt du nicht mehr, was damals geschah?« fragte ihr Gatte mit seltener Beharrlichkeit. »Deine Taten rufen den Zorn Gottes auf uns herab!«

»Ich weiß es noch genau, obwohl du wieder übertreibst. Die Alte wäre krank geworden, ob ich Alys geschlagen hätte oder nicht.«

»Das kannst du nicht wissen.«

Deirdre warf ihrem Gatten einen Blick zu: »Soweit ich weiß, hat heute niemand einen Anfall gehabt.«

Cedric verschränkte die Arme: »Vielleicht sollten wir einen Boten zu Heloise schicken, um zu sehen, wie es ihr geht.«

Bei diesem Unsinn wandte Deirdre sich ab: »Du hörst zu sehr auf die Priester, und ich höre zu sehr auf dich. Es wird nichts geschehen, nur weil ich Alys lehre, wo ihr Platz in diesem Haus ist. Was passiert ist, war nur Zufall, und es wurde schon zuviel Aufhebens darum gemacht. Und außerdem können wir froh sein, die alte Vettel los zu sein. Sie wurde lästig.«

»Du kannst nicht wissen, ob sich darin nicht die Hand Gottes gezeigt hat«, sagte Cedric eingeschnappt. Deirdre, die wußte, daß er es nicht sehen konnte, verdrehte die Augen.

Genug war genug. Sie würde nicht aufhören, ihren Haushalt zu leiten, nur weil irgendeine alte Magd mit Schaum vor dem Mund zu Boden fiel. Sie brauchte sich nur den Ungehorsam vor Augen zu halten, den Alys in den vergangenen Jahren entwickelt hatte, um zu wissen, daß ihre Entscheidung gerechtfertigt war.

Aber Cedric war natürlich einfacher Logik nicht zugänglich.

Deirdre ließ ihre Stimme die Oktaven hinaufklettern und wechselte bewußt Ton und Art des Angriffs: »Ist es nicht schwer genug zu ertragen, daß ich immer hinter Isibeal zurückstehen mußte, ohne daß du auch noch so ein Aufhebens um ihr Kind machst? Wünschst du dir, sie wäre deine Tochter? Wünscht du dir, meine Schwester hätte dich in ihr Bett genommen? Stellst du dir vor, Alys wäre dein? Übersiehst du deshalb all ihre Fehler?«

Die Anschuldigung zeigte Wirkung, wie sie es immer tat. Cedric gab augenblicklich klein bei: »Nein, Deirdre, das stimmt nicht!« Er ergriff ihre Schultern, als wolle er sie zwingen, ihm zu glauben: »Mir hat nie etwas an Isibeal gelegen, und ich wünsche mir keine Töchter außer den unseren. Nur dir gehört mein Herz.«

Deirdre seufzte und versuchte besänftigt auszusehen: »Wirklich? Und warum bevorzugst du dann ihr Kind?«

Cedric runzelte die Stirn: »Ich bevorzuge sie nicht, aber schließlich ist sie unser Mündel ...«

»Cedric, das Mädchen weiß, daß sie sich ihren Unterhalt hier verdienen muß«, unterbrach ihn Deirdre steif. »Wir müssen alle Opfer bringen, da die Ernte so schlecht war.« Sie blickte rechtzeitig auf, um zu sehen, wie Cedric rot wurde.

»Das ist nicht meine Schuld«, murmelte er, aber sie wußten beide, das er bei weitem kein fähiger Gutsherr war. »Es ist die Strafe Gottes ...«

Deirdre ließ ihm nicht die Zeit, den Gedanken zu Ende zu bringen. Sie gab sich seiner Umarmung hin und drängte sich an ihn.

»Natürlich nicht, mein Lieber«, flüsterte sie. »Aber es wird deine Schuld sein, wenn wir nicht das Beste aus dem Besuch dieses Ritters machen.« Sie richtete sich auf und streichelte seine Wange: »Denk darüber nach, Cedric! Burke hat erklärt, er käme auf Brautsuche. Wir müssen diese Chance nutzen, die Zukunft einer unserer Töchter zu sichern!«

Cedric schien immer noch beunruhigt: »Aber du hättest Alys nicht schlagen müssen ...«

»Hätte ich nicht?« Deirdre stützte die Hände in die Hüfte und betrachtete ihren Gatten eingehend, verzweifelt, daß er einmal wieder so schwer von Begriff war: »Hast du keine Augen im Kopf? Das Mädchen ist hübsch, zu hübsch, selbst in Fetzen. Bist du taub, Cedric? Hast du nicht gehört, wie der Ritter ihr am Tor nachgerufen hat?«

Cedric legte die Stirn in Falten: »Ich nehme an...«

»Du weißt!« Deirdre unterstrich ihr Argument, indem sie ihrem Gemahl auf die Brust klopfte: »Sie hat ihn verärgert. Er hätte gleich wieder aus unseren Toren reiten können, und ich glaube nicht, daß er noch einmal zurückkäme, wenn er wieder ginge, Cedric. Und was ist mit dem Schicksal deiner Töchter? Willst du, daß sie auf Kiltorren verkümmern? Willst du, daß sie für immer ungeliebt und kinderlos bleiben? Würdest du zufrieden sterben, obwohl du weißt, daß sie ohne deinen Schutz verloren sind? Irland ist nicht mehr so sicher wie einst, Cedric, und wir wissen beide, daß in den Hügeln Raubritter lauern, die nur darauf warten, sich diesen Besitz zu eigen zu machen.«

»Nun ja...« Cedric scharrte mit den Füßen.

»Du weißt, daß ich, was diese Dinge angeht, besser weiß, was zu tun ist, als jeder Mann.« Sie richtete sich steif auf: »Heute hat sie sich mir widersetzt und ihr Versprechen gebrochen, das sie mir erst gestern gab. So geht es nicht.« Sie machte eine Pause: »Du hast mir damals versprochen, mir die Führung des Haushalts zu überlassen.«

Cedric wirkte so verunsichert, daß Deirdre wußte, sie würde ihren Willen bekommen. Sie schlang die Arme um seinen Hals und preßte sich an ihn; sie wünschte nur, ihre Töchter wüßten zu würdigen, was sie für sie erduldete.

»Vertraue mir, Cedric«, flüsterte sie in sein Ohr und küßte ihn innig. »Vertraue mir in dieser Angelegenheit, mein Lieber, und laß mich nur machen.«

Als Cedrics Arme sie umfingen, wußte Deirdre, daß sie gesiegt hatte. »Du hast wie immer recht, Deirdre«, murmelte er.

♠

Die Küche von Kiltorren besaß zwei große Feuerstellen an der Wand unter den Backöfen, groß genug, um einen Hirsch am

Spieß über den Flammen zu rösten. Zwischen den Feuerstellen war eine Nische für das Feuerholz, die schon lange nicht mehr zu diesem Zweck genutzt wurde. Lady Deirdre hatte verfügt, daß kein Holz verbrannt werden durfte außer dem, das zum Kochen verwandt wurde, und sie zählte den Holzstapel genau nach.

Das Holz war sogar hinter Schloß und Riegel, und jeden Morgen erhielt der Koch nur eine bestimmte Anzahl von Scheiten.

Diese Nische stand immer leer und war zu einem begehrten Schlafplatz geworden, da die Steine die Hitze des Feuers für viele Stunden speicherten. An kalten Abenden kämpften die Bediensteten darum, wer hier sein Lager aufschlagen durfte, und niemand schlief zwei Nächte hintereinander dort.

Außer wenn Lady Deirdre Alys mit dem Stock schlug. Dann gab es keine Diskussionen, wer den begehrten Platz einnahm.

Alys lag auf ihrer Pritsche in der Nische, obwohl es noch mitten am Tag war, und erkannte nur verschwommen die vertrauten, besorgten Gesichter, die sich über sie beugten. Die Küche war voller Betriebsamkeit, da das Mittagsmahl aufgetragen werden mußte, obwohl es an diesem Tag merklich leiser zuging. Alys' Rücken schmerzte von den Hieben, und erst jetzt, als die Tante fort war, erlaubte sie sich zu weinen.

Es hatte dieses Mal unendlich stärker geschmerzt als beim letzten Mal, und Alys wußte, daß ihre Tante das beabsichtigt hatte. Sie konnte nicht verhindern, daß sie an jenen grauenvollen letzten Streit zurückdachte, als Heloise, die geliebte Magd ihrer Mutter, sich erhoben hatte, um sie zu verteidigen, und an alles, was darauf gefolgt war. Alys hätte nie gedacht, daß die Tante sie noch einmal so mißhandeln würde, aber da hatte sie sich offenbar getäuscht.

Alys biß sich auf die Lippe, von ihren Schmerzen abgelenkt, als ihr plötzlich bewußt wurde, daß sie heute zu Heloise hätte gehen müssen. Aber wie sollte sie den Weg überstehen? Und wie konnte sie den Schaden verbergen, den die Tante angerichtet hatte?

Würde Heloise reagieren wie beim letzten Mal?

Der Koch kniete bei Alys nieder, während sie sich noch sorgte, sein freundliches Gesicht von Besorgnis zerfurcht. »Hier, ein Trank für dich«, flüsterte er und schob ihr einen dampfenden Krug hin. »Wie ihn meine Mutter gegen Wunden gemacht hat.«

Alys brachte ein kleines Lächeln ob seiner Aufmerksamkeit zustande: »Und er wird mich bestimmt schlafen lassen.«

Der Koch erwiderte ihr Lächeln: »Bis morgen mittag.«

Alys schob das Gebräu zur Seite: »Dann kann ich ihn nicht trinken. Ich habe Heloise versprochen, sie heute zu besuchen. Sie wird beunruhigt sein, wenn ich nicht erscheine.«

»Und noch beunruhigter, wenn sie dich so sieht«, versetzte der Koch.

Alys runzelte die Stirn und betrachtete den Trank. »Sie könnte es übersehen«, sagte sie hoffnungsvoll.

Der Koch schnaubte: »Man weiß nie, was sie noch mitbekommt. Aber Alys, sie ist in ihrem jetzigen Zustand, weil sie gesehen hat, wie du geschlagen wurdest. Du kannst nicht gehen.«

»Ich könnte es nicht ertragen, wenn sie noch einen Anfall hätte«, gab Alys zu. »Aber sie wird sich Sorgen machen, wenn ich aufgehalten werde.«

»Mach dir darüber keine Sorgen.« Der Koch tätschelte ihr die Hand: »Ich werde Edana hinschicken, Gott weiß, daß sie sich irgendeine Geschichte aus den Fingern saugen wird, um dein Fehlen zu erklären.« Er blinzelte ihr zu: »Ihre Ladyschaft wird dabei sicher keine besonders gute Figur abgeben.«

Alys sah den älteren Mann an: »Und Edana macht es nichts aus?«

Der Koch lächelte: »Du weißt doch, wie gerne sie ihre Ziegen ausführt.«

Alys gab sein Lächeln erleichtert zurück. Alles würde gut werden. Mit etwas Glück würde Heloise den Austausch gar nicht bemerken. Die alte Magd war dieser Tage unberechenbar, und manchmal war Alys nicht sicher, ob Heloise überhaupt wußte, daß sie da war.

Zu anderen Zeiten war der Verstand der Frau scharf wie eine Klinge. Aber das Glück war in letzter Zeit nicht auf Alys' Seite gewesen, vielleicht war seine Launenhaftigkeit für den Moment besänftigt.

Und Alys war heute sowieso nicht in der Lage, den Weg zu Heloises abgelegener Behausung zu machen. Beruhigt holte sie tief Luft und zog die Tasse mit dem Trank zu sich heran.

»Trink, Kind«, drängte sie der Koch. »Ich wünschte nur, ich würde die Geschichte kennen, die Heloise dir immer erzählt hat, dann könnte ich sie dir vorsingen. Das hat deine Schmerzen immer gelindert.«

»Nicolette und Aucassin«, half Alys ihm aus und lächelte bezaubernd. »Ich kenne sie noch genau. Vielleicht werde ich sie einfach vor mich hin summen.« Der Ältere nickte und stand auf, doch Alys wußte, daß er über sie wachen würde.

Sie seufzte und zuckte vor Schmerz zusammen. In ihrem ganzen Leben war sie nicht so erschöpft gewesen. Alys nippte am Trank des Kochs und sagte sich leise ihre Lieblingsgeschichte auf:

In einem fremden Land, da lebte ein Mann,
Der Reichtum und Schätze sein eigen nannt',
Sein Sohn, ein starker, tapferer Mann,
Ein Ritter gar stattlich, ward Aucassin genannt...

Alys hatte kaum begonnen, die zahlreichen Verse aufzusagen, als das Gebräu des Kochs seine Wirkung zeigte. Die Augen fielen ihr zu, und ihre Gedanken waren erfüllt von der romantischen Geschichte zweier treuer Liebender, und in ihrem tiefem Schlaf begann Alys zu lächeln.

Kapitel 5

Burke kam an die Mittagstafel, begierig darauf zu beenden, was er und Alys begonnen hatten. Ein einziges Nicken seiner Dame, und er hätte seinen Antrag vorgebracht. Wenn er sie noch vor dem Mahl fand, würde er sich ihr Einverständnis holen, und sie würden schon bei Einbruch der Nacht in der nächsten Stadt sein.

Aber Alys war nicht aufzutreiben. Sie war nicht im Saal, nicht einmal, um irgendeine kleine Arbeit zu verrichten. Er vernahm ihre Stimme auch nicht aus den Räumen der Frauen.

Hatte er ihre Reaktion unterschätzt? Burke hatte gedacht, daß Alys unsicher sei, vielleicht sogar überrascht von seiner Leidenschaft. Im schlimmsten Fall hatte er angenommen, daß ihr die Widrigkeiten, die sich ergeben hatten, als sie sich das letzte Mal an jenem Ort geküßt hatten, wieder eingefallen waren.

Konnte es sein, daß sie ihn absichtlich mied?

Nein! Das konnte Burke nicht zulassen, nicht bevor Wahrheit zwischen ihnen herrschte.

Deirdre nahm ihren Platz ein, als ihre Töchter pflichtbewußt hinzukamen, und bedeutete, daß das Mahl aufgetragen werden solle, obwohl Alys immer noch nicht zu sehen war. Die Halle war so still, daß Burke aufmerksam wurde. Es schien, als würde Cedric seinem Blick ausweichen.

Etwas stimmte hier nicht. Burke konnte es förmlich riechen.

Und er war sicher, es hatte etwas mit seiner Dame zu tun.

»Wo ist Alys?« fragte er so beiläufig, wie er konnte.

»Sie wird sich natürlich nicht zu uns gesellen«, erklärte Deirdre in scharfem Tonfall, der darauf hinwies, daß für sie die Angelegenheit abgeschlossen war. Sie lächelte unterkühlt: »Erzählt uns von Paris, der Stadt der Wunder, Burke.«

Das Unbehagen des Ritters wuchs beim Verhalten seiner Gastgeberin. Sie sprach so knapp und schnell, um vom Thema abzulenken. »Vielleicht sollte Alys aber doch zu uns stoßen«, schlug er vorsichtig vor. »Sie schien gestern abend so hart gearbeitet zu haben, daß sie kaum Zeit für eine Mahlzeit gefunden haben wird.«

Deirdre blickte ihn kalt an: »Ihr zeigt abermals starkes Interesse für jene, die Eurer nicht würdig sind.«

Burke erwiderte ihr Lächeln mit der gleichen Kälte: »Es ist Teil meines Ritterschwurs, daß ich mich um alle kümmere, die sich nicht selbst verteidigen können.«

Cedric hielt bei dieser Entgegnung verdächtig den Atem an, und Burke richtete sich besorgt auf.

Hätte Alys seinen Schutz benötigt?

Cedric sah mit gerunzelter Stirn auf die Tafel, doch Deirdre zuckte die Schultern, als wäre nichts Ungewöhnliches geschehen: »Ich habe Euch bereits erklärt, daß das Mädchen nicht hört, wenn man sie ruft, und eine Suche würde nur ihrer Eitelkeit schmeicheln.«

Der Bedienstete bei Tisch sah von seiner Arbeit auf. Sein Blick suchte kurz Burkes und wandte sich dann wieder ab. Als die Schritte des Jungen verklungen waren, erfüllte eine unheilverkündende Stille den Saal. Es war, als wüßten alle etwas, nur er nicht, und Burke mochte dieses Gefühl ganz und gar nicht.

»Trotzdem werde ich sie holen«, sagte er fest. »Wo kann ich die Dame finden?«

»Das könnt Ihr nicht tun!« rief Deirdre.

»Ihr solltet es bleiben lassen!« sagte Cedric bestimmt, während er sich halb von seinem Sitz erhob.

»Ihr müßt sie ihre Arbeit machen lassen«, beharrte Deirdre. Sie waren so sehr darauf bedacht, Burke von seiner Absicht abzubringen, daß sein Entschluß nur noch fester wurde.

»Wo ist sie?«

Die Familie starrte ihn stumm an.

»Wo ist Alys?« fragte Burke eindringlich. »Wißt Ihr nicht einmal, wo in Eurem Schloß sich Euer Mündel befindet?«

Sie betrachteten ihn unbehaglich.

Burke erhob sich und warf sein Mundtuch auf den Tisch: »Sie hat doch bestimmt einen bevorzugten Ort?«

Doch die Familie antwortete nicht. Burke schnaubte ob ihrer Gleichgültigkeit und schritt aus dem Saal in Richtung Küche. Immerhin war Alys dorthin unterwegs gewesen, als er sie das letzte Mal gesehen hatte.

Und wahrscheinlich versammelten sich dort die Bediensteten zum Schlafen. Es würde ihn nicht überraschen, wenn dieses Pack sie in die Ställe verbannt hätte. Er konnte Alys nicht schnell genug von diesem erbärmlichen Ort entführen!

»Nicht!« rief Deirdre hinter ihm, doch Burke kümmerte es nicht, was sie von seinem Handeln hielt.

Er preßte die Lippen aufeinander. Selbst wenn er diese Burg Stein für Stein auseinandernehmen mußte, er würde Alys finden, bevor er sich wieder an diese Tafel setzte.

♠

Der Koch legte gerade vorsichtig einen unrechtmäßig erworbenen Holzscheit auf das Feuer, als mit einem Mal die Tür aufflog. Er zuckte zusammen, ließ sich den Scheit auf den Fuß fallen und drehte sich schuldbewußt um, um seine Strafe entgegenzunehmen.

Doch es war der Gast, der in der Tür stand, nicht die Herrin des Schlosses. Die breiten Schultern des Ritters füllten fast die

Tür, und sein Gesichtsausdruck war so schreckenerregend, daß der nicht gerade zierliche Koch um seine Haut fürchtete.

»Wo ist Alys?« verlangte er sehr zum Erstaunen des Kochs zu wissen.

Dem Koch wurde bewußt, daß Burke die Nische, in der Alys schlief, hinter dem großen Arbeitstisch nicht sehen konnte. Dann fragte er sich, was der grimmige Mann wohl von Alys wollte, besonders, da sie sich noch gestern so hitzig gestritten hatten.

Der Koch war nicht bereit zuzusehen, wie Alys zweimal an einem Tag mißhandelt wurde. Er holte tief Luft, nahm all seinen Mut zusammen und trat vor. »Von mir werdet Ihr das nicht erfahren!« erklärte er. »Ich lasse nicht zu, daß noch jemand Hand an Alys legt.«

»Noch jemand?« Die Augen des Ritters verengten sich, und seine Stimme senkte sich gefährlich: »Alys wurde verletzt?«

Der Koch verschränkte die Arme: »Ja, aber das ist wohl keine Neuigkeit.«

Die Augen des Ritters funkelten vor Zorn.

»Burke, kehrt an die Tafel zurück!« Die honigsüße Stimme der Burgherrin erklang im Gang. Der Ritter zuckte zusammen, wie die Bediensteten es taten, wenn sie die Stimme ihrer Herrin vernahmen, doch dann schlug er die Tür mit aller Gewalt hinter sich zu.

Der Koch entschied, daß ihm dieser Mann gefallen könnte.

»Wo ist Alys?« fragte der Ritter. Er machte einen Schritt vorwärts, den Blick ruhig: »Ich schwöre, daß ich ihr kein Leid tun werde.«

Der Koch erkannte Besorgnis, wenn er sie sah. Er wies auf die Nische und bemerkte den Schock, der sich bei Alys' Anblick auf den Zügen des Ritters abzeichnete.

Auf ihren Wangen zeigten sich die Spuren ihrer Tränen, Strähnen ihres goldenen Haares hatten sich aus dem Zopf befreit und lagen lose über ihren Schultern. Ihre Haut war noch vom Schmutz der vergangenen Nacht bedeckt.

Unter den wachsamen Blicken des Kochs machte der Ritter einen Schritt auf sie zu und kniete bei Alys nieder. Seine Hand zögerte über ihrer Schulter, als könne er nicht glauben, was er sah.

»Sie ist gerade erst eingeschlafen«, gab der Koch zu und stellte sich hinter den Ritter. Er fragte sich, ob dieser Mann die Verletzlichkeit von Isibeals Tochter wahrnahm, ob sich ihm der Magen zusammenzog wie dem Koch, wenn er sah, wie diese Frau mißhandelt worden war.

Und ob ihm der verräterische Blutfleck auf der zerschlissenen Decke auffiel, die Alys um ihre zarten Schultern gelegt hatte.

»Was ist geschehen?« fragte der Ritter leise.

Der Koch hob die Decke, und sein Herz wurde schwer, als er hörte, wie dem Ritter der Atem stockte. Die Weidenrute hatte blutige Striemen auf Alys' Rücken hinterlassen, die selbst durch ihr zerrissenes Kleid zu sehen waren und bereits anschwollen. Alys würde morgen große Schmerzen haben, aber der Koch wußte, daß sie sich nichts anmerken lassen würde.

Wenigstens würde der tiefe Schlaf die Heilung vorantreiben.

»Wer ist für diese Abscheulichkeit verantwortlich?« wollte der Ritter wissen.

Der Koch schüttelte den Kopf, hin und her gerissen zwischen der Verantwortung seinem Herrn gegenüber und seinem Verlangen, der Gerechtigkeit zum Sieg zu verhelfen. Der Zwiespalt mußte ihm ins Gesicht geschrieben stehen, denn der Ritter legte ihm die schwere Hand auf die Schulter.

»Du mußt nichts sagen«, murmelte er, sein klarsichtiger Blick voller Verständnis: »Mir ist klar, in welcher Lage du dich befindest.« Er sah zu Alys hinüber: »Ihre Familie behandelt sie überaus ungerecht.«

Der Koch seufzte tief: »Der Meinung bin ich auch.«

Der Ritter überflog die Vorkehrungen, die der Koch getroffen hatte, bückte sich dann und nahm Alys sanft in die Arme.

»Ich danke dir für dein Mitgefühl.« Die Stimme des Ritters war voller Lob. Dank des Gebräus des Koches wurde Alys nicht wach, sondern schmiegte sich an seine Brust. »Ich will dich nicht beleidigen, aber sie braucht ein richtiges Bett.«

»Da habt Ihr recht, Herr, aber diese Pritsche war alles, was ich hatte.«

»Burke! Also hier seid Ihr!« Dicht gefolgt von Malvina und Lord Cedric stürmte Lady Deirdre in die Küche. Das falsche Lächeln auf ihren Gesichtern verwandelte sich in Schock, als sie Alys in Burkes Armen sahen.

»Es scheint, Alys wurde verletzt«, sagte Burke kalt und warf der Familie einen harten, anklagenden Blick zu.

Lady Deirdre hob das Kinn und war dreist genug, Unwissenheit vorzutäuschen: »Wirklich? Wie überaus traurig. Der Koch kann sich um sie kümmern. Kommt, Burke, das Mahl wird kalt.«

»Ihr müßt mich entschuldigen, mir ist der Appetit vergangen«, erwiderte der Ritter. Er durchquerte den Raum mit langen Schritten und trug Alys so sorgsam, daß der Koch das Gefühl hatte, das Blatt hätte sich in diesem Schloß schließlich doch gewendet.

Und zwar zum Besseren.

»Aber wo wollt Ihr den hin?« fragte der Herr der Burg. »Ihr wollt doch Kiltorren nicht verlassen?«

»Sagt, daß Ihr bleibt!« flehte Malvina.

»Wo wollt Ihr meine Nichte hinbringen?« fragte Deirdre eisig.

»Sie braucht Ruhe und Bequemlichkeit.« Der Ritter lächelte nicht, als Malvina kicherte, und sein strenger Blick brachte das Mädchen zum Schweigen: »Ich wünsche, daß sie in einem Bett schläft, das ihrer adeligen Geburt angemessen ist.«

Lady Deirdre rümpfte die Nase: »Wir haben im ganzen Schloß kein Bett mehr frei.«

»Dann soll sie meines haben«, sagte der Ritter ruhig. »Wenn Ihr mich entschuldigen wollt?« Er bahnte sich den Weg durch die Tür.

»Aber Burke, das könnt Ihr nicht tun!« rief Lady Deirdre schließlich.

Der Ritter blieb nicht stehen, und seine Fußschritte verhallten im Gang.

Lady Deirdre stieß ihren Gatten an, daß er zusammenfuhr: »Ich kann das nicht zulassen!«

Als sie Burke nacheilten, schlich der Koch leise zur Tür und spähte ihnen nach.

»Haltet ein!« rief Lord Cedric.

Der Ritter wirbelte herum, um ihnen erneut gegenüberzutreten, und sein Gesicht war wie versteinert. »Weist Ihr meine Sorge um diese Edelfräulein zurück?« fragte er. »Wagt Ihr es, von mir zu verlangen, meinen Ritterschwur zu mißachten, jene zu schützen, die sich nicht selbst schützen können? Ein Mann ist nur soviel wert wie sein Wort, ist es nicht so, Lord Cedric?«

Der Burgherr scharrte mit den Füßen und sah zu seiner Gemahlin, wie um sich seine Anweisungen zu holen, bevor er nickte: »Ja, so ist es.«

»Dann werde ich dafür sorgen, daß diese Jungfer die ihr zustehende Pflege erhält.«

»Ihr könnt meine Nichte nicht zu Euch in die Kammer nehmen!« schnaubte Lady Deirdre.

Burke hob die Braue: »Aber in der Badestube hätte ich sie haben können, ohne daß Ihr Euch beschwertet? In Eurer Sorge um Eure Nichte scheint Ihr mir nicht sehr konsequent zu sein, Lady Deirdre.«

Die Herrin von Kiltorren geiferte vor Wut, und der Koch verbarg sein Lächeln hinter vorgehaltener Hand. Dieser Ritter erinnerte ihn an den früheren Herrn von Kiltorren, ein großer Herr, Vater von Deirdre und Isibeal. Das war ein Mann, dem man mit Stolz dienen konnte! Es war ein gutes Omen, daß dieser Ritter dem alten Herrn so ähnelte und daß er für Alys eintrat, das Kind der Lieblingstochter dieses Mannes.

»Gibt es eine Magd, die bei ihr bleiben könnte?« fragte der Ritter, der offenbar erwartete, daß man seiner Bitte entsprach. »Die Dame braucht jemanden, der für sie sorgt.«

In der Stille, die auf Burkes Frage folgte, hob der Koch die Stimme: »Seid unbesorgt, Herr, ich werde Edana zu ihr schicken, wenn sie zurückkommt.«

»Und ich werde bis dahin bei der Dame wachen.« Der Ritter lächelte einzig dem Koch zu: »Ich muß dir schon wieder für deine Hilfe danken. Wie ist dein Name?«

Der Koch, trotz seines Alters, wurde rot, als er auf einmal im Mittelpunkt stand. Aber es war bestimmt nichts Falsches daran, einem Gast eine einfache Frage zu beantworten: »Beauregard, Herr.«

Das Lächeln des Ritters wurde breiter: »Und das ist der richtige Name für dich, guter Mann, denn dein Blick ist klar.«

»Aber Burke, wo werdet Ihr die Nacht verbringen?« fragte Malvina.

»Ich werde bei meinem Roß in den Stallungen schlafen.«

Und damit drehte sich der Ritter und trug seine süße Last zu den Treppen, ohne die Proteste in seinem Rücken zu beachten. Lady Deirdre murmelte etwas vor sich hin, bevor sie ihm nachstürzte, ihre Stimme flehentlich erhoben.

Und der Koch kehrte in seine Küche zurück, glücklicher über die Ereignisse auf Kiltorren, als er es seit langer Zeit gewesen war.

♠

Alys war in eine Wärme und Weichheit gehüllt, die ihr völlig fremd waren. Allein von solchen Annehmlichkeiten zu träumen war reiner Luxus, und sie kämpfte gegen den hartnäckigen Sonnenstrahl an, der auf ihre Wangen schien, als wolle er sie auffordern aufzuwachen.

Aber sie war mitten in einem wunderschönen Traum, und Alys wollte diesen Genuß nicht einfach aufgeben. Sie kuschelte sich tiefer unter die weiche Decke, wand sich auf der gemütlichen Federmatratze und seufzte zufrieden. Der Traum war vollkommen. Sie sah sich in den Armen ihres Geliebten und lächelte, als die Erinnerung einen vertrauten, männlichen Geruch beschwor, der eine Welle von Hitze in Alys aufsteigen ließ, die sie veranlaßte, mit den nackten Zehen nach Burke zu suchen.

Glücklicherweise war es nur ein Traum, und der siegessichere Ritter würde nie erfahren, daß Alys sich insgeheim nach seiner Berührung verzehrte. Sie vergrub ihr Gesicht im feinen Leinen ihres Unterkleides und versuchte wieder einzuschlafen.

Doch Burkes Geruch war so stark, daß Alys die Augen sofort wieder aufschlug.

Und mit einem Mal wurde ihr bewußt, daß sie nicht träumte. Ihr Rücken schmerzte von den tückischen Hieben der Tante, und doch lag sie in einem prächtigen Bett.

Was war geschehen?

Alys sah, wie das Sonnenlicht einfiel, und runzelte die Stirn, da das noch weniger Sinn machte. Es war später Vormittag. Verspätet fiel ihr der Trank des Kochs wieder ein. Hatte sie nur ein paar Stunden geschlafen, oder einen ganzen Tag und eine ganze Nacht? Alys mochte nicht glauben, daß man sie so lange hatte schlafen lassen.

Und schon gar nicht *hier*.

Was hatte die Tante jetzt schon wieder mit ihr vor?

Alys überflog den Raum mit mißtrauischem Blick. Das Bett war breit, die Matratze gut gefüllt und die Überdecke dick und warm. Sie war allein, bis auf einen verirrten Sonnenstrahl, der sich durch die Fensterläden zwängte und auf die Kissen fiel.

Alys drehte sich auf den Rücken, runzelte die Stirn, als sie den Baldachin sah, die vier großen Bettpfosten, die schweren Vorhänge, und plötzlich wußte sie, wo sie war. Sie lag im Gästezimmer, das nur noch selten genutzt wurde, jenem, das auf den Hof und die Stallungen blickte.

Sie lag in dem Bett, das sie für Burke zurechtgemacht hatte.

Alys setzte sich erschrocken auf, und ihr offenes Haar fiel auf ihre Schultern. Ihr Herz stockte, als sie die Satteltaschen sah, die an der Wand lehnten. Alys wußte nur zu gut, wer mit solch prächtigen Ledertaschen durch Kiltorrens Tore geritten war. Sie konnten keinem anderen gehören, bedachte man die ausgezeichnete Verarbeitung, Merkmal einer fernen italienischen Stadt, und das Wappen.

Es zeigte einen aufgerichteten Löwen mit drei Lilien, dasselbe Zeichen derer von Montvieux, wie auf Burkes Wappenrock. Alys fuhr sich mit der Hand durch das offene Haar. Der Ausschnitt des Gewands war viel zu weit, die Ärmel zu lang, und sie sah sich das Kleid zum ersten Mal genau an.

Es war das Hemd eines Mannes, von feinerem Leinen, als sie es jemals getragen hatte.

Und Alys wußte ohne jeden Zweifel, wem es gehörte. Ihre Augen öffneten sich weit vor Verzweiflung. Sie konnte nicht mit Burke geschlafen haben, oder doch? Alys warf einen Blick unter das feine weiße Hemd, und was sie sah, ermutigte sie nicht gerade, denn sie war nackt wie am Tag ihrer Geburt.

Oh, diese Geschichte wurde von Minute zu Minute schlimmer! Sie war in Burkes Bett, nackt bis auf das Hemd, und er hatte sein Quartier nicht geräumt.

Daß sie sich nicht erinnern konnte, wie sie in das Bett des Mannes gekommen war, oder was danach geschehen war, machte ihr auch keinen Mut. Alys spürte noch den Trank des Kochs auf der Zunge und versuchte, einen klaren Kopf zu bekommen.

Sicherlich konnte er sie nicht schon entehrt haben? Dieser

Gedanke brachte Alys dazu, verzweifelt die Laken abzusuchen, um zu sehen, ob sie ihre Unschuld verloren hatte. Die Bettücher waren glücklicherweise unversehrt, aber Alys war immer noch beunruhigt.

Dieser Mann hatte einen Plan, das wußte sie nur zu gut.

Ein fröhliches Klopfen ertönte. Alys wirbelte herum und sah Edana durch den Türspalt linsen. Alys hielt sich nicht mit einer Begrüßung auf: »Edana, du mußt mir erzählen, was passiert ist!«

»Oh, Alys, es war *wundervoll!*« Edana sprang im Zimmer umher, und ihre ausufernden Gesten machten ihre Begeisterung deutlich. »Der Koch sagt, Ihr wart gerade eingeschlafen, als Euer Ritter in die Küche trat und wissen wollte, wo Ihr seid.«

Alys verschränkte die Arme und ärgerte sich, daß ihr Herz bei dieser Geschichte schneller schlug. »Er ist nicht mein Ritter, Edana«, sagte sie bestimmt, obwohl es schwierig war, dies abzustreiten, wenn man bedachte, daß sie auf dem Bett des Mannes kniete, nur sein Unterkleid trug und ihr das Haar offen auf die Schultern fiel.

»Er sagt etwas anderes«, verkündete Edana. »Und der Koch auch. Euer Ritter ist vor Euch auf die Knie gefallen und hat Euch in die Arme genommen. Er hat Euch seine Kammer überlassen, obwohl die Herrin es nicht wollte, und bei Euch gewacht, bis ich gekommen bin.«

Alys betrachtete unruhig den Raum. Was wohl die Tante zu alldem sagen würde? Nichts Gutes, das war sicher.

»Er war so um Euch besorgt«, sprudelte es aus Edana heraus, »daß er mir sogar eine Salbe für Euren Rücken gegeben und darauf bestanden hat, daß Ihr sein zweites Hemd anzieht, da Eures nur noch ein einziger Fetzen war. Ihr hättet sein Gesicht sehen sollen!« Edana hüpfte vor Aufregung auf und ab: »Es ist wie in einer alten Sage! Alys, Ihr seid sicher die glücklichste Frau auf Kiltorren.«

Alys war sich da nicht so sicher. Zweifellos würde sie für all dies büßen müssen. Mühsam schluckte sie den Klumpen in ihrer Kehle hinunter: »Wo hat er geschlafen, Edana?«

»Im Stall.« Die Ziegenhirtin grinste: »Er ist wahrhaftig der edelste Mann, der je die Schwelle von Kiltorren überschritten hat. Heute morgen hat er noch eindringlicher nach Euch gefragt und darauf bestanden, daß Ihr nicht geweckt werdet.«

Alys lehnte sich vorsichtig zurück. In Edanas Version hörte es sich in der Tat an, als wären die Ereignisse direkt einer alten Sage entsprungen, doch Alys wußte, daß das nicht wahr sein konnte.

Nichts hätte deutlicher machen können, worauf Burke aus war, als dies! Man hatte sie im Bett des Mannes abgeladen, in einem Zimmer, das er nicht geräumt hatte, und er hatte es eilig, daß sie wieder gesund würde. Es war offensichtlich, daß Burke sich mit ihr seiner Lust hingeben wollte. Wenn er auch damals von Hochzeit geredet haben mochte, war es nun offensichtlich, daß er diesmal nichts dergleichen im Sinn hatte. Trotz seiner schönen Worte, waren Alys' schlimmste Befürchtungen wahr geworden.

Dann fiel ihr wieder ein, daß sie etwas vergessen hatte, und nun sorgte sie sich aus ganz anderem Grund: »Bist du zu Heloise gegangen?«

»Gestern«, bestätigte Edana. Sie setzte sich neben Alys und wippte auf und ab, überrascht von der Weichheit der Matratze: »Ihr habt die ganze Nacht und den Morgen durchgeschlafen. Der Koch sagt, das liegt an seinem Trank, aber bei einem Bett wie diesem wundert es mich nicht, daß Ihr nicht aufstehen wollt.«

»Wie ging es Heloise?«

»Gut genug.« Edana rümpfte die Nase: »Sie hat mir meine Geschichte nicht geglaubt, obwohl sie nah an der Wahrheit war.«

Das reichte, um Alys wieder von ihren eigenen Problemen abzulenken: »Wieso? Was hast du ihr erzählt?«

Edana legte sich quer über die Matratze und seufzte bewundernd: »In diesem Bett könnte ich tagelang schlafen.«

»Edana!« mahnte Alys ungeduldig, »was hast du Heloise erzählt?«

Die Ziegenhirtin setzte sich auf, der rot-goldene Zopf fiel ihr über die Schulter, aber sie sah nicht sehr reuig aus: »Ich habe gesagt, daß die Herrin Euch eine unlösbare Aufgabe aufgegeben hat und Ihr nicht gewagt habt, sie zu enttäuschen.« Edana verzog das Gesicht: »Das war wohl die falsche Geschichte, denn Heloise hat sich sehr erregt.«

»Hat sie wieder einen Anfall gehabt?« fragte Alys.

Edana schüttelte den Kopf: »Nein, sie hat bloß unverständliches Zeug vor sich hin gemurmelt.« Sie warf Alys einen Blick zu: »Als ich nachgefragt habe, hat sie nur gesagt, sie würde nicht mit mir reden. Schließlich mußte ich ihr versprechen, daß Ihr sie bald besuchen kommt.«

Alys straffte die Schultern und war überrascht, wie weit sie schon abgeheilt waren. Wenigstens Burkes Salbe hatte gewirkt, und sie gab widerwillig zu, daß es gütig von ihm gewesen war, sie ihr anzubieten.

Selbst wenn seine Gründe selbstsüchtig waren.

Zweifellos würde Burke ein Zeichen der Dankbarkeit für seine Hilfe erwarten, einen Kuß etwa, der ihm schnell zum Vorteil gereichen würde. Das sah ihm ähnlich, unverbesserlich jeden Vorteil sofort für seine Werbung auszunutzen. Ihr Herz schlug schneller, aber Alys war zu klug, um seinem Ruf zu folgen. Sie konnte es nicht riskieren, ihn heute zu treffen.

»Ich werde noch heute zu Heloise gehen«, erklärte Alys und lächelte Edana zu. »Ich möchte nicht, daß sie sich Sorgen macht.«

Edana sah besorgt aus: »Seid Ihr sicher, daß das richtig ist?

Der Koch besteht darauf, daß Ihr Euch ausruht, und Euer Ritter hat ebenfalls darauf bestanden, daß Ihr in seinem Bett bleibt.«

In seinem Bett? Diese unwillkommenen Worten waren alles, was Alys brauchte, um sofort aufzustehen. »Es wird mir guttun, an die frische Luft zu kommen«, sagte sie entschlossen. Schnell zog sie Burkes Hemd aus und griff nach ihrem bescheidenen Unterkleid, wobei sie geflissentlich ignorierte, wie rauh es im Vergleich dazu war.

Alys lächelte, als sie sah, daß es schon wieder sorgsam geflickt war. »Edana, warst du das?«

»Euer Ritter wollte, daß ich darauf achte, daß Ihr heute morgen nicht gestört werdet, und es gab hier sonst nichts zu tun. Ich hab' Euer Kleid auch gleich ausgebessert«, gestand sie scheu. »Aber meine Nähte sind nicht so fein wie Eure.«

»Das war sehr aufmerksam von dir!« Alys strich mit der Fingerkuppe über die reparierte Stelle: »Und ich weiß es um so mehr zu schätzen, weil du es getan hast, obwohl du Zofenarbeit nicht magst.« Sie küßte das Mädchen auf die Wange, und Edana wurde rot.

»Für Euch tue ich es gerne«, sagte Edana und reckte starrköpfig das Kinn vor: »Aber für die *niemals*.«

Wenn Alys doch nur die Wahl hätte. Sie seufzte ob der unabsichtlichen Erinnerung und streifte die Kleidung über, während sie entschlossen Heloises Geschichte vor sich hin summte. Sie konnte gar nicht schnell genug von hier wegkommen.

♠

Alys ging in die Halle hinab und eilte, froh, daß sie niemanden antraf, in die Küche. Der Koch fragte, wie sie geschlafen habe, und sie schenkte ihm ein beruhigendes Lächeln, während sie einige Lebensmittel für Heloise einpackte. Sie stritten kurz über

Alys' Vorhaben, aber der Koch fand sich schnell damit ab, daß sie mit oder ohne seine Erlaubnis gehen würde.

»Wenn Ihr schon gehen müßt, dann nehmt diese Leckerei mit und übermittelt Heloise die besten Grüße.« Der Koch gab Alys einen warmen Brotlaib, und sie erkannte an seiner Art, daß es mit dem feineren Mehl gebacken war. Alys verstaute das Brot in den Tiefen des Korbes und schnitt ein Stück Käse vom neuen Rad ab. Sie arbeitete schnell, darauf bedacht, fortzukommen, bevor Burke sie überraschen konnte.

Doch Alys war nicht schnell genug.

Malvina kam in die Küche, offensichtlich schlechter Laune, die Stimme weinerlich erhoben: »Alys, warum hast du so lange geschlafen? Mein bestes Kleid muß noch vor dem Mittagsmahl ausgebessert werden.«

Alys sah nur kurz auf, bevor sie fortfuhr zu packen: »Ich kann mich jetzt nicht darum kümmern, Malvina.«

Ihre Kusine schmollte: »Warum denn nicht?«

»Weil ich gerade zu Heloise gehen wollte«, erklärte Alys geduldig. »Ich werde es flicken, wenn ich zurückkomme.«

»Aber Alys! Ich möchte es zum Mittagsmahl anziehen!«

»Du kannst es doch tragen, wie es ist«, stellte Alys fest. Ein Blick reichte, um zu bestätigen, daß es dasselbe Kleid war, das sie vor einer Woche genäht und das Malvina seitdem erst einmal getragen hatte. »So schwer beschädigt kann es ja nicht sein.«

»Aber ich will, daß es *perfekt* ist!« jammerte Malvina. »Die Farbe steht mir, das hast du selbst gesagt, und ich möchte für Burke so gut aussehen, wie ich kann.«

Alys erstarrte, denn das gefiel ihr gar nicht: »Für Burke?«

Malvina lächelte: »O ja! Die letzten Abende war er so galant... Er hat mir von seinen Abenteuern erzählt und mich auf die ritterlichste Weise zum Lachen gebracht. Und gestern abend, gestern abend, Alys, hat er meine Hand so leidenschaftlich geküßt, daß ich fast in Ohnmacht gefallen wäre.«

Alys blinzelte. So viel also war Edanas Geschichte wert, daß der Ritter sich gestern vor Sorge um *sie* verzehrt hatte. Offensichtlich war seine Aufmerksamkeit leicht zu gewinnen. »Burke hat dich geküßt?« fragte sie hölzern.

Malvina lächelte: »Ja, das hat er! Bestimmt hätte er mich richtig geküßt, wenn Mutter nicht ständig so nahe gewesen wäre. Die Augen dieses Mannes haben gefunkelt, daß ich am ganzen Leib erschauert bin.«

Oh, Alys kannte dieses Funkeln und seine Macht nur zu gut. Sie zweifelte nicht daran, daß Malvina übertrieb, aber ein Körnchen von Wahrheit mochte doch in ihrer Geschichte stecken. So einfallsreich war Malvina auch wieder nicht.

»Und wie er mich berührt hat!« Malvina erschauerte bei dem Gedanken. »Er hat mein Gesicht trotz seiner Stärke so sanft gestreichelt, ich hätte ihm nichts abschlagen können!«

Alys kannte dieses Gefühl besser, als sie es sich gewünscht hätte, und sie schätzte es nicht, zu wissen, wie bereitwillig der Ritter seinen Charme verbreitete. Sie stopfte wütend zwei Äpfel in den Korb, während ihr Burkes Lachen von vor zwei Tagen in den Ohren klang.

Er hatte sich an Malvinas Gesellschaft erfreut, während Alys schuftete, was die Geschichte ihrer Kusine glaubwürdig machte. Und er hatte keine Anstalten gemacht, Malvina von seiner Schulter zu lösen. Der Stolz dieses Mannes verlangte scheinbar, daß ihm die Damenwelt zu Füßen lag. Alys schluckte und deckte, ohne wirklich etwas zu sehen, ein Tuch über den Inhalt ihres Korbes.

Malvina erzählte weiter, ohne sich der Wirkung ihrer Worte bewußt zu sein: »Oh, Alys, Mutter ist sicher, der Ritter wird um meine Hand anhalten. Also muß ich einfach perfekt aussehen.«

»Ich kann mich jetzt nicht darum kümmern, Malvina.«

»Nein?« Malvina beugte sich mit glänzenden Augen näher:

»Alys, ich werde es Mutter verraten, wenn du mir diese Bitte abschlägst. Sie wäre überaus verärgert.«

Alys richtete sich auf und hielt den Blick ihrer Kusine einen bedeutungsvollen Moment lang fest. Sie hatte keine Angst vor ihrer Verwandten, die außer zu jammern wenig tat, wenn sie ihren Willen nicht bekam.

»Was, glaubst du, könnte mir die Tante noch antun?« fragte Alys kalt, hob den Korb hoch und zuckte vor Schmerz zusammen.

»Alys, seid Ihr sicher, daß Ihr gehen solltet?« fragte der Koch sofort.

»Natürlich. Heloise ist beunruhigt.« Alys zwang sich zu lächeln: »Ich kann nicht zulassen, daß sie sich Sorgen macht, und sie wird sich nur beruhigen, wenn sie mich sieht.«

Der Koch legte die Stirn in Falten, da er erkannte, daß sie die Wahrheit sagte, und wandte sich widerwillig seinen Zwiebeln zu.

»Das ist gelogen! Das tust du nur, um dich mir zu widersetzen«, beschuldigte Malvina sie.

»Ich habe dir schon gesagt, daß ich das Kleid später nähen werde.«

»Du mußt es aber *jetzt* fertigmachen! Jetzt, bevor du gehst. Die alte Vettel kann warten.«

Alys erstarrte ob dieser Mißachtung Malvinas für alle Menschen außer sich selbst. »Nein, ein Mal in deinem Leben wirst du warten müssen.« Sie wirbelte herum und ging entschlossen zur Tür.

»Du willst nur verhindern, daß ich Burke ganz und gar für mich gewinne«, rief Malvina. »Aber das wird dir nicht gelingen, Alys, es ist vorbei mit allen Träumen, die du jemals von ihm gehegt hast.«

Alys, die schon fast an der Tür war, blieb stehen und konnte nicht anders, als zurückzublicken: »Ich träume nicht von Burke de Montvieux.«

»Er sagt aber etwas ganz anderes! Er hat mir alles über dich erzählt«, erklärte Malvina mit schneidender Stimme. »Wir haben wirklich schön darüber gelacht, wie offensichtlich du dich nach seiner Berührung verzehrst. Du bist schamlos, Alys, und unser Gast ist aufs peinlichste berührt von deinem Verhalten.« Malvina warf den Saum ihres Schleiers über die Schulter zurück. »Er hat mich sogar gebeten, ihm zu helfen, dich von deinem Trachten abzubringen.«

Alys setzte den Korb ab: »Ich habe nie etwas von Burke de Montvieux gewollt!«

Malvina lachte leise: »Wirklich, Alys! Glaubst du, niemand sieht, wie du seufzt, wenn er dich nur ansieht? Dein Erröten bleibt nicht unbemerkt, dessen kannst du versichert sein. Mutter hat mir sogar anvertraut, daß sie dir verbieten mußte, Burke zu sehen, um deine Unschuld zu bewahren, aber es scheint, der Makel deiner Mutter ist zu stark.«

»Das ist nicht wahr!«

»Alys' Mutter war eine Dirne«, sang Malvina kindisch. »Und sie wird auch eine Dirne sein.«

»Isibeal war keine Dirne«, murmelte der Koch wütend.

»Doch, das war sie!« Malvina hob das Kinn, und ihre Augen leuchteten. »Selbst ein ehrenhafter Ritter hat Bedürfnisse, Alys. Du bedrängst Burke zu sehr, und nun wird er dir geben, was du so offensichtlich willst.« Sie lächelte, in diesem Augenblick ganz die Tochter ihrer Mutter: »Mutter sagt, daß Männer der Versuchung nur schwer widerstehen können. Sicherlich hat es etwas zu bedeuten, daß du in seinem Bett geschlafen hast?«

Alys richtete sich auf: »Edana hat gesagt, daß der Ritter um mich besorgt war.«

»Es stimmt, er hat gesagt, du müßtest *umsorgt* werden.« Malvina lachte, als Alys' Wangen glühten, und schüttelte den Kopf: »Ach Alys, merkst du denn gar nicht, wie mitleiderregend du bist?«

»Es scheint, ich muß mich bei dir bedanken, daß du die Sache aufgeklärt hast«, sagte Alys eisig.

»Täusche dich nicht, Alys«, erklärte ihre Kusine mit erhobenem Finger, »du wirst so schnell aus Burkes Bett verschwunden sein, wie du hineingelangt bist, und du wirst nichts davon haben als einen dicken Bauch.« Malvina lächelte höhnisch: »Genau wie deine Mutter. Der Mann weiß, aus welchem Holz du geschnitzt bist.«

»Du irrst dich!«

»Ja? Mutter sagt, daß Männer denken, ihren Samen zu pflanzen wäre ein großes Geschenk – aber wo sie ihren *Ring* hin stekken, das zählt.«

Malvina sah bedeutungsvoll auf Alys' bloße Finger. Alys konnte nicht verhindern, daß sie sie in den Falten ihres Kleides verbarg.

»Es ist seltsam, daß an deiner Hand auch kein Ring zu sehen ist«, merkte Alys an.

»Noch nicht.« Malvina grinste hämisch: »Ein Ritter heiratet keine uneheliche Küchenmagd, Alys.« Sie lachte. »Bestimmt werden Burke und ich am Mittagstisch einen Witz über deine närrischen Träume teilen.«

Alys' Herz schlug heftig.

»Flicke jetzt mein Kleid, Alys«, forderte Malvina sie auf und warf den Stein des Anstoßes auf den Tisch, »und ich werde dir erlauben, bei meiner Hochzeit mit Burke dabei zu sein.« Sie machte eine Pause und betrachtete Alys geringschätzig: »Auch wenn du seine Hure warst.«

Alys packte eilig ihren Korb. »Flick es selber!« rief sie und stürzte aus der Küchentür.

♠

Burke war so ungeduldig wie noch nie zuvor in seinem Leben.

Er wußte, daß Alys Ruhe brauchte, aber es machte ihn verrückt, an diesem verfluchten Ort zu verweilen. Er hätte sie einfach fortgetragen, während sie noch schlief, aber er war sich sicher, seine Dame hätte ihm dazu einiges zu sagen.

Erst würde er ihre Zustimmung erlangen.

Burke vermied es bewußt, Deirdre zu begegnen, denn er war sich nicht sicher, ob er dazu schweigen konnte, was Alys am gestrigen Tag widerfahren war. Der Anblick dieser Wunden, die den zarten Rücken seiner Dame verunstalteten, ging ihm nicht aus dem Kopf. Er wünschte sich innigst, er besäße die Fähigkeiten eines Heilers und nicht nur irgendeine Salbe, um diese Wunden verschwinden zu lassen.

Er hätte die ganze Nacht hindurch an Alys' Bett gewacht, um sicherzugehen, daß sie ruhig und ungestört schlief, aber Alys' Beschuldigung, daß ihm ihr Ruf gleich sei, hatte ihn tief getroffen. Es stimmte, daß sein Handeln zu Gerüchten geführt hätte, obwohl Burke das nicht kümmerte.

Aber Alys war es wichtig. Aus Rücksicht auf die Wünsche seiner Dame hielt Burke sich von ihr fern.

Es hätte ihn fast umgebracht.

Seine Laune hatte sich nicht gebessert, als Malvina ihn ausfindig machte. Er und Kerwyn waren damit beschäftigt, Schattenmonds Hufe zu reinigen, eine Prozedur, die das Schlachtroß nur widerwillig hinnahm und die in Wirklichkeit auch noch gar nicht nötig gewesen wäre.

Daß Burke sie dem Nichtstun vorzog, sagte alles über seine Stimmung.

»Burke! Wo *seid* Ihr?«

Der Klang von Malvinas Stimme ließ Burke zusammenzucken und Kerwyn leise lachen. »Ich glaube, der Stallknecht braucht mich«, sagte der Stallbursche mit schalkhaftem Lächeln, was ihm einen düsteren Blick von Burke einbrachte.

»Laß mich mit ihr allein, und du wirst es bereuen«, preßte Burke zwischen den Zähnen hervor. »Ich werde dich jagen und dir zur Strafe das Fell gerben.«

»Aber die Gesellschaft dieser Dame ist Strafe genug«, gab Kerwyn zurück, den Schalk in den Augen. »Jede Strafe, die Ihr mir androht, muß ich erst gegen den Preis abwägen, den ich fürs Hierbleiben zahlen werde.«

Burke lachte leise ob der Wahrheit seiner Worte: »Du kannst Schattenmond reiten, wenn du bleibst.«

»Ja, aber nur wenn er es erlaubt.« Kerwyn schabte den Huf aus, den Burke hielt, und Schattenmond zitterte aufgeregt. Das Schlachtroß zuckte und versuchte wieder einmal, dem Ritter seinen Huf zu entreißen. Als das nicht gelang, wieherte es laut, und Burke griff fester zu.

»Bring es schnell zu Ende«, bat er den Stalljungen, da er spürte, wie Schattenmonds Geduld nachließ.

»Hier seid Ihr, Burke!« Malvina erschien plötzlich am Stalleingang. Ihr Schatten fiel in den engen Raum, und eine Wolke ihres exotischen Parfums schwebte ihr voran. Schattenmonds Nüstern bebten gefährlich, und Burke wußte, daß Ärger, im wahrsten Sinne des Wortes, in der Luft lag.

»Laß es gut sein und geh zur Seite!« befahl er knapp.

»Geschafft!« rief Kerwyn im selben Augenblick und sprang zurück, die Hände schützend erhoben.

Burke ließ den Huf des Hengstes los, gerade als dieser seinen Kopf wütend zurückwarf. Das Roß schlug hart aus und verfehlte die Männer nur knapp. Dann warf es sich gegen die Stallwand, offenbar in der Absicht, seine Quälgeister zu zerquetschen. Kerwyn fluchte, als Schattenmond nur eine Armlänge entfernt mit seinem ganzen Gewicht an die Wand prallte.

»Er scheint dich zu mögen«, neckte Burke ihn, »sonst hätte er dich getroffen.«

Kerwyn lachte erleichtert, aber der Hengst schnob gewaltig

durch die Nüstern. Schattenmond war noch nicht zufrieden, und Burke trat vorsichtshalber einen Schritt zurück. Zu seiner Überraschung tauchte Malvina zwischen ihm und seinem Roß auf. Er hatte ihre Gegenwart sofort wieder vergessen, aber dieser Fehler sollte offensichtlich korrigiert werden.

»Burke«, schalt Malvina mit verschmitztem Lächeln und schien das wütende Pferd in ihrem Rücken nicht wahrzunehmen. »Wie könnt Ihr mich so ignorieren, wo ich Euch doch den ganzen Tag gesucht habe?«

Schattenmond kämpfte mit Strick und Mundstück. Er hob einen schweren Huf, und Burke sah plötzlich deutlich vor sich, was kommen würde.

Kapitel 6

»Malvina, seht Euch vor!«

Burke packte die junge Frau mit einer Hand und konnte sie gerade noch aus der Gefahrenzone ziehen. Schattenmond trat genau dort gegen die Wand, wo sie eben noch gestanden hatte, denn auch an guten Tagen ertrug er nur selten Parfum. Das Schlachtroß stampfte auf, warf sich gegen die andere Stallwand, schnaubte und dampfte.

Dann, anscheinend zufrieden, daß er seine Meinung überzeugend kundgetan hatte oder daß seine Quälgeister weit genug zurückgewichen waren, beruhigte sich der Hengst.

Er pustete unbekümmert in seinen Futtersack, wobei er das Heu in alle Richtungen verteilte. Offensichtlich unberührt von seinem Verhalten, tat das Tier, als ob nichts geschehen wäre.

Burke atmete erleichtert auf. Das Roß würde niemanden absichtlich verletzen, aber es bestand immer die Möglichkeit, daß es sich verschätzte.

Plötzlich wurde Burke bewußt, daß Malvina sich immer noch an ihn klammerte. Er trat zurück und versuchte, etwas Distanz zu gewinnen.

Aber zu seinem Verdruß schlang Malvina die Arme um seinen Hals: »Oh, Burke! Ihr habt mir das Leben gerettet! Wie wundervoll Ihr seid!«

»Das hätte jeder andere auch getan«, sagte der Ritter grimmig und bemühte sich noch stärker, von ihr loszukommen.

»Aber Ihr habt es getan«, hauchte das Mädchen und gab ihm

einen feuchten Kuß auf die Wange. Burke begegnete Kerwyns Blick und hätte fast aufgelacht, denn der Stallbursche, sicher im Rücken des Mädchens, schürzte die Lippen und ahmte die Tochter des Hauses nach, wie sie in Ohnmacht fiel.

Burke versuchte, streng dreinzublicken: »Malvina, Ihr dürft nicht übertreiben.«

»Wie bescheiden Ihr seid«, schnurrte Malvina und rieb ihre Brüste an ihm: »Es ist keine Kleinigkeit, wenn ein Mann so mutig ist wie Ihr.«

Burke vermied es, sie daran zu erinnern, daß es ihre eigene Dummheit war, die sie in Gefahr gebracht hatte.

»Ich zweifle nicht, daß es Euren Vater überaus verstimmt hätte, wäret Ihr zu Schaden gekommen«, entgegnete er mit einem kühlen Lächeln und löste sich aus der Umarmung.

Aber das Mädchen ließ sich nicht so leicht abweisen. »Ich denke, wir sollten diesen Augenblick mit einem Kuß besiegeln«, schlug sie vor. »Meine Mutter fragt schon, wie es um Eure Werbung steht.«

Bei diesen Worten wußte Burke, daß er einen Ausweg finden mußte, ohne sein völliges Desinteresse an Deirdres ältester Tochter zu offenbaren. Und das Glück kam ihm zur Hilfe.

»Ach, Malvina! Euer Kleid ist beschmutzt worden.« Burke verzog das Gesicht, als wäre dies überaus tragisch, und hoffte von ganzem Herzen, daß sie es für nötig halten würde, die Kleidung zu wechseln. »Malvina, Ihr hättet Euer Gewand nicht beschmutzen dürfen, indem Ihr in die Stallungen kommt«, sagte er mit einem gewinnenden Lächeln. »Vielleicht bleibt kein Fleck, wenn Ihr es gleich reinigen laßt.«

Kerwyn grinste, aber Malvina runzelte die Stirn, als sie den Fleck auf ihrem Rock untersuchte. Sie legte die Hand auf Burkes Arm und lehnte sich vor, während der Ritter den Drang bekämpfte, zurückzuweichen. »Ich werde nicht lange fort sein. Wartet hier auf mich!«

Malvina trottete zur Stalltür, und Burke fuhr sich erleichtert durchs Haar. »Wir können nur hoffen, daß es den ganzen Tag dauert, bis sie ein neues Kleid gefunden hat«, murmelte er, und Kerwyn lachte laut auf.

Edana kam in die Stallungen, als Malvina sie verließ, und die beiden begegneten sich auf der Türschwelle. Die Ziegenhirtin rief einen Gruß, aber Malvina rauschte mit hoch erhobener Nase vorbei.

Kerwyn richtete sich auf, als Edana mit einem kecken Lächeln auf sie zukam. Die Ziegen im Stall hinter Schattenmond blökten, als spürten sie, daß Edana sich näherte.

»Bin schon unterwegs, meine Damen!« rief sie mit einer Fröhlichkeit, von der Burke weit entfernt war.

»Guten Morgen, Edana«, grüßte Kerwyn ungewohnt steif. Das Mädchen errötete und erwiderte den Gruß.

Aber Burke beäugte Edana: »Ich dachte, du würdest für Alys sorgen.« Ungeduldig musterte er die Umgebung. »Wenn die Dame nur erwachen würde, könnten wir fort sein, bevor Malvina zurück ist.«

»Aber sie ist doch wach«, erwiderte Edana. »Deshalb hole ich ja meine Damen.«

»Sie ist wach?« Alys war auf und hatte ihn nicht aufgesucht? Burke runzelte die Stirn: »Geht es ihr gut? Macht ihre Verletzung ihr noch zu schaffen? Ich habe noch Salbe, wenn sie sie braucht.«

»Es geht ihr gut genug, um Heloise zu besuchen.« Edana schenkte Kerwyn ein erneutes, warmes Lächeln, und der Stallbursche grinste töricht. Dann ging die Ziegenhirtin mit wiegenden Hüften zu ihren Schützlingen.

Burke blinzelte verwundert, unfähig, ihr die Geschichte abzunehmen. Alys war in seinem Bett aufgewacht und fortgegangen, ohne ihm auch nur für seine Sorge zu danken? So schlechte Manieren sahen seiner Dame gar nicht ähnlich.

Und wie konnte es sein, daß es Alys nicht ebenso leidenschaftlich verlangte, Burke zu sehen, wie er sich wünschte, sie zu finden?

Ein weniger selbstsicherer Mann hätte sich beleidigt gefühlt, aber Burke wußte, daß noch etwas zwischen ihnen stand. Alys wich ihm aus, das erkannte er sofort. Wieso würde sie sonst gerade jetzt eine so unnötige Aufgabe auf sich nehmen?

Burke stützte die Arme in die Hüften und drehte sich um, um dem Mädchen nachzurufen: »Wer ist diese Heloise? Und wo kann ich sie finden?«

»Die Einsiedlerin«, antwortete Kerwyn an ihrer Statt. »Sie lebt in einer Steinhütte auf der Landzunge, ein paar Meilen die Küste entlang.«

»Meilen? Alys hätte heute im Bett liegen sollen!« protestierte Burke. »Sie soll sich auskurieren, nicht ganz allein meilenweit laufen!«

Edana zuckte mit den Schultern: »Alys hat darauf bestanden, Heloise zu besuchen. Sie hätte eigentlich gestern gehen sollen, aber das konnte sie ja nicht. Ich bin statt ihrer gegangen, aber Alys macht sich Sorgen um Heloise.«

Mit einem kessen Lächeln öffnete Edana den Riegel, und die Ziegen ergossen sich geräuschvoll in den Gang. Sie streichelte jede einzelne und begrüßte sie mit Namen. Was Alys tat, war offensichtlich das letzte, was sie interessierte.

Burke biß die Zähne zusammen. Er hatte sich nicht zurückgehalten, um dann alles zu verlieren. Nein, er würde nicht hinnehmen, daß Alys ihm auswich. Sie würde ihn anhören müssen, und zwar noch heute.

»Sei so gut und bring mir Schattenmonds Sattel«, bat er den Stallburschen, der immer noch der Ziegenhirtin nachstarrte. »Und zeig mir die Richtung zur Behausung dieser Einsiedlerin.«

»Ich komme, Burke!« rief Malvina aus dem Schloß. »Der

Fleck ist mit etwas Wasser beseitigt worden, und ich bin wieder so schön wie zuvor.«

Burke ignorierte das Grinsen des Stallburschen: »Kerwyn, beeile dich besser, wenn dir deine Haut lieb ist!«

»Leere Drohungen«, neckte ihn Kerwyn, aber er holte den Sattel so schnell, daß Burke sich nicht beschweren konnte.

♠

Alys hielt inne, um wieder zu Atem zu kommen. In der Ferne sah sie Heloise hocken, die auf die Kiesel am Boden starrte, den Kopf schiefgelegt, um zu lauschen.

So ein Besuch würde es also werden.

Alys seufzte, zwang sich zu lächeln und winkte. Heloise hatte sie bisher immer erkannt, doch jedesmal fürchtete Alys das Schlimmste. Die alte Frau wurde mit der Zeit immer wunderlicher.

»Guten Tag, Heloise!« rief sie mit einer Fröhlichkeit, die sie nicht verspürte, schürzte ihre Röcke und trat näher.

Die Alte sah auf und blinzelte in die Sonne. Während jemand anderes vielleicht entsetzt gewesen wäre, fiel Alys gar nicht mehr auf, daß eine Gesichtshälfte Heloises schlaff und ausdruckslos blieb oder daß ihr rechter Arm fast nutzlos war. Sie hatte gelernt, sich auf die andere Seite des Gesichts der alten Frau zu konzentrieren, auf der noch ihr sanftes Lächeln aufblühte und ihr Auge strahlte.

»Alys!« Die Alte humpelte an der einfachen Steinhütte vorbei, die jetzt ihr Heim war, ihre schnellen Schritte ein Zeichen ihrer Besorgnis. Das fiel ihr nicht leicht, denn das rechte Bein widersetzte sich noch der Bewegung: »Was hat sie dir angetan?«

»Gar nichts, Heloise, gar nichts«, log Alys und legte den Arm um die Schulter der alten Frau, bevor diese auch nur sehen konnte, daß das Kleid geflickt war. Es war nicht nötig, die Vergangenheit wiederaufleben zu lassen. »Die Tante hat mir aus einer Laune eine Arbeit aufgegeben, mehr nicht. Du siehst ja, ich bin hier und gesund und munter.« Sie küßte Heloise auf die Wange. »Du mußt dir keine Sorgen um mich machen.«

Heloise warf ihr einen scharfen Blick zu: »Ja? Hat sie dich den Saal mit bloßen Händen schrubben lassen?«

Alys lachte und weigerte sich, mehr zu sagen: »Wie geht es *dir*?«

»Ganz gut, wenn *sie* nicht wären.« Heloise sah zu den Kieseln hinüber und runzelte die Stirn.

»Sie?«

Die Alte beugte sich mit funkelnden Augen zu ihr: »Die Steine! Sie reden und halten mich die ganze Nacht wach mit ihrem Geplapper.« Sie seufzte. »Jeden Tag werden sie lauter, so daß ich den Lärm bald nicht ertrage. Hör nur!«

Die alte Frau starrte wütend auf die Kiesel. Alys sagte nichts, wie es offenbar von ihr verlangt wurde, aber außer dem Pfeifen des Windes, dem Tosen der Wellen und dem Geschrei der Seevögel konnte sie nichts hören.

Sie erschrak, als Heloise sie erneut scharf ansah. »Nun?«

Alys zuckte mit den Schultern: »Ich kann nichts hören.«

Heloise schnalzte aufgeregt mit der Zunge.

Es war offensichtlich, daß die Einsamkeit den Verstand der alten Frau trübte, und Alys spürte eine Welle heißen Zorns, daß die Tante darauf bestanden hatte, die Alte an diesen Ort zu verbannen. Das war ein schlechter Lohn für lange Jahre treue Dienste. Heloise war zu alt, um alleine zu leben, zu zerbrechlich, um dem feuchten Seewind ausgesetzt zu sein, und zu vergeßlich, um für sich selbst zu sorgen.

Alys war sicher, daß Heloise wieder das Feuer hatte ausgehen lassen.

»Was macht dein Feuer?« fragte sie, um die ältere Frau von den Steinen abzulenken. »Der Koch hat dir köstliches Brot geschickt, und wir könnten etwas geschmolzenen Käse darauf tun.«

Heloises Blick wurde heller, aber dann runzelte sie verwirrt die Stirn: »Ich habe doch keine Feuerstelle.«

»Aber natürlich.« Alys nahm die alte Magd bei der Hand und führte sie zur Hütte. Drinnen war es dunkel, und auf den flachen Steinen, wo das Feuer sein sollte, glimmte keine Glut.

Das Feuerholz, das Alys bei ihrem letzten Besuch gesammelt hatte, war noch da, oder aber Edana hatte den Vorrat aufgefüllt. Aber das Mädchen hatte offensichtlich nicht gewußt, daß sie das Feuer für Heloise entfachen mußte. Alys ließ Heloise den Inhalt des Korbes untersuchen, nahm etwas Holz und schlug die Feuersteine aneinander.

Wie immer schrie Heloise bei den ersten Funken auf. Aus irgendeinem Grund brachte sie Feuer mit den Ereignissen in Verbindung, die zu ihrem Anfall geführt hatten.

Vielleicht kümmerte sie sich deshalb nicht um das Feuer.

»Es ist vorbei, Heloise«, sagte Alys knapp, während sie vorsichtig den Zunder entfachte. »Es ist schon lange her und kann keiner von uns noch weh tun.«

»Zeig mir deinen Rücken«, sagte die ältere Frau plötzlich.

Der Zunder fing Feuer, und Alys schaute auf: »Da gibt es nichts zu sehen«, behauptete sie. Heloises Augen waren seltsam hell. »Er ist schon lange verheilt, und das weißt du.«

Heloise schüttelte den Kopf: »Die Steine sagen etwas anderes.«

Alys fühlte, wie sich ihr bei dieser sonderbaren, aber richtigen Behauptung die Nackenhaare aufstellten. Sie richtete sich auf und achtete darauf, Heloise nicht den Rücken zuzudrehen. »Die Steine irren sich«, sagte sie bestimmt. »Möchtest du etwas Brot und Käse?«

Heloise betrachtete sie einen Augenblick lang: »Es geht dir wirklich gut?«

Alys lächelte: »Wirklich!«

Aber Heloise schüttelte den Kopf, beunruhigt ob ihrer Erinnerungen. Sie hockte sich nieder und schaukelte aufgeregt vor und zurück: »Sie darf das nicht tun, sie darf dir nicht weh tun, sie darf Isibeals Erinnerung nicht entehren. Ach, Isibeal!«

Wie immer, wenn sie erregt war, spielte die Magd mit der Kette um ihren Hals, ohne die Alys sie noch nie gesehen hatte. An der Kette hing ein Anhänger, den Heloise eifersüchtig bewachte und niemandem zeigte. Alys nahm an, es wäre ein Geschenk ihrer Familie oder vielleicht einer unglücklichen Liebe.

»Isibeal«, flüsterte Heloise und begann zu weinen. »Ich habe es nicht geschafft, ihr diese eine Bitte zu erfüllen. Sie bat mich, auf dich achtzugeben, dich zu beschützen.«

»Und das hast du.« Alys kauerte sich zu der alten Frau und nahm sie in den Arm. »Deine Liebe war es, die mich zu einem aufrechten Menschen gemacht hat.«

Heloise biß sich auf die Lippen und ließ ihren Anhänger los, um Alys über die Wange zu streichen, als müßte sie sich versichern, daß sie wirklich da war. Alys tat es im Herzen weh, sie so zu sehen.

»Du mußt dir keine Sorgen machen«, sagte Alys sanft. »Ich mußte eine anstrengende Arbeit erledigen, darum konnte ich dich nicht besuchen, aber ich bin fertig, und es hat mir nicht geschadet.«

Heloise streichelte Alys' Wange, und ihr Blick füllte sich mit einer Zuneigung, die Alys an die junge Heloise erinnerte. »Du bist ein Schatz, genau wie Isibeal«, flüsterte sie.

Alys hielt Heloise, während das Feuer zum Leben erwachte, und mußte denken, daß sich die Rollen vertauscht hatten. Sie konnte sich noch erinnern, wie Heloise sie tröstend in den Arm genommen hatte, und sie wußte noch gut, wieviel ihr diese Umarmungen bedeutet hatten.

Schließlich schüttelte Heloise den Kopf, streichelte noch einmal den Anhänger und steckte ihn dann mit ungeschickten Fingern wieder unter ihr Unterkleid. »Ist dein Ritter schon gekommen, dich zu holen, Alys, wie Aucassin Nicolette?«

»Noch nicht.« Alys zwang sich zu einem Lächeln und schnitt das Brot, wohl wissend, daß Heloise sie beobachtete.

»Bist du dir sicher?«

Alys holte tief Luft. Sie erwiderte Heloises Blick und entschloß sich, sie zu fragen. Niemand würde es erfahren, besonders nicht ein gewisser, zu sehr von sich überzeugter Ritter. Und Heloise war der einzige Mensch, dem sie vertrauen konnte.

»Erinnerst du dich an einen Mann, einen Ritter namens Burke de Montvieux, Heloise? Er kam vor drei Jahren nach Kiltorren geritten.«

Heloise wehrte ab: »Ich war damals schon hier. Seit Isibeals Tod bin ich immer hier gewesen.«

Alys, die Heloises Unsicherheit, was den Zeitpunkt von Ereignissen betraf, schon kannte, schüttelte den Kopf. Heloises Verstand war durch den Anfall getrübt worden. Obwohl es sich wieder merklich gebessert hatte, war sie in einigen Angelegenheiten noch verwirrt. »Nein, du warst noch im Schloß damals. Isibeal ist gestorben, als ich noch ein Säugling war. Du weißt doch noch, wie du mir jede Nacht eine Geschichte erzählt hast. Das war auf der Burg.«

Die alte Frau kaute unsicher auf der Unterlippe.

»Erinnerst du dich noch an die Geschichte, die wir immer gesungen haben?« fragte sie. Alys begann die vertraute Sage, darauf vertrauend, daß Heloise einstimmen würde:

»Einst lebte weit von hier ein Mann,
Der Glück mit Wohlstand klug verband.
Sein Sohn, ein starker, tapf'rer Mann,
War Ritter, Aucassin genannt.

Der Vater sah's als seine Pflicht,
Den Sohn in Ehe zu vergeben.
Der Ritter beugte sich ihm nicht,
Mit Nicolette nur wollt' er leben.

Nicolette war hold und rein
Von Herkunft aber unbekannt.
Ein kindlos Bauer nahm sie in sein Heim,
Ihr Liebreiz des Ritters Herz entflammt'.

Aucassin traf seine Wahl,
Ließ sich zur Ehe nicht zwingen
Sein Vater tobte und befahl,
Des Bauern Kind rasch fortzubringen.«

»O ja!« rief Heloise und begann mit hoher, klarer Stimme zu singen:

»So sucht' der Ritter ohne Rast
Die Liebste übers weite Meer.
Im Wind gebieten hoch am Mast
Drei Lilien und ein Löw' ihm Ehr.«

Alys erstarrte und vergaß den schmelzenden Käse, der zischend ins Feuer tropfte. Es gab nur ein Wappen, von dem sie wußte, daß es einen Löwen und drei Lilien trug. Und dieser Vers unterstrich für ihren Geschmack zu stark Burkes Behauptung, daß er Alys überall gesucht habe.

Woran erinnerte sich Heloise *wirklich* ?

»So hast du mir das Lied aber nicht beigebracht.«

Heloise grinste. Im unsteten Licht des Feuers war ihre Entstellung noch deutlicher zu erkennen. Sie schien zum ersten Mal seit Jahren wieder völlig anwesend zu sein.

»Die Steine sagen, so müßte es jetzt gesungen werden.«

Alys' Nackenhaare richteten sich auf, aber plötzlich erspähte Heloise das Brot und den geschmolzenen Käse. Sie strahlte vor Freude und griff ungeduldig nach dem Brot, wobei sie von ihrer Vorliebe für Käse plapperte. Auf einmal war sie wieder die verwirrte, alte Frau, um die sich Alys kümmern mußte.

Der Moment der Klarheit war vorüber, aber Heloises unerwarteter Vers sollte noch lange in Alys' Gedanken nachhallen.

♠

Die Sonne war schon tief gesunken, als Alys Heloises Hütte verließ und ihr zum Abschied winkte. Aber die alte Frau hatte sie schon wieder vergessen. Sie beugte sich abermals über die Steine und neigte ihnen den Kopf zu. Alys beobachtete sie einen traurigen Augenblick lang und beschloß, häufiger zu kommen.

Sie fragte sich, ob sie die Tante vielleicht überreden konnte, Heloise wieder im Schutz der Mauern wohnen zu lassen. Wenigstens hätte die alte Magd es wärmer und würde besser verköstigt, als wenn sie alleine lebte.

Ach, die Tante. Allein der Gedanke, sich mit ihr auseinanderzusetzen, war ernüchternd. Vielleicht sollte Alys sich ebenfalls in die Hütte zurückziehen und dort für Heloise sorgen. Die Fehde zwischen den beiden älteren Frauen war zu erbittert. Alys seufzte, runzelte die Stirn und begann den mühseligen Rückmarsch. Erst jetzt spürte sie ihre schmerzenden Knochen.

Sie hatte sich heute übernommen, das war sicher, aber es war ihr keine Wahl geblieben. Sie war die einzige, auf die Heloise sich stützen konnte, und Alys schuldete der Zofe ihrer Mutter viel. Sie würde alles für Heloise tun.

Vielleicht sogar der Tante gegenübertreten.

Als Alys aufblickte, um die Entfernung zum Schloß abzuschätzen, stockte ihr der Atem.

Denn vor dem hell erleuchteten Abendhimmel zeichnete sich die Gestalt eines Ritters ab, dessen Schlachtroß an seiner Seite graste.

Offensichtlich hatte Burke sie erwartet.

Alys befahl ihrem Herzen, still zu sein, und versuchte weiterzugehen, als ob sein Anblick sie nicht im geringsten kümmerte. Sie verzog den Mund bei dem Gedanken an Malvinas Behauptung, daß sie und Burke zusammen über ihr Verlangen nach diesem Ritter lachten. Ob wahr oder nicht, Alys beschloß, Burke dieses Mal nichts von ihrem ungehörigen Begehren erkennen zu lassen.

Es würde dem Mann guttun, an seiner Anziehungskraft zu zweifeln.

♠

Burke erkannte sofort, daß Alys ihn gesehen hatte.

Sie hatte sich müde die steinige Küste entlanggeschleppt, obwohl dort kein Weg zu erkennen war. Er hatte sie erwartet und vor Ungeduld mit dem Fuß gewippt, da er wußte, daß es ihm nicht zustand, die Abgeschiedenheit einer Einsiedlerin zu stören, doch wartete er besorgt darauf, sich vergewissern zu können, daß es Alys gutging.

Die Art, wie sie sich bewegte, als sie endlich erschien, beruhigte Burke wenig. Sie war offensichtlich erschöpft, und dennoch schien sie entschlossen, den langen Weg zur Burg zu Fuß zurückzulegen. Er wußte nicht, ob er sie für diese leichtsinnige Mißachtung der eigenen Gesundheit küssen oder schlagen sollte.

Dann erspähte ihn Alys. Sie richtete sich auf, als ob sie in einen Kampf zöge oder absichtlich ihre Ermüdung verbergen wolle, hob das Kinn und schritt entschlossen auf ihn zu. Und Burke spürte ein erwartungsvolles Lächeln auf seinen Lippen.

O ja, ihm gefiel das Feuer, das neuerdings in seiner Herzensdame brannte.

Alys' Augen funkelten, als sie sich ihm näherte, doch sie blieb weder stehen, noch würdigte sie ihn eines Blickes. Es blieb Burke überlassen, sich ihren Schritten anzupassen. Mit hängenden Zügeln folgte Schattenmond den beiden.

Burke spürte Alys' verstohlenen Blick mehr, als daß er ihn sah.

»Ihr habt auf mich gewartet.«

»Schon den ganzen Nachmittag.«

Alys rümpfte die Nase: »Sicherlich hätte Malvina Euch dringender gebraucht.«

Mit einemmal erkannte Burke den Grund für die Gereiztheit der Dame, und er mußte lächeln. »Seid Ihr eifersüchtig?« neckte er sie.

»Überhaupt nicht! Aber ich hörte, Ihr würdet um sie werben«, sagte Alys kurz. Sie schritt mit einer Heftigkeit aus, die ihre gespielte Gleichgültigkeit Lügen strafte und Burke überaus erfreute. »Sie verkündet sogar, daß Ihr in Bälde um ihre Hand anhalten werdet.«

»Aber da täuscht sie sich gewaltig«, stellte Burke klar. Alys sah ihn überrascht an, und er lächelte: »Warum geht Ihr heute diesen weiten Weg, Alys? Ich hatte vorgesehen, daß Ihr im Bett bleibt.«

»In Eurem Bett!« erinnerte ihn Alys. »Es ist kaum mißzuverstehen, was Ihr damit bezweckt. Habt Ihr gedacht, ich würde Euch aus Dankbarkeit zu mir hereinlassen?«

»Niemals! Ich bin ein Mann von Ehre ...«

Alys wirbelte blitzschnell herum, ein gefährliches Blitzen in den Augen: »Und doch sind es Eure Taten, die immer wieder zwischen uns stehen. Was soll ich mir denken, wenn mich ein Ritter nackt bis auf das Hemd in sein Bett legt und sein Quartier nicht räumt?«

Burke verschränkte verärgert die Arme: »Ich habe in den Stallungen geschlafen. Hat Euch Edana nicht davon berichtet?«

»Das hat sie. Aber daß Ihr Eure Satteltaschen zurückgelassen habt, kann nur bedeuten, daß Ihr vorhattet, wiederzukehren.«

»Es bedeutet nichts, außer daß ich sie vergessen habe.« Burke beugte sich zu ihr und senkte die Stimme: »Ich war besorgt um Euch, Alys. Habt Ihr nicht daran gedacht, mich heute aufzusuchen? Mir zu danken? Meine Sorge zu widerlegen?«

Alys sah ihn einen Augenblick an, als wolle sie ihm vertrauen, wagte es aber nicht: »Ich habe gehört, Ihr seid erpicht darauf, daß ich gesund werde, damit Ihr Eure Lust befriedigen könnt.«

Burke folgte ihr, erbost über diese Geschichte: »Wer hat Euch diesen Unsinn erzählt?«

Alys reckte das Kinn: »Malvina behauptet, Ihr und sie wäret miteinander vertraut.«

»Malvina«, fluchte Burke leise. »Daß sie die Wahrheit spricht, ist ebenso wahrscheinlich, wie daß Perlen von ihren Lippen fallen.«

»Ich habe Euch gesehen und gehört, wie Ihr Euch mit ihr bei Tisch amüsiert habt«, erwiderte Alys. »Und das ist keine Lüge.«

»Und was, meint Ihr, soll ich tun?« Burke hob verzweifelt die Hände. »Eure Tante und Euer Onkel denken immer noch, daß ich nur wegen Eurer Kusinen gekommen sei.«

»Verständlich. Denn das habt Ihr gesagt, als Ihr gekommen seid.«

Burke beschloß, dem nicht zu widersprechen: »Sie haben bereits gedroht, mich des Schlosses zu verweisen, da sie an meinen Absichten zweifeln. Ich muß vortäuschen, Malvina den Hof zu machen, zumindest bis Ihr mir eine faire Chance gegeben habt.«

Alys blickte ihn von der Seite an: »Denkt Euch, Ihr hättet sie schon gehabt.«

»Das habe ich *nicht*, denn Ihr denkt noch immer schlecht von mir, und ich habe nichts getan, das zu verdienen«, knurrte Burke. »Alys, mir scheint, ich mache alles falsch. Heute morgen habe ich Euch allein gelassen, da Ihr erklärtet, Euer Ruf in diesem Haus würde mich nicht kümmern. Aus Rücksicht auf Eure Sorge habe ich die Nacht nicht an Eurem Bett verbracht, um mich zu versichern, daß Ihr nicht gestört werdet.«

Sie sah zu ihm auf, aber Burke war nicht zu bremsen: »Und belohnt werde ich dadurch, daß Eure Familie die Gelegenheit erhält, ihr Gift zu verspritzen, dem Ihr mehr Glauben schenkt als mir!«

»Schöne Worte, aber Eure Taten beweisen mir nicht, daß ich Euch wirklich falsch eingeschätzt habe.« Alys wirbelte herum, um vor ihm herzugehen, offenbar wenig beeindruckt von seiner Verzweiflung.

Und Burkes Ärger verflog, als er das frische Blut auf ihrem Kleid sah.

Er schloß zu ihr auf und sagte besorgt: »Alys, Eure Wunden sind wieder aufgeplatzt.« Als sie nicht stehenblieb, ergriff Burke ihren Arm und drehte sie zu sich: »Ihr habt Euch zuviel zugemutet, genau wie ich dachte.«

Alys schüttelte den Kopf: »Es ist nicht von Belang. Ich hatte keine Wahl.«

»Heloise hätte sicherlich noch einen Tag warten können.«

Doch Alys verneinte heftig: »Nein. Edana hat irgend etwas erzählt, weshalb sie sich Sorgen um mein Wohlergehen gemacht hat. Ich mußte gehen.« Sie holte tief Luft und zwang sich zu einem Lächeln: »Ich werde früh genug wieder im Haupthaus sein, und mit etwas Glück werde ich nicht zuviel arbeiten müssen.«

»Ihr gefährdet Eure Gesundheit, um ihre Ängste zu vertreiben«, murmelte Burke, beeindruckt von ihrer Selbstlosigkeit. »Alys, Ihr müßt Euch mehr schonen.«

Seine Dame zuckte mit den Schultern und errötete leicht: »Ich möchte nicht, daß sie noch einen Anfall hat.«

Burke nahm Alys beim Kinn und zwang sie, seinem Blick zu begegnen: »Und ich möchte, daß Ihr wieder gesundet. Uns beide treibt die Sorge um einen geliebten Menschen, Alys.«

Sie betrachtete ihn abschätzend: »Und was ist mit Malvina?«

Burke verzog das Gesicht: »Ich habe Euch die Wahrheit gesagt, wie ich es immer tat. Ich würde sofort mit Euch durch dieses Tor reiten, Alys, und nie wieder nach Kiltorren zurückschauen.« Ihr Blick verriet Unsicherheit, und Burke beugte sich zu ihr, darauf bedacht, sie endgültig zu überzeugen: »Euch allein, Alys, gehört mein Herz, Ihr allein erscheint mir in meinen Träumen.«

»Ha!« Alys verdrehte die Augen, entzog sich seiner Berührung und schritt erneut vor ihm her.

Burke hob die Hände und brüllte, in dem sicheren Gefühl, daß man ihm im letzten Augenblick den Sieg geraubt hatte: »Was habe ich gesagt?«

»Oh, Burke, jedesmal wenn ich beginne, Euren Schwüren Glauben zu schenken, macht Ihr mir ein so übertriebenes Kompliment«, beschwerte sich die Dame offensichtlich verärgert. »Macht Ihr nicht jeder Edelfrau, die Ihr hofiert, dieselben süßen Versprechungen?«

»Alys, es gibt nur Euch!«

Sie warf ihm ein skeptisches Lächeln zu: »Wirklich? Ihr klingt, als hättet Ihr das ebenfalls vorher einstudiert.«

Burke knurrte und schloß wieder zu seiner Dame auf. Er zwang sich, die Angelegenheit von einer anderen Seite anzugehen: »Es ist schon traurig, wenn ein Mann auf die Zeit eifersüchtig ist, die seine Geliebte mit einer alten Frau verbringt.« Er holte tief Luft: »Und dieser Ort quält mich mehr, als Ihr Euch vorstellen könnt.«

»Ich dachte, das täte nur ich?« neckte ihn Alys unerwartet.

Burke mußte gegen seinen Willen lachen, denn er genoß ihre Aufgewecktheit. Ja, sie sah Dingen auf den Grund, und das gefiel ihm. »Ihr habt Euren Teil zu meinen Qualen beigetragen, Alys, zweifelt nicht daran. Trotzdem möchte ich mich für meine schlechte Laune entschuldigen.«

Schweigend gingen sie ein paar Schritte.

»Erzählt mir von dieser alten Magd«, bat Burke schließlich.

»So alt ist Heloise gar nicht«, sagte Alys und bemühte sich, gleichmütig zu klingen.

»Wer ist sie?«

»Sie war die Zofe meiner Mutter.«

»Und wie kam es, daß sie zur Einsiedlerin wurde?«

»Das betrifft Euch nicht, Burke.«

»Im Gegenteil! Ihr sprecht ihren Namen mit Zuneigung«, entgegnete er. »Es ist von großer Wichtigkeit für mich, jene kennenzulernen, die Ihr liebt.«

Alys sah Burke an, als wäre ihr dieser Gedanke nie zuvor gekommen. »Heloise hat mich nach dem Tod meiner Mutter an Kindes Statt großgezogen«, gab sie zu. »Sie war es, die mich vor der Tante beschützt hat, wenigstens bis sie sich vor einigen Jahren stritten.«

Burke runzelte die Stirn: »War sie schon hier, als ich zum ersten Mal kam?«

»Vor drei Jahren lebte sie noch im Haupthaus. Ihr mögt Euch an sie erinnern, obwohl sie sich im Schatten zu halten pflegte.«

Schon diese wenigen Worte brachten Burke die Erinnerung zurück. »Die ältere Frau mit den silbernen Strähnen im kastanienbraunen Haar«, sagte er und schnippte mit den Fingern. »Sie war hager und sagte nur wenig, vermittelte aber den Eindruck großer Stärke.«

»Das war Heloise.«

Burke grinste: »Und ich weiß noch, daß sie Eure Tante oft ansah, als wolle sie sie erdolchen.«

Alys bemühte sich sichtlich, sein Lächeln nicht zu erwidern, doch ihre Augen lachten: »Ja, das war sie.«

»Sie schien mir keine Frau Gottes zu sein.«

»Nein, damals war sie Zofe, wenn sie auch schon alt wurde. Bis zu dem Tag, an dem ich die Tante zu sehr verärgerte ...«

»Ihr habt sicher nichts Falsches getan«, warf Burke ein.

Alys runzelte die Stirn und seufzte: »O doch, ich habe eines ihrer liebsten Schmuckstücke zerbrochen, und sie war nicht geneigt, die Angelegenheit auf sich beruhen zu lassen. Das war das erste Mal, daß sie mich schlug.«

»Das erste Mal?« Burke hörte den Ärger in seiner Stimme. »Dann ist dies kein Einzelfall? Wie oft hat sie die Hand gegen Euch erhoben?«

»Nur damals und dann wieder dieses Mal.«

»Schon ein Mal ist zuviel«, murmelte er. »Was hat sie dazu gebracht, Euch bis jetzt zu verschonen?«

»Es war Heloise. Sie eilte mir zu Hilfe, und in ihrer Wut wandte sich die Tante gegen sie. Sie schlug sie, und Heloise stürzte in einem Anfall zu Boden.« Ein Schatten legte sich auf Alys' Züge, und Burke nahm an, daß die Erinnerung noch lebendig und schmerzhaft sein mußte. »Es war schrecklich, einfach so dastehen zu müssen, aber ich konnte ihr nicht helfen.«

»Das hätte niemand gekonnt.« Er drückte beruhigend ihre Hand, da er ahnte, wohin ihre Gedanken führten. »Doch habt Ihr Euch bestimmt schuldig gefühlt.«

Alys schluckte und nickte dann widerwillig: »Ja, in einem Teil meines Herzens weiß ich, daß es meine Schuld war, denn hätte ich mich nicht der Tante widersetzt ...«

»Wäret Ihr nicht die Tochter der Frau, der Heloise mit soviel Hingabe gedient hat«, unterbrach Burke sie energisch, »hätte sie sich nicht verpflichtet gefühlt, Euch vor dieser Ungerechtigkeit zu schützen.«

Alys begegnete Burkes beharrlichem Blick.

»Heloise hat Euch geliebt, deshalb hat sie Euch verteidigt«, fuhr er voller Überzeugung fort. »Eure Tante und nur Eure Tante ist diejenige, die im Unrecht war, denn niemand sollte geschlagen werden, wie sie Euch geschlagen hat.«

Alys legte die Stirn in Falten: »Ich wünschte nur, Heloise hätte nicht leiden müssen.«

Burke streichelte Alys' Hand, und ermutigt von ihrem Vertrauen, drängte er sie, näher neben ihm zu gehen.

»Und was hat sie erlitten?«

Alys seufzte: »Als ihr Anfall nachließ, war eine Seite ihres Körpers ohne Gefühl. Sie konnte weder ihr Bein noch ihren Arm bewegen, und ihr Gesicht war auf dieser Seite ausdruckslos.«

Burke nickte: »Ich habe das schon einmal gesehen, und damals verging es wieder.«

»Auch Heloises Leiden besserte sich, doch ein Rest blieb. Sie kann die Hand nur mühsam gebrauchen, und sie humpelt. Sie lächelt nur mit einer Hälfte des Gesichts.« Alys runzelte die Stirn: »Und ihr Verstand ist nicht so klar wie einst.«

»Warum ist sie dann allein dort draußen, den Elementen ausgesetzt? Eine Frau in ihrem Zustand sollte geborgen im Hause leben, wo man ihr helfen kann.«

»Das sollte sie!« Alys richtete sich entrüstet auf. »Aber der Onkel hat behauptet, daß sie die Hand Gottes gespürt hat, daß Er Heloise gebraucht hat, die dunklen Taten der Tante zu unterbinden. Der Onkel hat darauf bestanden, daß die Tante mich niemals wieder schlägt, damit uns der Zorn Gottes in Zukunft verschone, und so hat sie es unterlassen.«

»Bis gestern.«

»Ja.« Alys schluckte. »Die Tante hat sich Onkels Gebot nur widerwillig unterworfen. Sie bestand darauf, daß, wenn Gott durch Heloise gewirkt habe, Heloise sich ganz und gar Seinem Willen unterstellen müsse. Auf ihr Geheiß wurde Heloise aus dem Haus verbannt und zog hierher«, Alys ahmte den Tonfall der Tante nach, »damit sie in Frieden leben und das Mysterium Gottes besser ergründen möge.«

Burke schnaubte: »So daß sie krank werden und sterben oder zumindest Deirdres Pläne nicht mehr durchkreuzen möge.«

Alys sah ihn ernst an: »Da habt Ihr recht, aber Heloise ist stärker, als man denkt.«

Burke betrachtete seine Dame und dachte, daß man dies auch von ihr sagen könnte: »Mir scheint, Eure Sorge um Heloise wächst.«

Alys verzog das Gesicht: »Sie vergißt, sich um das Feuer zu kümmern. Und sie ist verwirrter als noch vor einiger Zeit. Ich fürchte, sie wird nicht daran denken zu essen, sich um ihr Wohlergehen zu sorgen. Und außer mir kommt niemand hierher.«

»Ihr möchtet, daß sie ins Schloß zurückkehrt.«

Alys nickte: »Ich wünschte, ich könnte die Tante überreden, Heloise aufzunehmen.«

Schon bei dem Gedanken daran verspürte Burke Angst. Er umklammerte Alys' Schultern, brachte sie zum Stehen und drehte sie herum. Er zweifelte nicht, daß sie für die alte Magd kämpfen würde, ohne den Preis zu bedenken.

»Alys, Ihr könnt Eure Tante nicht herausfordern. Nicht nach dem, was sie Euch angetan hat!«

»Schlimmer kann sie mich nicht zurichten, und Heloise braucht meine Hilfe.« Alys drehte sich um und warf dem Ritter einen flehentlichen Blick zu, der sein Herz erweichte: »Burke, Ihr müßt verstehen, daß ich ihr zuviel schulde, um sie allein dort draußen umkommen zu lassen! Das wäre falsch, egal wie man es betrachtet!«

»Heloise mag der Hilfe bedürfen«, sagte er fest, »doch sie muß nicht von Euch kommen.«

»Aber sie hat niemanden sonst.«

»Aber Ihr habt mich«, entgegnete Burke. »Ich werde die Angelegenheit Eurer Familie gegenüber zur Sprache bringen, nicht Ihr.« Er sah Alys ruhig an und versuchte sie dazu zu bringen, ihm zu glauben.

»Das würdet Ihr tun? Die Tante wird überaus verärgert sein.«

»Ein weiterer Grund, mich dieser Sache anzunehmen.« Burke lächelte langsam und drückte ihre Schultern. »Versteht Ihr denn nicht, Alys? Ich würde weitaus mehr versuchen, um Euer strahlend süßes Lächeln und noch viel mehr – um Eure Hand zu gewinnen.«

Doch Alys zwang sich, sein Lächeln nicht zu erwidern: »Burke, Ihr müßt es unterlassen, mir diese gekünstelten Komplimente zu machen.«

»Was habe ich denn gesagt?«

»Mein strahlend süßes Lächeln?« Alys verzog das Gesicht. »Das wäre selbst für einen Barden zuviel des Guten!«

»Aber Ihr verdient dieses Kompliment!«

Alys lachte ob seiner Entrüstung: »Ihr übertreibt zu sehr, als daß man Euch glauben könnte!«

Doch Burke lächelte nicht. »Und daß Ihr mir nicht glaubt, liegt zwischen uns, ist es nicht so?« fragte er sanft.

Ernüchtert sah Alys zur Seite, denn die Wahrheit bedurfte keiner Bestätigung.

Er betrachtete sie einen langen Augenblick und mußte einfach fragen: »Und hat Heloise sich an mich erinnert?«

Alys holte tief Luft: »Ihre Erinnerungen sind getrübt.«

Heloise konnte sich nicht an ihn erinnern. Burke spürte die Enttäuschung wie einen Schlag. Es war offensichtlich, daß die Billigung seiner Werbung durch diese Frau viel dazu beigetragen hätte, die Gunst seiner Dame zu gewinnen.

»Eine Woche, Alys«, bat er. »Gebt mir eine Woche, um dafür zu sorgen, daß Heloise in die Burg zurückkehren darf.«

Alys betrachtete ihn aufmerksam, und Burke sah einen Funken Hoffnung in ihren bernsteinfarbenen Augen erwachen. Dann nickte sie abrupt: »Eine Woche.«

Plötzlich wurde Burke bewußt, wie die Dame unter seinen Händen zusammensank. Es war, als nähme die Erleichterung ihr den letzten Rest an Kraft. Ihm fiel das Blut auf ihrem Rücken wieder ein, und er wußte, daß er ihr nicht erlauben konnte, sich noch mehr zuzumuten: »Alys, Ihr müßt zum Schloß zurückreiten.«

Sie warf erst ihm und dann Schattenmond einen Blick zu, der ihre Beunruhigung bei dieser Aussicht mehr als deutlich machte: »Es besteht keine Notwendigkeit ...«

»Es besteht absolute Notwendigkeit. Ihr habt heute zuviel unternommen. Ihr wißt, daß sich Eure Wunde wieder geöffnet hat.« Er drehte sie herum und sah sich das frische Blut an, erleichtert, daß es nicht mehr geworden war. Aber er hielt es für überflüssig, Alys das zu verraten.

Sie gehörte ins Bett, ob nun in das seine oder das eines anderen.

»Ich werde dieses Tier nicht reiten«, weigerte sich die Dame und wandte sich entschieden ab.

»Ihr werdet dieses Pferd reiten, oder ich werfe Euch über die Schulter«, erwiderte Burke und ließ sie erkennen, wie ernst er es meinte. Alys' Augen weiteten sich leicht, und es freute ihn, daß sie ihm wenigstens etwas glaubte: »Ihr habt die Wahl, entweder Schattenmond oder ich werden Euch tragen.«

Alys hob das Kinn: »Ich würde lieber zu Fuß gehen.«

»Leider habt Ihr diese Wahl nicht.«

Unerwartet lächelte Alys Burke zu: »Ihr seid überaus starrköpfig.«

Burke spürte, wie sich seine Braue hob: »Euch ist diese Wesensart natürlich völlig unbekannt.«

Alys lachte laut auf, ihre Augen funkelten fröhlich, und Burke verspürte ein Gefühl des Sieges wie noch nie zuvor. »Dann wähle ich das Roß, denn Ihr seid unberechenbar.«

»Im Gegenteil, niemand ist berechenbarer als ich.«

Das Lächeln der Dame verschwand, obwohl Burke nicht zu sagen wußte, ob wegen seiner Worte oder wegen der Aussicht, auf Schattenmond reiten zu müssen. Er legte seine Hände um Alys' Taille, ignorierte das Bedürfnis, ihre süßen Lippen zu kosten, und hob sie in den Damensitz.

Als er sie losließ, riß Alys vor Angst die Augen auf und klammerte sich in offensichtlicher Furcht am Sattel fest: »Es ist so hoch! Ich werde herunterfallen.«

»Das werdet Ihr nicht. Schattenmond wird es nicht zulassen.«

»Er wird gar nichts dagegen tun können, wenn ich die Balance verliere und von seinem Rücken stürze.«

Es stimmte, daß der Sattel nicht für eine Dame geschaffen war und daß Burkes Steigbügel weit unter Alys' Zehen baumelte. Sie würde trotzdem sicher genug sitzen, denn das Roß bewegte sich in gemütlichem Schritt vorwärts.

»Ihr müßt Euch nur am Sattel festhalten.« Burke nahm die Zügel und drängte das Tier vorwärts, ohne daß ihm entgangen wäre, wie Alys vor Angst der Atem stockte. Er schaute zurück und sah, daß sie totenblaß und ihre Knöchel weiß waren, während sie auf Schattenmonds Rücken hin und her gerüttelt wurde.

Burke erkannte das Problem sofort: »Seid Ihr je zuvor geritten?«

Alys gab ein ersticktes Lachen von sich: »Und wo würde ich mit einem Schlachtroß hinreiten, selbst wenn es auf Kiltorren eines gäbe?«

Es stimmte, sie hatte gesagt, daß sie Kiltorren nie zuvor verlassen hatte.

Burke lief neben ihr her, während der Hengst es zufrieden war, ohne Anweisung vor sich hin zu trotten: »Ihr müßt eins mit dem Pferd werden und Euch seinem Rhythmus anpassen.«

»Ich kann nicht!«

»Es würde von selbst geschehen, wenn Ihr nicht so verängstigt wäret.«

Sie warf ihm einen düsteren Blick zu: »Ich finde, es ist nur vernünftig, Angst zu haben, wenn man so tief fallen wird wie ich. Wegen Eurer Sturheit werde ich mir jeden Knochen im Leibe brechen.«

Burke konnte sich ein leises Lachen nicht verkneifen.

»Das ist nicht zum Lachen«, klagte die Dame, obwohl sich auch ihre Lippen zu einem ungewollten Lächeln verzogen.

»In der Tat, das Lachen wird Euch morgen früh vergehen, wenn Ihr meinen Rat nicht annehmt.«

»Es geht nicht! Ich werde einfach laufen.«

»Entweder das Roß oder ich werden Euch tragen.«

Alys schoß Burke einen rebellischen Blick zu, der wenig schmeichelhaft war: »Eher ertrage ich die Schmerzen.«

»Wenn Ihr meinen Rat befolgt, werdet Ihr keine Schmerzen verspüren.« Burke legte die Hand auf ihre Hüfte, um zu verdeutlichen, was er meinte, und wiegte Alys im Rhythmus des Pferdes: »Paßt Euch seinem Gang an, Alys. Es ist nicht schwer. Kämpft nicht dagegen an.«

Sie runzelte die Stirn und versuchte, seinen Anweisungen zu folgen, obwohl sie immer noch starr vor Angst war. Burke wurde bewußt, daß Alys fast schon in seinen Armen lag, ihr Gesäß unter seinen Händen und ihre Arme an seiner Brust. Bei dem Gedanken, daß er sie einfach aus dem Sattel heben und an sich drücken konnte, schlug sein Herz wie wild.

Die zarten, bloßen Füße der Dame baumelten vor ihm und plagten ihn in ihrer vollkommenen Weiblichkeit. Auf dem Spann waren sie braungebrannt, die Sohle voller Schmutz, aber trotzdem so zerbrechlich, daß es Burke danach verlangte, den Rest des Tages ihre Zehen zu streicheln.

Alys schüttelte den Kopf und war sich der Richtung, die die Gedanken ihres Begleiters nahmen, offenbar nicht bewußt:

»Und Ihr behauptet, dies würde mir weniger schaden als ein gemütlicher Spaziergang. Burke, Ihr wollt mich quälen!«

Aber das war nichts im Vergleich zu den Qualen, die er litt.

Burke blickte auf und wollte eine schnelle Entgegnung machen, aber das Lachen in den Augen seiner Dame nahm ihn gefangen. Das Grübchen in ihrer Wange, das ihn so faszinierte, tauchte wieder auf, und sie sah mit einemmal wieder jung und spitzbübisch aus.

Burke mußte sie einfach anstarren. Alys erwiderte seinen Blick für einen schier endlosen Augenblick, und es schien, als stockte ihr der Atem. Ihr Blick fiel auf seine Lippen, ihr Mund öffnete sich, und Burke konnte ihr nicht länger widerstehen.

Bevor er die Weisheit seines Tuns hinterfragen konnte, brachte er Schattenmond zum Stehen, warf die Zügel dem Roß über den Hals und stellte einen Fuß in den Steigbügel.

»Was tut Ihr?« fragte Alys atemlos, als er sich hinter ihr in den Sattel schwang. Burke legte eine Hand auf ihre Hüfte und zog sie an sich, ohne sich darum zu kümmern, ob sie seine Erregung spürte.

»Ihr müßt Eure Angst vergessen«, sagte er sanft und hob eine Hand an Alys' Kinn. Als er ihr Gesicht zu sich drehte, sah er die Vorfreude in ihren Augen und wußte, er war nicht der einzige, den es nach einem Kuß verlangte.

Das war ihm Ermutigung genug, um fortzufahren.

»Es ist meine Pflicht, dafür zu sorgen, daß Ihr nicht noch schwerer verletzt werdet, Alys«, murmelte Burke und zog eine Braue hoch. »Ich muß mein Bestes geben, Euch abzulenken.«

Alys atmete tief ein, als ahnte sie, was er vorhatte, doch entzog sie sich ihm nicht. Burke bedeckte ihre Lippen mit den seinen und schloß die Augen, als sie erzitterte und sich dann an ihn lehnte. Sie öffnete die Lippen, und er breitete die Hände aus, bis sie ihre schmalen Hüften umfingen, während ihr Kuß sich vertiefte.

Alys flüsterte etwas an seinen Lippen und drängte sich an ihn. Sie löste ihren Griff vom Sattelknauf, um sich weiter in seine Umarmung zu drehen, und legte ihre Hände auf seine Schultern. Schattenmond setzte seinen Weg unbeirrt fort, während sein Herr die Dame hingebungsvoll küßte.

Erst nach langer Zeit hob er den Kopf, und beider Atem ging schneller. Der Schatten von Kiltorrens Mauern war schon nah, aber Burke wollte der Gesellschaft seiner Dame noch nicht entsagen. Die Dame senkte den Blick, während Burke bemerkte, daß sie sich beide dem Rhythmus des Rosses angepaßt hatten.

»Seht Ihr, Alys«, stellte er amüsiert fest, »Ihr mußtet Euch nur vergessen, um das Reiten zu meistern.«

Bei diesen Worten richtete sich Alys sofort auf. »Ich habe mich wirklich vergessen«, gab sie unerwartet hitzig zurück, bevor sie Burke einen tränenerfüllten Blick zuwarf. »Ihr werdet Euch heute abend zweifellos mit Malvina darüber amüsieren.«

Sie befreite sich aus Burkes Umklammerung und sprang zu Boden.

»Alys! Nein!« Burke griff nach ihr, verfehlte sie aber. Zu seiner Erleichterung landete sie unverletzt. Schnell floh sie zum Haus.

Aber Burke hatte nicht vor, sie so einfach entkommen zu lassen. »Alys!« brüllte er und gab Schattenmond die Sporen.

Kapitel 7

Alys rannte, sicher, daß sie kaum schnell genug sein würde, Burke zu entkommen. Sie kletterte über die niedrige Mauer, da sie wußte, daß er erst bis ganz zum Tor würde reiten müssen, bezweifelte aber trotzdem, daß die gewonnene Zeit ihr viel helfen würde.

Sie hörte den Klang von Schattenmonds Hufen, als das Tier die Mauer umrundete, und lief zur Küchentür, ohne sich umzusehen. Burke fluchte, und während Alys zurücksah, schwang er sich aus dem Sattel. Sie stürzte zur Tür, aber gerade als sie die Schwelle betreten wollte, umfing ein starker Arm ihre Hüfte und hob sie empor.

»Laßt mich runter!« Alys wand sich, und Burke stellte sie mit dem Rücken an der Wand zu Boden. Er funkelte sie zornig an und beugte sich vor. »Wagt nur ja nicht, mich zu küssen«, warnte sie ihn entschlossen, und der Ritter erstarrte, bevor er sich ein wenig zurückzog.

»Was habt Ihr?«

»Wehe Euch, Ihr küßt mich, kommt mir zu nahe oder faßt mich jemals wieder an!«

Burke atmete aus und schien sich zu beruhigen: »Aber warum denn nicht?« Er lächelte so charmant wie immer und senkte die Stimme: »Ihr genießt meine Küsse, wie ich die Euren genieße, Alys.«

Es beunruhigte sie, wie schnell sein Lächeln ihre Abwehr dahinschmelzen ließ, und ihre Schwäche machte Alys nur um so wütender. »Das tue ich nicht!« gab sie zurück. »Eure Berührung benebelt mir den Verstand.«

»Ihr solltet nicht zu viel nachdenken, wenn alles so gut zwischen uns läuft«, sagte er und kam näher.

Alys legte ihre Hand auf seine Brust, um ihn aufzuhalten, und versuchte verzweifelt, seinen rasenden Herzschlag zu ignorieren. Oh, er war ein geübter Verführer! »Eure Küsse lassen mich vergessen, daß Ihr nicht der richtige Mann für mich seid.«

Nun runzelte Burke die Stirn: »Aber das bin ich.«

»Das seid Ihr *nicht.*« Alys verschränkte die Arme und rang nach Luft.

Burke legte sein Gewicht auf den Arm, den er über Alys' Schulter an die Wand stützte. Er hatte offensichtlich nicht vor, sie entkommen zu lassen, aber er kam auch nicht näher. Sie weigerte sich, Genugtuung zu verspüren, weil er ihrer Bitte entsprach.

Er stützte die freie Hand in die Hüfte und betrachtete sie: »Euer Herz gehört einem anderen?« Allein der Gedanke schien ihm zu mißfallen. »Wer ist es?«

Alys richtete sich stolz auf: »Ich weiß es nicht.«

Burke lachte leise und schüttelte den Kopf: »Alys, Ihr würdet mich für einen Mann zurückweisen, den Ihr noch nicht einmal kennt?«

»Ich weiß, daß Ihr nicht der richtige Mann für mich seid, weil Euch in Wahrheit nichts an mir liegt.«

Erneut blitzten seine Augen: »Was soll *das* nun bedeuten?«

»Oh, Ihr begehrt mich, das ist nicht zu übersehen«, sagte Alys schnell, bevor sie darüber nachdenken konnte, was sie tat. »Ihr verwirrt mich mit Euren Küssen, und Komplimente kommen Euch so leicht über die Lippen, daß ich weiß, Ihr habt sie schon oft benutzt. Daß Ihr mich verführen wollt, ist offensichtlich.«

Alys sah Burke in die Augen, und wie aufmerksam er ihr zuhörte, rührte sie zutiefst: »Aber ich möchte, daß mehr ist zwischen mir und dem Mann meiner Träume als nur Lust.«

»Aber...«

»Kein Aber! Ihr verfolgt mich in jeden Winkel dieses Hauses...«

»Ich suche Euch von meiner Aufrichtigkeit zu überzeugen.«

»Ihr wollt mich entehren.«

»Niemals!« Burke schaute grimmig: »Entschlossenheit erzielt Ergebnisse, Alys, das habe ich immer und immer wieder erlebt. Mit Entschlossenheit habe ich Euch einmal gewonnen und werde es wieder tun.«

»Ich bin keine Burg, die man belagert«, erwiderte Alys. »Und meine Wünsche spielen ebenfalls eine Rolle. Ihr wünscht *Euer* Verlangen zu befriedigen, sonst nichts.«

»Das ist nicht wahr! Ich werde Euch ehrenvoll behandeln, das wißt Ihr.«

»Ich weiß gar nichts. Euer Werben hat mir nur Ärger mit meiner Tante eingebracht und zweifellos das ganze Haus mit Gesprächsstoff versorgt.«

Burke knurrte leise etwas vor sich hin: »Nur weil Ihr so verdammt stolz seid und nicht von hier fort wollt!«

»Warum sollte ich fortgehen?«

Burke hob die Hände: »Warum solltet Ihr bleiben?«

»Kiltorren ist nicht das Paradies, das ist wahr, aber zumindest werde ich nicht verhungern.« Alys verschränkte die Arme und wich dem scharfen Blick des Ritters aus. »Und außerdem gibt es hier Menschen, die mich brauchen.«

Burkes Blick verfinsterte sich gefährlich: »Sicherlich könnt Ihr Euch denken, daß ich Euch nicht nur regelmäßige Mahlzeiten bieten werde.«

»Ihr würdet mich in Euer Bett nehmen, solange Ihr Gefallen an mir findet.«

»Meine Zuneigung würde niemals schwinden!«

»Woher wollt Ihr das wissen?« fragte Alys herausfordernd. »Ihr seid für Eure Ritterlichkeit bekannt, Burke, und das sagt einiges über Euch.« Sie hielt ihm drohend den Finger unter die Nase, sicher, daß sie seine wahren Beweggründe erkannt hatte: »Wäre ich nicht in einer solch mißlichen Lage, würde ich überhaupt Eure Aufmerksamkeit erregen?«

Burke schaute düster: »Natürlich! Ihr seid die Dame meines Herzens!«

»*Warum*, Burke? Ich habe einem Mann wie Euch nichts zu bieten: keine Mitgift, kein Erbe, nicht einmal eine mittellose, doch einflußreiche Familie. Es gibt keinen Grund für Euch, um mich zu werben.«

Burke biß sich auf die Lippe: »Außer, daß ich Euch liebe.«

Bei Burkes Worten setzte Alys' Herz für einen Augenblick aus, doch sie wußte es besser, als ihm zu glauben: »Wie könnt Ihr mich lieben?« Sie breitete fragend die Arme aus. »Was wißt Ihr wirklich über mich, außer daß Ihr mich begehrt?« Burke schwieg, und Alys erkannte, daß sie des Pudels Kern gefunden hatte.

»Trotzdem liebe ich Euch«, wiederholte er.

»Wirklich?« Alys hob das Kinn. »Dann nennt mir drei Dinge, die Ihr an mir liebt. Und keines davon ein Kompliment, wie Ihr es einer jeden Dame machen könntet, die um Eure Aufmerksamkeit buhlt.«

Burke schien völlig überrascht. Sein Blick fiel auf ihre Lippen, wanderte über ihren Körper und verweilte seltsamerweise bei ihren Füßen. Er legte die Stirn in Falten und blickte dann wieder zu ihr auf.

Recht untypisch und überaus aufschlußreich für diesen Mann, der sonst so schnell mit Komplimenten zur Hand war, blieb er völlig sprachlos.

Alys gestand sich nicht ein, wie enttäuscht sie war.

Statt dessen klopfte sie Burke auf die Brust: »Eines Tages wird ein Mann auf der Suche nach mir in dieses Haus kommen, wie Aucassin Nicolette gesucht hat: Er wird mich lieben, er wird mir den Hof machen, und er wird mich zur Frau nehmen. Ich werde mit ihm fortgehen, in der Gewißheit, daß er mich nicht verlassen wird, wenn sein Verlangen nachläßt, sondern mich bis ans Ende seiner Tage lieben wird.« Sie sah Burke fest in die Augen. »Alles andere ist nicht genug.«

Damit schlüpfte Alys unter dem Arm des erstaunten Ritters hindurch und ließ Burke de Montvieux zurück, um über ihre Worte nachzudenken.

♠

Und Burke dachte darüber nach.

Er sah Alys hinterher und konnte nicht glauben, daß seine Werbung so fehlgeschlagen war. Gestohlene Küsse und zahllose Komplimente reichten nach Burkes Erfahrung völlig aus, das Herz so mancher Dame zu gewinnen.

Und nun war ausgerechnet Alys seinem Charme nicht zugänglich.

Burkes Gesicht verfinsterte sich, er trat gegen die Steine im Hof und starrte seine Umgebung böse an. Er verfluchte seine sonst so gewandte Zunge, die ihn im Stich gelassen hatte, als er sie am meisten gebraucht hätte! Alles wäre gut gewesen, hätte er die richtigen Worte gefunden, aber Burke war es nicht möglich gewesen, hinter Alys' zahlreiche Reize zu blicken.

Und er wußte, daß ein Paar anmutige Füße und die Süße ihrer Küsse als jene drei Gründe für seine Liebe nicht genügten. Alys hatte die Wahrheit gesagt: Sie war kein Turm, der belagert werden mußte, sondern eine Herausforderung, die zu meistern sich als überaus anspruchsvoll erwies.

♠

Zur selben Zeit, als Burke in den Stallungen auf und ab schritt, ritt ein anderer Ritter weit im Osten von Kiltorren. Die Reisegesellschaft näherte sich Warwick, dem letzten Halt vor ihrer Rückkehr in die Normandie, und die Silhouette der Burg erhob sich vor der dunklen See. Im Westen stand die Sonne schon tief, und die ersten Sterne begannen am Himmel zu funkeln.

Millard de Villonne setzte den Helm ab, um die warme Brise in seinem Haar zu spüren. Er ließ sich absichtlich hinter die Gruppe von Rittern zurückfallen, entfernte sich von ihrer lärmenden Unterhaltung und legte den Kopf in den Nacken, um die Sterne zu betrachten.

Er brauchte einen Augenblick für sich, einen Augenblick, um seine Enttäuschung zu verarbeiten. Sein Neffe sah ihm nach, aber Millard ignorierte den Jungen bewußt.

Wieder einmal war Millard in die Fremde gezogen, und wieder hatte er nach einer Spur jener Frau gesucht, der noch immer sein Herz gehörte. Abermals hatte er nicht das geringste Anzeichen ihrer Gegenwart gefunden. Jedesmal wenn er den Fuß auf fremden Boden setzte, erwachte seine Hoffnung, und seine Liebe schien heißer zu brennen. Dieses Mal war es nicht anders gewesen: weder jenes Erwachen der Zuversicht noch die Tatsache, daß er seine Dame nicht gefunden hatte.

Millard schloß die Augen, denn das Licht der Sterne weckte in ihm überdeutlich die Erinnerung an jene magische Nacht von zwanzig Jahren zuvor.

Sie hatte ihm in jener Nacht ins Ohr geflüstert, als sie zusammenlagen und die Sterne sich über ihnen drehten, und er konnte immer noch die sanfte Kraft ihrer Worte hören. Sie hatte ihm mit dem Vertrauen junger Liebe gestanden, daß eine Welt, in der solche Wunder wie diese Sterne existierten, ein vollkommener Ort sein mußte.

Millards Kehle wurde eng bei der Erinnerung, denn ihre Welt hatte sich als höchst unvollkommen erwiesen.

Millard hätte nie gedacht, besonders nicht in jener Nacht, während er von der Macht ihrer Liebe gefangen war, daß er seine

Tage allein verleben würde. Er hätte nie gedacht, daß ihm das Licht der Sterne seine Dame zum letzten Mal zeigen würde, daß die Morgendämmerung sie mit sich nehmen würde.

Für immer.

Millard runzelte die Stirn und zwang sich, die Augen zu öffnen, entschlossen, nicht an seinen Verlust zu denken, und sah gerade noch, wie eine Sternschnuppe vom Himmel fiel.

Wie ein Kind wagte er es, sich etwas zu wünschen.

Millard wünschte von ganzem Herzen, daß er einen Hinweis auf Isibeals Schicksal finden möge, ein Zeichen dessen, was aus ihr geworden war. Besonders wünschte er sich dieses Zeichen zu empfangen, bevor er einmal mehr in sein riesiges, leeres Haus zurückgekehrt war.

Das war natürlich Unsinn, aber allein der Akt des Wünschens ließ Millard sich jünger fühlen als seit vielen Jahren. Es sah ihm gar nicht ähnlich, so impulsiv zu handeln, solcher Torheit nachzugeben.

Vielleicht war die Dame seines Herzens ihm näher, als er dachte. Isibeals Launenhaftigkeit war eine ihrer ausgeprägtesten Eigenschaften gewesen. Millard schüttelte den Kopf bei diesem Gedanken und gab seinem Roß die Sporen, während er sich gegen die besorgten und lästigen Fragen seines Neffen wappnete.

Nein, Millards Welt war wirklich nicht vollkommen.

Das beste wäre, er fände sich damit ab.

♠

Bis zum abendlichen Mahl hatte Burke sich seine neue Strategie zurechtgelegt. Alys hatte ihm schließlich gesagt, daß man einen Mann an seinen Taten erkennen könne.

Also würde er ihr Taten zeigen.

»Burke!« gurrte Deirdre, als Burke über die Schwelle des Saales trat. »Ich habe Euch den ganzen Tag nicht gesehen.« Sie eilte an seine Seite und warf Malvina einen scharfen Blick zu, die lächelte und sich an Burkes andere Seite begab. Deirdre lachte hoch und falsch: »Ich hatte schon befürchtet, Ihr wäret unserer Gastfreundschaft überdrüssig geworden.«

Burke erkannte seine Chance und beschloß, sie nicht zu vergeuden. Er blickte zur Dame des Hauses und kniff die Augen zusammen: »Ich muß gestehen, ich habe mit dem Gedanken gespielt.«

»Aber warum?« Malvina wäre fast erstickt.

»Ja, warum?« krächzte Deirdre. »Ihr sagtet, Ihr kämet auf Brautschau. Und Ihr habt noch nicht einmal zwischen meinen Töchtern gewählt!«

»Das ist wahr, aber die Dinge hier haben sich verändert, ich muß meine Pläne noch einmal überdenken.«

Burke nahm an der Tafel Platz, und darauf bedacht, Deirdre so lange wie möglich in ihrer Panik zu belassen, begrüßte er die scheue Brigid mit einem Lächeln. Sie hatte schon gesessen, aber nichts gesagt. Ihre Augen weiteten sich bei dieser flüchtigen Aufmerksamkeit, bevor sie wieder auf ihre Hände starrte.

»Überdenken?« wiederholte Deirdre offensichtlich tief erschüttert.

In diesem Augenblick erschien Cedric und begrüßte sie alle mit lauter Stimme: »Ah, Burke! Ihr beehrt uns wieder. Deirdre hat sich schon Sorgen um Euch gemacht.«

»Das hat sie mir gesagt«, erwiderte Burke.

Deirdre schritt durch den Raum und nahm ihren Gemahl beim Ellbogen. Dieser sah beunruhigt aus, als sie ihn fast auf Burke zuschleppte, und noch mehr, als sie die Stimme zu einem leisen Zischen senkte. »Er will seine Werbung vielleicht zurücknehmen«, vertraute sie ihm an. »Wenigstens ein Mal in deinem Leben, *unternimm* etwas!«

Cedric warf seiner Frau einen überraschend strengen Blick zu, und sie errötete leicht. Dann hüstelte er, strich seinen Wappenrock glatt, ging zum Tisch und setzte sich. Die Frauen nahmen schnell ihre Plätze ein, und Deirdre spitzte die Ohren. Der Wein wurde eingeschenkt, Fleisch und Brot aufgetischt. Burke entschloß sich, Alys' Abwesenheit erst einmal nicht zu erwähnen.

Er würde dafür sorgen, daß alles wieder in Ordnung kam.

Als es keinen Grund mehr gab, es länger hinauszuzögern, sah Cedric Burke schließlich an: »Warum würdet Ihr es Euch anders überlegen?«

Burke lächelte und nickte, als ihm ein Bediensteter eine Schale Wein anbot. Er tat so, als würde ihn dies alles nicht wirklich kümmern, und wußte genau, daß er damit Deirdre zur Weißglut trieb. Schon begann sie mit den Fingern auf den Tisch zu trommeln.

Das war seine Rache, dachte Burke, für alles, was diese Frau Alys angetan hatte.

»Ich muß an meine Nachkommen denken«, sagte er bedächtig.

»Meine Töchter sind jung und gesund«, beteuerte Deirdre. Sie schnippte mit den Fingern: »Steht auf, Mädchen, dreht Euch! Wir können einen Arzt bestellen, wenn das nötig ist, um Eure Bedenken zu zerstreuen.«

»Mutter!« protestierte Malvina, während Brigid von dieser Vorstellung natürlich so entsetzt war, daß sie feuerrot anlief und vollends verstummte.

Aber Burke legte nachdenklich die Stirn in Falten. »Das ist es nicht, was mir Sorgen macht«, gestand er und wartete, bis sich die ganze Familie vorlehnte. »Ich habe die Befürchtung, daß dem Geschlecht derer von Kiltorren ein Makel anhaftet, eine Schwäche, die sich an meine Söhne vererben könnte.«

»Alys!« stieß Deirdre durch zusammengebissene Zähne hervor.

Burke schaute auf, als wäre er überrascht: »Nein, Alys scheint mir die einzige zu sein, die von diesem Problem verschont geblieben ist.«

»Was wollt Ihr damit sagen?« fragte Cedric, den Deirdres durchdringender Blick zweifellos zu dieser Frage trieb.

»Es ist überaus seltsam, denn es scheint keinen Grund für diesen Mangel zu geben.« In aller Ruhe sah Burke sich im Saal um, als suche er nach den richtigen Worten, denn er wußte, daß die gesamte Familie an seinen Lippen hing: »Ist Eure Familie jemals verflucht worden?«

Cedric runzelte die Stirn, aber Deirdre schüttelte den Kopf. Sie warf ihrem Gatten einen schnellen Blick zu, worauf wiederum dieser den Kopf schüttelte.

»Ist vielleicht einer Eurer Vorfahren gestorben, ohne die letzte Ölung zu erhalten?«

Sie verneinten gleichzeitig und schienen verwirrt.

»Gibt es Ketzer in der Familie?« Wieder nein, wie Burke vermutet hatte. »Heiden? Jemand, der einen Eid vor Gott gebrochen hat?« Nun waren sie völlig ratlos, aber Burke lehnte sich zurück und kratzte sich am Kinn, als wäre er sehr besorgt: »Und trotzdem ist es da. Höchst beunruhigend.«

Und er begann zu essen.

»*Was* ist da?« verlangte Deirdre schrill zu wissen. »Was seht Ihr denn?«

Burke sah auf und betrachtete sie der Reihe nach. »Ich bin erstaunt, daß Ihr Euch dessen nicht bewußt seid«, murmelte er, wohl wissend, daß sie ihn hören konnten. »Nein, das kann kein gutes Omen sein.«

Sie warteten mit angehaltenem Atem.

Burke nippte an seinem Wein, bevor er die Schale fest abstellte. »Vielleicht war es ein Fehler, nach Kiltorren zu kommen«, verkündete er. »Vielleicht hätte ich meine Braut nicht hier suchen sollen.«

»Nein!« rief Deirdre. »Es kann kein Fehler sein, es war kein

Fehler. Ihr müßt uns nur sagen, was unser Versäumnis ist, und wir werden Sorge tragen, daß es beseitigt wird, das verspreche ich.«

Burke schüttelte den Kopf: »Nein, so einfach kann das nicht berichtigt werden.«

»Wir werden es wieder in Ordnung bringen, was immer es ist!« erklärte Deirdre fest.

»Ja, Ihr sollt Euren Willen haben!« versicherte Cedric Burke. Er klopfte dem Jüngeren auf die Schulter: »Zwischen Ehrenmännern kann jedes Problem bereinigt werden.«

Burke versuchte überrascht auszusehen: »Wirklich? Ihr werdet versuchen, mir meine Sorge zu nehmen?«

»Natürlich!« antwortete Cedric mit lauter Stimme. »Ihr müßt uns nur sagen, was das Problem ist.«

Burke spielte mit seinem Essen und gestand sich ein, wie sehr er dies genoß. Und außerdem würde es Alys helfen.

Er seufzte und warf Cedric einen Seitenblick zu, bevor er die Stimme senkte und sich zu ihm beugte: »Ich bin beunruhigt, daß eine Familie ihr eigenes Blut verstößt.«

Cedric blinzelte verwirrt: »Wir haben niemanden verstoßen.«

Burke verspürte einen Anflug von Wut, daß sie ihre Verfehlung immer noch nicht erkannten, doch er zwang sich, ruhig zu bleiben: »Wirklich? Und ich dachte, Alys wäre Eure Nichte.«

»Alys!« Deirdre lachte erleichtert und lehnte sich zurück. »Alys zählt wohl kaum!«

Burke sah ärgerlich auf seinen Teller und schob ihn fort. Es war nicht gelogen, daß er den Appetit verloren hatte. »Seht Ihr?« murmelte er zu Cedric gewandt, ohne seinen Ärger verbergen zu können. »Da ist es wieder.«

Cedric riß beunruhigt die Augen auf. »Es stimmt, daß das Kind von unserem Blut ist«, gab er schwerfällig zu, »aber – aber ...«

»Aber sie verlangt nach Arbeit«, warf Deirdre ein.

»Sie ist es gewohnt«, fügte Malvina hinzu.

»Alys weiß wohl, daß es nur recht und billig ist, daß sie sich ihren Aufenthalt auf Kiltorren verdient«, sagte Deirdre. »Es war mehr als gütig von uns, sie aufzunehmen, und das Mädchen versteht das. Sie leistet einen freiwilligen Beitrag zum Wohle des Hauses.«

Burke konnte nicht glauben, daß die Frau eine solche Behauptung aufstellen konnte, ohne auch nur im geringsten zu zögern.

Schon allein diese Tatsache machte ihn wild entschlossen, dafür zu sorgen, daß sich die Umstände, in denen Alys lebte, änderten.

»Es ist überaus unschicklich, daß ein Kind des Hauses arbeitet wie eine Leibeigene, und noch unschicklicher, daß Euch diese Angelegenheit nicht stört.«

Burke erhob sich, während sie ihn in fassungslosem Schweigen ansahen, und seine Worte waren knapp: »Mir wird klar, daß ich mich irrte, als ich nach Kiltorren kam. Ich bitte Euch, zu entschuldigen, daß ich Eure Gastfreundschaft umsonst in Anspruch genommen habe.« Er verbeugte sich vor seinen Gastgebern. »Ich werde beim ersten Tageslicht aufbrechen.«

Natürlich hatte Burke nichts dergleichen im Sinn, jedenfalls nicht ohne Alys, die zugegeben im Augenblick nicht geneigt schien, ihn zu begleiten.

Aber die Familie derer von Kiltorren ahnte nichts von seinen wirklichen Absichten.

Burke gelangte fast bis zur Tür, bevor alle vier geschockten Familienmitglieder aufsprangen.

»Wartet!« rief Deirdre.

»Ja, wartet«, wiederholte Cedric.

»Verlaßt mich nicht, Burke«, schrie Malvina.

Deirdre setzte sich in Bewegung, als Burke zögerte, und flog förmlich zu ihm. Ihr Gesicht war von Besorgnis gezeichnet, und sie lächelte, ängstlich darauf bedacht zu gefallen.

»Ich muß Euch danken«, keuchte sie. »Ihr habt recht, wir haben uns geirrt. Ich weiß nicht, wie wir diesen Fehler übersehen konnten! Wir werden Alys wieder ihren rechtmäßigen Platz in der Familie geben. Bitte, mein Herr, wollt Ihr Eure Abreise noch einmal überdenken?«

Burke vermochte kaum, sein zufriedenes Lächeln zu verbergen. Er schaute finster, um seine Reaktion zu überspielen, und ließ seine Augen über die vier hoffnungsvollen Gesichter wandern: »Ich weiß nicht. Es ist so ungebührlich ...«

»Ich werde dafür sorgen, daß Alys nicht mehr arbeiten muß. Außer als Zofe natürlich.«

Burke hob eine Augenbraue, und sie nahm es zurück: »Natürlich habt Ihr recht. Sie wird nur solche Pflichten übernehmen, die angebracht sind.«

»Dieselben Pflichten wie Malvina«, schlug Burke sanft vor.

Haß blitzte in Deirdres Blick auf. Sie lächelte hastig, doch das Lächeln erreichte ihre Augen nicht. »Dieselben Pflichten wie Malvina«, stimmte sie durch, wie Burke vermutete, zusammengebissene Zähne zu.

»Ich habe noch nie gesehen, daß ein Bediensteter so ärmlich gekleidet ist«, gab er zu bedenken. »Selbst die Bettler in Paris nennen mehr ihr eigen.«

Deirdre sog so scharf den Atem ein, daß sich ihre Nasenflügel fast schlossen: »Sie wird ein neues Gewand erhalten.«

»Schuhe und anderen Kleinkram«, fügte Burke mit einem gewinnenden Lächeln hinzu, »wie es einer Dame des Hauses zusteht.«

Deirdre sah ihn kalt an: »Wir werden tun, was in unseren begrenzten Mitteln steht.«

Er lächelte breiter: »Natürlich wäre es für eine Dame von hoher Geburt höchst unschicklich, beim Küchenofen zu schlafen.«

Deirdre reckte das Kinn vor: »Wir haben keine andere Kammer mehr.«

»Es wäre mir eine Ehre, der Dame mein Zimmer zur Verfügung zu stellen. Als ein Mann des Krieges bin ich einfache Verhältnisse gewohnt und werde mein Quartier in den Stallungen aufschlagen.«

Burke schenkte der ganzen Familie ein Lächeln: »Es tut meinem Herzen wohl, zu sehen, daß diese Angelegenheit so einfach geregelt werden kann. Vielleicht besteht doch Aussicht auf eine Braut auf Kiltorren.«

Er wandte sich um, als wolle er den Saal verlassen, und hielt dann inne, als wäre ihm ein Gedanke gekommen: »Es gibt da noch eine andere kleine Sache.«

»Was?« schnappte Deirdre.

»Ich habe von einer Einsiedlerin berichten hören, die vor Kiltorrens Toren haust, eine alte Frau, die Euch einst diente.«

»Ja, Heloise.« Cedric trat vor: »Sie ist überaus gottesfürchtig.«

»Und es ist eine Ehre, eine Frau, die sich Gott geweiht hat, auf Eurem Grund zu haben.«

»Was ist mit ihr?« fragte Deirdre.

Burke hob leichthin die Achseln: »Vielleicht liegt es einfach in meiner Natur, mich um notleidende Frauen zu kümmern«, er lächelte mit all seinem Charme, »aber es erscheint mir nicht recht, daß eine alte und fromme Frau Wind und Wetter völlig allein ausgesetzt ist.«

»Sie hat gelobt, diese Widrigkeiten auf sich zu nehmen, um ihre Liebe zu Gott zu beweisen«, entgegnete Deirdre kalt.

»Wirklich?« Burke sah ihr ins Gesicht: »Doch welches Mißgeschick könnte ihr Tod über Kiltorren bringen, falls der Herr den Zeitpunkt noch nicht für gekommen hielte? Die Wege des Herrn sind unergründlich.«

Er wartete, bis er die Furcht in Cedrics Gesicht erkannt hatte, bevor er zurücktrat: »Das ist natürlich nicht meine Angelegenheit, und Lady Deirdre hat schon auf die Unterschiede zwischen irischem und französischem Adel hingewiesen. Zweifellos ist meine Empfindsamkeit hier nicht erwünscht.«

»Keinesfalls!« rief Cedric laut. »Ich habe mir schon lange Gedanken um Heloises Gesundheit gemacht.«

Aber Deirdre wandte sich wütend gegen ihren Mann: »Wir haben keine passende Unterkunft für eine Frau Gottes.«

»Wir werden schon etwas finden«, beharrte ihr Mann ausnahmsweise. »Der Ritter spricht die Wahrheit, und wir brauchen bestimmt nicht noch mehr Unglück auf Kiltorren.«

»Darüber werden wir später sprechen.« Deirdre warf Burke einen düsteren Blick zu, und er war froh, daß er sich zuerst um Alys' Wohlergehen gekümmert hatte. Der Herrin von Kiltorren gefiel seine Einmischung in ihre Pläne ganz und gar nicht. Burke verneigte sich tief und verließ den Saal, denn er spürte, daß er sein Glück für heute genug strapaziert hatte.

♠

Alys war gerade aus der Vorratskammer gekommen, wo sie etwas zu essen gesucht hatte, als die Tante in der Küche erschien. Alys machte einen vorsichtigen Schritt zurück, aber die Tante ließ sich nicht von ihrem Kurs abbringen.

Sie schnalzte mit der Zunge, ob des Zustands von Alys' Kleid. »Alys, wo findest du nur immer diese Fetzen?« schalt sie. »Wirklich, du solltest dich angemessener kleiden. Willst du uns denn Schande machen?«

Alys runzelte die Stirn bei dieser unerwarteten Anschuldigung: »Ihr habt es mir erst vor einem Monat zugestanden, und damals sah es nicht viel besser aus.«

»Solche Unverschämtheit!« Aber in den Worten der Tante war kein Zorn zu spüren. Der Koch und Alys wechselten einen verwunderten Blick. »Und warum bestehst du darauf, hier zu schlafen, Alys? Es ist deiner Stellung nicht würdig und läßt uns nicht besonders ehrenhaft aussehen.«

Der Koch schnaubte und zog sich einen scharfen Blick seiner Herrin zu, worauf er sich wieder seiner Arbeit zuwandte.

Alys verschränkte die Arme. Sie traute der neuen Art der Tante nicht: »Ich dachte, Ihr wolltet, daß ich hier schlafe.«

»Oh, Alys, wo hast du denn diesen Unsinn her? Ich werde mir keine Widerworte anhören, noch irgendwelche Geschichten deiner Freunde aus der Küche. Wirklich, was ist nur in dich gefahren, daß du mit der Dienerschaft verkehrst?« Die Tante lehnte sich vor: »Sie sind von niederer Geburt, Alys. Du vergißt dich.« »Ich vergesse gar nichts!« fing Alys bei dieser Ungerechtigkeit an zu protestieren, aber die Tante ergriff ihren Arm und schleifte sie aus der Küche.

»Nun komm schon, komm schon. Gütiger Gott, Alys, du brauchst dringend ein Bad.« Sie rümpfte die Nase, bevor sie nach dem Burgvorsteher rief, daß er ein Bad bereiten solle.

Alys kämpfte gegen den Griff ihrer Tante an und fragte sich, was diese jetzt mit ihr vorhatte.

»Denke bloß nicht daran, mit deiner Arbeit fortzufahren«, schalt die Tante. »Wir werden dir etwas Stickerei besorgen, um dich zu beschäftigen. Vielleicht wird Malvina dich unterrichten.«

Das brachte Alys zur Ruhe: »Stickerei?«

»Ja, Alys, *Stickerei.* Ich hätte gedacht, daß du schon davon gehört hast.« Die Tante verlangte laut, daß dieses Bad endlich bereitet würde, als sie die Schwelle des Raumes überschritten, der zuvor Burke gehört hatte. Alys sah sofort, daß seine Satteltaschen verschwunden waren.

Bevor sie auch nur blinzeln konnte, reichte ihr Malvina, die sonst niemandem etwas überließ, ein schlichtes, aber noch recht neues Kleid in der Farbe der Goldrute.

»Diese nichtsnutzige Schneiderin hat es zu eng gemacht«, erklärte sie. »Aber du bestehst ja nur aus Haut und Knochen, Alys, es wird dir gut genug passen.«

Alys war verwirrt. Irgend jemand hatte Kiltorren mit Fremden bevölkert, die zwar aussahen wie ihre Verwandten, aber sich nicht so benahmen.

»Nimm dein Bad«, sagte die Tante mit einem gnädigen Lächeln. »Ich kann nicht glauben, daß du dich nicht früher darum gekümmert hast. Und bring Edana alles bei, was du weißt. Es ist an der Zeit, daß du deinen Platz in diesem Haus einnimmst und dich angemessen kleidest. Und daß wir eine *anständige* Zofe haben.«

»Ich habe mir meinen Platz in diesem Haus nicht ausgesucht«, wollte Alys einwerfen, aber die Tante wischte ihre Worte beiseite.

»Einzelheiten sind nicht so wichtig, Alys.«

Und damit eilten die Tante und Malvina davon.

Alys schüttelte den Kopf, als sich die Tür hinter ihnen schloß. Sie betrachtete ihre Umgebung und konnte nicht glauben, daß dieser Raum nun ihr gehören sollte. Sie würde leben wie eine Edelfrau.

Und dann mußte sie grinsen, denn sie hatte einen Verdacht, wer diese Veränderung bewirkt haben mochte. Alys fragte sich unwillkürlich, was Burke gesagt hatte, um so einfach seinen Willen zu bekommen.

Der Mann war unverbesserlich! Alys wippte auf dem Bett und lachte. Ach, es war ihr egal, was Burke gesagt hatte, es war ihr egal, daß sie wieder in die Küche verbannt werden würde, sobald er fortging. Alys würde das Neue genießen, solange es dauerte.

Aber der Ritter hatte sich getäuscht, wenn er dachte, sie würde sich ihm aus Dankbarkeit hingeben.

»Juhu!« rief der Koch, als er an die Tür klopfte. Alys sah auf und erkannte die Freude in seinen Augen: »Unser Gast hat dafür gesorgt, daß Ihr bekommt, was Euch gebührt. Der Mann gefällt mir mit jedem Tag besser.«

»Er sucht nur seinen Vorteil, mehr nicht.«

Der Koch wollte mehr sagen, aber Cronan, der Vorsteher, drängte sich an ihm vorbei. Er rief die Küchenburschen, die einen großen Zuber in das kleine Zimmer rollten. Er zeigte ihnen, wo der Zuber hin sollte, nickte mit dünnen Lippen Zustimmung und schnippte mit den Fingern nach dem Wasser.

»Schnell, schnell!« krächzte er mit seiner staubtrockenen Stimme. Dann hob er eine weiße Augenbraue und überreichte Alys ein Stück Seife. »Deine Mutter hat diese Sorte bevorzugt«, gab er mit einem knappen Lächeln zu, bevor er aus dem Raum stürzte.

Alys hob das Stück an die Nase und wurde mit einem wunderbaren Duft von frischen Blumen belohnt, ein Duft, den sie mochte, aber nicht benennen konnte. Sie ließ Edana, die gerade gekommen war, daran riechen, und ihre Augen weiteten sich entzückt.

»Wunderbar!« Edana schlug die Hände zusammen. »Genau richtig für eine wahre Dame!«

Im selben Augenblick brachten zwei Mägde lächelnd Kerzen und Kohlenbecken herein. Schnell war Alys von den Bediensteten umringt, mit denen zusammen sie so viele Jahre gearbeitet hatte. Sie lächelten und umarmten sie, und einige verbeugten sich sogar vor ihr. Sie lachten fröhlich, und alle freuten sich so sehr über Alys' Glück, daß sie zu Tränen gerührt war.

Sie wollte nur den Augenblick genießen und vor Freude singen.

♠

Millard saß in dem überfüllten Saal, nicht im geringsten an den Spielleuten interessiert, die dort auftraten. Das Mahl war gut genug, aber es verlangte ihn schon danach, zu seinem Gut zurückzukehren.

Der Grund für dieses Begehren war neben allem anderen sein Neffe, den er unbedingt loswerden wollte. Millard wünschte, er hätte sich von seiner Schwester nicht so bereitwillig überreden lassen, den Jungen mitzunehmen.

Talbot hatte bereits ein beträchtliches Loch in die Weinvorräte des Gastgebers getrunken. Seine Manieren waren abstoßend, und mit jeder Schale, die er leerte, wurden sie schlimmer und er forscher. Zumindest konnte Millard den Jungen einschüchtern, wenn er nüchtern war.

Als ob er diese Tatsache beweisen wolle, blinzelte Talbot seinem Onkel zu, wollte einem der Mädchen, die den Wein ausschenkten, ins Gesäß kneifen und verschüttete das Getränk auf den Boden. Noch schlimmer, das Mädchen verlor das Gleichgewicht, und auch der Weinkrug, den sie trug, fiel herunter.

Eine unglaubliche Verschwendung.

Millard ergriff seinen Neffen beim Wappenrock, zerrte den jungen Ritter hoch und setzte ihn mit Schwung wieder auf die Bank. »Nichtsnutziger Narr!« fluchte er leise.

»Es war ein Versehen, Onkel!«

»Es war Narretei, und es war unhöflich«, korrigierte ihn Millard. »Wein ist in diesem Land verflucht teuer, und trotzdem schenkt unser Gastgeber das beste aus seinem Keller aus, um die Gesellschaft des Königs zu ehren.« Er warf seinem niedergeschlagenen Neffen einen verächtlichen Blick zu: »Und du vergießt ihn, als gäbe es so reichlich davon wie Pferdepisse.«

Talbot entschuldigte sich mit gesenktem Kopf: »Es tut mir leid, Onkel.«

»Es tut dir immer leid«, bemerkte sein Onkel, »aber an deinem Verhalten ändert sich nichts. Wirklich, du bist so zuverlässig wie ein Kind von gerade fünf Lenzen. Hast du denn in der Ausbildung zum Ritter gar nichts gelernt?«

Talbot spielte mit seiner leeren Schale: »Maman sagte, es wäre nicht nötig.«

»Nicht nötig!« Millard zog scharf die Luft ein. »Was ist das wieder für ein Unsinn?«

Seine Schwester hatte ihren Jüngsten schon immer verwöhnt, und Millard hatte den Verdacht, daß allein dies das Problem des Jungen war. Obwohl er schon an die zwanzig Jahre alt war, ein ausgewachsener Ritter immerhin, war es schwer, in Talbot etwas anderes als ein Kind zu sehen. Er war zu viele Jahre verhätschelt worden, als daß er sich selbst irgend etwas abschlagen könnte.

Millards Versuche, diese Schwäche zu beheben, brachten ihm nur Feindseligkeit von Talbot und endlose Vorbehalte seiner Schwester ein. Trotzdem konnte er die Sache nicht einfach auf sich beruhen lassen.

Millard wußte genau, welchen Preis sich seine Schwester für ihren Sohn erhoffte, aber eher würde er in der Hölle schmoren, als daß er nicht versuchen würde, aus diesem Jungen etwas zu machen, bevor es zu spät war.

»Wie kann deine Mutter behaupten, daß in deiner Ausbildung nichts Lernenswertes sei?«

Talbot zuckte die Achseln und zauberte das himmlische Lächeln auf seine Lippen, das ihn meist vor den Problemen rettete, die er heraufbeschwor. Millard bezweifelte nicht, daß er, wäre er nicht ein solch hübscher Bursche, schon lange das Gewicht seiner Unzulänglichkeit zu spüren bekommen hätte. »Maman weiß es am besten, Onkel.«

»Wirklich, tut sie das?« schnappte Millard. »Und wer wird dir die faule Haut retten, wenn deine Mutter einmal nicht da ist, um alles wieder in Ordnung zu bringen?«

Talbot blinzelte, wollte etwas sagen, überlegte es sich aber doch anders.

Mit einem zufriedenen Knurren lehnte sich Millard zurück. Wenigstens dachte der Junge nicht mehr, er könne offen verkünden, daß er alles erben würde, was Millard aufgebaut hatte.

Die Anmaßung seiner Schwester stieß dem alten Ritter sauer auf. Er war einst der jüngere Sohn gewesen, hatte kein Erbe zu erhoffen gehabt und die Dame, die er liebte, verloren, weil er nicht ein Stück Land sein eigen nennen konnte. Aber Millard hatte nach diesem Verlust hart gearbeitet und sich einen Besitz geschaffen, der weitaus reicher war, als der, den sein älterer Bruder geerbt hatte.

Und er würde diesem Bürschchen, das sich ein Mann schimpfte, nicht freiwillig diesen Preis überlassen.

Unglücklicherweise hatte Millard keine große Wahl, da er keinen Erben besaß. Er war gefangen von seinen eigenen Prinzipien, saß in der Falle, weil er sich geweigert hatte, eine andere zur Frau zu nehmen, solange noch die Möglichkeit bestand, daß er seine Herzensdame wiederfand. Er hätte nie eine andere Frau so lieben können wie Isibeal, Millard wußte es wohl. Und er würde keine Frau mit nur dem Schatten jener Liebe beleidigen, derer er fähig war.

Er wollte alles oder nichts, und es sah so aus, als würde er nichts bekommen.

Ein Spielmann hob an zu singen, und Millard wandte ihm seine Aufmerksamkeit zu, sowohl um ihm zuzuhören, als auch um seinen Neffen besser ignorieren zu können.

Doch die Geschichte des Sängers ließ dem alten Ritter, kaum daß sie begonnen hatte, den Atem stocken. Millard reckte den Hals, um jedes Wort genau verstehen zu können. Er konnte es kaum glauben, aber sein Wunsch war in Erfüllung gegangen.

Kapitel 8

Talbot war mit sich und der Welt zufrieden. Nicht nur hatte er neuen Wein von dem Mädchen ergattert, sondern sie hatte auch zugestimmt, sich zu ihm zu setzen. Sie war ein hübsches Ding, ganz Kurven und Grübchen, und sie hatte schon etwas, das einen Mann reizen konnte.

Sie hockte neben ihm, füllte regelmäßig seine Weinschale und hatte nichts dagegen einzuwenden, daß seine Hand sich selbständig machte. Talbot war sicher, daß sie genau die Richtige für ihn war.

Zumindest für diesen Abend.

Noch besser, sein barscher Onkel hielt es für richtig, nicht zu beachten, was er tat. Für Talbot gab es nichts Schlimmeres, als wenn sich die Aufmerksamkeit des Onkels allein auf ihn richtete, denn der Mann war über die Maßen anspruchsvoll.

Wenn Millard nur den Anstand hätte, bald zu sterben.

Es war typisch für die Mißachtung, die sein Onkel ihm entgegenbrachte, daß dieser nicht nur weiterlebte, sondern auch immer mehr Reichtum ansammelte, den er dann wie ein Geizhals für sich behielt. Als würde Millard Talbot vor die Nase halten, was dieser nicht haben konnte, wenigstens jetzt noch nicht.

Der Spielmann sang eine triumphierende, abschließende Strophe, und die Magd seufzte ihm ins Ohr: »Ist es nicht schrecklich romantisch?«

Talbot hatte sich nicht die Mühe gemacht, der Geschichte zu lauschen, aber er lächelte ihr trotzdem zu. »Ganz wunderbar«, stimmte er zu und kniff ihr kräftig ins Gesäß. Romantische Geschichten konnten eine Magd willig machen, wie er nur zu gut wußte.

Aber Talbot sollte keine Gelegenheit bekommen, diese Theorie zu überprüfen.

Millard packte den Ärmel seines Gewandes so abrupt, daß Talbot fast noch eine Schale Wein verschüttet hätte. »Hast du das gehört?« fragte er mit flammendem Blick.

»Das war nur eine Geschichte, mehr nicht«, erklärte Talbot mit aller Verachtung, die er aufzubringen wagte.

Der Ältere zog scharf den Atem ein: »Es war nicht nur eine Geschichte! Es war meine Geschichte!«

»Ist das wahr?« fragte die Magd mit aufgerissenen Augen.

Millards Blick wanderte zu ihren Brüsten, die aus ihrem Mieder quollen, und dann zu ihrem Gesicht. »Geh und suche dir ein anständiges Kleid, Kind«, sagte er mit einer Sanftheit, die er für sein eigen Fleisch und Blut nie aufbrachte: »Hier sind einige, die eine solche Zurschaustellung deiner zahlreichen Reize mißverstehen könnten.«

Sie lächelte, hob eine Hand an ihr Mieder, wurde rot und floh.

Talbot erhob sich ungeschickt und rief ihr nach, aber umsonst. Er schnaubte verächtlich: »Vielen Dank, Onkel!«

»Du hast keine Zeit, dich mit einer Magd herumzutreiben. Ich habe einen Auftrag für dich.«

Talbot verdrehte die Augen und wollte an seinem Wein nippen: »Ihr habt immer einen Auftrag für mich, Onkel, und niemals erledige ich ihn zu Eurer Zufriedenheit.«

Die Schale erreichte seine Lippen nie, denn Millard riß sie ihm aus der Hand und stellte sie mit einem lauten Knall auf den Tisch. Bevor Talbot sie sich zurückholen konnte, griff ihn der alte Mann beim Waffenrock und schüttelte ihn hin und her.

»Wage es nicht, bei diesem Auftrag zu versagen«, knurrte er

und stieß Talbot von sich, als würde ihn schon die kleinste Berührung anwidern, »oder du wirst nicht die geringste Chance haben, auch nur die kleinste Kleinigkeit aus meiner Hand zu empfangen.«

Talbot blinzelte, als er wieder Halt fand, und die wunderbare Trägheit des Weines verließ ihn von einer Sekunde auf die andere: »Wenn es von solcher Wichtigkeit ist, warum tut Ihr es dann nicht selbst?«

»Millard!« kam ein Ruf vom anderen Ende des Saals, »Ihr werdet erwartet.« Talbot sah zu, wie sein Onkel winkte und nickte, dann spürte er wieder die volle Aufmerksamkeit seines Onkels auf sich gerichtet.

Es war kein angenehmes Gefühl.

»Mein Lehnsherr verlangt meine Anwesenheit«, gestand er durch zusammengebissene Zähne. »Und wenn du auch nur im geringsten verstündest, was der Eid bedeutet, den du geschworen hast, wüßtest du, was das heißt.« Er kniff die Augen zusammen: »Ich *würde* selber gehen, Talbot, wenn ich die Wahl hätte, aber ich habe sie nicht.«

Talbot richtete sich bei dieser indirekten Beleidigung auf und klopfte sorgsam seinen Waffenrock ab: »Du weißt, daß du dich auf mich verlassen kannst, Onkel.«

Millard lachte abfällig: »Gar nichts weiß ich, aber ich habe keine andere Möglichkeit. Hast du dem Sänger zugehört?«

»Nein! Solcher Unsinn ist nur etwas für Frauen.«

»Dieser Unsinn wird über dein Schicksal entscheiden. Der Spielmann sang von einer Maid auf Kiltorren, einer wunderschönen Frau, die von ihrer wahren Liebe verlassen wurde.«

»Das ist keine ungewöhnliche Geschichte.« Talbot zuckte mit den Schultern und griff nach seiner Weinschale.

Millard verhinderte gewandt seine Geste: »Aber die Details sind ungewöhnlich. Du wirst nach Kiltorren reiten, noch heute nacht, und du wirst diese Maid finden.«

Talbot sah erstaunt auf, aber die Entschlossenheit seines Onkels war unmißverständlich. Der alte Mann hatte den Verstand verloren: »Onkel! Es ist nur eine Geschichte!«

»Sie beruht auf der Wahrheit, das weiß ich genau.«

Er war verrückt! »Aber ich weiß nicht einmal, wo dieses Kiltorren liegt.«

Millard hob eine silberne Braue: »Hättest du zugehört, wüßtest du, daß es an der Westküste Irlands gelegen ist, so daß die Wellen des Meeres an seine Mauern schlagen. Du wüßtest, daß dem Herrn von Kiltorren zwei Töchter geschenkt wurden und daß er die ältere nach Paris schickte, um einen standesgemäßen Gemahl zu finden. Es wäre dir bewußt, daß sie eine blonde Schönheit war, unübertroffen lieblich, selbst in dieser Stadt voller blonder Frauen.«

In diesem Augenblick war Millard ganz der grimmige Krieger, und Talbot rückte von ihm ab.

Millard preßte die Lippen zusammen: »Hättest du zugehört, wäre dir bekannt, daß sie sich in einen Ritter verliebte, der kein Grund und Boden sein eigen nannte und der keinerlei Hoffnung auf ein Gut besaß, da er der jüngere Sohn war. Du wüßtest, daß man sie mit der sagenumwobenen Schönheit aus dem Märchen um das Einhorn verglich, einer Magd, so rein und unschuldig, daß sie sogar dieses wilde Tier zähmte, ein Biest, von dem man sagt, es habe kein Herz besessen, bevor es ihrem Liebreiz unterlag.«

Talbots Mund wurde plötzlich trocken, als sein Onkel mit dem aufgerichteten Einhorn spielte, das in Gold auf seinem dunkelgrünen Wappenrock prangte. In der Tat gab es einige Details in dieser Geschichte, die ihm unangenehm bekannt vorkamen.

»Und du wüßtest, daß sie in Schande nach Hause zurückkehrte«, fuhr Millard fort, und sein Stimme wurde sanft, »in ihrem Bauch die verbotene Frucht ihrer Liebe, sein Kind. Ein *Kind*!«

Das Gebaren seines Onkels war von solcher Eindringlichkeit, daß Talbot ein Schauer den Rücken hinunterlief.

»Du hast die Geschichte schon einmal gehört?« wagte er zu fragen.

»Ich habe sie *gelebt*«, erwiderte Millard. »Seit zwanzig Jahren habe ich diese Frau in allen Ecken des Abendlandes gesucht, wobei mir dieses Kiltorren offensichtlich entgangen ist.«

Er blickte seinen Neffen durchdringend an: »Du wirst an meiner Statt dort hingehen. Du wirst diese Maid und ihr Kind finden und sie ohne Umweg zu mir bringen. Wenn du versagst, brauchst du dir nie wieder die Mühe zu machen, die Schwelle meines Hauses zu überschreiten.« Millard hielt inne und sah so furchterregend drein, wie nur er es konnte: »Haben wir uns verstanden?«

Talbot versuchte verzweifelt zu erfassen, was er da gerade gehört hatte, bemühte sich zu durchschauen, warum er sich fühlte, als würde man ihn betrügen. Nach allem, was er für seinen Onkel getan hatte, wollte dieser ihm sein Erbe wegen der Geschichte eines Barden vorenthalten?

Das war nicht gerecht!

Talbot schenkte seinem Onkel einen kalten Blick und wagte es, seine Einwände vorzubringen: »Ich soll also zu einem Schloß reiten, daß nur vielleicht existiert, ich soll eine Frau ausfindig machen, die keinen Namen hat, ich soll sie und ein Kind herbringen, das vielleicht nie das Tageslicht erblickt hat und nur vielleicht dein Nachkomme ist, und wenn ich es nicht schaffe, wirst du mir mein Erbe versagen?«

»Genau«, stimmte sein Onkel zufrieden zu. »Aber der Name der Frau ist Isibeal.«

Talbot traten die Augen aus den Höhlen.

»Ich kann nicht länger als zwei Wochen auf dich warten«, fuhr Millard in knappem Befehlston fort. »Wenn die Umstände es erlauben, werde ich selbst schon früher nach Kiltorren reiten und dich dort treffen.«

Millard runzelte die Stirn: »Und wage es nicht zu versagen, Talbot. Diese Sache ist mir sehr wichtig.« Unter dem ungläubigen Blick seines Neffen wandte sich Millard mit wehendem Umhang um und schritt zu der Kammer, wo sein Lehnsherr ihn erwartete.

Offenbar war dem älteren Mann die Entrüstung seines Neffen entgangen. Talbot stand auf und hob die Faust, als wolle er ob dieser Ungerechtigkeit aufschreien, doch dann ließ er die Hand wieder sinken.

Denn in Wahrheit besaß Talbot nicht den Mut, seinen Onkel offen herauszufordern. Er wagte es nicht, ihn zu erzürnen, solange noch die Möglichkeit bestand, Millards Besitztümer zu den seinen zu machen.

Diese Isibeal und ihr Kind jedoch waren eine ganz andere Angelegenheit.

Nein, Talbot würde Millard nicht so einfach dabei helfen, seinen Erben zu finden, nicht auf seine Kosten. Er leerte seine Weinschale mit einem Schluck und dachte darüber nach, wie er es anstellen konnte, daß es so aussah, als würde er sich dem Willen seines Onkels fügen, ohne daß seine eigenen Pläne ersichtlich wurden.

Es mußte einen Weg geben.

Sollten Isibeal oder ihr Kind noch leben, so mußte diese Tatsache geändert werden. Und das mußte geschehen, bevor Talbot an die Seite seines Onkels zurückkehrte oder dieser auf Kiltorren erschien.

Talbot erlaubte sich nicht, nur einen Augenblick länger zu verweilen.

♠

Alys lag in dem großen, weichen Bett und streckte sich genüßlich. Es war wirklich etwas ganz anderes, nicht bei Tagesanbruch mit der Arbeit zu beginnen. In dieser Nacht fielen ihr zum ersten Mal seit langem nicht die Augen zu, sobald ihr Kopf das Kissen berührte.

Es war wundervoll. Alys sah sich abermals im Zimmer um und lächelte. Sie faltete die Hände hinter dem Kopf und lauschte Edanas Schnarchen. Und sie erlaubte es sich, zu träumen.

Vielleicht würde sie Burke doch einen Kuß gewähren, nur einen, um ihm zu zeigen, daß sie die Veränderung, die er in ihrem Leben bewirkt hatte, zu schätzen wußte. Alys krümmte die Zehen, als sie daran dachte, wie er reagieren würde. Burke würde freudig lächeln, während er den Kopf hob. Seine Augen würden in jenem silbrigen Blau strahlen, das ihr den Atem nahm; er würde mit sanftem Finger über ihre Wange streichen und ihr Herz zum Rasen bringen.

Etwas schlug gegen die Fensterläden, und Alys schreckte bei dem plötzlichen Geräusch zusammen. Sie riß die Augen auf, obwohl wieder Stille herrschte.

Ein weiteres Klopfen folgte. Dieses Mal sah Alys, wie irgend etwas über den Boden rollte. Sie kroch aus dem Bett und suchte in der Dunkelheit.

Es war ein von der See geschliffener Kiesel.

Ein dritter traf die Läden und rollte davon, bevor Alys erkennen konnte, wieso er durch die Luft flog.

Dann lieferte eine leise Stimme die fehlende Erklärung: »Alys!«

Unfreiwillig mußte sie lächeln. Das war Burke, kein Zweifel.

»Alys, seid Ihr wach?«

Alys wußte, sie sollte ihm nicht antworten, aber sie tat es dennoch. Sie öffnete das Fenster und ließ das Blau der Nacht herein. Der Himmel war voller Sterne, und der Seewind roch nach Regen. Alys lehnte sich aus dem Fenster, wobei ihr der lose Zopf über die Schulter fiel, und war nicht überrascht, einen Ritter zu sehen, der vom Hof zu ihr emporblickte.

»Wie könnte ich schlafen, wenn es Steine regnet?« fragte sie spielerisch und warf ihm den Stein zurück.

Burke fing das Geschoß gewandt auf und preßte es an sein Herz. »Ein Zeichen von meiner holden Dame«, sagte er gefühlvoll und lächelte strahlend.

Es schien ungefährlich, sein Lächeln zu erwidern, da soviel Abstand zwischen ihnen war. »Ihr seid betrunken«, beschuldigte ihn Alys lachend.

»Das ist wahr.« Er vollführte eine schwungvolle Verbeugung: »Euer lieblicher Anblick macht mich trunken.«

Alys verbiß sich mühsam das Lachen, denn sie wußte, daß sie diesen Unsinn nicht noch unterstützen sollte.

»Das Mondlicht glitzert auf dem güldenen Haar meiner wunderschönen Liebsten, für sie allein tanzen die Sterne ...«

»Oh, Burke, versprecht mir, daß Ihr niemals versuchen werdet, Euch als Barde zu verdingen«, unterbrach ihn Alys lächelnd. »Man würde mit Eiern nach Euch werfen.«

Darauf lachte er leise und stützte die Hände in die Hüften: »Wahrhaftig, Alys, Eure Sorge um mein Wohlergehen wärmt mir das Herz. Ich werde dieses Zeichen, daß meine Werbung Fortschritte macht, wie einen Schatz hüten.«

Auch Alys mußte lachen: »Ihr greift nach dem Wind, mein Herr.«

Burke zuckte liebenswürdig die Schultern: »Ihr laßt mir keine Wahl.« Plötzlich verschwand sein Lächeln: »Kommt herunter, Alys. Kommt und laßt uns reden.«

»Ich kann doch nicht im Mondschein mit Euch sprechen!« Obwohl Alys entsetzt klang, war es eher der Reiz, der von seinem Vorschlag ausging, als dieser selbst, der sie beunruhigte.

»Aber warum nicht? Wir reden doch schon, und es würde uns das Rufen ersparen, wenn Ihr zu mir kämet.«

»Die Tante würde es nicht gutheißen!«

»Das stimmt, sie könnte uns zwingen, uns auf der Stelle zu vermählen, für dieses schockierende Verhalten! Das wäre eine Katastrophe.« Burke täuschte das Entsetzen so echt vor, daß Alys wieder lachen mußte. »Kommt herunter, Alys«, bat er sie erneut. »Kommt und laßt uns ein paar Schritte gehen, so daß uns Eure Tante nicht belauschen kann.«

Alys blickte hinauf zur silbernen Scheibe des Mondes, zu den Sternen, die am Himmel schienen, und hinunter zu dem Mann, der hoffnungsvoll ihre Antwort erwartete. Es war eine Nacht, wie geschaffen zum Träumen, und Alys konnte sich diesen einen Augenblick nicht versagen.

Würde es denn schaden, wenn sie sich einen Spaziergang im Mondlicht erlaubte, um all die verlorenen Tage und Nächte auszugleichen?

»Ich werde kommen.« Alys drohte dem Ritter mit dem Finger, als er grinste, weil sein Wunsch so schnell erhört worden war: »Aber Ihr werdet Euch keine Küsse stehlen, noch mich mit unsinnigen Komplimenten überhäufen.«

Zur Antwort warf Burke ihr eine galante Kußhand zu, und Alys wußte, daß sie ihm in dieser Sache nicht trauen konnte.

Aber heute nacht kümmerte sie das nicht. Ihre Finger zitterten, als sie ihr Kleid zuknöpfte. Sie schlich sich an Edana vorbei, flog auf leisen Sohlen die Treppe hinunter und sagte sich, daß ihre Eile nur verhindern sollte, daß sie entdeckt würde.

Aber Alys wußte, daß sie sich nur selbst belog.

♠

Burke konnte sein Glück nicht fassen, als Alys im Schatten des Kücheneingangs auftauchte. Er hatte nicht erwartet, daß sie zu ihm kommen würde, und er hatte ganz sicher nicht gedacht, daß sie über seine Späße lachen würde.

Er nahm ihre Hand und genoß es, wie sie erschauerte, als er einen Kuß darauf drückte. Alys warf einen ängstlichen

Blick über die Schulter, aber er legte ihr den Finger auf die Lippen.

»Sie schlafen alle«, flüsterte er. »Niemand weiß, was wir tun. Vertraut mir. Ich werde Eurer Tante nicht erlauben, noch einmal die Hand gegen Euch zu erheben.«

In Alys' lieblichen Augen zeigte sich solche Hoffnung, daß Burke schwer versucht war, die Dame noch in dieser Nacht mit sich fortzunehmen, aber er wußte, daß er erst ihr Einverständnis erlangen mußte. Er lächelte, aber sie schüttelte den Kopf und entzog ihm ihre Hand.

»Ihr werdet es nicht verhindern können, wenn Ihr Kiltorren erst einmal verlassen habt«, sagte Alys bestimmt. Sie drängte sich an Burke vorbei und ging zur Mauer, die an die See grenzte.

Burke beeilte sich, zu ihr aufzuschließen: »Das wäre kein Problem, wenn Ihr mit mir kämet.«

Alys warf ihm einen Blick zu: »Ich habe schon vor langer Zeit geschworen, den Fehler meiner Mutter nicht zu wiederholen, Burke, also versucht nicht, mich umzustimmen.«

Das war der Schlüssel zu den Geheimnissen seiner Dame, war sich Burke sicher: »Welcher Fehler war das?«

Alys lächelte: »Sie vertraute einem Mann, galant muß er gewesen sein, und hatte den Schaden. Die Tante sagt, ich habe viel von ihr geerbt, aber ich will diesen Fehler nicht ebenfalls begehen.«

»Erzählt mir von ihr.«

Doch Alys schüttelte den Kopf: »Ihr habt mich nicht herunter gebeten, um die Geschichte meiner Mutter zu hören.«

»Vielleicht hätte ich das tun sollen. Ihr wart es, die darauf bestand, daß ich mehr über Euch wissen sollte.«

Alys wandte sich ihm mit wohlwollendem Gesichtsausdruck zu: »O Burke, Ihr seid der beharrlichste Mann, dem ich je begegnete. Akzeptiert Ihr denn niemals ein Nein?«

Burke grinste: »Nicht, wenn es um etwas so Wichtiges geht.«

Alys betrachtete ihn einen langen Augenblick mit forschendem Blick. Burke verbarg nichts vor ihr, obwohl er nicht wußte, was ihre Zweifel beseitigen könnte. Ein böiger Wind wehte vom Meer her, bauschte sein Hemd und ließ das Haar der Dame wehen; das Mondlicht übergoß ihre Züge mit überirdischem Silber.

»Wie gefällt Euch Euer neues Zimmer?« fragte er.

»Überaus gut«, gab Alys lächelnd zu, und ihre Augen funkelten neckisch. »Ich nehme an, Ihr verlangt ein Zeichen meiner Dankbarkeit?«

Burke konnte sich ein Grinsen nicht verkneifen: »Es wäre nicht unwillkommen.«

Das Grübchen, das er so liebte, zeigte sich kurz, dann beugte Alys sich vor. Sie legte eine Hand auf seine Brust, als wolle sie verhindern, daß er mehr verlangte, als sie zu geben bereit war, und streifte mit ihren Lippen seine Wange. »Ich danke Euch«, murmelte sie.

Burke schloß die Augen, überwältigt von der Hitze, die bei dieser einen federleichten Berührung in ihm aufstieg. Zum ersten Mal hatte Alys ihn geküßt, weil sie es wollte, und diese Erkenntnis ließ sein Herz schneller schlagen.

Er fühlte, wie sie sich entfernte, und öffnete gerade noch rechtzeitig die Augen, um ihre blassen, lieblichen Füße aufblitzen zu sehen, als sie ihre Röcke raffte. Sie erklomm, was von der an die See grenzenden Mauer noch übrig war. Burke stand einen Moment wie erstarrt, überwältigt von ihrem Kuß und ihren schlanken Fesseln.

Alys warf einen Blick in Burkes Richtung, als sie die niedrige Mauer bestiegen hatte. »Was fehlt Euch?« fragte sie. »Ihr steht da, als wäret Ihr zu Stein erstarrt.«

Burke grinste und beschloß, ihr nicht zu gestehen, daß ein gewisser Teil von ihm tatsächlich hart wie Stein war.

»Ihr habt etwas vor«, beschuldigte ihn die Dame lächelnd.

Burke lachte. Er sprang auf die Mauer, nahm Alys in die Arme und küßte sie tief, solange er noch die Überraschung auf seiner Seite wußte. Alys' Lippen öffneten sich unter den seinen, und die Süße ihre Kusses brachte Burkes Entschlossenheit ins Wanken. Er zog sie an sich, küßte sie leidenschaftlich und genoß es, wie sie sich an ihn lehnte und ihre Arme sich langsam um seinen Hals legten.

Es schien, als habe das Mondlicht die Seele seiner Dame befreit.

Schließlich löste Burke seine Lippen von ihren, denn er wußte, daß er diese Umarmung bald nicht mehr würde beenden können. Er nahm Alys in die Arme und sprang auf der Seeseite von der Mauer. Dann schritt er auf den dunklen Strand zu, sicher, daß in Kürze alle Hindernisse beseitigt wären.

»Laßt mich herunter«, verlangte die Dame.

»Ihr werdet Euch die Füße an den Steinen stoßen«, sagte Burke ruhig. »Es wäre überaus unritterlich von mir, Euch so einem Schicksal auszusetzen.«

»Schon wieder rechtfertigt Ihr Euch mit Eurer Ritterlichkeit. Seht Ihr denn nicht, Burke, daß nur meine Notlage Euch anzieht?«

»Ich liebe Euch, und *deshalb* stelle ich Euch nach.«

»Ihr *begehrt* mich«, verbesserte ihn Alys. Sie wand sich in seinen Armen, als sie den nassen Sand erreichten, und ihre Worte erwiesen sich als so wahr, daß Burke sie widerwillig absetzte.

»Aber das ist nicht genug, Burke«, erklärte sie leise und entschlossen. »Nicht annähernd genug.« Alys blickte ihn wissend an, trat um ihn herum und ging den Strand entlang.

Burke sah ihr einen Moment lang nach. Sie beharrte darauf, daß er nicht genug von ihr wußte, daß seine Leidenschaft sich an ihren Eigenschaften messen lassen müsse. Aber nun würde er mehr über seine Dame in Erfahrung bringen. Er überdachte alles, was sie ihm gesagt hatte, und folgte ihr dann, ohne auf den Schaden zu achten, den das Meerwasser seinen Stiefeln zufügen würde. Sie gingen nebeneinander her, bis Alys ihn schließlich ansah.

»Ich nehme die Herausforderung an, mehr über die Dame zu lernen, der mein Herz gehört«, sagte Burke im beständigen Rauschen der Brandung. »Erzählt mir von Euch, Alys.«

Die Dame war nicht gerade hilfsbereit: »Es gibt nichts zu erzählen.«

»Wirklich nicht? Was ist mit dem Fehler Eurer Mutter?«

Alys' Lippen wurden schmal: »Deshalb bin ich ein uneheliches Kind.«

»Das habt Ihr schon erwähnt.« Burke hob eine Braue. »Ihr braucht nicht zu denken, daß mich das stört.«

»Vielleicht war mein Vater nur ein gemeiner Leibeigener.«

»Kennt Ihr seinen Namen?«

Alys schüttelte den Kopf.

»Dann könnte er ebensogut ein König sein.« Burke grinste: »Vielleicht haben Euch Piraten entführt, als Ihr noch ein Säugling wart, wie es Nicolette geschah.«

Alys blieb stehen und starrte ihn überrascht an: »Ihr kennt diese Geschichte?«

»Natürlich. Obwohl Ihr sie schöner gesungen habt, als ich es je gehört habe.« Burke lächelte. »Ihr habt eine wunderschöne Stimme, Alys.«

Die Dame errötete und schien ratlos.

»Was geschah Eurer Mutter?«

Alys seufzte und blickte mit gerunzelter Stirn auf die endlose See hinaus: »Sie starb kurz nach meiner Geburt. Die Tante meint, vor Schande, aber Heloise sagt, an gebrochenem Herzen.«

»Der Fehler Eurer Mutter war zu lieben?«

Die Dame sah zu ihm auf, und ihr heller Blick traf Burke mitten ins Herz: »Der Fehler meiner Mutter war es, einen Mann zu lieben, der sie im Stich ließ.«

Sie senkte den Kopf unter dem Gewicht dieses Erbes, und sie hätte sich abgewendet, doch Burke hielt sie an den Schultern fest.

Hier endlich war der Schlüssel zu dem Rätsel, der Grund, aus dem sie ihm nicht traute. Burke würde sich die Gelegenheit nicht entgehen lassen, ihn zu ergründen, und er war keinesfalls bereit, den Fehler ihrer Mutter seiner Werbung im Wege stehen zu lassen. Er legte einen Finger unter Alys' Kinn und zwang sie, ihn anzusehen.

»Erzählt es mir, Alys«, bat er. »Vertraut mir Eure Geschichte an.«

♠

Alys senkte den Kopf. Burkes Hände lagen warm und beruhigend auf ihren Schultern. Sie spürte, wie ihr Widerstand nachließ, und wußte, daß ihre Entschlossenheit in dieser mondbeschienenen Nacht dahinschmelzen würde wie Wachs in der Sonne.

Nie zuvor hatte sie jemandem diese Geschichte erzählt, dieses Geheimnis, das Heloise ihr anvertraut hatte, als sie damals auf ihren Knien saß: »Wenn ich Euch davon erzähle, werdet Ihr Euch damit zufriedengeben?«

Burkes Lächeln blitzte kurz auf. »Nein, ich werde nicht ruhen, bis Eure Hand sicher in der meinen liegt, und zwar für alle Zeit«, antwortete er und reichte ihr seine Hand.

Alys betrachtete sie nur einen kurzen Moment, bevor sie ihm ihre Finger überließ. Sie spürte, daß es, zum ersten Mal, seit Heloise krank geworden war, wieder einen Menschen gab, auf den sie sich verlassen konnte, wenn auch vielleicht nur für diese eine Nacht. Gleichzeitig wandten sie sich von Schloß Kiltorren ab, und Alys räusperte sich.

»Meine Mutter war die ältere von zwei Schwestern, die meinen Großeltern geschenkt wurden, dem ersten Herrn und der ersten Herrin von Kiltorren. Ihr Name war Isibeal, ihre jüngere Schwester ist meine Tante Deirdre. Mein Großvater hat Kiltorren erbaut, und man sagt, daß er ein Mann von außergewöhnlichem Fleiß und großer Entschlossenheit war.«

»Habt Ihr ihn noch gekannt?«

Burkes Daumen streichelte sanft Alys' Hand. Da Kiltorren hinter ihnen lag, war es nicht schwer, sich vorzustellen, sie wären allein hier an der Küste. Die Nacht erschien endlos, und Alys wünschte sich fast, sie wäre es wirklich.

»Ich war noch klein, als er starb.« Alys lächelte leise. »Ich erinnere mich, daß ich auf seinen Knien reiten durfte und er mir nordische Weisen vorsang.«

»Er war nicht aus Irland?«

»Nein, er war ein Nordmann. Es geht die Sage, daß er mit einem Schiff voll seiner Landsmänner an unserer Küste auf Raubzug war, als er meine Großmutter sah, war es um ihn geschehen.«

»Aha, von dort habt Ihr also Eure Schönheit.«

Alys errötete: »Ob die Geschichte wahr ist oder nicht, mein Großvater kehrte nie in seine Heimat zurück. Er arbeitete für den hiesigen König und erlangte die Anerkennung der Familie meiner Großmutter. Schließlich erwarb er sich das Recht, ein Gut zu erbauen, und er wählte diesen Ort.«

»Aus welchem Grund? Nicht viele hätten ihn sich ausgesucht.«

Alys lächelte: »Man sagt, daß er es nicht ertragen konnte, das Meer nicht zu sehen. Er war ein Mann, der jeden Raum ausfüllte, ein Mann, der draußen im Wind sein sollte. Ich kann noch hören, wie er brüllte und lachte, und ich erinnere mich an seinen gewaltigen schlohweißen Bart.«

Alys sah ihren Begleiter an und entdeckte ein antwortendes

Lächeln auf seinen strengen Lippen: »Er klingt wie der vollkommene Großvater.«

Sie zuckte die Achseln: »Vielleicht will ich mich so an ihn erinnern.« Sie blickte ernüchtert: »Aber ich meine noch zu hören, wie der Saal in diesen Tagen vor Lachen widerhallte. Vielleicht war ich noch zu jung, um es besser zu wissen.«

»Hm. Meine Mutter sagt immer, daß wir den Erinnerungen von Kindern und dem Verständnis, das sie von ihrer Umgebung haben, zu wenig Wert beimessen.«

Die Bemerkung klang überraschend düster, und Alys schaute unwillkürlich zu Burke.

Er lächelte schief: »Seht nicht so erstaunt drein, nur weil ich eine Mutter habe oder weil sie weise Worte spricht.«

Alys sah ihn an: »Ihr habt sie nie erwähnt.«

Burke wurde ernst und wandte den Blick ab: »Sie ist ... *furchterregend.*« Doch dann sah er sie mit einem liebevollen Zwinkern in den Augen an. Alys fragte sich, ob es ihr oder seiner Mutter galt. »Doch fahrt bitte mit der Geschichte über Eure Mutter fort.«

»Sie langweilt Euch nicht?«

»Im Gegenteil. Ich bin begierig, mehr über die Frau zu erfahren, die Euch zur Welt gebracht hat.«

Burkes Blick war so voller Zärtlichkeit, daß Alys an der Reihe war, ihm auszuweichen: »Nun, die Geschichte teilt sich hier, denn Heloise erzählt sie auf die eine Weise, während die Tante sie völlig anders beschreibt.«

»Ich würde lieber Heloises Version hören«, sagte Burke schnell.

»Sie ist wesentlich hübscher.«

»Und zweifellos näher an der Wahrheit.«

Dagegen konnte sie nichts einwenden. Alys blickte ernst auf die Wellen, die vor ihr den Strand hinaufliefen und sich wieder zurückzogen. Sie betrachtete die ferne Silhouette Kiltorrens, und erst jetzt wurde ihr bewußt, wie weit sie gekommen waren.

Es überraschte sie, wie wenig sie zurückkehren wollte. Aber trotzdem hatte sie keine andere Wahl. Sie drehte sich entschieden um, spazierte zum Schloß zurück und genoß Burkes Gesellschaft an ihrer Seite.

»Heloise behauptete, daß meine Mutter über alle Maßen schön war. Sie sagte, Isibeal war lieblich wie eine Blume, und ihr Haar glich gesponnenem Sonnenlicht. Sie erzählte, das Lachen meiner Mutter hätte selbst dem mürrischsten Gast ein Lächeln abgerungen und daß mein Großvater sie über alles liebte.«

»Ich wußte, daß Heloises Version die bessere sein würde«, murmelte Burke. »Gesponnenes Sonnenlicht«, überlegte er laut und blinzelte Alys zu. »Das werde ich mir merken müssen.«

Alys zweifelte nicht, daß er das tun würde, aber weiter dachte sie noch nicht.

»Denn seht Ihr«, fuhr sie fort, »meine Großmutter war gestorben, als Mutter und Tante noch jung waren. Heloise meinte, daß es nur Isibeal gelang, meinen Großvater zum Lächeln zu bringen. Nach seinem Verlust zog er sich in seine Kammer zurück, und meine Mutter besuchte ihn dort unbeirrt Tag für Tag. Erst nach sechs Monaten kam er wieder heraus, noch einmal sechs dauerte es, bis er wieder lächelte, so sagt man zumindest, und ab diesem Zeitpunkt waren die beiden unzertrennlich.«

»Wie alt war sie damals?«

»Ich weiß es nicht. Acht oder zehn Jahre, denke ich.«

»Dann ist dies die Wurzel Eures großzügigen Wesens«, dachte Burke laut.

Alys warf ihm einen überraschten Blick zu.

»Es ist wahr, Alys«, erklärte er mit einem Lächeln. »Ihr entscheidet im Zweifelsfall immer für den anderen, Ihr seid überaus loyal. Eure Mutter zeigte bestimmt dieselben Charakterzüge.«

Alys fuhr fort, aber sie hatte das Gefühl, daß Burke zuviel aus dieser Geschichte herauslas: »Als die Zeit für meine Mutter kam zu heiraten, war meinem Großvater kein Mann in ganz Irland gut genug für seine geliebte Tochter. Er war entschlossen, seiner Tochter einen Gemahl zu besorgen, der alle anderen übertraf. Also schickte er sie in die Obhut entfernter Verwandter in Paris und trug ihnen auf, ihr einen angemessenen Ehemann zu suchen.«

Alys biß sich auf die Lippen, aber sie konnte die Worte nicht zurückhalten: »Heloise hat erzählt, daß Cedric gezwungen war, die Tante zu ehelichen, weil er Großvater etwas schuldig war und niemand anderes sie haben wollte.«

Burke lachte laut: »Ich glaube, Heloise könnte mir gefallen.«

»Oh, sie hat eine scharfe Zunge, wenn sie jemanden nicht mag, und die Tante mag sie gar nicht.«

Burkes Lächeln wurde breiter: »Dann würde ich ihre Gesellschaft ganz sicher genießen. Ihr müßt mich mal zu einem Besuch mitnehmen.«

Alys ignorierte diesen Vorschlag: »Meine Mutter wurde nach Paris geschickt und allen und jedem vorgestellt. Dort hat sie auch Heloise getroffen. Heloise war von adeliger Geburt, aber als die letzte von sechs Schwestern stand sie ganz unten auf der Liste ihres Vaters. Meine Mutter kannte die Pariser Benimmregeln nicht, und im Verlauf von Heloises Unterricht wurden die beiden, entgegen allen Konventionen, Freundinnen.

Am Hofe des Königs lernte meine Mutter dann laut Heloise meinen Vater kennen. Mein Vater war ein Ritter, so wie Heloise die Geschichte erzählt, ein tugendhafter Mann, wenn auch von strengem Gebaren. Anscheinend war er so mit seinen Geschäften bei Hofe beschäftigt, daß er die beiden kaum bemerkte. Meiner Mutter jedoch fiel er sofort auf, und sie stellte sich ihm ohne Scham vor. Sie zeigte keinerlei Angst vor diesem Mann, der als ein gnadenloser Krieger bekannt war. Heloise sagte, daß es allein ihr Wagemut war, der seinen Blick auf sie lenkte, und ihre Schönheit, die ihn gefangenhielt. Und als er sie erst einmal angesehen hatte, konnte er seinen Blick nicht wieder von ihr abwenden.«

»Wieder zwei Merkmale, die Ihr mit Eurer Mutter gemein habt«, murmelte Burke. Auf Alys' fragenden Blick lächelte er trocken: »Eine seltene Entschlossenheit und eine Schönheit, gewinnender, als man sich vorstellen kann.«

Alys spürte, wie sie rot wurde: »Ihr tut es schon wieder!«

»Ah!« Burke lächelte schelmisch: »Also gut, Ihr seid starrköpfig, aber bezaubernd.«

Alys konnte den Gedanken nicht unterdrücken, daß sie das erste, wenn auch überschwengliche Kompliment vorzog. Gütiger Gott, dem Mann gelang es doch immer wieder, sie zu verwirren!

»Jedenfalls«, sagte sie steif, »hielt der Vormund meiner Mutter wenig von dieser Verbindung. Der Ritter war ein jüngerer Sohn, der nichts erben würde. In der Überzeugung, daß meinem Großvater eine Heirat der beiden nicht gefallen würde, versuchte man sie voneinander fernzuhalten, aber ohne Erfolg. Sie trafen sich oft, er machte ihr heimlich den Hof. Heloise sagt, daß sie sich verliebten.«

»Wie war sein Name?«

»Man hat ihn mir nie genannt.«

»Sie müssen sich sehr nahe gewesen sein.«

Alys zwang sich zu einem Lächeln: »So kam ich zur Welt.«

»In der Tat.« Burke sah sie aufmerksam an und wählte seine Worte vorsichtig: »Aber die Werbung des Ritters wurde nie angenommen, sonst wäret Ihr kein illegitimes Kind.«

Alys schüttelte den Kopf: »Meine Mutter kehrte in Schande nach Hause zurück, und zwar ohne Anverlobten. Heloise sagt, daß sie meinem Großvater gegenübertrat und er vor Wut brüllte. Meine Mutter beharrte darauf, daß ihr Geliebter kommen und ihre Ehre wiederherstellen würde, indem er sie zur Frau nahm.«

Alys wandte sich ab und sah auf den Ozean hinaus.

»Er ist nicht gekommen«, ergänzte Burke mit leiser, mitleidiger Stimme für sie.

Alys nickte zustimmend: »Nicht ein Wort hat man von ihm gehört. Meine Mutter lebte nach meiner Geburt nur noch ein einziges Jahr. Heloise sagte, daß sie allen Lebenswillen verlor, sobald ich entwöhnt war.«

Alys seufzte, als Burke darauf nichts erwiderte: »Heloise blieb auf Kiltorren, obwohl sie hier nach dem Tod meiner Mutter weder Freunde noch Verwandte hatte. Sie hat mich an Kindes Statt großgezogen.«

Burkes Lippen wurden schmal: »Sie hat Euch in einem Haus verteidigt, in dem Ihr ohne Mutter groß wurdet. Was ist mit der Version Eurer Tante? Ihr sagtet, sie wäre weniger positiv.«

»Die Tante hat immer behauptet, daß Isibeal oft verwirrt war und sich leicht von den Worten eines Mannes täuschen ließ. Nach ihrer Meinung war meine Mutter hübsch, aber von schlichtem Gemüt, sogar noch mehr als Brigid. Meine Mutter brachte Schande über sich und erfand dann Geschichten über meinen Vater.«

Burkes Augen funkelten wütend: »Welch gemeiner Unsinn. Und ihn einem Kind zu erzählen!«

»Ihr wißt nicht, welche Geschichte wahr ist!«

»Ich weiß, daß Deirdre eine Feindseligkeit gegen Euch hegt, die zweifelsohne von der Bevorzugung herrührt, die Euer Großvater Isibeal angedeihen ließ.«

»Aber ...«

»Aber nichts, Alys! Wie Ihr selbst gesagt habt, wurde Eure Tante unter Zwang verheiratet, während für die Schwester, die ihr immer vorgezogen wurde, nur das Beste gut genug war! Kein Wunder, daß sie verbittert ist, ein solches Schicksal würde sogar eine Frau, die mit einem einnehmenderen Wesen geboren wurde, bedrücken.« Er hob die Brauen: »Und ich bezweifle, daß Deirdre dies jemals besessen hat.«

»Aber Burke, es sähe Heloise ähnlich, daß sie eine Geschichte ändert, um mich zum Lächeln zu bringen.«

»Weil sie Eure Mutter liebte und der Erinnerung an ihre Freundin treu blieb«, behauptete er. »Weil sie den Traum ihrer Freundin von der großen Liebe in Ehren hielt. Weil sie Euch liebte und wollte, daß Ihr die Wahrheit erfahrt.«

Alys runzelte die Stirn: »Aber wenn mein Vater meine Mutter wirklich geliebt hat, warum ist er ihr dann nicht gefolgt?«

Burke hob die Hände: »Er könnte tausend verschiedene Gründe haben ...«

»Nein«, erklärte Alys mit Nachdruck. »Es kann nur einen geben.« Sie zog ihre Hand aus der Wärme von Burkes Fingern. »Er benutzte die Liebe als Lüge, um ihre Unschuld zu rauben, und als er hatte, was er wollte, ließ er sie und mich im Stich.«

Sie erreichten den Kücheneingang und blieben stehen. Der Ritter sah Alys lange an, und sie fürchtete, er würde mehr sehen, als sie ihm zeigen wollte.

»Und das habt Ihr daraus gelernt«, brachte er ruhig vor, »daß die Liebesschwüre eines Ritters nichts wert sind.«

Alys hob das Kinn: »Ich habe genug Verstand, daß ich eine bessere Wahl treffen kann, als meine Mutter es tat.«

Doch Burke schüttelte den Kopf: »Nein, Alys. Alles, was Euch erwartet, wenn Ihr diesem Weg folgt, selbst mit klarem Kopf, ist Einsamkeit.« Er lächelte langsam. »Zu Eurem Glück habe ich es auf mich genommen, Euch zu beweisen, daß Ihr Euch irrt.«

Während Alys nach einer Erwiderung suchte, beugte Burke sich vor und hauchte einen Kuß auf ihre Stirn. Der Charme dieses Mannes war so groß, daß er es fertigbrachte, daß jedes Wort, das er äußerte, sie an dem zweifeln ließ, was sie wußte.

Zu ihrer Erleichterung, aber auch zu ihrer Enttäuschung,

nutzte er seinen Vorteil nicht aus. Sie sah ihm nach, als er zu den Ställen schlenderte. Ihre Gedanken waren in Aufruhr, und ihre Stirn glühte von seiner Berührung.

In der Stalltür wandte Burke sich noch einmal um. »Schlaft wohl, meine Alys«, rief er leise. »Ich werde davon träumen, wie Ihr in meinem Hemd schlaft.« Er warf ihr eine Kußhand zu und verschwand mit einem Blinzeln in den Stallungen.

Alys unterdrückte ihr Lächeln. Dieser Mann war so unglaublich charmant.

Wenn sie nur wüßte, ob sie ihm trauen konnte. Aber das, fürchtete sie, würde sie nie wirklich in Erfahrung bringen. Alys raffte ihre Röcke und machte sich auf zu ihrem Zimmer, ohne zu ahnen, daß sie nicht allein in der Küche war.

Kapitel 9

Als am nächsten Morgen die Sonne aufging, drehte sich Alys im Bett herum und seufzte zufrieden. Edana schlief noch auf ihrem Lager. In dem Becken glühte das letzte Stück Kohle, während die ersten goldenen Strahlen durch die Fensterläden fielen.

Aber zu Alys' Überraschung stand Brigid im Türbogen, das wilde Haar offen über den Schultern. Sie war nur mit ihrem Nachthemd bekleidet und schien kurz davor, in Tränen auszubrechen.

Alys schwang sich in Windeseile aus dem Bett und tappte über den kalten Fußboden: »Brigid, was ist mit dir?«

Edana schrak hoch, obwohl Alys nur leise gesprochen hatte, und erhob sich eilig, um der Kohle eine Flamme zu entlocken. Brigid biß sich auf die Lippen und betrachtete die beiden, bevor sie wieder Alys anblickte.

»M-m-mutter hat gesagt, ich d-darf dich nicht fragen«, stieß sie hervor, während ihr die Tränen kamen. »Aber m-mein Haar!« Sie berührte die herabstürzenden Locken, und die Tränen begannen zu fließen: »W-wer wird mir jetzt helfen?«

Alys schloß ihre Kusine fest in die Arme und führte sie zum Bett: »Natürlich darfst du mich fragen. Du weißt doch, wie gerne ich dir das Haar flechte.«

Brigids Haar war überaus störrisch, und die wilden Locken ließen sich nur widerwillig zähmen. Sie waren wunderschön, voll und glänzend, und Alys hatte noch nie etwas gesehen, was ihrer tiefroten Farbe gleichkam. Doch Brigid war, dafür hatte

Malvina in ihrer Eifersucht gesorgt, befangen, was ihre Haarpracht betraf. Sie verspottete Brigids Haar grausam und kindisch als »Hexenschopf« und fragte Brigid immer wieder, ob sie eine Hexe oder vielleicht ein Wechselbalg wäre. Brigid war zutiefst entsetzt bei dem Gedanken, aber Malvina machte alles noch schlimmer, indem sie der vertrauensseligen Brigid von dem Unheil erzählte, das das Haar einer Hexe anrichten könne, wenn es nicht hochgebunden wurde.

Seit diesem Tag hatte Brigid unnachgiebig darauf bestanden, daß ihr Haar zu jeder Tageszeit sicher geflochten war. Brigid war nicht die Hellste, aber wenn sie eine Idee erst einmal verstanden hatte, konnte sie starrköpfig sein, und es beunruhigte sie sehr, daß sie möglicherweise jemand anderem schaden könnte.

An diesem Morgen war sie so verzweifelt, daß Alys' Worte auf taube Ohren stießen: »Ab-ber Mutter hat gesagt...«

Alys verkniff es sich, über die Gefühllosigkeit der Tante zu schimpfen. »Die Tante ist zu vorsichtig«, erklärte sie. »Hast du deinen Lieblingskamm mitgebracht? Wir werden dein Haar schnell richten und es sicher hochbinden.«

»N-nein!« Brigid befreite sich aus Alys' Umarmung. »M-mutter hat es verboten!«

Alys nahm die Hand ihrer Kusine und versuchte ruhig zu bleiben: »Brigid, du mußt auf mich hören. Wenn ich dein Haar nicht flechte, wer soll es dann tun?«

Brigid biß sich erneut auf die Lippe, sah Alys an, und ihre Tränen flossen. Es war offensichtlich, daß sie darauf keine Antwort hatte, und genau so offensichtlich, wie sehr sie das bedrückte.

Im stillen verfluchte Alys ihre Tante, doch dann lächelte sie Edana zu: »Brigid, du kennst doch Edana aus dem Dorf?«

Brigid beäugte das Mädchen ernst, während Edana den Kopf senkte: »Es freut mich, Euch kennenzulernen, Herrin.«

Brigids Wangen röteten sich, bloß, weil sie die Aufmerksamkeit der Magd auf sich gerichtet sah. »Hallo«, murmelte sie und umklammerte Alys' Hand fester.

Alys drückte ihre kalten Finger und beugte sich näher zu ihrer Kusine: »Die Tante hat gesagt, ich soll Edana beibringen, was eine Zofe tut. Ich könnte ihr zeigen, wie man dein Haar flicht, und der Tante wäre das bestimmt recht.«

Brigids Gesicht erhellte sich, und sie brachte sogar ein kleines Lächeln zustande: »W-wirklich?«

»Ja, wirklich! Würde dir das gefallen?«

Brigids Lächeln wurde breiter, und sie sah scheu zu Edana, während sie nickte. Alys streckte die Hand aus, und Brigid legte ihren Lieblingskamm hinein.

»Euer Haar ist wunderschön«, sagte Edana mit dem ihr eigenen Lächeln. Brigid errötete, aber offenbar genoß sie das Kompliment.

Alys zeigte Edana, wie sie sanft den Kamm durch Brigids Haar führen sollte: »Du mußt oben beginnen und ganz langsam jede Strähne hinunterfahren. Es verheddert sich furchtbar leicht und läßt sich nur langsam richten.«

»Oh«, flüsterte Edana ehrfürchtig, als sie die erste Locke in die Hand nahm, »es ist so weich!«

Brigid kicherte und wurde rot, aber sie ließ zu, daß Edana das Haar in Ordnung brachte. Sie warf Alys einen Blick zu und bedeckte zögernd Alys' Hand mit der ihren: »Können wir wieder miteinander reden? M-mutter hat immer gesagt, daß du zu tun hättest.«

Alys verspürte einen Anflug von Schuld. Sie wünschte, sie hätte Brigids Einsamkeit früher erkannt. Brigid fiel es nicht leicht, mit anderen zu sprechen, und es hatte einmal eine Zeit gegeben, da hatten sie und Alys sich so oft unterhalten, daß ihr Stottern fast verschwunden war.

Erst jetzt wurde Alys bewußt, daß es sich wieder verschlimmert hatte.

»Es ist jetzt alles anders, Brigid.« Sie setzte sich neben ihrer Kusine auf das Bett und nahm ihre Hand. »Wir werden wieder reden wie einst, und vielleicht wirst du nicht mehr so scheu sein.«

Brigid sah sie überraschend wissend an: »Und vielleicht w-werde ich auch nicht mehr stottern.«

»Vielleicht«, entgegnete Alys und lächelte ermutigend. »Du mußt nur üben, und du weißt, daß es schlimmer wird, wenn du dich fürchtest.«

Brigid nickte ernst und schenkte Alys plötzlich ein heiteres Lächeln: »Ich bin f-froh, daß B-Burke wieder da ist.«

Alys erkannte den Zusammenhang nicht, und ihre Verwirrung schien offensichtlich, denn Brigid klopfte mit dem Finger auf ihre verschränkten Hände: »Er h-hat M-mutter dazu gebracht, daß du hier sein darfst.« Sie holte tief Luft, während Alys anerkannte, daß ihre Kusine Burkes Verdienste billigte.

Doch Brigids nächste Worte ließen ihr den Atem stocken.

»Ich m-mochte ihn b-beide Male, als er h-hier war.«

Alys blinzelte überrascht, aber Brigid lächelte. Sie mußte sich irren! »*Beide* Male?«

Brigid nickte nur.

Alys schüttelte den Kopf: »Nein, Brigid. Burke ist nur zu dem Turnier gekommen, das Onkel Cedric ausgerichtet hat. Das war vor drei Jahren.«

Brigid nickte fröhlich. »Und d-dann noch einmal im n-nächsten Jahr«, sagte sie bestimmt.

Alys lehnte sich zurück, überwältigt, daß Burkes Behauptung bestätigt wurde. Sie fragte sich, ob ihre Kusine vielleicht verwirrt war, aber dann lehnte Edana sich vor.

»Ich erinnere mich auch«, stimmte sie zu. »Es war erst ein Jahr seit dem Turnier vergangen, als er wieder durch das Tor ritt, auf seinem großen, schwarzen Pferd, und die blauen Decken des Tieres flatterten im Wind. Als wäre eine alte Sage lebendig geworden.«

Brigid nickte zustimmend, und ihre Augen strahlten bei der Erinnerung. »Gutaussehend«, erklärte sie und errötete ob ihrer Kühnheit.

»Oh, das ist er!« stimmte Edana zu, und die beiden fingen an zu kichern. »Habt Ihr je einen so wohlgestalten Mann gesehen? Und adelig noch dazu!«

Brigid stimmte glücklich zu.

»Das ist ein Mann, der mein Herz stehlen dürfte, und zwar gerne«, schloß Edana.

Brigid seufzte verträumt, aber Alys runzelte die Stirn: »Das verstehe ich nicht. Wie kann es sein, daß er hier war und ich nichts davon weiß?«

Die beiden anderen starrten sie ernüchtert an, und Brigid nahm Edana auf einmal den Kamm aus den fleißigen Händen. Sie hielt ihn Alys hin, und der fehlende Zahn stach deutlich hervor.

Es war kein Zierkamm, sondern ein einfacher aus Holz geschnitzt. Daß er sich so gut für Brigids Haar eignete, lag nur daran, daß er so häufig benutzt worden und vor lauter Abnutzung ganz glatt war.

»B-böse Alys«, flüsterte Brigid, und ihre Augen füllten sich mit Mitgefühl, während sie den Kamm schüttelte.

Alys schnappte nach Luft.

Sie konnte sich nur zu gut erinnern, wie Brigid zu diesem Kamm gekommen war. Alys hatte den Zahn unabsichtlich abgebrochen, als er noch der Tante gehört hatte. Dies war die zerbrochene Kostbarkeit, die Alys die ersten Schläge eingebracht hatte, das Vergehen, daß Heloises Anfall zugrunde lag, welches Ereignis das ganze Schloß in Aufruhr versetzt hatte. Alys hatte Angst und Schrecken dieser Nacht niemals vergessen, genausowenig wie die Mühe, die es ihr bereitet hatte, Heloise zu ihrer Hütte zu bringen und wochenlang über die Genesung der älteren Frau zu wachen.

Aber es war ihr entfallen, wann *genau* dies geschehen war.

Vor zwei Jahren im Frühling. Und eben damals, wenn man Brigid glauben durfte, war Burke wieder durch Kiltorrens Tore geritten.

Gott im Himmel, er hatte nicht gelogen!

Alys konnte kaum atmen.

Kurz darauf hatte die Tante den angeblich so geschätzten Kamm weggeworfen, erinnerte sich Alys. Brigid hatte ihn im Küchenabfall gefunden und es mit dem ihr eigenen Mitleid nicht ertragen können, daß er fortgeworfen wurde, nur weil ihm ein Zahn fehlte.

Brigid wuchsen immer die kleinen Dinge ans Herz: Sie sammelte eine verblühte Blume auf, die im Garten herumlag, setzte gestrandete Meerestiere wieder ins Wasser, damit sie davonschwimmen konnten, und hob den Kiesel in ihrem Schuh auf, weil sie glaubte, daß er mit ihr nach Hause kommen wolle. Es war eine liebenswerte Eigenschaft, ein Zeichen der gewinnenden Einfalt ihres Wesens.

Und der Ritter hatte ihr beide Male gefallen.

Aber warum hatte Burke Kiltorren bei jenem Besuch so schnell wieder verlassen? Wäre er wirklich gekommen, um sie mit sich zu führen, hätte er sich so leicht entmutigen lassen? Hätte er nicht das Schloß gestürmt, die Umgebung abgesucht und sie gefunden?

Hätte die Tante ihm nicht bereitwillig den Weg gewiesen, wenn auch nur, um ihr Mündel loszuwerden?

Aber was, wenn Burke recht hatte? Was, wenn die Tante entgegen aller Wahrscheinlichkeit sowohl ihn als auch sie belogen hatte? Könnte es sein, daß er recht hatte und mehr hinter der Feindseligkeit der Tante steckte, als Alys ahnte?

♠

Deirdre hatte die halbe Nacht wach gelegen, um sich ihre Strategie zurechtzulegen, und als der Morgen graute, hatte sie einen

Plan ausgeheckt, von dem sie sicher war, daß er nicht fehlschlagen konnte. Als die Verärgerung über ihre widerspenstige Nichte nachließ, wußte sie genau, was zu tun war.

Alys war schwach, wenn es um diesen Ritter ging, offenbar konnte nicht einmal eine Tracht Prügel sie davon abbringen, seine Gesellschaft zu suchen. Aber Alys mußte von Burke ferngehalten werden, wenn Malvina Erfolg haben sollte. Glücklicherweise hatte der Ritter gezeigt, daß er durch seine besondere Schwäche lenkbar war.

Deirdre kleidete sich mit großer Sorgfalt und verweilte in ihrer Kammer, um sicher zu sein, daß ihr Auftritt Wirkung zeigen würde. Sie rauschte die Treppe hinunter und lächelte, als sie sah, wie ihre Töchter und ihr Mündel zusammen das Frühstück einnahmen.

Perfekt.

»Cronan!« rief Deirdre. »Rufe bitte unseren Gast, und stell sicher, daß er unser Mahl nicht verpaßt.« Alys lächelte vor Vorfreude, als der Vorsteher sich verbeugte und sich auf den Weg machte, aber Deirdre wußte, daß dieses Lächeln nicht lange anhalten würde.

Dafür würde sie sorgen. Alys würde lernen, Deirdre nicht in die Quere zu kommen, auf die eine oder die andere Art.

»Guten Morgen, Mutter!« sagte Malvina. Deirdre gab ihrer Ältesten einen Kuß, so erfreut war sie, sie in ihren prächtigsten Gewändern zu sehen. »Ich hoffe, Ihr habt gut geschlafen. Ich schlief engelsgleich gestern nacht, und Burkes süße Versprechungen klangen mir noch in den Ohren.«

Deirdre konnte sich ein siegesgewisses Lächeln nicht verkneifen. Wie sie es liebte, wenn Malvina genau tat, was man ihr auftrug. Alys' Lippen wurden schmal, und sie schien auf einmal sehr an ihrem Stück Brot interessiert.

Deirdre nahm mit majestätischem Gebaren Platz: »Was für Versprechungen, mein Liebes?«

»O Mutter, es war wunderbar. Ich schwöre, der Mann verbringt den ganzen Tag damit, sich zu überlegen, wie er mir besser den Hof machen kann.« Malvina lächelte die Anwesenden an, und Alys' Miene verfinsterte sich.

»Nun erzähle schon«, drängte Deirdre.

»Also, gestern morgen, nachdem du fort warst, Alys, ließ Burke mich in die Ställe rufen, um sich einen Kuß zu rauben. Er erfand irgendeine Ausrede über die Launen seines Rosses, um mich in die Arme nehmen zu können!« Malvina seufzte: »Dann sah er mir tief in die Augen und behauptete, er würde nur mich allein lieben, und küßte mich mit einer Leidenschaft, die mir den Atem nahm ...«

Alys strich den Honig mit einer Aufmerksamkeit auf ihr Brot, die diese Aufgabe nicht verlangte.

»G-gestern klang das aber ganz anders«, sagte Brigid ärgerlich.

Deirdre sah überrascht auf. »Und was weißt du über die Sache?« fragte sie. »Du warst schließlich nicht dort!«

»Aber sie erzählt die G-geschichte jedesmal anders«, blieb Brigid fest.

Malvina verzog das Gesicht: »Du bist nur eifersüchtig, weiter nichts. Du weißt, daß Burke mich vorzieht und wir heiraten werden. Das hat er mir gesagt, und daß mir allein sein Herz gehört.«

»N-nein. D-das hat er nicht.« Sagte Brigid aufsässig. »D-das würde er n-nicht.«

»Du weißt doch gar nichts von ihm!« schrie Malvina und sprang auf. »Er macht mir den Hof! Und mich wird er auch zur Frau nehmen! Du hättest seine Leidenschaft sehen sollen! Als er mich an sich drückte und zu mir hinunterlächelte, schwor er mir seine unsterbliche Liebe und küßte mich so innig, daß mir ein Schauer den Rücken herunterlief.«

»Beim letzten Mal war es g-ganz anders«, murmelte Brigid.

Malvina wirbelte zu ihr herum: »Nennst du mich eine Lügnerin?«

Brigid, die sonst nie widersprach, hob das Kinn: »Ja.«

Malvinas Augen blitzten gefährlich: »Du wünschst dir doch nur, Burke würde dich überhaupt ansehen, aber das tut er nicht, denn du bist nur eine graue Maus. Der Mann hat Geschmack und sieht nur mich. Mutter sagt das auch.«

»Aber mit jedem Mal, das du die Geschichte erzählst, wird er leidenschaftlicher«, verteidigte Alys ihre jüngere Kusine. »Ich frage mich, ob die Wahrheit vielleicht nicht leidenschaftlich genug war.«

»Ich frage mich vielmehr, ob es noch andere Mädchen gibt, die sich Hoffnungen über ihre Stellung hinaus machen«, warf Deirdre kalt ein. Brigid errötete und starrte auf ihre Hände. Alys wurde ebenfalls rot, aber sie straffte die Schultern und senkte den Blick nicht.

Malvina richtete sich zu voller Größe auf: »Diese Ungehörigkeit wirst du büßen! Du wirst nicht einmal bei meiner Hochzeit dabeisein. Ich werde keine von Euch an meinen Toren willkommen heißen, wenn ich erst die Herrin von Montvieux bin!«

Und in diesem Augenblick betrat der Ritter von Montvieux die Halle. Deirdre sah, wie sein Gesichtsausdruck von Freude zu Bestürzung wechselte, wie sein Blick von Alys zu Malvina wanderte, als ihm bewußt wurde, was er da gehört hatte.

Schnell erhob sich Deirdre. »Und hier ist der Mann, von dem wir sprechen«, gurrte sie. »Gesellt Euch zu uns, Burke. Wir führen eine überaus interessante Diskussion über Eure Werbung um Malvina.«

Der Ritter schluckte und schaute ein wenig unbehaglich.

»Meine Werbung?« Sein Blick ruhte abermals auf Alys, und er hatte es nicht sehr eilig, an den Tisch zu treten. Es sah ihm gar nicht ähnlich, daß er so unsicher war! Deirdre wußte, daß sie dieses Gespräch nicht einen Augenblick zu früh herbeigeführt hatte.

»Aber ja.« Deirdre täuschte Überraschung vor. »Ich habe doch recht verstanden, daß Ihr vorhabt, die Hand meiner Tochter zu erobern?«

In diesem Moment kam Cedric die Stufen herunter, und seine Stimme dröhnte durch den Saal: »Oder habt Ihr etwa mit der Zuneigung meiner Tochter gespielt?« Er runzelte drohend die Stirn, und Deirdre entschied, daß sie ihn für seine unwissentliche Hilfe belohnen würde.

»Bedeuten Eure Küsse denn nichts?« verlangte Malvina zu wissen. »Und Eure Liebesschwüre?«

Burke sah die drei an wie eine in die Enge getriebene Katze. »Ich hatte keinesfalls vor, irgend jemanden zu täuschen ...« setzte er an, aber Cedric trat drohend auf ihn zu.

»Erklärt Euch, mein Herr, und zwar auf der Stelle. Ihr könnt nicht in diesem Hause weilen und meine Tochter küssen, ohne in aller Ehre um ihre Hand anzuhalten.«

»Aber ich habe sie nie geküßt!«

»Er lügt!« klagte Malvina. Sie hob eine Hand an den Mund, als müsse sie weinen, und ihre Lippen zitterten verräterisch.

»Vater, er spielt mit meinen Gefühlen!«

»Sagt, daß es nicht so ist!« verlangte Deirdre.

»Ja, erklärt, daß Ihr meine Tochter zur Frau nehmen wollt!« schlug Cedric in die gleiche Kerbe. »Oder ich jage Euch aus dem Schloß und hetze die Hunde auf Euch, bis Ihr Irland verlassen habt. Habt Ihr uns belogen, als Ihr behauptetet, daß Ihr auf Brautsuche nach Kiltorren gekommen seid?«

Burke legte die Stirn in Falten: »Nein, natürlich nicht!«

Cedric verschränkte die Arme vor der Brust: »Wir haben lange genug herumgetrödelt, und Ihr hattet Zeit genug, Eure Wahl zu treffen. Nennt den Namen Eurer Braut, und nennt ihn jetzt.«

Bezeichnenderweise blickte der Ritter zu Alys.

»Sagt es endlich, Burke«, drängte Alys.

Offensichtlich hatte er von dieser Seite keine Unterstützung zu erwarten.

Burke runzelte die Stirn, schaute Cedric und Malvina an, bevor er Deirdre in die Augen sah. Sie war sich sicher, daß sie sich nicht nur einbildete, daß sein Blick frostig wurde und daß er die Zähne zusammenbiß, bevor er sich mit einem Lächeln Cedric zuwandte.

»Natürlich mache ich Malvina den Hof«, sagte er knapp. »Ihr habt von Anfang an richtig gelegen.«

Cedric grinste und trat auf ihn zu, um dem Ritter die Hand zu schütteln. Malvina stieß einen Freudenschrei aus und eilte so schnell sie konnte zu ihrem Ritter, um ihn zu umarmen. Brigid schmollte, aber Deirdre lächelte abermals, als Alys mit hoch erhobenem Kopf den Saal verließ.

Der Ritter sah ihr nur kurz nach, bevor Malvina ihn zur Tafel zog. »Wir müssen unsere Hochzeitsfeier bis ins kleinste Detail planen«, sagte sie begeistert. »Aber zuerst eine Verlobungszeremonie. Wir werden all unsere Bekannten einladen, und Vater wird ein großes Festmahl ausrichten. Vielleicht sollten wir ein Turnier abhalten, und Ihr könnt meine Farben tragen ...«

♠

Alys und Brigid saßen betrübt im Garten von Schloß Kiltorren, der in einem kleinen Hof blühte, der an die Küche anschloß. Beide hatten es nicht lange ertragen, Malvina bei ihrer Planung zuzuhören, aber in der Stille des Gartens konnte Alys nichts anderes tun, als darüber nachzudenken, was Burke gesagt hatte. Sie schaute zu, wie Brigid ein Saumband bestickte, und haßte den Ritter dafür, daß er sie erneut zum Narren gehalten hatte.

»Er h-hat es nicht gesagt«, sagte Brigid zum wiederholten Male. »Und er h-hat sie nicht geküßt.«

»Vielleicht nicht«, sagte Alys und sah Brigid aufmerksam an, als ihr ein unliebsamer Gedanke kam: »Stört es dich, daß Burke um Malvina wirbt, Brigid?«

Als ihre Kusine errötete, hatte Alys ihre Antwort.

Brigid beschäftigte sich mit ihrer Stickerei, und ihre Wangen glühten, während Alys sie anblickte. Es war eine Sache, daß Burke mit ihr spielte, aber Brigid hatte keine Möglichkeit, sich gegen die Anziehungskraft des Mannes zu wehren.

Selbst er würde doch nicht so weit gehen, Brigids Unschuld auszunutzen?

Plötzlich hörte sie, wie sich jemand räusperte, und Alys hob schnell den Kopf. Burke lehnte mit verschränkten Armen im Türbogen und sah verwirrt aus. In seinen Augen aber war ein entschlossenes Funkeln, das Alys warnte, daß es etwas gab, das er noch heute erledigen wollte.

»Ich habe nach Euch gesucht«, sagte er sanft.

»Malvina und der Tante wird es nicht gefallen.« Alys erhob sich und stellte sich zwischen den Ritter und ihre vertrauensselige Kusine, bevor ihr bewußt wurde, was sie tat. Burke trat in den Garten hinaus und betrachtet sie anerkennend. Als sie seine offensichtliche Zustimmung spürte, richtete Alys sich auf.

»Es ist nicht die Farbe, die Euch am besten steht, aber in Paris werden wir schon etwas Besseres finden«, sagte er mit einem leichten Lächeln, das sie wütend machte.

»Ich werde nicht mit Euch nach Paris gehen«, gab Alys zurück. »Meine Lage ist nicht so ernst, daß ich es nötig hätte, Eure Geliebte zu spielen, während Ihr mit Malvina verheiratet seid.«

»Alys!« Burke sah erschöpft aus. »Ich werde Malvina nicht heiraten!«

»Ich w-wußte es«, murmelte Brigid, über ihre Näharbeit gebeugt.

Da sie das daran erinnerte, daß sie nicht alleine waren, und da sie wußte, daß Burke sagen würde, was er zu sagen hatte, führte

Alys ihn in eine andere Ecke des Gartens: »Wie seltsam, ich meinte, ich hätte gehört, wie Ihr genau das heute morgen gesagt habt.«

»Nein, ich habe gesagt, ich mache ihr den Hof. Das ist etwas ganz anderes als ein Antrag.«

»Oh, Ihr spielt mit Worten!« Alys drohte dem selbstgefälligen Ritter mit dem Finger: »Ihr wißt sehr wohl, daß mein Onkel und meine Tante glauben, Ihr werdet sie heiraten!«

»Ja, und Ihr wißt, daß ich keine andere Wahl hatte, als zu antworten, wie ich es tat.«

»Weil Ihr Malvina geküßt habt.«

»Das habe ich nicht!« Burke war sichtlich entnervt, und Alys stellte fest, daß ihr der Anblick gefiel. »Das Mädchen macht viel Lärm um nichts, nur Eure Lippen küsse ich.«

Alys zog eine Braue hoch: »Das wird nicht wieder geschehen.«

Burke knurrte einen leisen Fluch und machte einen entschlossenen Schritt auf sie zu: »Alys, Ihr müßt verstehen, daß mir keine andere Möglichkeit blieb. Hätte ich nicht gesagt, daß ich die Absicht hege, Malvina zu gewinnen, hätten sie mich des Schlosses verwiesen! Ihr habt gehört, was Euer Onkel gesagt hat. Und wenn ich Kiltorren verlasse, ist es mir unmöglich, Euer zögerndes Herz zu erobern.«

Alys verschränkte die Arme vor der Brust, entschlossen, sich von der scheinbaren Ernsthaftigkeit des Ritters nicht umstimmen zu lassen: »Also habt Ihr gelogen.«

Burke winkte ab: »Es war keine richtige Lüge.«

»Ihr habt ihnen gesagt, Ihr würdet um Malvina werben, aber in Wahrheit tut Ihr das nicht«, erwiderte Alys streng. »Das, Burke, nennt man eine Lüge.«

»Alys! Es war nur eine kleine Unwahrheit.«

»Groß oder klein, eine Lüge bleibt eine Lüge.«

»Es war notwendig, nicht mehr und nicht weniger. Ihr regt

Euch über eine Nichtigkeit auf. Schließlich war es zu höherem Wohle!«

Oh, dieser Mann war schnell dabei, alles zu seinen Gunsten zu verdrehen. Doch Alys war nicht bereit, ihn so einfach davonkommen zu lassen: »Man darf also lügen, wenn es zum höheren Wohle ist.«

Burke zuckte mit den Schultern: »Wenn nötig, ja.«

»Aha!« Alys beugte sich mit funkelnden Augen zu ihm. »Und trotzdem verlangt Ihr von mir, Euch zu vertrauen.«

»Natürlich tue ich das!«

»Und woher soll ich dann wissen, Burke, wann Ihr dem höheren Wohle dient, und wann Ihr die Wahrheit sagt?«

»Alys! Ihr wißt, daß ich ein Mann von Ehre bin.«

»Gar nichts weiß ich. Ihr habt gerade gestanden, daß Ihr ein Lügner seid«, hielt Alys ihm vor. Sie genoß es, Burke in die Enge zu treiben, wo er doch sonst immer die Oberhand zu behalten schien.

»Das ist nicht das gleiche«, behauptete er grimmig. »Nicht im geringsten.«

Aber Alys spreizte die Hände: »Burke, wenn Ihr nicht die Wahrheit sagt, wie soll ich dann wissen, wann ich Euch trauen kann?«

»Aber ich habe Euch immer die Wahrheit gesagt«, antwortete er beharrlich.

»Aus Zufall oder mit Absicht?« Alys legte den Kopf schräg und sah ihn forschend an: »Ihr habt gerade zugegeben, daß Ihr in meiner Gegenwart eine Lüge erzählt habt.«

»Alys!« Burke packte sie an den Schultern, und seine Augen glitzerten gefährlich.

Alys stockte der Atem, als sie erkannte, daß er sie mit aller Kraft zu überzeugen versuchte: »Ich schwöre Euch, daß ich Euch niemals getäuscht habe.«

Alys spürte, wie ihr Widerstand unter der Glut seines Blickes gefährlich wankte. Sie wußte nun, daß es gut möglich war, daß er damals vor zwei Jahren tatsächlich zurückgekehrt war, während sie Heloise gepflegt hatte. In diesem Augenblick fiel ihr auch keine Lüge ein, die er ihr jemals erzählt hatte, was nicht gerade hilfreich war. Alys bemühte sich, einen klaren Kopf zu bewahren, aber Burke lächelte sein wundervolles Lächeln und streichelte, wie um sie zu überzeugen, ihre Schultern.

Unwiderstehlich, wahrhaftig. All ihre Gedanken schienen sie bei seiner ersten Zärtlichkeit verlassen zu haben. Sie vergaß völlig, daß ihre Kusine anwesend war, als sie Burke in die Augen sah.

»Haben sie Euch keine Schuhe gegeben?«

»Doch, aber sie waren alt und häßlich.«

»Trotzdem hättet Ihr sie tragen können, oder nicht?«

Alys konzentrierte sich auf diese Nebensächlichkeit. Sie trat zurück und raffte ihre Röcke, um ihm ihre Fesseln und bloßen Füße zu zeigen. Sie wackelte auf den moosbewachsenen Steinen mit den Zehen: »Aber ich *mag* es, im Sommer barfuß herumzulaufen.«

Als sie wieder hoch sah, hatten sich Burkes Augen verdunkelt, und er sah eben so erregt aus wie sie bei seiner Berührung. Sein Atem ging eindeutig schneller, und er biß die Zähne zusammen. Alys sah wieder auf ihre Füße, konnte aber nichts Außergewöhnliches erkennen.

Es sah Burke gar nicht ähnlich, so schweigsam zu sein.

Vorsichtig betrachtete sie den grimmigen Ritter: »Was habt Ihr?«

Er sah noch einmal auf ihre Füße, schüttelte den Kopf und zwang sich zu einem Lächeln, das seinen Ausdruck nicht milderte: »Bei allen Göttern, Alys, ich werde Euer Vertrauen erlangen, und wenn es das letzte ist, was ich tue.«

»Das könnte gut sein«, neckte ihn Alys fast unwillkürlich.

Burke grinste: »Taten habt Ihr verlangt, und Taten habt Ihr erhalten, Alys.«

Alys machte einen Schritt zurück: »Und ich habe Euch bereits dafür gedankt.«

Sein Lächeln wurde breiter: »Überaus liebreizend. Und Ihr trugt mir auf, mehr über Euch herauszufinden, was ich getan habe.« Burke kam vertraulich näher. »Ihr habt jedoch eine dritte Forderung gestellt, die ich noch heute zu erfüllen gedenke.«

Alys sah zu, als Burke entschlossen auf seinen Daumen klopfte.

»Loyalität«, sagte er fest und ohne weitere Erläuterung. Alys holte tief Luft, denn sie wußte genau, worauf er hinauswollte. »Es gibt niemanden, der sich nicht eine Frau an seiner Seite wünschte, die so treu ist, wie Ihr es seid, Alys. Das ist Nummer *eins*.«

Alys wußte, daß sie in Schwierigkeiten war. Burke berührte sie nicht einmal, und trotzdem konnte sie kaum einen klaren Gedanken fassen. Gerade eben erst, im Saal, hatte er gelogen, zugegeben, daß er gelogen hatte, und doch war Alys töricht genug zu glauben, daß sie erkennen könne, ob er log oder die Wahrheit sprach.

Sie war eine Närrin. Dieser Mann wußte um seine Vorteile und zögerte nicht, sie gnadenlos einzusetzen.

Aber sie wollte ihm trotz allem glauben können. Alys' Mund wurde trocken, als Burke seinen eindringlichen Blick nicht von ihr wandte. Er lächelte nicht, sondern streckte den zweiten Finger aus.

»Mitgefühl. Es ist das Merkmal eines edlen Menschen, so viel Sorge um jene zu zeigen, die schwächer oder in größerer Not sind als er. Es ist ein Zeichen Eures großen Herzens, daß Ihr Eure eigenen Probleme beiseite schiebt, um anderen zu helfen. Es ist Mitgefühl, das Euch mit solcher Hingabe für Heloise sorgen läßt, und mir ist bewußt, wie wichtig das ist.«

Burke hielt inne, und Alys mußte schlucken. »Das ist Nummer *zwei*.«

Gütiger Gott, er erfüllte ihre Forderung genauer, als Alys je erwartet hatte. Sie zitterte am ganzen Körper, als Burke einen weiteren Schritt auf sie zu tat und seine ganze Aufmerksamkeit auf sie richtete. Er war bis auf eine Armlänge herangekommen, als er den nächsten Finger hob.

»Stärke«, sagte er sanft. »Und das ist die größte Eurer Tugenden. Die Flamme, die das Wachs schmilzt, härtet auch den Stahl, Alys. Obwohl Ihr an diesem Ort viel ertragen mußtet, ist Euer Geist ungebrochen, und Ihr bewegt Euch mit der Würde einer Königin. Es ist wichtig für einen Mann zu wissen, daß seine Dame niemals verzagen wird, egal was das Schicksal ihnen beiden bringen mag.«

Doch Alys fühlte sich in diesem Augenblick nicht sonderlich stark, denn ihre Knie drohten unter ihrem Gewicht zu versagen. Das Zittern wurde immer stärker, und doch konnte sie ihren Blick nicht von Burke lösen, geschweige denn sich von ihm abwenden.

»Das ist Nummer *drei.*« Burke machte den letzten Schritt und schloß die Lücke zwischen ihnen. Alys hob das Gesicht, um seinem Blick zu begegnen, atmete seinen Duft ein und sah, wie dieses betörende Lächeln um seinen Mund spielte. Er nahm ihre Hand in seine und führte sie an die Lippen.

»Dies sind nur drei der Gründe, warum ich Euch liebe, Alys«, murmelte er mit solcher Überzeugung, daß sie seiner Behauptung einfach glauben mußte. Ihr Herz begann zu rasen, und Alys wußte, daß sie verloren war.

Burke öffnete ihre Hand und drückte langsam einen flammenden Kuß hinein. Ohne Hast schloß er ihre Finger darüber, einen nach dem anderen, seine warme Hand, die über ihre Haut strich, ein zärtliches Streicheln. Er sah ihr erneut in die Augen, als er ihren Handrücken küßte, doch selbst dann ließ er ihre Hand nicht los.

»Euer neues Kleid steht Euch, Alys. Doch viel lieber würde ich Euch im Gewand der Königin sehen, die Ihr seid.«

In diesem Augenblick hätte sie ihm nichts abschlagen können. Nie war Isibeals Geist ihrer Tochter näher gewesen als jetzt.

Obwohl sie wußte, daß sie schamlosen Gefühlen erlag, obwohl sie wußte, daß Burke wahrscheinlich vor einigen Tagen Malvina die gleichen Worte gesagt hatte und obwohl ihr bewußt war, daß nichts Gutes daraus entstehen konnte, wußte Alys, daß sie sich ihm hingeben würde.

Es gab nichts auf der Welt, was sie sich sehnlicher wünschte, als den Kuß dieses Mannes. Burke beugte sich zu ihr hinab, und seine Augen funkelten. Alys richtete sich auf, um ihm entgegenzukommen.

Doch dann hallte die Stimme der Tante durch das Schloß. »A-lys!« rief sie. »Wo bist du? Ich brauche dich hier – Alys!«

Und der Zauber, den Burke gesprochen hatte, verflog sofort.

Alys straffte sich und trat zurück, denn sie wußte nur zu gut, was die Tante dazu sagen würde. Sie entzog ihre Finger Burkes sanftem Griff und fühlte sich seltsam betrogen. Dieses Gefühl war ihr Beweis genug für ihr lüsternes Wesen.

»Alys! Ihr könnt nicht gehen!« protestierte Burke.

»Ich muß, ich muß«, versetzte Alys wild und raffte ihre Röcke, um den Garten eilig zu verlassen. »Die Tante ruft nach mir.«

Burkes Augen blitzten: »Eure Tante soll zur Hölle gehen!«

Und Alys mußte wider ihren Willen lachen. Sie drehte sich auf der Schwelle um. »Oh, ich bezweifle nicht, daß sie das tun wird«, murmelte sie, und nun mußte Burke grinsen.

»Bleibt, Alys.«

Aber Alys schüttelte den Kopf: »Ich wage es nicht.«

Es fiel ihr nicht leicht, dem Ritter den Rücken zuzuwenden, doch irgendwie gelang es ihr. Sie floh den Gang hinunter, denn sie fürchtete, daß sie noch umkehren würde, wenn sie nicht so schnell lief, wie sie konnte. Sie war nahe daran gewesen, der Versuchung zu erliegen, das ließ sich nicht leugnen.

Und noch viel sicherer würde Burke sie wieder versuchen. Alys wünschte sich, sie wäre sicher, ihm widerstehen zu können.

♠

Burke konnte spüren, wie nahe am Ziel er wieder einmal gewesen war. Er hatte gesehen, wie Alys' Züge sanft wurden, wie ihre goldenen Augen ihn willkommen hießen.

Und dann war er nicht nur der Möglichkeit beraubt worden, seine Dame zu küssen, sondern ebenso der Gelegenheit, in aller Form um ihre Hand anzuhalten. Ihre Schritte hallten im Gang wider und verklangen dann. Burke senkte den Kopf, fuhr sich mit den Händen durchs Haar und wünschte, seine Dame wäre einfacher zu gewinnen.

Doch dann wäre sie nicht Alys.

Er bewunderte sie dafür, wie sie an ihren Überzeugungen festhielt. Burke wußte, daß sobald Alys ihm gehörte, sobald alle ihre Zweifel und Fragen beantwortet waren, diese Treue nur ihm gelten würde.

Für dieses Ziel nahm er gerne einen offenen Krieg in Kauf.

Aber er war so nah am Ziel gewesen! Burke fluchte ausgiebig wie selten und vergaß, daß er nicht alleine war. Er erschrak, als er neben sich ein scheues Räuspern vernahm. Er blickte sich um und sah Brigid hinter sich stehen, die Wangen gerötet und den Blick gesenkt.

»Ich h-habe Alys g-gesagt, d-daß Ihr zw-zweimal hier wart«, gestand sie. »Seid n-nicht böse. W-wie hätte sie es w-wissen können?«

Burkes Neugier war geweckt, und sein Ärger ließ nach: »Warum nicht? Wo war Alys, als ich damals zurückkehrte?«

Brigid blickte schnell zur Tür und wieder zu Burke. Schüchtern bedeutete sie ihm, auf der Bank Platz zu nehmen.

Burke lächelte sanft: »Ich wäre entzückt, mich zu Euch zu setzen und alles zu vernehmen, was Ihr mir über Eure Kusine sagen könnt.«

Brigid wurde hochrot, als sie seine Aufmerksamkeit auf sich spürte, aber sie setzte sich sofort auf die Bank. Sie schaute erwartungsvoll zu Burke auf, und die Hoffnung in ihrem Blick war nicht mißzuverstehen.

Und Burke verstand voll und ganz.

Sie suchte aus dem selben Grund seine Gesellschaft, aus dem er Alys' Nähe suchte. Aber Brigid war jung, und in Wahrheit wußte sie nichts über ihn. Es war nur kindliche Vernarrtheit.

Burke hatte nicht vor, Brigid zu verletzen, deshalb wäre es am besten, er würde ihr die Wahrheit sagen. Falsche Hoffnung würde ihr schließlich nur noch mehr weh tun.

Burke setzte sich in gebührendem Abstand neben sie. Zuerst würde er sich anhören, was sie zu sagen hatte, und dann würde er ihr erklären, wie die Dinge lagen.

♠

Die Aufgaben, die die Tante für sie hatte, waren schnell erledigt. Alys hatte das Gefühl, daß ihre Tante bloß feststellen wollte, wo sie war. Während sie noch darüber nachdachte, war sie schon fast in der Küche, als ihr wieder einfiel, daß sie Brigid allein mit Burke zurückgelassen hatte.

Sie raffte ihre Röcke und ging schnell zurück zum Garten. Doch es schien alles in Ordnung zu sein.

Alys blieb im Schatten des Türbogens stehen, als sie Ritter und Maid zusammen im Sonnenlicht sitzen sah. Burke hatte Abstand zwischen sich und Brigid gelassen und schien mit ihr zu reden wie mit einem Kind.

»Also, Alys hat versehentlich den Kamm zerbrochen, Eure Mutter hat dafür gesorgt, daß sie für ihr Vergehen bestraft wurde, und dann hat Heloise eingegriffen.« Burkes schmale Lippen verrieten Alys, was er von dieser Sache hielt. »Heloise wurde krank und auf die Landzunge verbannt, wo Alys sie einige Wochen versorgte. Deshalb war sie nicht im Schloß, als ich dort ankam.«

Brigid nickte schnell und deutete dann auf die Tore: »Ihr g-gingt fort, Alys kam zurück.«

So einfach war es gewesen, und doch hatte Alys es nie erfahren. Erst jetzt begriff sie, warum die Tante damals den Boten geschickt hatte, daß sie ein wenig länger bei Heloise bleiben solle. Zu jener Zeit hatte sie es gutgläubig für Sorge um die ältere Frau gehalten.

Aber die Tante fiel nie aus der Rolle und sorgte sich schon gar nicht um Heloise.

Burke war hier gewesen, und die Tante hatte versucht, ihn für Malvina zu interessieren.

Dieses Mal jedoch schien der Ritter das Vorhaben der Tante zu teilen, jedenfalls in ihrer Anwesenheit. Doch was hatte Burke wirklich vor?

Burke zog eine dunkle Braue hoch, während Alys sich den Kopf zerbrach, und sein Gesichtsausdruck verriet, daß er nichts von dieser Enthüllung hielt. »Es scheint, ich habe einen Fehler begangen, als ich meine Ankunft ankündigen ließ, denn Alys mußte den Preis dafür bezahlen«, sagte er leise, und Alys riß die Augen auf.

Die Tante hatte *gewußt*, daß er kam? Ein schrecklicher Verdacht regte sich in ihr. Alys hatte sich schon damals gefragt, wieso ein einfacher Kamm eine solch brutale Reaktion auslöste. Der Kamm war nur eine Ausrede gewesen! Offenbar sollte Alys nur geschlagen werden, um sie den Blicken des Ritters zu entziehen, aber Heloises Attacke war ein unerwartetes Resultat gewesen. Alys hätte weinen mögen, daß Heloise wegen der eigennützigen Ziele der Tante so viel hatte erdulden müssen.

Burke blickte mit gerunzelter Stirn auf seine Stiefel, bevor er mit dem Fuß zu wippen begann: »Warum wurde sie diesmal geschlagen, Brigid? Wißt Ihr das?«

»B-böse Alys.«

Burke war von vollendeter Geduld, obwohl das Mädchen nervös schien: »Aber warum, Brigid? Was hat sie getan?«

»Alys h-hat ihr Versprechen gebrochen.« Burke zog fragend die Braue hoch, und Brigid holte tief Luft. »Euch n-nicht mehr zu sehen.«

Burkes Miene verfinsterte sich bedrohlich. Er erhob sich, ging erregt auf und ab, fuhr sich durchs Haar und murmelte etwas, das, meinte Alys, Brigid nicht hören sollte.

»Es ist alles meine Schuld!« erklärte er gequält. »Es ist mein Werben, das der Dame diese Strafe eingebracht hat. Aber *warum*? Wäre Deirdre nicht froh, wenn Alys fortginge?«

Ja, genau das war die Frage, auf die Alys keine Antwort fand. Burke setzte sich schwer nieder, und sie wußte, daß seine Gedanken sich überschlugen. In einer Sache hatte er recht: Es fehlte ein Teil zu des Rätsels Lösung.

Doch Alys vergaß ihre Sorgen, als Brigid plötzlich nach der Hand des Ritters griff. »Ich h-habe Euch gern«, gestand sie. Alys tat einen Schritt auf sie zu, blieb aber stehen, als sie sah, wie der Ritter sanft lächelte.

Würde er gut zu Brigid sein?

Oder würde er ihr Vertrauen mißbrauchen?

Was konnte Alys tun?

Burke nahm Brigids Hand, während Alys zusah, und drückte einen keuschen Kuß auf ihre Fingerspitzen. Brigids Augen weiteten sich in ungläubigem Staunen.

»Ich danke Euch, Brigid, denn Ihr ehrt mich mit Eurer Aufrichtigkeit«, sagte er leise. »Wenn ich mein Herz nicht schon an eine andere Dame verloren hätte, würde mich Eure Wertschätzung überaus glücklich machen.«

Er legte ihre Hand in ihren Schoß zurück, während Brigid ihn anstarrte, und Alys zog sich wieder in die Schatten zurück. »Doch wie Ihr zweifellos wißt, kann ein Mann sein Herz nur einmal verschenken, wenn er es ganz gewährt.«

Brigid schlug die Hände zusammen und lehnte sich vor, ganz von dieser romantischen Geschichte gefangen: »Wer ist sie?«

Alys hätte fast laut nach Luft geschnappt. Zum ersten Mal seit langer Zeit hatte Brigid einen ganzen Satz ohne Stottern hervorgebracht.

Und es war ihr nicht einmal aufgefallen.

Burke sah abrupt auf, und Alys sah die Überraschung in seinen Augen. Er hatte es also auch bemerkt.

»Ist es nicht offensichtlich?« fragte er erstaunt.

Alys wurde warm ums Herz, daß er vorgab, nur Brigids Frage habe ihn verblüfft. Brigid verneinte, und ihre Augen strahlten.

Burke schüttelte den Kopf: »Ach, es wäre vermessen, den Namen der Dame bekanntzugeben, bevor sie mein Werben akzeptiert.«

Brigid verdrehte die Augen und lächelte: »Sagt es mir!«

»Ich sollte wirklich nicht.«

»Ihr müßt!« Brigid zog die Nase kraus: »Malvina kann es nicht sein.«

Burkes Miene glich der ihren, und sie mußte lachen. »Nein, sie nicht.«

»Ich wußte, daß Eure Werbung nicht ihr gilt! Erzählt es mir!«

Burke schaute sich um, und Alys zog sich noch tiefer in den Schatten zurück. »Es ist ein Geheimnis«, flüsterte er, und Brigids Augen funkelten. Alys verkniff sich ihr Lächeln, unfähig, sich von dem Anblick des kühnen Ritters loszureißen, der so sanft mit dem Mädchen umging. Manchmal war dieser Mann zu gut, um wahr zu sein.

»Sagt es mir!« verlangte Brigid erneut.

Burke grinste: »Wir sprechen hier von einer Herzensangelegenheit! Wenn ich das Geheimnis mit Euch teile, müßt Ihr schwören, nichts zu verraten.«

Brigid lächelte, schlug ein Kreuz über ihrem Herzen und führte die Hand an ihre Lippen. »Versprochen«, flüsterte sie.

Burke beugte seinen schwarzen Schopf zu Brigid und senkte die Stimme noch weiter. »Die Dame ist hier auf Kiltorren«, vertraute er ihr an.

Brigid stupste ihn, als er eine ihrer Meinung nach zu lange Pause einlegte: »Sagt es schon!«

»Es ist Eure Kusine Alys, die mein Herz gewann«, gestand er. »Und es wird für immer ihr gehören.«

Alys stockte der Atem, und ihr Herz fing an zu rasen.

Später, das wußte sie ohne den Schatten eines Zweifels, würde sie denken, daß sie sich verhört hatte. Später würde Burke wieder eine charmante Bemerkung machen, die unmöglich ernst gemeint sein konnte, einen Liebesschwur, der Alys das Gefühl geben würde, nur eine aus einer langen Reihe von Frauen zu sein, die vor ihr begonnen hatte und sich fortsetzen würde, nachdem er sie längst vergessen hatte.

Das war das Problem mit Burke. Er sah so gut aus, er war so galant, so ausgesprochen anziehend, daß Alys nicht glauben konnte, daß sie, oder irgendeine andere Frau, seine Aufmerksamkeit lange würde halten können. Es wäre auf jeden Fall unwahrscheinlich.

Sie zwang sich, daran zu denken, daß er kein Wort über das Heiraten gesagt hatte außer zu Malvina, als er nicht anders konnte, und sie spürte, wie ihre Enttäuschung wuchs. Der Ritter hatte schließlich selbst erklärt, daß eine Lüge nicht zähle, wenn sie dem höheren Wohle diene.

Und das höhere Wohl würde immer zu seinem Vorteil sein, dessen war sie sich sicher. Nein, Burke war nicht ihr Aucassin, obwohl er in ihren Träumen seinen Platz einnahm.

Alys verschränkte die Arme. Zweifellos würde sein Interesse an ihr schwinden, selbst wenn sie seinem Drängen nachgab, sobald sie nicht mehr in Not war. Vielleicht würde es erst in einigen Jahren geschehen, aber eines Tages würde Burkes Blick auf eine junge Maid fallen, und dann wäre er fort, als hätte es ihn nie gegeben.

Genau wie ihr Vater.

Oder Burke würde sich wirklich eine Frau nehmen. Schon bei dem Gedanken gefror Alys das Blut in den Adern. Sie konnte sich nicht vorstellen, Burkes Zuneigung bis an ihr Lebensende mit einer anderen Frau zu teilen, vielleicht sogar mit Malvina.

Nein, lieber ging Alys leer aus, als einen Traum zu hegen, der nur darauf wartete, zerstört zu werden. Sie würde nicht allein und ihrem verlorenen Glück nachweinend sterben.

Kapitel 10

Brigid schnappte nach Luft und setzte sich auf. »Alys!« wiederholte sie, bevor sie entsetzt die Hände vor den Mund schlug.

»Es ist ein Geheimnis!« neckte Burke sie. Er verhielt sich ihr gegenüber wie ein älterer Bruder, und Brigid kicherte. Sie erneuerte ihr Versprechen mit den Fingerspitzen. Doch dann ließ sie niedergeschlagen den Kopf hängen: »Warum nicht ich?«

Alys biß sich auf die Lippe, als sie sah, wie verletzlich ihre Kusine war, und wäre fast vorgetreten, aber Burke nahm erneut Brigids Hand.

Alys sah zu, wie er seinen ganzen Charme auf Brigid richtete: »Brigid, zwischen einem Mann und einer Frau, die zusammengehören, besteht ein besonderes Band. Sie erkennen sich beim ersten Blick, sie verstehen, daß sie füreinander geschaffen sind.«

»Liebe«, sagte Brigid und lächelte wissend.

»Ja, es ist die Liebe, und keine Verbindung sollte ohne ihre Flamme sein.« Burke sah nachdenklich auf ihre Hand hinunter.

Brigid lächelte: »Ich möchte geliebt werden.«

Burke erwiderte ihr Lächeln: »Dann bin ich nicht der richtige Mann für Euch, Brigid. Dieser Mann wird kommen, und er wird Euch begegnen, wenn Ihr es am wenigsten erwartet.«

Doch Brigids Lächeln verschwand, und sie schüttelte traurig den Kopf: »Nicht mir. Ich wäre nicht fähig, mit ihm zu sprechen.«

»Das ist nicht wahr«, versetzte Burke sanft. »Gerade eben habt Ihr mit mir gesprochen.«

Erschrocken blickte Brigid hoch und riß die Augen auf, als ihr bewußt wurde, was sie getan hatte.

Dann wurde sie rot und senkte wieder den Blick: »Es w-wird mir n-nicht noch einmal gelingen.«

»Natürlich wird es das«, behauptete Burke. »Ihr seid eine wunderschöne und charmante Dame, und eines Tages werdet Ihr einen Mann finden, der Euch ebenso verehrt wie Ihr ihn.« Tränen glänzten in Brigids Augen, und Alys war ebenfalls kurz davor zu weinen. Burke drückte Brigids Hand: »Wartet auf ihn, Brigid. Ihr habt es verdient.«

Alys wirbelte herum und drückte sich an die Wand, während sie die Zähne zusammenbiß, um ihre Tränen zurückzuhalten. Weit entfernt davon, Brigid auszunutzen, hatte Burke sie mit außergewöhnlichem Edelmut behandelt.

Und seine Hochherzigkeit hatte sie ihr Stottern vergessen lassen. Das war keine Kleinigkeit, und Alys wußte, daß sie ihm danken mußte, egal was er dafür verlangen würde. Alys hörte, wie Burke sich räusperte, und lugte um die Ecke.

Der Ritter grinste und stützte die Ellbogen auf die Knie: »Also, Brigid, wollt Ihr mir helfen, Alys' Zuneigung zu gewinnen? Ich werde Hilfe brauchen, wenn ich ihr nicht noch mehr Schwierigkeiten mit ihrer Tante bescheren soll.«

Doch Brigid lächelte nicht, sondern schüttelte den Kopf: »Nein.«

»Warum nicht?«

»Sie darf nicht.«

Alys runzelte ebenso die Stirn wie Burke.

»Was ist das für ein Unsinn?« fragte er und erhob leicht die Stimme. Alys sah genau hin, aber Brigid ließ sich durch seine Lautstärke nicht einschüchtern.

Und anscheinend auch nicht vom Blitzen seiner Augen.

Brigid zählte es an den Fingern ab: »Erst Malvina.« Sie zeigte auf sich selbst. »Dann Brigid.« Sie lächelte Burke bekümmert zu: »*Dann* Alys.« Sie zuckte mit den Schultern: »Aber niemand will Malvina.« Brigid ließ die Füße baumeln: »Wir warten und warten, aber niemand kommt.«

Und niemand würde je kommen, erkannte Alys erschreckt. Wenn es nach der Tante ging, würde sie diesen Ort nie verlassen! Das war nicht gerecht!

Burke war bereits aufgesprungen: »Wer verlangt das? Wer besteht darauf, daß Alys nicht heiraten darf, wen sie will?«

Brigid öffnete den Mund, aber Burke hob die Hand, um sie zum Schweigen zu bringen: »Nein, Brigid, ich kenne die Antwort schon.« Er wirbelte herum und ging zum Türbogen, wo Alys sich verborgen hielt. Seine grimmige Miene ließ Alys' Herz sinken. »Was ich nicht verstehe, ist, warum ich es mir nicht früher gedacht habe.«

Und Alys wußte genau, von wem er die Wahrheit in Erfahrung zu bringen trachtete. Es schien ihr keine gute Ausrede, daß sie es nicht einmal gewußt hatte. Sie raffte ihre Röcke und wollte sich davonstehlen. Sie hoffte, ausnutzen zu können, daß keiner von beiden von ihrer Anwesenheit wußte.

Doch wieder einmal war das Glück nicht auf ihrer Seite.

Alys hörte, wie Burke ihren Namen rief, und dann seine lauten Schritte, als er die Verfolgung aufnahm. Sie war noch nicht einmal außer Sicht, als er die Ecke umrundete, und er blieb stehen und brüllte ihr nach, sicher, daß er sie leicht würde einholen können.

»Alys! Ihr habt gelauscht!«

Alys blieb stehen und blickte ihm stolz entgegen. Er würde sie sowieso einholen, das wußte sie nur zu gut, und sie wollte ihm lieber hier begegnen: »Ja, ich wollte sichergehen, daß Ihr meine Kusine ehrenvoll behandelt.«

Burkes Augen funkelten, als er sich ihr näherte: »Ihr habt Euch in den Schatten versteckt! Ihr habt uns belauscht.«

Alys konnte dem nicht widersprechen.

Burke überbrückte die Entfernung zwischen ihnen mit schnellen Schritten, stellte sich direkt vor sie und senkte seine Stimme zu einem samtigen Flüstern, das Alys' Knie weich werden ließ. Er lächelte zu ihr hinunter, wie eine Katze, die ihre Beute in die Enge getrieben hatte: »Aber Alys, Ihr habt uns beide *getäuscht.*«

♠

Da hatte Burke sie erwischt, und er wußte es auch.

Alys sah an Burke vorbei in den Garten und dann schnell in seine Augen. Selbst im Dämmerlicht des Ganges konnte er sehen, wie sie langsam errötete.

»Nur für einen Moment«, sagte sie zögernd.

»Es war eine Täuschung.« Burke genoß es, im Recht zu sein: »Auch das ist eine Lüge.«

»Nur eine kleine«, hielt Alys ihm entgegen.

»Eine *kleine* Lüge?« Burke schaute sie skeptisch an und sagte bedächtig: »Und ich dachte, es gäbe keinen Unterschied zwischen einer großen und einer kleinen Lüge.«

Alys warf ihm einen wütenden Blick zu, gab aber nicht klein bei. Ihr Götter, wie er es liebte, daß sie so scharfsinnig war. Sie verschränkte die Arme vor der Brust und sah ihm in die Augen: »Es war für ein höheres Wohl.«

Burke grinste: »Aha! Davon habe ich heute schon einiges gehört.«

Alys fluchte unerwartet heftig. »Ihr seid ein Quälgeist«, murmelte sie ungeduldig. Burke konnte sich das Lachen nicht verkneifen. Alys sah auf, und ihre Lippen zitterten ebenfalls vor Lachen, als ahnte sie, welche Richtung seine Gedanken einschlugen, und könnte ihre Reaktion nicht zurückhalten.

»Davon scheint es hier mehr als einen zu geben«, neckte Burke und wurde mit einem flüchtigen Lächeln der Dame belohnt.

»Eine wahre Epidemie«, stimmte sie zu, und Burke lachte laut auf.

Dann stützte Alys die Hände in die Hüften und betrachtete ihn herausfordernd: »Es war eine Lüge, ich gebe es zu. Seid Ihr nun zufrieden?«

»Noch lange nicht«, sagte Burke nachdenklich. »Obwohl mich vielleicht ein Zeichen Eurer Zuneigung besänftigen würde.«

»Ein Zeichen ...« Alys runzelte die Stirn, doch dann weiteten sich ihre Augen in plötzlichem Verstehen. Das Funkeln darin verriet, daß sie bei weitem nicht so entsetzt war, wie sie vorgab: »Ich werde Euch nicht küssen, nur weil ich mich um Brigid gesorgt habe!«

Burke seufzte in gespielter Ergebenheit und lehnte sich gegen die Wand: »Dann fürchte ich, bin ich noch lange nicht zufrieden.«

Und Alys lachte. Kaum war ihr das Geräusch entfleucht, hob sie die Hände vor den Mund. Ihre Augen funkelten schelmisch, und ihr Grübchen erschien nicht nur, sondern blieb sogar.

»Also habt Ihr zugehört«, schloß Burke befriedigt.

»Natürlich habe ich hingehört. Ich weiß noch nicht, was ich von Euch halten soll.« Sie sah ihn mißtrauisch an: »Ich war angenehm überrascht.«

Burke faßte das als Kompliment auf: »Dann habt Ihr Brigid vernommen.«

»Ja.«

»Wußtet Ihr von dieser Anordnung?«

Alys schüttelte den Kopf, offensichtlich unglücklich über ihre Entdeckung.

»Das ist der Grund für die Sorge Eurer Tante. Denn würdet Ihr Euch vermählen und einen Sohn gebären, so würde Kiltorren nach Cedrics Tod wahrscheinlich ihm und nicht Deirdre oder ihren Töchtern zufallen.«

Alys widersprach ihm nicht: »Besonders wenn keine von Cedrics Töchtern heiraten sollte.«

»Ja. Es ist geradezu erschreckend einfach.« Burke fuhr sich durchs Haar. »Natürlich wird Eure Tante zu verhindern suchen, daß Ihr heiratet, und sie wird natürlich auch dabei bleiben, daß Isibeal eine Dirne ist, so daß Ihr nicht einmal daran denkt, einem unehelichen Kind das Leben zu schenken.«

Alys preßte die Lippen zusammen, und Enttäuschung zeigte sich in ihren schönen Augen: »Mein eigen Fleisch und Blut möchte, daß ich allein, unglücklich und unberührt sterbe, nur um das Erbe für die nächste Generation zu bewahren.«

Burke sah sie unverwandt an: »Zum Wohle Kiltorrens.«

Sie betrachtete ihn lange. Burke wußte, daß er sich den Funken von Hoffnung nicht nur einbildete. »Und was habt Ihr dazu zu sagen?«

Eine einfache Frage: »Daß es falsch ist, natürlich!«

Aber Alys kniff die Augen zusammen: »Und?«

Burke schaute hilflos: »Und daß es nicht mehr so weitergehen kann.«

Nun runzelte Alys die Stirn: »Und?«

»Und *was*?«

»Und was werdet Ihr dagegen unternehmen?«

Burke breitete die Arme aus: »Euch von hier fortbringen, natürlich, mit oder ohne Erlaubnis Eurer Tante. Ihr braucht es nur zu sagen, Alys, und wir werden dieses Schloß verlassen. Wir könnten noch vor Mittag fort sein!«

»Und ich hätte jeden Fehler wiederholt, den meine Mutter je begangen hat, noch bevor es Nacht würde.« Die Dame knurrte frustriert: »Wie könnt Ihr so viel von mir verlangen und mir so wenig bieten?« Sie wandte sich energisch ab, schritt davon und ließ einen sprachlosen Burke zurück.

»Alys! Ich gehöre Euch!«

»Das ist nicht genug!« rief die Dame aus. »Ich bin keine so

törichte Närrin, daß ich mich mit Leib und Seele einem Mann anvertraue, der außer honigsüßen Worten nichts zu geben hat!«

Burke verspürte einen Anflug von Furcht.

Woher konnte Alys wissen, daß er sein Erbe verschmäht hatte? Waren ihr solche Dinge wichtiger als ihm? Traute sie ihm nicht zu, daß er bei jedem Turnier ein Vermögen gewinnen konnte?

Hatte er seiner zukünftigen Braut wirklich nicht genug zu bieten? Verspätet fiel ihm ein, daß die Dame ihm erwidert hatte, daß sie auf Kiltorren zumindest nicht verhungern würde.

Nein, so wenig Vertrauen konnte sie nicht haben!

Doch Burke war sich seiner Sache nicht sicher.

»Unterschätzt nicht den Wert süßer Worte«, rief er ihr nach, da ihm nichts Besseres einfiel.

Alys lachte überrascht und blickte über die Schulter. »Unverbesserlich«, erklärte sie und verschwand in der Küche.

»Versucht«, murmelte Burke grimmig, »frustriert und allein.« Er verschränkte die Arme und starrte Alys wütend nach. Wie konnte es sein, daß sie ihm nicht zutraute, für ihr Wohlergehen zu sorgen?

Das war eine Beleidigung.

»Sie mag Euch«, murmelte Brigid hinter ihm, und als Burke sich umdrehte, sah er, daß das Mädchen ihn beobachtete.

Burke fuhr sich durchs Haar, holte tief Luft und dachte an die Hindernisse, die sich ihm in den Weg stellten: »Ist es war, daß Ihr zuerst vermählt werden müßt?«

»Malvina«, korrigierte ihn Brigid und schien beunruhigt.

Und dazu hatte sie, dachte Burke, allen Grund. Es würde nicht leicht sein, einen Gatten für Malvina zu finden, und Burke bezweifelte nicht, daß Deirdre es versucht hatte. Es schien, als müßte er diesen Kampf auf mehreren Schlachtfeldern führen, von denen keines einen leichten Sieg versprach.

Doch tatsächlich würde er nicht nur Deirdres Bedingungen

erfüllen, wenn er einen Gemahl für Malvina fände, sondern Alys auch beweisen, daß er nicht vorhatte, ihre Kusine zu heiraten.

Diese Aufgabe könnte sogar für ihn zu schwierig sein.

Plötzlich fiel der Regen in dicken Tropfen vom Himmel und veranlaßte sowohl die Jungfrau als auch den Ritter, im Haus Schutz zu suchen. Das Wetter jedenfalls paßte zu dem Problem, das er zu bewältigen hatte, dachte Burke.

Zum Glück war er nicht so leicht zu entmutigen.

♠

Burkes Laune war nicht sonderlich gut.

Voller Tatendrang war er noch am Vormittag aufgebrochen, um Malvina einen Gatten zu suchen. Er mußte unbedingt dafür sorgen, daß Alys' Kusine sich vermählte, bevor er erneut um ihre Hand anhalten konnte. Er würde es nicht zulassen, daß Deirdre andere Gründe finden würde, ihn abzuweisen, und er würde zweifelsfrei beweisen, daß er um ihre Hand gebeten hatte und daß es ihm ernst war.

Mit diesem Gedanken suchte er ein Schloß im Westen von Kiltorren auf und erschreckte die Bewohner, als er unvermittelt und völlig durchnäßt dort auftauchte. Leider gab es dort keine jungen Männer, die für diese Verbindung geeignet gewesen wären, und es schien auch keine unverheirateten Männer in der näheren Umgebung zu geben.

Er bat um Unterkunft und machte sich am nächsten Morgen auf, im Süden von Kiltorren zu forschen, aber das Ergebnis war das gleiche.

Am Dienstag versuchte er es im Osten, doch auch hier blieb seine Suche erfolglos.

Am Mittwoch kam er nach Killarney selbst, und er erhoffte sich viel von dieser blühenden Stadt. Sie war groß genug, daß er glaubte, einige junge Männer finden zu können, die genug Interesse an einer adeligen Braut hatten, um nicht viele Fragen nach ihrem Wesen zu stellen. Doch es schien, als würde Malvinas Ruf ihm vorauseilen, denn mehr als ein junger Edelmann verbarg ein Lächeln hinter der Hand, als er Kiltorren erwähnte.

Burke hatte das bestimmte Gefühl, daß Deirdre diese Gegend mehr als nur einmal abgesucht hatte.

Doch er war so entschlossen, keine Möglichkeit auszulassen, mit jeder in Frage kommenden Familie zu sprechen, daß es Nacht wurde, bevor er fertig war. Burke suchte Zuflucht in einer Herberge, obwohl es ihm gar nicht gefiel, so weit von Kiltorren entfernt zu sein.

Er konnte nur hoffen, daß Alys nicht für die Worte zahlen mußte, die sie am Sonntag gewechselt hatten. Burke starrte an die Decke, während die Ortsbewohner im Schankraum unter ihm zechten, und weigerte sich, auch nur daran zu denken, daß er keinen Erfolg haben könnte.

Burke de Montvieux hatte noch bei keiner Aufgabe versagt.

Und er würde ganz bestimmt *nicht* bei dieser versagen.

Auch am nächsten Morgen regnete es noch. Burke ritt schweren Herzens nach Kiltorren zurück, und der hartnäckige Nieselregen besserte seine Laune nicht besonders. Vielleicht konnte er die Lösung auf Kiltorren selbst finden. Vielleicht kannte der Vorsteher jemanden, oder der Torwächter hatte etwas gehört, oder der Dorfpriester konnte ihm behilflich sein. Irgendwo auf der Welt mußte es doch einen Mann geben, der verzweifelt genug war, Malvina zur Braut zu nehmen.

Ermutigt gab Burke Schattenmond die Sporen, ohne zu wissen, daß der, den er suchte, schon vor Kiltorrens Toren stand.

♠

Talbot war sicher, daß er bis an den Rand der Welt geritten war. Das Meer wogte an die Mauern dieses einsamen Schlosses, doch auf seiner Oberfläche zeigten sich weder Schiffe, noch ließ sich Land in der Ferne erkennen. Der Wind blies kalt durch seine feuchten Kleider, und der Regen fiel ohne Unterlaß. Ziegen liefen hinter dem Fallgitter frei umher und richteten von Zeit zu Zeit den neugierigen Blick auf ihn, ohne ihr ständiges Kauen zu unterbrechen.

Er war über die ganze verfluchte Insel geritten, nur um eine heruntergekommene Farm zu finden.

Talbot hatte in den letzten Nächten in Behausungen übernachtet, die nicht viel mehr waren als armselige Hütten. Er hatte weder Wein noch Weiber ausfindig gemacht, und was hier als Gesang galt, tat ihm in den Ohren weh. Letzte Nacht hatte er in einem Feld geschlafen und war kalt, steif und feucht wieder aufgewacht. Sein Page Henri beschwerte sich ununterbrochen, und seine näselnde Stimme weckte den Wunsch in Talbot, ihn zu erwürgen.

Typisch für seinen Onkel, daß er ihn in diesen gottverlassenen Winkel der Welt geschickt hatte! In Augenblicken wie diesem fragte sich Talbot, ob der Besitz seines Onkels diese Quälerei wirklich wert war.

Es zeigte, wie erschöpft er war, daß er so etwas überhaupt denken konnte.

Und jetzt, nach allem, was er durchgemacht hatte, schien der Torwächter nicht gewillt, ihn in das verdammte Schloß zu lassen. Der Mann hatte sogar das Gitter heruntergelassen, um ihnen den Weg zu versperren, und stand hinter dem Gatter, die Arme vor der gewaltigen Brust verschränkt.

Die wenige Geduld, die Talbot besaß, verließ ihn völlig.

»Was zum Teufel soll das heißen, ich kann nicht passieren?« fragte er erbost. »Ich bin mit einem Auftrag nach Kiltorren gekommen und verlange, eingelassen zu werden!« Er erhob verärgert die Stimme, und seine Stute tänzelte unruhig. Sie war ein schlechtes, launisches Tier, und Talbot gab auch daran seinem

Onkel die Schuld. Der alte Mann hätte ihm den prächtigsten Hengst kaufen können, ohne daß es sein Geldbeutel wirklich gespürt hätte, aber Millard hatte diese seltsame Vorstellung, daß sich ein Ritter seinen Lebensunterhalt »verdienen« mußte. Talbot hätte es vorgezogen, einfach zu nehmen, was ihm zustand.

Der Wächter blinzelte nicht einmal: »Und ich sage, ich werde Euch nicht hereinlassen, bevor ich nicht eine zufriedenstellende Erklärung für Euer Kommen habe.«

»Was soll dieser Unfug? Habt Ihr in diesem miesen Winkel eines noch mieseren Landes keine Manieren?«

Der Torwächter sog scharf die Luft ein. »Ich wurde in dieser Gegend geboren und aufgezogen ...«, fing er an, eine Spur Ärger in seiner Stimme, aber Talbot unterbrach seine Familiengeschichte mit einer arroganten Geste.

»Die Geschichte Eurer Geburt interessiert mich nicht, außer sie endet damit, daß ich eingelassen werde«, schnappte er. »Eine schmackhafte Schale Eintopf wäre ebenfalls willkommen, genau wie ein Glas guten Burgunders und eine willige Maid.«

»In der Tat!« stimmte Henri begeistert zu. »Frauen und Wein wären jetzt wirklich das richtige.«

»Sorgt dafür!« befahl Talbot.

Aber der Wächter straffte störrisch die Schultern und rührte sich nicht. »Wir haben nur selten Besuch auf Kiltorren«, erklärte er. »Und man kann nicht vorsichtig genug sein, wenn man bewaffnete Ritter in die Burg läßt.« Er sah Talbot direkt in die Augen: »Ich werde Euch nicht passieren lassen.«

Talbot hob die Arme: »Wollt Ihr nicht wenigstens mit Eurem Herrn sprechen? An was für einem Ort sind wir hier gelandet, daß man uns wie Ungeziefer behandelt?«

Der Torwärter lächelte trocken: »Vielleicht werde ich heute abend Gelegenheit haben, mit ihm zu sprechen.« Er zuckte mit den Achseln: »Oder morgen früh.«

»Morgen früh!« kreischte Talbot, so daß sein Roß scheute.

»Und was soll ich bis dahin tun? Wo soll ich schlafen? Und wo ein anständiges Mahl hernehmen?«

Der Wächter zuckte wieder mit den Schultern und genoß offensichtlich Talbots Unbehagen. Als wolle das Wetter die Unannehmbarkeit dieser Regelung unterstreichen, donnerte es dumpf in der Ferne, und der kalte Regen setzte mit neuer Wucht ein. »Killarney ist nur einen halben Tagesritt entfernt«, sagte der Torwächter mit offensichtlicher Schadenfreude. »Wenn Ihr sofort aufbrecht, könnt Ihr es noch vor dem Abendmahl erreichen.«

Talbot fluchte. Er schwang sich aus dem Sattel und stampfte mit den Füßen, schritt durch die Pfützen und trat das Wasser gegen das Tor. Er ballte die Fäuste, sein Gesicht war feuerrot, und Ärger über seine Ohnmacht erfüllte ihn.

Und der verfluchte Wächter lächelte nur. »Ihr bestätigt meine schlimmsten Befürchtungen ob Eures Verhaltens«, sagte er.

Talbot knurrte, aber der Torwächter begab sich zu seiner Hütte und schenkte dem Ritter vor dem Tor keine Beachtung.

Die Unverschämtheit dieses Kerls! Von einem einfachen Torwächter blamiert zu werden war die größte Schande überhaupt. Talbot legte die Hand auf den Griff seines Schwertes und ging auf das Fallgatter zu, obwohl er sich nicht sicher war, was er unternehmen konnte.

Im selben Augenblick erfüllte Hufschlag die Luft. Der Wächter drehte sich um, und seine Miene verriet sichtliche Neugier. Talbot wandte sich ebenfalls um, als er die Gangart eines Schlachtrosses erkannte.

Noch ein Ritter!

Aber dieser Ritter war ohne Knappen. Wie konnte das sein? Talbot runzelte die Stirn, als sich die Gestalt des Neuankömmlings aus dem Nebel löste. Der Mann ritt schnell und beugte sich über den Hals seines Rosses, dessen Pracht auch aus der Ferne zu erkennen war. Der Hengst war einzigartig und von einem tiefen

Schwarz, sein Schritt weitausgreifend und sein Fell glänzend. Genau solch ein Tier hatte sich Talbot schon immer gewünscht, und er entwickelte sofort eine Abneigung gegen den Reiter, nur weil er es besaß und ohne sonst etwas über ihn zu wissen.

Talbot stieg wieder in den Sattel, denn er wollte nicht zu sehr im Nachteil sein, wenn dieser merkwürdig einsame Ritter das Tor erreichte.

Schwungvoll brachte der Mann sein Roß neben Talbot zum Stehen, und seine Rüstung, sein bestickter Wappenrock sowie sein mit Fell eingefaßter Umhang ließen keinen Zweifel daran, daß er tatsächlich ein Ritter war. An seinen Stiefeln glänzten kostbare Sporen, sein Roß war schlammbedeckt, trug aber eine reiche Schabracke. Wie Talbot war er bis auf die Haut durchnäßt, aber trotz seines Zustands schien dieser Ritter überaus frohgemut. Schon hatte er seinen Helm abgenommen und fuhr sich durchs dunkle Haar, wobei er Regentropfen versprühte, die einem Schauer von Juwelen glichen.

»Und wen«, fragte der Ritter amüsiert, »haben wir hier?«

»Mein Herr!« rief der Wächter erfreut. »Die Damen haben schon nach Euch gefragt.«

Wahrhaftig, dieser Ritter sah teuflisch gut aus und würde Talbot bei den Damen schwere Konkurrenz machen. Talbot haßte ihn noch inniger.

Der Neuankömmling grinste, und seine Augen funkelten fröhlich: »Etwa *alle*, Godfrey?«

Der Wärter lachte leise: »Alle bis auf eine, obwohl ich glaube, daß sie sehr wohl an Euch interessiert ist.«

Dies schien dem Ritter zu gefallen, und er betrachtete Talbot erneut. Er schnalzte seinem Roß zu, das Talbots jämmerliche Stute tänzelnd umrundete.

Selbst der Hengst beachtete die Stute nicht, so schäbig war sie. Talbot wurde rot vor Scham, biß die Zähne zusammen und gab vor, die Musterung des Ritters nicht zu bemerken.

»Dieser Mann nennt sich selbst einen Ritter«, erklärte Godfrey, »und wünscht das Tor ohne Erklärung zu passieren.«

»Ich habe Euch sehr wohl gesagt, daß ich einen Auftrag auf Kiltorren zu erledigen habe«, sagte Talbot ärgerlich.

»Einen Auftrag?« fragte der Ritter mit samtiger Stimme.

»Ich kann mich nicht jedem anvertrauen, der meinen Weg kreuzt.«

Der Ritter zog eine Braue hoch und ritt in Talbots Rücken, um seine Betrachtung zu vollenden. Talbot juckte es, den Mann im Auge zu behalten, aber er wollte sich keine Blöße geben, indem er sich umwandte. Er sah steif geradeaus und fragte sich, was der Ritter vorhatte.

Denn es bestand kein Zweifel, daß ihn etwas beschäftigte.

»Ist Euer Herr immer so reizbar?« fragte der Ritter Henri.

»Ja, mein Herr!« antwortete der Junge, und Talbot knirschte mit den Zähnen, als er das Lächeln des Wächters sah. »Obwohl es noch schlimmer ist, wenn es ihn wie jetzt nach Wein und Weib verlangt.«

Talbot würde dem Jungen die Ohren langziehen für diese Unverschämtheit.

Der Ritter hielt sein Roß neben Talbot an: »Und was sagt Eure Gattin zu Eurer Herumtreiberei?«

»Ich bin nicht vermählt!« erwiderte Talbot ungeduldig. Regenwasser gelangte unter sein Wams und rann ihm kalt den Rücken hinunter. »Und ich verstehe nicht, weshalb das wichtig ist. Ich habe nur um Zutritt zu diesem Schloß gebeten, um ein wenig Bequemlichkeit und Gastfreundschaft zu finden ...«

Die Augen des Ritters funkelten: »Keine Gattin! Aber Ihr seid zumindest versprochen.«

»Ich denke nicht, daß mein Familienstand etwas damit zu tun hat, ob ich diese jämmerliche Hütte betreten darf.«

Doch der Ritter lächelte nur: »Seid Ihr versprochen?«

»Nein!«

Der Ritter zog die Brauen hoch: »Wirklich?« Noch einmal betrachtete er Talbot kritisch, überaus unverschämt, wie dieser dachte, und sah ihm dann in die Augen: »Aber Ihr müßt ein Ritter sein. Ihr tragt Sporen und ein Schwert.«

Talbot glaubte in den Worten des Ritters Kritik an seiner unzulänglichen Bewaffnung zu vernehmen und kochte sofort vor Wut: »Natürlich bin ich ein Ritter! Ich bin ein *Edelmann*! Ich benötige Gastfreundschaft und freundlichen Empfang, wie er mir überall sonst auf der Welt schon bereitet worden wäre!« fauchte er. »Müssen wir hier im Regen stehenbleiben, bis Eure verfluchte Neugier besänftigt ist?«

»All diese Vorzüge und doch seid Ihr noch keiner Frau versprochen.« Der Ritter rieb sich nachdenklich das Kinn, als hätte Talbot nichts gesagt. Er wandte sich dem Wächter zu: »Denkst du, er sieht gut aus, Godfrey? Ich bin in diesen Sachen nicht bewandert.«

»Ich ebensowenig, Herr, aber ich denke, daß er vielen Frauen gefallen würde.«

»Wirklich.« Der wache Blick des Ritters richtete sich wieder auf den vor Wut kochenden Talbot: »Habt Ihr vielleicht kein Erbe zu erwarten?«

»Unverschämtheit! Ich sehe nicht, was mein Erbe damit zu tun hat, ob ich dieses Tor passieren darf!« schimpfte Talbot. Er stieg vom Pferd, schritt durch die Pfützen und umklammerte das Gatter. Er rüttelte kräftig daran, doch der Torwächter gewährte ihm nicht einmal die Genugtuung, beunruhigt dreinzuschauen. »Ich bin Chevalier Talbot d'Annoceaux, und ich verlange, daß Ihr mir Zutritt gewährt ...«

»D'Annoceaux!« Der Ritter nickte billigend: »Eine würdige Familie, Godfrey, daran besteht kein Zweifel.« Er kam näher: »Meine Mutter hat oft von einem ihrer alten Verehrer gesprochen, Richard d'Annoceaux war sein Name.«

»Mein Onkel«, versetzte Talbot steif und schwang sich wieder in den Sattel. »Er legte die heiligen Gelübde ab und ist zur Zeit Bischof von Sainte-Madeleine.« Er breitete erschöpft die Arme aus: »Verschafft mir das Ansehen in Euren Augen?«

»Ein *Bischof*, Godfrey.« Der Ritter pfiff leise. »Einen solchen Einfluß kann meine Familie nicht geltend machen.«

»In der Tat nich', Herr.«

Der Ritter beugte sich vor, und Talbot mißtraute instinktiv dem Anflug von Humor in seinen Zügen. »Und Euer Vater ist?«

»Michel d'Annoceaux, der älteste Sohn und Erbe von Theobald d'Annoceaux, aber ich verstehe nicht...«

Der Ritter legte den Kopf schief und sagte, als ob er Talbot nicht gehört hätte: »Dann müßt Ihr noch Geschwister haben.«

Talbot holte ungeduldig Luft: »Ich habe einen älteren Bruder, den mein Vater darauf vorbereitet, Annoceaux zu übernehmen, obwohl selbst er es nicht wagt, mich so zu beleidigen, wie Ihr es tut...«

»Aha! Also habt Ihr doch kein Erbe zu erwarten und deshalb nicht das Recht, Euch eine Braut zu suchen.« Der Ritter setzte sich zurück, zufrieden, daß er das Rätsel gelöst hatte, doch bevor Talbot sich erneut beklagen konnte, drehte er sich wieder zu dem Torwächter: »Ist es nicht eine Schande, Godfrey, daß einem so vielversprechenden jungen Mann die Möglichkeit verwehrt bleibt, sich eine Braut zu nehmen?«

»So ist es, Herr, so ist es.«

Bevor Talbot noch dagegen protestieren konnte, daß sie leichthin sein Geschick besprachen, wandte sich der Ritter wieder an Henri: »Ist dein Herr einer bestimmten Dame verbunden?«

»Mein Herr?«

»Gibt es eine Dame, der sein Herz gehört?«

»Nein, Herr, er zieht es vor, seine Zuneigung so weit zu streuen, wie er kann«, erwiderte der Knappe bereitwilliger, als Talbot lieb war. »Mein Herr ist bei den Frauen sehr beliebt, obwohl sein Onkel immer sagt, daß die Bastarde vor seinen Toren warten werden, sollte er je ein Stück Land gewinnen.«

Der Ritter lächelte wieder: »Und wie bevorzugt er die Frauen?«

»Rundlich und willig, Herr.«

»Henri! Halte den Mund!«

Der Knappe senkte ob der Schelte den Kopf, aber der Ritter lachte leise: »Zumindest die Hälfte seiner Bedürfnisse könnte hier befriedigt werden.«

Dem Wächter fiel das Kinn herunter, bevor er in schallendes Gelächter ausbrach: »Ach, Herr, jetzt weiß ich, woran Ihr denkt!«

Talbot hatte das ungute Gefühl, daß man sich über ihn lustig machte oder daß der Ritter ein Spiel auf seine Kosten trieb, obwohl er nicht erkennen konnte, was da vorging. Dieses Gefühl kannte er nur zu gut, denn er verspürte es oft, wenn er in der Gesellschaft seines Onkels war. Mit dem Unterschied, daß er diese beiden nicht ertragen mußte.

Talbot hatte genug von diesem Paar und ihren infernalischen Fragen. »Es freut mich, daß ich dazu beigetragen habe, daß Ihr Euch so köstlich amüsiert«, begann er hitzig und nahm die Zügel in die Hand, »aber wenn wir Killarney noch erreichen wollen...«

»Aber Ihr könnt doch nicht gehen!« protestierte der Ritter.

»Ich werde aber auch nicht im Regen sitzen und zuhören, wie man sich über mich lustig macht!«

Jetzt schaute der Ritter zerknirscht: »Godfrey, haben wir uns über den Mann lustig gemacht? Das war nicht meine Absicht.«

»Nein, Herr, wir haben nur versucht, mehr über ihn in Erfahrung zu bringen.« Der Wächter stellte sich breitbeinig hin und beäugte Talbot: »Obwohl wir noch immer nicht wissen, was ihn hergeführt hat.«

»Ich habe schon gesagt, daß ich einen Auftrag auf Kiltorren zu erledigen ...«, begann Talbot scharf, aber wieder unterbrach ihn der Ritter.

»Und wir würden uns freuen, mehr darüber zu hören.« Er lächelte: »Geht nicht, Talbot d'Annoceaux.«

Wenigstens hatten sich die Dinge zu Talbots Gunsten entwikkelt. »Wir sollten besser im Schloß darüber sprechen«, schlug er vor und bemühte sich nicht, seinen Ärger zu verbergen, »und diese Unterhaltung mit allem Komfort fortsetzen, der hier zu erlangen ist.«

»Natürlich«, sagte der Ritter und senkte leicht den Kopf. »Ich bin sicher, Lady Deirdre und Lord Cedric werden begeistert sein, die Bekanntschaft eines Ritters von so nobler Herkunft zu machen. Godfrey, sei so nett. Ich werde persönlich dafür Sorge tragen, daß unser Gast keinen Schaden anrichtet.«

»Einverstanden, Herr.« Und sofort begann der Torwächter mit einem Grinsen, das für Talbots Geschmack zu breit war, das Gatter hochzuziehen.

Talbot kochte vor Wut. Dieser Ritter brauchte nur zu fragen, und schon bekam er seinen Willen! Talbot schloß den Mund und versuchte, den Unterschied in ihrer Stellung leichtzunehmen.

Von allem anderen abgesehen, konnte er dieses Land dafür hassen, daß ein edler Ritter hier nicht respektiert wurde.

Die beiden Ritter ritten durch das Tor, und Henri folgte ihnen. Talbot konnte nicht umhin, sein Pferd abermals mit dem Roß des Ritters zu vergleichen. Die Nähe machte den Unterschied nur noch deutlicher und beruhigte Talbot nicht im geringsten. Das schwarze Tier mußte ein Vermögen wert sein.

Aus dieser Entfernung konnte Talbot erkennen, daß die Klinge des Mannes in einer prächtigen Scheide ruhte, die seine Möglichkeiten weit überstieg, daß seine Stiefel und sein Wappenrock, ja sogar der Überwurf seines Pferdes ihr Gewicht in Gold wert waren.

Was für ein Mann hätte Talbot werden können, wenn er sofort erhalten hätte, was ihm zustand? Wie wäre sein Leben verlaufen, wäre er der Erstgeborene und nicht sein Bruder Theobald?

Es war zweifellos ungerecht.

»Und wer seid Ihr?« fragte Talbot gereizt. Die Rivalität und der Ärger ließen seine Stimme noch schärfer klingen als sonst.

Der Ritter zog seinen Lederhandschuh aus und streckte ihm die Hand entgegen: »Chevalier Burke de Montvieux.«

Talbot spürte, wie er erbleichte. Burke eilte der Ruf eines meisterlichen Kämpen voraus, eines Ritters, der nie einen Kampf verlor, eines Mannes, der etwas nur zu verlangen brauchte, damit es ihm gehörte. Sein Glück war legendär, wie auch sein Charme, sein Aussehen und seine tödliche Geschicklichkeit mit dem Schwert. Talbot wußte, daß Burke im Gefolge seines Vaters ritt, der für seine Wildheit so bekannt war wie der Sohn für seine Anmut.

Doch was tat ein Burke de Montvieux hier?

Talbot schluckte nervös und entschied, daß es nicht ratsam war, einen solchen Mann zu verärgern. Schnell zog er seinen Handschuh aus und schüttelte Burkes Hand. »Ich möchte mich für meine Bemerkungen entschuldigen«, sagte er schnell, doch Burke wischte seine Worte beiseite.

»Es ist nichts. Ich kann Euch nicht sagen, Talbot d'Anноceaux, wie froh ich bin, Eure Bekanntschaft zu machen.«

Talbot blinzelte überrascht: »Tatsächlich?«

»Tatsächlich.« Burke nickte energisch. Eine Schar nasser Ziegen trottete aus ihrem Weg und blökte ärgerlich. Ihre Bäuche waren schlammverschmiert, und ihre Euter hingen prall nach unten. Talbot unterdrückte seine Abscheu vor den einfachen Verhältnissen, in denen er sich hier wiederfand.

»Kennt Ihr Kiltorren schon?« fragte Burke. »Es ist ein wertvoller Besitz, und ich würde Euch gerne seine vielen Vorzüge zeigen.«

Talbot kannte sich in der Landwirtschaft nicht besonders aus, aber das Gut schien in keiner guten Verfassung. Es sah fast verlassen aus, und das war nicht verwunderlich! Das Land schien mehr Felsen als Erde zu haben. Talbot hatte noch von keiner Saat gehört, die auf Stein wuchs. Selbst die Ziegen schienen halb verhungert.

Sie sahen ihn jedenfalls sehr genau an.

Aber sein Begleiter schien dies alles nicht zu bemerken. »Schließlich haben wir noch etwas Zeit, bevor das Mahl und weibliche Gesellschaft uns in den Saal rufen.« Burke schenkte Talbot ein erwartungsvolles Lächeln: »Sollen wir?«

Talbot blickte sehnsüchtig zu dem warmen goldenen Schein, der aus einer entfernten Tür fiel und Wärme, Essen, Frauen und vielleicht auch Wein versprach, auf jeden Fall aber größere Bequemlichkeit, als ihm im Moment zuteil wurde.

Gott, er konnte nicht glauben, was er wegen seines Onkels alles erdulden mußte!

Andererseits hatte das Einschreiten dieses Ritters ihm den Zutritt zu Kiltorren verschafft, nach dem es ihn verlangt hatte. Er mußte nur warten, bis der Mann erschöpft war, dann würde er diese Isibeal suchen können.

Vielleicht würde Burke ihm sogar erzählen, was er wissen wollte.

Kapitel 11

Entscheidet sich eine Frau, einen Mann zu ignorieren, so verläuft die Angelegenheit nur zu ihrer Zufriedenheit, wenn dieser Mann auch anwesend ist, um die Kränkung zu bemerken.

Die vier Tage, in denen sie nicht einmal die Möglichkeit hatte, einen Blick auf Burke zu erhaschen, lasteten schwer auf Alys. Sie saß in ihrer Kammer, entschlossen, jede Sekunde zu genießen, bevor die Tante sie ihr wieder fortnahm, und schaute oft einfach aus dem Fenster.

»Ihr vermißt Euren Ritter«, erklärte Edana am Donnerstag nachmittag und klopfte ihr mitleidig auf die Schulter. »Das verstehe ich gut ...«

»Burke ist nicht mein Ritter!«

Edana sah Alys von der Seite an, denn zweifellos war ihr die Hitze in ihrer Stimme nicht entgangen: »Er sagt aber etwas anderes.«

»Burke irrt sich.«

»Er scheint mir kein Mann zu sein, der sich häufig irrt. Und Kerwyn sagt, er spricht nur von Euch ...«

»Kerwyn?« fragte Alys, dankbar für die Gelegenheit, das Thema zu wechseln. »Woher weißt du denn, was Kerwyn sagt?«

Edana errötete und wirbelte zu Alys herum. »Ist er nicht der geheimnisvollste Mann, den Ihr je saht?« fragte sie begeistert. »In seinen dunklen Augen scheinen sich unendlich viele Geheimnisse zu verbergen, und er sagt selbst, daß er den wahren Namen eines Pferdes auf den ersten Blick erkennen kann.« Sie holte tief

Luft und tanzte im Zimmer umher: »Schon beim ersten Kuß würde ich in Ohnmacht fallen, ich weiß es genau.«

Alys mußte unwillkürlich lächeln: »Kuß? Vor einer Woche wußtest du nicht einmal, daß der Mann überhaupt existiert!«

»Ja, aber das war *damals*. Wußtet Ihr, daß Kerwyn schon seit über zwei Jahren auf Kiltorren ist? Ich bin ihm schon begegnet, aber ich war sicher, daß ein so gutaussehender Mann verheiratet ist.« Edana lächelte und zeigte ihre Grübchen. »Ich habe Eurem Ritter für die Klarstellung zu danken.«

Alys verdrehte die Augen: »Er ist nicht mein Ritter!«

»Ach nein?« fragte Edana herausfordernd: »Und warum schleppt Ihr Euch dann so traurig durchs Haus, seit er fort ist?«

»Er hat doch selbst zugegeben, daß er um Malvinas Hand wirbt.«

»Das hat Brigid aber nicht gesagt.«

Alys öffnete den Mund und schloß ihn wieder. Sie blickte mit gerunzelter Stirn zu den geschlossenen Fensterläden: »Es ist der Regen«, sagte sie, ohne die Jüngere indes überzeugen zu können.

»Ha! Der hat Euch vorher nie gestört.«

»Mir fehlt die Arbeit. Ich weiß nicht, was ich mit mir anfangen soll.«

»Unsinn! Ihr solltet Euch über die Verschnaufpause freuen.« Edana beugte sich zu ihr: »Wißt Ihr, daß sie ein völlig unfähiges Mädchen aus dem Dorf geholt haben, die mit meinen Damen überhaupt nicht umzugehen weiß? Sie erlauben es ihr nicht einmal, sie zu melken, heute morgen wurde sie getreten und fing an zu plärren wie ein kleines Kind. Wenn es Euch nach Arbeit verlangt, Alys, gebe ich Euch gern etwas von meiner ab.« Edana betrachtete Alys mit einem Stirnrunzeln. »Sagt mir, was Euch wirklich fehlt.«

Alys spielte mit ihrem goldfarbenen Kleid, während sie nach

einer Ausrede suchte, bis ihr auffiel, daß sie die Lösung in der Hand hielt. »Es ist dieses Kleid«, behauptete sie. »Ich habe genug davon, Malvinas alte Sachen aufzutragen.«

Edana machte einen Schmollmund. Sie warf einen Seitenblick auf Alys' Gewand, bevor sie nachdenklich den Kopf wiegte.

»Wir könnten es zumindest aufbessern«, schlug sie vor. »Ja, wir könnten es ändern lassen, damit es Euch besser paßt.« Sie bückte sich und kehrte den Saum nach außen: »Und es ist noch genug Stoff übrig, um den Saum auszulassen. Es wird aussehen, als würde das Kleid Euch gehören, Alys. Ihr könnt besser mit Nadel und Faden umgehen als ich, aber ich könnte helfen.«

»Eine wunderbare Idee!« Alys holte Nadel und Garn, erfreut bei der Aussicht auf Abwechslung und Ablenkung.

Zusammen gelang ihnen die Arbeit schneller, als Alys es für möglich gehalten hätte. Edana holte einige Reste hervor, die von den Stickereien für Deirdres Kleider übriggeblieben waren, und sie schafften es, sie alle zusammenzunähen, so daß sie auch die letzte Änderung am Saum vornehmen konnten. Bei Kerzenlicht würde niemand die Flicken erkennen.

»Wir werden schon noch eine elegante Dame aus Euch machen!« scherzte die Magd, und Alys lachte. Edana summte, während sie sorgsam Alys' Haar flocht.

Kaum hatte Alys sich angezogen, als Brigid in der Tür erschien. Sie schnappte entzückt nach Luft und lief schnell in ihr Zimmer zurück. Als sie wiederkam, reichte sie Alys einen hauchdünnen Schleier, aus Goldfäden gewoben, und einen schlanken, silbernen Reif.

»Aber Brigid, er gehört dir.«

»Du sollst ihn tragen«, sagte Brigid und lächelte. Sie berührte Schleier und Kleid mit geschickten Fingern: »Paßt.« Dann zeigte sie auf ihr Kleid, dessen dunkle Farbe vom blassen Blau ihres Schleiers betont wurde: »Ich habe meinen.«

Alys dankte ihrer Kusine überschwenglich und fühlte sich wie eine Königin, als sie den Schleier anlegte und den Reif darauf setzte. Nie zuvor hatte sie solch prächtige Kleidung getragen, und sie kam sich gleichzeitig weiblich und verwöhnt vor. Es machte Alys nichts aus, daß der Saum an Brigids Kleid überreich mit passender Stickerei bedeckt war, oder daß kostbare Steine den Reif ihrer Kusine verzierten, während ihrer nur schlicht war. Malvinas Gewänder waren noch weitaus reicher als Brigids.

Alys genügte es schon, daß ihre Fesseln vor dem Wind versteckt waren, daß sie wie alle Damen in allen Häusern einen Schleier trug.

»Wenn Euch Euer Ritter so sehen könnte«, hauchte Edana. »Er würde Euch auf sein Roß setzen und mit Euch in der Nacht verschwinden.«

Brigid lächelte traurig. »Aber dann wäre Alys fort«, flüsterte sie, und ihr Lächeln verschwand. Ihre Lippen zitterten, und ihre Worte stockten erneut: »Und niemand wäre mehr hier, der mich liebt.«

Alys und Edana starrten das Mädchen an, entsetzt von ihrer Schlußfolgerung. Eine einzelne Träne rann die Wange der Jüngeren hinunter, und Alys durchquerte schnell den Raum.

»Nein, Brigid, nein!« Sie nahm ihre Kusine fest in die Arme. An der Art, wie Brigid sich an sie klammerte, erkannte Alys die Verwundbarkeit ihre Kusine, und sie konnte die Tränen nicht zurückhalten. »Ich gehe nirgendwohin«, flüsterte sie Brigid zu. »Ich würde dich niemals im Stich lassen.«

»Aber Burke liebt Euch. Ich w-werde nie einen Ritter finden, der mich liebt.«

»Natürlich wirst du das.«

»Nein, Alys.« Brigid schüttelte den Kopf, und ihre Tränen näßten beide Frauen. »Ich b-bin n-nicht gescheit genug, um einem Mann zu gefallen. M-malvina und M-mutter haben es gesagt.«

»Das stimmt nicht, Brigid.« Alys holte tief Atem und verabscheute ihre Tante, die dieses Kind so verletzte: »Eines Tages wirst auch du glücklich vermählt sein, dessen bin ich mir sicher. Hat Burke nicht gesagt, daß dich dereinst ein Mann lieben wird?«

Brigid blinzelte und schien ermutigt. Sie sah Alys an und wischte sich die Tränen aus den Augen: »Und du wirst mich nicht allein lassen?«

»Nein.« Alys lächelte Brigid zu. »Niemals.«

Als Brigid sich erleichtert in ihre Arme warf, schloß Alys die Augen und lehnte sich an ihre zitternde Kusine.

Sie betete zu Gott, daß Burke Brigid keine falsche Hoffnung gemacht hatte.

♠

Alys war überrascht, den Ritter, der ihre Gedanken so sehr beschäftigte, in der Halle vorzufinden. Starr vor Schreck blieb sie auf der untersten Stufe stehen, wohl wissend, wie er ihre veränderte Erscheinung deuten würde. Es war nicht schwer zu erraten, daß Burke glauben würde, Alys hätte sich für ihn herausgeputzt. Sie würde ihn ermutigen, und er würde ihr erneut mit seinem ganzen Charme den Hof machen.

Alys war sich nicht sicher, daß sie der Anziehungskraft des Mannes widerstehen konnte. Denn sie hatte ihn vermißt. Einen Augenblick lang beobachtete sie ihn heimlich, und ihr Herz schlug schneller, denn sie wußte, daß er ihr bald wieder sein betörendes Lächeln schenken würde. Alys gestand sich insgeheim ein, daß sie nicht nur froh war, daß sie sich zurechtgemacht hatte, sondern auch, daß sie nicht vorhatte, ihm heute abend auszuweichen.

Während sie noch darüber nachdachte, bemerkte Burke ihre Anwesenheit und lächelte ihr mit seiner üblichen sonnigen Zuversicht zu. Wie jedesmal wenn sie ihn sah, tat ihr Herz einen

Sprung. Burkes Blick erfaßte sie warm und anerkennend, und sein Lächeln wurde breiter. Als er seinen Begleiter verließ und auf sie zuschritt, stockte Alys der Atem.

Ihr Herz schlug wie wild.

»Ihr seid wunderschön!« Bevor Alys eine Entgegnung einfiel, nahm Burke ihre Hand und drückte einen brennenden Kuß darauf. Er hob ihre Hand, drehte sie herum, und Alys zweifelte nicht daran, daß es Absicht war, daß sie ihm danach so gefährlich nahe war.

»Prachtvoll«, flüsterte er, und seine Augen funkelten.

»Burke! Ihr solltet solchen Unsinn nicht sagen.« Obwohl Alys ihn schelten wollte, klangen ihre Worte atemloser, als es ihr lieb war.

Burke lächelte ihr zu. »Die Wahrheit ist niemals Unsinn«, murmelte er, doch dann verblaßte sein Lächeln. »Zweifelt Ihr immer noch an meinem Wort, Alys?«

Alys senkte den Blick und war überrascht, als sie Burke leise lachen hörte.

»Darf ich dann vielleicht heute abend um Eure Hilfe bitten?« fragte er. Alys warf ihm einen verstohlenen Blick zu und entdeckte einen faszinierend listigen Glanz in Burkes Augen. »Die Ereignisse werden Euch vielleicht von meinen wahren Absichten überzeugen.«

Alys entzog ihm ihre Hand und war sofort mißtrauisch: »Was heckt Ihr nun wieder aus?«

Burke griff sich an die Brust, als hätte sie ihm einen Stich ins Herz versetzt: »Meine Dame, Ihr tut mir unrecht!«

Alys lachte, sie konnte nicht anders: »Ihr wollt, daß heute abend alle nach Eurer Pfeife tanzen.«

»Es ist zum höheren Wohle.«

»Das sagt Ihr.«

»Alys, hört mir gut zu.« Burke beugte sich vor, und Alys konnte sich dem Glanz in seinen Augen nicht entziehen: »Ich mußte vortäuschen, Malvina den Hof zu machen, damit mich Euer Vormund nicht vor das Tor setzte, bevor ich Eure Einwilligung gewinnen konnte. Aber heute bringe ich Euch den Mann, dem diese Ehre an meiner Stelle zuteil werden soll.« Burke wies auf den Mann, den er allein gelassen hatte: »Dort steht der Mann für Malvina.«

Alys erstickte fast, als sie ihr Lachen bei dieser unerwarteten Behauptung zurückzuhalten suchte: »Ihr könntet niemals einen Gatten für sie finden!«

»Aber das habe ich.« Burkes Augen funkelten. »Obwohl er noch nichts von seinem Glück ahnt.«

»Burke, das ist zu gemein!«

»Sie verdienen einander«, sagte er grimmig.

Alys mußte den Mann anschauen. Vorsichtig spähte sie über Burkes Schulter und beobachtete den dunkelblonden Fremden. Er war kleiner als Burke und jünger, obwohl er wie ein Ritter gekleidet war. Man hätte ihn als gutaussehend bezeichnen können, wären seine Lippen nicht schmal vor Ungeduld gewesen.

Er fuhr seinen Knappen an, während sie ihn beobachtete, und Alys mußte zugeben, daß er gewisse Eigenschaften mit ihrer Kusine teilte.

»Alys!« schalt Burke mit leiser, humorvoller Stimme. »Solch unfreundliche Gedanken von einer Dame!«

»Ich habe nichts gesagt!«

»Das mußtet Ihr auch nicht. Eure Augen, meine Dame, verraten mehr als tausend Worte. Ich bezweifle, daß Ihr eine Lüge erzählen könntet, selbst wenn es um Euer Leben ginge. Auch das liebe ich an Euch.« Während Alys sich bemühte, dies zu verarbeiten, beugte Burke sich noch näher, und der warme Hauch seines Atems ließ sie erschauern. »Ich teile Eure Gedanken in dieser Sache. Sie scheinen viel gemeinsam zu haben.«

Alys sah erneut hinüber, und obwohl sie sich dagegen wehrte, gefiel es ihr, daß er sie als Teil der Verschwörung ansah. Sie genoß die Intimität ihres Gesprächs, daß er ihr vertraute, und nicht zuletzt das Gefühl, daß sie zusammen auf ein Ziel hinarbeiteten.

Der Neuankömmling benahm sich wie ein verdrießliches, verwöhntes Kind. Seine Gewänder waren reich, er klopfte ungeduldig mit dem Fuß, und sein Blick wanderte im Saal umher. Er bemerkte Alys und begutachtete sie von Kopf bis Fuß, als wäre sie eine Hure.

Alys trat zurück. Burke wirbelte herum und starrte den anderen Ritter so wütend an, daß dieser rot wurde. Alys durchlief ein freudiger Schauer, als sie sah, wie schützend Burke sich vor sie stellte, und sie trat näher zu ihm.

Der Neuankömmling sah wieder auf seine Füße hinab.

»Ein ehrgeiziger Mann, der außer seinem Namen keinen Besitz sein eigen nennt«, knurrte Burke, seine gute Laune vergessend. Alys entging nicht, wie besitzergreifend er ihren Arm nahm, doch sie widersetzte sich nicht. Es war etwas an diesem Ritter, das Abneigung und Mißtrauen in ihr weckte: »Er paßt genau zu ihr.«

»Aber Burke, die Tante will, daß Malvina *Euch* heiratet, und Ihr selbst habt geschworen, daß Ihr um sie werbt.« Alys sah sich gezwungen, ihm diese Tatsachen ins Gedächtnis zurückzurufen: »Keine von beiden wird so leicht zu überzeugen sein, Euch gehen zu lassen.«

»Wirklich nicht?« Burke zog spielerisch die Braue hoch: »Würdet Ihr gerne eine Wette darauf abschließen, meine schöne Dame?«

Er schien seiner selbst so sicher, daß Alys sich danach sehnte, ihm zu beweisen, daß er sich irrte. Trotzdem konnte sie sich ein Lächeln nicht verkneifen. »Ich ignoriere Euch schon die ganze Woche«, gab sie ihm zu wissen.

Burke grinste: »Ja, das merke ich.«

»Es wäre Euch schon aufgefallen, wenn Ihr nicht fort gewesen wäret.«

»Aha, Ihr habt mich vermißt!«

Alys spürte, daß sie errötete. Fast wäre sie vor seinem Selbstvertrauen und Charme geflohen, doch er schaute auf einmal ernst. »Ich habe Euch ebenfalls vermißt, meine holde Dame«, murmelte er, und es war nicht zu übersehen, daß er es ernst meinte. »Schenkt Ihr mir einen Kuß, nun da ich wieder zurück bin?«

Alys schaute fort, da sie wußte, daß sie bei dem bloßen Gedanken feuerrot wurde. Ihre Entscheidung, diesen Mann zu meiden, und ihr Entschluß, sich von seinen Komplimenten nicht beeindrucken zu lassen, schienen schon jetzt so gut wie gescheitert. In Wahrheit machte ihr das im Augenblick aber nichts aus.

Es verlangte sie so sehr nach seinem Kuß, daß es sie bis ins Mark erschütterte.

»Was für eine Wette habt Ihr Euch denn vorgestellt?«

Burke begann, langsam und genüßlich ihre Hand zu streicheln, als wolle er ihre Zustimmung erlangen, noch bevor er etwas gesagt hatte: »Daß Ihr Euch wieder alleine mit mir trefft, wenn Deirdre diesen Mann für Malvina akzeptiert.«

»Ich glaube nicht, daß dies geschehen wird.«

»Sie wird ihn annehmen. Dessen bin ich sicher.«

Aber Alys schüttelte den Kopf: »Nein, niemals wird sie Eure Werbung beiseite lassen, Burke. Ihr unterschätzt ihre Entschlossenheit in dieser Sache.«

Burke zeigte die Zähne und senkte die Stimme: »Dann habt Ihr, meine Dame, ja nichts zu verlieren, wenn Ihr die Wette annehmt.«

Sein Tonfall war so herausfordernd, daß Alys mißtrauisch wurde. Sie verschränkte die Arme und fragte sich, was Burke wußte, das er ihr vorenthielt. »Aber ich habe auch nichts zu gewinnen«, beschuldigte sie ihn. »Was werdet Ihr mir gewähren, wenn *ich* diese Wette gewinne?«

Burke lachte sanft. »Alles, was Euer Herz begehrt«, flüsterte er frech. »Vielleicht ist es sogar das gleiche, was ich mir wünsche.«

Nur mit Mühe gelang es Alys, den Drang zu unterdrücken, ihn zu ohrfeigen, doch Burke tat einen schnellen Schritt zurück, als ob er sich nicht sicher wäre, wie sie reagieren würde.

Wenigstens das bereitete ihr eine gewisse Genugtuung.

»Nun?« fragte Burke. »Nehmt Ihr die Wette an? Zögert nicht zu lange, Alys!«

»Einverstanden!« erklärte sie mit uncharakteristischer Spontaneität.

Burkes Grinsen blitzte auf. »Ich versichere Euch, meine Dame, daß Ihr Eure Entscheidung nicht bereuen werdet«, murmelte er und trat plötzlich zurück.

Es war, als ob er vor etwas oder jemandem fliehen würde.

Und im nächsten Augenblick wußte Alys, vor wem.

Denn in ihrem Rücken erklang die Stimme der Tante: »Nun, wen haben wir denn hier?«

Die ältere Frau schob Alys zur Seite, ohne auf eine Antwort zu warten, setzte ihr bestes Lächeln auf und schritt auf den Fremden zu.

»Burke!« rief die Tante mit zuckersüßer Stimme. »Was für eine Freude, Euch wieder hier zu sehen! Und Ihr macht uns noch größere Ehre, indem Ihr Euren Freund nach Kiltorren bringt.« Offen begutachtete sie den Neuankömmling von Kopf bis Fuß.

Offenbar gefiel ihr, was sie sah, denn ihr Lächeln wurde breiter.

Burke zwinkerte Alys zu, bevor er sich verbeugte, aber sie war nicht bereit, ihm für seine schnellen Fortschritte schon einen Sieg zuzugestehen. Sie wußte, daß die Tante sich von einem einmal gewählten Ziel nicht wieder abbringen ließ. So wie ihre Tante dachte, waren Burke und Malvina schon so gut wie verheiratet.

Und Burke hatte eine große Rolle dabei gespielt.

»Ah, Lady Deirdre. Die Bekanntschaft dieses Ritters habe ich erst auf dem Weg hierher gemacht. Als ich erfuhr, daß ein kühner Ritter wie er noch nicht der Ehe versprochen ist, wußte ich, daß er nach Kiltorren kommen mußte.«

Die Tante kniff die Augen zusammen, während Burke sich an die Stirn schlug. »Aber wo bleiben denn meine Manieren?« fragte er in den Raum. Alys verkniff sich ein Lächeln ob seiner Possen. »Lady Deirdre von Kiltorren, ich habe die Ehre, Euch Chevalier Talbot d'Annoceaux vorzustellen.«

»Chevalier!« Die Tante riß begeistert die Augen auf.

»Enchanté«, murmelte Talbot und beugte sich über ihre Hand. »Es ist überaus liebenswürdig von Euch, mir Eure Gastfreundschaft zu gewähren.«

Der Tante stockte der Atem, doch dann wirbelte sie herum und schrie: »Brigid! Komm sofort hierher!«

Alys hörte, wie ihre Kusine die Treppe hinunterstolperte, und sah, wie sie die Augen aufriß, als sie an deren Fuße stehen blieb.

Edana stieß sie ungeduldig an: »Nun geht schon!«

Brigid holte tief Luft und trat in die Halle, zögerte dann aber erneut. Alys fragte sich, ob ihre Base dieselbe Beunruhigung verspürte wie sie, wenn sie den Neuankömmling betrachtete.

Cedric kam in den Saal gestapft, rief Burke laut einen Gruß zu und strahlte, während er durch den Raum schritt. Der Herr von Kiltorren fing sich einen bösen Blick von seiner Gemahlin ein, als er ihre Seite erreichte. Alys wußte, daß ihre Tante Cedrics Benehmen mit den vornehmen Manieren des Ritters verglich, doch ihr Onkel blinzelte nur verwirrt, nicht sicher, was er nun wieder getan hatte.

»Brigid!« sagte Deirdre scharf. »Komm her!«

Malvina stürzte in die Halle: »Mutter! Müßt Ihr immer so ein Geschrei machen? Wir sind nicht taub, wie Euch bekannt sein dürfte...« Malvina drängte sich an Brigid und Alys vorbei, und der Strom ihrer Worte versiegte, als sie Talbot bei ihrer Mutter stehen sah.

»Oh! Wer ist das?« flüsterte sie ehrfürchtig.

Alys hätte fast laut aufgelacht, als sie sah, welche Frucht Burkes Plan bereits trug. »Ein Ritter, den Burke mit ins Schloß gebracht hat«, erklärte sie. »Sein Name ist Talbot d'Annoceaux.«

»Wirklich!« hauchte Malvina. »Ein Ritter aus Frankreich! Er ist... *hinreißend.*«

Alys schaute zu Burke hinüber und sah, wie seine Lippen zuckten. Es schien, als hätte er nicht nur eine Verbündete gewonnen, sondern das Ergebnis auch schon im voraus gekannt.

Doch Talbot, bemerkte Alys zu ihrer Bestürzung, starrte *sie* an, nicht Malvina. Alys spürte, wie ihr ein Schauer des Abscheus den Rücken hinunterlief, denn sie bezweifelte stark, daß dieser Ritter auch nur einen ehrbaren Gedanken im Kopf hatte.

Dann warf Malvina den Schleier über die Schulter zurück: »Wenn ich nicht bereits so leidenschaftlich umworben würde, hätte ich vielleicht diesem Mann die Gunst meiner Aufmerksamkeit geschenkt.« Sie trippelte zu Burke hinüber und legte besitzergreifend die Hand auf seinen Arm. »Habt Ihr mir ein Präsent mitgebracht?«

Burke grinste kurz. »Auf gewisse Weise«, gestand er, und Alys verkniff sich das Lachen. Oh, er war wirklich unverbesserlich! »Vielleicht wünscht Ihr, daß ich Euch Kiltorrens neuesten Gast vorstelle?«

Die Tante lächelte Burke zu und legte eine Hand auf seinen anderen Arm: »Es wäre überaus unschicklich, Burke, wenn Eure Verlobte als erste einen Ritter begrüßen würde, der fremd in unserem Haus ist.«

Burke zog in vorgetäuschter Verwunderung die Augenbrauen hoch: »Meine Verlobte? Wirklich, Lady Deirdre, Ihr habt es zu eilig. Ich habe bis jetzt lediglich mein Interesse an Malvina bekundet. Wir haben noch kein Eheversprechen ausgetauscht.«

»Ihr würdet es in Betracht ziehen, Euch mit dieser Frau zu vermählen?« fragte Talbot und lachte leise. Er ließ seinen Blick im Saal herumschweifen: »Mir war nicht bewußt, daß Burke de Montvieux erblindet ist.«

Auf diese unverschämte Bemerkung folgte eine lange Stille. Deirdre sah den Ritter böse an, und Cedric räusperte sich bestürzt. Burke warf dem Mann einen kalten Blick zu.

Und Talbot erbleichte.

»Schön ist, wer Schönes tut, *Chevalier*«, sagte Burke frostig, »und es gibt keine Entschuldigung für solche Unhöflichkeit.«

»Natürlich!« Der Ritter senkte zustimmend den Kopf, doch in seinem Blick weilte noch die Feindseligkeit. »Ich bitte um Verzeihung.«

Die Tante beäugte den Mann abschätzend, doch Alys wußte, daß sie ihn in Gedanken schon als Kandidaten für ihre Töchter verworfen hatte.

Denn die Tante wandte sich lächelnd Burke zu und klopfte ihm freundschaftlich auf den Arm, den Malvina nicht hielt: »Ihr könnt es mir sicher nicht verdenken, Burke, daß ich für meine älteste Tochter die beste Partie auswähle. Und Ihr, mein Herr, seid ein Geschenk für jede Maid.«

Die Tante schien fast mit Burke zu kokettieren, und Cedric errötete bis an die Haarspitzen, mischte sich aber nicht ein. »Uns allen hat Eure Abwesenheit während dieser Woche mißfallen«, gurrte Deirdre. »Es gibt keinen Grund, warum Ihr Eure Absichten geheimhalten solltet.«

Talbot war gelangweilt: »Gibt es Wein in diesem Haus?«

»Bier, mein Herr, wir machen gutes Bier auf Kiltorren«, antwortete Cedric, erleichtert, über etwas anderes sprechen zu können. »Wir haben einen kundigen Bierbrauer...«

»Bier?« Der Ritter verzog das Gesicht. »Wie gewöhnlich. Die Leibeigenen meines Vaters trinken Bier.«

Cedric runzelte die Stirn.

Burke, dem dieser Wortwechsel entgangen war, drohte der Tante spielerisch mit dem Finger: »Mit Bedauern muß ich Euch gestehen, daß Ihr meinen Wert weit überschätzt habt.«

Die Tante blinzelte so überrascht wie die anderen im Saal.

»In der Tat, Montvieux ist mehrere Vermögen wert«, steuerte Talbot nicht ohne Neid bei. »Da ist es schwer, seinen Reichtum genau zu schätzen.«

Diese bitteren Worte schienen die Tante wieder aufzubauen, und erneut lächelte sie Burke zu: »Ihr seid zu bescheiden, mein Herr! Schließlich seid Ihr der Erbe von *Montvieux*. Wie Euer Freund anmerkte, ist es ein reicher und blühender Besitz, und eines Tages wird Malvina ihn mit Leichtigkeit führen.«

Doch Burke schüttelte den Kopf, und Alys hatte das Gefühl, daß er die Situation genoß: »Nun verstehe ich den Grund für dieses Mißverständnis. Es stimmt, daß ich der Erbe von Montvieux *war.*«

»War?« wiederholt Deirdre.

»War?« ahmten Malvina und Talbot sie gleichzeitig nach.

War? Alys runzelte die Stirn ob dieser unerwarteten Neuigkeit.

Burke lächelte breit: »Vor sechs Monaten haben mein Vater und ich uns überworfen, und daraufhin hat er mich enterbt.« Er legte die Stirn in Falten, doch seine Augen blitzten fröhlich: »Habe ich vergessen, das zu erwähnen? Bestimmt habt Ihr auch auf Kiltorren davon gehört?«

Die Tante erbleichte und wurde feuerrot. Sie wirbelte herum und starrte Cedric böse an, als wäre es seine Schuld.

Burke hatte dieses überaus wichtige Detail einfach ausgelassen! Kein Wunder, daß er sich so sicher war, die Wette zu gewinnen.

Und er verstand nicht, warum sie ihm nicht gänzlich traute! Alys würde es Burke nicht so leicht machen, das beschloß sie sofort. Sie verschränkte die Arme vor der Brust und beobachtete, wie sich die Ereignisse genau so abspielten, wie Burke es vorausgesagt hatte.

Selbstverständlich. Das hätte sie auch erraten können, wenn sie die Wahrheit gekannt hätte. Falls es überhaupt die Wahrheit war. Hatte er Montvieux wirklich verloren, oder nutzte er diese Geschichte nur, um seinen Willen zu bekommen?

Alys hatte keine Ahnung, und das gefiel ihr ganz und gar nicht.

Deirdres Worte und ihr Lächeln waren gequält: »Aber ein Mann von Eurem Ruf muß doch noch andere Güter besitzen ...«

Aber Burke zuckte mit den Schultern. »Nicht ein einziges. Mir gehören nur mein Schwert und mein Roß«, gestand er. Ein trockenes Lächeln spielte um seine Lippen: »Und was ich auf dem Leib und im Kopf habe.«

»Aber Ihr nennt Euch immer noch ›de Montvieux‹.«

»Ich wurde auf Montvieux geboren und aufgezogen und bin immer noch einer der Ihren, ungeachtet meiner Stellung in der Erbfolge«, erwiderte Burke kalt. »Sicherlich werdet Ihr nicht glauben, daß ich, nachdem ich mich endgültig von meinem Vater getrennt habe, den Namen Fitzgavin annehmen würde?«

Deirdre richtete sich auf: »Bestimmt werdet Ihr und Euer Vater Euch irgendwann aussöhnen?«

Bei diesem Vorschlag versteinerte Burkes Miene: »Niemals.« Dieses eine Wort stieß er mit solcher Überzeugung hervor, daß Alys wußte, daß er die Wahrheit sprach. »Wir werden uns *niemals* aussöhnen.«

Talbot starrte Burke entgeistert an: »Ihr habt Montvieux freiwillig aufgegeben?«

Burke blieb ernst: »Ja.«

Malvina entfernte sich von Burke, als ob ihr seine Nähe plötzlich widerwärtig wäre, und lächelte Talbot zu. Deirdre blickte zwischen den Rittern hin und her und zauberte auf einmal ebenfalls ein unglaublich liebenswürdiges Lächeln für Talbot auf ihre Lippen. »Malvina«, sagte sie und schnippte mit den Fingern, und ihre Tochter war sofort bei ihr.

Talbot blickte mit einem Mal alarmiert: »Einen Augenblick, gute Frau! Ich befinde mich nicht auf Brautsuche...«

»Unsinn!« warf Burke fröhlich ein, und seine gute Laune schien wieder hergestellt. »Ein Mann aus so gutem Hause wie Ihr, Talbot, würde der Welt unrecht tun, wenn er sich nicht vermählte und Erben in die Welt setzte.«

Der Ritter machte einen Schritt zurück, aber er kam nicht mehr dazu zu protestieren.

Burke hatte sich schon der Tante zugewandt und sagte schnell und vertraulich: »Seid Ihr Euch bewußt, meine Damen, daß das Blut von Theobald d'Annoceaux, dem legendären Krieger und Vertrauten der Könige, durch die Adern dieses Mannes fließt? Was für ein Glück, daß er Eure Schwelle überschritt! Welche Ehre, solch einen Mann zum Gast zu haben!«

»Aber mein Ansinnen ist ein ganz anderes«, wandte Talbot ein.

Deirdre jedoch benötigte keinen weiteren Ansporn, um die scheue Beute zu fangen. »Mein Herr«, sagte sie zuckersüß, »meine älteste Tochter, Malvina.«

Malvina errötete und knickste, obwohl die Mißbilligung ihres unfreiwilligen Freiers offensichtlich war.

»Aber...«

»Kein Aber, guter Herr. Ihr mögt uns von Eurem Ansinnen berichten, nachdem Ihr unsere Gastfreundschaft genossen habt. Malvina wäre erfreut, heute abend den Teller mit Euch zu teilen.« Die Tante deutete auf den Tisch, als wollte sie die Angelegenheit beschleunigen.

»Ich möchte mich nicht aufdrängen...« Talbot sah aus wie ein Mann, der bereit war, sich den Arm abzuhacken, um der Falle zu entgehen.

»Es wäre mir eine Ehre«, erklärte Malvina atemlos.

»Natürlich, für einen Gast ist uns nichts zuviel«, bestätigte die Tante. »Cronan! Sieh nach, wo das Mahl bleibt!« Sie klopfte Cedric ungeduldig auf die Schulter und senkte ihre Stimme zu einem Zischen: »Und sieh zu, daß du hier so etwas wie Wein auftreibst. Unser Gast bevorzugt *Wein*.«

Talbot sah in Panik zwischen Mutter und Tochter hin und her. Er schaute Cedric nach, der ohne ein weiteres Wort in Richtung Küche verschwand. Verzweifelt wandte sich Talbot Burke zu, fand aber auch dort keine Hilfe.

»Wenn Ihr mich entschuldigen wollt, ich möchte kurz mit Alys sprechen«, sagte dieser schnell.

Deirdre machte eine abweisende Handbewegung: »Tut, was Ihr wollt, wir haben wichtigere Dinge zu besprechen.« Und es wurde deutlich, daß es sie nicht länger interessierte, wie Burkes Heiratspläne aussahen.

Burke zwinkerte Alys zu und breitete die Hände aus, offensichtlich stolz darauf, was er erreicht hatte. Der Glanz in seinen Augen warnte sie, daß er gedachte, seinen Gewinn einzufordern, und ihr Herz tat vor Freude einen Sprung.

Ja, Alys würde ihr Wort halten und ihn anhören, aber sie würde die Wahrheit von diesem Ritter erfahren. Es war an der Zeit, daß er ihr alles über Montvieux erzählte: was immer es auch war.

Kapitel 12

Eigentlich hatte sie die Vorratskammer für eine gute Idee gehalten.

Schließlich war sie das beste Versteck vor der Familie und ihrem neuesten Gefangenen, ohne zu weit vom Koch und seinen Gehilfen entfernt zu sein. An den Wänden stapelten sich Säcke voll Getreide, und in der Luft lag der Duft von Pfefferkorn und Gewürznelken, die in der Gewürztruhe verschlossen waren. Von der Decke hingen Bündel von getrockneten Kräutern aus dem letzten Sommer: Mädesüß und Rainfarn, Dill und Kerbel, und alle trugen sie ihren Teil zum Geruch des engen Raumes bei.

Und genau da lag das Problem: es war eng. Es war unmöglich, die Kammer mit einem Mann von Burkes Größe und Breite zu teilen, ohne ihn auf die eine oder andere Weise zu berühren.

Aber sie konnte es nicht ändern. Burke setzte sich auf einen Getreidesack, und Alys würde nicht gegen die Vertraulichkeit eines Ortes protestieren, den sie selbst ausgesucht hatte. Sie setzte sich so weit von ihm weg, wie es ging, und breitete das Tuch bewußt zwischen ihnen aus. Darin waren ein halber Laib Brot und etwas Käse.

Burke hielt einen großen Krug Bier, obwohl der Koch ihnen nur ein Gefäß zur Verfügung gestellt hatte. Alys war sich sicher, daß der alte Mann versuchte, sie zu verkuppeln, denn es war offensichtlich, daß ihm Burke gefiel.

Burke bot ihr mit grimmiger Höflichkeit den ersten Schluck an. Der nächste würde es sein, der Alys beunruhigte, der ihr entweder Burkes Geschmack, vermischt mit Bier, oder einen schnellen Kommentar einbringen würde, wenn sie die Stelle vermied, an der seine Lippen geruht hatten.

»Werdet Ihr mir von Montvieux erzählen?«

Burke wandte sich ihr mit einem herausfordernden Blick zu: »Werdet Ihr mir denn glauben, wenn ich es tue?«

Alys gelang es, ein Lächeln aufzusetzen: »Ich werde es versuchen.«

»Versuchen.« Burkes Lippen wurden schmal, und er sah wieder von ihr weg. Eine lange Stille entspann sich zwischen ihnen. Alys dachte schon, er würde nie etwas sagen, doch dann erklang seine Stimme leise und hitzig in dem kleinen Raum:

»Alys, Ihr denkt, daß ich Euch nicht verstehe, daß wir nichts gemeinsam haben, aber das stimmt nicht. Ich sehe in Euch ein Abbild meiner selbst, denn Ihr steht ebenso unter der Macht Eurer Tante, wie ich einst unter dem Joch meines Vaters stand. Es hat lange gedauert, bis ich mich entschloß, mich seinen Anforderungen zu widersetzen, und es kam mich teuer zu stehen, doch ich kann Euch nicht ansehen, ohne daran zu denken, wie gut ich mich gefühlt habe, als es erst einmal geschehen war.«

Alys wußte nicht, was sie sagen sollte, aber Burke fuhr fort, ohne auf eine Antwort zu warten.

»Ich habe mein ganzes Leben damit verbracht, zu versuchen, meinen Eltern zu gefallen.« Der Inhalt seines Bierkrugs schien ihn auf einmal sehr zu interessieren. »Sie haben nur materielle Güter im Sinn, was sie wollen ist klar ersichtlich und einfach zu erkennen. Sie wollten, daß ich ein guter Reiter würde. Sie wollten, daß ich die Ritterprüfung ablegte. Sie verlangten, daß ich an der Seite meines Vaters in den Krieg zöge, daß ich Turniere gewänne. All das ließ ich mir gefallen, bis mein Vater bestimmte, wen ich heiraten sollte.«

Er nahm einen weiteren Schluck und bot den Krug dann Alys an. Sie schüttelte den Kopf, und er fuhr fort, das Gefäß in den

Händen zu drehen. In seinen Worten schwang ein Unterton mit, den Alys nicht deuten konnte, aber er war überaus überzeugend. Er verstellte sich nicht, sprach geradeheraus, und Alys wußte, daß er die Wahrheit sagte.

»Das war im letzten Jahr«, fuhr Burke fort. »Mein Vater entschloß sich, sich der Invasionstruppe Strongbows anzuschließen und sich aus bloßer Gier in Irland Land zu sichern. Er wählte sein Opfer nach Reichtum und Schwäche, und sonst nichts. Tullymullagh war eine reiche Beute und ein weiteres Stück Grund und Boden, das er sein eigen nennen konnte. Ich war bei der Belagerung dabei, und ich bin nicht stolz darauf, was dort geschah.«

Burke fühlte offensichtlich tief in dieser Sache, Alys konnte seinen Ärger förmlich riechen.

»Warum nicht?«

»Die Bewohner hatten nichts getan, um einen Krieg zu verdienen. Sie hatten einfach das Unglück, in einem Schloß zu wohnen, das mein Vater besitzen wollte. Er war grausamer als nötig, wie es seine Art ist, und mein Knappe, ein achtjähriger Junge, der gerade erst angefangen hatte, mir zu dienen, starb.«

Burke warf Alys einen erregten Blick zu: »Ich habe ihn nicht gut gekannt, ich gebe nicht vor, daß wir uns nahestanden. Aber es war eine Verschwendung von Leben. Ich bin sicher, seine Mutter war überrascht von der Eindringlichkeit meines Schreibens, daß sie von ihrem Verlust in Kenntnis setzte.«

»Es gibt ein Sprichwort, nach dem der Krug so lange zum Brunnen geht, bis er bricht«, schlug Alys sanft vor.

Burke zuckte mit den Schultern und wandte sich wieder dem Krug zu: »Ja. Ich hatte genug von der Art meines Vaters. Vielleicht war ich auch nur zu lange gehorsam. Jedenfalls hinterließen der Tod meines Knappen und die Eroberung Tullymullaghs einen schlechten Geschmack auf meiner Zunge.«

Burke schürzte die Lippen und nippte an dem Bier, während

Alys wartete. »Ihr könnt Euch meine Bestürzung vorstellen, als der König nach Tullymullagh kam und den Anspruch meines Vaters bestätigte und mein Vater mir erklärte, daß er Tullymullagh mir zugedacht hatte. Mir! Diesen Ort von Unglück und Gier, von verfrühtem Tod und unnötiger Grausamkeit. Für meinen Vater war es ein Geschenk, und alles, was ich zu tun hatte, war, die Prinzessin zu heiraten.«

»Brianna von Tullymullagh«, flüsterte Alys, die sich an Burkes Bemerkung erinnerte, daß sie ihn geschickt hatte.

»Ja, Prinzessin Brianna, die Rose von Tullymullagh. Jeder gratulierte mir zu meinem Glück.« Burke verzog das Gesicht. »Aber ich war nicht bereit, es zu tun. Ich kannte die Frau nicht, mich verlangte nicht nach dem Besitz ihrer Familie. Zu meinem Glück war die Dame ebensowenig begeistert von der Vorstellung, daß ihr Gemahl für sie gewählt werden sollte, und verlangte das Recht, unter den drei Fitzgavin-Brüdern ihre Wahl treffen zu dürfen.«

Burke runzelte die Stirn: »Mein ältester Bruder, Luc, hat sich nie die Mühe gemacht, dem Zorn meines Vaters auszuweichen. Er kümmerte sich einfach nicht darum, und daran mußte ich denken. Während ich nie auch nur daran dachte, meinem Vater zu widersprechen, schien es Luc gar nicht einzufallen, ihm zu gehorchen. Und Luc schien alleine ganz gut zurechtzukommen.«

Burke sah in den Krug und ließ dessen Inhalt kreisen. Als er fortfuhr, wurde seine Stimme sanfter, und ein ehrfürchtiger Ton schlich sich hinein: »Als Luc auf Tullymullagh ankam und Brianna zum ersten Mal sah, lag in seinem Blick solche Bewunderung, daß es mich an den Tag erinnerte, als ich Euch zum ersten Mal sah.«

Alys stockte der Atem, und Burke warf ihr ein schiefes Lächeln zu.

»Ja, Alys, ein einziger Blick genügte. Ich stand in Tullymullaghs großer Halle und beobachtete meinen Bruder. Ich dachte an Euch, daran, wie Ihr lächelt, und an Euer perlendes Lachen, und ich erkannte den wahren Grund, aus dem ich diese Frau nicht zur meinen machen konnte.«

Alys' Herz schlug ihr bis zum Hals. Sie fürchtete plötzlich, daß Burke sie ansehen würde, daß er die Sehnsucht in ihren Augen erkennen würde, da er häufig ihre Gedanken erriet.

Aber Burke blickte nicht auf. Er stellte den Krug bedächtig auf den Boden und kniff die Augen zusammen, während er auf die gegenüberliegende Wand starrte: »Dann stellte Brianna uns Fitzgavin-Brüdern eine Aufgabe, die uns ihre Hand bringen sollte.«

»Was für eine Aufgabe war das?«

»Sie würde denjenigen von uns zum Mann nehmen, der ihr das Geschenk mitbrachte, das sie am längsten und lautesten zum Lachen bringen würde.«

»Eine seltsame Art, sich einen Ehemann zu wählen.«

Burke schnaubte: »Das hat Luc auch gesagt. Er weigerte sich zu gehen und gewann das Herz der Dame wie auch ihre Hand. Es brachte ihm außerdem den Zorn meines Vaters ein, aber er hat es überlebt.« Seine Miene wurde weich: »Luc und Brianna sind sehr glücklich zusammen. Sie erwarten ein Kind.«

»Was habt Ihr ihr mitgebracht?«

Burke zuckte mit den Schultern: »Das ist nicht so wichtig. Ich war nicht mit dem Herzen dabei, und die Dame erkannte das schnell. Genau wie mein Vater, und er hatte einiges dazu zu sagen.« Seine Lippen wurden schmal, und er runzelte erneut die Stirn: »Er bestand darauf, daß ich ihr ein anderes Geschenk bringen sollte, um ihre Hand zu gewinnen, aber ich weigerte mich.«

»Ihr habt Eurem Erzeuger den Gehorsam verweigert?«

»Ja, und er ist kein Mann, der sich so etwas bieten läßt. Er drohte mir, und zum ersten Mal in meinem Leben, bestärkt durch Lucs

Vorbild, ließ ich mich nicht unterkriegen. Gavin brüllte, und ich schrie zurück. Dann ließ ich ihn stehen, völlig überrascht von der Veränderung in seinem sonst so folgsamen Sohn.«

Burke sah zu Alys, und ein heller Glanz war in seinen Augen, der ihr den Atem nahm: »Ich muß Euch gestehen, Alys, daß es das Befriedigenste war, was ich je getan habe.«

Dieses Geständnis erstaunte Alys: »Aber Euer Vater hat Euch daraufhin enterbt?«

»Ja«, Burke schaute ihr direkt in die Augen, seine Miene verriet tödlichen Ernst, »weil ich keine Frau außer Euch an meiner Seite wissen wollte.«

Alys blieb der Mund offenstehen.

»Ihr mögt mir glauben oder nicht, Alys, ganz wie Ihr wollt. Das wird nichts ändern.« Burke nahm einen tiefen Schluck Bier und schien nicht gewillt fortzufahren.

Alys konnte sich nicht vorstellen, daß jemand etwas für sie aufgab, und noch viel weniger, daß dieser Mann alles für sie opferte, was ihm zustand. Montvieux war zu wertvoll, das wußte Alys genau.

»Aber was werdet Ihr nun unternehmen?«

Burke kniff den Mund zusammen, daß seine Lippen noch schmaler wurden: »Ich hatte gedacht, mich zu vermählen, aber Ihr widersetzt Euch diesem Gedanken zu vehement.«

Alys' Herz setzte aus.

Dann begann es wieder zu schlagen. Ihre Hände verkrampften sich, als sie die Überzeugung in Burkes Stimme hörte: »Ich meinte, wie Ihr nun leben wollt?«

Burke schien die Ungewißheit seiner Aussichten nichts auszumachen: »Ich werde wieder Turniere bestreiten. Einige gute Jahre, und ich werde genug haben, was ich mein eigen nennen kann. Ihr braucht Euch um mich keine Sorgen zu machen.«

»Aber bei Turnieren gibt es immer wieder Verletzungen. Ihr könntet verwundet werden!«

Burke hätte beinahe gelächelt: »Ich habe schon einige Wunden davongetragen, Alys. Ein Mann muß bereit sein, Opfer zu bringen, wenn er etwas erreichen will.« Er stellte den Krug beiseite. »Er muß bereit sein, sich seiner größten Angst zu stellen.«

Stille breitete sich aus, und Alys fragte sich, wovor sich ein Ritter wie Burke ängstigen könnte. Er hatte sein Erbe mit großem Vertrauen in sich selbst ausgeschlagen, er trat der Tante entschlossen entgegen und hatte zahllose Feinde mühelos besiegt.

»Was könntet Ihr fürchten?«

Burke senkte den Kopf: »Daß ich den einzigen Kampf verliere, der mir je etwas bedeutet hat.« Dann wandte er sich um, und Alys war überrascht von dem hellen Glanz seiner Augen. »Daß Ihr mich zurückweisen könntet.«

Alys konnte sich nicht vorstellen, daß sie die Macht besaß, diesen Mann zu verwunden, aber seine Verletzlichkeit rührte sie wie nichts anderes. Und dennoch mußte sie ihre Zweifel vorbringen.

Ehrlichkeit schien heute in der Luft zu liegen.

»Burke, ich habe Angst, daß Ihr mich nur begehrt, daß nur dies zwischen uns existiert. Ich habe Angst, daß Euer Verlangen vergehen wird, wenn es sich erst erfüllt hat.«

Verständnis zeigte sich in Burkes Miene, aber er wandte sich nicht ab: »Ach Alys, wenn ich Euch nur diese Ängste nehmen und Euch zeigen könnte, daß sie umsonst sind. Ihr würdet sehen, Alys, daß Eure Befürchtungen vergehen wie der Nebel am Morgen.«

Er wollte sich zurückziehen, aber sie legte ihm spontan die Hand auf die Schulter. Sie mochte sich nicht sicher sein, was die Zukunft brachte, aber in diesem Augenblick wollte sie nicht, daß ihr Ritter sie verließ. Noch nicht. Und dafür war sie bereit, etwas zu wagen.

Burke starrte auf ihre Finger, die sich auf seinem Wams spreizten. Er bewegte sich nicht, als wäre Alys ein kleines Tier, das sich leicht erschrecken ließ und fliehen würde.

»Und wieder berührt Ihr mich aus freien Stücken«, murmelte er und blickte Alys eindringlich an.

»Ihr laßt mir nur selten die Gelegenheit.«

Burke lächelte, und kleine Lachfalten bildeten sich um seine Augen: »Ich muß gestehen, Alys, daß ich es selten dem Zufall überlasse, Euch zu begegnen.« Er streichelte sanft ihre Hand. »Ich werde versuchen, mich zu ändern.«

»Ihr schwört es nicht?« konnte Alys nicht anders, als ihn zu necken.

Burke grinste offen. »Ich weiß nicht, ob es mir gelingt«, gestand er. »Und ich möchte, daß Ihr wißt, daß ich meine Versprechen auch halte.«

Er wurde ernst und zeichnete mit der Spitze eines warmen Fingers Kreise auf den Rücken ihrer Hand: »Ihr müßt verstehen, Alys, daß es meine Art ist, meine Ziele mit großem Eifer zu verfolgen, und um so mehr, wenn sie mir wichtig sind. Einfach dazustehen und zu warten ist keine Sache, die mir leichtfällt.« Er blickte auf, und seine Stimme wurde zärtlich: »Ich bitte Euch nur, mich nicht zu streng zu verurteilen, wenn es mir nicht gelingt.«

Alys konnte den Blick nicht von Burke wenden, sie konnte nicht Luft holen, das Verlangen, das sie in sich spürte, nicht unterdrücken. Sie war erstaunt, daß dieser so selbstsichere Mann versuchte, sich zu ändern, um ihre Ängste zu besänftigen. Alys konnte nicht verhindern, daß ihre Finger sich um Burkes Hand schlossen. Er verschränkte ihre Finger mit einer Bedächtigkeit, die sie dahinschmelzen ließ.

Alys' Blick fiel auf seinen kräftigen Mund, und ihre Zunge glitt wie von selbst über ihre Lippen. Sie sah, wie Burke der Atem stockte, während er sie betrachtete. Seine Augen funkelten wie blasse Saphire, doch kam er nicht näher.

Er wartete ab, obwohl es ihn fast umbringen mußte, und dafür liebte sie ihn.

Alys wußte mit plötzlicher Klarheit, was sie tun konnte, was sie tun *mußte*. Nichts würde ungesagt bleiben zwischen ihnen. Sie würde sich ihrer Angst stellen und ihm einen Kuß gewähren, jetzt, wo er glaubte, daß sie die einzige für ihn wäre.

Alys schob das Tuch zur Seite, ohne seine Hand loszulassen, und glitt den Getreidesack entlang auf ihn zu. Sie hörte, wie Burke die Luft einzog, als sie ihre verschränkten Hände an den Mund führte und seine Knöchel küßte, wie er es sooft mit ihren getan hatte. Sie genoß es, seine Haut an ihren Lippen zu spüren, und kam sich sehr wagemutig vor.

»Dies ist dafür, daß Ihr mir die Wahrheit gesagt habt, warum Ihr zum ersten Mal fortgingt«, flüsterte sie, und ihre Stimme schwankte seltsam. »Und dafür, daß Ihr darauf bestanden habt, daß ich es verstehe.«

Burke regte sich nicht, doch seine Augen begannen zu glühen. Sie hob eine Hand an sein Kinn, ihre Finger fuhren über die Stoppeln seine Bartes, und ihr Herz raste. Sie ließ einen Finger über seinen Mund streichen, und Burke saß still wie eine Statue.

Alys reckte sich vor, ihr Mund plötzlich trocken, ob ihrer Forschheit, und küßte ihn leicht: »Dies, weil Ihr mir Euer Bett überlassen habt und mich ehrenvoll behandeltet.«

Burke schloß die Augen und atmete bebend aus.

Zu ihrer Überraschung fühlte Alys sich von seiner Reaktion auf ihre Berührung beruhigt. Es war gut zu wissen, daß sie nicht die einzige war, die innerlich zitterte.

Bedächtig und vorsichtig küßte sie Burke auf den Mundwinkel.

»Dies ist dafür, daß Ihr so sanft mit Brigids Gefühlen umgegangen seid«, hauchte sie an seinem Hals. Er bewegte sich nicht, doch strahlte er die Spannung förmlich aus.

Kühn lies Alys ihre Lippen über die seinen streichen, als sie daranging, seinen anderen Mundwinkel zu küssen: »Dies ist, weil Ihr dafür gesorgt habt, daß ich bessere Kleidung und weniger Arbeit habe.«

Burke verstärkte den Druck auf Alys' Hand, als sie vor ihm innehielt, ihre Gesichter nur eine Handbreit voneinander entfernt. Und immer noch wartete er ab, was sie tun würde.

Alys lächelte und nahm sein Gesicht in beide Hände. Sie zitterte, fühlte sich aber gleichzeitig seltsam erregt.

»Und dies, mein Herr«, flüsterte sie, während ihr Blick über sein angespanntes Gesicht glitt, »ist dafür, daß Ihr einen anderen Bewerber um Malvinas Hand gefunden habt. Ich würde eine solch kühne Tat niemals unbelohnt lassen.«

Alys holte tief Luft, bevor sie sich an Burkes Brust lehnte und ihn voll auf den Mund küßte.

Leider zielte sie nicht sonderlich gut, ihre Technik war so schlecht, daß sie sich auf die Lippe biß. Nervös zuckte sie zurück und spürte, wie sie feuerrot wurde, ob ihrer Unfähigkeit, einen denkwürdigen Moment aus so einer einfachen Sache wie einem Kuß zu machen. Sie konnte Burke nicht ansehen, denn sie fürchtete das Lachen, das sicherlich in seinen Augen stand.

»Es tut mir leid«, flüsterte sie enttäuscht, und ihre Wangen brannten. »Ihr müßt mich für eine törichte Närrin halten ...«

Burke packte sanft ihr Kinn und zwang sie, ihn anzuschauen.

»Übung, Alys, Übung ist die Lösung«, sagte er leise, und seine Augen strahlten. »Nur selten erhält man etwas Wertvolles beim ersten Versuch.« Jenes langsame Lächeln kroch wieder über seine Lippen, und Alys' Herz fing wie wild zu hämmern an. Immer noch sah er sie an, als wäre sie ganz allein der einzige Stern am Firmament.

»Schließlich mußte ich zweimal nach Kiltorren zurückkehren, um Euch zu finden«, erinnerte er sie, und sein Mund zuckte. »Es ist meine Ritterpflicht, Euch meine Dienste und meine Lippen zur Verfügung zu stellen.«

Alys lachte und hätte fast abgelehnt, aber die Wärme in Burkes Blick veranlaßte sie, es noch einmal zu versuchen. Sie war sicher, daß sie noch niemals so rot geworden war.

Aber Burke wartete.

In seinen Augen stand eine Zuneigung, die es Alys unmöglich machte, ihn nicht zu küssen. Sie nahm einen tiefen Atemzug, beugte sich näher zu ihm und zögerte dann unentschlossen.

»Laßt Euch fallen«, riet ihr Burke und hob leicht die Braue. »Ihr braucht Euch nicht zu beeilen.« Er riß plötzlich die Augen auf: »Außer, Ihr habt heute abend noch eine andere Verabredung?«

Alys mußte über seine Versuche, sie zu beruhigen, lächeln: »Nein.«

»Ich ebensowenig«, gestand er und zwinkerte ihr zu: »Betrachtet mich als Euren Gefangenen.«

Alys konnte sich das Lächeln nicht verkneifen: »Ihr seid ein Schuft, mein Herr!«

»Ihr klingt nicht so überzeugt wie noch vor einer kurzen Weile.« Burke blickte ernst, und seine Augen hingen an ihrem Mund, als hoffte er auf Bestätigung.

Wieder sah sie diese unwiderstehliche Verletzlichkeit.

»Das mag wohl zutreffen«, gab Alys zu. Sie bemerkte, wie seine Augen aufblitzten, dann ließ sie ihre Hand über sein Kinn auf seine Kehle gleiten. Sie kuschelte sich an ihn und nahm dann sein Gesicht in beide Hände. Alys versuchte, sich fallen zu lassen, wie er es geraten hatte, und ihre Lippen berührten die seinen so vorsichtig wie ein Schmetterling, der auf einer Blume landet.

♠

Es quälte Burke, seiner Dame das Handeln zu überlassen.

Doch auf der anderen Seite war es ein Wunder, daß Alys ihn aus freien Stücken berührte. Burke war überrascht, daß er an diesem Abend durchs Nichtstun mehr erreicht hatte als durch seine rastlose Werbung.

Das war ihm eine Lehre, und ihre Bedeutung entging ihm nicht. Denn seine Alys kam zu ihm. Sie berührte ihn. Sie küßte ihn, weil sie es wollte.

Eine berauschende Entwicklung.

Burke schloß die Augen, als Alys' Lippen über seinen Mund strichen. Ihr warmer Duft brachte sein Blut in Wallung. Ihre Unschuld war betörend, ihr vorsichtiges Vertrauen demütigend. Auf sein Drängen hin wagte sie es, sich ihrer Furcht zu stellen, und Burke wollte nur, daß sie Erfolg hatte. Er wollte sie ganz sicher nicht verschrecken. Obwohl er sie heißer begehrte, als er je geglaubt hatte, eine Frau begehren zu können.

Alys legte die Spitzen ihrer Finger an sein Kinn und rückte näher, so daß ihre Brüste seine Brust streiften. Burkes Schritt spannte sich, und er wagte es, seine Hände auf ihre Hüfte zu legen. Sie war so schlank, so geschmeidig und doch so stark. Burke schloß sie in die Arme, und sie ließ es geschehen.

Alys knabberte an seinen Lippen, und ihre zögerliche Berührung brachte Burke fast um den Verstand. Sie kam noch näher, und ihre Mund legte sich fester auf seinen. Alys' Hand glitt in sein Haar, und Burke erschauerte.

Ihre Lippen zögerten, als wüßte sie nicht, wie es weitergehen sollte, und Burke erlaubte es sich, einen Vorschlag zu machen. Er legte den Kopf auf die Seite, ließ seinen Mund über den ihren streichen und hätte fast aufgestöhnt, als sie es ihm sofort gleichtat. Burke öffnete den Mund, berührte ihre Lippen mit der Zunge.

Alys ahmte ihn nach, die feuchte Hitze ihrer Zunge schnellte zwischen seine Zähne, und Burke dachte, er würde bersten. Er holte Luft, kämpfte darum, sein Verlangen im Zaum zu halten, und umfing ihre Hüfte fester. Alys bäumte sich auf, und sie schmiegte sich an Burke, als wäre sie für ihn geschaffen.

Sie küßte ihn tiefer, und er erwiderte ihren Kuß. Bevor er wußte, wie ihm geschah, saß sie auf seinem Schoß, ihre Arme schlangen sich um seinen Hals, und ihr Gesäß wand sich ruhelos auf seinen Schenkeln. Burke rollte sie mit dem Rücken auf den Getreidesack, bevor er sich Einhalt gebieten konnte, und Alys küßte ihn leidenschaftlich, während ihre Beine sich miteinander verschlangen.

Burke schwor sich stumm, daß er der Dame häufiger die Initiative überlassen würde. Er würde mit Freuden auf alle Komplimente verzichten, wenn ihm das eine solche Belohnung einbrachte.

Dann spielte Alys' Zunge mit der seinen, und Burke konnte nicht länger klar denken. Er spürte, wie ihre Nippel an seiner Brust hart wurden, und konnte der Versuchung nicht widerstehen. Er hob die Hand, umfing ihre volle Brust und vertiefte den Kuß, als sie sich wand und zitterte. Burkes Daumen glitt über ihre angeschwollene Brustwarze, und Alys stöhnte auf.

Schon dieser kleine Laut brachte Burke wieder zur Besinnung. Er wollte sich nicht als von derselben Art erweisen wie ihr Vater.

Eilig und ungeschickt befreite er sich aus ihrer Umarmung und schob Alys bewußt zur Seite. Er sprang auf die Beine und begab sich ans andere Ende des Raumes, schloß die Augen und atmete tief ein.

Es schien sein Verlangen nicht merklich zu verringern. Er konnte immer noch ihren schnellen Atem hören, konnte den Duft ihrer Haut riechen. Er fuhr sich mit der Zunge über die Lippen und schmeckte ihren süßen Kuß. Burke wagte es nicht, Alys anzusehen, aus Angst, ihr nicht widerstehen zu können. Sein eigener, schwerer Atem vermischte sich mit dem Donnern des Pulses in seinen Ohren.

Ihr Götter, hatte er jemals ein solch rasendes Verlangen verspürt?

Als Burke sich soweit gefaßt hatte, daß er einen Seitenblick riskieren konnte, tat sein Herz einen beunruhigenden Sprung. Alys' Lippen waren rot und geschwollen, und die schwere Wolle ihres Gewandes spannte sich über ihren Brüsten. Ihre Wangen waren gerötet, und einige goldene Locken hatten sich aus ihrem Zopf befreit und hingen sanft über ihre Schläfen. Sie hatte die bloßen Füße untergeschlagen, ihr Kleid eng über den Knien, und allein dieser Anblick ließ Burkes Verlangen in den Himmel wachsen.

Er erhaschte nur einen kurzen Blick auf die vielen Fragen in ihren Augen, bevor sie den Blick senkte und die vollen Wimpern ihre Wangen bedeckten.

»Ich muß mich entschuldigen, daß ich nicht erfahren genug bin, Euch zu gefallen«, sagte sie rauh, und Burke hätte beinahe laut aufgelacht. Sie hätte es fast erreicht, daß er die Beherrschung verlor, und entschuldigte sich für ihre *Unzulänglichkeit*?

Doch dann wurde ihm die Beschämung seiner Dame bewußt. Burke kniete vor ihr nieder, um sie zu beruhigen, aber er hielt immer noch etwas Abstand, denn er war sich seiner selbst nicht sicher. Der Aufruhr in seinem Innern drängte ihn, zu beenden, was sie begonnen hatte, doch er wagte es nicht.

Er würde das noch zerbrechliche Vertrauen, das sie ihm schenkte, nicht verraten.

Alys wrang die Hände und legte die liebliche Stirn in Falten. Sorgfältig vermied sie es, Burkes Blick zu begegnen.

»Seht mich an, Alys«, drängte er sie sanft.

»Ich kenne mich in solchen Dingen nicht aus. Ihr müßt mich für eine Närrin halten ...«

»Alys, Eure Berührung entfacht ein Feuer in mir, wie nichts anderes es könnte.«

»Aber Ihr habt Euch zurückgezogen. Ich muß etwas falsch gemacht haben.«

»Nein, Ihr habt alles richtig gemacht!« Burke gestattete sich ein leichtes Lächeln. »Aber es gelingt Euch, mich vergessen zu lassen, was ich tue.«

Alys errötete erneut, doch ihre Augen funkelten, und um ihre Lippen spielte der Anflug eines Lächelns: »Es war doch nur ein Kuß!«

»Ja, ein Kuß voll betörendem Versprechen. Glaubt nicht, Alys, daß ich mir selbst zutraue, Euren Kuß zu genießen und mich doch rechtzeitig zurückzuhalten.« Alys sah so überrascht drein bei diesem Geständnis, daß Burke sich ihr näherte und ihre Hände nahm.

Wie er innerlich erschauerte, zitterte sie ebenfalls. Burke wußte, daß ihre Liebe überaus stark war, und er wußte auch, daß er ein unglaublicher Narr wäre, diese Frau von seiner Seite weichen zu lassen.

»Alys, ich habe Euch versprochen, daß ich Euch ehrenhaft behandeln werde, und das halte ich ein, denn ich verstehe, welche Bedeutung die Tat Eurer Mutter für Euch hat.«

Sie öffnete den Mund, aber Burke hob einen Finger und hieß sie zu schweigen: »Außerdem werde ich für Eure Kusinen einen Gemahl finden, um Euch meine Entschlossenheit zu beweisen. Ich glaube, Talbot wird gut zu Malvina passen ...«

»Aber er begehrt sie nicht. Ihr könnt den Menschen nicht einfach Euren Willen aufzwingen, Burke!«

»Ich habe nur die Gelegenheit geschaffen.« Burke lächelte. »Lady Deirdres Pläne werden die Ergebnisse bringen.«

»Wie das?«

»Ich denke nicht, daß Eure Tante es zulassen wird, daß ein so begehrenswerter Ritter diesen Ort lebendig und unvermählt verläßt.«

»Und was ist mit Brigid?« Alys schien besorgt: »Würdet Ihr auch von ihr verlangen, einen Mann zu nehmen, der sie nicht will?«

Burke schloß die Finger um Alys' Hand, und ihm gefiel, wie sie sich für ihre jüngere Kusine einsetzte: »Nein, Alys, ich habe einen Freund, einen alten Kameraden, an den ich denken mußte, seit ich mit Brigid sprach. Er ist ein guter Mann, ein nobler, aber scheuer Ritter, dem schon viele kalte Schönheiten das Herz gebrochen haben. Er hat geschworen, nie wieder einer Frau zu trauen.«

Hoffnung zeigte sich in Alys' wunderschönen Augen: »Ihr denkt, daß er und Brigid gut zueinander passen würden?«

»Ja. Reitet mit mir, und wir bringen es in Erfahrung«. Burke sprach schnell, denn er fürchtete, daß seine Dame sich ihm widersetzen würde: »Laßt uns mit Brigid nach Paris gehen. Wir werden meinen Freund aufsuchen und sehen, ob sie füreinander bestimmt sind.«

Doch Alys entzog ihm ihre Hand: »Ich könnte Heloise niemals allein lassen.« Sie erhob sich und wandte sich von ihm ab, und Burke wußte, daß ihm der Erfolg versagt bleiben würde.

»Alys! Ihr könnt nicht Euer ganzes Leben wegen einer alten Frau hier verbringen, so sehr sie Euch auch am Herzen liegt!«

»Ich kann sie nicht im Stich lassen, Burke.« Alys verschränkte die Arme vor der Brust. »Heloise war es, die sich um mich gekümmert hat. Ich schulde ihr viel!«

»Aber nicht *alles*, Alys.« Burke folgte seiner Dame nicht, sondern blieb stehen. Ihr kurzer Blick verriet ihm, daß sein Angebot sie mehr reizte, als sie sich eingestehen wollte, und er versuchte, sie ohne schöne Worte zu überzeugen: »Alys, dies ist der einzige Weg, einen Gatten für Brigid zu finden, denn niemand kommt mehr nach Kiltorren. Und wir werden dafür sorgen, daß Heloise wieder in das Haus aufgenommen wird, bevor wir aufbrechen.«

Alys fuhr sich mit der Hand über die Stirn: »Aber der Tante ist nicht zu trauen.«

Burke trat auf sie zu und packte sie an den Schultern. »Ich werde dieses Problem lösen, Alys«, sagt er bestimmt. Sie sah fragend zu ihm auf. »Vertraut mir.«

Und Alys lächelte leicht. Sie streichelte Burkes Kinn, und ihre Worte kamen sanft: »Versteht Ihr denn nicht, Burke? Ich traue mir selbst nicht.« Sie trat zurück, bevor er sich einen Reim darauf machen konnte, und blieb auf der Schwelle der Vorratskammern stehen: »Werdet Ihr morgen mit mir Heloise besuchen? Eigentlich sollte ich erst einen Tag später gehen, und sie sollte in ihrer Abgeschiedenheit keinen Mann empfangen, aber ...«

»Ich werde kommen.« Burke war bewußt, daß die Billigung dieser alten Frau das einzige Urteil war, das Alys annehmen würde. Bei Gott, er hoffte, die Alte würde ihn wiedererkennen oder zumindest jetzt gut von ihm denken.

»Nach der Messe«, murmelte Alys, aber sie zögerte noch zu gehen.

»Werdet Ihr meinen Vorschlag in Betracht ziehen? Denkt auch an Brigids Glück und daran, wie sehr sie sich wünscht, zu heiraten.«

Zu Burkes Verwirrung zeigte sich ein Schatten in den schönen Augen seiner Dame. Was hatte er gesagt? »Wie könnt Ihr Euch sicher sein, daß sie mit einem Fremden glücklich werden wird?«

»Guillaume de Crevy-sur-Seine ist kein Fremder für mich. Wir wurden gemeinsam zum Ritter ausgebildet. Er ist im selben Alter wie ich, ein wenig kleiner, mit braunem Haar und schwarzen Augen. Seine Hand ist ruhig, er kämpft gut, wenn es nötig ist, aber er fordert niemandem heraus. Sein Vater begab sich auf Pilgerfahrt nach Jerusalem, und seine Mutter leitet Crevy-sur-Seine seit dessen Tod, obwohl es in Wahrheit Guillaume gehört.«

Alys hörte einfach zu, und so fuhr Burke fort: »Crevy ist ein wohlhabendes Gut, obwohl nicht übermäßig reich. Guillaume hat eine Schwester, die bereits verheiratet ist und drei kleine Kinder hat. Sie und ihr Gatte sind Vasallen Guillaumes und besitzen ein Herrenhaus auf dem Gut. Brigid würde es nie an Gesellschaft fehlen, dessen könnt Ihr gewiß sein, und als Guillaumes Braut würde sie alles bekommen, was sie sich wünscht. Sie sind alle gütige Menschen.«

Burke atmete aus: »Brigid könnte es schlechter treffen, Alys. Guillaume würde nie die Hand gegen eine Frau erheben, er trinkt nicht viel und reitet nicht in den Krieg. Ich glaube, daß Guillaume sehr weit gehen würde, um die Liebe einer Dame zu gewinnen, wenn sie ihm gefiele.«

Alys biß sich auf die Lippe: »Aber wird sie ihm gefallen?«

Burke appellierte an den gesunden Menschenverstand der Dame: »Das werden wir nur erfahren, wenn wir zu seinem Schloß reisen. Er wird die weite Reise hierher nicht machen, nur weil die Möglichkeit besteht, eine Braut zu finden, nicht nach dem, was er von den Frauen ertragen mußte. Wir können Brigid nur dort hinbringen und hoffen, daß ihr Liebreiz den Rest tut.«

»Ihr glaubt, daß es gelingen wird.«

Burke nickte: »Ich denke, sie ist genau die liebliche und sanfte Art Frau, die Guillaumes Herz erobern wird.«

Alys zögerte: »Und Guillaume ist ein guter Mann?«

»Er ist mein bester Freund.« Burke trat auf sie zu, um sich ihres Einverständnisses zu versichern, doch Alys schüttelte plötzlich den Kopf.

»Aber es schickt sich nicht, daß wir drei zusammen reisen.« Ihre Worte klangen, als würde sie eine Ausrede suchen. »Nein, Burke, es darf nicht sein.«

Und wieder spürte Burke, daß sie ihm das fast schon errungene Einverständnis verweigern würde. »Wir werden eine Anstandsdame mitnehmen!« brüllte er. »Bei Gott, Alys, wir werden Eure verfluchte Tante mitnehmen, wenn Ihr darauf besteht! Habt Ihr denn noch nicht begriffen, daß ich kein Nein akzeptieren werde?«

Nachdenklich betrachtete sie ihn einen Augenblick. Dann antwortete sie so leise, daß Burke sich anstrengen mußte, um sie zu verstehen: »Und ist es nur Euer Wille, der in dieser Sache zählt?«

Verzweiflung machte sich in Burke breit, und er wußte, daß er erneut die falschen Worte gewählt hatte: »Nein, Alys! Dem ist nicht so!« Doch mit rauschenden Röcken war seine Liebste verschwunden.

Burke fluchte und trat so wuchtig gegen den Sack, daß das Tuch zerriß und das Getreide sich auf den Boden ergoß. Er fuhr sich durchs Haar und blickte sich mit gerunzelter Stirn um, sein Blut noch in Wallung von Alys' scheuem Kuß.

Burke setzte sich schwer auf den zerrissenen Getreidesack und seufzte. Dann beugte er sich vor, nahm den Krug vom Boden auf und leerte ihn in einem Zug. Er hatte seine Dame überrascht, das stimmte, hatte nicht die richtigen Worte gefunden.

Doch noch war nicht alles verloren. Während er sich wieder beruhigte, gestand Burke sich die Wahrheit ein. Heute *hatte* er einen Gemahl für Malvina gefunden, was nicht zu verachten war. Und Alys *hatte* ihn geküßt, und zwar überaus leidenschaftlich und aus freien Stücken. Er hatte etwas über die Dame gelernt, selbst wenn er es nicht sofort hatte nutzen können.

Ja, Burke würde sich auf das konzentrieren, was er schon erreicht hatte.

Kapitel 13

Alys lag fast die ganze Nacht über wach und genoß und bedauerte gleichzeitig, daß sie Burke geküßt hatte, schalt sich eine Närrin und fragte sich, ob Burke sie nun für schamlos halten würde. Erst kurz vor Tagesanbruch schlief sie ein, nur um zerschlagen wieder aufzuwachen. Der Tag war düster und grau, der Himmel voller regenschwerer Wolken, nicht das beste Wetter, um Heloise einen Besuch abzustatten.

Doch Alys zog sich an und ging zur zweiten Messe. Als sie mit ihrem Onkel und Brigid auf den Burghof zurückkehrte, stand dort Burke wartend bei seinem gesattelten Roß. Die anderen schliefen anscheinend noch.

Burke hatte die Arme vor der Brust verschränkt, sein dunkler pelzbesetzter Umhang wehte im Wind. Alys' Herz begann bei seinem Anblick zu rasen, denn sie war sicher, daß er sie erwartete.

»Und wohin wollt Ihr aufbrechen?« fragte ihr Onkel.

»Burke wird mich zu Heloise begleiten.«

»Ist es nicht eigentlich noch einen Tag zu früh?«

»Ja.« Alys hob herausfordernd das Kinn und wartete darauf, daß er es ihr verbot.

Doch der Onkel senkte die Stimme und blickte nervös zum Haus: »In einer Sache hat dieser Ritter recht: Heloise sollte nicht so weit fort vom Schloß leben. Durch sie spricht Gott zu uns, und ich wünsche seinen Rat näher bei mir zu haben. Bring sie noch heute mit zurück.«

»Aber die Tante ...«

»Wird sich in dieser Angelegenheit meinem Willen beugen«, sagte der Onkel mit einer Überzeugung, die Alys ganz und gar nicht verspürte. »Geht! Beeilt euch, bevor Deirdre noch aufwacht.«

Alys fragte kein zweites Mal. Sie eilte zu Burke, der ihr knapp zu verstehen gab, daß er das Gebot ihres Onkels vernommen hatte. Offensichtlich hatte Burkes gute Laune ihn an diesem Morgen im Stich gelassen, und er sah so übernächtigt aus, wie Alys sich fühlte. Ihr mißlungener Abschied am Vorabend schien noch zwischen ihnen zu stehen.

»Konntet Ihr schlafen?« fragte er, und Alys verfluchte seine Aufmerksamkeit.

»Der Wind hat mich wachgehalten.«

Burke schnaubte: »Mich hat der Gedanke an eine betörende Frau geplagt.« Er streckte ihr die Hand entgegen, und Alys wußte, daß sie erneut auf dem riesigen Tier würde reiten müssen. Das Pferd blähte die Nüstern, als hielte es ebensowenig davon wie sie.

»Keine Küsse«, ordnete sie an, und Burke lächelte so plötzlich, daß ihr der Atem stockte.

»Natürlich nicht«, stimmte er so bereitwillig zu, daß Alys sich in ihrem Stolz verletzt fühlte.

Das war das, entschied sie verdrießlich, als sie aus dem Hof ritten. Sie hatte das Angebot des Mannes entschieden abgelehnt, und diesmal nahm Burke sie beim Wort. Es gab keinen Grund, von seiner Entscheidung enttäuscht zu sein, nicht den geringsten.

Alys hielt ihr Gesicht dem Wind entgegen und ignorierte bewußt, wieviel leichter es war, sich dem Gang des Rosses anzupassen, nun da sie gelernt hatte, sich zu entspannen. Auch das Gewicht von Burkes Arm, der um ihre Hüften lag, beachtete sie nicht, zumindest, soweit es ging.

Es war ein Wunder, wie schnell sie bei Heloises Hütte ankamen und gerade noch rechtzeitig, denn der Wind tobte drohend über der dunklen See. Alys versuchte einen Blick auf Heloise zu erhaschen, aber diese war nirgends zu sehen.

»Wo kann sie nur sein?« murmelte sie und wurde überrascht, als Burke seinen Arm plötzlich fester um sie legte.

»Ihr werdet heute lernen, wie man richtig vom Pferd steigt«, sagte er leise, »und nicht vom Pferd springen und Euch dabei das Bein brechen.« Burke brachte den Hengst zum Stehen und schwang sich mühelos aus dem Sattel. Er streckte sich mit grimmiger Miene nach Alys und hob sie herunter. Als sie so nah beieinander standen, dachte Alys, er würde etwas sagen, doch sie duckte sich unter seinem Arm hindurch und rannte zu Heloises Hütte.

»Heloise!« rief Alys, und ihre Furcht wuchs, als nur das Tosen von Wind und Meer an ihr Ohr drangen. Sie kletterte den steinigen Abhang hinunter, rutschte aus, und Burke nahm ihren Ellbogen.

»Die Eile wird Euch nichts einbringen außer einem Bad in der See«, sagte er. »Sorgt Ihr Euch nicht um Euer Wohlergehen, Alys?« Sie gab keine Antwort, und er ließ ihren Arm erst fahren, als sie auf ebenem Grund vor der Hütte waren.

Doch immer noch drang kein Laut aus der Behausung. Die ersten schweren Regentropfen fielen auf den steinigen Boden. Alys eilte voraus, während sie weiter nach Heloise rief. Das Feuer war erloschen, wie sie es erwartet hatte, obwohl der Wind schneidend kalt war. Alys duckte sich unter den Eingang und hoffte inständig, daß Heloise nicht zu verfroren war.

Als sie die alte Frau auf dem Boden liegen sah, als ob sie gefallen wäre, blieb ihr fast das Herz stehen.

»Heloise!« Alys kniete neben der Einsiedlerin nieder und fuhr mit den Händen über ihr Gesicht, ihre Hände und ihre Stirn. Heloise war warm, obwohl sie nur schwach und unregelmäßig atmete. »Heloise, was ist geschehen?« Alys versuchte, die Frau in die Arme zu nehmen, aber sie war zu schwer.

Zu ihrer Erleichterung trat Burke in die Hütte und setzte Heloise ohne Mühe auf. Heloise röchelte und schnappte nach Luft, als sie sich endlich rührte. Sanft klopfte Burke ihr auf den Rücken.

»Wasser«, befahl er mit einem scharfen Blick in Alys' Richtung. Sie beeilte sich, die Kelle aus dem Eimer zu holen, der das Regenwasser auffangen sollte. Als sie zurückkam, hatte Burke Heloise mit dem Rücken an die Wand gelehnt und rieb ihre Hände mit den seinen. Ihre Augen waren geöffnet, doch ihre Züge schienen verzerrter als sonst. Sie sah Burke düster an, als wüßte sie nicht, wer er war. Alys kniete sich mit der Kelle zu ihr, und Heloises Gesicht erhellte sich.

»Alys! Die Steine sagten, du würdest kommen.« Heloise nahm einen Schluck Wasser und wandte dann ihr Gesicht ab. Sie schaute zu Burke, bevor ihr Blick auf ihre Hände fiel, die er warm rieb. »Ganz kalt«, erklärte sie.

»Spürst du deine Hände nicht?« fragte Alys.

Heloise schüttelte den Kopf: »Abgestorben.«

»Nein, Heloise, nicht abgestorben. Verkühlt. Du hättest das Feuer nicht ausgehen lassen dürfen. Es wird schon zu kalt, um ohne es auszukommen.«

Als Burke Heloises Hand losließ, um die andere zu erwärmen, bemerkte Alys, daß jene sich nicht bewegte. Unnatürlich verkrümmt lag sie da, wie auch Heloises Beine, und Alys stockte der Atem, als sie plötzlich verstand.

Sie sah Heloise in die Augen und erkannte, daß die alte Frau wußte, was mit ihr geschehen war. »Du hattest wieder einen Anfall«, flüsterte sie.

»Des Nachts kommt der dunkle Reiter«, krächzte Heloise, als bekäme sie keine Luft, und Alys mißfiel die kränkliche Blässe ihrer Haut. »Die Steine haben es gewußt.«

»Nein, Heloise, *nein*. Kein dunkler Reiter wird dich holen.« Alys würde so einen Unsinn nicht erlauben. Burke entfernte sich, und Alys hörte, wie er Zunder für das Feuer suchte. »Vielleicht hast du unser Pferd gehört, mehr nicht. Wir werden dir ein Feuer machen und die Suppe aufwärmen, die ich dir mitgebracht habe. Und dann wirst du mit uns ins Schloß zurückkehren. Der Onkel besteht darauf, und du wirst es warm haben und ...«

Doch Heloise runzelte die Stirn: »Nein, Alys, ich werde niemals von hier fortkommen.«

»Natürlich wirst du das! Deshalb sind wir ja hierhergeritten. Burke und ich werden dir helfen ...«

»Mir kann niemand mehr helfen, nicht einmal die Steine«, sagte Heloise bestimmt, und ihr Blick war scharf und klar: »Ich sterbe, Alys.«

Tränen liefen Alys über das Gesicht: »Nein, Heloise, tu mir das nicht an.« Sie nahm Heloises Hand, deren Kälte die unwillkommene Nachricht bestätigte: »Nicht jetzt, Heloise, wo alles gut wird.«

»Mir bleibt keine Wahl, Kind«, keuchte Heloise, rang mühsam nach Luft und zuckte vor Schmerz zusammen. »Der Schmerz wird zurückkommen, ich kann ihn schon spüren. Ich habe nicht mehr lange Zeit, Alys.«

Unter Burkes Händen erwachte das Feuer zum Leben, Heloise schreckte zurück, wie sie es immer tat, und das goldene Licht erhellte ihre Züge. Sie atmete zitternd ein, und Alys hielt ihre Hände, unfähig, das geringste zu tun, während die Farbe aus ihren Wangen wich.

»Er kommt«, sagte Heloise mit schwankender Stimme. »Und zwar schnell. Nimm mir den Anhänger ab, Alys.«

»Nein, Heloise, er gehört dir, ich könnte ihn niemals nehmen.«

»Er gehört dir, Alys, ist dein Erbe.«

»Nein, Heloise, behalte ihn!«

Heloises Miene verzog sich, und Alys fürchtete, daß der Schmerz zurück war. Ihre Hand bebte in Alys' Griff, aber trotzdem zwang sie sich zu sprechen: »Dein Vater hat ihn als Zeichen seiner Liebe für deine Mutter anfertigen lassen.«

Heloise holte mühsam Luft und wimmerte. Alys umklammerte ihre Hände, da sie nicht wußte, was sie sonst hätte tun können, und wünschte sich, sie könnte Heloise das Leiden abnehmen. Sie spürte, wie Burke aufmerksam hinter ihr stand, und fühlte sich so hilflos wie noch nie.

Doch Heloise kam wieder zu Atem: »Isibeal vertraute ihn mir an, damit ich ihn dir übergebe.«

Alys schüttelte den Kopf: »Nein, Heloise. Du mußt ihn weiter tragen ...«

»Damit er mir aus dem Grab gestohlen wird?« fragte Heloise scharf. »Er steht dir zu, Alys, er gehört dir.« Die Stimme der alten Frau wurde sanft: »Nimm ihn als Erinnerung an mich.«

Alys öffnete den Mund, um zu widersprechen, doch Heloise schrie schmerzerfüllt auf. Sie verkrampfte sich, und ihre Finger gruben sich mit quälender Kraft in Alys' Hände. Sie verdrehte die Augen, und als Burke vortrat, um ihr beizustehen, röchelte sie erstickt.

Sie konnte ihr nicht helfen, das wußte Alys, doch schmerzte es sie, Heloise so zu sehen. Der Anfall ließ nach und ging in ein Zittern über, während Alys ihre Hand hielt und Burke ihr beim Sitzen behilflich war.

»Ich bitte dich, Alys«, flüsterte die alte Frau mit schwankender Stimme, als sie wieder atmen konnte. »Laß mich nicht sterben, ohne daß ich Isibeals Vertrauen gerechtfertigt habe. Nimm den Anhänger.«

Mit zitternden Fingern griff Alys nach der Kette. Ohne Burke wäre es ihr nicht gelungen. Er hob Heloises Kopf mit einer Sorgfalt und einem Mitgefühl, die Alys zutiefst rührten, und zog den Anhänger über Heloises Schleier, als Alys nicht weiterkam.

»Leg ihn an«, sagte Heloise mit rauher Stimme. »Ich möchte sehen, wie du ihn trägst.« Ihr Blick war hell, als sie zusah, wie Alys ihr ihren Willen tat.

Das goldene Oval hing schwer, noch von Heloise erwärmt, an ihrer Brust. Alys nahm erneut Heloises Hände, während Burke der alten Frau in eine bequemere Stellung half. Er zog sich in den Schatten zurück, doch Alys wußte, daß er nicht weit war.

Allein seine Nähe gab ihr unerwartete Stärke.

Heloise atmete schwer, und ihre Schmerzen ließen offenbar etwas nach. »Es gab nur eine Sache, die Isibeal bedauerte«, vertraute sie Alys schließlich an.

»Daß sie zu leichtgläubig war?«

»Nein, mein Kind. Sie hat dich geliebt, wie sie ihren Ritter geliebt hat. Glaube nichts von dem, was diese Hexe dazu zu sagen hat. Was weiß *sie* schon von der Liebe? Du wurdest in Liebe empfangen.«

»Du sollst dich nicht aufregen, Heloise.«

Doch Heloise ließ sich nicht beruhigen: »Ich habe sie zusammen gesehen, Alys, ich spürte ihre Liebe, und sie war so groß, daß es mich demütig machte.« Heloise leckte sich die Lippen, und Alys bot ihr abermals die Kelle an, doch die alte Frau schüttelte nur den Kopf: »Nein, das einzige, was Isibeal bedauerte, war, daß sie wartete.«

Alys runzelte die Stirn: »Wartete?«

»Sie hat darauf gewartet, daß ihr Ritter zu ihr käme, weil er es geschworen hatte. Als sie starb, sagte sie, sie wünschte sich nur, daß sie nicht zu stolz gewesen wäre, ihren Liebsten zu suchen.« Heloise sah Alys mit hellem Blick an: »Die Steine verlangen dein Versprechen, Alys.«

Alys verspürte ein Prickeln im Nacken bei Heloises seltsamer Eindringlichkeit: »Welches Versprechen?«

»Das Versprechen, daß du deine Liebe suchst, wie es deine Mutter nicht getan hat.«

»Heloise ...«

»Versprich es mir, Alys!«

»Ja, Heloise, natürlich werde ich es tun.«

Kaum hatte sie die Worte gesprochen, da stockte Heloise der Atem. Sie bäumte sich auf, als ein schmerzlicher Krampf sie schüttelte, und bleckte die Zähne.

»Burke!« Doch der Ritter war schon zur Stelle und hielt Heloise, als diese aufschrie, flüsterte ihr beruhigend zu, doch die alte Frau stieß einen herzzerreißenden Schrei aus. Sie schnappte nach Luft, warf den Kopf hin und her und zitterte stark. Sie wollte noch etwas sagen, doch plötzlich sank sie in Burkes Arme.

Und eine gespenstische Stille breitete sich in der Hütte aus.

Alys wartete darauf, daß Heloise weiter atmete. Sie war sich sicher, daß der Anfall vorbeigehen würde, doch nichts geschah. Alys beugte sich vor, fühlte an Heloises Kehle nach einem Puls.

Doch sie konnte nichts finden und geriet in Panik. Sie streichelte Heloises Gesicht und rief ihren Namen. Aber Alys kannte die Wahrheit schon, bevor Burke Heloise zurücksinken ließ und ihre Hände fortnahm.

Er sah Alys direkt in die Augen: »Wir können nichts mehr für sie tun.«

»Nein! Es muß etwas geben, was wir tun können. Wir müssen ihr helfen, wir müssen es schaffen, daß sie wieder atmet, wir müssen ...«

Burke schüttelte sie sanft: »Alys, sie hat uns verlassen.«

»Nein!«

»Ja.«

Als sie erkannte, wie sicher er sich war, flossen die Tränen, die Alys zurückzuhalten versucht hatte, in Strömen. Sie weinte wie ein kleines Kind und verbarg ihr Gesicht in den Händen. Sie zitterte von Kopf bis Fuß, und jetzt, wo sie einmal begonnen hatte, konnte Alys nicht wieder aufhören. Sie schluchzte tief und laut, wiegte sich vor und zurück und streichelte wiederholt Heloises

Hand. Alys konnte nicht glauben, daß diese Frau, die ihr eine Mutter gewesen war, für immer fort war.

Sie war dankbar, daß Burke sie mit ihrem Schmerz allein ließ, obwohl sie nicht sofort erkannte, was er tat. Als Alys schließlich aufblickte, wurde ihr bewußt, daß die alte Frau jetzt aussah, als würde sie sich nur ausruhen, ein merklicher Kontrast zur Erregung, in der sie gestorben war.

Erstaunt sah sie, wie Burke mit den Händen über Heloises gealtertes Gesicht fuhr. Unter seinen geschickten Fingern verschwanden die Spuren ihres Todeskampfes. Im Handumdrehen schienen Heloises Züge vollkommen ruhig, wie sie es vor drei Jahren gewesen waren. Sie sah aus, als würde sie schlafen.

Burke blickte auf und bemerkte Alys' Überraschung. »Der Krieg verleiht einem Mann viele unwillkommene Fähigkeiten«, sagte er sanft und erhob sich. »Es ist einfacher, wenn der letzte Anblick friedvoll ist.« Er senkte leicht den Kopf und begab sich dann zur Tür: »Ich werde draußen warten, bis Ihr Abschied genommen habt.«

Und er ließ Alys mit ihrer Trauer zurück.

♠

Cedric war allein in der Halle, als Talbot ungeduldig hereinstürmte. »Gibt es in diesem Haus ein Mahl, das es wert ist, hier das Frühstück einzunehmen, oder muß ich bis Killarney warten, um eine anständige Mahlzeit zu mir zu nehmen?« fragte der Ritter.

Killarney? Hatte der Mann etwa vor abzureisen? Cedric sprang auf die Beine, denn er wußte, daß seine Bitte an Alys ihn in den Augen seiner Frau einiges kosten würde. Sollte dieser Ritter Kiltorren verlassen, bevor Deirdre erwachte, würde sie ihm die Hölle heißmachen.

»Mein Herr, Ihr habt doch nicht etwa vor, bereits aufzubrechen?« sagte er laut. »Der Koch backt gerade frisches Brot.«

»Wirklich?«

»Ja, und Ihr werdet nie erraten, was der Hausvorsteher im Weinkeller gefunden hat: ein schönes Faß Apfelwein.« Cedric zeigte auf das Faß, dessen Entdeckung ihm wie ein Wunder vorkam: »Ihr und ich, wir werden uns daran laben.«

Talbot schnaubte. Er sah sich im Saal um, betrachtete das Faß und Cedric, bevor er mit den Schultern zuckte: »Ich denke, es kann nicht schaden, zu prüfen, ob er noch schlechter ist als das Abwasser, das Ihr mir gestern abend vorgesetzt habt.«

»Nicht im geringsten, nicht im geringsten.« Cedric gab Cronan verzweifelte Zeichen, der ihn glücklicherweise schnell verstand. Das Faß wurde geöffnet, und Cedric atmete erleichtert auf, als Talbot zufrieden lächelte.

»Gar nicht schlecht«, gab er zu.

Cedric entspannte sich: »Ihr könnt doch nicht ernstlich daran denken, Kiltorren zu verlassen, wenn es noch solch köstlichen Wein zu verkosten gilt.«

»Das ist wahr.« Talbot sah auf den Inhalt seiner Schale und warf dann Cedric einen klaren Blick zu: »Vielleicht könnt Ihr mir sogar helfen.«

»Sicher! Ich tue für meine Gäste, was ich kann!«

Talbot lächelte: »Ich möchte nur eine Geschichte hören. Die Geschichte einer Frau namens Isibeal von Kiltorren.«

♠

Burke mußte nicht lange auf Alys warten, obwohl er ihr Tage gegeben hätte, wenn nötig. Er konnte sehen, welch ein Schlag der Tod dieser Frau für sie war, und konnte nur versuchen, sich vorzustellen, wie es sein mußte, dem Tod zum ersten Mal, und dann gleich bei einem geliebten Menschen, zu begegnen.

Er sah auf die See hinaus, ließ Steine über das Wasser tanzen und betrachtete abschätzend den wolkenverhangenen Himmel.

Der Regen hatte nicht lange angehalten, obwohl es immer noch bedrohlich düster aussah. Schattenmond graste friedlich. Es gab hier so wenig Gras, daß der Hengst vollauf beschäftigt war.

Burke betrachtete die Wellen, dachte an Heloises Einsamkeit und wunderte sich erneut über Deirdres Grausamkeit.

Er hörte Alys' Schritte, bevor sie etwas sagte, und als er sich umdrehte, sah er sie auf der Schwelle von Heloises Hütte zögern. Sie schien mitgenommen und unsicher, jung und erschüttert. Ihre Finger spielten mit dem Medaillon, das sie erst nicht hatte nehmen wollen.

Stumm wartete Burke ab, und langsamen Schrittes kam Alys zu ihm und starrte nun ebenfalls auf das Meer hinaus. Er wußte nicht, wie lange sie so standen.

»Ich danke Euch«, murmelte Alys schließlich. »Ich bin froh, daß Ihr hier seid.«

»Das bin ich auch.«

Sie wandte sich zu ihm und betrachtete ihn forschend aus geröteten Augen: »Euch ist der Tod nicht fremd.«

Burke zuckte die Schultern: »Und trotzdem immer tragisch.«

Alys seufzte tief und ließ ihren Blick über die einsame Landzunge schweifen: »Es wird mir niemals gelingen, zu akzeptieren, daß sie nicht mehr hier ist und darauf wartet, daß ich ihr frisches Brot bringe und den Käse schmelze.« Ihre Lippen zitterten: »Sie hat Käse so gern gemocht.«

»Ihr werdet darüber hinwegkommen. Nicht ohne weiteres, aber Ihr werdet es schaffen.«

Alys biß sich auf die Lippen und streichelte den Anhänger.

Burke hielt den Moment für angebracht, um das Thema zu wechseln: »Darf ich ihn mir ansehen?«

Alys zögerte nur kurz, bevor sie sich die Kette über den Kopf zog. Sie gab sie Burke, obwohl sie sie offensichtlich nur ungern abnahm: »Laßt es bitte nicht fallen.«

»Natürlich nicht.« Sicherheitshalber wickelte Burke sich die Kette um das Handgelenk. Er hielt das goldene Oval so, daß das darin eingravierte Bildnis im Licht lag. »Ein Einhorn«, sagte er sanft, »und eine Jungfrau. Wie in der alten Geschichte, in der die Unschuld einer Maid das wilde Einhorn zähmt und das Tier dazu bringt, seinen Kopf in ihren Schoß zu legen.«

Alys nickte: »Könnt Ihr Euch denken, was das heißt?«

Burke schüttelte den Kopf, während er das Bild erneut betrachtete: »Vielleicht hatte Euer Vater das Gefühl, daß Eure Mutter ihn gezähmt hatte. Habt Ihr mir nicht erzählt, daß Heloise sagte, sie wäre von überaus heftigem Gemüt?«

Alys nickte abermals.

»Vielleicht gab es auch ein Lied zu diesem Thema, das ihnen besonders gefiel.« Burke zwinkerte, denn er dachte, daß der Dame ein Lächeln nicht schaden könnte: »Vielleicht wurdet Ihr auf einer Waldeslichtung gezeugt.«

Alys streckte eine zitternde Hand nach dem Anhänger aus, aber Burke trat auf sie zu und legte ihr die Kette um den Hals. »Es ist nicht so wichtig, was es Eurer Mutter bedeutet hat, Alys«, sagte er sanft. »Es ist ein Zeichen der Liebe und wird Euch immer daran erinnern, was Heloise für Euch empfand.«

Alys' Blick verschleierte sich erneut, und Burke nahm sie in die Arme. Sie weinte an seiner Brust, ihre Tränen benetzten seinen Waffenrock, und ihr offensichtliches Leid tat ihm im Herzen weh. Burke hielt sie eng umschlungen und wisperte ihr tröstende Worte ins Ohr.

Als Alys endlich den Kopf hob, nahm Burke seinen Umhang ab und legte ihn um ihre Schultern, so daß der Pelzsaum ihr Kinn umschmeichelte. »Wie eine Königin«, flüsterte er und wurde mit dem Schatten eines Lächelns belohnt.

»Wohl kaum.« Sie seufzte, und die Tränen sammelten sich abermals in ihren Augen.

»Sollten wir Heloise in die Kapelle von Kiltorren bringen?«

fragte Burke, der nicht sicher war, wie Alys darauf reagieren würde, daß er solch praktische Dinge ansprach.

Doch sie straffte sich und sah wahrhaft königlich aus, als sie den Kopf schüttelte: »Sie sagte, sie würde diesen Ort niemals verlassen. Außerdem würde sie ihre Steine nicht verlassen wollen.«

»Was soll das bedeuten?«

»Seit einiger Zeit hatte sie behauptet, die Steine würden zu ihr sprechen und ihr Geheimnisse verraten.« Alys sah Burke in die Augen. »Es war geradezu unheimlich, wie manche ihrer Voraussagen eintrafen.«

»Ich habe oft sagen hören, daß die Stimme Gottes in allen seinen Schöpfungen erklingt.«

Alys nickte und kniff die Augen zusammen, um sich umzusehen: »Trotz allem liebte sie diesen Ort, und auf jeden Fall mehr als das Schloß. Aber ich weiß nicht, wie sie hierbleiben könnte.« Die Seevögel kreisten über ihren Köpfen, riefen schrill und machten ihnen bewußt, was zu erwarten war, wenn sie Heloise unbehütet der Wildnis überließen.

»Ich kann ihre Hütte verschließen, wenn Ihr das wünscht.«

Alys sah ihn hoffnungsvoll an: »Wirklich?«

»Natürlich.«

Die Dame nickte entschlossen: »Ich glaube, Heloise würde das vorziehen.« Ihr Blick wurde unsicher: »Aber was ist mit dem heiligen Sakrament?«

»Ich glaube nicht, daß diese Einsiedlerin Sünden beging, die sie hätte beichten müssen«, sagte er fest. »Sie war eine gottesfürchtige Frau, Alys, und zweifellos ebenso frei von Sünde wie nach ihrer letzten Beichte.«

Alys senkte bedächtig den Kopf: »Ihr habt recht.«

Burke streichelte die Wange seiner Dame: »Habt Ihr endgültig Abschied genommen?«

Alys blinzelte, um die Tränen zurückzuhalten, und nickte

dann bestimmt. Sie küßte seine Fingerkuppen, bevor sie sich abwandte, sich ein wenig entfernte und auf die See hinausstarrte, seinen Umhang um sich geschlungen.

Burke machte sich an die Arbeit.

♠

Er arbeitete schnell. Alys drehte sich um, um ihn zu beobachten, als ihre Tränen versiegt waren, und sah überrascht, wie weit er schon gekommen war. Er legte die Steine sorgfältig aufeinander, runzelte die Stirn, während er jeden einzelnen aussuchte, und sie konnte schon nicht mehr erkennen, wo die Türschwelle sich befunden hatte.

Während Alys zusah, beendete Burke die Arbeit mit den Steinen und stopfte die Ritzen mit Seetang aus. Schließlich trat er zurück und begutachtete sein Werk.

Nur noch einige Verbesserungen, und er wusch sich die Hände, bot Alys den Arm, und zusammen gingen sie zu seinem Roß. Wortlos hob er Alys in den Sattel und schritt neben ihr her. Alys sah zurück, als er den Hengst fort führte, und ließ ihren Blick ein letztes Mal über diesen Ort gleiten.

Tief in ihrem Herzen wußte Alys, daß sie nie wieder hierher zurückkehren würde.

Und Heloise würde niemals fortgehen.

Als Alys genau hinhörte, vermeinte sie sogar zu hören, wie die Steine einander zumurmelten. Da wandte sie sich ab und befahl sich, zufrieden zu sein, daß Heloise nun in Frieden und Einsamkeit bei ihren flüsternden Steinen ruhte.

Mehr hatte die Einsiedlerin nicht verlangt.

Der Wind blies ihnen im Rücken, als sie auf das Schloß zugingen, und Burke schwieg stoisch. Alys dachte an das Versprechen, das sie Heloise gegeben hatte, und ignorierte hartnäckig den Klumpen, der sich bei dem Gedanken in ihrer Kehle bildete. Alys wurde bewußt, daß sie nicht mehr gegen Burke ankämpfte, noch nicht einmal gegen seinen Charme oder die Tatsache, daß sie nicht wußte, was aus ihnen werden würde. Nicht einmal die Angst, den Fehler ihrer Mutter zu wiederholen, bereitete ihr mehr Sorge, obwohl sie sich lange Zeit sicher gewesen war, daß dies der Grund war.

Sie liebte Burke so, wie er war.

Und sie wußte, daß ihr Versprechen Heloise gegenüber von ihr verlangte, daß sie etwas unternahm und nicht nur darauf wartete, daß sich ihr Traum von selbst erfüllte.

Burke blieb stehen, als sie die niedrige Mauer erreichten, die Kiltorrens Hof auf dieser Seite umgab, und blickte sie aufgewühlt an: »Alys, ich würde gerne etwas mit Euch bereden, bevor wir ins Haus zurückkehren, obwohl der Augenblick nicht der günstigste ist. Was sich heute ereignete, wird alles verändern, wie der Tod es immer tut, und ich möchte, daß die Dinge zwischen uns klar sind.«

Er rührte sie nicht an, aber sein Blick wich nicht von ihrem. Alys fürchtet sich fast vor dem, was er zu sagen hatte.

»Ihr wißt nur zu gut, daß ich keinen Besitz mein eigen nenne, kein Erbe zu erwarten und auch keinem einflußreichen Herrn die Treue geschworen habe«, gestand er schweren Herzens. »Ich kann Euch außer mir nur wenig geben, aber alles, was ich besitze, biete ich Euch an, Alys.«

Alys starrte ihn an, während er ruhig, aber eindringlich fortfuhr: »Einige erfolgreiche Jahre auf Turnieren könnten mir genug einbringen, um eine Familie zu ernähren, ein kleines Gut zu erlangen und dafür zu sorgen, daß es meiner Frau an nichts fehlt.«

Dann bot er Alys seine Hand dar. Seine Finger waren ausgestreckt, die breite Handfläche nach oben gewandt, doch Alys allein oblag die Wahl, ob sie die Hand nehmen wollte. Burke sah sie an, seine Miene tiefernst.

»Seid diese Frau, Alys.«

Alys traute ihren Ohren nicht. Burke hatte schon oft gefragt, doch nie hatte er ihr so ernsthaft angeboten, ihn zu heiraten, und dabei auf schöne Worte verzichtet: »Ihr würdet mich wirklich zur Frau nehmen?«

»Das kann Euch nicht überraschen, Alys«, schalt Burke sie. »Ich habe schon einmal um Eure Hand angehalten, und die Wahl einer Braut ist zu wichtig, als daß ein Mann, der etwas wert ist, seine Meinung ändern würde. Brianna trug mir auf, eine Braut zu suchen, und nur Ihr seid diese Braut.« Mit einem letzten Blick aus seinen silbernen Augen machte er Anstalten, seine Hand zurückzuziehen. »Ich bitte Euch nur, darüber nachzudenken.«

»Ich brauche keine Bedenkzeit«, sagte Alys schnell.

Burke sah sie wieder an, seine Miene plötzlich so voller vorsichtiger Hoffnung, daß Alys schlucken mußte.

»Ich werde Euch heiraten, Burke, ob Montvieux Euch gehört oder nicht.«

Seine Augen strahlten, er riß sie aus dem Sattel und drückte sie an sich. Alys legte den Kopf an seine Brust und genoß das aufgeregte Schlagen seines Herzens und die Zärtlichkeit, mit der er seine Hand in ihren Nacken legte.

»Ich werde dafür sorgen, daß Ihr Eure Entscheidung nie bereut, Alys«, murmelte Burke mit brüchiger Stimme. »Ich schwöre es Euch.«

Alys lächelte und hob die Hand an sein Kinn: »Ich glaube Euch.«

Einen Augenblick schien Burke erstaunt, doch dann küßte er sie so leidenschaftlich, daß ihr die Knie weich wurden.

»Ich möchte Euch nicht drängen, Alys, aber ich möchte diesen verfluchten Ort so schnell wie möglich hinter mir lassen.« Burke schloß sie fester in die Arme. »Ich traue Eurer Tante nicht. Der Tag ist bald vorüber, aber ich würde es vorziehen, hier nicht länger zu verweilen.«

»Ich ebenso«, stimmte Alys zu. »Es gibt keinen Grund, noch hierzubleiben.«

»Sollen wir so schnell wie möglich aufbrechen?« Burke schaute besorgt. »Wir könnten Brigid zu Guillaume begleiten.«

»Ja, ich werde sie holen. Sie hat nicht viel zu packen.«

Burke küßte sie mit einer Heftigkeit, die sie bis ins Mark erschütterte. Sie schloß die Augen vor der Hitze seiner Leidenschaft und wußte, daß sie die richtige Wahl getroffen hatte. Sie würde die Liebe suchen, genau wie Heloise sie gebeten hatte, und nicht versäumten Möglichkeiten nachtrauern.

Dies war die Lektion, die das Beispiel ihrer Mutter sie gelehrt hatte, und Alys hatte schon vor langer Zeit geschworen, nicht den gleichen Fehler zu begehen.

Sie hoffte nur, daß ihre Liebe zu Burke groß genug war.

♠

Kaum hatte Alys die Tür zu ihrer Kammer erreicht, als sich eine Gestalt aus dem Schatten löste und sich ihr entgegenstellte. »Tante!«

»Ja, ich bin es, du hast mich auch lange genug warten lassen«, sagte Deirdre scharf. »Nicht zu reden von jemand anderem. Wo bist du gewesen, undankbares Kind?«

Die unverhüllte Feindseligkeit der Tante traf Alys unvorbereitet, und vorsichtig machte sie einen Schritt zurück: »Ich habe Heloise besucht. Sie ist heute gestorben ...«

»Und es ist ein Glück, daß wir sie endlich los sind, wenn es überhaupt stimmt.« Die Tante kam auf sie zu, und vor der Bosheit in ihrem Blick wich Alys bis an die Wand zurück. »Du glaubst vielleicht, daß niemand erkannt hat, was dein Verschwinden mit dem Ritter gestern abend zu bedeuten hat, aber da täuschst du dich. Du hast deinen Rock ohne jede Scham gehoben, genau wie deine Mutter, und glaube nicht, daß ich es nicht weiß.«

»Nein, Tante...«

»Spar dir deine Lügen! Ein anderer Ritter hat ebenfalls den Makel, der an dir haftet, bemerkt, Alys«, behauptete die Tante ärgerlich. »Den ganzen Tag mußte Malvina zuhören, wie er dich in den Himmel gelobt hat. Es ist Zeit, daß du deine Schulden bezahlst, Zeit, daß du deinen Unterhalt in diesem Haus verdienst, und diesmal wirst du dich mir nicht widersetzen.«

Alys' Herz begann zu rasen, und sie fürchtete, daß sie Kiltorren nicht schnell genug würde verlassen können: »Was verlangt Ihr von mir?«

»Du weißt, was ich von dir will! Verdiene dir deine Stellung hier auf dem Rücken, wie deine Mutter sich alles verdient hat, was sie in ihrem traurigen Leben besaß!«

Alys hob das Kinn: »Das werde ich nicht!«

»Deine Ehre ist befleckt, und du kannst gar nichts anderes tun.« Die Tante beugte sich vor und zischte: »Du hast keine Wahl, Kind. Dein Schicksal war besiegelt, als deine schamlose Mutter zum ersten Mal ihre Schenkel öffnete und dir das Mal der Hure aufdrückte.«

Alys trat herausfordernd auf ihre Tante zu: »Es gibt kein Mal der Hure.«

»Wirklich nicht?« Die Tante verschränkte die Arme und sah ihre Nichte kalt an: »Und warum hat dieser Ritter nach Isibeal gefragt, der Dirne des Hauses, und warum hat er darauf bestanden, daß *du* zu ihm kommst, sobald er erfuhr, daß du ihre Tochter bist?« Fragend zog Deirdre eine Braue hoch.

Alys wußte keine Antwort: »Ich weiß es nicht.«

»Aber ich! Es ist der Makel einer Hure, der dich verfolgt, das Gerücht vom liederlichen Verhalten deiner Mutter, das diesen Ritter den weiten Weg von Paris machen ließ, um dich hier aufzuspüren.«

Alys runzelte die Stirn, denn sie hatte das Gefühl, daß an dieser Geschichte etwas nicht stimmte. Ihre Mutter war schon seit fast zwanzig Jahren tot, aber bisher war niemand gekommen, um nach ihr zu suchen: »Das kann nicht sein ...«

»Aber so ist es, Alys, so *ist* es!« Die Tante beugte sich vor. »Der Ritter begehrt dich und verlangt deine Dienste. Er wußte bei deinem Anblick sofort, daß du zur Hure geboren wurdest. Genau wie es der andere wußte.« Sie griff so plötzlich nach Alys' Arm, daß diese keine Zeit mehr hatte auszuweichen: »Mädchen wie du können nicht wählerisch sein, wenn sie jeden Tag essen wollen. Geh und sei ihm zu Diensten.«

»Das werde ich nicht!«

»Bei Gott, du wirst es tun!«

»Niemals!« Alys entriß ihr den Arm.

»Närrin! Hör mir zu, hör mir gut zu«, zischte die Tante. »Dieser Talbot will eine Hure, und ich will, daß ihm in diesem Haus jeder Wunsch erfüllt wird. Er gefällt Malvina, und sie wird ihn bekommen.« Sie schüttelte Alys: »Du wirst dafür sorgen, daß Talbot seinen Willen erhält, oder du wirst aus diesem Haus verstoßen und kannst verhungern. Hast du mich verstanden?«

Doch Alys schüttelte den Kopf, obwohl sie innerlich ob ihres Ungehorsams zitterte: »Ich werde nichts dergleichen tun. Ich gehe mit Burke fort.«

Deirdre lächelte verächtlich: »Und dieser Ritter wird ein uneheliches Kind wie dich heiraten? Die Tochter einer Hure? Eine Frau ohne Mitgift? Der Mann mag sein Erbe verspielt haben, aber er ist immer noch von einer Herkunft, die etwas von ihm verlangt. Er wird dich benutzen und fortwerfen.«

»Das wird er nicht!«

»Sieh zu, daß du sofort in die Halle kommst.« Als Alys nicht sofort gehorchte, grinste die Tante höhnisch: »Glaube ja nicht, daß dein Held dich mit seinen Heiratsversprechungen retten wird. Ein Ritter wie Burke de Montvieux sieht nur einen Nutzen in einer Frau wie dir.«

Und damit schritt Deirdre davon.

Doch Alys richtete sich auf, entschlossen, alle Unklarheiten zwischen ihnen auszuräumen, bevor sie Kiltorren für immer verließ: »Warum habt Ihr mir damals vor drei Jahren Burkes Heiratsantrag verschwiegen?«

Die Tante erstarrte, aber sie drehte sich nicht um.

Alys schluckte schwer: »Warum habt Ihr mir nicht gesagt, daß er im Jahr darauf nach Kiltorren zurückkehrte? Habt Ihr mich wirklich nur geschlagen, damit ich ihm nicht begegne? Habt Ihr darum Heloise und mich verstoßen?«

Langsam wandte Deirdre sich um, und Alys wurde bang. Ihre Hände wurden feucht, und sie wußte, daß ihr niemand helfen würde. Dennoch mußte sie die Wahrheit erfahren: »Und warum glaubt Ihr, daß ich Euch jetzt Eure Lügen abnehmen werde?«

Die Tante betrachtete sie genau, ihr Gesicht im Schatten verborgen, ihre Miene unlesbar: »Also das ist die Dankbarkeit, die du mir dafür zeigst, daß ich dich wie mein eigenes Kind aufgezogen habe, nachdem Isibeal Schande über sich gebracht hatte. Du bist wirklich die Tochter deiner Mutter.«

»Ihr habt mich wie eine Leibeigene behandelt!« erwiderte Alys. »Ihr habt mich nur erduldet, damit ich Euch bediente.«

»Du hast es nicht besser verdient!« schrie Deirdre wütend. »Du und deine Schlampe von Mutter! Kein Mann in Irland war gut genug für Isibeal, nein, Vater mußte sie nach Paris schicken, damit sie den besten Gatten des Abendlandes fände. Und was hatte mein lieber Vater für mich vorgesehen?«

Mit wildem Blick kam die Tante auf Alys zu: »Nichts! Nur einen Verehrer, den er nicht für würdig hielt, Isibeal die Füße zu küssen.« Die Tante schlug sich auf die Brust. »Ich wurde mit dem vermählt, den Isibeal verschmäht hatte, egal, was ich dazu zu sagen hatte. Und was geschah dann?« fragte die Tante und hob die Hände gen Himmel. »Die liebe Isibeal, die nichts falsch machen konnte, *machte* etwas falsch. Während sie in Paris tanzte und sich amüsierte, gelang es Vaters Liebling, ein uneheliches

Kind zu empfangen. Endlich, dachte ich, würde mir Gerechtigkeit widerfahren!«

Deirdre fuchtelte mit der Faust vor Alys' Gesicht herum: »Aber hat unser lieber Vater sie verstoßen? Nein, nicht Isibeal. Mich hätte man bis aufs Blut geschlagen, aber sie wurde wie eine Königin behandelt! Sie brachte Schande über unser Haus, und ich, ich mußte sie die ganze Zeit bedienen! Das war nicht gerecht! Es war falsch, aber meinen Vater kümmerte nur seine geliebte Isibeal.«

»Also ist es wahr«, flüsterte Alys. »Ihr haßt mich, nur weil ich Isibeals Kind bin.«

»Ist das nicht Grund genug?« Die Tante knirschte mit den Zähnen. »Ich war *froh*, als sie starb«, erklärte sie bitter. »Ich freute mich, daß Vater monatelang um sie trauerte, ich war glücklich, daß Isibeals Geliebter niemals zu ihr kam. Sie verdiente den Schmerz, nach allem, was sie mir angetan hatte.«

»Und was ist mit Burke?«

Deirdre warf einen so haßerfüllten Blick den Gang hinunter, daß Alys sich wie unter Schmerzen wand: »Wie kannst du denken, daß ich es zulassen werde, daß du das Leben meiner Töchter zur Hölle machst, wie Isibeal mein Leben zerstörte? Du solltest keinen Ritter haben, wenn keiner Malvina wollte, besonders nicht einen Ritter wie Burke de Montvieux. Diese Turniere sollten dazu dienen, einen Gemahl für *meine* Töchter zu finden. Ich konnte es nicht ertragen, daß du jemanden gefunden hattest.« Sie kniff die Augen zusammen. »Ich habe dir in den letzten zwanzig Jahren viel mehr gewährt, als dir zustand. Geh in den Saal, Alys. Das wird die letzte Schuld sein, die du zu bezahlen hast.«

Alys straffte die Schultern: »Nein. Jegliche Schuld ist längst beglichen.«

Deirdre zog scharf die Luft ein. »Du bist widerspenstig geworden«, sagte sie ärgerlich. »Ich denke, ich werde wieder den Stock holen müssen.«

Die Tante trat näher, aber noch bevor sie nach ihr greifen konnte, wurde Alys von der Seite angegriffen.

»Hexe!« schrie Malvina, die plötzlich aus dem Schatten stürzte und sie schlug. Die Wucht des Schlags trieb Alys den Kopf in den Nacken, so daß er mit einem Knall gegen die Wand prallte, der sie fast betäubte. »Du willst mir alles wegnehmen, wie deine Mutter meiner alles wegnahm!«

»Malvina! Tante, helft mir!«

»Niemals.« Die Worte der Tante schnitten durch den Schatten wie ein Messer. »Du bekommst nur, was du verdienst.« Deirdre lachte, und dann hörte Alys, wie sie leise vor sich hin summend davonschlenderte.

Alys drehte sich um und sah in den Augen ihrer Kusine die gleiche Wut, die im Blick ihrer Tante gelegen hatte.

»Du Hure hast mir Burke gestohlen!«

Alys wich zurück, die Hände erhoben, um an Malvinas Vernunft zu appellieren: »Ich habe nichts dergleichen getan, Malvina.«

»Doch, das hast du!« Malvinas Worte fielen so schnell wie ihre Tränen. »Er hat mich deinetwegen nie richtig angesehen, und nun machst du dasselbe mit Talbot. Er hat den ganzen Tag an der Tafel gesessen und nur von dir gesprochen. *Mich* hat er überhaupt nicht beachtet!«

»Aber Malvina ...«

»Ich will ihn, Alys«, sagte Malvina entschieden. »Ich will Talbot, und du wirst ihn mir nicht auch noch stehlen!«

»Aber ich will Talbot gar nicht ...«

»Deine Lügen kannst du dir sparen. Und ich werde nicht zusehen, wie du ihn in meinem Kleid in Versuchung führst!« rief Malvina. Sie griff Alys' Kleid am Kragen und zog mit aller Kraft. Die gesamte Vorderseite zerriß und entblößte Alys' geflicktes Unterkleid. Auch dieses zerfetzte Malvina, und als ihre Kusine protestierte, schlug sie ihr ins Gesicht.

Alys erwiderte die Ohrfeige hart. Malvina hielt inne, holte Luft und warf sich wie ein rasender Stier auf Alys. In wildem Streit fielen sie zu Boden, aber während Malvina sie verletzen wollte, hatte Alys nur im Sinn, von Kiltorren fortzukommen. Alys wußte, daß sie mindestens zwei erfolgreiche Treffer gelandet hatte, als Malvina plötzlich ihre Taktik änderte.

»Und du trägst auch nicht den Reif meiner Schwester oder legst ihren Schleier auf dein dreckiges Haupt!« Malvina riß Reif und Schleier von Alys' Kopf und hätte ihr dabei fast das Haar ausgerissen. Sie zerfetzte den dünnen Schleier und trampelte auf den Resten herum. Den Reif warf sie mit solcher Gewalt zu Boden, daß er zerbrach.

Während ihre Kusine noch abgelenkt war, floh Alys zu ihrer Kammer, doch Malvina eilte ihr nach. Sie stellte Alys ein Bein und riß die sorgfältig zusammengenähte Stickerei von ihrem Ärmel: »Du wirst meine Mutter nicht auch noch bestehlen, nachdem sie so großzügig zu dir war.«

Alys ergriff die Knöchel ihrer Kusine, und wieder rollten sie über den Boden, kratzend und beißend, wann immer es ging. Plötzlich kam Malvina auf die Füße und spuckte Alys an: »Du hast es nicht besser verdient, du undankbare Hure!«

Und sie rannte davon.

Alys konnte kaum glauben, daß der Angriff so abrupt beendet war, doch sie entkam in ihr Zimmer und legte den Riegel vor, bevor Kusine oder Tante zurückkehren konnten. Alys holte zitternd Luft und lehnte sich an die Tür. An ihrem Kopf bildete sich eine Beule, und morgen früh würde sie ein blaues Auge haben.

Burke hatte recht. Sie konnten gar nicht schnell genug von diesem höllischen Ort verschwinden.

Kapitel 14

Ungeduldig ging Talbot in der Halle auf und ab. Endlich war er allein, doch Kiltorrens schlechter Apfelwein benebelte ihm den Verstand. Wenigstens war diese Isibeal tot, ob sie nun die Isibeal seines Onkels war oder nicht, obwohl die Bestätigung, daß sie ein Kind hatte, ihm gar nicht willkommen war.

Könnte diese Alys Millards Tochter sein? Allein bei dem Gedanken blieb ihm fast das Herz stehen. Aber das konnte nicht sein. Diese Isibeal war eine Hure gewesen, wenn man den Bewohnern von Kiltorren glaubte, was Talbot bezweifeln ließ, daß sie wirklich die Isibeal seines Onkels war.

Denn Millard war überaus moralisch. Er hatte in keiner Stadt je einen Bastard hinterlassen, und Millard ging nicht zu den Huren. Auch Talbots Umgang mit den Dirnen gefiel ihm nicht.

Aber Isibeal war eine Hure gewesen, und diese Alys war ebenfalls eine, folgte damit offenbar dem Vorbild ihrer Mutter. Also konnte sie nicht von Millards Blut sein.

Aber Talbots Erleichterung währte nur kurz, denn ihm wurde bewußt, daß sein Onkel vielleicht keinen Wert auf die Wahrheit legen würde. Millard hatte schon so gut wie entschieden, daß seine Isibeal jene Isibeal von Kiltorren war. Und das Kind Isibeals von Kiltorren wäre in Millards Augen allein durch ihren Namen schon wohlgeboren. Ja, Millard würde diese Dirne wahrscheinlich mit Geschenken überhäufen, sie womöglich in sein Haus aufnehmen. Es war schon vorgekommen, daß Männer im Alter wunderlich wurden, und Millard war seltsam auf diese Isibeal von Kiltorren fixiert.

Es könnte sogar noch schlimmer kommen. Millard würde dieser unwürdigen Frau vielleicht sogar seinen Besitz übertragen!

Talbot mußte sich setzen, um mit dieser Möglichkeit fertig zu werden. Er atmete bewußt langsam ein und aus, bereitete sich darauf vor, was er zu tun hatte. Selbst der Wein schien ihn im Stich zu lassen, gab ihm kaum Mut für die Aufgabe, die vor ihm lag.

Ja, Talbot hatte nach der Hure verlangt. Außer ihm war niemand in der Halle, und er hatte Gelegenheit, dafür zu sorgen, daß diese Alys einen *Unfall* erleiden würde.

Schon bei dem Gedanken daran zitterte Talbot. Er war kein gewalttätiger Mann, aber Villone, das wohlhabende Villone, war alles, was er je begehrt hatte.

Villone sollte *ihm* gehören! Talbot schlug sich mit der Faust in die offene Hand und erhob sich mit neugefundener Entschlossenheit. Er würde sich dem Willen seines Onkels in dieser Angelegenheit nicht unterwerfen, würde sich selbst darum kümmern, sich sein Erbe zu sichern. Ja, er würde um das kämpfen, was rechtens sein war!

Schon die Worte gaben ihm wieder Auftrieb, entzündeten erneut die Wirkung des Weins. Schnell ging Talbot im Saal auf und ab. Ja, er würde sich nehmen, was ihm gehörte, und den anderen nur die Knochen übriglassen. Ha! Wie ein König würde er über Villone herrschen und jeden übermütigen Ritter, wie diesen Burke de Montvieux, vernichten, der nicht vor ihm im Staub kroch. Wein, Luxus und willige Dirnen würden ihn für den Rest seines Lebens umgeben. Es würde vollkommen sein, besonders, weil es ihm zustand.

Bei Gott, Talbot brauchte eine Frau! Der Ehrgeiz hatte seinen Krieger erweckt, und er beschloß, diese Hure zu benutzen, bevor sie ihrem Schicksal gegenübertreten mußte.

Im selben Augenblick erschien eine wohlgerundete Maid auf

der Treppe. Es war nicht Alys, aber diese hier war viel verlockender, als es Isibeals knochiges Kind sein würde. Talbot starrte sie an und lächelte, denn das Glück war ihm bereits hold. Nur die Einstellung zählte. Erst würde er sich diese hier nehmen.

Die Frau war mit dem roten Haar und der blassen Haut der Iren geschlagen, aber in diesem Licht hingen ihre Locken über ihre Schultern wie flüssiges Feuer. Sie kam ihm irgendwie bekannt vor, aber sie sahen eh alle gleich aus, besonders jetzt, wo der Wein seine Sinne verwirrt hatte. Wahrscheinlich hatte er sie vorhin im Saal gesehen. Talbot lächelte breiter, wollte nur, daß sie näher kam.

Die Frau erwiderte sein Lächeln und schlenderte durch den Raum. Sie wiegte sich verführerisch in den Hüften, wie die Hure aus dem Orient, die er einmal hatte genießen dürfen.

Und sie lächelte. Schon hatte sie ihr Kleid aufgeknöpft und nestelte an der Schnur ihres Unterkleides. An ihren Fingern glänzten zahlreiche Ringe, ein Zeichen ihrer Fähigkeiten. Selbst die Herrin dieses ärmlichen Schlosses war nicht so reich geschmückt, und Talbot wußte plötzlich, wofür der Burgherr sein Vermögen ausgab.

Und wer konnte es ihm verübeln, mit einer solchen Hexe von Frau? Talbot grinste. Ihm gefiel der Gedanke, daß er die Hure des Burgherrn nehmen würde. Es war nur recht, daß der königliche Besuch sich das Beste nahm und sich nicht um die Folgen scherte. Die milchige Vollkommenheit ihrer Brüste gefiel ihm sehr, ebenso wie sie sich zögerlich mit der Zunge über die Lippen fuhr.

»Würdet Ihr mich in eine ruhige Ecke begleiten?« fragte sie kehlig. »Ich möchte nicht, daß wir gestört werden.«

Talbot lächelte und nahm ihre Hand. Ja, sie war genau die Richtige.

Alys beeilte sich. Sie warf das zerrissene Kleid ab und zog Burkes Hemd über, das Edana vergessen hatte zurückzugeben, und atmete tief seinen Duft ein. Es war, als würde seine beschützerische Sorge sie umgeben, und sie schloß die Augen, um das beruhigende Gefühl zu genießen.

Jemand rüttelte an der Tür, und Alys schreckte zusammen.

»Alys?« flüsterte Edana. »Warum ist die Tür verschlossen?« Wieder rüttelte die Magd an dem Riegel. »Kann ich hereinkommen?«

Alys faßte sich an die verletzte Wange. Sie konnte nicht zulassen, daß die Ziegenhirtin sie in diesem Zustand sah: »Nein, Edana. Ich habe einen Auftrag für dich.«

»Ja?«

»Lauf zu Brigid und sage ihr, sie soll so schnell wie möglich packen.«

»Packen?« quiekte Edana. »Du gehst fort?«

»Ja, auf der Stelle. Und ...«

»Aber warum, Alys? Wohin wollt Ihr denn?«

»Brigid und ich werden mit Burke gehen, Edana, um Brigid einen Gatten zu suchen.« Alys wußte, daß sie Brigid alles erklären sollte, aber sie mußte die Schwellung verbergen, und sie hatte nichts anzuziehen. »Vielleicht könntest du Brigid beim Packen helfen. Frage Burke, wieviel sie mitnehmen kann.«

»Aber Alys ...«

»Edana, ich habe nichts zu packen, und es ist noch viel zu tun.« Alys überlegte, wie wütend Burke wäre, wenn er ihr blaues Auge sähe, das sie am nächsten Morgen bestimmt haben würde. Sie mußte dafür sorgen, daß Burke nichts unternahm, was sie noch alle bedauern würden. Die Tante würde eine Vergeltung für jede Missetat verlangen, die auf Kiltorren begangen wurde. Und Alys wollte nur noch fort, niemals mehr zurückblicken.

»Aber Alys ...«

»Edana, bitte frage Brigid, ob sie ein Kleid hat und vielleicht auch einen Umhang mit Kapuze, den sie mir für die Reise leihen kann. Bitte beeile dich. Burke möchte so schnell wie möglich aufbrechen.«

Alys hielt den Atem an. Sie konnte fast hören, wie die Ziegenhirtin nachdachte. Noch einmal rüttelte sie am Riegel, dann seufzte Edana, und ihre Schritte verklangen im Gang.

♠

Edana rannte.

Sie stolperte die Treppe hinunter, fiel über ihr Kleid, schlug sich das Knie auf und stieß sich den Zeh an, aber sie blieb nicht stehen.

Denn Alys wollte fort. Edana konnte den Gedanken nicht ertragen, ohne Alys oder Brigid zurückzubleiben. Sie raste, so schnell sie konnte, aus dem Schloß und kümmerte sich nicht darum, wen sie erschreckte, als sie durch die Küche fegte. Es wurde bereits dunkel, und der Hof war feucht unter ihren Füßen. Edana hörte das leise Gemurmel von Männerstimmen und rannte zu den Ställen.

Sie traf den Ritter an, als er gerade seine Satteltaschen packte und sich eingehend mit dem Stallknecht besprach. Der Anblick ließ sie erstarren. Es stimmte also! Die Männer blickten überrascht auf, als sie so plötzlich auftauchte, und Edana mußte erst wieder zu Atem kommen, bevor sie etwas sagen konnte.

»Es geht um Alys.« Sie schnappte nach Luft.

Besorgt trat der Ritter auf sie zu: »Was ist mit ihr?«

»Sie möchte wissen, wieviel Gepäck Brigid mitnehmen kann.«

Er lächelte und sah den Stallknecht an: »Das kommt darauf an. Hast du zwei oder drei Zelter, die du den Damen geben kannst, damit wir zum Hafen kommen?«

Der Knecht runzelte die Stirn, als plötzlich Kerwyn aus dem Schatten trat.

Edana holte Luft, aber sie kam nicht dazu, etwas zu sagen, denn Kerwyn begrüßte schon den Ritter: »Geht Ihr wirklich fort?«

»Ja, so schnell es geht. Wir werden noch heute abreisen.«

Kerwyn räusperte sich: »Ich würde gerne mit Euch reisen, Herr. Mir scheint, Ihr könntet einen Knappen gebrauchen.«

Nicht auch noch Kerwyn! Edana hätte fast laut aufgeschrieen.

Der Ritter hielt inne: »Bist du Kiltorren nicht verpflichtet?«

Kerwyn schüttelte den Kopf: »Nein. Ich bin kein Leibeigener, sondern ein freier Mann, der für das Schloß arbeitet. Ich wäre froh, diesen Ort verlassen zu können.«

»Und mir käme deine Hilfe sehr gelegen, Kerwyn, denn du kannst gut mit den Pferden umgehen«, gestand der Ritter. »Aber du mußt wissen, daß ich dir nicht viel bieten kann. Nicht einmal die Zusicherung, daß es dreimal am Tag Brot gibt oder ein Dach über dem Kopf. Zur Zeit habe ich kein Erbe zu erwarten und muß auf Turnieren kämpfen, um einen eigenen Besitz zu erlangen. Bis dahin bin ich mittellos.«

Kerwyn zuckte mit den Achseln: »Ich habe mein ganzes Leben mit der Unsicherheit gelebt, Herr.« Seine dunklen Augen glühten. »Ich würde es lieber für Euch tun und mich um Euer prächtiges Roß kümmern, als den Rest meiner Tage hier zu verbringen, wo man mich nicht zu schätzen weiß.«

Der Ritter lächelte langsam und hielt ihm die Hand hin: »Dann heiße ich dich willkommen, Kerwyn. Wisse, daß ich alles tun werde, um für deine Sicherheit und dein Wohlergehen zu sorgen.«

»Ich weiß, Herr. Deshalb möchte ich mit Euch reisen.« Sie schüttelten sich die Hände, und der Ritter wandte sich wieder dem Stallknecht zu.

Endlich fand Edana ihre Stimme wieder. »Und ich?« rief sie.

Die Männer sahen sie an. Edanas Ziegen bewegten sich unruhig, als würden sie ihre Stimme vernehmen oder ihre Verzweiflung erkennen. Sie wanderten aus der Schafhürde in den Stall und stießen verschlafen mit dem Kopf an ihre Knie.

»Du?« fragte der Ritter.

»Ich will nicht auf Kiltorren bleiben, wenn Lady Alys und Lady Brigid fortgehen!« Edana spürte, wie ihr die Tränen kamen. »Ich möchte nicht hierbleiben und mit dem Stock geschlagen werden und für meine Arbeit nur böse Worte erhalten.« Sie biß sich auf die Lippe, gezwungen, der bitteren Wahrheit ins Auge zu sehen: »Aber ich bin nicht frei.«

Edana setzte sich zwischen ihren Ziegen auf den Boden und weinte: »Ich wurde auf Kiltorren geboren. Ich bin diesem Gut für immer und ewig verpflichtet, wie es auch meine Kinder sein werden. Ich kann nicht fort.«

Die Ziegen drängten sich um sie, als wollten sie sie trösten, und das älteste Weibchen leckte ihre Hand. Edana schlang die Arme um das sanfte Tier und vergrub die Finger in seinem Fell. Sie weinte, obwohl sie es haßte, vor diesen Männern so schwach zu erscheinen.

Besonders vor Kerwyn.

Zu ihrer Überraschung hörte sie, wie der Ritter sich nah bei ihr räusperte. Edana sah auf und stellte fest, daß er neben ihr hockte und sie ernst ansah: »Willst du wirklich mit uns kommen?«

Edana wischte sich die Tränen aus dem Gesicht: »Ich würde meine Damen nicht gern allein lassen.«

»Aber ich habe gehört, du bist jetzt Zofe«, warf der Stallknecht ein. »Du kannst dir sicher sein, daß du nicht wieder auf die Felder zurückmußt. Die Herrin und Lady Malvina erwarten, daß du ihnen hilfst.«

»Die!« Edana konnte nicht verhindern, daß sie das Gesicht verzog, und sie sah, daß auch der Ritter ein Lächeln nicht zurückhalten konnte.

»Nun?« fragte er.

Edana blickte zu Kerwyn, sie konnte nicht anders. Seine dunklen Augen waren auf sie gerichtet, und es war ein Funkeln darin, das ihr Herz schneller schlagen ließ. »Jede Reise ist Anfang und Ende zugleich«, sagte er leise, und Edana wurde ganz warm.

Mit Mühe riß sie ihren Blick von ihm los und sah erneut den geduldig wartenden Ritter an: »Ich würde mitkommen, wenn ich die Möglichkeit hätte.«

Burke lächelte und erhob sich: »Dann werde ich sehen, was ich tun kann.« Er hielt inne: »Aber ich kann für nichts garantieren. Ich kann es nur versuchen.«

Edana sprang auf die Füße, unfähig, einen Schauer der Erregung zu verbergen. Sie wußte, wenn überhaupt jemand etwas bewirken konnte, dann dieser Mann. »Ja, Herr. Aber ich weiß immer noch nicht, wieviel Gepäck Lady Brigid mitnehmen kann.«

Der Ritter zuckte zusammen: »Am besten so wenig wie möglich.« Er wandte sich wieder dem Stallknecht zu, fragte nach dem nächstgelegenen Hafen und war schnell in eine Unterhaltung über Pferde vertieft.

Edana zögerte, bevor sie wieder ins Schloß hinüberlief. Sollte sie die Möglichkeit bekommen, fortzugehen, würde sie keine Gelegenheit mehr haben, sich von ihren Ziegen zu verabschieden.

Am besten tat sie es jetzt. Edana küßte das Haupt des ältesten Weibchens und streichelte den Rest der Herde. Als sie fertig war, stand sie widerwillig auf, aber Kerwyns Blick ließ sie innehalten. Er lehnte an der Wand, bewegungslos wie ein Schatten und still wie die Nacht. Er beobachtete sie und lächelte leise, als hätte er darauf gewartet, daß sie ihn bemerkte. Der Ritter und der Knecht waren schon fort, schritten den Gang ab und sprachen über die Pferde.

Edana hielt dem Blick des Stallburschen stand, bis sie glaubte, ohnmächtig zu werden. Dann zwinkerte Kerwyn ihr zu und eilte den anderen Männern nach, während Edana ihm nachstarrte. Sie hob die Hand an den Mund, um ihr Lächeln zu verbergen.

Anfang und Ende, in der Tat.

♠

Während Burke die drei Zelter bereitmachte, stieg Nebel vom Meer auf und verhüllte Kiltorren, so daß es wirklich am Rand der Welt zu stehen schien. Schnell war alles vorbereitet, und Burke wartete ungeduldig darauf, daß sie abreisen konnten.

Nicht lange und Brigid kam die Treppe in den Hof hinunter. Sie hielt die eine Seite einer kleinen Kiste, während sich Edana mit der anderen abmühte, und trug Reisebekleidung aus einfachstem Stoff. Burke nahm den beiden ihre Last ab und überließ es Kerwyn, sie auf einem der Rösser festzuzurren.

Brigid rang die Hände, und ihre Augen waren voller Sorge. »Ist es wahr?« fragte sie, Hoffnung im Blick.

Burke lächelte ihr zu. »Ja, Brigid. Wir werden Euch einen Gatten finden.«

»Damit Ihr Alys heiraten könnt.« Brigid seufzte zufrieden.

»Ja.« Aber mehr konnte Burke nicht sagen, denn in diesem Moment platzte Deirdre auf den Hof.

Und platzen war noch untertrieben. Sie flog förmlich aus der Tür, ihr Kleid wehte, und ihre Miene sah zum Fürchten aus.

»Dieb!« Deirdre zeigte anschuldigend auf Burke und kreischte, daß ihre Stimme im Nebel seltsam widerhallte: »Ihr wollt meine Tochter entführen, ohne Euch ein Eheversprechen aufzubürden! Wie könnt Ihr es wagen, solche Schande über mein Haus zu bringen?«

Brigid schrak zurück, doch Burke stellte sich Deirdre entgegen. »Ich habe vor, Eurer Tochter einen Gemahl zu suchen, was Ihr selbst versäumt habt«, erwiderte er kühl. »Offensichtlich werdet Ihr hier niemals fündig werden, deshalb reiten wir nach Paris.«

»Das könnt Ihr nicht tun! Ihr könnt sie nicht einfach mitnehmen.«

»Aber genau das werde ich. Die Dame ist einverstanden.« Burke wandte sich schnell und leichtfüßig um und geleitete die verstörte Brigid zu einem der Zelter, während er leise und beruhigend auf sie einflüsterte.

Er war ihr beim Aufsteigen behilflich und überließ es Edana, ihre Röcke zu ordnen. Die Blicke der Frauen folgten ihm besorgt, als er sich erneut Deirdre zuwandte.

»Ich werde dafür sorgen, daß Brigid einen guten, wohlhabenden Gatten findet, darauf habt Ihr mein Wort.«

Die ältere Frau kniff die Augen zusammen. »Ihr habt eine seltsame Art, Euch meiner Einwilligung für die Ehe, die Ihr zu stiften gedenkt, zu versichern«, beschwerte sie sich. »Meine Tochter zu entführen, um meine Nichte ehelichen zu können.«

Burkes Antwort war noch kälter als zuvor: »Ihr mögt Euch vielleicht erinnern, daß die herkömmlichen Methoden keinen Erfolg hatten. Und seid versichert, Lady Deirdre, daß mein Interesse an Brigids Schicksal einzig und allein von Alys' Sorge um ihre Kusine herrührt. Sie werden beide gut heiraten, trotz all Eurer Bemühungen.«

»Das könnt Ihr nicht tun!« Deirdre verzog wütend den Mund. »Ich werde dem König von Euren Untaten berichten! Ich werde ihm sagen, daß Ihr meine Tochter entführt habt!«

Burke hatte keine Angst vor dieser Frau. Nun, da Alys sicher an seiner Seite war, gab es keinen Grund mehr, ihr nicht die Meinung zu sagen.

»Und ich werde Euch begegnen, indem ich Eure Missetaten enthülle. Vertraut mir, der König hält wenig von jenen, die versuchen, ihren Mündeln das Erbe vorzuenthalten, selbst wenn dieses so ärmlich ist wie Kiltorren. Ein solches Zeugnis würde Euch bei Hofe wenig Sympathie einbringen genau wie Euren Töchtern.« Burke lächelte eisig. »Geht zum König, und Ihr werdet nie erleben, daß sie sich vermählen.«

»Ihr seid unverschämt! Ich hätte Euch nie durch Kiltorrens Tore lassen sollen«, stotterte Deirdre erregt. »Ich verbiete Euch, noch einmal unseren Besitz zu betreten!«

Burke hob nicht einmal die Stimme, so lächerlich waren ihre Worte: »Ihr könntet mich nicht daran hindern, denn Ihr habt keine Ritter auf Eurer Burg. Ihr solltet Euch glücklich schätzen, meine Dame, daß mir Kiltorren nicht zusagt.«

»Kiltorren ist der Besitz meiner Familie und mein Erbe«, rief Deirdre. »Es ist ein prächtiges Gut, und es steht Euch, einem Mann ohne Besitz, nicht zu, es zu kritisieren.«

»Das Haus ist nicht so schlecht«, gab Burke zu, »und man könnte einiges daraus machen. Daß ich mich nicht dafür interessiere, liegt einzig an den schlechten Erinnerungen, die Alys daran hat. Ihr habt diesen Ort für sie befleckt, und obwohl ich mich freuen würde, zu sehen, wie Ihr dafür bestraft werdet, ist das Anliegen meiner Dame wichtiger.«

»Eurer Dame«, sagte Deirdre höhnisch. »Alys ist keine Dame, und ich glaube nicht, daß Ihr sie wirklich zur Frau nehmen werdet. Eine Hure stehlt Ihr mir, und ich habe nun ein Maul weniger zu stopfen. Nehmt sie ruhig!« Deirdre machte eine abfällige Geste. »Und nehmt auch Brigid, wenn sie dumm genug ist, Euren Lügen zu folgen.«

»Genau diese Lügen«, erklang eine kühle Stimme aus dem Schatten des Portals, »lassen wir hinter uns.«

Burke sah auf und bemerkte Alys, die auf der Schwelle zögerte, obwohl er nicht hätte sagen können, wie lange sie schon dort stand. Ein Umhang aus einfachem Stoff lag um ihre Schultern, und sie hatte die Kapuze wegen des Wetters so weit übergezogen, daß ihr Gesicht nicht zu sehen war.

»Wenn du jetzt gehst, Alys, brauchst du nicht mehr zurückzukommen«, sagte Deirdre scharf. »Ich werde keinen Platz für dich haben, selbst wenn du darum bettelst.«

»Habt keine Angst, Tante«, erklärte Alys ruhig und überzeugt, »ich werde niemals wiederkommen.«

Und sie trat in den Hof hinaus und zu Burke, den ihr königliches Gebaren stolz machte, daß sie seine Frau werden sollte. Er gab ihr die Hand und umschloß ihre Finger, als er spürte, wie sie zitterte. Alys hatte keine Gepäck, nicht einmal einen Kamm, und Burke wußte, daß sie bewußt nichts aus diesem Schloß mitgenommen hatte.

»Ihr habt jetzt die Gelegenheit, Euch gütig zu zeigen«, sagte Burke zu Deirdre, während er seine Dame an sich zog.

Deirdre kniff die Lippen zusammen: »Ich weiß nicht, was Ihr meint.«

»Das ist offensichtlich. Aber Eure Tochter und Eure Nichte reiten fort, und nur ich bin da, um sie zu beschützen. Es wäre vielleicht angemessen ...«

»Wen wollt Ihr noch mitnehmen?« unterbrach ihn Deirdre. »Wen wollt Ihr noch von Kiltorren entführen?«

Es war offensichtlich, daß Deirdre wenig an der Sicherheit ihres Mündels und ihrer Tochter gelegen war. Burke entschloß sich, unverblümt zu sprechen: »Die Frauen werden eine Zofe benötigen. Ich kann Euch nur vorschlagen, daß Ihr Edana zu dieser Reise beisteuert.«

»Edana?« Deirdre war außer sich. »Sie ist eine Leibeigene! Sie ist Eigentum von Kiltorren!«

»Wen würdet Ihr sonst mitschicken?« fragte Burke. »Oder wollt Ihr, daß Eure Tochter bei Hof verachtet wird?« Er ahnte, daß er die richtige Lücke in ihrer Verteidigung getroffen hatte, als sie scharf die Luft einzog. »Wollt Ihr, daß sich die ganze Welt über Kiltorren und seine Tochter lustig macht?«

Deirdres Lippen wurden schmal, und sie starrte Brigid wütend an. »Die Pest über dich, daß du mich zwingst, dies zu tun«, fluchte sie, und Brigid errötete ängstlich. Doch Deirdre hatte sich schon wieder Burke zugewandt: »Dann nehmt sie mit, obwohl ich das Gefühl habe, das ist noch nicht alles. Warum steht der Stallbursche an Eurer Seite?«

»Auch Kerwyn hat vor, uns zu begleiten.«

»Um die Pferde zurückzubringen?«

»Nein, der Stallknecht wird mit uns reiten und die Zelter mit zurücknehmen. Kerwyn, der, wie Ihr wißt, ein freier Mann ist, beabsichtigt, mit uns zu reisen.«

Deirdres Miene verfinsterte sich: »Meine Tochter, eine Sklavin und ein Stallbursche, und der Stallknecht wird tagelang fort sein. Macht Euch nur nicht die Mühe, mich nach meiner Meinung zu Euren hochtrabenden Plänen zu fragen!«

»Das werde ich nicht«, antwortete Burke und unterließ es, sie darauf hinzuweisen, daß Alys abermals nicht auf ihrer Liste auftauchte: »Ihr habt schon genug Schaden angerichtet.«

»Wen werdet Ihr noch mitnehmen? Wollt Ihr mich ganz allein zurücklassen?«

Burke erlaubte sich ein kaltes Lächeln: »Nehmt es von der guten Seite, Lady Deirdre. Ihr werdet weniger Mäuler zu füttern haben.«

Ihre Lippen wurden schmal, ihre Augen blitzten, doch bevor Burke sich abwenden konnte, trat Beauregard aus dem Haus. Der Koch ließ einen schweren Sack vor seiner Herrin auf den Boden fallen und sah sie um Entschuldigung heischend an.

»Ich habe von dieser Unternehmung gehört«, sagte er mit seiner tiefen Stimme. »Und ich halte es für meine Pflicht, mich als Begleiter für Lady Brigid anzubieten. Es schickt sich nicht für zwei Edelfräulein, allein mit einem Ritter zu reisen, selbst wenn er einen Ruf hat wie Burke de Montvieux.«

Deirdre starrte ihn mit offenem Mund an: »Du willst uns ebenfalls verlassen?«

»Ja.« Beauregard schaute entschlossen. »Ich würde, wenn

nötig, mit meinen eigenen Händen für ihre Sicherheit sorgen.« Etwas an ihm sagte Burke, daß er schon mit seinen Händen gekämpft hatte.

Ja, Beauregard wäre ihm auf dieser Reise willkommen.

»Aber das wäre unangemessen«, wandte Deirdre ein. »Du bist kein freier Mann und kannst nicht einfach fortgehen! Was sollen wir essen?«

Beauregard war beunruhigt: »Aber die Damen ...«

»Haben ihre Entscheidung getroffen und werden mit dem Resultat leben müssen«, sagte Deirdre scharf. »Geh wieder an deine Arbeit, Koch. Ich will ein köstliches Mahl zu Mittag.«

Doch Beauregard rührte sich nicht: »Meine Herrin, wollt Ihr mir die einzige Bitte verweigern, die ich jemals an Euch gerichtet habe?«

»Ja!«

»Aber Eure Tochter ...«

»Das ist mir egal!« kreischte Deirdre. »Geh an die Arbeit!«

Beauregard blickte traurig. Er wandte sich ab und bückte sich nach seinen Sachen, der Inbegriff eines geschlagenen Mannes.

Alys seufzte leise und drückte Burkes Hand. Er wußte nur zu gut, daß dieser sanfte Mann ihr lieb und teuer war, daß Beauregard sich oft um Alys gekümmert hatte.

»Und mach schnell«, verlangte Deirdre. »Wir haben einen Gast, der mehr erwartet als deine üblichen Gerichte.«

Beauregard hielt einen vielsagenden Augenblick inne, als der Pfeil sein Ziel traf, und Burke nahm an, daß er stolz auf seine Arbeit war. Kiltorrens Vorratskammern quollen schließlich nicht gerade über von feinen Zutaten.

»Es ist so ungerecht«, flüsterte Alys.

Spontan griff Burke unter seinen Wappenrock und zog einen kleinen Beutel hervor. Er hatte nicht mehr viele Münzen übrig, aber dies war es wert.

Er nahm einen Silberheller hervor, sah schmerzlich, daß er nur noch einen weiteren besaß, und rief den Namen des Kochs. Der gewaltige Mann drehte sich um, und mit geweiteten Augen fing er die glänzende Münze aus der Luft. Er legte sie auf seine Handfläche und sah Burke überrascht an.

»Erkaufe dir deine Freiheit, Beauregard, und schließe dich uns an. Ich würde mich freuen, dich bei mir zu haben.«

»Oh, Burke.« Alys' Stimme schwankte leicht. »Möge Gott Euch segnen.« Burke legte den Arm um ihre Hüfte, zog sie an sich und genoß es, wie sie sich an ihn lehnte. Daß Alys sich überhaupt an jemanden anlehnte, war ungewöhnlich. Ja, alles würde gut werden, vorausgesetzt, Brigid und Guillaume gefielen einander.

Beauregard umklammerte die Münze. In seinen Augen standen Tränen, aber er grinste wie ein Verrückter: »Ich danke Euch, Herr, ich *danke* Euch! Ich werde dafür sorgen, daß Ihr Eure Entscheidung nie bereut!« Dann trat der Koch vor, verbeugte sich vor Kiltorrens Herrin und reichte ihr die Münze.

Für einen Moment sah es so aus, als wolle Deirdre etwas sagen, doch dann nahm sie das Silber: »Dann verschwindet, ihr alle! Niemand wird euch vermissen.« Sie wirbelte herum und schritt durch das Portal, während sie leise fluchte.

»Laßt uns gehen, bevor sie es sich anders überlegt«, sagte Alys ängstlich.

»Alys?« murmelte Burke und zog sie an sich. Er konnte ihr Leid fast spüren und wußte, daß es um mehr ging als um die Art, wie Deirdre mit Beauregard umgesprungen war. Doch als er ihr im Schatten der Kapuze liegendes Gesicht ansehen wollte, drehte sich Alys weg.

Das konnte kein Zufall sein. Burke wurde kalt bei der Gewißheit: »Was habt Ihr? Alys, sagt es mir!«

»Ich kann nicht«, flüsterte sie, doch sie hielt verzweifelt seine Hand. »Nicht bevor wir auf See sind.«

»Alys, was ist geschehen?«

Die Dame verstärkte den Druck ihrer Finger: »Ich kann es Euch nicht sagen, noch nicht. Alles wird gut, wenn wir Kiltorren erst hinter uns gelassen haben. Ich bitte Euch, Burke, vertraut mir.«

»Ihr werdet es mir sagen?«

»Sobald wir auf See sind.« Ein Lächeln schlich sich in ihre Worte. »Ich verspreche es Euch.«

Die Veränderung in ihrer Stimme beruhigte Burke ein wenig: »Ich werde tun, was Ihr sagt, Alys, wenn Ihr mit mir reitet.« Er hörte, wie sie leise lachte, und seine Sorge legte sich. Wenn sie noch lachte, konnte es nicht so schlimm sein.

»Ja«, stimmte Alys zu. »Ja, das werde ich.«

Sie würde mit ihm reiten, ihn zum Mann nehmen, sie hatte Kiltorren mit ihm verlassen. Mehr konnte Burke nicht verlangen. Er hob Alys mit Schwung in den Sattel, schwang sich dann ebenfalls auf das Pferd und legte den Arm schützend um sie. Schattenmond tänzelte ungeduldig, während Beauregard den zweiten Zelter bestieg. Kerwyn half Edana, hinter Brigid aufzusitzen, und stieg hinter dem Stallknecht auf den dritten Zelter.

Burke drückte Alys eng an sich und schlang seinen Umhang um sie beide. Der Nebel änderte sich kaum merklich, und ein feiner Regen begann zu fallen, als er Schattenmond die Sporen gab. Es war verrückt, so spät noch loszureiten, aber keiner von ihnen wollte auch nur noch eine Nacht auf Kiltorren verbringen. Burke wußte, daß er sich den erleichterten Seufzer seiner Dame nicht einbildete, als sie Godfrey zuwinkten und aus Kiltorrens Toren ritten.

Ja, endlich war alles, wie es sein sollte.

♠

Malvina erwachte träge aus dem Schlaf, als sie ihre Mutter in der Küche toben hörte. Deirdre schlug Pfannen und Töpfe aneinander und fluchte wie ein Matrose.

Ja, ihre Mutter schien noch verärgerter als sonst. Malvina schmiegte sich wieder an Talbot, mit dem sie sich in der Vorratskammer versteckt hatte, denn sie fürchtete, daß der Zorn ihrer Mutter ihr galt. Doch Deirdre stapfte aus der Küche, und ihre wütenden Schritte verklangen im Saal und schließlich auf der Treppe. Malvina biß sich auf die Lippe und betrachtete den schlafenden Ritter, während sie sich fragte, wie sie vorgehen mußte, um ihn zu gewinnen. Sicherlich würde der Ritter nun ehrenvoll handeln, nach all den schamlosen Dingen, die sie getan hatten. Wie sie sich wünschte, es zu wissen! Sie beobachtete ihn durch die Wimpern hindurch, ihr Herz hüpfte ob seiner Schönheit, und sie wußte, wie sie es in Erfahrung bringen konnte.

Malvina rollte sich zu ihm und ließ ihre Brüste über seine Flanke streichen, so wie es ihm den ganzen Nachmittag über gefallen hatte, ließ ihre Finger seine Brust hochwandern.

Talbot verzog das Gesicht, schlug ihre Hand beiseite und drehte ihr den Rücken zu. »Laß mich, Mädchen«, knurrte er. »Mein Kopf schmerzt, als würde er gleich platzen von dem miserablen Wein, den dein Herr mir aufgetischt hat. Wecke *ihn* mit deiner Lust, und laß mich schlafen.«

Malvinas Hand hielt inne: »Meinen Herrn aufwecken?«

»Ja, ich weiß wohl, daß du seine liebste Hure bist. Suche deine Befriedigung woanders, Frau, ich habe alles von dir bekommen, was ich wollte.« Und der Ritter schlief wieder ein.

Talbot hielt sie für eine Hure?

Dachte er, sie würde sich mit ihrem Vater paaren?

Und er glaubte, er wäre mit ihr *fertig*?

»Wie könnt Ihr es wagen, mich so zu beleidigen?« Malvina packte den Ritter beim Hemd und rüttelte ihn wieder wach.

»Ich schlafe!«

»Ihr werdet nichts dergleichen tun, bevor Ihr mich nicht angehört habt!« erwiderte Malvina. Sie zog ihn am Hemd hoch und löste dann ihren Griff.

Er stieß sich den Kopf, riß die Augen auf und runzelte die Stirn: »Was tust du da? Ich werde dafür sorgen, daß du für deine Dienste belohnt wirst.«

Malvina beugte sich über ihn, ihr Ärger war nicht zu verkennen, und Talbot wich vorsichtig zurück. »Ich bin keine Hure, mein Herr«, erklärte sie mit einem Nachdruck, der nicht mißzuverstehen war.

»Aber ... aber Ihr seid zu mir gekommen und habt Euch mir angeboten«, warf er verzweifelt ein. »Keine anständige Frau würde so etwas tun!«

»Und kein anständiger Mann würde Schande über seinen Gastgeber bringen, indem er mit dessen Tochter schläft!«

Talbot erbleichte höchst befriedigend: »Ihr seid nicht seine Tochter. Ihr könnt nicht seine Tochter sein!«

Er hatte sie nicht einmal angesehen. Enttäuschung machte sich in Malvina breit, denn sie hatte alles getan, um die Aufmerksamkeit dieses Mannes zu erringen. Sie hatte gedacht, er würde sie so freudig empfangen, weil er sich zu ihr hingezogen fühlte.

Aber es war alles gelogen. Er hatte sie für eine Dirne gehalten, gedacht, daß er sich ihre Unschuld einfach nehmen konnte.

»Ich *bin* die Tochter des Hauses«, korrigierte Malvina ihn, und ihre Stimme zitterte vor Wut. »Hättet Ihr Euch die Mühe gemacht, auch nur ein Mal in meine Richtung zu sehen, hättet Ihr das gewußt.«

»Großer Gott!« Der Ritter legte den Kopf in die Hände. »Ihr seid diejenige, die ich heiraten soll.«

Die Wahl seiner Worte verärgerte Malvina noch mehr. »Ich bin die, die Ihr heiraten werdet«, erklärte sie mit Nachdruck. »Ich werde dafür sorgen, daß Ihr zur Rechenschaft gezogen werdet, weil Ihr mir die Unschuld geraubt habt, und ich werde persönlich sicherstellen, daß Ihr Eurer Strafe für diese Beleidigung nicht entgeht.«

»Unschuld?« Talbot setzte sich auf und fuhr sich durchs Haar.

Auch die letzte Farbe wich aus seinem Gesicht: »Das könnt Ihr nicht tun! Ihr könnt mich nicht zwingen, Euch zur Frau zu nehmen!«

»Und ob ich das kann. Ihr habt einen Fehler begangen, mein Herr, und ich werde Sorge tragen, daß Ihr die Rechnung begleicht.« Sie stand auf, schüttelte ihr Haar aus und legte es auf ihre Schultern, so daß es noch zerzauster aussah, als es ohnehin war. Während der Ritter entsetzt zusah, zerriß sie ihr Unterkleid und entblößte ihre Brüste.

»Mutter!« rief sie mit gespielter Bestürzung. Sie warf die Tür auf, um sicherzugehen, daß sie auch gehört wurde: »Euer Gast hat mich entehrt!«

»O Gott!« Talbot vergrub das Gesicht in den Händen.

In Wahrheit sah er recht anziehend aus, als er so niedergeschlagen dasaß. Malvina beschloß, daß er noch häufiger das Gefühl haben würde, er wüßte nicht, wie ihm geschah.

Wenig überraschend erschien Deirdre schnell auf der Bildfläche. Sie schnappte nach Luft, als sie ihre Tochter sah, und riß überaus befriedigend die Augen auf. »Cedric!« schrie sie, »komm sofort hierher!«

Talbot stöhnte mitleiderregend. Malvina hob das Kinn und schaffte es, eine Träne hervorzuzaubern, von der sie hoffte, daß sie überzeugend wirkte.

»Was genau ist hier geschehen?« verlangte Deirdre zu wissen.

Malvina entschied, daß dies der richtige Moment war, um zu weinen. Sie war sicher, daß Talbot ihre Version der Ereignisse nicht bestreiten würde.

Man würde ihm auch nicht glauben, wenn er es tat.

»Oh, Mutter! Ich bin heruntergekommen, um mir einen Schluck Wasser zu holen, da zwang sich dieser Schurke mir auf!« Malvina schluchzte, als wäre sie vollkommen verzweifelt.

Der Ritter schüttelte den Kopf: »Ich kann es nicht glauben.«

»Was ist hier los?« fragte Deirdre. »Hat er dich geküßt? Hat er dich angefaßt? Sag mir, wie weit er gegangen ist, Malvina!«

»Oh, Mutter, diese Schande ertrage ich nicht.«

»Schande?« Deirdres Ton wurde schärfer. »Welche Schande?«

Malvina warf sich weinend in die Arme ihrer Mutter und sah, daß eben jetzt ihr Vater herbeigeeilt kam. Perfekt! »Er hat mir meine Unschuld geraubt!« klagte sie. »Er hat mich in diesen Raum gezerrt und mich *geschändet*! Er hat mir meinen größten Schatz genommen, und jetzt wird mich kein Mann mehr heiraten wollen!«

Ihre Eltern erstarrten. Malvina sah, wie sie sich anblickten, dann trat Cedric vor: »Unsinn, mein Liebes. *Dieser* Mann wird dich zur Frau nehmen.« Ihre Eltern wandten sich um und bedachten Talbot mit einem bösen Blick.

Malvina lächelte an der Schulter ihrer Mutter und schniefte.

Aber Talbot sprang auf: »Das ist Wahnsinn! Ich kann diese Frau nicht heiraten, und ich *werde* sie auch nicht heiraten!« Anschuldigend zeigte er mit dem Finger auf sie: »Sie ist zu *mir* gekommen, mit geöffnetem Mieder und losem Haar! Sie hat *mich* verführt! Sie hat diese Situation herbeigeführt!«

»Ihr lügt!« widersprach Deirdre, bevor Malvina es tun konnte.

»Es ist abscheulich, daß ein Ritter so tief sinken kann, eine Dame für seine Missetaten verantwortlich zu machen.« Cedric blickte Malvina mit väterlicher Nachsicht an: »Bist du sicher, daß du einen solchen Mann heiraten willst, Kind?«

Malvina fuhr sich über die feuchten Wangen, musterte den Ritter und ließ neue Tränen hervorquellen: »Ich habe wohl keine Wahl, Vater.« Sie hoffte, daß die Art, wie ihre Unterlippe zitterte, ihn überzeugen würde. »Wer wird mich sonst noch wollen?«

Sie brach erneut in Tränen aus und achtete darauf, laut zu schluchzen. Talbot preßte die Lippen aufeinander und sah aus wie ein Tier, das in der Falle saß. Allein der Anblick ließ Malvinas Herz schneller schlagen.

»Das stimmt. Dieser Mann muß seinen Fehler wiedergutmachen«, sagte Deirdre energisch. »In zwei Wochen werden wir die Hochzeit feiern.«

Talbot sah sich in der Küche um, als würde er nach einem Fluchtweg suchen: »Ich kann in zwei Wochen nicht heiraten. Ich kann überhaupt nicht heiraten!«

»Daran hättet Ihr denken sollen, bevor Ihr meiner Tochter diese Schande angetan habt«, sagte Cedric ernst.

»Aber ich kann noch keine Braut nehmen!« versuchte Talbot es erneut. »Ich habe keinen Besitz, kein Erbe.« Er warf Cedric einen flehenden Blick zu: »Wollt Ihr Eure Tochter wirklich einer so ungewissen Zukunft aussetzen?«

»Ihre Zukunft ist keineswegs ungewiß.« Cedric war ungewöhnlich entschlossen, und sein Ton ließ keinen Widerspruch zu: »Kiltorren braucht einen Herrn, der mir nachfolgt, und ein Mann wie Ihr ist für diese Aufgabe wohl geeignet.«

»Kiltorren!« wiederholte Talbot mit kaum verborgenem Entsetzen. »Ihr wollt mich für immer in diesem Loch verkümmern lassen?«

»Vielleicht habt Ihr ja einige Ideen, wie man diesen Besitz besser führen kann. Wir können hier noch viel von den Franzosen lernen.« Cedric bedachte den Ritter mit einem strengen Blick. »Ihr werdet der Herr von Kiltorren und Malvina Eure Dame.«

»Aber, aber, aber ... das könnt Ihr nicht tun!«

»Doch, das kann ich«, erwiderte Cedric. »Ich bin der Herr von Kiltorren. Ihr seid in meinem Haus und habt unter meinem Dach die Unschuld meiner Tochter geraubt. Und Ihr, mein Herr, werdet Kiltorren nicht verlassen, ohne das Ehegelübde abgelegt zu haben.«

Malvinas Mutter stockte der Atem: »Cedric! Ich habe dich noch nie so ... *gebieterisch* erlebt!«

»Dies ist eine wichtige Angelegenheit, meine Liebe. Wir können nicht zulassen, daß ein Gast Schande über unser Haus bringt.«

»Aber ich habe eine Aufgabe zu erfüllen!« rief Talbot, der nicht so zufrieden mit den Ereignissen war wie die anderen Anwesenden. »Ich muß den Auftrag meines Onkels ausführen.«

»Dann müßt Ihr dies auf jeden Fall tun«, sagte Cedric ruhig. »In zwei Wochen. *Nach* der Hochzeit.«

»Warum sind diese Ritter nur immer so auf ihre Aufgaben fixiert?« fragte Deirdre. »Gerade erst sind wir Burke de Montvieux und die seine losgeworden ...«

Talbot hob schnell den Kopf: »Burke ist fort?«

»Ja«, erwiderte Deirdre. »Der Narr ist mit Alys und der Hälfte des Haushalts aufgebrochen, um für Brigid einen Gatten zu finden.«

Talbot schluckte schwer. Er trat offensichtlich bestürzt vor: »Alys ist ebenfalls fort?«

»Ja, und mit ein wenig Glück werden wir keinen von ihnen jemals wiedersehen.«

War Talbot schon aufgeregt gewesen, so war das nichts im Vergleich zu dem Zustand, in dem er sich nun befand: »Nein, das kann nicht sein! Sie kann nicht fort sein!« Eilig hob er Gürtel und Schwertscheide auf und legte sie mit zitternden Händen um. »Ich muß sie finden, ich muß ihnen nach!«

»Ihr werdet nicht vor der Hochzeit gehen!« erklärte Deirdre.

»Ihr könnt meine Tochter nicht in Schande zurücklassen«, pflichtete Cedric ihr bei.

»Ich kann nicht bleiben. Mein Auftrag ...«

Doch mehr konnte Talbot nicht sagen, bevor sich Malvina aus den Armen ihrer Mutter befreite und auf ihn stürzte. Sie packte den überraschten Ritter bei den Schultern und drängte ihn gegen die Wand.

Erst seine Zurückweisung und dann seine Entschlossenheit, Alys zu finden: das war zuviel für sie. Es glich zu sehr Burkes Entscheidung, aber diesmal hatte Malvina mehr zu verlieren.

Und sie kochte vor Wut, daß dieser Mann sich mehr darum sorgte, Alys aufzuhalten, als darum, ihre Ehre zu beschützen.

»Ich will nichts mehr hören über Alys!« rief sie. »Glaubt Ihr, ich hätte nicht bemerkt, wie Ihr nach ihr gefragt habt? Denkt Ihr, ich habe nicht gesehen, wie Euer Blick ihr gefolgt ist, daß sie von größerem Interesse für Euch war als ich?

»Nun, ich...«

Malvina schüttelte ihn: »Was habt Ihr gedacht, wie ich mich fühle, wo ich die ganze Zeit versucht habe, Eure Aufmerksamkeit auf mich zu lenken?«

»Ich kann nicht...« Talbot hatte jenen gehetzten Blick, der Malvina so ans Herz ging.

»Wie, glaubt Ihr, fühlt es sich an, unerwünscht zu sein? Immer nur an zweiter Stelle zu stehen? Unansehnlich zu sein, plump und unattraktiv, eine Last für alle um Euch herum?«

»Ich halte Euch weder für plump noch für unansehnlich«, wagte Talbot einzuwerfen, aber Malvina war nicht bereit, ihm zuzuhören.

»Heute habt Ihr mich begehrt«, sagte sie mit erstickter Stimme. »Ich habe es in Euren Augen gesehen und konnte Euch nicht widerstehen. Es war das schönste Geschenk, das mir je gemacht wurde.«

»Nun, ich...« Talbot wurde rot.

»Was denkt Ihr, wie groß die Last ist zu wissen, daß niemand Euch will, daß Ihr niemandem gefallt, daß niemand Euch um Eurer selbst willen begehrt? Zuzusehen, wie der Blick jeden Mannes über Euch hinweggleitet und auf der armen Kusine weilt?« Malvina holte Luft und spürte, wie ihr echte Tränen kamen: »Zu wissen, daß Ihr *niemals* gut genug sein werdet, *niemals* den Erwartungen gerecht werden könnt?«

Talbot blinzelte. Er schien nachzudenken, und dann sah er Malvina an, sah sie zum ersten Mal wirklich an. Sein Blick glitt über ihr Gesicht, und zu Malvinas Überraschung lächelte er leicht, als gefiele ihm, was er sah.

»Ich glaube«, sagte er bedächtig, »ich weiß genau, wie sich das anfühlt.«

Malvina starrte den Ritter an, entgeistert, daß sie vielleicht doch etwas gemein hatten. Auch Talbot schien überrascht. Er lächelte verlegen, und Malvina bemerkte kaum, wie ihr Vater einen Boten losschickte, damit Godfrey das Tor schloß.

Kapitel 15

Alys hatte ja schon befürchtet, daß ihre Anziehungskraft nicht von Dauer sein würde, und ihre Zweifel wurden noch bestärkt, als sie Kiltorren verließen.

Irland schien von den schönsten Frauen bevölkert, die sie je gesehen hatte. In jedem Dorf, auf jeder Burg, jedem Marktplatz wimmelte es nur so von blitzenden Augen und strahlenden Lächeln. Wo auch immer sie hinschaute, sah Alys schöne Frauen, und erst jetzt wurde ihr bewußt, welcher Versuchung Burke ausgesetzt war.

Denn jede einzelne Frau nahm ihn auf die eine oder andere Art zur Kenntnis. Einige scheue Frauen blickten nur verschämt zu ihm auf, während andere, kühnere, ihm direkt zulächelten, ihre Röcke warfen oder mit den Bändern ihrer Blusen spielten. Selbst in ihrer Gegenwart erhielt er viele versteckte Einladungen.

Welcher Mann konnte dieser Anfechtung widerstehen, seien seine Absichten auch noch so ehrenhaft?

Burke jedoch schien diese Frauen kaum zu bemerken. Sein Blick glitt über sie hinweg, und zu Alys' Überraschung hörte er ihre einladenden Rufe nicht einmal. Er lächelte nur Alys zu, war immer zur Stelle, ihr die Hand zu reichen, immer an ihrer Seite, ihr die Wunder zu erklären, die sie zum ersten Mal sah.

Alys achtete unentwegt darauf, daß die Kapuze ihr Gesicht verbarg, die violette Schwellung, die sich an ihrem Auge gebildet hatte, im Schatten blieb.

Im Hafen angelangt, stellte das fehlende Geld ein Problem dar, denn die Überfahrt mußte auf allen Schiffen bezahlt werden, insbesondere, da ihre Gruppe vergleichsweise groß war. Doch Burke wollte keine Ablehnung akzeptieren. Er suchte den Hafen ab, ging auf die Piere und fragte in den Tavernen nach, lange nachdem andere die Hoffnung schon aufgegeben hätten.

An ihrem zweiten Morgen in Cork segelten die Templer in den Hafen ein. Es war ungewöhnlich, daß die kriegerischen Mönche hier anlegten, und Alys glaubte fast, daß Burkes unglaubliche Entschlossenheit sie gerufen hatte.

Schon jetzt war der noch relativ junge Ritterorden für seinen Reichtum bekannt, und ihr Schiff war das größte im Hafen. Die Templer besaßen in allen christlichen Landen Grund und Boden, und von kirchlichen und weltlichen Abgaben befreit, kannte ihr Wohlstand keine Grenzen.

Sie sammelten Wolle von ihren verstreuten Gütern ein, die sie nach Flandern brachten, wo sie zu Stoff verwoben wurde, den sie im ganzen Abendland verkauften. Sie besaßen Schiffe, viele Güter, Mühlen in Flandern, und sie bestimmten einen Großteil des Wollhandels.

Und es war diese Wolle, die Alys und den anderen die Reisegelegenheit verschaffte. Mehrere der Männer auf dem Schiff waren krank geworden, und die Templer brauchten noch Männer, um die Ballen zu verladen. Burke handelte schnell eine Übereinkunft mit dem Kommandanten des Templerschiffes aus. Kerwyn, Beauregard und Burke würden ihre Fahrt abarbeiten. Burkes letzter Silberheller würde zusammen mit dieser Arbeit für die Überfahrt der Frauen und Schattenmonds zahlen.

Kerwyn packte sofort mit an. Obwohl schmal gebaut, war er kräftig, und der Kommandant, der das Verladen überwachte, brummte zufrieden. Edana starrte ihn mit offenem Mund an, und Alys mußte sie gewaltsam fortziehen.

Burke kümmerte sich um die Unterbringung der Frauen, bevor auch er die Arbeit aufnahm, und Alys wußte, daß er sich versichern wollte, daß die Quartiere angemessen waren. Er reichte Alys die Hand, und nicht zum ersten Mal spürte sie seinen prüfenden Blick auf ihrer Kapuze ruhen.

»Die Reise wird hart werden«, gestand er leise. »Wir halten beinahe in jedem Hafen auf unserem Weg. Aber wir legen mit drei Jungfern ab, und in der Gesellschaft von Männern, die sich dem Dienst an Gott verschworen haben, werden wir auch mit drei Jungfern ankommen. Auf keinem anderen Schiff könnte ich mir dessen sicher sein.«

Beauregard zog die Brauen hoch und steuerte einen schroffen Kommentar bei: »Wir können nur hoffen, daß diese Templer ihrem Keuschheitsgelübde mehr Bedeutung zumessen als dem Armutsgelübde.«

»Ach, Beauregard«, überlegte Burke laut, »ich glaube nicht, daß einer von ihnen töricht genug ist, uns beide herauszufordern.«

Der Koch grinste und gesellte sich zu Kerwyn.

»Wo werden wir an Land gehen?« fragte Edana. Brigid erbleichte, denn allein das Schwanken der Planke bereitete ihr schon Übelkeit.

»In Le Havre«, erklärte Burke. »Zumindest ist das nicht weit von unserem Ziel entfernt.«

Alys lehnte sich enger an ihn, damit die anderen sie nicht hörten: »Das war Eure letzte Münze, oder?«

»Ja, ich hatte nur zwei«, gab Burke zu. »Es wäre genug gewesen, um uns beide zu den Turnieren zu bringen, aber ich hatte nicht mit einer Gefolgschaft gerechnet.«

»Und nicht mit Beauregard. Das war eine gute Tat.«

Burke drückte ihre Hand: »Niemand mit einem Herzen im Leib hätte ihn im Stich lassen können. Und er hat schon lange für Euch gesorgt. Es ist wichtig, daß Freundschaft belohnt wird.«

»Aber was wird, wenn wir Le Havre erreichen? Schattenmond kann uns nicht alle tragen!«

»Habt keine Angst, Alys.« Burke grinste: »Wir werden schon einen Weg finden. Ich denke, wir werden lernen müssen, aus weniger mehr zu machen.«

Er warf ihr einen so schnellen Blick zu, daß Alys ihr Gesicht gerade noch abwenden konnte. Zärtlich streichelte er ihre Hand, so daß sie fast dahingeschmolzen wäre, und senkte die Stimme: »Bereitet Euch diese Aussicht große Sorge?«

Sie würden noch viele Hindernisse überwinden müssen, aber Alys traute ihrem Ritter zu, daß er sie alle bewältigen würde. »Nein, Burke.« Sie erwiderte den Druck seiner Hand. »Ich vertraue Euch.«

»Der Kapitän hat befohlen, daß wir Segel setzen, sobald die Wolle verladen ist, Alys.« Er küßte flüchtig ihre Hand, und sie erschauerte. »Ich erwarte zu hören, was auf Kiltorren geschehen ist, sobald die Leinen los sind. Trefft mich an Deck, wenn Eure Kusine versorgt ist.«

Er wandte sich ab und ging. Alys protestierte nicht, obwohl sie sich vor seiner Reaktion fürchtete. Immerhin konnte er nun nichts mehr unternehmen.

♠

Die Sonne stand schon tief am Horizont, als das Schiff ablegte. An Deck herrschte rege Betriebsamkeit, während die Seeleute sich auf die Abfahrt vorbereiteten. Sie riefen einander Befehle zu, und jene, die auf dem Pier zurückgeblieben waren, winkten. Kerwyn, Beauregard und Burke grinsten, denn ihre Arbeit war getan, und wischten sich den Schweiß aus der Stirn. Das Schiff fuhr auf die offene See hinaus, und Burke atmete tief die salzige Meeresluft ein.

»Lebe wohl Kiltorren«, flüsterte er. »Ein Lebewohl euch allen.«

Er drehte sich um und sah Alys an der Reling warten. Ihr

Umhang bauschte sich im Wind. Sie stand mit dem Rücken zu ihm, ihre Augen auf die zurückbleibende Küste gerichtet, und Burke eilte an ihre Seite. Zum ersten Mal, seit sie Kiltorren verlassen hatten, verdeckte die Kapuze nicht ihr Gesicht, und der Wind zerzauste ihr Haar. Er lächelte, als er sah, wie die letzten Strahlen der Sonne ihre goldenen Locken zum Glänzen brachte, und lehnte sich neben ihr an die Reling.

»Güldenes Licht der Sonne«, murmelte er. »Ich wußte doch, daß es passen würde.«

»Ach, Burke, es scheint, Ihr findet immer die richtigen Worte«, seufzte Alys. Burke hörte das Lächeln in ihrer Stimme, wandte sich zu ihr und verstummte.

Entgeistert starrte er auf die Schwellung in Alys' Gesicht. Sie war schon alt, denn sie wurde an den Rändern langsam gelblich, und stellenweise war das Violett schon verblichen. Er schätzte, daß sie drei oder vier Tage alt war.

Bevor sie Kiltorren verlassen hatten also. Burke hob die Hand, um ihre Wange zu streicheln, fürchtete aber, ihr weh zu tun, und ließ sie wieder auf die Reling sinken.

Dann packte ihn die Wut. »Wie konnte Eure Tante es wagen, Euch noch einmal zu schlagen?« fragte er leise, aber hitzig. »Ich dachte, es wäre alles geklärt gewesen zwischen uns.«

»Es ist Malvinas Schuld.« Alys zog die Kapuze wieder hoch. »Und Ihr könnt nichts mehr dagegen tun.« Sie wandte sich wieder dem Horizont zu, während Burke das Geländer umklammerte und versuchte, scinc Wut zu zähmen.

Wie konnte sie nur so ruhig bleiben? Er wollte rächen, was man ihr angetan hatte, je härter, desto besser!

»Warum habt Ihr mir nichts gesagt?« fragte er. »Ich hätte dafür gesorgt, daß sie bezahlen müssen.«

»Ich weiß.« Und sie unterstrich ihre Aussage mit einem vielsagenden Blick.

»Ihr hättet es mir sagen sollen.«

Alys schüttelte den Kopf, ein feines Lächeln auf den Lippen. »Ich kenne Euch gut genug, um zu wissen, daß Ihr etwas Voreiliges getan hättet, um mich zu verteidigen«, behauptete sie sanft, ohne ihn damit zu verurteilen. In ihren Augen war ein Funkeln, das ihn zu necken schien: »Und dann wären wir *niemals* fortgekommen.«

Alys hatte so selbstverständlich »wir« gesagt, daß Burke sich ein Grinsen nicht verkneifen konnte. Er beugte sich vor und betrachtete sie unbeeindruckt: »Stört es Euch, daß ich meine holde Dame verteidigen möchte?«

»Nein, aber die Tante hat schon einen Silberheller zuviel von Euch erhalten.«

Burke schnaubte abfällig: »Ich überlege, ob ich ihn mir als Vergeltung nicht wiederholen sollte.« Er sah Alys' alarmierten Blick und bedeckte ihre Hand mit der seinen: »Habt keine Angst, wir werden nicht zurückgehen.«

Alys lächelte erlöst, und ihre Verletzung tat ihrer Schönheit keinen Abbruch. Sie lehnte sich neben Burke an die Reling, und ihr Arm berührte seinen. »Vielleicht kenne ich Euch doch nicht so gut, wie ich dachte«, sagte sie spielerisch.

Burke konnte nicht anders, als ihr Lächeln zu erwidern: »Wirklich nicht?«

»Wirklich nicht. Ich hatte erwartet, Ihr würdet diesen romantischen Augenblick nutzen, um Euch einen Kuß zu stehlen«, sagte sie herausfordernd, und ein Grübchen erschien auf ihrer geschundenen Wange. »Ihr seid in den letzten Tagen höchst zurückhaltend gewesen. Vielleicht seid Ihr nicht der Mann, für den ich Euch gehalten habe.«

Burke lachte leise: »Vielleicht bin ich auch nur ein Mann, der gelernt hat, daß der Kuß, den seine Dame ihm schenkt, süßer ist, als jeder, den er sich stehlen könnte.« Bei dieser Antwort errötete Alys, und ihre Augen funkelten. »Wirklich, Küsse wie Eure sind es wert, daß man darauf wartet.«

»Oh, Ihr sprecht süße Worte«, neckte sie. »Erfreut Ihr alle Eure Liebsten mit solch glühenden Liebesbekenntnissen?«

»Nein, Alys. Nur Euch.« Burke nahm ihre Hand. »Ich liebe Euch, nur Euch allein. So wird es immer sein, fürchte ich.«

»Welch trauriges Schicksal«, scherzte Alys, und sie lächelten einander zu. Aber die Dame gab nicht zu, unter derselben Last zu leiden. Es entging Burke nicht, daß sie sein Bekenntnis nicht erwiderte.

Doch er hatte gelernt, auf Alys' Geschenke zu warten und sie zu nichts zu zwingen.

Es war nur schade, daß es ihm nicht leichter fiel.

»Sagt mir wenigstens, daß Eure Gegnerin noch schlimmer aussieht.«

Alys lachte leichthin und runzelte entzückend die Nase: »Ich versichere Euch, sie wird *leiden*.«

Burke grinste, zog seine Dame an sich und bewunderte erneut ihre Stärke: »Ihr hattet recht, meiner Reaktion zu mißtrauen, Alys.« Er zwinkerte ihr zu. »Aber ich würde es schätzen, wenn Ihr zugeben würdet, daß die Idee nicht wirklich falsch war.«

Ihr perlendes Lachen war aller Lohn, den Burke verlangte.

Und daß Irlands Küste schnell hinter ihnen zurückblieb. Sie sahen zu, wie die Entfernung zum Land immer größer wurde, und ihre Gedanken schienen sich gleichzeitig der Küste zuzuwenden, die sie bald erreichen würden.

»Also sagt mir, lieben sich Euer grausamer Vater und Eure furchteinflößende Mutter?« fragte Alys.

Burke schnaubte verächtlich: »Nein, sie hassen sich.«

Alys warf ihm einen beunruhigten Blick zu, und Burke zuckte mit den Schultern: »Es hat keinen Sinn, die Wahrheit zu beschönigen. Sie passen nicht zusammen, und ich glaube, das war bald nach der Hochzeit klar. Schon in meinen frühesten Erinnerungen streiten sie miteinander. Sie haben beschlossen, getrennt zu leben, als ich noch sehr jung war, und glücklicherweise kreuzen sich ihre Wege nur selten. Ich bin mir sicher, das ist Absicht.«

»Aber warum legt Ihr dann soviel Wert auf die Liebe?«

»Weil die Liebe in ihrer Ehe fehlt.« Burke runzelte die Stirn, denn er wußte, daß er Alys vom Wert einer Sache überzeugen mußte, die ihr nie begegnet war: »Mein Vater hat geheiratet, um seine Lust zu befriedigen, eine Lust, die sowohl von fleischlichen Gelüsten als auch von seinem Durst nach Macht gespeist wird. Meine Mutter ist auf ihre Weise nicht unansehnlich und außerdem eine reiche Erbin. Er konnte ihr einfach nicht widerstehen, und für einen entscheidenden Augenblick erlag sie seinem Drängen.«

Er verzog den Mund: »Sie bestand auf der Hochzeit, obwohl ich sicher bin, daß sie sich später wünschte, sie hätte es nicht getan.«

Burke lächelte der nachdenklichen Alys zu: »Ich bin das Resultat dieses einen Augenblicks der Torheit, obwohl kurz nach meiner Empfängnis alles vorbei war. Mein älterer Bruder, Luc, ist das Ergebnis einer früheren Leidenschaft meines Vaters, doch diese Braut hatte den Anstand, zu sterben und ihn wieder freizulassen. Meine Mutter würde einem Mann nie diesen Gefallen tun.«

»Ich bin nicht sicher, ob ich diese Frau kennenlernen möchte.«

»Ich werde Euch beschützen«, versprach Burke, und Alys lachte leise.

»Erzählt weiter.«

»Viel mehr gibt es nicht zu sagen. Sie lebten in der Hölle, die sie sich selbst geschaffen hatten, bis mein Vater mit der Tänzerin einer fahrenden Truppe anbändelte. Der aus dieser Verbindung entstandene Knabe, mein Bruder Rowan, stand Jahre später vor unseren Toren, und meine Mutter war so wütend, daß sie meinen Vater von Montvieux verjagte.«

»Sie hat sich nicht von ihm getrennt?«

Burke lächelte gleichzeitig liebe- und respektvoll: »Wie ich schon sagte, ist sie gern ihr eigener Herr. Und mein Vater wollte das Ansehen nicht verlieren, das ihm seine Verbindung zu Montvieux brachte. Das einzige, auf das sie sich einigen konnten, war, daß ich den Besitz meiner Mutter erben sollte.«

»Das hört sich furchterregend an.«

Burke nickte: »Als ich noch ein Kind war, dachte ich, alle Ehen wären so. Doch dann habe ich meine Ausbildung zum Ritter in einem glücklichen Hause erhalten. Der Herr und die Herrin haben sich nicht gestritten, sie stiegen nicht mit anderen ins Bett, sie beleidigten sich nicht und lebten glücklich und zufrieden zusammen. Wie Ihr Euch vorstellen könnt, machte das für mich wenig Sinn. Der Burgherr selbst erzählte mir von der Macht der Liebe, und der Beweis ihrer Kraft lag vor mir.«

Im Laufe der Jahre habe ich viele Paare beobachtet und herausgefunden, daß jene, zwischen denen Liebe herrschte, die glücklichsten waren. Es stimmt, daß viele Ehen auf gegenseitigem Vertrauen, Respekt oder sogar Mitleid gründen, und obwohl diese ebenfalls annehmbar sein mögen, so reicht doch keine von ihnen an eine Verbindung heran, die die Liebe zusammenhält.«

Burke zuckte die Achseln und sah Alys an, um sich ihrer Aufmerksamkeit zu versichern: »Ich sehe nichts Schlechtes darin, wahrhaft glücklich zu sein, und ziehe es dem Gegenteil bei weitem vor. Da ich aus einer Verbindung komme, die so voller Streit war und ist, wünsche ich mir um so mehr, in einer friedlichen Ehe zu leben.«

Alys schüttelte den Kopf: »Kein Bund fürs Leben ist ohne Streit.«

»Nein, aber solche, die auf Liebe gegründet sind, werden eher damit fertig. Das habe ich wieder und wieder gesehen.«

Alys sah ihn einen Moment lang nachdenklich an, die Augen voller Fragen. »Ihr habt viel mehr von der Welt gesehen als ich«, gab sie sanft zu. »Erzählt mir davon.«

Und bereitwillig kam Burke ihrer Bitte nach.

♠

Erst vierzehn Tage später liefen sie in Le Havre ein. Alys hatte nicht geahnt, daß es außerhalb Kiltorrens so viele Häfen gab, so viele Menschen! Ihre Unterschiede und Gemeinsamkeiten faszinierten sie ungemein, und jeden Morgen eilte sie an Deck, um den Tag mit Burke zu verbringen. Er erzählte ihr die wundervollsten Geschichten, brachte sie zum Lachen und überraschte sie mit seinen Einsichten.

Und wenn er die Arme rechts und links von Alys auf die Reling stützte, so war sie sicher, daß nichts Verwerfliches daran war, daß er darauf achtete, daß sie auf den nassen, schwankenden Planken nicht den Halt verlor.

Brigid war bleich, als sie von Bord gingen, denn sie war die ganze Reise über seekrank gewesen. Erleichtert schloß sie die Augen, als sie wieder festen Boden unter den Füßen spürte, drückte Alys' Hand und lächelte schwach.

»Keine Schiffe mehr«, sagte sie entschieden, und Alys fühlte sich schuldig, daß sie die Zeit mit Burke so genossen hatte, während ihre Kusine litt.

Edana schien dieser Tage noch glücklicher zu sein, und ihr Lächeln galt meist Kerwyn. Alys war sicher, daß die beiden ebenfalls viel Zeit miteinander verbracht hatten. Sie konnte das Mädchen nicht schelten, weil sie ihr Glück suchte, und wünschte sich nur, sie würde Edanas Lebensmut besitzen.

Burke kehrte mit Beauregard zu der kleinen Gesellschaft zurück. Hinter ihnen lockte Kerwyn Schattenmond auf die Planke, und das Tier sah nicht aus, als hätte ihm die Reise gefallen.

»Das Glück ist uns hold«, sagte Burke und lächelte Alys zu. »Der Anführer der Templer bittet uns, einige Pferde nach Paris zu bringen. Er war von unserer Hilfe angetan, obwohl ein Großteil seiner Dankbarkeit wohl Beauregards Umgang mit gesalzenem Fisch und Dill zu verdanken ist.«

Der frühere Koch Kiltorrens hatte sich in der Kombüse nützlich gemacht, als Brigid krank wurde, entschlossen, sie wieder gesund zu pflegen. Doch die See hatte all seine Bemühungen zunichte gemacht und war auch mit dem meisten Essen gefüttert worden.

»Die Mahlzeiten müssen stimmen, egal unter welchen Umständen.« Der mächtige Mann rümpfte die Nase: »Was hätte ich nicht mit einem fetten Huhn anfangen können! Lady Brigid sähe nicht so verhungert aus, hätte es mehr als nur Fisch gegeben.«

Brigid stöhnte und hielt sich den Magen: »Ich bitte dich, *sprich* nicht von Fisch!«

»Mir scheint, ein Abend mit besserem Essen wäre angebracht.« Burke zwinkerte Alys zu, und sie ahnte, was er vorschlagen würde. Da sie seine Pläne kannte, hatte sie keine Einwände. Vielleicht würden sie Brigid glücklich machen, und Alys konnte es kaum erwarten, das Ergebnis zu sehen. »Ein guter Freund wohnt nicht weit von hier. Wenn wir schnell genug reiten, können wir sein Haus noch heute nachmittag erreichen.«

»Auch wenn dieses Schloß nur eine alte Henne übrig hätte, würde das Lady Brigid schon guttun«, murmelte Beauregard beschützerisch.

»In der Tat.« Burke lächelte. »Ich bin sicher, wir werden auf Crevy einiges finden, was gut für Lady Brigid ist.«

Alys erwiderte sein Lächeln und hoffte aus tiefstem Herzen, daß er recht hatte.

♠

Die Wehrtürme von Crevy-sur-Seine erhoben sich vor ihnen im Licht des späten Nachmittags. Crevy war beileibe kein kleines Gut, und Alys wurde bewußt, wie schäbig Kiltorren Burke vorgekommen sein mußte.

Ob Montvieux ebenso prachtvoll war? Ein weiterer Zweifel gesellte sich zu den anderen, die sie bereits plagten. Alys konnte sich nicht vorstellen, daß ein Mann einen so reichen Besitz aufgab, ohne es später einmal zu bedauern. Oder der Frau die Schuld zu geben, um derentwillen er sein Erbe ausgeschlagen hatte. Würde Bitternis zwischen ihr und Burke entstehen, weil er Montvieux nicht behalten hatte? Alys knabberte an ihrer Unterlippe und betrachtete die Festung, die vor ihnen auftauchte.

Die vier Ecktürme von Crevy wurden durch eine hohe Mauer verbunden und von einer weiteren, ebenso hohen Mauer umgeben. Dazwischen waren Ställe und Werkstätten untergebracht, und das Dorf breitete sich vor den Toren aus. Ein flacher, breiter Strom floß hinter der Burg, die sanften Hügel der Weiden waren von sattem Grün, und der Wald in der Ferne verhieß kühlen Schatten.

Die Wache stieß einen freudigen Ruf aus, als sie Burke erkannte. Plötzlich strömten überall Menschen aus den Ställen und der Waffenschmiede, riefen ihnen einen Gruß zu und winkten fröhlich. Ein halbes Dutzend Kinder lief hinter den Pferden einher, nicht eines von ihnen so zerlumpt wie der wohlhabendste Leibeigene von Kiltorren.

Ein reich gekleideter Mann trat aus dem Haupthaus, und seine befehlende Geste und die Art, wie sich ihm alle zuwandten, verrieten Alys, wer er war. Er war wirklich etwas kleiner als Burke, mit hellerem Haar und dunkleren Augen, obwohl er im selben Alter zu sein schien. Er war muskulös und gut in Form und bewegte sich mit der Gewandtheit eines Kriegers.

»Denkt Ihr, er ist gut genug?« fragte Burke leise, und Alys konnte nur nicken, denn schon war der Mann bei ihnen.

»Bruder Burke!« rief er, und Alys fragte sich, was diese Anrede bedeuten sollte. »Was für eine unerwartete Freude!«

»Guillaume! Es freut mich, dich zu sehen.« Burke stieg ab, die beiden schüttelten sich die Hand, grinsten einander zu und umarmten sich plötzlich. Sie lachten und scherzten wie alte, gute Freunde.

Währenddessen kam eine zierliche Frau mit silbernem Haar mit kleinen Schritten aus dem Schloß geeilt. Sie stieß einen Ruf des Entzückens aus, als sie sah, wer da gekommen war, und rannte den Rest des Weges. Burke lachte und umarmte sie, als sie ihn erreichte. Sie kicherte und schlug mit den Füßen, als er sie emporhob.

Dann schnalzte sie mit der Zunge und nahm sein Gesicht in die Hände, obwohl sie sich dazu auf die Zehenspitzen stellen mußte: »Du hübscher Schuft, es ist lange her, daß du uns besucht hast.« Sie küßte ihn auf die Wange.

Burke verbeugte sich tief und drückte einen Kuß auf ihre Hand: »Lady Crevy, Ihr seht jünger und schöner aus als je zuvor.«

»Unsinn!« schalt ihn die Dame mit liebenswürdiger Vertrautheit. »Du hast dich nicht im geringsten verändert, immer noch der alte Schmeichler.« Zu Alys' Erstaunen reckte sie sich und kniff Burke freundschaftlich in die Wange: »Hast du diesmal eine Braut mitgebracht, *chevalier*? Wirklich, ihr beide bringt mich noch zur Verzweiflung!«

Guillaume verdrehte die Augen bei dieser Bemerkung seiner Mutter und ließ seinen Blick über die Gruppe schweifen, bis er schließlich auf Brigid zu ruhen kam.

Doch dann wandte sich Burke zu Alys, und sie vergaß alles andere. »Ich habe eine Dame gefunden«, sagte er leise, und ein Glimmen erwachte in seinen Augen, als er ihr die Hand darbot. Alys schob ihre Kapuze zurück, dankbar, daß ihr blaues Auge schon so gut wie verschwunden war, und lächelte. »Darf ich Euch Alys von Kiltorren vorstellen? Alys, mein Freund Guillaume und seine Mutter, die Herrin von Crevy. Und Lady Alys' Kusine ...«

Guillaume riß erstaunt die Augen auf: »Sagtest du Lady Alys?«

»*Die* Alys?« fragte seine Mutter, ihr Blick hell, als sie näher kam.

Zu Alys' Überraschung blickte Burke leicht unbehaglich drein und wurde sogar rot. »Ihr braucht keinen solchen Aufstand zu machen«, fing er an, aber Guillaume brüllte vor Lachen.

»Sie ist es! Es ist *die* Alys!« Er schlug Burke auf den Rücken und trat vor, um Alys beim Absteigen behilflich zu sein. »Entschuldigt mein Benehmen, Lady Alys, aber wir hatten begonnen zu bezweifeln, daß diese vollkommene Frau überhaupt existiert. Willkommen, willkommen auf Schloß Crevy.«

Als sie auf dem Boden stand, küßte Guillaume ihr galant die Hand: »Ich freue mich, daß Ihr diesem Ritter die Ehre Eurer Gesellschaft schenkt. Selbst seine stolzen Berichte werden Eurer Schönheit nicht gerecht.«

Burke hatte seinen Freunden von ihr erzählt?

Lady Crevy nahm Alys' Hände fest in die ihren, und ihre Augen funkelten verschmitzt. *»Ah, si belle«*, flüsterte sie beifällig und küßte Alys auf die Wange, wie sie es bei Burke getan hatte. »*Bienvenue*, Alys. Wie Ihr Euch denken könnt, haben wir viel von Euch gehört. Es ist schön, Euch endlich kennenzulernen.«

Guillaume zwinkerte ihr zu: »Wirklich, Bruder Burkes Trübsal war kaum zu ertragen.«

Burke hatte sich nach ihr gesehnt? Unmöglich!

Und dennoch schienen die beiden so ehrlich, daß Alys nicht an ihnen zweifeln mochte. Offensichtlich war Burke ihnen lieb und teuer, und aus der Art, wie sie ihn neckten, schloß Alys, daß sie sowohl gute Freunde als auch gute Gesellschaft waren.

»Du bemühst dich umsonst, Guillaume«, beschwerte sich Burke barsch. »Alys verlangt es nicht nach leeren Komplimenten.«

Sein Verhalten bestätigte die Behauptungen seiner Freunde. »Aber ich würde gerne mehr über diesen trübsinnigen Ritter hören«, sagte Alys leichthin. Burke warf ihr einen düsteren Blick zu, und sie wunderte sich über seine Laune.

Guillaume konnte seine Belustigung nicht verbergen, während er sie abwechselnd musterte. »Er ist seiner Sache noch nicht sicher«, sagte er seiner Mutter, die zustimmend nickte.

»Ja, und sein legendärer Charme hilft ihm auch nicht.« Sie beugte sich vor und klopfte Alys mit blitzenden Augen auf den Arm: »Ich mag Frauen, die wissen, was sie wert sind.« Sie wies mit dem Daumen auf Burke. »Es tut gut, zu sehen, daß er nicht immer seinen Willen bekommt.«

»Das reicht jetzt!« verkündete Burke mit untypischer Ungeduld. »Müssen wir hier im Hof herumstehen, während ihr über nichts und wieder nichts tratscht?«

»Nichts?« wiederholte Guillaume, und Burke wandte den Blick ab. Ihr Gastgeber rührte sich nicht, und seine Lippen zuckten belustigt. Er beugte sich zu Alys und fragte sie vertraulich: »Hat er Euch verraten, warum wir ihn Bruder Burke nennen?«

»Guillaume!«

Alys schüttelte den Kopf, fasziniert von Guillaumes Geständnis wie auch von Burkes Erregung: »Er ist kein Mönch.«

Die Herrin von Crevy lachte: »Nein, wirklich nicht!« Sie drohte Burke mit dem Finger. »Sie ist nicht blind, deine Alys.«

Burke verschränkte die Arme und schaute noch grimmiger. Offensichtlich wußte er, daß er seinen Freund nicht würde aufhalten können, und genauso offensichtlich gefiel ihm das gar nicht.

Alys fragte sich, was Guillaume wußte.

»Burke ist keusch wie ein Mönch gewesen«, erklärte Guillaume und lächelte vergnügt. »Jedenfalls seit jenem Tag vor drei Jahren, als er loszog, um an einem Turnier auf einem gewissen Schloß Kiltorren teilzunehmen.«

Alys zwinkerte verblüfft. Burke hatte keusch gelebt? Das mußte ein Mißverständnis sein!

»Drei Jahre?« fragte sie, ihr Erstaunen so deutlich, daß die Dame von Crevy erneut lachte.

»Unmöglich, *non*? Daß dieser Ritter, der jede Frau haben könnte, die er will und oft auch *hatte*, den Frauen aus dem Weg gegangen sein soll.« Sie lächelte Burke voller Zuneigung zu. »Das ist die Macht von *amour*.«

Burke errötete noch stärker. »Ich denke nicht, daß diese Unterhaltung für Damen angemessen ist«, sagte er eingeschnappt. »Wenn ihr nicht nach den Pferden seht, werde ich gezwungen sein, es selbst zu tun.«

»Man hat nichts von ihm zu hören bekommen, außer Alys dies und Alys das«, fuhr Guillaume fort und kümmerte sich nicht um Burkes Einwurf. »Er erfreute uns mit Geschichten über Alys' Schönheit, Alys' sanftes Wesen, Alys' himmlische Küsse. Es gab sogar Nächte, da schien er es darauf abgesehen zu haben, meinen Weinkeller leer zu trinken und sich selbst zu bemitleiden, weil ihm seine wunderschöne Alys fehlte.«

Konnte es wahr sein? Burke warf seinem alten Kameraden einen Blick zu, als wolle er ihn ermorden, und Alys konnte nur schließen, daß es ihm nicht gefiel, daß man vor ihr über sein Liebesleben sprach, oder darüber, daß er keines gehabt hatte.

»Er hat keine andere Frau auch nur angesehen, und ich muß gestehen, daß wir eine kleine Wette abgeschlossen haben.« Guillaume zwinkerte Alys zu: »Wir haben jede Dirne in ganz Paris auf ihn angesetzt und eine ganze Menge ehrgeiziger Frauen, von den in der Kunst der Verführung bewanderten Witwen gar nicht zu sprechen.« Er zuckte mit den Schultern. »Ohne Ergebnis, außer daß meine Geldbörse immer leerer wurde. Sogar meine eigene Schwester hat versucht, ihn zu betören, aber ohne Erfolg. Ich muß Euch sagen, daß dieser Fehlschlag sie sehr verärgert hat, den Eglantine ist sehr stolz auf ihre Reize.«

Burke atmete wütend aus: »Ich werde zusehen, daß Schattenmond in den Stall gebracht wird, während du solche Frivolitäten zum besten gibst. Ich sehe schon, daß du dich nicht um die übliche Gastfreundschaft scherst.« Er nahm das Tier bei den Zügeln und schritt zu den Stallungen, das perfekte Bild gekränkter Männlichkeit.

»Du hast ihn in Verlegenheit gebracht«, schalt Lady Crevy, doch sie klang nicht sehr reuevoll. Sie wandte ihren funkelnden Blick Alys zu: »Das tut ihm gut, *non*?«

»Und er wird es überleben.« Guillaume drückte Alys' Hand und tat Burkes Ärger mit einer Handbewegung ab. »Ihr könnt Euch nicht vorstellen, wie erfreut wir sind, Euch endlich kennenzulernen«, sagte er ernst. »Ich bin froh, daß ihr beiden euch doch noch gefunden habt. Sicher werdet ihr zusammen sehr glücklich sein.«

»Laßt Euch nicht von den Schmeicheleien Eures Ritters täuschen«, fügte Lady Crevy genauso ernst hinzu. »Schon der erste Blick, als ich sah, wie stolz er durch diese Tore ritt, verriet mir alles, was ich wissen wollte, denn ich kenne Burke schon, seit er ein kleiner Junge war.« Lady Crevy tätschelte freundlich Alys' Wange: »Ihr seid es, die er liebt, und keine andere, und so wird es auch für den Rest seiner Tage bleiben.«

Alys schaute dem schnell verschwindenden Burke nach, und ihr wurde bewußt, daß sie ihm wieder einmal unrecht getan hatte. Sie hatte geglaubt, seine Zuneigung würde schnell vergehen, während er all diese Jahre auf sie gewartet hatte, selbst als sie getrennt waren. Es hatte kein Gelübde zwischen ihnen gegeben, ja, Burke hatte sogar geglaubt, sie hätte ihn abgewiesen, und dennoch war er ihr treu geblieben.

Das war mehr, sehr viel mehr, als sie hatte erwarten können.

Aber Burke erwies sich ständig als mehr, als Alys erwarten konnte. Er hatte sein Versprechen gehalten, und wenn sie jetzt das Gelübde austauschten, würde seine Hingabe nur noch größer werden, als sie es ohne Versprechen schon gewesen war.

Es stimmte, die Dinge mochten sich in den kommenden Jahren zwischen ihnen ändern, trotz aller guter Vorsätze. Doch es war genauso möglich, daß Alys Burke verlor, weil sie sich vor dem fürchtete, was er ihr anbot. Wenn sie diesen Schritt nicht wagte, würde sie auch nichts gewinnen, doch wenn sie das Risiko einging, könnten all ihre Wünsche in Erfüllung gehen.

Alys war klug genug, einen Traum nicht einfach aufzugeben, nur weil sie es nicht wagte, danach zu greifen. Sie liebte Burke. Und sie würde es ihm zeigen, indem sie sich ihrer größten Angst stellte.

Alys würde offenen Auges den Fehler wiederholen, den ihre Mutter begangen hatte, und würde Burke vertrauen, daß er sein Versprechen hielt und dafür sorgte, daß alles gut würde.

Das war sie sich und ihm schuldig.

♠

Brigid fühlte sich nicht gut.

Ihr Magen drehte sich, obwohl er vollkommen leer war. Crevys Herrlichkeit verschwamm vor ihren Augen, als würde sie es durch einen Vorhang aus Wasser sehen.

»Gut gemacht, *maman*«, sagte Burkes Freund zu seiner Mutter, als Alys sich entschuldigt hatte und Burke nachgeeilt war. »Irre ich mich, oder wußtet Ihr vom ersten Augenblick an, daß sie es war?«

»Schon auf den ersten Blick erriet ich die Wahrheit«, erklärte die ältere Frau. »Und Alys' offensichtliche Bestürzung, als er mir schmeichelte, sagte mir nur zu gut, was hier nicht stimmt. Die arme *demoiselle* hat noch nicht gelernt, Burke zu vertrauen.«

»Aber das habt Ihr richtiggestellt.« Brigid konnte das Lächeln in seiner Stimme förmlich hören.

»Es hätte sich von selbst ergeben, wie ich unseren Burke kenne«, erwiderte seine Mutter. »Dieser Mann kann sehr überzeugend sein.«

Brigid schloß die Augen und spürte, wie sie im Sattel schwankte. Sie versuchte, sich an Edana festzuhalten, griff aber daneben.

Die Welt schien gefährlich zu kippen, und Brigid schrie auf, als sie hilflos wegrutschte.

»Herrin!« kreischte Edana und griff nach ihr.

»Herrin!« brüllte der Koch, und Brigid hörte seine schweren Schritte.

Dann fiel sie.

Doch Brigid spürte, wie sie aufgefangen wurde und an einer männlichen Brust zu ruhen kam. Als sie die Augen aufschlug, erkannte sie zu ihrer Überraschung, daß es Burkes Freund war, der sie festhielt. Die dunklen Augen des Ritters waren voller Sorge.

»Burkes Freund«, murmelte sie, als würde das alles erklären, und schloß die Augen, als die Schwäche wieder über sie kam. Sie lehnte den Kopf an die Schulter des Ritters, weil sie gerade da war, und beschloß, daß er ihr gefiel.

Groß und kräftig war er.

»Ja, und ein Mann ohne jegliche Manieren«, sagte er besorgt. »Ich muß mich entschuldigen, daß ich versäumt habe, dafür zu sorgen, daß man sich um Euch kümmert, Lady ... Lady ...«

»Ihr Name ist Lady Brigid von Kiltorren, sie ist Alys' Kusine«, warf der Koch ein. Sie konnte spüren, daß er beschützend in ihrer Nähe stand. »Sie ist auf dem Schiff erkrankt, aber eine gute Hühnersuppe würde ihr bald wieder auf die Beine helfen.«

»Kein Fisch«, sagte Brigid leise, aber entschieden. Sie hatte das Gefühl, daß der Ritter leise lachte.

»Kein Fisch«, stimmte er ernst zu. »Ihr habt mein Ehrenwort.«

Brigid öffnete die Augen und sah, daß der Ritter sie ansah. Er hatte freundliche Augen und lächelte leicht, als sie seinem Blick begegnete.

Allein der Anblick ließ sie wieder zu Kräften kommen. Brigid holte Luft und versuchte, sich an ihre Manieren zu erinnern. Vage wies sie auf das Schloß: »Euer Heim ist sehr h-hübsch. Vielen Dank, daß Ihr uns hier willkommen heißt.«

»Ein schlechtes Willkommen, bei dem eine Dame ohnmächtig vom Pferd fällt.« Er verzog das Gesicht, aber anscheinend nicht wegen ihres Stotterns.

»Aber Ihr hattet r-recht. Alys mußte wissen, daß Burke sie l-liebt«, sagte sie bestimmt. Matt lächelte sie der Mutter des Ritters zu, die sie aufmerksam beobachtete.

Die Dame lächelte und kam näher: »Ihr seid ein liebes Ding, daß Ihr Euer eigenes Unbehagen für Eure Kusine ignoriert. Solche Selbstlosigkeit ist wirklich selten.« Sie streichelte Brigids Schulter: »Aber seid ganz ruhig, *ma petite*. Nun werden sie heiraten, und Ihr werdet Eure Suppe bekommen.«

Doch Brigid runzelte die Stirn und schüttelte den Kopf: »Nein, nein, das können sie nicht.« Erneut verspürte sie die Gewißheit, daß sie allein Burkes und Alys' Liebe im Weg stand. Selbst ihre Krankheit verzögerte die Angelegenheit weiter, denn in ihrem jetzigen Zustand würde sie keinen Mann in Versuchung führen. Die ganze Überfahrt hatte sie sich Sorgen gemacht, und jetzt quoll sie fast über vor Schuldgefühlen.

Diese Leute schienen so nett, sie würden sie bestimmt verstehen. Vielleicht kannten sie jemanden, der Mitleid mit ihrem Schicksal haben würde. Bei diesem Gedanken sprudelten Brigid die Worte über die Lippen.

»Alys kann nicht vor mir heiraten, und ich habe keinen Verlobten«, gestand Brigid eilig. »Burke hat gesagt, er würde mich nach P-Paris bringen und einen Gemahl für mich finden, aber Mutter hat gesagt, daß kein Mann in Paris mich haben wolle.« Sie holte zitternd Luft und wagte es, abermals die ältere Dame anzusehen, die die Stirn in Falten legte, als würde sie ihre Sorge teilen.

Brigid hörte, wie ihre Stimme in ihrer Angst lauter wurde: »Ich habe keine feinen M-Manieren, wie sie in Paris üblich sind, ich werde keinen Gatten finden, und Alys und Burke werden niemals heiraten können. Es ist alles meine Schuld!«

Nachdem die längste Rede, die sie je gehalten hatte, beendet war, begann Brigid zu schluchzen. Sie lehnte sich an die Schulter des Ritters und weinte aus tiefster Seele, beschämt über ihr Verhalten wie auch über die Unverständlichkeit ihrer Worte, und dennoch konnte sie nicht aufhören.

»Oh, *ma petite*. Ihr seid es so müde, diese Last zu tragen.« Die Dame strich Brigid mit unerwarteter Zärtlichkeit das Haar aus dem Gesicht, und ihre Stimme war leise und tröstend: »Aber seid beruhigt, feine Manieren sind nicht das Wichtigste.«

Brigid schniefte, beruhigt von der Überzeugung in der Stimme der Dame, und sah diese an: »Nein?«

Das Lächeln der Herrin von Crevy war warm: »Nein, *ma petite*. Eure von Herzen kommende Großzügigkeit ist viel gewinnender, als alle Manieren es sein könnten.« Sie warf ihrem Sohn einen Blick zu. »Denkst du nicht auch so, Guillaume?«

»Das tue ich«, sagte dieser mit unmißverständlicher Entschlossenheit. »Vielleicht können wir Euch überreden, einige Tage auf Crevy zu verweilen«, schlug er mit einer Ruhe vor, die Brigid sehr gefiel.

Doch sie begann sofort zu protestieren: »Aber ich kann nicht bleiben! Alys und Burke ...«

»... können nicht von Euch erwarten, daß Ihr weiterreist, wenn Ihr krank seid«, unterbrach der Ritter sie bestimmt. »Ich könnte nie zulassen, daß Ihr aufbrecht, bevor Ihr nicht wiederhergestellt seid.« Er zog eine Braue hoch und lächelte ihr zu: »Bitte sagt uns, daß Ihr bleiben werdet.«

Brigid wußte, daß sie eben dies überaus gerne wollte. Sie sah Lady Crevy an, die mit Nachdruck nickte, dann lächelte sie dem Ritter scheu zu: »Ich würde gerne noch verweilen. Es ist sehr hübsch hier.«

Er lächelte heller als der Sonnenschein: »Gut!«

Bevor Brigid etwas sagen konnte, schritt er zum Schloß und rief nach den Stallburschen, damit sie sich um die Pferde kümmerten. Brigid staunte, wie sich alle beeilten, ihm zu gehorchen. Seine Mutter befahl, daß eine Kammer vorbereitet würde, und der Hof war mit einem Male voller Betriebsamkeit. Edana und der Koch eilten ihnen nach, und während der Koch von Vorräten murmelte, schnappte Edana entzückt nach Luft, als sie die Eingangshalle von Crevy betraten.

Doch Brigid hatte nur Augen für den Ritter, der sie trug, und dachte bei sich, daß er nicht nur gut aussähe, sondern auch ein edler Mann wäre. Es gefiel ihr, wie seine Augen funkelten, wenn er ihr zulächelte.

Aber ein Ritter wie dieser war bestimmt mit einer wunderschönen, reichen Erbin verlobt. Brigid kaute auf ihrer Unterlippe und sorgte sich, daß sie schließlich doch Alys' Glück im Wege stehen würde.

Kapitel 16

»Burke!«

Burke wirbelte herum und sah Alys im Eingang stehen. Sie war leicht außer Atem, ihre Wangen gerötet und ihre Kapuze zurückgeschlagen.

»Und wieder muß ich Euch um Verzeihung bitten«, sagte sie mit einem leichten Lächeln. »Doch ich hoffe, daß es das letzte Mal sein wird. Es tut mir leid, daß ich Euren Absichten nicht getraut habe, daß ich dachte, Ihr würdet mit der Zeit das Interesse an mir verlieren, daß ich immer dem Urteil anderer über Euch geglaubt habe, statt Euch zu vertrauen, und es tut mir leid, daß ich an Eurer Treue zweifelte.«

Burke blinzelte, überrascht bei diesem Eingeständnis.

»Ich habe Euch nicht wirklich geglaubt, Burke, und so sollte eine Beziehung nicht beginnen.« Alys trat näher, und ihre Augen funkelten: »Ich möchte meine Entschuldigung mit einem Kuß besiegeln.«

Burkes Herz schlug schneller bei dieser Aussicht. Alys lächelte, als könne sie seine Gedanken lesen, schlang die Arme um seinen Nacken und hob die Lippen an seinen Mund. Burke zog sie zu sich und küßte sie tief.

Und Alys vertraute sich ihm ganz an. Für Burke war es ein um so größeres Wunder, als es völlig überraschend kam, und vielleicht war es sogar die Verlegenheit wert, die Guillaume ihm bereitet hatte.

Ihr Kuß entflammte sie beide schnell, und das Spiel ihrer Zungen weckte ein Feuer in Burke, das bald außer Kontrolle zu geraten drohte. Alys preßte sich an ihn, und ihre Hände zogen an seinem Haar, als wollte sie ihn drängen, sie mit Haut und Haar zu verschlingen.

Und Burke war schwer versucht, genau das zu tun. Ihr Götter, Alys lernte schnell! Sein ganzes Wesen verlangte danach, daß er sie direkt hier in eine Stallbox zog und die Tür verschloß, bis sie genug voneinander hatten.

Doch das hieße, sie zu entehren.

Statt dessen löste Burke mühsam seine Lippen von ihren und holte zitternd Luft. Auch Alys war außer Atem, ihre Augen groß und dunkel, ihre Lippen geschwollen. Ihr Haar hatte sich gelöst und hing an ihrem Hals herunter.

Sie war die betörendste Frau, die er je gesehen hatte.

Und sie würde seine Braut sein.

»Was habt Ihr?« fragte sie mit schwankender Stimme. »Warum habt Ihr aufgehört?«

»Es ist alles in Ordnung, Alys.« Burke hob eine Hand an ihr Kinn, aufs neue überrascht von der Mischung aus Stärke und Sanftheit. »Doch ich möchte Euch nicht entehren. Wir werden bis zu unserer Hochzeitsnacht warten.«

Zu seiner Überraschung schüttelte die Dame energisch den Kopf: »Nein, Burke. Wir haben lange genug gewartet.« Sie reckte sich und küßte ihn leicht. »Ich will nicht länger warten.«

Burke verschlug es den Atem: »Aber Alys ...«

»Ich vertraue Euch, Burke. Ich glaube, daß Ihr tun werdet, was Ihr versprochen habt«, sagte sie voller Überzeugung. »Ich *glaube* Euch, daß Ihr mich heiraten werdet, und ich möchte Euch dieses Vertrauen beweisen. Ich habe zu lange an Euch gezweifelt.«

»Aber Alys, Ihr könntet ein Kind empfangen.«

Sie lächelte ihm zu, erfüllt von ihrem Glauben an ihn: »Dann solltet Ihr Euer Versprechen bald erfüllen.«

Burke konnte ihr nicht widerstehen. Er nahm ihre Hand und sah sich in den Stallungen um, wobei ihm bewußt wurde, daß sie nicht allein waren.

»Nicht hier«, sagte er leise, als ihm plötzlich der perfekte Ort für ein Stelldichein einfiel. Dort würde sie niemand stören, und er hatte sich schon oft vorgestellt, Alys dorthin mitzunehmen.

Er küßte ihre Hand und hob sie wortlos in Schattenmonds Sattel. Burke schwang sich hinter ihr auf und gab dem Hengst die Sporen. In diesem Augenblick kümmerte es ihn nicht, wer sie fortreiten sah.

♠

Am Vorabend seiner Hochzeit verließ Talbot Kiltorren. Erst jetzt war es ihm gelungen, Cedric und alle um ihn herum dazu zu bringen, sich sinnlos zu betrinken.

Talbot warf nur einen Blick zurück auf Kiltorrens Tore. Er hielt unter dem geöffneten Gatter inne, Godfreys Widerstand hatte er mit einem kurzen Schlag auf dessen Hinterkopf gebrochen, und verspürte einen uncharakteristischen Anflug von Schuld.

Denn Malvina würde den Hochzeitstag, den sie sich so wünschte, nicht erleben. Doch ging es um mehr als nur um ihre Enttäuschung. Talbot hatte die Unschuld eines Edelfräuleins geraubt, und seine Flucht ließ diese Frau entehrt zurück. Seinem Onkel würde das nicht gefallen, und tief in seinem Herzen schämte sich auch Talbot.

Malvina würde nun wahrscheinlich *niemals* einen Gatten finden, und das bereitete Talbot größeres Unbehagen, als er gedacht hatte. Sicher, die Frau war eine echte Xanthippe, wenn sie ihren Willen nicht bekam, aber Talbot konnte ihre Enttäuschung gut verstehen.

Ja, es war etwas an Malvina, das ihn anzog, das konnte Talbot nicht leugnen. Er hatte ihre Wollust genossen, es gefiel ihm, daß sie kämpfte, um zu erhalten, wonach sie verlangte, ohne sich um die Konsequenzen zu scheren.

Und er konnte ihr Gefühl der eigenen Unzulänglichkeit gut nachvollziehen.

Doch es kam nicht in Frage, daß er den Auftrag seines Onkels oder seine eigenen Pläne aufgab. Talbot mußte sich um seine Zukunft kümmern. Er konnte nicht zulassen, daß Alys sein Erbe für sich beanspruchte.

Er mußte Kiltorren verlassen.

Unerwartet widerwillig kehrte er dem Schloß den Rücken zu, fuhr Henri an und ritt eilig auf die Küste zu. Er mußte so schnell wie möglich nach Frankreich zurückkehren, denn das Wild, das er jagte, hatte schon zwei Wochen Vorsprung.

Nein, Talbot glaubte nicht für einen Augenblick, daß ein Mann so närrisch sein konnte, einen reichen Besitz für nichts und wieder nichts auszuschlagen. Burke, und damit auch Alys, würden auf Montvieux sein.

Talbot konnte nur hoffen, daß er noch rechtzeitig dort eintreffen würde.

♠

Als Crevy hinter einer Biegung des Flusses verschwunden war, schwang Burke sich aus dem Sattel und packte Alys um die Hüften. Der Himmel über ihnen war von vollkommenem Blau, nicht eine Wolke war zu sehen, und der Fluß plätscherte friedlich vor sich hin. Selbst das Dorf war außer Sichtweite, nur die Schläge der Kirchglocke hallten weit über das Land. Die Felder Crevys fielen zu beiden Seiten des Flusses sanft ab, und der Wald ragte direkt vor ihnen auf.

Burke nahm Alys' Hand und führte sie in den schattigen Wald. Hier am Fluß standen die Bäume nicht so dicht, und das Sonnenlicht erreichte noch den Waldboden. Alys sah zu, wie er Schattenmond im Schutz der Bäume anband, so daß der Hengst sowohl den Fluß als auch das Unterholz erreichen konnte. Burke nahm seinen pelzbesetzten Umhang, lächelte Alys zu und führte sie weiter.

Nach nur wenigen Schritten schien es, als wären sie allein auf der Welt. Alys konnte in der Ferne Kleintier rascheln hören, den Ruf der Vögel, das unaufhörliche Rauschen des Flusses. Burke führte sie auf eine sonnenüberflutete Lichtung, über die sich in großer Höhe die Zweige wölbten, so daß blaßgrüne Blätter vor dem blauen Himmel flatterten. Sie konnte den Fluß in der Sonne blitzen sehen und wußte, daß sie noch nie an einem friedvolleren Ort gewesen war.

Burke breitete seinen Umhang aus, wandte sich ihr lächelnd zu und stützte die Hände in die Hüften, während er sich umsah: »Nun, was denkst du?«

»Ich finde es höchst seltsam, daß du genau wußtest, wie dieser Platz zu finden ist«, neckte sie ihn, kühn in dem Wissen, daß er nur sie allein liebte.

Burke grinste: »Ja, ich bin schon einmal hier gewesen.«

»Bevor du nach Kiltorren gekommen bist?«

»Nein, Eglantine wählte diesen Ort, als sie versuchte, ihre Wette mit Guillaume zu gewinnen.«

»Ohne Erfolg.«

Burke warf Alys einen Blick zu, als amüsierte es ihn, daß sie nicht an sciner Treue zweifelte: »Ja.« Seine Lippen zuckten. »Du wirst mich auslachen, wenn ich dir gestehe, daß das Sonnenlicht, das durch die Bäume fiel, mich an dein glänzendes Haar erinnerte.«

Alys wurde ernst: »Und deshalb hast du sie abgewiesen?«

Auch Burkes Lächeln schwand, und er hob einen Finger an ihr Kinn: »Ich konnte nur an dich denken, Alys. Ich habe mir oft vorgestellt, du wärst hier, das offene Haar auf den Schultern.«

Seine Stimme brach, als er fortfuhr: »Tust du mir den Gefallen und läßt dein Haar herunter?«

Alys küßte seine Finger, nahm Reif und Schleier ab und übergab sie Burke. Sorgsam legte er sie beiseite, und sie öffnete den Knoten, der das Haar zusammenhielt. Burke sah ihr so begierig zu, daß Alys lächeln mußte. Sie fuhr sich mit den Fingern durch die Locken, schüttelte den Kopf, und das Haar ergoß sich über ihre Schultern.

Die Ehrfurcht in Burkes Blick war mehr, als sie sich hatte ausmalen können. Er nahm eine Handvoll ihres Haars, ließ es durch seine Finger gleiten und sah lächelnd zu, wie die Sonne darauf glänzte.

»Es ist so weich«, flüsterte er und warf Alys einen Blick zu. Er trat zu ihr und umfing ihren Nacken mit seinen starken Händen.

Alys stockte der Atem, und die Innigkeit seiner Berührung ließ ihr Herz wie rasend schlagen. »Geflochtenes Sonnenlicht«, neckte Burke sie, und Alys lachte, bevor er sie küßte.

Doch dann gab es nichts mehr zu lachen. Alys konnte den Wandel in Burkes Verhalten spüren, denn sein Kuß war leidenschaftlich und tief, verführerisch und entschlossen. Dieses Mal würde er sich nicht mit Küssen zufriedengeben, dieses Mal würde er sich nicht zurückhalten. Alys fühlte ein Aufflackern der Vorfreude, denn sie vertraute darauf, daß Burke dafür sorgen würde, daß sie ihre Freude an dieser geheimnisvollen Intimität zwischen Mann und Frau haben würde.

Sie konnte es kaum erwarten, mehr zu erfahren.

Burkes Zunge schlängelte sich in ihren Mund, und die Entschlossenheit seiner Berührung ließ Alys die Knie weich werden. Sie lehnte sich an ihn, gab sich ihm ganz hin, während seine Hände ihren Rücken hinabglitten und er sie an sich zog. Alys genoß seine Stärke. Sie schlang die Arme um seinen kräftigen Nacken und spürte seine Rüstung durch Wappenrock und ihr Kleid.

»Mir scheint, wir tragen noch zuviel Kleidung«, murmelte Burke. »Wirst du mir diesmal mit meiner Rüstung helfen?«

Alys lachte leise und drohte ihm spielerisch mit dem Finger: »Ja, wenn du mich nicht zu sehr ärgerst.«

Burkes Augen blitzten, und er küßte sie so lange und leidenschaftlich, daß ihr die Luft wegblieb. »Bist du verärgert, meine holde Dame?« flüsterte er ihr ins Ohr, und sein Atem ließ sie erschauern.

»Ja«, behauptete Alys und genoß seine Überraschung, »denn wir haben immer noch zuviel an.«

Burke lachte sanft und küßte sie schnell, bevor er zurücktrat. Er öffnete seinen Gürtel und legte Schwert und Dolch zur Seite. Er zog sich den Wappenrock über den Kopf, warf ihn zu Boden und blickte Alys bedeutungsvoll an.

Alys trat zu ihm, und zusammen hatten sie ihn schnell von seiner Rüstung befreit. Burke straffte die Schultern, als er das Gewicht los war, und sein zerzaustes Haar und seine breiten Schultern jagten Alys einen Schauer über den Rücken. Er war so männlich, so ganz anders als sie.

Er schien zu ahnen, daß ihre eigene Nacktheit ihr Unbehagen bereiten könnte, und schien darauf bedacht, sich selbst zuerst zu entkleiden. Er schüttelte seine Stiefel ab, zog sich das Wams über den Kopf und warf es mit Schwung zu den anderen Sachen.

»Du gehst nicht sehr sorgsam mit deinen Kleidern um«, merkte Alys an, als er nur noch in seinen Beinkleidern vor ihr stand.

»Ich habe es heut ein wenig eilig«, gab er mit einem warmen Glanz in den Augen zu. »Aber hab keine Angst, wenn wir ein Zimmer teilen, werde ich viel ordentlicher sein.«

Dann nahm er ihre Hände und legte sie auf seine behaarte Brust. Alys zog scharf die Luft ein, als sie seine warmen Muskeln so plötzlich unter ihren Fingern spürte, aber Burke lächelte zu ihr hinab: »Alys, ich gehöre ganz dir.«

Als ihr die Bedeutung seiner Worte klar wurde, hielt Alys den

Atem an. Burke gab ihr die Gelegenheit, ihre Neugier zu befriedigen.

Mutig gemacht durch die Bewunderung in seinen Augen, tat Alys genau das. Sie ließ ihre Hand über Burkes Brust gleiten und erforschte die Unterschiede zwischen ihnen. Sie strich mit den Fingerspitzen über seine Nippel und war überrascht, als sie sich versteiften. Alys wiederholte die Geste, strich dann sanft mit den Fingernägeln darüber und genoß, wie Burke die Luft einsog. Sie blickte auf und sah die Glut in seinen Augen.

Der Effekt, den sie auf ihn hatte, war berauschend. Alys streichelte ihn immer kühner. Sie spürte jedes Zucken seiner Muskeln, den Umriß jeder Rippe. Sie fand die Stelle, an der Burke kitzelig war, und kehrte erbarmungslos immer wieder zu ihr zurück. Er lachte sanft und sah ihr zu, vollkommen zufrieden, daß sie sich die Zeit nahm, die sie brauchte, um seinen Körper zu erkunden.

Und das tat Alys: »Es überrascht mich, daß du so geduldig bist.«

Burke grinste. »Es lohnt sich«, sagte er mit samtiger Stimme. »Ich muß gestehen, daß ich froh bin, daß du mich dazu überredet hast.«

Alys küßte ihn sanft und untersuchte dann seine Arme, seine Schultern, seinen Nacken und seinen Rücken. Sie ging um ihn herum und ließ ihre Hand über seine Haut streichen. Ihre Finger wanderten seinen Rücken hinauf, sie schob die Fingerspitzen in sein Haar und spürte, wie er erschauerte. Alys preßte sich an ihn, sein Gesäß an ihrem Bauch, und legte ihre Wange an seinen Rükken. Sie schlang die Arme um ihn und ließ ihre Hände über seine Brust wandern, zog die Linie von seinen Rippen zu seinen schmalen Hüften nach.

Alys' Hände zögerten am Bund seiner Hosen, denn sie wußte, was jetzt kam, und war sich nicht sicher, ob sie den Mut hatte, ihn anzufassen. Burke wartete einen Augenblick, bevor er ihre Hand sanft zu der Kordel führte, welche die Beinkleider hielt.

Dann wartete er abermals ab.

Alys schloß die Augen, atmete seinen Duft tief ein und ließ eine Hand vorsichtig nach unten schweifen. Es war einfacher, ihn auf diese Weise zu berühren, blind sozusagen, mit den Fingerspitzen, und ohne daß Burke sehen konnte, daß sie wie ein kleines Mädchen errötete.

Obwohl Alys sicher war, daß er ihre glühenden Wangen spüren konnte. Sie wagte es, eine Hand von seiner Hüfte zu nehmen, und berührte seine harte Männlichkeit.

Burke stockte der Atem.

Alys nahm langsam die andere Hand hinzu, schloß die Finger um seine Männlichkeit und drückte vorsichtig.

»Ihr Götter!« murmelte Burke.

Alys sah ihm über die Schulter und löste eine Hand, um einen besseren Blick auf sein angespanntes Gesicht zu bekommen. »Bereite ich dir Schmerzen?« fragte sie und wiederholte die Bewegung sanfter.

Burke schluckte und wurde bleich, doch die Glut in seinen Augen war nicht mißzuverstehen. »Welch köstliche Folter«, sagte er und grinste reuevoll.

Alys wußte, daß sich ihr Unverständnis zeigte, denn Burke fuhr sich durchs Haar und sah auf eine überaus attraktive Weise gequält aus. »Ich werde dir schon bald zeigen, was ich meine«, knurrte er. »Doch sieh erst, was du getan hast.«

Alys löste die Schnur und zog dann an seiner Hose. Aber Burkes Beinkleider fielen nicht von alleine, denn sie blieben an jenem Teil von ihm hängen, den sie hielt.

Und es war offensichtlich, daß dieser Mann ihr jetzt nicht helfen würde. Er verschränkte die Arme vor der bloßen Brust und wartete erneut ab. »Ihr überlaßt mir die ganze Arbeit«, sagte Alys verschmitzt.

Burke grinste: »Das hast du selbst von mir verlangt. Und vertraue mir Alys, du wirst noch bekommen, was dir zusteht.«

Alys befreite ihn von dem dunklen Stoff, fuhr mit den Händen darunter, um ihn über Burkes Hüften und Schenkel zu ziehen. Sie schnappte nach Luft, als sie sah, was sie bloßgelegt hatte: »Er ist so groß!«

Burkes Augen funkelten schelmisch: »Das ist deine Schuld.«

Vorsichtig berührte Alys ihn mit den Fingerspitzen, und er schien unter ihrer Berührung anzuschwellen: »Ist er immer so?«

Burke holte abermals Luft, als sie ihn anfaßte, und lächelte reuig: »Nur in deiner Gegenwart, oder wenn ich an dich denke.«

»Schmerzt es?«

»Nur wenn er lange in diesem Zustand bleibt.«

Und dieser Mann hatte drei Jahre auf sie gewartet. Alys biß sich auf die Lippe. Sie warf Burke einen kurzen Blick zu und wurde das Gefühl nicht los, daß er sich prächtig amüsierte. Sie stützte die Hand in die Hüfte und sah ihn an, während sie langsam errötete: »Das findest du wohl komisch ...«

»Im Gegenteil«, unterbrach sie Burke, »deine Unschuld ist bezaubernd.«

Er lächelte so warm, daß Alys noch röter wurde. Sie streichelte ihn erneut, fasziniert von seiner Reaktion auf ihre Berührung, und sah ihn dann wieder an: »Wie beendet man diesen Zustand?«

»Ha!« Burke grinste blitzend. »Ich dachte schon, du würdest nie fragen!«

Alys lachte und tänzelte von ihm fort, als er sie in die Arme schließen wollte. Sie drohte ihm mit dem Finger: »Ich glaube, daß es etwas damit zu tun hat, daß ich mich ausziehe!«

»Nicht unbedingt«, sagte Burke leise und trat seine Beinkleider aus dem Weg, um sie in seiner ganzen, herrlichen Nacktheit zu verfolgen: »Aber es wäre nur höflich von mir, dir meine Hilfe anzubieten, wenn du danach verlangst.«

Alys schüttelte den Kopf und behauptete ihre Stellung. »Ich werde dir einen Knoten übriglassen«, erklärte sie lächelnd. Burke blieb stehen und sah zu, wie sie ihren Umhang ablegte.

Alys öffnete ihren Gürtel und streifte die Schuhe ab. Sie knüpfte ihre Strumpfbänder auf und rollte sie langsam herunter, bevor sie ihr Kleid aufmachte. Alys beobachtete Burke, während sie das wollene Gewand auszog, und hoffte aus tiefstem Herzen, daß sie ihm ebenso gefiel, wie er ihr.

Doch die Glut in seinen Augen war nicht geschwunden, als sie nur noch in ihrem Unterkleid dastand. »Ich hoffe doch sehr, daß du deine Kleider etwas sorgfältiger zusammenlegen wirst, wenn wir uns bald die Gemächer teilen«, merkte er an und tat so, als würde er die Stirn runzeln.

Alys lachte und war dankbar, daß er versuchte, ihr in diesem Augenblick die Befangenheit zu nehmen. Sie spielte mit den Bändern ihres Unterkleides, und plötzlich war ihr Mund ganz trokken. »Das ist jetzt deine Aufgabe«, vermochte sie noch zu sagen.

Burke legte die Stirn in Falten: »Und auch mein Hemd, wenn ich mich nicht täusche.«

Alys lachte zustimmend.

Mit einem Schritt überwand er die Entfernung zwischen ihnen, hob seine Hand an die Schleife und zog sanft daran. Ihr Lachen verstummte, als der Knoten aufging und das Hemd sich öffnete.

Burkes warme Hände schlossen sich um ihre Schultern, und während er das Unterkleid geschickt von ihren Schultern schob, blickte er ihr direkt in die Augen.

Alys spürte die kühle Luft auf ihrer bloßen Haut. Sie schüttelte das Hemd über ihre Handgelenke, dann schloß Burke sie in die Arme. Das Gefühl seiner nackten Haut an ihrer eigenen ließ Alys nach Atem ringen, dann bedeckte er ihren Mund mit seinen Lippen. Burke zog eine nachgiebige Alys an seine starke Brust, sein hartes Glied preßte sich an ihren Bauch, und Alys konnte nicht genug bekommen von seinem Kuß.

Plötzlich nahm Burke seine Lippen von ihrem Mund und hob sie in seine Arme, während seine Augen schelmisch funkelten. Alys protestierte leise, denn sie war noch lange nicht bereit, davon abzulassen, ihn zu küssen.

»Ich habe dir versprochen, dir zu zeigen, was köstliche Folter ist«, erinnerte er sie und lächelte keck.

Alys konnte nicht erwarten, daß er es ihr beibrachte. Burke legte sie auf seinen Umhang und streckte sich neben ihr aus, während seine Hand ihre Brust umfing. Sein Daumen strich leicht wie ein Hauch über ihren Nippel, und Alys stöhnte auf, als die Lust sich in ihr regte.

Dann beugte Burke sich vor und nahm die empfindliche Spitze in den Mund. Er saugte mit wachsender Leidenschaft, und noch nie hatte Alys etwas so Wunderbares gespürt. Das leichte Kribbeln, das sie schon lange verspürt hatte, schwoll zu einem unermeßlichen Strom des Verlangens an, doch Alys wußte nicht, wie sie es befriedigen sollte.

Aber Burke würde es wissen, dessen war sie sicher.

Seine Zunge streichelte sie mit jenem Eifer, den sie so gut von ihrem Ritter kannte. Alys verkrallte sich in seinem Haar, als das sanfte Kitzeln des Fells unter ihrem Rücken sie fast zum Wahnsinn trieb, doch Burke fuhr fort, ohne sich ablenken zu lassen.

Er schob den Arm, auf den er sich gestützt hatte, unter ihren Rücken, und seine Hand lag nun unter ihrer Hüfte. Er hielt Alys gefangen, und doch konnte sie sich keinen Ort vorstellen, an dem sie jetzt lieber wäre. Er legte einen muskulösen Schenkel zwischen ihre Beine, während seine Hand ihre Brust verließ und tiefer wanderte.

Als seine Finger ihre Scham erreichten, dachte Alys, sie würde vor Lust vergehen. Burkes wissende Berührung ließ sie aufschreien und dann stöhnen, als er sie vorsichtig liebkoste. Burke küßte spielerisch ihren Nacken, bis er ihr Ohr erreichte und zärtlich daran knabberte.

»Vertraue mir, Alys«, flüsterte er, und der warme Hauch seines Atems brachte ihr Verlangen zum Glühen. »Das Ziel ist die Reise wert.«

Alys dachte, daß auch die Reise ihren Wert hatte, doch konnte sie nicht die Worte finden, um es ihrem Ritter mitzuteilen. Sie klammerte sich an seine breiten Schultern und erwiderte begierig seinen langen und tiefen Kuß. Alys spürte, wie sie feucht wurde und sich Spannung unter ihrer Haut aufbaute. Sie wand sich gegen Burke und genoß es, wie seine Brust über ihre harten Nippel strich.

Es war mit nichts zu vergleichen, was sie je gespürt hatte, und Alys wollte mehr. Burkes Finger liebkosten sie mit unwiderstehlicher Bedächtigkeit, während Alys ihn mit der ganzen Glut ihrer Leidenschaft küßte. Sie fühlte, wie ihr fast die Sinne schwanden, und erschauerte, als seine Finger in sie eindrangen, während sein Daumen noch immer über die Perle ihrer Lust fuhr.

»Dort werde ich eindringen«, murmelte er. Alys ließ ihre Hand zwischen ihre Körper gleiten, berührte verstehend sein hartes Glied, und Burke nickte: »Ja, Alys, nur in dir werde ich Erleichterung finden.«

»Dann nimm mich«, flüsterte sie.

»Noch nicht.« Alys blickte wieder in seine silbernen Augen, und er lächelte schief: »Erst werde ich dafür sorgen, daß du den Himmel auf Erden verspürst.«

Alys lag auf dem Rücken, während Burke sich über sie beugte, und seine Finger entfachten erneut das Feuer der Leidenschaft in ihr. Da sie wußte, daß nur sie zwischen Burke und seiner Erlösung stand, gab sie sich den Gefühlen hin, die in ihr erwachten.

Die Flamme der Lust in ihrem Leib loderte auf, und Burke hielt sie eng umschlungen. Alys wand sich, doch sie wußte, daß sie der liebevollen Berührung dieses Ritters nicht entkommen würde. Sie liebte Burke, und er liebte sie. Sie würden ihren Weg zusammen gehen, sicher umschlossen von dieser Liebe.

Denn Alys wußte, daß Burke sich jeder Herausforderung stellen würde, die sich seiner Überzeugung entgegenstellte.

Im selben Augenblick drang er mit starken Fingern in sie ein, und Alys klammerte sich an ihn, als die Leidenschaft sie überkam. Und sie schrie auf, als das Feuer in ihren Adern raste, stöhnte, als Burkes Lippen verlangend ihren Mund bedeckten. Sie sah nichts außer einem blendenden Licht, fühlte nichts außer Burke, als jenes himmlische Gefühl sie durchströmte.

Köstliche Folter, wahrhaftig. Genau wie Burke es versprochen hatte. Aber weniger hatte Alys auch nicht erwartet.

♠

»Wieso lächelst du?« murmelte Burke, als Alys die Augen öffnete. Er wußte nicht, wie lange er sie einfach nur gehalten hatte, zugesehen hatte, wie die Röte aus ihren Wangen wich, sie beobachtet hatte, während sie in seinen Armen döste, wie das Sonnenlicht auf ihrem herrlichen Haar spielte.

Der Augenblick, auf den er so lange gewartet hatte, war da, und er würde sich nicht die kleinste Kleinigkeit entgehenlassen.

Alys' Lächeln wurde breiter, und in ihren Augen spiegelten sich die Sonnenflecken dieser versteckten Lichtung. Sie strich ihm matt das Haar aus der Stirn. Burke beugte sich vor, um sie zart zu küssen, und sie seufzte.

»Darf ich annehmen, daß es dir gefallen hat?«

»Süße Qual«, bestätigte sie und schlang die Arme um seinen Hals. Ein Grübchen zeigte sich auf ihrer Wange, ihre Augen funkelten listig, und ohne Vorwarnung rieb sie sich an seinem steifen Glied: »Und immer noch mußt du diese Folter ertragen.«

Burke staunte, als er sah, wie schnell sie lernte und wie sich in all ihren Gesten ein neues Selbstbewußtsein ausdrückte. Burke wußte, daß er sich nie an Alys würde satt sehen können, noch je müde werden würde, sie zum Lächeln zu bringen.

»Darum könnten wir uns jetzt kümmern«, flüsterte er an ihrem Hals. Ihr Seufzen drang an seine Ohren, als er ihre zarte, weiße Haut küßte, und sie wölbte sich ihm entgegen, daß sein Verlangen ihn fast überwältigte. Burke drängte sich vorsichtig zwischen die Schenkel seiner Dame, während sie sich küßten, und stützte sich auf die Ellenbogen.

Als ihre Münder sich schließlich trennten, ging ihrer beider Atem schnell. Alys fuhr mit den Händen über Burkes Schultern und warf einen nervösen Blick hinunter.

»Du wirst wirklich dort eindringen?«

»Es ist nicht so schwer, wie du denken magst, aber beim ersten Mal könnte es schwierig sein.« Burke berührte flüchtig ihre Nase mit der seinen: »Du mußt versprechen, mir zu sagen, wenn ich dir Schmerzen bereite.«

Alys nickte und biß sich ängstlich auf die Lippe. Doch Burke wollte nicht, daß sie sich fürchtete. Er bedeckte ihren Mund erneut mit seinen Lippen und verflocht ihre Hände miteinander, während er sich vorsichtig seinem Ziel näherte.

Sie erwiderte hungrig seinen Kuß und öffnete die Schenkel, um ihm zu helfen, während sie ihre Füße auf seine Waden stützte. Der Druck ihrer Zehen auf seiner Haut brachte Burke fast dazu, schnell in sie einzudringen, doch er biß die Zähne zusammen und bewegte sich mit quälender Langsamkeit.

Seine Alys. Sie war so warm und feucht. Burke schloß die Augen, als sein steifes Glied ihr weiches Fleisch berührte. Er wagte sich weiter vor und stieß auf Widerstand, unterbrach den Kuß, um seine Dame anzuschauen.

»Sag es mir«, drängte er, und Alys nickte schnell, ihre wundervollen Augen geweitet. Er bewegte sich wieder, und sie hielt den Atem an, während ihre Finger seine Hand drückten.

Doch die warme Umklammerung seiner Alys hielt ihn mit solcher Süße, daß Burke die Worte fehlten, um sie zu fragen. Er legte die Stirn an ihre Schulter und schloß die Augen, als er alles außer der betörenden Sanftheit unter und um ihm vergaß. Schließlich öffnete er die Augen und begegnete dem sanften Lächeln seiner Dame.

»Es hat nur ganz leicht geschmerzt«, flüsterte sie und bewegte einladend ihre Hüften.

Burke schnappte nach Luft und glitt tiefer in ihre verlockende Wärme. Seine Anspannung ließ nach, als er fühlte, wie ihre Finger sich entspannten. Schließlich, vollkommen in ihr verborgen und sicher, daß dies das Paradies war, hielt Burke für einen Augenblick inne, damit sich die Dame an ihn gewöhnen konnte.

»Das war nicht besonders stark«, gestand sie ihm. »Ich hatte mehr erwartet ...« Weiter kam Alys nicht, denn Burke bewegte sich vorsichtig. Sie seufzte vor Lust, ihre Augen weiteten sich, und sie klammerte sich abermals an seine Schultern: »Burke!«

Er bewegte sich wieder und wieder, denn er wußte, daß er es nicht mehr lange würde aushalten können, und wollte sichergehen, daß sie Befriedigung fand. Er konnte nicht von der milchig weißen Haut ihrer Kehle ablassen, noch von ihren vollkommenen Ohren oder ihren vollen Lippen.

Sie küßte ihn so verlangend, daß es ihn fast wahnsinnig machte, und ihre Leidenschaft wuchs mit jedem Stoß. Burke machte eine seiner Hände frei, und es gelang ihm, seine Finger zwischen sie zu bringen, so daß sein Daumen sie wieder liebkoste, während er einen Rhythmus suchte, der ihnen beiden zusagte.

Alys wand und schlängelte sich unter ihm, und jede ihrer Bewegungen trieb Burke voran. Er spürte, wie die Hitze anschwoll, hielt sich aber entschlossen zurück und wartete auf Alys' Erlösung. Er fühlte, wie der Schweiß seinen Rücken hinabrann, seine Beine waren angespannt, und er war größer und härter als je zuvor.

Alys bewegte fordernd ihre Hüften unter ihm, umklammerte seine Hand und flüsterte seinen Namen. Burke spürte, wie sie zu zittern begann, und als sie die Lippen öffnete, um aufzuschreien, drang er ein letztes Mal tief in sie ein. Als Alys sich um ihn zusammenzog, hörte er sich ihren Namen rufen, und dann gab auch er sich jenem himmlischen Gefühl hin.

♠

Lange Zeit später schlug Burke die Augen auf und sah, daß Alys ebenso schwer atmete wie er. Er war auf ihr liegengeblieben und fürchtete plötzlich, sie zu erdrücken. Burke drehte sich auf den Rücken, Alys in den Armen, und genoß, wie sie kicherte, als sie über ihm lag.

»Ach, Alys, ich liebe dich so sehr«, murmelte er und drückte einen Kuß auf ihr Haupt.

Alys seufzte und legte den Kopf an seine Brust, so daß ihr Atem ihn streichelte. »Ich werde nie wieder an dir zweifeln«, flüsterte sie.

»Nein? Und warum nicht?«

»Weil du wieder einmal recht hattest«, gestand sie. »Man muß sich dem Rhythmus seines Rosses anpassen.«

Burke lachte trotz seiner Erschöpfung, als sie ihn mit Schattenmond verglich. Alys stützte das Kinn in die Hand und sah mit einem kessen Lächeln auf ihn hinab: »Und hat es sich gelohnt, drei Jahre zu warten, mein Herr?«

Burke betrachtete die zerzauste Füchsin, die an seiner Brust ruhte, und wußte, daß Alys sein Blut immer in Wallung bringen würde. Er zog die Kontur ihrer Lippen mit der Fingerspitze nach und sah ihr lächelnd in die Augen: »Ich würde mein Leben lang auf dich warten, meine Alys, und zwar ohne mich zu beschweren.«

»Schon wieder schöne Worte«, neckte sie ihn.

»Und jedes einzelne die Wahrheit.«

»Ich weiß.« Als Alys sich über ihn beugte, um ihn zu küssen, und als ihr Haar sich über ihn ergoß, dachte Burke, ihm würde das Herz zerspringen. Er zog sie fest an sich und erinnerte sich an eine andere Lüge, die er richtigstellen würde.

Zu seiner Erleichterung bestätigte ein Blick auf seinen Umhang, was er zu finden gehofft hatte.

»Sieh her«, bat er seine holde Dame. Burke erkannte den Moment, in dem sie ihr Blut sah, denn sie runzelte die Stirn, als würde sie ihren Augen nicht trauen. Burke schob sie ein wenig zur Seite und wies auf die Spur, die ihre Unschuld auf ihm hinterlassen hatte.

»Und hier«, drängte er.

Alys berührte den Fleck auf seinem Körper und erwiderte hoffnungsvoll seinen Blick: »Es ist Blut.«

»Und nicht irgendein Blut. Es ist dein jungfräuliches Blut.« Er drückte ihre Hüfte. »Wieder eine der Lügen deiner Tante, die sich als falsch erwiesen hat.«

Alys lächelte Burke so freudig zu, daß er schlucken mußte. »Und was ist, wenn Ihr lügt, mein Herr?«

Burke konnte sein Erstaunen nicht verbergen, obwohl Alys zu scherzen schien: »Ich dachte, du wüßtest, daß ich dich nie belügen würde.«

»Das weiß ich wohl«, sagte sie immer noch lächelnd. »Aber zumindest heute hast du dich *geirrt.*« Alys ließ ihren Finger seine Brust hinunter und dann über seine noch nicht vergangene Erektion wandern. Das Glied erwachte zu neuem Leben, und die Dame lachte. »Du hast mir gesagt, dies würde durch unser Spiel verschwinden, Burke«, zog sie ihn auf, während sich ihre Finger mit neu gefundenem Selbstvertrauen um ihn schlossen. »Aber es ist genauso angeschwollen wie zuvor. Ich kann nicht zulassen, daß du dich so quälst.«

Burke konnte sich das Lächeln nicht verkneifen: »Du entledigst dich der Unschuld mit Leichtigkeit, meine schöne Verführerin.«

Alys lachte erneut: »Und willst du dich beschweren?«

»Nicht im geringsten«, gab er zurück, setzte sich auf und nahm Alys in den Arm. Sie lehnte sich zufrieden an ihn, legte den Kopf auf seine Schulter und zog die Beine an, so daß sie auf seinen Schenkeln ruhten. Burke ergriff einen Fuß und fuhr bedächtig mit dem Daumen darüber: »Ich wäre entzückt, beizustehen.«

Alys Augen funkelten: »Im Namen der Höflichkeit?«

»Weniger kann ein Mann von Ehre nicht tun«, stimmte Burke leichthin zu und beugte sich vor, um sich einen weiteren Kuß zu nehmen, bevor Alys abermals lachen konnte.

♠

Lady Crevy war eine Frau der Tat. Sie hätte nicht so lange und so gut gelebt, wenn sie nicht jede Gelegenheit, die sich ihr bot, beim Schopf ergriffen hätte.

Der Herrin von Crevy gefiel dieses hübsche Kind, das sich so um das Glück ihrer Kusine sorgte. Und sie wußte, daß ihr Sohn einer so liebevollen Frau sein Herz anvertrauen konnte. Und außerdem war ihr bewußt, daß Guillaume, der noch seine Wunden leckte, wenig unternehmen würde, um das Beste aus dieser Situation zu machen.

Manchmal war er genau wie sein Vater.

Sie schnalzte mit der Zunge, während sic die Treppe hinaufging. Eine vernünftige Frau nutzte jede sich bietende Gelegenheit zu ihrem Vorteil.

Lady Crevy klopfte nur einmal, bevor sie die Kammer betrat, die sie den Besucherinnen zugewiesen hatte, und lächelte, als sie sah, daß Brigid wieder Farbe bekommen hatte. Die junge Zofe, die gerade dabei gewesen war, ihrer Herrin die Suppe einzuflößen, richtete sich auf.

»Laßt Euch nicht stören, *petite*«, sagte Lady Crevy warm. »Ich wollte mich nur versichern, daß es Euch wieder gutgeht.«

»Ja«, lächelte Brigid. »Es t-tut gut, in einem so weichen Bett zu liegen.«

Die Ältere setzte sich auf die Bettkante und fühlte die Stirn der jungen Frau, zufrieden, daß sie kein Fieber mehr hatte: »Ihr werdet Euch heute abend bei Tisch zu uns gesellen.«

Brigids Lächeln schwand, doch Lady Crevy duldete keinen Widerspruch: »Ich werde Euch sagen, warum, *ma petite*. Ich sorge mich um meinen Sohn, und Ihr könntet mir helfen.«

»I-ich?«

Lady Crevy tätschelte ihre Hand: »Er hat eine solche Scheu vor den Damen, daß ich fürchte, Crevy wird niemals einen Erben haben. Es schmerzt mich, daran zu denken, daß er allein sein wird, wenn ich nicht mehr bin, denn er ist ein guter Mann, der nicht einsam sein sollte.«

Brigid biß sich auf die Lippe, ihre Augen groß vor Mitleid.

»Aber Ihr könnt mir helfen, *ma petite*, wenn Ihr nur wollt.«

»Oh, ich würde alles für Euch tun, Ihr seid so nett zu mir!«

»Es ist keine große Sache, Ihr müßt Euch nur mit ihm unterhalten.«

Brigid errötete: »Aber ich werde stot-tern.«

Die Herrin beugte sich vor: »Ach, wenn Ihr das glaubt, kennt Ihr die Männer nicht. Sie lieben es, über sich selbst zu reden, und mein Sohn, so sehr ich ihn auch liebe, ist da nicht anders. Ihr müßt ihn nur nach sich fragen, nach Crevy, und ihm begierig zuhören. Ihr müßt über seine Scherze lachen, und schon bald wird er wieder glauben, daß er begehrenswert ist.«

Brigid senkte scheu den Blick: »Ich h-halte Euren Sohn für überaus attraktiv.«

»Das Aussehen hat er von mir, *non*?« Sie lachten gemeinsam, und dann schlug Lady Crevy die Hände zusammen: »Ich weiß, was Euch noch helfen könnte. Mein Sohn ist schon oft in Paris gewesen, und wenn Ihr ihn darüber ausfragt, kann er Euch bestimmt einiges über die Pariser Sitten berichten, die Euch so am Herzen liegen!«

Brigid riß die Augen auf und lächelte, offensichtlich begeistert von dieser Idee: »Das k-könnte ich tun. Für Alys und B-Burke.«

»Natürlich könnt Ihr das, *ma petite.*« Lady Crevy schnippte mit den Fingern. »Mir fällt da noch etwas ein. Ihr müßt des Kleids, das Ihr den ganzen weiten Weg mitgebracht habt, längst überdrüssig sein. Nichts bringt Euch schneller auf andere Gedanken als ein neues Gewand, selbst wenn Ihr es von einer alten Frau wie mir borgen müßt, *non*? Und ein heißes Bad.«

»Ein Bad!« hauchte Brigid.

»Ich werde dafür sorgen, daß man es zubereitet.« Lady Crevy erhob sich, klatschte in die Hände, und auf ihren Befehl eilten die Dienstboten davon. Stolz sah sie, daß Brigid sich bereits aufgesetzt hatte und vor Vorfreude strahlte.

In diesem Augenblick trat eine zerzauste Alys in den Raum; ihr Haar hing wie ein Schleier vor ihrem Gesicht. Lady Crevy kannte diese Röte, dieses verzückte Lächeln sowie den Grund für beides. Burke de Montvieux war ein Schuft, das stand außer Frage, aber sie konnte es dem Mann kaum übelnehmen.

Drei Jahre! Das war *contre la nature*.

»Alys! Ich soll Lady Crevys Sohn helfen!« Brigid hatte offenbar keine Ahnung, was dieses Lächeln auf die Lippen ihrer Kusine gezaubert hatte, und Lady Crevy zählte ihre Unschuld zu den Tugenden des Mädchens hinzu.

»Wie wunderbar!« Alys errötete verräterisch, und die Herrin von Crevy wußte sofort, daß es kein Zufall war, daß Burke hier mit Brigid im Gefolge haltgemacht hatte. Seine Aufmerksamkeit rührte sie zutiefst, und sie wußte, daß sie Burke für seine Großzügigkeit belohnen mußte.

Er war kein Mann, der seine Freunde vergaß, und Lady Crevy würde dafür sorgen, daß solche Herzensgüte vergolten würde.

Sie trat an Alys' Seite und sah ihr in die Augen: »Helft mir hierbei«, forderte sie leise, »und ich werde Euch ebenfalls behilflich sein.«

»Mir? Aber wie?«

Lady Crevy wandte sich Brigid zu und lächelte: »Eure *Cousine* hat zugestimmt, meinem Sohn zu helfen, seine Schüchternheit zu überwinden. Ich denke, daß sie diese Aufgabe mit ihrem Charme und ihrem entzückenden Lächeln ganz wundervoll erledigen wird. Ihr nicht auch, Alys?«

Brigid sah ihre Kusine um Zustimmung heischend an, und Alys lächelte warm: »Welch wunderbare Idee! Er könnte dir sogar helfen, die Pariser Sitten zu erlernen.«

Es war kein Zufall, daß Alys und sie den gleichen Gedanken hatten, entschied Lady Crevy, während Brigid strahlte: »Ich k-kann es schaffen!«

»Aber natürlich!«

Als die Herrin von Crevy ging, um nach dem Bad zu sehen, nahm sie Alys am Arm und tat so, als würde sie ihre Hilfe benötigen. »Ich sehe, daß Ihr Eure Hand im Spiel habt, und das werde ich Euch nicht vergessen«, sagte sie leise. »Ich werde dulden, daß Ihr und Burke Euch ein Zimmer teilt.« Sie drohte der erfreuten Alys mit dem Finger: »Aber Ihr solltet wissen, daß, wenn Margaux de Montvieux mir vorwirft, ich hätte Euer schändliches Verhalten gebilligt, ich es selbst auf meinem Totenbett noch leugnen würde.«

Alys lachte, umarmte die ältere Frau stürmisch und bedankte sich mit einem schallenden Kuß, der Gutes für die Zukunft dieses Paares erahnen ließ. »Ihr seid zu freundlich!«

»Unsinn! Burke würde tun und lassen, was er will, ohne mich um Erlaubnis zu fragen; ich weiß nur gerne, wer in meinem Schloß wo schläft.« Lady Crevy zwinkerte ihr zu. »Offensichtlich hat er einen großen Vorrat an Leidenschaft zu teilen.« Alys wurde noch röter, und die Dame des Hauses lächelte: »Ihr teilt Euch am besten das Bad mit Eurer Kusine, *petite*, und ich werde zusehen, daß ich auch für Euch ein neues Gewand finde.«

♠

Burke wandte sich um, als er die Frauen auf der Treppe hörte, aber auf Alys' strahlende Erscheinung war er nicht vorbereitet. Sie trug ein neues Kleid, feiner, als alles, was sie je besessen hatte, doch es war ihr Lächeln, das sein Herz höher schlagen ließ. Sie schritt schnell an seine Seite und gab ihm einen Kuß, so daß Burke sich fragte, wie er jemals daran hatte denken können, keusch zu leben.

Er wußte nicht, wie er die Zeit bis zu ihrer Hochzeit überstehen sollte, denn jede noch so kleine Berührung seiner Dame versuchte ihn schwer.

Sie lächelte ihm zu, als könne sie seine Gedanken lesen. »Schurke!« flüsterte sie, und ihre Augen funkelten, als sie durch den Saal wies: »Sieh dir das an!«

Widerwillig sah Burke gerade rechtzeitig auf, um eine Brigid zu sehen, die nicht nur ähnlich gekleidet war wie Alys, sondern auch ein völlig neues Selbstvertrauen zu besitzen schien. Guillaume erwiderte ihren Blick und wollte sich schon zur Tafel begeben, aber zu Burkes großer Überraschung hob Brigid entschlossen das Kinn. Sie und Lady Crevy lächelten einander zu, und dann begab sich das Mädchen mit uncharakteristischer Kühnheit zu Guillaume. Sie blickte ihn lächelnd an und faltete die Hände.

»Würdet Ihr m-mir von Crevy erzählen, mein Herr?«

Burke verkniff sich das Grinsen, als er sah, wie sie seinen Freund verzauberte. Erstaunlicherweise entwickelten sich die Dinge in letzter Zeit wirklich zu seinen Gunsten.

Alys genoß Burkes Überraschung, als die Herrin von Crevy am Abend darauf bestand, sie persönlich zu ihrem Zimmer zu geleiten. Der Schloßverwalter runzelte zwar die Stirn, gehorchte aber dem Befehl seiner Herrin und zog sich zurück. Brigid und Guillaume waren so in ihre Unterhaltung vertieft, daß sie die Abwesenheit des Trios gar nicht bemerkten.

Alys stieß Burke an, während sie die Treppe hinaufstiegen, und sagte so leise, daß ihre Gastgeberin sie nicht hören konnte: »Es scheint, als hättest du wieder einmal recht gehabt.« Burke sah sie erstaunt an. »Ich glaube, dein Freund ist genau der Richtige für Brigid.«

»Wir können nur hoffen, daß sie der gleichen Meinung sind.«

»Sicher könntest du sie überzeugen, deine Ansicht zu teilen«, neckte ihn Alys. »Du läßt doch sonst keinen Widerspruch gelten.«

Burke grinste: »Willst du dich beschweren?«

»Nein«, gestand sie und zwinkerte ihrem Ritter zu. »Ich könnte mich sogar an deine Unbeugsamkeit gewöhnen wie auch an deine Lehrstunden in der Kunst der Liebe.«

Burke lachte in sich hinein und setzte eine strenge Miene auf. »Ich kann mich nicht erinnern, daß wir weiteren Unterricht ausgemacht hatten«, sagte er so ernst, daß Alys fast herausgeplatzt wäre.

Lady Crevy blieb vor ihnen stehen und zeigte auf eine Tür zu ihrer Rechten: »Ich hoffe, dies wird Euch zusagen, Alys.«

»Oh, welch ein wunderschönes Zimmer. Ich danke Euch.«

Burke zögerte merklich. Lady Crevy stützte die Hände in die Hüften und betrachtete ihn mit gespieltem Ernst: »Ist es nicht gut genug für Euch, *chevalier*?«

»Natürlich ist es das! Alys wird sich wohl fühlen ...«

»Dann seht zu, daß Ihr hineinkommt, bevor noch ganz Crevy erfährt, was ich Euch beiden alles nachsehe!« Und damit scheuchte sie ihn fort. Burke riß verblüfft die Augen auf, doch Alys nahm ihn bei der Hand, als er zögerte, und zerrte ihn in die Kammer.

Lady Crevy zwinkerte ihr zu. »Ich mag Frauen, die wissen, was sie wollen«, murmelte sie und schloß die Tür hinter ihnen.

Alys lehnte sich mit dem Rücken dagegen, während Burke in Lachen ausbrach. »Du kleine Spitzbübin«, beschuldigte er sie mit Bewunderung in den Augen. »Das hast du geplant!«

Alys sah ihn kritisch an. »Und? Willst du mich jetzt nicht mehr zur Frau nehmen?« scherzte sie und genoß zufrieden die Eile, mit der Burke sie in die Arme schloß.

»Ich würde es nie wagen, dich fortzulassen«, erklärte er warm und zog dann eine Braue hoch. »Was sagtest du noch über Lehrstunden?«

»Ich verlange, daß du mir alles beibringt, was du weißt.« Alys schlang die Arme um den Hals ihres Ritters. »Setze einfach den Unterricht von heute nachmittag fort.«

Burke lächelte zu ihr hinab und sah sie durchdringend an: »Ich denke nicht, daß ich es bereuen werde.«

Alys erwiderte sein Lächeln und stellte sich auf die Zehenspitzen, um sicherzugehen, daß er lange Zeit nichts mehr zu sagen hatte. Schließlich mußte sie dem Mann beweisen, daß sie ihm vertraute.

Kapitel 17

Am Morgen nach Burkes Ankunft schritt Guillaume aufgeregt in der Halle seines Schlosses auf und ab. Er wußte, daß er nicht genügend Charme besaß, um die Zuneigung einer Dame zu gewinnen, aber Lady Brigids Aufmerksamkeiten am Abend zuvor ließen ihn hoffen. Er sah immer wieder zur Treppe und ignorierte bewußt das fröhliche Summen seiner Mutter, die sich Honig aufs Brot strich.

Er blickte düster zu Boden und sagte sich, daß er ein Narr war, auch nur zu denken, die Gunst der scheuen Brigid gewinnen zu können. Sie war nur höflich gewesen, hatte zu seinen Geschichten genickt und über seine Scherze gelacht. Es war ihm so leicht gefallen, mit ihr zu sprechen, da der Wein ihm die Zunge gelöst hatte, aber am heutigen Morgen fürchtete er fast, es sei alles nur ein Traum gewesen.

Ja, im grellen Licht des Morgens erinnerte sich Guillaume nur zu gut daran, wie oft er um eine Dame geworben, ihr sein Herz dargeboten hatte, und wie sich diese Damen dann über ihn lustig gemacht hatten.

Vielleicht war dies alles eine schlechte Idee. Vielleicht sollte er Brigid nach Paris weiterreiten lassen und seine Tage allein verbringen. Vielleicht war er auch nur ein Feigling. Das war keine schmeichelhafte Erkenntnis, und Guillaume begann noch schneller hin und her zu laufen. Er leitete ein wohlhabendes Gut, er konnte eine Armee führen, wenn es nötig war, und doch machte er sich halb verrückt wegen einer einzelnen Maid.

»Ah!« rief seine Mutter. »*Ma petite!*«

Guillaume wirbelte herum, und sein Herz blieb stehen, als er Lady Brigid auf der untersten Stufe zögern sah. Sie lächelte scheu seiner Mutter zu und blickte dann errötend zu ihm. Sie biß sich auf die Lippe, als würde sie sich vor ihm fürchten. Die Röte ließ ihre Sommersprossen noch reizender hervortreten, und ihr ängstliches Zögern weckte den Beschützer in Guillaume.

Er war schon fast bei ihr, um sie zu beruhigen, bevor er merkte, was er tat. Die Dame wich nicht zurück, und ihr Blick ruhte die ganze Zeit auf ihm. Sie kam nicht auf ihn zu, wie sie es am gestrigen Abend getan hatte, floh aber auch nicht.

Guillaume lächelte und bediente sich seines ganzen Charmes, als er vor ihr stehenblieb: »Habt Ihr gut geschlafen?«

»Ja.« Brigid sah aus, als wüßte sie nicht, was sie tun sollte. Sie schien abzuwarten, wie ein kleiner Vogel, nicht sicher, was *er* tun würde.

Guillaume beeilte sich, sie zu beruhigen: »Gibt es etwas, was Ihr braucht? Ihr müßt nur fragen, und man wird es Euch bringen.«

»Ja. Ich meine, nein.« Die Wangen der Dame glühten. »Es w-war alles sehr schön.« Doch dann verzog sie schmerzlich das Gesicht. Guillaume sah, daß sie seiner Mutter einen flehentlichen Blick zuwarf.

Das lief nicht wie geplant und ähnelte zu sehr seinen Erlebnissen bei Hofe. All die schönen Worte, die sich Guillaume in seinem Zimmer zurechtgelegt hatte, verließen ihn, und das Vertrauen in seinen Charme schwand dahin.

Und doch fühlte er sich bemüßigt, *irgend etwas* zu sagen.

Als er zu sprechen begann, förderte seine Unruhe eine alte Qual zutage, die er für immer überwunden glaubte.

»Gut, dann, ich denke, ich meine, ähm, ich würde vorschlagen, vielleicht ...« Guillaume biß die Zähne zusammen ob seiner Ungeschlachtheit, als die Dame ihn erstaunt ansah, und fluchte leise. Wenn er nur solche Schmeicheleien finden könnte wie Burke, nur für diesen einen Augenblick! »Ich möchte Euch bitten, ähm, Euch zu uns zu gesellen, ähm, zum Frühstück, Lady Brigid.«

Guillaume erkannte, daß er alles verdorben hatte. Jetzt wußte sie, welch ein Narr er war! Am besten sollte er so tun, als wäre nichts geschehen, und seinem Gast weitere Peinlichkeiten ersparen.

Doch er mußte der Dame noch einen letzten Blick zuwerfen. Guillaume war überrascht, denn Brigid betrachtete ihn mit unverhohlenem Entzücken. Sie sah ihn an, als wäre er der wunderbarste Mann der Welt. Da er wußte, wie er auf Frauen wirkte, und daß er sich gerade zum Narren gemacht hatte, warf Guillaume einen Blick über die Schulter. Er erwartete, Burke dort zu sehen, doch niemand stand hinter ihm.

Die Dame kicherte und legte unbewußt ihre Hand auf seinen Arm. Guillaume wandte sich ihr zu, und sah, daß sie sich mit funkelnden Augen zu ihm beugte: »Ihr hättet fast gestottert!«

Guillaume spürte, wie er rot wurde, als man ihm seine Unzulänglichkeit so direkt vorhielt: »Nun, ich kann nichts dagegen tun. Manchmal kann ich nicht, nun, die Worte kommen nicht, ähm, wenn ich einen guten Eindruck machen will...« Er seufzte schwer, fuhr sich durchs Haar, blickte auf seine Stiefel hinab und entschloß sich, es einfach zu sagen.

»Ich komme besser sofort zur Sache. Ich möchte Euch bitten, noch auf Crevy zu verweilen«, erklärte er einfach. »Ich möchte nicht, daß Ihr in Paris nach einem Gatten sucht, denn ich würde gerne die Gelegenheit nutzen, Euch den Hof zu machen, und ich weiß nur zu gut, daß ich mit den Männern dort nicht mithalten kann. Es tut mir leid, daß ich so direkt sprechen muß, aber mir fehlen die Worte, auf galantere Weise um Eure Gunst zu bitten.«

Jetzt war es heraus. Guillaume warf der Dame einen versteckten Blick zu, sicher, daß sie sich umdrehen und seine derbe

Gesellschaft fliehen würde. Doch sie kicherte nur, und zwei reizende Grübchen erschienen auf ihren Wangen. Ihr Blick flog zu seiner aufmerksam zusehenden Mutter und wieder zurück zu Guillaume.

»Oh, ich mag Euch auch«, hauchte sie zu seiner Überraschung, »und würde Euch gern besser kennenlernen.«

Guillaume sah sie erstaunt an. »Dann bleibt«, drängte er.

Die Dame biß sich auf die Lippe und nickte schnell.

Guillaume wagte es, ihre Hände zu nehmen, und erschauerte, als sie sie ihm nicht entzog: »Wollt Ihr den Tag mit mir verbringen? Wir können uns unterhalten, und ich werde Euch Crevy zeigen.« Wahrhaftig, er wollte nicht, daß diese süße Blume ihm entfleuchte.

»Ja, ich werde über Eure Scherze lachen.« Die Dame beugte sich vor, und ihre Finger schlossen sich um die seinen: »Aber ich mußte gar nicht so tun.«

So tun? Guillaume warf seiner Mutter einen Blick zu. Sie summte lauter und bestrich ihr Brot mit unnötiger Hingabe. Er wußte, daß es keinen Grund gab, sich darüber zu beklagen, was sie getan hatte. Fast hätte er sogar lachen müssen.

Er würde Burke sogar zutrauen ...

»Ich habe solchen Hunger«, flüsterte Brigid.

»Die Tafel wartet nur auf Euch«, sagte Guillaume galant.

Seine Mutter sah auf, lächelte zustimmend und klopfte neben sich auf die Bank: »Kommt, *ma petite*. Ich habe die Honigwabe für Euch aufbewahrt. Das wird Euch wieder Kraft geben.«

»Oh, ich liebe Honig«, rief Brigid und betrachtete die Wabe auf ihrem Brot, als wäre sie ein Juwel. »Auf Kiltorren gibt es niemals Honig.«

»*Non*? Vielleicht ist es dort zu kalt für die Bienen. Auf Crevy könnt Ihr jeden Morgen Honig frühstücken, *ma petite*. Mein Sohn herrscht über ein reiches Gut, und all seine Schätze liegen Euch zu Füßen.«

»Oh, es ist wirklich ein schöner Besitz!« Brigid schenkte dem Herrn von Crevy ein Lächeln, das ihn fast umwarf.

Ah, wenn er daran dachte, daß Burke alles so geplant hatte und er blind in die Falle getappt war. Guillaume lachte leise vor sich hin, während er sich über sein Brot hermachte.

»*Maman*, ich glaube, wir schulden Burke einiges.« Er erinnerte sich an Brigids gestriges Geständnis, und ihm wurde bewußt, daß sein Freund nicht ganz uneigennützig handelte. Aber Guillaume war bereit, Burke zu helfen, denn schließlich hatte er Crevy ausgewählt, um Brigids Reize zur Schau zu stellen. »Und ich weiß schon genau, wie wir unsere Schuld begleichen werden.«

♠

Nun, da Alys sicher ihm gehörte, konnte Burke nicht aufhören, an Montvieux zu denken. So schön es auf Crevy sein mochte und wie wunderbar die Gesellschaft dort auch war, so begann Burke sich doch Sorgen zu machen wegen der letzten Hürde, die vor Alys und ihm lag.

Er würde sie seiner Mutter vorstellen müssen.

Burke freute sich nicht auf diese Konfrontation, denn er wußte, daß seiner Mutter keine Frau gut genug für ihn sein würde. Ihm war Margauxs Meinung gleich, doch wollte er nicht, daß sie Alys mit ihren gemeinen Bemerkungen verletzte. Und er hatte nicht vor, Crevy zu verlassen, bevor Alys nicht die Sorge um ihre Kusine los war.

Doch es war ihm verdammt unangenehm, so vollkommen mittellos zu sein. Burke war nie ohne jede Münze gewesen, und diese Erfahrung bereitete ihm mehr Unbehagen, als er erwartet hatte. Er wollte Alys in seidene Gewänder hüllen, einen goldenen Ring an ihren Finger stecken, er wollte mit ihr das Ehegelübde vor einem Priester austauschen, doch all diese Vorhaben waren kostspielig.

Und er besaß nichts.

Es war Ironie des Schicksals, daß Burke sein Erbe ausgeschlagen hatte, um Alys' Hand zu gewinnen, und nun wünschte, Montvieux würde ihm noch gehören, wenn auch nur, um seine Dame zu kleiden und zu umsorgen, wie sie es verdiente. Es tat ihm in der Seele weh, sie jeden Tag dasselbe Kleid tragen zu sehen, und es plagte ihn, daß er nichts dagegen unternehmen konnte.

Alys fand sich damit ab, was immer geschah, war mit kleinen Erfolgen zufrieden und ertrug jede Last mit Leichtigkeit. Sie hatte die Stärke, sich nicht von weltlichem Ungemach stören zu lassen, und diese Eigenschaft bewunderte Burke zutiefst. Daß sie sich entschlossen hatte, bei ihm zu bleiben, obwohl er auf dieser Welt nichts besaß, war ihm große Hilfe und Bestärkung. Es zeigte, daß Alys ihm zur Seite stehen würde, komme, was wolle. Burke genoß diesen Umstand sehr, auch wenn seine Dame ihren Empfindungen noch keinen Ausdruck verliehen hatte. Es würde seine Zeit brauchen, und er konnte warten, in dem sicheren Gefühl, daß er ihr Vertrauen besaß.

Alys hatte ihn gelehrt, daß Geduld sich auszahlte.

Es war ein Zeichen seines Gemütszustandes, daß Burke, als er am Tag nach ihrer Ankunft ein verloren geglaubtes Stück Silber in seinen Satteltaschen fand, es augenblicklich im Dorf von Crevy für ein Geschenk für Alys ausgab.

Wenigstens ein Teil von ihr würde gekleidet sein wie eine Königin.

Doch immer noch stand eine Uneinigkeit zwischen ihnen. Alys gefiel es nicht, daß er sich den Gefahren der großen Turniere aussetzten wollte, doch Burke wußte, daß nicht mehr viele Jahre des Kampfes vor ihm lagen. Er würde schnell seine Siege erringen und sich dann aus dem Wettstreit zurückziehen, denn er wurde nicht jünger.

Und nur die wirklich mächtigen Herrscher konnten es sich leisten, den Preis auszusetzen, den Burke um alles in der Welt gewinnen wollte: ein Gut, sei es auch noch so klein, das nur ihnen gehören würde. Denn das sorglose Leben, das er bis jetzt geführt hatte, verlor seinen Reiz, seit er Alys an seiner Seite wußte.

Wenn sie so weitermachten, würden sie schon bald Kinder haben. Sie mußten heiraten, und die Kinder sollten ein glückliches Zuhause mit einer vollen Vorratskammer bekommen.

Ja, die Turniere lockten, obwohl sich Burke einige Hürden in den Weg stellten.

Zuerst mußte Guillaume um Brigids Hand anhalten. Wann immer es möglich war, drängte Burke Guillaume, sich ein Herz zu nehmen, denn dieser Mann war in Liebesangelegenheiten so zaghaft, daß sich seine Werbung über Jahre hinziehen konnte.

Und soviel Zeit blieb Burke nicht, um dafür zu sorgen, daß Brigid sich vermählte, und so war er hocherfreut, als Guillaume, nur fünf Tage nach ihrer Ankunft an der Mittagstafel vor Alys niederkniete.

»Lady Alys, würdet Ihr mir die Ehre erweisen, als Vertreterin Eurer Familie zu fungieren?«

Ein weiteres Hindernis schien beseitigt, eine weitere Hürde zwischen ihm und seiner eigenen Hochzeit genommen! Burke konnte seinen Freudenschrei gerade noch unterdrücken.

»Aber Brigid ist die Tochter des Herrn von Kiltorren«, wandte Alys ein. »Ich bin nur sein Mündel.«

»Aber ich möchte doch zu Lady Brigid sprechen.«

»Oh!« Alys stockte der Atem, als sie plötzlich verstand. Guillaume grinste, und Brigid lief rot an. Lady Crevy schnalzte beifällig mit der Zunge und zwinkerte Burke verschwörerisch zu.

»Ich möchte Euch bitten, so gut zu sein und mir zu erlauben, Eure Kusine, Lady Brigid von Kiltorren, zu ehelichen.« Mit einer Verbeugung übergab Guillaume Alys einen Ehevertrag, doch die wandte sich ihrer Kusine zu.

»Nur eine Meinung zählt in dieser Angelegenheit«, sagte Alys entschieden. »Was sagst du zu diesem Mann, Brigid?«

Brigid lächelte, schlug die Hände zusammen und blickte bewundernd zu Guillaume: »Oh, ich sage ja, Alys. Ich würde Guillaume sehr, sehr gerne heiraten.«

»Mein Sohn wird Euch gut behandeln, *ma petite*«, versicherte Lady Crevy ihr, »oder ich werde ihn schwer bestrafen.«

Brigid lächelte Guillaume zu: »Ich weiß.« Guillaume grinste fröhlich zur Erwiderung, und Burke freute sich, seinen Freund so glücklich zu sehen.

»Meine Familie könnte nie Einwände gegen Eure Umstände erheben«, fuhr Alys fort und rollte mit gerunzelter Stirn das Dokument auf. Sie wandte sich mit fragendem Blick Burke zu und reichte ihm die Urkunde. »Du kennst dich in solchen Dingen besser aus als ich. Würdest du?«

»Es ist mir eine Ehre«, entgegnete Burke galant und fragte sich gleichzeitig, ob seine Dame wohl des Lesens mächtig war. Er schwor sich, es ihr beizubringen, falls sie wollte, und verfluchte die Familie derer von Kiltorren, die ihr auch dies versagt hatten.

Dann warf er seinem Freund, der noch vor Alys kniete, einen scherzhaften Blick zu. »Soll ich der Unterhändler für die Braut sein?« schlug er listig vor, und Guillaume schnaubte.

»Du wirst noch dafür sorgen, daß ich als Bettler ende!« erwiderte er. »Obwohl dies ein geringer Preis wäre für die Gunst einer solch lieblichen Maid.«

»Guillaume!« Brigid errötete, aber sie beugte sich doch vor, um ihn auf die Wange zu küssen, als er sich erhob und seinen Platz an ihrer Seite einnahm.

Lady Crevy klatschte in die Hände: »Dann ist es abgemacht, hervorragend. Nur eine Sache müssen wir noch erledigen.«

Burke hatte keine Ahnung, was das sein mochte, und er sah, daß Alys genauso verwirrt war. Die anderen jedoch schauten so zufrieden, daß Burke wußte, sie hatten sich abgesprochen.

Die Herrin von Crevy gab den Befehl, und ein Schwarm von Bediensteten ergoß sich in die Halle. Ein Spielmann zupfte auf seiner Laute, um den Einzug zu begleiten, und Burke erkannte, daß sie eine kleine Truhe mit sich trugen. Sie war einfach gearbeitet, und er war überrascht, als sie vor Alys abgestellt wurde.

Alys wußte offensichtlich nicht, was sie von dieser Darbietung halten sollte, und Burke schwor leise, dafür zu sorgen, daß sie nicht mehr so erschrecken würde, wenn man ihr ein Geschenk überreichte.

Seine Dame hatte zu lange von der Hand in den Mund gelebt.

»Dies ist für Euch, Alys«, erklärte Lady Crevy. »Ihr könnt es als verfrühtes Hochzeitsgeschenk oder als Dank dafür betrachten, daß Ihr Eure Kusine meinem Sohn vorgestellt habt. Wie dem auch sei, hoffentlich wird diese kleine Gabe Euch Freude bereiten.«

Alys blickte zu Burke, doch er wußte, daß seine Miene ihr keine Antwort gab. Er war selbst gespannt, was Lady Crevy wohl ausgesucht hatte.

»Ich danke Euch«, sagte Alys, doch die ältere Frau lachte.

»Ihr wißt doch noch nicht einmal, was es ist!«

»Aber Lady Crevy, Ihr habt uns schon Eure Gastfreundschaft geschenkt. Diese Gabe wäre einfach zuviel.«

»Unsinn.« Lady Crevy winkte mit der Hand, und eine der Mägde öffnete den Deckel der Truhe. Die ganze Gesellschaft beugte sich vor, um hineinzuschauen.

Aber Burke konnte nur die leuchtend violette Farbe erkennen, bevor zwei der Mägde in die Kiste griffen. Sie hoben ein Gewand heraus, ein aus feiner Wolle gesponnenes Kleid. Es war von einem tief violetten Ton, die Säume mit goldener und roter Stikkerei verziert, und der Gürtel war in denselben reichen Farben gehalten. Das Kleid war äußerst fein gewoben und würde Alys wunderbar stehen. Burke lehnte sich zurück und sah, wie sich ihre Augen weiteten. Alles, was ihn störte, war, daß er Alys nicht früher ein solches Geschenk hatte machen können.

Als nächstes war ein schneeweißes Unterkleid an der Reihe, gefolgt von kunstvoll gestrickten Strümpfen im selben Ton. Rote Strumpfbänder kamen hinzu, ein Schleier von zarter Malvenfarbe und ein schlichter goldener Reif. Alys stockte der Atem, als die Magd tief in die Truhe griff und einen Umhang herauszog, der von derselben Farbe war wie Burkes, nur daß dieser mit silbern glänzendem Eichhornfell besetzt war und nicht mit schwarzem Pelz wie der seine.

Ein Kleidungsstück jedoch fehlte, und Burkes Lächeln wurde breiter, denn er war sich sicher, daß die Dame von seiner Errungenschaft gehört hatte. Es schien, als hätte sie die anderen Sachen passend zu seinem Geschenk ausgesucht.

Die Zeit war gekommen, es ihr zu überreichen.

»Solche Reichtümer kann ich nicht annehmen«, wehrte Alys mit Tränen in den Augen ab. »Es ist viel zuviel...«

Doch wie Burke es vorausgesehen hatte, duldete die Herrin von Crevy keinen Widerspruch. Sie nahm Alys' Hand: »Keine Widerrede, Alys, Ihr habt keine Wahl.«

»Aber Ihr seid zu großzügig! Burke, hilf mir.«

»Nein, Alys. Niemand sagt Lady Crevy, was sie tun soll.« Er lächelte seiner Dame zu. »Und da ich außerdem denke, daß du diese Gabe wohl verdient hast, wirst du von mir keinen Widerstand sehen.«

Alys schüttelte den Kopf: »Du bist überhaupt keine Hilfe!«

»Dafür sind Freunde doch da«, gab Guillaume zu bedenken.

Burke nahm Alys' Hand: »Lady Crevy, auch ich muß Euch danken. Euer Geschmack ist wie immer exquisit.«

»Aber ich kann doch nicht...«

»Alys, dieses Geschenk kommt von Herzen«, sagte Lady Crevy bestimmt. »Ihr habt es verdient, weil Ihr mit Brigid die Freude nach Crevy zurückgebracht habt und weil Ihr einen Ritter glücklich macht, den ich liebe wie einen Sohn.« Lady Crevy lächelte ermutigend: »Nehmt es, *ma petite*, denn Ihr werdet jede Hilfe brauchen, wenn Ihr Margaux de Montvieux gegenübertretet.«

Alys wandte sich beunruhigt Burke zu, der nicht verhindern konnte, daß er das Gesicht verzog. »Das ist nur zu wahr, Alys«, gab er bedrückt zu. »Das ist nur zu wahr.«

♠

Später am Abend, in ihrer gemeinsamen Kammer, bemerkte Alys, wie nachdenklich Burke war.

Während der letzten Woche hatten sie sich ausführlich über die Turniere unterhalten und die Vor- und Nachteile der verschiedenen Wettkämpfe abgewogen. Es gefiel Alys, daß Burke sich an sie wandte und sie immer in seine Überlegungen einbezog.

Aber in dieser Angelegenheit waren sie verschiedener Meinung. Burke hatte die ärgerliche Angewohnheit, sich für unsterblich zu halten, und wählte so immer den größten Wettkampf aus, der zwar die reichste Belohnung versprach, aber auch die erfahrensten Krieger anzog. Alys fürchtete um sein Leben. Doch jedesmal, wenn sie ihre Einwände vorbrachte, war Burke so erfreut, daß sie sich um ihn sorgte, daß die Unterhaltung selten weiter voranschritt.

Nun fragte sie sich, ob er, jetzt da Brigids Zukunft gesichert war, wieder über ihre Zukunft nachdachte. Seit Lady Crevy seine Mutter erwähnt hatte, schien er sehr besorgt.

Sie wappnete sich für eine weitere Meinungsverschiedenheit: »Stimmt etwas nicht?«

»Das könnte man so sagen«, gab Burke zu. Er fuhr sich durchs

Haar und sah Alys an, als wolle er ihre Gedanken lesen: »Wir müssen nach Montvieux aufbrechen, und ich würde es lieber jetzt als später hinter mich bringen.«

Alys' Augen weiteten sich furchtsam: »Und ich muß deiner Mutter gegenübertreten.«

Burke verzog das Gesicht, und Alys' Gefühle spiegelten sich auch in seiner Miene wider: »Ja, das wird kein freudiges Ereignis werden. Die Turniere warten, aber zuerst müssen wir meine Mutter aufsuchen. Nun, da Brigid ihren Platz gefunden hat, würde es dich stören, wenn wir morgen früh aufbrächen?«

Alys' Mund wurde plötzlich trocken. Was würde sie tun, falls Burkes Mutter sie abwies? Sie besaß keine Mitgift, stammte aus keiner bedeutenden Familie, hatte keine Talente, die rechtfertigen konnten, warum Burkes Wahl auf sie gefallen war. Es wäre eher eine Überraschung, wenn Burkes Mutter sie *nicht* ablehnen würde.

»Wie weit ist es bis Montvieux?«

Burke zuckte mit den Schultern: »Einen langen Tagesritt. Wenn wir in der Frühe losreiten, könnten wir das Dorf von Montvieux erreichen und Unterkunft bei dem Müller erlangen. Dann, am Sonntag im Morgengrauen, werden wir zum Schoß reiten. Vielleicht ist meine Mutter in einer milderen Stimmung, wenn ich sie auf dem Weg zur Messe antreffe.«

Alys blinzelte überrascht: »Du willst mich nicht mitnehmen?«

»Alys!« Burke überwand die Entfernung zwischen ihnen und schloß sie in die Arme. Er lächelte zu ihr hinab, doch seine dunklen Augen blickten unruhig: »Daß man mich enterbt hat, bietet den großen Vorteil, daß mir niemand ein Schwert an die Kehle setzen kann.«

»Burke, ich mache keine Scherze. Ich dachte, du wolltest mich deiner Mutter vorstellen.«

»Ich meine es ebenfalls ernst. Doch zuerst muß ich allein mit meiner Mutter sprechen.«

»Warum? Bist du denn so sicher, daß sie mich zurückweisen wird?«

»Nein, aber vielleicht weist sie mich ab!« Burke seufzte, und als Alys aufsah, lächelte er reuevoll: »Alys, ich habe meine Mutter seit dem Tag nicht gesehen, an dem ich Montvieux ausschlug. Dieser Besitz liegt ihr sehr am Herzen, und ich bin sicher, daß sie mir einiges zu sagen hat. Ich möchte dir dies bei deiner ersten Begegnung ersparen. Es wird nicht erfreulich werden, das kann ich dir versprechen.« Sanft hob er ihr Kinn und küßte sie zärtlich. »Obwohl ich deine Stärke an meiner Seite brauchen könnte.«

»Aber Burke, so besorgt darfst du nicht sein!« schalt Alys, denn sie war sich sicher, daß er sie nur zum Lächeln bringen wollte. »Sie gehört zu deiner Familie.«

Der Ritter lächelte schief und streichelte Alys' Wange: »Und du müßtest am besten wissen, daß eine Familie, die Euch nichts gibt, auch nichts verdient.«

Dann beugte er sich vor und bedeckte ihre Lippen mit einem Kuß. Alys lehnte sich an ihn, an seine Stärke und seine Zärtlichkeit. Als Burke schließlich den Kopf hob, glühten seine Augen, doch schon bald erschien ein keckes Funkeln in ihrer unergründlichen Tiefe: »Ich hätte fast vergessen, daß heute abend noch ein Geschenk auf dich wartet.«

»Noch ein Geschenk? Burke, du solltest nicht zulassen, daß sie das tun ...«

»Alys, du wirst dich daran gewöhnen müssen, daß man dir Geschenke macht.« Er klopfte ihr leicht mit dem Finger auf die Nase. »Du hast zu lange ohne jeden Besitz gelebt.«

»Aber ...«

»Kein aber. Es bereitet mir Freude, dich zu erfreuen.«

»Dir? Aber du hast selbst gesagt, daß du mittellos bist«, wandte Alys ein. Sie wußte, daß es ihn störte, arm zu sein. »Warum verschwendest du deine Münzen so leichtfertig an mich?«

»Dies ist keine leichtfertig begangene Tat, sondern eine überaus ernste Angelegenheit«, sagte Burke gewichtig, doch das Funkeln in seinen Augen blieb.

Alys betrachtete ihren Ritter argwöhnisch: »Das bezweifle ich.«

Er lachte und wies auf seine Satteltaschen: »Schau hinein, und denk an deine Manieren.«

Trotz allem war Alys neugierig. Sie durchquerte den Raum, öffnete die Taschen und war sich bewußt, daß Burke sie die ganze Zeit beobachtete.

In den Satteltaschen verborgen fand sie ein Paar Frauenschuhe, wie Alys sie noch nie gesehen hatte. Sie waren aus so weichem Leder gearbeitet, daß Alys nicht glauben konnte, daß es sie wirklich gab. Die Spitzen waren mit einem kunstvollen Muster geschmückt, und das Leder war granatfarben gebeizt worden.

Staunend hob Alys sie hoch und wandte sich Burke zu. Er hatte die Arme vor der Brust verschränkt und lächelte nachsichtig.

»Für mich?«

Burke grinste: »Mir würden sie nicht passen.« Er ließ den Blick über seine Kleidung wandern. »Und ich denke auch nicht, daß die Farbe mir stehen würde.«

»Oh, Burke, sie sind wunderschön!« Alys betrachtete sie bewundernd. »Ich habe nie so wundervolle Schuhe gesehen. Ich wußte nicht einmal, daß solche Kunstfertigkeit möglich ist.« Sie schaute ihn an, und der Glanz ihrer Augen erinnerte ihn an seinen Scherz. Alys verneigte sich tief, die Schuhe an die Brust gedrückt: »Ich danke dir, mein Herr, für dieses herrliche Geschenk.«

Seine Lippen zuckten: »Mir scheint, du lernst alles sehr schnell.«

»Alles?«

Burke grinste offen: »Wahrhaftig alles.«

Alys lachte und kehrte an seine Seite zurück. Sie streckte sich, schenkte ihm einen Kuß und blickte wieder staunend auf die Schuhe: »Aber warum Schuhe? Ich habe doch noch dieses Paar hier.« Sie hielt einen Fuß hoch, und der schlecht genähte Schuh rutschte ihr, zum hundertsten Mal an diesem Tage, beinahe herunter.

»Die dir so gut passen, daß sie dir vom Fuß fallen«, sagte Burke unerwartet hitzig. »Und weißt du überhaupt, Alys, welche Wirkung deine bloßen Zehen auf mich haben?«

Alys verstand nicht, was er meinte: »Nein.«

Burke blickte ihr entschlossen in die Augen: »Ich denke, meine holde Dame, daß du das reizendste Paar Füße auf der ganzen Welt besitzt. Diese flüchtigen Blicke, die ich auf sie erhasche, sind schiere Folter!« Plötzlich grinste er. »Vielleicht ist es zu meinem eigenen Nutzen, daß ich dir diese Schuhe gegeben habe.«

»Was soll das heißen?«

»Wenn ich deine Zehen während eines Turniers zu sehen bekäme, könnte ich so sehr abgelenkt werden, daß ich vielleicht schwer verletzt würde.«

»Wirklich?«

»Wirklich«, erwiderte Burke fest.

Verspielt schüttelte Alys ihre alten Schuhe ab, hob den Saum ihres Kleides an und wackelte bewußt mit den Zehen. Burke stockte hörbar der Atem, und Alys wußte dieser Tage genug über solche Angelegenheiten, um währenddessen auf die Wölbung unter seinem Wappenrock zu achten.

Als sie die Auswirkung sah, lächelte sie ihm zu: »Vielleicht, mein Herr, möchtest du mir behilflich sein, diese neuen Schuhe anzuziehen?«

»Die Höflichkeit gebietet es.«

Alys lachte, klopfte ihm auf die Brust und genoß es, sich gegen seine schwellende Männlichkeit zu lehnen: »Ich werde ein Abkommen mit dir schließen, Burke, da du den Anblick meiner

Füße so verwirrend findest. Ich bin ebenfalls daran interessiert, daß du die Turniere heil überstehst.«

»Das bist du?«

»Ja. Ich werde diese Schuhe niemals wieder ohne deine Hilfe abstreifen.« Ihr Wagemut wurde mit der Leidenschaft entlohnt, mit der Burkes Augen brannten. »Jeden Abend kannst du sie mir von den Füßen ziehen und sie mir morgens wieder überstreifen.«

»Ich nehme dich beim Wort, Verführerin«, knurrte er und schloß sie in die Arme. Unbeachtet fielen die Schuhe auf den Boden. Burke rollte sich auf das Bett, sein Kuß entfachte die Lust in Alys, und sie überlegte, wie sie ihn mit ihren Zehen quälen konnte.

Zum Glück besaß sie eine rege Phantasie. Und Burke beschwerte sich nicht über ihre Anstrengungen, denn sein lustvolles Stöhnen in dieser Nacht war alles andere als gequält. Noch viel Zeit verging, bis die Schuhe wieder an ihre Füße fanden.

♠

Es war noch dunkel, als Edana Alys in den Stallungen flüstern hörte, und dieses unerwartete Geräusch weckte ihre Neugier. Sie entzog sich der Wärme von Kerwyns Armen und schlich sich näher heran, um zu lauschen. Alys stand neben dem Herrn von Crevy, während Burke de Montvieux sein Roß sattelte.

Aber das war doch Kerwyns Aufgabe! Edana stieß ihren Gefährten in die Rippen, und er riß die Augen auf. Ein Blick in ihr Gesicht, und er kroch zu ihr und zog seine Hosen an, während er versuchte, der Unterhaltung zu folgen.

Doch die drei sprachen sehr leise. Edana folgte Kerwyns Beispiel, zog ihr Kleid an und knüpfte eilig die Bänder zu. Sich um ihr Haar zu kümmern, blieb keine Zeit.

Schattenmond warf den Kopf, so daß sein Geschirr klirrte, und die beiden Ritter schüttelten sich die Hand. Sie umarmten sich, und Alys küßte den Herrn dreimal links und rechts auf die Wangen. Burke hob sie in den Sattel, und auch der letzte Zweifel war ausgeräumt.

»Sie gehen fort!« flüsterte Kerwyn.

»Und zwar ohne uns!« Sie wechselten einen verstehenden Blick und traten Hand in Hand in den Stall hinaus.

»Herr, ich habe geschworen, Euch zu dienen«, sagte Kerwyn. Obwohl er leise sprach, klangen seine Worte klar durch den stillen Stall und veranlaßten den Ritter, stehenzubleiben.

»Kerwyn, dein Schwur ehrt mich wie auch die Tatsache, daß du ihn einhalten willst. Aber es wäre unverantwortlich von mir, deine Dienste anzunehmen, wenn ich nicht einmal versprechen kann, daß du Unterkunft und Verpflegung erhältst.«

»Ihr braucht mich«, wandte Kerwyn ein. »Wie auch Euer Roß. Und ich pflege mein Wort zu halten.«

»Und Ihr braucht mich!« rief Edana Alys zu. »Wie könnt Ihr eine edle Dame sein, ohne Zofe?«

»Aber Edana«, schüttelte Alys den Kopf, »Guillaume wird für dich sorgen. Er hat es uns geschworen. Crevy nimmt Euch als freie Menschen auf.«

»Wenn ich frei bin, dann kann ich mich entscheiden, fortzugehen«, gab Edana zu bedenken. »Und wir wollen mit Euch kommen.«

»Genau«, stimmte Kerwyn zu, »diese Treue sind wir Euch schuldig.«

Edana nickte: »Ich schulde Euch *alles*, denn Ihr habt mich von Kiltorren befreit.«

Einen Augenblick herrschte Stille in den Ställen, und Edana wußte, daß sie die beiden mit ihrer Entschlossenheit überrascht hatten. Aber sie war nicht so weit gekommen, um dann ihre Schuld nicht zu begleichen, und sie hatte keine Furcht davor, sich

Burke und Alys anzuschließen. Dieser Ritter würde nicht lange mittellos bleiben, und Alys würde immer eine aufmerksame Herrin sein. Brigid würde eine andere Zofe finden, die ihr das Haar flocht.

Der Ritter schüttelte den Kopf und schenkte seiner Dame ein Lächeln: »Ich glaube nicht, daß es uns gelingen wird, ohne diese beiden aufzubrechen.«

»Nein, sie sind wirklich eigensinnig«, stimmte Alys voller Zuneigung zu. »Aber ich habe eine Schwäche für Dickköpfe.« Das Paar wechselte einen bedeutungsvollen Blick, der den Ritter zum Lachen brachte und die Dame erröten ließ.

»Dann sucht zusammen, was ihr braucht«, drängte Burke. »Wir müssen uns beeilen, wenn wir Montvieux noch vor der Dämmerung erreichen wollen.«

»Die Zelter der Templer müssen noch abgeliefert werden«, erinnerte Kerwyn. »Liegt Paris auf unserem Weg?«

»Mehr oder weniger«, gab Burke zu und runzelte die Stirn, während er plante, wie sie vorgehen sollten. »Wir werden uns unterwegs trennen, wenn ihr nichts dagegen habt. Ihr könnt die Pferde abliefern und dann in Montvieux wieder zu uns stoßen, denn es drängt mich, noch heute dort anzukommen.«

»Ich werde dafür Sorge tragen, daß sie wohlbehalten abgeliefert werden«, erklärte Kerwyn.

»Ja, das weiß ich.«

Edana spürte, wie ihrem Gefährten die Brust schwoll, als er erkannte, daß der Ritter ihm traute. Ja, diese beiden würden einen guten Herrn und eine gute Herrin abgeben. Edana war stolz, ihnen dienen zu dürfen.

Vielleicht konnte sie sie, wenn der Ritter ein Gut gewonnen hatte, sogar überreden, Ziegen zu halten.

»Nimm einen Zelter für deinen Knappen«, verlangte der Burgherr. Burke hätte Einwände gehabt, aber der andere hob die Hand und brachte ihn zum Schweigen. »Ein verfrühtes Geschenk zu deiner Vermählung«, bestand er darauf. »Nimm es und sei still. Schließlich überläßt du mir einen begnadeten Koch.«

»Es waren die Schalotten und das Ausmaß Eurer Küchengärten, die Beauregard überzeugt haben«, warf Alys ein.

Ihr Gastgeber lächelte stolz und neigte den Kopf, als er das Lob entgegennahm: »Ich bin sicher, daß seine Gegenwart meiner Braut eine immerwährende Stütze sein wird.«

Und so wurde es entschieden, und die Sonne erhob sich in rotem Dunst, als die vier Reiter sich auf den Weg machten, ein Dutzend Pferde im Schlepptau. Edana wandte ihr Gesicht dem Wind entgegen. Niemals hätte sie gedacht, daß das Leben so verheißungsvoll sein könnte. Kerwyn zwinkerte ihr zu, und sie war überglücklich. Und dieses Gefühl würde für immer ihr gehören.

♠

Am Samstag abend lag Alys in ihrem Bett, lauschte dem Regen und vermißte Burke. Sie spürte, daß große Ereignisse bevorstanden, doch erst am nächsten Morgen verstand sie, warum.

Burkes Anspannung war den ganzen vorigen Tag unübersehbar gewesen. In grimmigem Schweigen ritt er neben ihr, und Alys konnte förmlich spüren, wie er sich sammelte, um dem »unbeugsamen« Willen seiner Mutter gegenüberzutreten.

Sie suchten Unterkunft bei dem Müller von Montvieux, Alys keusch in einem Bett im oberen Stockwerk, Burke im unteren. Sie schlief nur schlecht, denn die Wärme ihres Ritters und sein leises Lachen fehlten ihr. Selbst in der Dämmerung war der Anblick von Montvieuxs Reichtum genug gewesen, um ihr Alpträume zu bereiten.

Alys erhob sich früh und zog sich an, war ruhelos, ohne zu wissen, warum. Als sie Schattenmond im Hof hörte, riß sie die Fensterläden auf, ohne sich im geringsten um ihr offenes Haar zu scheren. Es regnete stark an diesem Morgen, nicht wie der feine

Nieselregen des vergangenen Tages oder das leichte Tröpfeln in der Nacht. Der Regen fiel gleichmäßig und dicht und malte Montvieux in hundert verschiedenen Grautönen.

Alys erkannte Burkes Gestalt im selben Augenblick, da sie seine tiefe Stimme vernahm. Er schwang sich in den Sattel seines Hengstes, ein dunkler Schatten vor dem Silber des Regens, die Kapuze über den Helm geschlagen. Erwartungsvoll hob sie die Hand, sicher, daß Burke noch einmal zu ihr hinaufsehen würde, doch er wandte sein Roß und ritt davon.

Alys ließ die Hand auf das Fenstersims sinken, und die Furcht legte sich um ihr Herz. Sie schaute zu dem fernen Hügel, wo sie in der vorangegangenen Nacht die Lichter Montvieuxs gesehen hatte. Selbst der Regen konnte nicht verbergen, wie groß dieses Schloß war, und Alys glaubte zu spüren, wie Burkes Mutter ihren Sohn im Geiste zu sich rief.

Und was würde sie von ihrem Sohn verlangen? Reue natürlich und daß er sein Geburtsrecht wieder annahm. Die furchterregende Margaux würde Burke ihrem Willen unterwerfen. Burke hatte schon Zweifel an seinem Vorhaben gezeigt, und nun würde er sich mit der Pracht all dessen konfrontiert sehen, was er aufgegeben hatte.

Alys ballte die Faust. Sie sah Burke nach, als Schattenmonds Hufschlag verklang, und verfluchte sich, daß sie nicht jene drei kleinen Worte ausgesprochen hatte, die ihn vielleicht dazu gebracht hätten, sein Vorgehen noch einmal zu überdenken.

Sie hatte Burke nie gesagt, daß sie ihn liebte. Und doch war das alles, was für sie sprach, und er wußte es nicht einmal.

Die Glocke der Dorfkirche läutete klagend zur Messe, und Alys spürte, wie ihre Torheit sie belastete. Doch nun gab es nichts mehr, was sie tun konnte. Sie schloß die Fensterläden, wandte sich um und fragte sich, wie sie die lange, einsame Wartezeit überstehen sollte.

Doch in der Tür stand Talbot d'Annoceaux und lächelte fröhlich, als er sah, wie sie erschrak. »Einen guten Morgen wünsche ich Euch, Alys«, sagte er. »Seid Ihr wirklich die Tochter Isibeals von Kiltorren?«

»Ja«, gab Alys zu, während sie sich vorsichtig von dem Mann entfernte, dem sie von Anfang an mißtraut hatte. Was tat er hier? Was wollte er von ihr? Und warum hatte der Müller es zugelassen, daß er so einfach die Treppe hinaufkam?

»Dann werdet Ihr mit mir kommen müssen.«

»Niemals werde ich mit Euch gehen. Burke ist hier ...«

»Burke ist nicht da. Ich habe gesehen, wie er fortritt, und Ihr seid mir ausgeliefert.« Als er sah, daß sie noch zweifelte, winkte er jemandem zu, den sie nicht sehen konnte. Sein Knappe erschien, einen Dolch an der Kehle des Müllers. Alys stockte der Atem, als sie sah, wie sich seine Klinge tiefer eingrub, und der Müller begann, in kaum verständlichem Französisch um sein Leben zu betteln.

»Ihr dürft ihm nichts tun!«

»Ihr habt die Wahl«, sagte Talbot und zuckte mit den Schultern. »Begleitet uns, und wir lassen ihn am Leben.«

Alys sah erst den Müller an und dann die zittrige Hand des Knappen. Talbot war entschlossen, doch Alys hatte keine Ahnung, worum es hier ging. Es mußte ihr etwas einfallen, um sich und den armen Müller zu retten.

Sie konnte diesen Mann überlisten, davon war sie überzeugt.

»Natürlich werde ich mitkommen«, gab Alys nach und hob ihren Gürtel, Schleier und Reif auf. Sie zwang sich zu lächeln und hoffte, daß sie Talbot würde täuschen können: »Seit ich Kiltorren verließ, habe ich mich gefragt, was wohl aus Euch geworden ist.«

»Wirklich?« Talbot riß die Augen auf.

»Aber Ihr müßt doch bemerkt haben, daß Ihr mir aufgefallen seid.« Alys ließ ihren Blick über seinen Körper wandern und hoffte, daß sie zumindest ein wenig sinnlich wirkte. Sie senkte die Stimme: »Im ersten Augenblick, als unsere Augen sich trafen, habe ich Euch für einen Ritter von außergewöhnlichem Charme gehalten.«

Talbot lächelte selbstgefällig: »Ich *wußte*, daß Ihr eine Hure seid.«

Alys wiegte sich bewußt in den Hüften, als sie zu ihm ging, und Talbot verschlang jede ihrer Bewegungen mit den Augen.

»Ich dachte, Ihr würdet Burke vorziehen.«

»Burke?« Alys machte eine abfällige Geste, als würde sie Burkes Fähigkeiten verächtlich abtun. »Sogar ein Stallbursche hat es mir schon besser gegeben.«

Talbot lachte leise und stieß seinen Knappen in die Rippen: »Ich werde dafür sorgen, daß Ihr es kriegt wie nie zuvor.«

Das bezweifelte Alys stark, aber sie lächelte: »Und dann?«

»Und dann werdet Ihr bekommen, was Ihr verdient.« Obwohl Talbot versuchte, es zu verbergen, verhieß das Funkeln in seinen Augen nichts Gutes. Sie wollte zurücktreten, doch er ergriff ihre Hand und zog sie unsanft zur Treppe.

Dies war kein Scherz, und Alys verspürte erneut Furcht, als Talbot sie so rauh anfaßte. Er roch nach Bier, und sie fragte sich, ob er überhaupt wußte, was er tat. Es gelang Alys, einen ihrer Schuhe abzustreifen und ihn in die Mitte des Raumes zu schieben, um Burke ein Zeichen ihrer Bedrängnis zu hinterlassen.

Talbot beschimpfte sie, weil sie ihn aufhielt, und zog an ihrem Arm, so daß Alys' Kleid am Türriegel hängenblieb. Schmerzhaft schnitt ihr das Metall ins Fleisch. Sie hörte etwas reißen, doch hatte sie nicht die Zeit, sich umzuschauen.

Im Erdgeschoß mußte Alys hilflos zusehen, wie der Knappe dem Müller mit dem Griff seines Dolches auf den Kopf schlug und dieser bewußtlos zu Boden ging und augenblicklich hinter eine Truhe geschoben wurde. Alys konnte nur hoffen, daß sie ihn nicht umgebracht hatten.

Talbots Miene ließ auch sie zweifeln, daß sie lebendig aus dieser Sache herauskommen würde, obwohl ihr schleierhaft war, was er wollte. Burke würde sie finden, das wußte Alys. Burke würde bald kommen, daran mußte sie festhalten.

Sie mußte am Leben bleiben und eine deutliche Spur für ihren Ritter legen. Burkes Behauptung, daß sie nicht einmal lügen könnte, wenn es um Leben und Tod ging, klang ihr noch in den Ohren, als Talbot sie in den Regen hinausschleifte.

Alys hoffte, daß Burke sich dieses eine Mal geirrt hatte.

Kapitel 18

Entgegen Burkes Hoffnung war Margaux de Montvieux schlechter Laune.

Ihr dünnlippiger Burgvorsteher, der sich kaum anmerken ließ, daß er ihn erkannte, führte Burke ohne Umschweife in den großen Saal. Man gewährte ihm nicht einmal die Höflichkeit, ihm seinen Umhang abzunehmen, Schattenmond wurde naß in den Ställen gelassen, und Burke zweifelte nicht daran, daß seine Mutter noch verärgert war.

Ihre Augen blitzten gefährlich. Sie saß in ihrem großen Holzstuhl, dessen Armlehnen zu fauchenden Greifen geschnitzt waren, und ihre Hände ruhten auf dem Knauf des Gehstocks, den sie seit einiger Zeit benötigte. Seit er sie zum letzten Mal gesehen hatte, war ihr Haar vollends ergraut, jede Spur von Ebenholz verschwunden. Doch noch immer ging von ihr eine große Willensstärke aus, die ihn mit der Wucht eines Rammbocks traf.

»Ihr werdet dafür sorgen, daß mein Roß gestriegelt und trokken gerieben wird«, trug Burke dem Burgvorsteher auf.

Dieser wagte es, die Augenbrauen hochzuziehen. »Sollte sich nicht Euer Knappe darum kümmern?« fragte er milde, denn er wußte sehr wohl, daß Burke allein gekommen war.

»Dieser Streit ist zwischen meiner Mutter und mir«, erklärte Burke knapp. »Es ist nicht nötig, daß das Tier leidet.«

Der Vorsteher blickte fragend zu seiner Herrin.

»Tu es«, sagte sie kurz, ihre Ohren offenbar so scharf wie

immer. »Niemand soll sagen können, daß Margaux de Montvieux grausam ist.«

Der Burgvorsteher eilte davon und ließ Mutter und Sohn allein. Burke war nicht wirklich in dem Zustand, den er sich gewünscht hätte, aber er legte seinen durchnäßten Umhang über einen Stuhl, als würde ihn das nicht kümmern.

Dann ging er langsamen Schrittes durch den Raum, um seiner Mutter gegenüberzutreten. Als er sich ihr näherte, erhob sie sich, stützte sich auf ihren Stock und reckte das Kinn vor. Obwohl sie auf dem Podium stand, waren ihre Augen auf gleicher Höhe, denn Margaux war niemals groß gewesen.

»Wenn du gekommen bist, um meine Verzeihung zu erbitten, wäre es an der Zeit, daß du auf die Knie fällst«, sagte sie kalt.

Burke lächelte nur bei dieser Vorstellung: »Und warum sollte ich Euch um Verzeihung bitten?«

Margaux wurde bleich vor Wut: »Weil du mir Mißachtung gezeigt hast! Dein Vater hat mir von deiner törichten Wahl berichtet. Ich hatte wirklich mehr von dir erwartet! Auf die Knie, *chevalier*, und ich könnte mich herablassen, dir dein Erbe wieder zuzusprechen.«

»Es verlangt mich nicht nach Montvieux«, sagte Burke.

»Was soll dieser Unsinn bedeuten?«

»Wie ich schon Vater gesagt habe, ist mir der Preis für Eure Zustimmung zu hoch. Ich gebe Montvieux auf, weil ich meinen eigenen Weg gehen will.«

Seine Mutter sank schwer auf ihren Sitz zurück: »Du wirst schon sehen, wie wenig dein eigener Wille wert ist, wenn du zuschauen mußt, wie diese Frau verhungert.«

Burkes Überraschung schien offensichtlich, denn seine Mutter lächelte kalt: »Nichts geschieht in diesem Hause, ohne daß ich davon weiß. Das sollte dir bekannt sein.«

»Es stimmt, Ihr scheint mit noch strengerer Hand zu regieren als früher.«

»Das zeigt nur meine Sorge um dich.«

Burke lächelte seiner Mutter traurig zu: »Nur Montvieux allein kümmert Euch. Versucht nicht, mir vorzumachen, daß Eure Wut aus einer anderen Quelle gespeist wird. Da ich Montvieux nicht angenommen habe, droht Montvieux ohne unanfechtbaren Erben zu bleiben, und das allein ist der Grund für unser Zerwürfnis.«

Lange sah sie ihn nur an, und die Wut wich aus ihrem Gesicht. »Du glaubst das wirklich«, sagte sie schließlich.

Burke zuckte mit den Achseln: »Mein ganzes Leben habe ich damit zugebracht, die Träume anderer wahr werden zu lassen. Ich habe meinen eigenen Traum, und Ihr werdet nicht verhindern können, daß er sich erfüllt.«

»Warum bist du dann gekommen?«

»Ich denke, es ist angebracht, daß ich meine Braut der Familie vorstelle.«

»Formalitäten.« Margaux schnaubte verächtlich. »Du hast auch früher schon Frauen gehabt, und nie haben sie deinen Kopf mit diesem Unsinn angefüllt.«

»Diesmal ist es anders. Ich liebe sie.«

»Das ist nichts wert ohne einen einzigen Silberling in der Tasche.« Seine Mutter verdrehte die Augen. »Du könntest nach Montvieux zurückkehren und dieser Frau ein besseres Leben bieten, als du es sonst jemals haben wirst.«

»Und wieder Euren Launen ausgesetzt sein?« Burke schüttelte den Kopf. »Ich werde mein Glück bei den Turnieren versuchen.«

»Die Turniere werden dein Tod sein!« sagte Margaux ärgerlich. Sie kniff die Lippen zusammen: »Wer ist sie?«

»Ihr Name ist Alys.«

»Und ihre Herkunft?«

Burke lächelte, denn er wußte, daß ihr seine Antwort nicht gefallen würde: »Ist unbekannt.«

Seine Mutter holte tief Luft und fluchte leise: »Ein *Bastard*. Du wirfst alles fort für einen Bastard, und wahrscheinlich ist sie nichts als eine Hure. Hast du den Verstand verloren?«

»Ich hätte erwartet, daß Ihr klug genug seid, nicht so von meiner Verlobten zu sprechen.«

Margaux kniff die Augen zusammen: »Du willst sie also heiraten.«

»Natürlich.«

Margaux richtete sich auf: »Deine Abstammung würde es dir erlauben, in die königliche Familie einzuheiraten. Dein Erbe würde diesen Anspruch unterstützen, wenn du nicht zu starrköpfig wärest, um es anzunehmen. Und doch willst du all das wegen einer Frau von unbekannter Geburt wegwerfen. Ich nehme nicht an, daß sie eine Mitgift in die Ehe einbringt.«

Burke verschränkte die Arme: »Sie macht mich glücklich, und das ist das Wichtigste. Ich werde sie zur Frau nehmen, mit oder ohne Eure Zustimmung, doch ich hatte gehofft, daß ich Euch dazu bringen könnte, sie in die Familie aufzunehmen.«

Margauxs eisiges Lachen hallte in der leeren Halle wider: »In die *Familie* aufnehmen! Hast du einen Schlag auf den Kopf abbekommen?«

Ihr Spott ärgerte Burke, wie es ihre Gleichgültigkeit nicht vermocht hatte.

»Nein, das habe ich nicht. Aber ich weiß nur zu gut, was aus einer Ehe wird, die aus flüchtigem Verlangen und der Umstände halber geschlossen wurde. Und ich habe nicht vor, mein Leben in einer Verbindung zu verbringen, die der ähnelt, der ich entsprungen bin.« Er warf ihr einen wütenden Blick zu. »Es ist mir gleich, was ich dafür opfern muß.«

Seiner Mutter stockte der Atem: »Du willst mich dafür bezahlen lassen, falls ich deine Verlobte nicht annehme, wenn ich mich nicht täusche.«

Burke straffte die Schultern: »Ihr müßt eine Entscheidung

treffen, Mutter. Ihr könnt meine Alys angemessen begrüßen, Ihr könnt sie auf Montvieux willkommen heißen und sie in die Arme schließen, wie die Mutter, die sie nie gekannt hat.«

»Darauf solltest du nicht zählen.« Sie sah ihn aufmerksam an: »Welche andere Möglichkeit habe ich?«

»Um es ohne Umschweife zu sagen, weist sie ab, und Ihr weist auch mich zurück.« Bei diesen Worten setzte Margaux sich auf, aber Burke war noch nicht fertig: »Versteht mich recht, Mutter. Alys und ich gehören zusammen, als wären wir von einem Priester getraut worden. Ich liebe nur sie, und nichts, was Ihr sagt, kann das ändern. Alles, was Ihr jetzt entscheiden könnt, ist, ob Ihr mich jemals wiedersehen werdet.«

Burke sah, wie alle Farbe aus dem Gesicht seiner Mutter wich. Sie antwortete nicht.

Nun, er hatte gesagt, was er sagen wollte, und sie hatte ihn zurückgewiesen. Auf mehr hätte er nicht hoffen sollen. Es war Zeit zu gehen.

»Ich wünsche Euch alles Gute, Mutter, Gesundheit und Wohlstand.« Burke machte auf dem Absatz kehrt und schritt durch die Halle, in der er als kleiner Junge so oft gespielt hatte, zum Ausgang. Hinter ihm herrschte unheilvolle Stille, doch er hob seinen Umhang auf, ohne sich umzusehen.

Alys und er konnten jetzt in die Champagne aufbrechen, sobald Kerwyn und Edana zurück waren.

»Warte!« rief seine Mutter, als er gerade den Saal verlassen wollte. Burke drehte sich langsam um und sah, daß sie sich erneut erhoben hatte, aber immer noch vor Wut zitterte: »Du kannst diese Frau nicht einfach deiner Mutter vorziehen. Ich erlaube es nicht!«

»Ihr habt diese Wahl getroffen.«

Margaux de Montvieux fluchte aus tiefstem Herzen. Als sie jedes Schimpfwort, das Burke je gehört hatte, erschöpft hatte, stieg sie auf ihren Stock gestützt vom Podium herab und durchquerte den Raum. Als sie vor ihm stehenblieb, unbeugsam wie eine Klinge, sah Burke erst, wie klein sie geworden war.

»Erzähl mir von dieser unbekannten Abstammung«, verlangte sie. »Wer ist ihre Mutter?«

»Isibeal von Kiltorren.«

»Und ihr Vater?«

»Niemand weiß es.«

Margaux schnappte nach Luft, und ihre Lippen verschwanden fast. Doch noch blieb sie bei ihm stehen, und Burke hatte plötzlich eine Idee.

»Vielleicht könnt Ihr meiner Dame in dieser Sache sogar helfen, Mutter.« Schon bei dem Gedanken schaute Margaux wütend, doch Burke fuhr schnell fort: »Man erzählt sich, daß Alys' Mutter, Isibeal, ihren Geliebten in Paris kennenlernte, daß ihr Vormund ihn nicht für eine angemessene Partie hielt, weil er ein zweiter Sohn ohne Land und Titel war.«

»Menschen mit gesundem Verstand lassen es nun einmal nicht zu, daß ein besitzloser Mann sich vermählt«, sagte seine Mutter gereizt. »Kann Isibeal das nicht verstehen?«

»Sie ist tot«, erklärte Burke, und seine Mutter gab ein Geräusch von sich, daß man vielleicht als halbherzige Entschuldigung interpretieren konnte.

»Deshalb kennt niemand den Namen von Alys' Vater. Isibeal war überzeugt, daß er sie ehrenvoll behandeln würde, doch er ist nie gekommen, um ihre Hand für sich zu beanspruchen. Man sagt auch, daß er einem wilden Einhorn glich und sie die Maid war, die ihn zähmte.«

»Romantischer Unsinn«, murmelte Margaux leise.

Aber Burke ließ sich nicht beirren: »Denkt darüber nach, Mutter, denn es gibt nur wenig von dem, was in Paris geschieht, das Euch entgeht. Alys ist zwanzig Jahre alt, und ihre Eltern haben sich bei Hofe kennengelernt. Vielleicht könnt Ihr Euch erinnern, wer er war.«

Etwas blitzte in den Augen seiner Mutter auf, bevor sie sich abrupt abwandte, und Burke wußte, daß es der Ärger darüber war, daß er sich ihrem Willen nicht unterwarf. »Ich werde dir in dieser Angelegenheit nicht helfen. Du kannst nicht diese Frau heiraten und Montvieux ablehnen!«

»Dann ist dies der Abschied, Mutter«, sagte Burke, ohne sich zu entschuldigen. Er lag ihr wirklich nur am Herzen, wenn er tat, was sie befahl. Burke hatte genug von solchen Bindungen. »Bleibt gesund.« Er zog seine Handschuhe an, wirbelte herum und stolzierte aus der Halle, enttäuscht, aber nicht wirklich überrascht, daß seine Mutter Alys abgelehnt hatte.

»Du wirst auf den Knien zurückgekrochen kommen, Burke de Montvieux!« rief sie ihm nach. »Du wirst wieder zu Verstand kommen und dich erinnern, daß Montvieux alles ist, was du begehrst. *Du wirst es noch bereuen!*«

Burke zögerte nicht eine Sekunde und schaute nicht zurück. Er ging direkt zu den Ställen, bestieg Schattenmond und verließ Montvieux für immer.

♠

Margaux de Montvieux wartete.

Sie stand in der Halle, die Hände auf ihren Stock gestützt, und nur die Wut hielt sie aufrecht. Sie wußte, daß Burke zurückkommen würde, sie wußte, daß er es sich noch einmal überlegen würde, wußte, daß er nicht so töricht sein konnte, dem, was sie so lange nur für ihn allein geschützt hatte, den Rücken zuzuwenden. Er wollte nur, daß sie ihre Zustimmung gab, ein Mädchen zu treffen, von dem er wußte, daß sie es nicht billigen würde.

Wie konnte sie einen Bastard von niedriger Geburt gutheißen, der ihrem Sohn den Kopf verdreht und ihn gegen sie aufgehetzt hatte? Nein, Margaux würde warten. Burke würde zerknirscht zurückkehren, diesen Unsinn vergessen und eine angemessene

Verbindung eingehen. Burke war schließlich immer der gute Sohn gewesen. Er hatte immer getan, was man ihm auftrug, hatte sie nie enttäuscht.

Doch Margaux stand schon lange dort, und ihr Sohn kam nicht wieder. Ihr Rücken begann zu schmerzen. Sie erinnerte sich, daß Gavin ihr gestanden hatte, daß er noch niemals erlebt hatte, daß ihr Sohn sich so gegen ihn auflehnte, daß er erfolglos vor Tullymullaghs Toren auf Burkes Rückkehr gewartet hatte.

Sie haßte es, auch nur diese eine Sache mit jenem schrecklichen Mann gemeinsam zu haben, der noch immer den leeren Titel eines Gatten trug.

Margaux hörte, wie der Hufschlag des Schlachtrosses verklang, und sie erstarrte. Burke wollte sie ärgern, er spielte mit ihr, wollte, daß sie sich Sorgen machte, bis er wiederkam. Aber sie würde nicht schwach werden.

Obwohl es eher Rowans Art war, sie so zu ärgern. Margaux knirschte mit den Zähnen.

Doch als die Stille länger und länger anhielt, begann Margaux zu zittern. Sie schloß die Augen, und es war Burke, den sie im Geiste sah. Burke, der sie beschuldigte, daß ihr nur Montvieux wichtig wäre.

Wie typisch für ihn, sie so vollkommen mißzuverstehen. Margaux lag nur etwas an Montvieux, weil es in die Hände ihres geliebten Sohnes übergehen sollte. Ihr einziger wirklicher Sohn. Sonne und Mond, Sterne und das ganze Firmament, das einzige Kind, das sie geboren hatte, nur ihn, Burke, liebte sie.

Margaux hatte ihn zu einem Mann von Ehre erzogen, ein Prinz unter Rittern, ein Mann, der den Frauen Achtung entgegenbrachte, wie sein Vater es nie gekonnt hatte. Sie hatte ihn zu einem verantwortungsvollen Mann erzogen, der sein Haupt stolz erhoben trug. Sie hatte ihn zu einem beispielhaften Ritter gemacht, und er war alles gewesen, an das sie je geglaubt hatte. Und all das wollte er wegwerfen wegen einer wertlosen Frau von mysteriöser Herkunft. Margaux würde nicht zulassen, daß das geschah.

Obwohl es so aussah, als hätte sie keine Wahl. Als sie dort stand, steif, als hätte sie ihren Stock verschluckt, begann Margaux darüber nachzudenken, was ihr Sohn gesagt hatte. Romantisches Gefasel, sicher, aber dieser Name war nicht so leicht abzutun.

Isibeal war ein so seltener Name, daß er in Margaux eine Erinnerung weckte. Ihr Gedächtnis war nicht mehr so gut wie einst, doch sie erinnerte sich an einen Ritter, der eine Frau dieses Namens suchte. Sie konnte sein Gesicht vor sich sehen, doch sein Name fiel ihr nicht mehr ein.

Sie war sich beinahe sicher, daß auf seinem Banner ein sich aufbäumendes Einhorn zu sehen war.

»Arnaud!« brüllte Margaux in einer Lautstärke, die bei einer Frau ihrer Größe überraschte. Der Burgvorsteher eilte herbei.

»Ich will, daß du sofort ein halbes Dutzend Boten aussendest«, wies sie ihn an, während sie sich schnell die Namen der größten Klatschbasen ins Gedächtnis rief, die sie kannte. »Ich will, daß du sie zu Agathe d'Orcy schickst, zu Magdalene de Nonces und zu Constance, die ins Kloster gegangen ist...«

»Die Äbtissin wird keine Unterhaltung erlauben...«

»Dann sag ihr, daß sie dieses Jahr keinen Teil meiner Ernte erhalten wird!« sagte Margaux ärgerlich. »Sie wird eine Frage zulassen, oder ich werde ihr meine Unterstützung entziehen. Du kannst sicher sein, daß sie sich überreden läßt.« Nachdenklich runzelte sie die Stirn: »Da ist außerdem Marie, die der Königin selbst zur Hand geht...«

»Und der Bischof von Sainte-Madeleine natürlich«, warf Arnaud ein, der sah, welche Richtung ihre Gedanken nahmen. »Er erinnert sich an jeden Skandal.«

Margaux schnippte mit den Fingern und wirbelte zu ihrem Burgvorsteher herum: »*Der Bischof!* Ja, Richard d'Annoceaux war von guter Familie, und er hat einen jüngeren Bruder. Sie tragen ein Einhorn im Wappen, wenn ich mich recht entsinne. Erinnerst du dich an den Namen des jüngeren Bruders, Arnaud?«

»Laßt mich nachdenken.« Der Vorsteher klopfte sich an die Lippe. »Der ältere Bruder und Erbe war Michel d'Annoceaux, der natürlich die Roussineau-Erbin zur Frau genommen hat, in dieser ordinären Zurschaustellung ihres Reichtums, über den man noch das ganze Jahr geredet hat...«

»Der jüngere Bruder hieß Millard!« rief Margaux triumphierend. »*Millard!* Sie sind die Söhne von Theobald d'Annoceaux.«

»Ein hochgeschätzter Recke und Kreuzritter.« Arnaud legte die Stirn in Falten: »Dieser Theobald hat Alys de Blois geheiratet, und sie hat ihm drei Söhne geboren, nicht wahr?«

»Alys«, zischte Margaux und wußte, daß dieser Name kein Zufall sein konnte. Sie richtete den Finger auf ihren Burgvorsteher: »Finde Millard d'Annoceaux, Arnaud. Es ist mir gleich, wo er ist oder was aus ihm geworden ist. Ich werde keine Ausreden dulden, selbst wenn er tot ist. Bring ihn so schnell wie möglich hierher, oder ich werde mir den Kopf dessen nehmen, der versagt hat.«

Arnaud verneigte sich: »Euer Wunsch ist mir Befehl, Herrin.«

♠

»Alys!« Burkes Ruf hallte in der Behausung des Müllers wider. Selbst der Müller schien nicht da zu sein, obwohl die Messe schon beendet war. Während er die Treppe hinaufstürmte, rief Burke abermals Alys' Namen, ohne eine Erwiderung zu erhalten.

Seine Sorge wuchs, als nur die Stille des Hauses ihm antwortete. Er rannte zu der Kammer, die Alys bewohnt hatte, und blieb wie angewurzelt stehen. Der einsame Schuh in der Mitte der Kammer schien ihn zu verhöhnen.

Es schien, daß Alys fortgegangen war.

Und sie hatte sein Geschenk zurückgelassen, den Schuh, den sie geschworen hatte, nie ohne seine Hilfe auszuziehen. Irgend etwas stimmte hier nicht.

Hatte sie ihn verlassen? War sie kurz entschlossen aufgebrochen, weil sie sich um seine Zukunft sorgte? Weil sie sich vor Margaux fürchtete? Wo war sie? Burke blickte sich prüfend im Zimmer um und bemerkte etwas, was ihm vorher nicht aufgefallen war.

Ein Fetzen Stoff hing am Türriegel.

Er ging zur Tür, machte den Stoff los und erkannte augenblicklich die unverwechselbare Farbe wieder. Es war ein Stück Wolle von Alys' neuem Kleid, das sie so mochte.

Burkes Faust schloß sich um den Fetzen. Alys liebte dieses Kleid. Nie würde sie zulassen, daß es zerriß. Er beugte sich vor, sah genauer hin, und ein kleiner Tropfen Blut ließ sein Herz stocken.

Alys war nicht freiwillig gegangen!

Der Schuh war eine Botschaft und er ein Narr, daß er an seiner Geliebten gezweifelt hatte.

Burke fluchte, stürzte aus der Tür und donnerte die Treppe hinunter, die Hand am Schwertgriff. Wie lang war es her, daß Alys verschleppt worden war?

Erst jetzt sah er den Müller, der hinter einer Truhe lag. Burke fühlte seinen Puls und die Wunde an seinem Kopf, und er schätzte, daß er nur heftige Kopfschmerzen davontragen würde.

Der Müller rührte sich, öffnete die Augen und ergriff Burkes Hand: »*Chevalier!* Man hat Eure Dame entführt!«

»Wer? Wer hat das getan?«

»Er sagte, sein Name wäre Talbot d'Annoceaux. Sie haben mir ein Messer vorgehalten und sie eine Hure genannt.« Er runzelte die Stirn: »Dann hat sie versucht, sich so zu verhalten, aber sie war nicht sehr überzeugend. Eure Dame ist keine Hure, und sie konnte es nur schlecht vortäuschen.«

Burke schüttelte den Kopf: »Das ist meine Alys.«

»Sie sagte, sie hätte ihn vom ersten Augenblick an begehrt, daß ihr nichts an Euch läge, da sie es besser von einem Stallknecht bekommen hätte.« Der Müller schaute nachdenklich: »Ich denke, er hat ihr geglaubt, denn viele Männer sehen nur, was sie sehen wollen.« Besorgt griff er nach Burkes Arm: »*Chevalier*, er wird sie verletzen, ich bin mir sicher!«

»Nicht, wenn ich etwas dagegen tun kann«, sagte Burke grimmig und stand auf. »Wirst du zurechtkommen?«

»Geht, Herr, geht!« drängte der Müller. »Verschwendet keinen Augenblick! Sie sind fort, kurz nachdem Ihr weggeritten seid.«

Burke brauchte keine weitere Ermutigung, um aus dem Raum zu stürzen. Er sprang in den Sattel und verfluchte den Regen. Wenn er Alys in Sicherheit bringen konnte, würde Burke dafür sorgen, daß es zwischen ihnen keine Zweifel mehr gab.

Besser von einem Stallknecht. Burke schnaubte belustigt. Er konnte nur hoffen, daß er Gelegenheit haben würde, sie für diese unverschämte Bemerkung zur Rechenschaft zu ziehen.

Burke zog die Zügel an, als Schattenmond die Straße erreichte, denn er wußte nicht, wohin er sich wenden sollte. Er entdeckte etwas Rotes im Schlamm zu seiner Rechten. Burke drängte sein Roß näher heran, stieg ab und hob den anderen Schuh auf, der zu dem in seiner Hand paßte. Erleichterung durchströmte ihn, denn offenbar versuchte Alys, ihm eine Spur zu legen.

Bei Gott, er war froh, daß seine Dame mit gesundem Menschenverstand gesegnet war!

♠

Bis auf Hemd und Kleid hatte Alys alles abgelegt, um heimlich jede Kurve zu kennzeichnen, die Talbot einschlug. So oft sie es wagte täuschte sie vor, sich erleichtern zu müssen, und brach jedesmal so viele Zweige ab wie möglich.

Doch es schien, daß Talbot bewußt einen verschlungenen Pfad einschlug, und Alys' Hoffnung, daß Burke ihnen würde folgen können, schwand zusehends.

Der Regen ließ nach, als sie eine Lichtung erreichten, in deren Mitte eine alte, heruntergekommene Hütte stand. Sie waren meilenweit vom Dorf entfernt, die Pferde dampften, und Alys konnte nichts hören außer Vogelgesang. Die Sonne hatte sich hinter dicken Wolken verborgen.

»Hier habe ich auf Nachricht von Euch gewartet«, erklärte Talbot stolz. »Ich wußte, daß Ihr und Euer Ritter schließlich in seine Heimat zurückkehren würdet. Was für ein Glück, daß wir ausgerechnet heute morgen im Dorf nachgesehen haben.«

Er stieg vom Pferd und zog Alys aus dem Sattel, als sie sich ihm nicht schnell genug bewegte. Er fing sie auf und küßte sie hart. Alys war so überrascht, daß sie ihre Abscheu nicht verbergen konnte.

Talbot hielt sie zwischen sich und seinem Roß gefangen. »Bin ich dir nicht gut genug, Hure?« flüsterte er.

»Ich hatte nicht erwartet, daß Ihr so leidenschaftlich sein würdet.« Alys versuchte, mit ihm zu kokettieren, und wußte, daß es ihr nicht gelang. Trotz der Angst in ihrem Herzen beugte sie sich vor, um ihn zu küssen. »Ihr seid ein wirklich hübscher Mann«, hauchte sie und haßte sich selbst, daß ihre Stimme bei dieser Lüge schwankte.

»Lügnerin!« schrie Talbot. »Du denkst an ihn!«

»Nein, ich ...«

»Verlogenes Miststück, ich werde dafür sorgen, daß du ihn vergißt.«

»Das habe ich schon!«

»Hol das Seil«, befahl Talbot seinem Knappen kurz. »Paß auf, daß sie nicht entkommen kann.«

Dies war ihre letzte Chance. Alys schrie und stieß Talbot ihr Knie in den Unterleib. Er brüllte vor Schmerz, sein Griff lockerte sich, und Alys konnte sich losreißen. Sie floh, doch ihr Kleid und das hohe Unterholz verschworen sich gegen sie. Sie keuchte verzweifelt, während sie Talbots Schritte hinter sich hörte. Alys rannte, so schnell sie konnte, obwohl sie wußte, daß sie ihm nicht entkommen würde.

Fast hatte sie den Waldrand erreicht, als Talbot sie zu Boden riß. Alys fiel, aber sie hörte nicht auf, sich zu wehren. Es gelang ihr, dem Ritter das Gesicht zu zerkratzen, sie biß ihn und stieß ihm mehr als einmal in die Geschlechtsteile.

Doch schließlich wurde sie an Hand und Fuß gefesselt, und Talbot stand über ihr, einen Fuß auf ihren Bauch gestützt. Er holte tief Luft und starrte sie haßerfüllt an.

»Dafür wirst du bezahlen«, sagte er gefährlich sanft. »Aber erst werde ich dir Zeit geben, dir dein Schicksal auszumalen.«

Er pfiff nach seinem Knappen, trat zurück und klopfte seinen Wappenrock sauber, während er zu der Hütte ging. »Sieh zu, daß sie stumm und hilflos ist«, befahl er dem Jungen. »Ich muß mich ausruhen, bevor ich diese Sache zu Ende bringe.«

Alys schrie, so laut sie konnte, als der Knappe ein Stück Leinen bereit machte, obwohl sie wußte, daß es ihr nicht helfen würde. Als er sie ruhiggestellt hatte und ihre Angst wuchs, konnte sie nur noch an eins denken: Wo war Burke?

♠

Burke kroch auf allen vieren durchs Dickicht, auf der verzweifelten Suche nach Hinweisen, die ihm verrieten, in welche Richtung seine Dame verschwunden war. Er hatte ihren bestickten Gürtel auf der Straße gefunden und wußte, daß sie abgebogen waren, war aber nicht sicher, ob nach links oder rechts. Er suchte im nassen Gras nach einer Spur, und ihm war schmerzlich bewußt, daß jeder Moment entscheidend sein konnte.

Vielleicht war es sogar schon zu spät.

Er war so in seine Suche vertieft, daß ihm der Hufschlag auf der Straße fast entgangen wäre, und er sah erst auf, als er gerufen wurde.

»Herr!«

Burke richtete sich überrascht auf, als er die vertraute Stimme erkannte: »Kerwyn, wie habt Ihr mich gefunden?«

»Der Müller hat uns vom Schicksal Eurer Dame erzählt und uns die Richtung gewiesen, in die Ihr geritten seid«, erklärte der junge Mann. »Wir dachten, Ihr könntet vielleicht Hilfe gebrauchen.«

»Aber ich bin kreuz und quer geritten.«

»Und wir haben all die Spuren gesehen, die Ihr hinterlassen habt«, sagte Edana.

»Spuren?«

»Im Gras, auf der Straße, an den Zweigen«, sagte Kerwyn leichthin. »Ein Roß wie Schattenmond bewegt sich nicht spurlos. Es ist unwahrscheinlich, daß noch ein Pferd von seiner Art hier herumläuft.«

Edana lächelte über den erstaunten Burke: »Jeder, der schon einmal eine verirrte Ziege gesucht hat, weiß, wie man Spuren liest.«

Es war ein Geschenk Gottes, daß sie Burke gefunden hatten.

»Dann helft mir!« rief er. »Sie sind hier abgebogen, aber ich weiß nicht, wohin.« Edana und Kerwyn stiegen ab und gesellten sich zu ihm.

»Hier entlang«, sagte Edana bestimmt.

»Es sind zwei Pferde«, stimmte Kerwyn zu, »ein Zelter und ein etwas größeres.«

»Talbots Stute«, schloß Burke

Kerwyn musterte Hufspuren, so schwach, daß Burke sie kaum

erkennen konnte: »Die Größe würde ungefähr stimmen. Wie ihr Gang zeigt, ist sie müde.« Er ging ein paar Schritte weiter, bevor er zum fernen Waldrand sah. »Dort ist das Unterholz geknickt«, sagte er und zeigte auf die Stelle.

»Warum sollte er quer über die Felder reiten?« überlegte Edana. »Niemand, der bei Verstand ist, würde bei Regen im Wald Schutz suchen. Und alle Behausungen stehen an der Straße.«

Burke verkniff sich eine Bemerkung über Talbots geringen Verstand, als ihm plötzlich eine Idee kam. Er war dem Pfad blind gefolgt, und erst jetzt versuchte er, festzustellen, wo er sich genau befand. Burke drehte sich um sich selbst und versuchte, die Entfernung zum Dorf abzuschätzen und das Wäldchen wiederzuerkennen, das vor ihm lag. Es war Jahre her, daß er diesen Weg genommen hatte, doch er kannte ihn gut.

»Die Holzfällerhütte«, schloß er. Die beiden sahen ihn überrascht an. »Einst lebte ein Holzfäller in der Abgeschiedenheit dieses herrschaftlichen Waldes, obwohl man oft versucht hat, ihn zu vertreiben. Er soll verrückt gewesen sein, müßte aber längst tot sein. Ich habe ihn einmal wegen einer Wette mit meinem Bruder Rowan aufgesucht. Seine Hütte war hier ganz in der Nähe.«

Er wandte sich um und bestieg Schattenmond: »Wenn ich mich nicht täusche, ist es nicht mehr weit.«

»Ich werde mit Euch kommen, denn Ihr werdet Hilfe gebrauchen können. Sie sind schließlich zu zweit«, entschied Kerwyn schnell. »Edana wird hierbleiben.«

»Aber …«

»Kein aber«, sagte der Knappe entschlossen, während auch er aufstieg. »Ich will, daß du in Sicherheit bist.« Er beugte sich herunter, küßte sie ausgiebig und erstickte damit ihren Protest.

Als er sein Pferd wandte, biß sich die Ziegenhirtin auf die Lippe und rang die Hände. »Gott sei mit dir«, flüsterte sie.

Doch Burke ritt schon auf die Bäume zu. Die Zweige waren

tatsächlich geknickt, und an einem Ast hing wie ein Zeichen ein einzelnes, goldenes Haar.

Alys!

Schon für dieses eine Haar würde er Talbot die Haut bei lebendigem Leibe abziehen.

♠

Während sie sich ihren Weg durch den Wald bahnten, ließ der Regen nach, und die gefallenen Blätter dämpften den Hufschlag ihrer Pferde. Kerwyn zeigte Burke die geknickten Äste, und schon bald konnte auch Burke den Weg erahnen. Er machte sich große Sorgen, denn seit Alys' Entführung war schon viel Zeit vergangen.

Was, wenn er sich irrte? Was, wenn sie schnell an der Behausung vorbeigeritten und schon außer Reichweite waren?

Doch als sie im Schatten der letzten Bäume hielten, die eine Lichtung umgaben, an die Burke sich noch erinnerte, sah er dort eine vertraute Stute behaglich grasen. Ein kleinerer Zelter war neben ihr angebunden, und beide waren noch gesattelt und feucht von dem anstrengenden Ritt.

Sie waren hier.

Die Hütte des Holzfällers war verfallener, als Burke sie in Erinnerung hatte. In ihrem Dach war ein beachtliches Loch, und der Wald war vorgerückt. Die Lichtung, einst frei von Bewuchs, bedeckten nun hüfthohes, wildes Gras und Feldblumen.

Einige von ihnen bewegten sich, und Burke erstarrte, als eine Gestalt sich aus der Dunkelheit am anderen Rande der Waldlichtung löste. Talbots Knappe schlenderte zu den schwankenden Gräsern und spuckte aus.

»Spar dir deine Kraft«, riet er. »Du wirst sie noch brauchen, wenn mein Herr aufwacht.«

Das Gras begannen noch wilder zu schwanken, und der Knappe lachte. Blinde Wut durchfuhr Burke, als er sah, wie seine Dame behandelt wurde, und wandelte sich zu kalter Entschlossenheit.

Nichtsahnend ging Talbots Knappe an seinen Platz zurück und ließ Alys ungestört, in welchem Zustand auch immer, in der Mitte der Lichtung liegen. Burke schloß daraus, daß Talbot in der Hütte sein mußte.

»Deiner«, sagte Burke lautlos und deutete auf den Knappen.

Talbot gehörte Burke.

Kerwyn nickte und kniff die Augen zusammen. Glücklicherweise war die Hütte so schlicht, daß sie nicht einmal ein Fenster aufwies und nur eine Tür besaß, die auf die Lichtung hinaus zeigte. Die Rückwand reichte an den Waldrand heran.

Burke beriet sich eilig mit dem jüngeren Mann und entwarf mit den Händen einen stummen Plan. Der Knappe nickte zustimmend, und sie trennten sich, glitten von ihren Pferden und verschwanden auf leisen Sohlen im Schatten des Waldes.

Burke schlich um die Hütte herum und versuchte zu hören, was im Innern vor sich ging. Er konzentrierte sich auf seine Aufgabe und wagte es nicht, sich von dem Gedanken an Alys ablenken zu lassen. Sie lebte, soviel wußte er, und sie war unversehrt genug, sich zu bewegen. Sie war still, was darauf hindeutete, daß man sie geknebelt hatte, und da sie nicht floh, schloß er, daß sie gefesselt war.

Er konnte nur hoffen, daß man ihr nichts Schlimmeres angetan hatte.

Burke zog sein Schwert, als er um die letzte Ecke kroch, und die Klinge blitzte im schwachen Licht des Waldes.

Talbots Knappe sprang auf, und vor Überraschung blieb ihm der Mund offenstehen. Er wandte sich Burke zu.

»Ihr da! Was in ...« Weiter kam er nicht, denn ein Schatten richtete sich hinter ihm auf und hob die Hand. Ein einziger Schlag, und der Knappe fiel bewußtlos zu Boden.

Doch genau, wie Burke gehofft hatte, war Talbot der Ruf seines Knappen nicht entgangen.

»Was ist da los?« brüllte er aus dem Innern der Hütte. Burke schritt schnell die Wand entlang und postierte sich neben der Tür.

»Nicht einmal die einfachste Aufgabe kannst du erledigen, du nutzloser ...«, rief Talbot, während er die Tür aufriß. Burkes Schwert an seiner Kehle ließ ihn verstummen.

»Guten Tag, Talbot d'Annoceaux«, sagte Burke ruhig. »Ihr habt meiner holden Dame ein Leid angetan, und ich werde Euch dafür zur Rechenschaft ziehen.«

Talbot erbleichte, und sein Adamsapfel hüpfte unter der Spitze der Klinge.

Mit einer Hand entledigte Burke den Ritter seines Dolches, ohne das Schwert auch nur einen Zentimeter zu bewegen. »Vielleicht wäret Ihr so nett und würdet Euren Gürtel ablegen«, sagte er milde. »Aber seid gewarnt, meine Geduld ist heute bereits einige Male auf die Probe gestellt worden.« Er erhöhte den Druck auf die Klinge an Talbots Kehle.

Dessen Hände zitterten, als er seinen Gürtel aufmachte und die Schwertscheide klirrend zu Boden fiel: »Ihr versteht nicht, ich konnte einfach nicht zulassen, daß sie alles zerstört, wofür ich gearbeitet habe.«

»Nein, ich verstehe wirklich nicht, wie ein Mann eine Frau mißhandeln kann.«

Talbot schloß die Augen, wimmerte und sagte ein kleines Gebet auf, wie Kinder es lernen, bevor er antwortete: »Sie ist unverletzt, ich schwöre es.«

»Aber nur, weil ich Euch noch rechtzeitig aufgespürt habe.« Burke fuhr mit der Klinge über den Hals des Mannes, zog eine schmale, blutige Furche, und Talbot erbleichte. »Ich denke, daß diese Entführung sonst für meine Dame kein gutes Ende genommen hätte.«

»Ich werde dafür bezahlen.«

»Ja, das werdet Ihr. Dafür werde ich sorgen.« Talbot riß furchtsam die Augen auf, doch Burke war die Furcht dieses Mannes gleich.

»Ich habe ihr nichts getan!«

Burke antwortete mit all der Entschlossenheit, die er fühlte: »Ich werde Euch töten, wenn doch.« Er ignorierte das Entsetzen seines Gegenübers. »Kerwyn?«

»Ja, Herr?«

»Wie ist das Befinden der Dame?« Burke konnte in Talbots Augen sehen, wo sein Knappe sich befand. Er hörte, wie Alys Luft holte, und wußte, daß er ihr den Knebel abgenommen hatte, hörte, wie sie Kerwyn dankte, der ihr aufhalf.

»Es geht mir gut Burke«, rief sie, und ihre Stimme war das einzige, was Burke wirklich beruhigen konnte.

»Nein, sie hat sich Hand- und Fußgelenke an den Stricken aufgescheuert, Herr«, warf Kerwyn ein.

Wie typisch für Alys, herunterzuspielen, was ihr widerfahren war. Burke wollte dieses Zerrbild eines Ritters ein wenig von der Furcht spüren lassen, die er Alys eingeflößt hatte.

»Was für ein Pech, Talbot«, sagte er bedächtig. »Denn die Vollkommenheit der Fesseln meiner Dame war mir sehr wichtig.« Burke zuckte mit den Schultern, während Talbot entsetzt schluckte. »Es scheint, ich werde Euch doch töten müssen.«

Kapitel 19

Während Alys zusah, erbleichte Talbot, und ein dunkler Fleck breitete sich auf seinen Hosen aus.

»Er hat sich vor Angst in die Hose gemacht!« sagte Kerwyn angewidert.

»Er ist es nicht wert, daß du ihn tötest, Burke«, drängte Alys.

Sie sah, wie ihr Ritter starrköpfig das Kinn hob: »Er muß dafür bezahlen, daß er dich so behandelt hat, Alys. Ich bin nicht in der Stimmung, Nachsicht zu üben.«

Alys vermutete, daß Burkes Begegnung mit seiner Mutter nicht gut verlaufen war, doch jetzt war nicht die Zeit, danach zu fragen: »Vielleicht hat er einflußreiche Beziehungen, und deine Tat könnte große Auswirkungen haben.«

»Er hat dich verletzt, Alys, und das ohne jeden Grund.« Burke zog die Klinge quer über Talbots Hals.

»Ich hatte einen guten Grund!« rief Talbot. »Sie hätte mich ruinieren können!«

»Alys?« Burke klang so erstaunt, wie Alys sich fühlte. »Wie das?«

»Mein Onkel denkt, daß Isibeal von Kiltorren die Dame ist, die er schon so lange sucht, und er wird glauben, daß Alys seine rechtmäßige Erbin ist. Ich kann nicht zulassen, daß sie sich zwischen mich und mein Erbe stellt.« Talbot verzog das Gesicht und hob die Stimme: »Könnt Ihr Euch vorstellen, was ich im Laufe der Jahre von diesem Mann zu ertragen hatte? Ich habe um diese Erbschaft gekämpft!«

»Wer ist Euer Onkel?« fragte Burke.

»Millard de Villonne.«

Der Name sagte Alys nichts, aber Burke pfiff anerkennend durch die Zähne: »Sagt mir, was auf seinem Wappen zu sehen ist.«

»Ein sich aufbäumendes Einhorn natürlich!« Talbot begann zu winseln, während Alys' Hand sich um ihren Anhänger schloß. »Werdet Ihr mich töten?«

Burkes Schwert streichelte langsam seine Haut: »Nein, ich habe weitaus Schlimmeres mit Euch vor, Talbot.«

»Schlimmer als der Tod?« quiekte dieser.

»Ja.« Burke grinste. »Ihr werdet meine Mutter kennenlernen.« Er trat zurück: »Euer Pech, daß sie wahrscheinlich schlechte Laune haben wird. Es hat ihr nicht gefallen, daß ich mich nicht ihrem Willen unterworfen habe.«

Talbot schaute verwirrt, während Alys Erleichterung durchströmte. Burke hatte sich seiner Mutter widersetzt!

Burke lächelte: »Ich habe ihr gesagt, daß wer meine Dame beleidigt, auch mich beleidigt. Wie schade, daß Ihr Euch das nicht denken konntet.«

Burke schob sein Schwert in die Scheide, und Talbot sackte erlöst an die Wand der Hütte, doch seine Erleichterung währte nicht lange. Burke versetzte ihm schnell nacheinander drei Faustschläge, zwei ins Gesicht und einen in den Magen, so daß Talbot sich krümmte und vor Schmerzen stöhnte.

»Burke!«

Der Ritter warf Alys einen vielsagenden Blick zu. »Das ist nicht mehr, als er verdient, und weniger, als ich ihm antun wollte«, sagte er grimmig. »Wie immer, meine Dame, machen Eure Worte Sinn.«

Burke reichte ihr die Hand und küßte die Wunden an ihren Handgelenken, bevor er sie besorgt ansah: »Bist du ansonsten unverletzt?«

»Mir geht es gut«, sagte Alys entschieden und lehnte sich mit einem Seufzer an seine starke Brust: »Ich wußte, du würdest kommen.«

Obwohl sie nicht geglaubt hatte, daß Burke sich dem Geheiß seiner Mutter widersetzen würde. Alys durchfuhr ein Schauer bei diesem Zeichen seiner Liebe, und sie verfluchte sich abermals, daß sie an ihm gezweifelt hatte. Niemals wieder würde sie diesen Fehler begehen.

Talbot stöhnte mitleiderregend, doch sie ignorierten ihn.

»Fast wäre ich nicht gekommen«, gestand Burke und streichelte ihre Wange. »Ich fürchtete, du hättest mich verlassen.«

Alys wußte, daß ihr Erstaunen offenkundig war: »*Du* hast gezweifelt? *Du* hast gefürchtet, daß deine Anziehungskraft nachläßt? *Du* hast es nicht besser gewußt?«

Röte breitete sich in Burkes Nacken aus: »Ich dachte, Ihr wäret vielleicht meine Beharrlichkeit leid.«

Alys konnte nicht zulassen, daß er weitersprach: »Deine Beharrlichkeit hat mein Herz erobert, Burke, das ist die reine Wahrheit.«

Einen Herzschlag lang glänzten seine Augen silbern, dann küßte er sie auf die Stirn und winkte eilig Kerwyn: »Legen wir ihnen Fesseln an und schaffen sie nach Montvieux. Wir werden ihnen noch schnell genug die Wahrheit entreißen.«

Und Talbot ächzte, als wüßte er, was auf ihn zukam.

Alys mußte einen Schauer der Angst unterdrücken, denn auch für sie näherte sich der Moment, da sie Margaux de Montvieux gegenübertreten sollte.

♠

Burke ließ seiner Mutter nicht einen Augenblick, seine Rückkehr zu feiern. Ihre Augen leuchteten auf, als sie ihn sah, doch Burke schleppte Talbot quer durch die Halle und warf ihn vor ihr zu Boden: »Er sagt, daß Alys vom Blute Millards de Villonne ist. Ich dachte, das würde Euch vielleicht interessieren.«

Doch seine Mutter zeigte keine Überraschung und warf nicht einmal einen Blick auf den wimmernden Talbot: »Das habe ich schon vermutet.«

Burke blickte sich argwöhnisch im Saal um und trat dann an Alys' Seite zurück. Er sah, wie seine Mutter ihre Aufmerksamkeit auf Alys richtete, und spürte, wie diese sich versteifte. Doch dann richtete sie sich zu königlicher Höhe auf, obwohl ihr Haar offen und ihr Kleid beschmutzt war.

Ihr Götter, war er stolz auf sie.

»Sie steht aufrecht genug«, gestand Margaux ein. Sie kam näher und stützte sich schwer auf ihren Stock, während sie um die beiden herumging und sie mit klarem Blick betrachtete: »Und hübsch ist sie auch, aber viel zu schlank.«

»Alys ist vollkommen.« Alys schenkte Burke ein kurzes Lächeln für diese Bemerkung.

»Aber wohl zu dünn, um dir Söhne zu gebären.«

»Ich bin keine Zuchtstute.« Alys' goldene Augen blitzten vor Ärger, und Burke unterdrückte ein Lächeln, als seine Mutter überrascht zusammenfuhr.

»Und sie hat eine scharfe Zunge«, sagte Margaux leise und stützte die Hände auf ihren Stock.

»Und *sie* zieht es vor, direkt angesprochen zu werden.« Fest begegnete Alys Margauxs Blick. »Ich hatte geglaubt, daß in Frankreich vornehmere Sitten herrschen würden.«

Margaux zog scharf die Luft ein, und Burke konnte sein Lachen nicht länger zurückhalten. Seine Mutter starrte erst ihn, dann seine zukünftige Braut wütend an, bevor sie steif zu ihrem Sitz zurückkehrte.

»Ich könnte eine Frau respektieren, die Rückgrat hat«, gab sie nach, und senkte knapp das Haupt. »Alys.«

»So wie ich«, war die sanfte Entgegnung der Dame. »Lady Montvieux.« Zum ersten Mal, seit Burke sich erinnern konnte, lächelte seine Mutter.

Talbot wand sich ruhelos in seinen Fesseln. »Was ist mit mir?« fragte er. »Was wird mit mir geschehen?«

Margaux mußte tatsächlich lachen: »Ich habe ein Geschenk für Euch, Talbot d'Annoceaux. Oder vielleicht seid Ihr ja das Geschenk für meinen Gast.«

Talbot machte große Augen, Burke runzelte die Stirn, und Alys sah ihn fragend an. Und plötzlich hörte man ein Brüllen vom anderen Ende des Saals: »Talbot! Ich hätte wissen müssen, daß du diese Angelegenheit verpfuschen würdest!«

»Großer Gott«, murmelte Talbot und schloß die Augen. »Alles – nur nicht der Onkel.«

Ein älterer Ritter schritt in den Saal, seine silbernen Haare leuchteten im Licht, und auf seinem grünen Wappenrock prangte ein sich aufbäumendes Einhorn. Seine Augen blitzten vor Wut, und er schüttelte die Faust: »Du tust recht, mich zu fürchten, denn wenn deine Mutter je die Hoffnung hegte, daß ich dich zu meinem Erben machen würde, dann kann sie sie noch heute begraben. Was für ein armseliger Mensch muß man sein, um eine Edelfrau zur Geisel zu nehmen...«

»Sie ist eine Hure«, wandte Talbot schwach ein.

»Eine *Hure*?« brüllte der Ältere. »Du verbringst soviel Zeit in ihrer Gesellschaft, daß du keine andere Frauen mehr erkennst! Nicht alle Frauen sind Dirnen, du törichter Narr, und diese könnte sogar meine Tochter sein!«

Alys klammerte sich an Burkes Hand.

»Ich bin Millard de Villonne«, erklärte der Neuankömmling, nachdem er Burke kurz angesehen hatte. »Und Ihr müßt Burke de Montvieux sein.«

»Der bin ich.«

Millards Blick wanderte zu Alys, und er nickte: »Ich muß diese Angelegenheit noch erledigen, bevor wir uns unterhalten können.« Er zog seinen Dolch, durchtrennte die Stricke an Talbots Beinen und zog den Ritter hoch.

Talbot zitterten die Knie: »Onkel, ich flehe Euch an ...«

»Du hast kein Recht, etwas von mir zu verlangen«, sagte sein Onkel ärgerlich. »Ich habe dir aufgetragen, Isibeal von Kiltorren oder ihr Kind zu finden, doch du hast diese Frau nicht zu mir gebracht. Du hast dein Versprechen mir gegenüber gebrochen, und das muß bestraft werden.«

Talbot bibberte vor Angst: »Nein, Onkel.«

»O doch! Du hast nur nach deinem Vorteil getrachtet. Jetzt im nachhinein sehe ich, was du dir gedacht hast: Du hattest vor, diese Frau zu töten, um dir Villonne zu sichern.«

Talbot schloß wieder die Augen, doch Millard beugte sich zu ihm: »Doch niemals hätte ich eine armselige Figur wie dich zu meinem Erben gemacht. Du hättest Villone niemals erhalten, selbst wenn meiner Verbindung mit Isibeal kein Kind entsprungen wäre. Ich hätte alles der Kirche übertragen, und wenn es nur gewesen wäre, um dich und deine Mutter zu quälen.«

»Aber ...«

»Doch du bist ein glücklicher Mann, Talbot.« Millard atmete schwer aus. »Denn ich hielt es für nötig, dir nach Kiltorren und dann nach Montvieux zu folgen, wohin, so sagte man mir, Alys mit ihrem zukünftigen Ehemann ziehen würde. Du hast Glück, daß ich schnell genug gereist bin, um dich vor dem Zorn eines Kriegers wie Burke de Montvieux und seiner Mutter zu beschützen.«

Der ältere Mann hielt inne, und es herrschte atemlose Stille.

»Dein Glück, daß du es nur mit mir zu tun hast.« Millard hob mit kalter Entschlossenheit die Klinge, und Talbot begann um sein Leben zu betteln.

♠

Während Alys noch den Atem anhielt und sich fragte, was der Ritter tun würde, erschien auf einmal eine weitere Gruppe im Saal.

»Tötet ihn nicht!« rief eine Frauenstimme.

»Malvina!« keuchte Alys, und Burke drehte sich ebenfalls um.

»Tötet ihn nicht, Herr!« bat Malvina flehentlich und warf sich Millard zu Füßen.

»Lord und Lady Kiltorren«, kündigte der Burgvorsteher verspätet an. »Und ihre Tochter.« Er verneigte sich und zog sich zurück.

Millard schien erstaunt, Malvina vor sich knien zu sehen. »Wir sind Euch gefolgt, Herr, denn ich mußte Talbot finden«, erklärte sie. »Er ist meine einzige, wahre Liebe, mein Verlobter.«

Talbot sah aus, als würde er in Ohnmacht fallen.

Deirdre schritt in die Halle: »Er hat die Unschuld meiner Tochter geraubt, Herr, und sich dann am Vorabend der Vermählung davongestohlen.«

»Ja, das stimmt«, versicherte Cedric.

»Wir verlangen, daß er seiner Pflicht nachkommt!« rief Deirdre.

Millard sah seinen Neffen an: »Welche Entschuldigung hast du für dieses unschickliche Verhalten?«

Talbot leckte sich die Lippen: »Ich dachte, sie wäre eine Hure, Herr.«

Alys hörte Burkes unwillkürliches Lachen und wagte nicht, ihn anzusehen, aus Angst, daß sie beide herausplatzen würden.

Millard richtete sich zu voller Größe auf: »Hast du auch nur einen Funken Ehre im Leib?« Offensichtlich erwartete er keine Antwort, denn er wirbelte zur Familie derer von Kiltorren herum. »Wisset, daß ich an diesem Ritter und seinem fehlenden Ehrgefühl verzweifle. Wisset auch, daß er gerade heute eine Edelfrau entführt und ihr beinahe Schaden zugefügt hat. Wisset, daß sein Herz schwarz vor Gier ist und daß man ihm niemals den

Rücken zuwenden darf. Wisset all dies und sagt mir, ob Ihr immer noch wollt, daß Eure Tochter ihn heiratet.«

»Ja!« rief Cedric. »Das wollen wir, und zwar gerne.«

»Ja, er ist die perfekte Partie für Malvina«, stimmte Deirdre zu.

Millard schien höchst erstaunt, als er das hörte, doch er wandte sich der knienden Malvina zu: »Und Ihr? Was habt Ihr zu dieser Sache zu sagen?«

»Ich liebe ihn, Herr.« Sie lächelte so kalt, wie es ihre nächsten Worte waren. »Und er wird sich mir auf eigene Gefahr widersetzen.«

»Großer Gott«, flüsterte Talbot.

Millard lachte überrascht und äußerte denselben Gedanken, der Alys durch den Kopf ging: »Talbot, ich weiß nicht, ob du heute wirklich gerettet worden bist.« Millard winkte der Familie derer von Kiltorren zu: »Nehmt ihn, und werdet glücklich.«

Wie eine Meute fielen sie über den zusammensackenden Ritter her, und Malvina drückte ihm einen schmatzenden Kuß auf die Lippen. Sie umringten ihn, und er stolperte benommen davon.

Dann wandte Millard sich um, schob den Dolch in den Gürtel zurück und sah Alys mit einem so hellen Blick an, daß ihr das Herz stehenblieb: »Nun bleibt nur noch die Frage, wer diese Dame wirklich ist.«

Alys richtete sich auf, beruhigt von Burkes Gegenwart an ihrer Seite: »Ihr habt von meiner Mutter, Isibeal von Kiltorren, gesprochen.«

Erleichterung zeigte sich in Millards Gesicht: »Dann seid Ihr ihre Tochter!«

»Ja.«

Der ältere Ritter trat mit angespannter Miene näher. »Ich liebte Isibeal«, gestand er mit stockender Stimme. »Aber man hat sie mir entführt, und der Name ihrer Familie wurde vor mir verborgen gehalten, damit ich sie nicht zu mir holen konnte. Obwohl ich sie von einem Ende der Welt zum anderen gesucht habe, konnte ich sie nicht finden. Ich hatte nie vor, sie zu entehren, doch ich frage mich, ob unsere Isibeals ein und dieselbe Person sind.«

»Meine Mutter starb, als ich noch jung war«, gestand Alys. Millards Miene wurde sanft. »Heloise sagte, an gebrochenem Herzen.«

»Heloise! Meine Isibeal hatte eine Zofe namens Heloise!«

»Heloise war die Zofe meiner Mutter.« Ihre Blicke trafen sich, und Alys spürte, daß die Möglichkeit bestand.

Oder war alles nur Zufall? Wie viele Zofen namens Heloise hatten Damen mit dem Namen Isibeal gedient?

»Das war *wahre* Treue«, erklärte Millard. »Die Heloise, die ich kannte, hat viel für Eure Mutter und mich getan, und ich hatte nie die Gelegenheit, es ihr zu danken. Darf ich hoffen, daß wenigstens sie mit Euch gereist ist? Vielleicht würde sie mich erkennen und dieses Rätsel lösen.«

»Sie ist vor kurzem gestorben.«

Millard sah mit einem Mal alt aus: »Und Ihr wart zu jung, um Euch an Eure Mutter zu erinnern und noch viel weniger an ihre Worte.« Er rieb sich die Schläfen, und Alys verspürte tiefes Mitleid für seinen Verlust. »Ihr könnt unmöglich wissen, wie sie ausgesehen hat oder wie ihre Stimme klang. Auf jeden Fall ist meine Isibeal nun für mich verloren.«

Wie würde Alys sich fühlen, wenn sie in diesem Augenblick Burke verlöre? Sie konnte sich nicht vorstellen, welches Leid es kosten würde, ihn zwanzig Jahre lang vergeblich zu suchen.

»Eines weiß ich noch«, sagte sie, um den Schmerz des Mannes zu lindern. »Eine Geschichte, die mir Heloise über meinen Vater und meine Mutter erzählt hat, die Geschichte ihrer Liebe.«

Das Haupt des Ritters fuhr hoch: »Ja?«

»Ja.« Alys nestelte am Kragen ihres Unterkleides herum. »Heloise sagte, daß mein Vater meiner Mutter dieses Medaillon als Zeichen seiner Zuneigung schenkte.« Sie zog die Kette über den Kopf und reichte ihm den Anhänger.

Millard stockte der Atem, als könne er seinen Augen nicht trauen. Er kam näher und streckte eine zitternde Hand aus. »*Meine* Isibeal«, flüsterte er schmerzerfüllt und begann zu weinen. Doch dann sah er Alys eindringlich an: »Wie alt seid Ihr?«

»Zwanzig Lenze.«

»Und Euer Name ist?«

»Alys, Alys von Kiltorren.«

»Gütiger Gott, sie hat Euch nach meiner Mutter genannt.« Millard schüttelte ungläubig den Kopf, während er seinen Blick über Alys wandern ließ: »Ihr seid *meine* Tochter. Isibeal von Kiltorren war meine Isibeal, die ich so lange suchte.«

Alys war starr vor Staunen, daß diese alte Geschichte wirklich wahr zu sein schien.

»Meine Tochter«, erklärte Millard mit wachsender Überzeugung. Er grinste und breitete die Arme aus, und Alys trat vorwärts.

»Mein Vater«, flüsterte sie und streichelte ganz sacht seine Wange.

»Meine Tochter«, brüllte Millard und schwang sie mit unverhohlener Freude in die Luft. Alys wußte nicht, ob sie lachen oder weinen sollte. Sie hatte nie gedacht, daß sie diesen Moment erleben würde, und so tat sie beides.

»Ach, du hast das Lächeln deiner Mutter, Kind.« Alys' Hand in der seinen wandte Millard sich um und verkündete der versammelten Gesellschaft: »Alys von Kiltorren ist meine Tochter!«

Er wirbelte mit überraschender Schnelligkeit wieder zu Alys herum: »Und du bist eine Erbin, mein Kind, meine Erbin. Alles, was ich habe, ist dein. Komm, komm nach Villone, und sieh, was ich aufgebaut habe.«

Doch da erhob sich Margaux: »Das wird unmöglich sein, Millard. Die Verlobte meines Sohnes muß auf Montvieux bleiben.«

Millard straffte die Schultern und trat Margaux unerschrokken gegenüber: »Euer Sohn hat Montvieux ausgeschlagen, wenn ich richtig verstanden habe. Man könnte sogar sagen, daß er keine angemessene Partie für meine Tochter ist, wenn man ihre Stellung bedenkt.«

Margaux schnappte nach Luft: »Mein Sohn ist es wert, eine Königin zu ehelichen.«

»Und Villonne ist ein königlicher Lohn. Wen immer meine Tochter zum Mann nimmt, er wird ein mächtiger Mann sein.«

»Ihr Götter«, murmelte Burke leise. »Es war alles viel einfacher, Alys, als ich noch enterbt war und du keinen Vater hattest.«

Alys lachte, aber beide Eltern warfen Burke einen wütenden Blick zu. »Das habe ich gehört!« riefen sie gleichzeitig.

»Ihr werdet auf Montvieux bleiben!«

»Nein, ihr werdet nach Villonne kommen!«

»Heute werden wir auf jeden Fall auf Montvieux bleiben, denn meine Dame muß sich ausruhen.« Burke nahm Alys' Hand, küßte sie und zwinkerte ihr zu: »Was danach wird, wer kann das sagen?«

»Wie könnt Ihr auch nur daran denken, meine Tochter zu heiraten?« verlangte Millard zu wissen. »Ihr habt kein Erbe!«

Burke zuckte mit den Schultern: »Wir sind auf dem Weg zu den Turnieren in der Champagne.«

»Turniere!« Millard spuckte aus. »Meine Tochter wird keinen Ritter heiraten, der nichts Besseres in Aussicht hat.«

»Und ich hatte gedacht«, sagte Burke versonnen, »daß Isibeals Familie Euer Werben abgelehnt hat, weil Ihr kein Land besaßt.«

Millard erbleichte, holte tief Luft und starrte Burke wütend an: »Ihr könntet sterben. Und was würde dann aus meiner Alys?«

»Burke hätte es nicht nötig, auf Turnieren zu kämpfen, wenn er der Erbe von Villonne wäre«, wagte Alys vorzuschlagen. »Ich bin sicher, daß er fähig ist, es zu leiten...«

»Natürlich ist er das«, entgegnete Margaux hitzig. »Er wurde ausgebildet, über Montvieux zu herrschen.«

»Ein wesentlich *kleinerer* Besitz«, merkte Millard an.

»Wenn er schon Montvieux ausgeschlagen hat, kann es gut sein, daß auch Villonne ihm nicht zusagt«, sagte Margaux kalt. »Glaubt nicht, daß alles schon entschieden ist, Millard.«

»Burke«, fragte Millard, und aller Augen richteten sich auf den Ritter.

Doch Burke hatte nur Augen für seine Dame: »Alys?«

»Was ist mit deiner Ungebundenheit?«

»In Wahrheit vermisse ich es, zu wissen, was meine Pflichten sind.« Burke lächelte auf jene Weise, die Alys von Kopf bis Fuß erwärmte. »Und ich würde die Gelegenheit begrüßen, dich zu verwöhnen, wie es einer Dame von Rang gebührt.«

»Du würdest an keinen Turnieren mehr teilnehmen?«

Burke grinste: »Ich weiß, das ist eine große Enttäuschung.«

Die Wahl war eigentlich schon gefallen. »Wir sollten es tun«, entschied sie.

»Wir akzeptieren«, teilte Burke Millard mit und nahm Alys' Hand in seine.

»Und wir werden heiraten«, fügte Alys hinzu.

»In vierzehn Tagen«, stellte Burke klar.

»Aber die Hochzeit muß groß gefeiert werden«, wandte Millard ein. »Es wird mindestens drei Monate dauern, alles zu arrangieren, so daß es der einzigen Tochter von Villonne würdig ist.«

»Und dem Sohn von Montvieux«, steuerte Margaux bei.

Millard drohte dem Paar mit dem Finger: »Ich will nicht, daß sich irgendwelche Gerüchte um diese Verbindung ranken. Es wird keinen Grund geben, die Tage nachzuzählen, wenn Euer erstes Kind geboren wird, oder Ihr, mein Herr, werdet Euch für einiges zu verantworten haben.«

Burke lächelte trocken: »Eure Sorge kommt zu spät.«

Margaux stockte der Atem, und Millard fluchte. Sie wechselten einen leidvollen Blick.

»Zwei Wochen also, und keinen Tag weniger«, verlangte Margaux. »Wir werden bereit sein, auf die eine oder auf die andere Weise.«

»Und sie werden auf Villonne heiraten!«

»Nein, die Hochzeit wird auf Montvieux stattfinden!«

Burke und Alys sahen sich an: »Das werden wir entscheiden.« Und sie ließen ihre aufgeregten Eltern einfach stehen.

»Du bist unverbesserlich.«

Burke grinste und wurde dann ernst: »Und, willst du daran etwas ändern?« In seinen silbernen Augen stand Hoffnung, als er Alys ansah, und sie wußte, daß es an der Zeit war, ihm ihre Liebe zu gestehen.

»Nein, ich liebe dich genau so, wie du bist.« Alys nahm sein Gesicht in die Hände, entschlossen, jeden Zweifel auszuräumen: »Es mag sein, daß ich dir widersprechen werde, doch dies sollst du immer wissen. Sei versichert, daß ich bis ans Ende deiner Tage an deiner Seite stehen werde.«

Burke lachte. Er küßte sie hingebungsvoll, die Arme eng um sie gelegt, und zog sich dann mit einem Grinsen zurück: »Und was ist mit meinen Nächten?« scherzte er. »Und deinen Morgen? Wie ich gehört habe, hattest du heute morgen allerhand zu tun, meine schöne Dame.«

»Heute morgen?«

Burkes Augen funkelten so fröhlich, daß Alys sich fragte, wovon er redete. »Ja, man hat mir gesagt, daß dir ein *Stallknecht* mehr Freude bereitet hat, als ich es je könnte. Ich weiß, daß du auf Crevy keine Gelegenheit hattest, dich mit einem Stallknecht zu vergnügen. Es muß also heute morgen gewesen sein, daß du seinem Charme erlegen bist.«

Alys lachte, und bevor Burke sie noch weiter aufziehen konnte, schenkte sie ihm einen Kuß, der ihn fast umgeworfen hätte.

Seine Augen glänzten, als er schließlich den Kopf hob. »Stallbursche oder nicht«, murmelte er, »es ist höchste Zeit, daß ich dir zeige, was eine zuckersüße Zunge wert ist.«

Alys konnte es kaum erwarten.

Epilog

Schließlich wurden sie zwei Wochen später auf Villonne getraut, und für Johanni plante Margaux ein großes Fest auf Montvieux, das prächtig genug werden sollte, um einen König zu beeindrukken.

Denn Margaux hatte von Briannas Schwangerschaft erfahren und darauf bestanden, Luc und sie nach Montvieux zu rufen, so daß man auf ihre Ankunft warten mußte. Sie wollte nichts davon wissen, daß ihr erstes Enkelkind, selbst wenn es nicht wirklich von ihrem Blute war, in der »unzivilisierten Wildnis« Irlands geboren wurde.

Burke weigerte sich, eine Verzögerung des Hochzeitsfestes hinzunehmen, denn er glaubte nicht, daß Brianna Tullymullagh verlassen würde. Die Funken flogen auf Montvieux, denn einer war so stur wie der andere, doch Alys' Vorschlag einer gemeinsamen Feier war schließlich für alle annehmbar.

Und es kam Alys gelegen, daß die Hochzeit schnell vollzogen wurde, einerseits, um zu verhindern, daß irgend jemand anfing, die Monate und Tage zu zählen, aber auch, um auf Villonne ihren Vater besser kennenzulernen. Es zeigte sich, daß er ein ausgesprochen ehrbarer Mann war, der mit seiner wunderbaren, tiefen Stimme gerne alte Lieder sang.

Ja, Millard würde einen guten Großvater abgeben.

Villonne lag westlich von Paris am Ufer der Loire, und am Haupthaus mit dem großen Saal wurde noch gebaut. Burke übernahm die Verwaltung, als hätte er sein Leben lang nichts anderes getan, und er und Millard waren sich so oft einig, daß man sie im Scherz schon miteinander verwechselte. Und Alys machte sich mit ihren Aufgaben als Herrin des Schlosses vertraut, die unter anderem darin bestanden, dafür zu sorgen, daß Edana und Kerwyn heirateten, wie es sich gehörte.

Mit Burkes Hilfe lernte Alys besser reiten, und das erste Geschenk ihres Vaters war eine prächtige Fuchsstute mit sachtem Gang. Alys war nicht die einzige, die von dem sanften Tier begeistert war: Burke mußte Schattenmond mit aller Gewalt zurückhalten, wann immer sie zusammen ausritten.

Burke merkte an, daß er zwar nie vorgehabt hätte, die Kunst der Pferdezucht zu erlernen, ihm aber wohl nichts anderes übrigbleiben würde.

Und so wurde es Juni, bis sie nach Montvieux ritten, bereits Mann und Frau, aber willens, ihre Hochzeit noch einmal zu begehen. Luc und Brianna waren tatsächlich schon dort, Brigid und Guillaume hatten die Reise auf sich genommen, und selbst Margaux taute soweit auf, daß sie Alys drei schnelle Küsse auf die Wange gab.

»Mein Bruder Rowan«, murmelte Burke Alys zu, als ein Mann mit rostbraunem Haar in den mit Gästen gefüllten Saal schlenderte.

»Wie immer zu spät«, fügte Luc hinzu. Margaux schwenkte sofort ihren Stock und rief ihren aufsässigen Sohn zu sich.

»Ich möchte nicht in seiner Haut stecken«, bemerkte Luc.

Burke grinste: »Schau hin, er beachtet sie überhaupt nicht.«

Alys sah zu, wie Rowan sich lässig eine Süßigkeit nahm und die Reize eines der Mädchen, die bei Tisch aufwarteten, begutachtete. Er schien nicht zu bemerken, daß seine Mutter wütend auf ihn zukam.

»Seine Art treibt Mutter in den Wahnsinn«, gestand Burke.

Alys grinste: »Es scheint, als wäre sie ein Fluch der Familie, diese Unverbesserlichkeit.«

»Ohne Zweifel.« Burke zwinkerte ihr zu, während Margaux anfing zu brüllen:

»Die Pest über dich! Zu spät zur Hochzeitsfeier deines Bruders, und nicht ein Wort der Entschuldigung kommt dir über die Lippen.«

Rowan winkte grüßend zu Burke und lächelte dann gewinnend seiner Mutter zu: »Ihr wollt doch nicht, daß ich mir die Zuneigung der Braut erschleiche, oder, Mutter?«

Margaux stieß ihm die Spitze ihres Stocks auf die Brust: »Du hattest eine Frau, ich weiß es genau. Sieh dich nur an! Du lächelst, als wäre alles in Ordnung ...«

Rowan breitete unschuldig die Arme aus: »Und was ist falsch daran?«

»Das fehlende Heiratsgelübde!«

Rowan lachte verächtlich: »Du hast dir doch auch Geliebte zugelegt, ohne dich um dein Ehegelübde zu scheren. Und ich bin der lebende Beweis, daß Vater sich ebenfalls nicht an das seine gebunden fühlte.«

Luc zog die Brauen hoch, und Burke pfiff leise ob Rowans Kühnheit. Die Gesellschaft bemerkte nun das Wortgefecht und wandte sich um, um zuzuschauen.

Margaux zischte böse durch die Zähne: »Wie kannst du es wagen! Wir haben den ganzen Saal voller Gäste, das Gut feiert die Hochzeit meines einzigen Sohnes, und du tust nichts, außer die in Verlegenheit zu bringen, die dich damals aufgenommen haben.« Sie richtete sich hoch auf. »Du hast einen gewissen Charme, Rowan, aber du bist mittlerweile zu alt, um dich allein darauf zu verlassen.«

Offensichtlich überrascht von ihren Worten, sah Rowan seine Mutter an.

»Jetzt hat sie seine Aufmerksamkeit«, murmelte Luc lächelnd.

Doch Rowan verbarg seine Überraschung schnell wieder. Alys

spürte, daß er seine Gefühle nicht oft preisgab. Nein, er versteckte alles hinter einem Lächeln und einem Scherz.

Auch jetzt lächelte und scherzte er wieder, stützte eine Hand in die Hüfte und grinste Margaux frech an: »Und was wollt Ihr unternehmen, Mutter? Euer Haus noch tiefer in Verlegenheit stürzen, indem Ihr mich hinauswerfen laßt?«

»Nein, ich werde dir eine letzte Chance geben.« Die Anspannung verschwand sofort von Rowans Gesicht, doch Margaux schüttelte den Kopf. »Freue dich nicht zu früh, du hast meine Bedingung noch nicht gehört.«

Rowan verschränkte die Arme vor der Brust: »Und die wäre?«

»Brianna von Tullymullagh hat dich auf Brautsuche geschickt. Deine Brüder haben ihre Braut gefunden, doch du bist noch allein.« Margaux trat zurück. »Du wirst bis zum Weihnachtsfest mit einer Braut zurückkehren, oder ich werde dich aus meinem Herzen tilgen.«

»Das würdet Ihr nicht tun!«

»Oh, doch. Zweifle besser nicht daran, Rowan.«

»Aber das könnt Ihr nicht!«

»Doch, das kann ich. Bis Weihnachten.« Margaux wandte sich zufrieden ab und winkte ihren Gästen: »Kommt, das Fleisch wird kalt!« Auf ihr Zeichen hin begannen die Barden zu singen, wurde der Wein ausgeschenkt, und die Gäste drängten in einem Wirbel aus feinen Stoffen und glitzernden Juwelen an die Tafel.

Rowan blieb stehen, als könne er nicht glauben, was Margaux ihm da aufgetragen hatte. Dann schüttelte er den Kopf und ging, um seine Brüder zu begrüßen.

»Seht nur, in was für eine Klemme Ihr mich gebracht habt«, beschwerte er sich liebenswürdig und beugte sich tief über Briannas und Alys' Hand. »Ich werde einen Weg finden müssen, sie zu überzeugen, diese Idee aufzugeben.«

»Warum suchst du dir nicht einfach eine Braut?« schlug Luc vor.

Rowan sah ihn überrascht an: »Sag mir, daß das ein Scherz ist.«

»Für Margaux nicht«, bemerkte Burke.

»Eine Braut?« Rowan verzog das Gesicht und lächelte dann Alys zu: »Nichts für ungut, aber manche Männer sind einfach nicht für die Ehe geschaffen.« Seine Miene erhellte sich: »Ich sollte eine Tänzerin mit nach Hause bringen, die schon ein Dutzend Gören hat. Das würde Mutter lehren, mich nicht herauszufordern.«

»Und du würdest trotzdem im Regen stehen«, wandte Luc ein.

»Ja, so wie er sich immer verwöhnen läßt, sollte er eine reiche Erbin heiraten«, spaßte Burke.

»Er sollte wirklich eine Erbin zur Frau nehmen«, wiederholte Luc, als würde ihm diese Idee mehr und mehr zusagen.

»Wartet mal!« protestierte Rowan. »Ich will keine Erbin ehelichen!«

»Das ist nur gut, denn keine Frau, die bei Verstand ist, will dich zum Mann«, warf Burke ein.

»Nein, ihr Vater würde sich gegen diese Verbindung stellen«, verbesserte ihn Luc. Die vier amüsierten sich auf Rowans Kosten, während dieser so tat, als wäre er beleidigt, und sie der Reihe nach ansah.

»Ihr glaubt nicht, daß ich es schaffen kann!«

»Natürlich nicht!« stimmte Luc ihm zu.

»Wir sollten ihm eine Wette anbieten«, erklärte Burke. »Rowan liebt die Herausforderung.«

»Wartet, wartet! Ich trachte nicht nach Besitz!«

»Ich habe Tullymullagh nicht gewollt.« Luc gab Burke ein Zeichen.

»Ich habe nicht erwartet, Villonne zu erhalten.« Flink wandten sie sich gegen ihren entsetzten Bruder. »Sie muß die Erbin eines Gutes sein, das größer ist als Montvieux und als Villonne«, bestimmte Burke.

»Eine irische Erbin«, verbesserte Brianna.

»Und du mußt sie noch vor dem Weihnachtsfest heiraten«, fügte Luc hinzu. »Wir werden uns Weihnachten hier treffen, und du kannst uns deine Braut vorstellen.«

»Ihr glaubt wirklich, ich würde es nicht fertigbringen.«

Burke lachte leise: »Wir *wissen*, daß du es nicht kannst.«

Rowan wandte sich hilfesuchend an Alys: »Seht Ihr, in was für eine Familie Ihr da eingeheiratet habt? Wenn man sich vorstellt, daß mein eigen Fleisch und Blut so wenig von mir hält.«

»Erschütternd«, stimmte Alys zu, doch es gelang ihr kaum, das Lachen zurückzuhalten.

»Glaubt Ihr denn, daß ich es schaffen kann?«

Alys lachte laut auf: »Nein, das glaube ich, ehrlich gesagt, nicht!«

Rowan mußte grinsen und hob die Hände gen Himmel. »Ich auch nicht«, gab er leichthin zu. »Doch wer kein Risiko eingeht, hat nicht wirklich gelebt.« Rowan wirbelte herum und rief so laut durch den Saal, daß die Spielleute ihre Darbietung unterbrachen: »Mutter! Bis Weihnachten werde ich eine irische Erbin zur Frau nehmen oder nie mehr die Schwelle dieses Hauses überschreiten!«

Margaux starrte ihn verdutzt an, doch Rowan fing einen Bediensteten ab und nahm sich eine Schale Wein. »Ich trinke auf die wunderschönen Damen meiner Brüder!« rief er den Anwesenden zu. Er verneigte sich vor beiden Frauen: »Und ich trinke auf die Braut, die zu finden ich geschworen habe!«

Die Gesellschaft applaudierte und begann zu lachen, und während Rowan mit einem tiefen Schluck die Schale leerte, breitete sich Getuschel im Saal aus.

»Wird er es wirklich tun?« fragte Alys Burke flüsternd.

»Bei Rowan weiß man nie. Sein ganzes Leben ist ein großes Abenteuer.« Doch dann nahm Burke ihre Hand und legte sie auf seinen Arm. »Vergeßt Rowan und sein Bedürfnis, im Mittelpunkt zu stehen«, riet er. »Dieses Fest ist für uns allein, die Krönung all dessen, was wir drei lange Jahre gesucht haben.«

Alys lächelte, als sie ihren Ehrenplatz auf der Empore einnahmen, und Burke wandte sich ihr zu. Sie liebte diesen Mann mehr, als sie es jemals für möglich gehalten hätte. Sie hatten einander die Ewigkeit versprochen, und ihr romantisches Märchen hatte bereits begonnen.

Es würde noch schöner werden als die Geschichte von Nicolette und Aucassin. Die Gäste jubelten ihnen zu, und Burke lächelte sanft, seine Augen von durchdringendem Silber.

»Es ist Zeit, die Braut zu ehren«, flüsterte er so leise, daß nur Alys ihn hören konnte. Burke strich ihr sanft über das Kinn, und die Menge jubelte, als er sie genüßlich küßte. Alys' Herz frohlockte, während sie die Arme um ihren Ritter schlang.

Alys hielt den einzigen Traum in den Armen, den sie je gehegt hatte, und sie würde ihn niemals wieder loslassen.

Wenn Ihnen die Abenteuer der Fitzgavin-Brüder gefallen haben – sei es das Schicksal Lucs und seiner Brianna aus dem ersten Band *Prinzessin meiner Liebe* oder die vorliegende Romanze zwischen Burke und Alys –, werden Sie auch den dritten und letzten Teil der Brautsuche-Trilogie von Claire Delacroix mögen. In dem Band *Erbin der Leidenschaft*, der demnächst im Ullstein Taschenbuchverlag erscheint, macht sich Rowan auf die Suche nach einer Dame, mit der er das Urteil seiner Familie widerlegen kann. Und es dauert gar nicht lange, da trifft er auf ein wunderschönes Wesen, das ihm gerade recht käme . . .

Doch lesen Sie selbst:

Erstes Kapitel

London, Juli 1172

Rowan de Montvieux hatte schlechte Laune.

Nicht genug, daß er die ganze Überfahrt von Le Havre hierher seekrank gewesen war, er war noch nicht einmal dort gelandet, wo er hinwollte. Denn Rowan war sicher, daß die Themse nicht in Irland lag.

Und das bedeutete, daß er eine weitere Seereise würde ertragen müssen, zweifellos noch schlimmer als die erste, und das sofort, wollte er die Wette, die er mit seinen Brüdern abgeschlossen hatte, gewinnen.

Nein, er war wirklich nicht gut gelaunt. Er schritt durch das Gewirr von Händlern auf dem Pier, holte sein Pferd und fand mit einiger Mühe seinen Knappen Thomas. Von allen Seiten wurde er von Hausierern mit ihren schäbigen Waren bedrängt. Er wappnete sich gegen die Diebe in der Menge und brachte es über sich, von einem der Händler, der wenigstens etwas respektabler aussah, einige Fleischpasteten zu erstehen.

Was er brauchte, war ein Schluck Bier, ein wenig Gesang, etwas von dem, was sie hier Essen nannten, und erholsamen, tiefen Schlaf. Dann würde er schon wieder Interesse daran finden, die Erwartungen seiner Brüder nicht zu enttäuschen. Rowan liebte die Herausforderung, und je schlechter seine Chancen standen, um so besser gefiel es ihm.

Eine irische Erbin! *Welcher Teufel hatte ihn nur geritten, diese Wette anzunehmen? An einem Morgen wie diesem, da er noch die Übelkeit der Fahrt verspürte, bezweifelte Rowan, daß er überhaupt eine Frau würde betören können. Oder wollen.*

»Aha! Ein edler Ritter, gerade vom Schiff herunter!« rief ihm ein Sklaventreiber zu. Der Mann war unrasiert und auch sonst

wenig gepflegt, das dunkle Haar hing ihm in die Augen, und ihm fehlten mehrere Zähne: »Ich habe genau die Richtige für Euch, mein Herr, ein Schnäppchen an diesem herrlichen Tag.« Er beugte sich vor, sein Atem roch noch schlechter als Rowans eigener, und flüsterte: »Ich mache Euch ein besonders günstiges Angebot, mein Herr, weil Ihr ein Ritter und gerade erst angekommen seid.«

Rowan knurrte abweisend und wollte sich schon an ihm vorbeidrängen, als sein Blick auf die junge Frau fiel, die da zum Verkauf stand.

Er hielt inne und starrte sie an.

Es war nicht das leuchtendrote Gold ihrer Haare oder die Tatsache, daß sie kurzgeschoren waren, die seine Aufmerksamkeit erregte. Ihre tiefe Bräune, die ihre Augen in himmlischem Blau leuchten ließ, oder ihre vollen Brüste, die förmlich aus ihrem Gewand hervorquollen, interessierten ihn ebensowenig wie die Tatsache, daß sie Hosen trug, die ihre zahlreichen Reize kaum verbargen.

Nein, was ihm auffiel, war, daß sie genau wie er Sorglosigkeit vorzutäuschen vermochte.

»Im Bett ist sie nicht zu gebrauchen, wenn es das ist, was Ihr sucht«, gestand der Verkäufer leise. Er beugte sich vor und flüsterte: »Selbst ein Leichnam ist leidenschaftlicher.«

Die Frau blinzelte nicht einmal. Sie blieb ruhig stehen, die Arme vor der Brust verschränkt und die Füße fest auf den Boden gestemmt. Sie war beinahe so schmutzig wie ihr Besitzer, mit dem sie ein Seil verband, das um ihren Hals geschlungen war.

Rowan schluckte, als er die wunde Stelle bemerkte. »Das muß ich Euch wohl glauben«, antwortete er milde. Der Mann sah ihn fragend an, und Rowan zog die Brauen hoch. »Schließlich habe ich noch nie etwas mit einer Toten gehabt.« Sein Knappe lachte, aber der feste Blick der jungen Frau wankte nicht.

Ihr Verkäufer verzog das Gesicht, wandte sich leise schimpfend ab und zog heftig an dem Seil. Sie gab keinen Laut von sich, offenbar an diese Behandlung gewöhnt, und folgte ihm mit hocherhobenem Kopf. Rowan mußte ihr einfach nachschauen.

Er stellte sich vor, wie der Mann seine Lust an dieser Frau befriedigte, sein verschwitzter Körper sich über ihr auf- und abbewegte, während sie starr zur Decke blickte. Rowan drehte sich der Magen um, und er fühlte sich wieder seekrank, obwohl er auf festem Boden stand.

Doch er brauchte keinen Sklaven.

»Wieviel?« rief er spontan.

»Drei Silberheller«, antwortete der Mann, wirbelte herum und hielt Rowan den Finger unter die Nase. »Zwei *für Euch!«*

»Unverschämt«, murmelte Thomas.

Der Preis war unerhört hoch, doch Rowan kramte nach den Münzen. »Margaux wird stolz auf mich sein«, sagte er leise und warf Thomas einen schnellen Blick zu. »Denk daran, ihr davon zu berichten. Es kann gut sein, daß ich sie wohlwollend stimmen muß.«

Thomas nickte, und schon war Rowans Geldbörse ein Stück leichter, und er hielt das abscheuliche Seil in der Hand. Der Händler schlenderte zufrieden pfeifend davon.

Doch die junge Frau betrachtete Rowan genauso kalt wie ihren früheren Besitzer. Wenn Rowan gedacht hatte, sie würde sich bei ihm bedanken, daß er sie von diesem alten Scheusal befreite, hatte er sich offensichtlich getäuscht.

Und das ärgerte ihn. Gerade hatte er eine Sklavin erstanden, die er nicht brauchte, die er nicht wollte, für die er aber Geld ausgab, das er lieber behalten oder zumindest zu seinem Vergnügen verschwendet hätte.

Wenigsten könnte sie zeigen, daß sie seine Geste zu schätzen wußte!

»Für ein Lächeln und ein Dankeschön würde ich dich freilassen«, sagte er spitz, doch sie sah ihn nur an.

»Dank dafür, daß Ihr ihn für seine Verbrechen bezahlt?« fragte sie. »Den werdet Ihr von mir nicht bekommen, und ein Lächeln ist das auch nicht wert.«

»Es würde dich nichts kosten.«

»Es würde mich die Freiheit kosten, die Ihr mir versprochen habt«, gab sie trocken zurück. »Oder ist Euch nicht aufgefallen, in welcher Gesellschaft wir uns hier befinden?«

Es stimmte, daß es auf dem Pier von zwielichtigen Gestalten nur so wimmelte, von denen nicht wenige sie mit begehrlichen Augen betrachteten.

»Das hast du selbst zu verantworten, wenn du solche Kleidung trägst«, rutschte es Rowan raus.

Der Anflug eines Lächelns umspielte ihre Lippen: »Leider müssen alle meine Röcke gerade heute neu bestickt werden.«

Thomas lachte auf, sah Rowan an und verstummte. Rowan starrte die Frau düster an, denn es gefiel ihm nicht, daß sie Scherze machte.

Doch sein Blick schien sie nicht im geringsten zu kümmern, was ihn nur noch wütender machte.

»Und doch hast du dich irgendwann entschieden, diese Kleidung zu tragen«, sagte er streng.

»Das ist wahr.«

»Und warum?«

Nun lächelte sie wirklich, doch ihre Miene war trauriger, als er erwartet hatte: »Aus einer Laune heraus, aber das ist schon lange her.«

»Warum?« wiederholte Rowan, entschlossen, seine Antwort zu bekommen.

Ihr Lächeln verschwand: »Ich wollte mich als Junge verkleiden.«

»Du? Ein Junge?« Rowan lachte, er konnte nicht anders.

»Man müßte schon blind sein, um nicht zu erkennen, daß du eine Frau bist!«

Die junge Frau warf ihm einen wütenden Blick zu, und Rowan war stolz, ihr eine Reaktion entlockt zu haben. »Ich danke Euch, daß Ihr mir meine Torheit aufzeigt. Vielleicht hätte ich sie in meiner jetzigen Situation sonst vergessen.«

Thomas kicherte, und Rowans Lächeln verflog abrupt.

»Nur junge Damen, die im Kloster erzogen wurden, glauben, sie könnten die Welt täuschen, indem sie einfach Hosen anziehen und sich die Haare schneiden ...« Rowans Stimme wurde leiser, als er plötzlich verstand. »Du klingst nicht, als wärest du auf der Straße aufgewachsen. Wer bist du?«

Fast wäre Rowan das verräterische Blitzen ihrer Augen entgangen, das ihm verriet, daß er auf die Wahrheit gestoßen war. »Ich bin niemand«, behauptete sie.

»Du hast in einem Kloster gelernt«, sagte Rowan beharrlich.

»Gearbeitet«, korrigierte sie ihn schnell, doch Rowan war sicher, daß sie log. Sie zuckte mit den Schultern, wieder völlig beherrscht. »Bis ich fortgelaufen bin.«

»Und du die Fürsorge und Zuneigung der Nonnen gegen die Reize dieses Kerls eingetauscht hast.« Rowan deutete in die Richtung, in die ihr früherer Besitzer verschwunden war.

»Ich hatte nicht erwartet ...«, fing sie hitzig an, bevor sie sich wieder in der Gewalt hatte, verstummte und Rowan böse anstarrte.

»Du hast einen Fehler gemacht«, bestätigte er sanft. »Und ich glaube, du hast auch schon dafür bezahlt. Schwöre mir, daß du nicht fliehen wirst, und ich nehme dir das Seil ab.«

»So haltet Ihr also Euer Versprechen.« Sie wandte sich Thomas zu. »Ist das Wort deines Ritters so wenig wert?«

Bevor Thomas antworten konnte, stellte Rowan die Sachlage klar: »Ich habe einen Tausch angeboten, aber weder Dank noch ein Lächeln erhalten.«

Sie preßte die vollen Lippen zusammen: »Darauf könnt Ihr lange warten.«

»Dann wirst du ein Jahr und einen Tag für mich arbeiten«, erklärte Rowan, als würde er jeden Tag solche Vereinbarungen treffen, »denn ich will schon etwas für mein Geld bekommen.«

In Wahrheit war ihm das Geld gleichgültig, doch er gönnte ihr nicht die Genugtuung, zu sehen, welche Faszination sie auf ihn ausübte.

Sie knirschte mit den Zähnen: »Ich werde mir die Freiheit nicht auf dem Rücken verdienen.«

»Das erwarte ich auch nicht.«

»Wirklich nicht?« Ihre Skepsis ärgerte ihn, und Rowan verspürte den Drang, sie zu reizen.

»Nein«, erwiderte er, »ich mag die Frauen rank und schlank.«

Ihre Augen blitzten gefährlich, und Rowan trat schnell zurück, denn er war nicht sicher, ob sie ihn vielleicht schlagen würde. Statt dessen stieß sie einen so wütenden Schwall Gälisch aus, daß er auch ohne Übersetzung wußte, daß sie das kaum in einem Kloster gelernt hatte.

»Ha!« Rowan grinste sie an: »Euer Schwur, Demoiselle?«

»Wenn Ihr mich anfaßt, fliehe ich.«

»Einverstanden.«

Sie betrachtete ihn einen Moment mit zusammengekniffenen Augen. »Das schwöre ich«, sagte sie schließlich, doch ihr Widerwille, dieses mehr als großzügige Angebot anzunehmen, war offensichtlich.

Vorsichtig knüpfte Rowan das Seil los. Ihm stockte der Atem, als er sah, daß die Wunde größer war, als er gedacht hatte. »Das muß schmerzen«, murmelte er sanft.

Sie wandte den Blick ab. »Man gewöhnt sich daran«, sagte sie kalt und hatte sich wieder unter Kontrolle. Rowan sehnte sich nach einem weiteren Blick auf das Feuer in ihren Augen.

»Hast du auch einen Namen?«

Sie sah ihn kurz an: »Ibernia.«

»Das ist gelogen«, sagte Rowan und bewunderte ihren scharfen Verstand. Der Name bedeutete übersetzt »von Irland«, und Rowan hielt das für die Wahrheit, da sie Gälisch sprach. »Aber es genügt. Und wenn du wirklich aus Irland kommst, dann kannst du mir helfen, ohne dich auf den Rücken zu legen.«

»Und wie?« Wäre Rowan empfindlicher gewesen, hätte er ihr Mißtrauen beleidigend gefunden.

»Ich bin auf Brautsuche nach der reichsten Erbin von Irland.« Er grinste frech. »Leider kenne ich ihren Namen nicht.«

»Ihr sucht eine Braut nur um ihres Reichtums willen?« fragte sie und hob eine schöne Braue. »Wie romantisch.«

Thomas, verflucht sollte er sein, kicherte wieder.

Rowan verschränkte die Arme, seine gute Laune war dahin: »Ich suche sie, weil ich mit meinen Brüdern gewettet habe.« Ihre Neugier war noch nicht befriedigt, und so fuhr er fort: »Deshalb suche ich nach der reichsten Erbin von ganz Irland, um sie zu meiner Braut zu machen.« Er hielt inne und sah sie eindringlich an. »Ich habe vor, diese Wette zu gewinnen.«

»Mein Herr liebt die Herausforderung«, warf Thomas ein.

»Es würde mich freuen, wenn Ihr verliert«, murmelte sie unerwartet hitzig, »denn Ihr seid Eurer selbst viel zu sicher.«

Rowan grinste, denn wieder hatte sie ihm ihre Gedanken offenbart.

»Es ist gerade die Möglichkeit zu versagen, die mich dazu gebracht hat, auf die Suche zu gehen.«

Ibernia blinzelte überrascht: »Wirklich?«

»Wirklich.« Er schenkte ihr sein schönstes Lächeln, doch ohne Erfolg. »Ich liebe *die Herausforderung.«*

Sie richtete sich auf, ein aufreizendes Glitzern in den Augen, das Rowans Herz schneller schlagen ließ. »Dann werdet Ihr erfreut sein, zu hören, daß die reichste Erbin von ganz Irland Bronwyn von Ballyroyal ist.«

»Warum sollte mich das freuen?«

Endlich lächelte Ibernia wirklich. Das Ergebnis war so bezaubernd, daß Rowan fast den Faden verloren hätte, während er überlegte, wie schwierig es wohl sein mochte, die Gunst dieser Frau zu gewinnen.

Hier standen seine Chancen wirklich schlecht!

»Weil sie Euch nicht erhören wird«, erklärte Ibernia entschieden. »Daran besteht kein Zweifel.«

Damit fand Rowan sich nicht so einfach ab. Er beugte sich vor und zwinkerte ihr zu, wohl wissend um sein eigenes Aussehen: »Weil sie weniger attraktive, charmante und amüsante Männer vorzieht?«

Ibernia mußte unwillkürlich lachen und hob eine Hand an die Lippen, um es zu verbergen. »Weil sie bereits verlobt ist«, antwortete sie mit Genugtuung, »und am Ende des Sommers heiraten wird.«

»Perfekt!« rief Rowan und lachte, als er ihre Überraschung sah. Er packte sie um die Hüfte und schwang sie in die Luft. »Es ist völlig aussichtslos! Wir müssen so schnell wie möglich ein Schiff finden.« Er stellte Ibernia wieder auf die Füße und gab ihr einen Stups auf die Nase: »Und Ihr, meine liebliche Demoiselle, werdet uns direkt nach Ballyroyal führen.«

Sie schüttelte den Kopf, offensichtlich überrascht von seiner Reaktion: »Ihr seid verrückt.«

»Aber überaus attraktiv«, erwiderte Rowan und nutzte ihre Überraschung, um sie auf die Nasenspitze zu küssen.

Ibernia fuhr zurück, rieb sich die Nase und sah ihn mißtrauisch an. In ihren Augen jedoch war ein Glitzern, das zuvor nicht darin gestanden hatte. Rowan wußte genug über Frauen, um sich nicht täuschen zu lassen.

»Ihr habt mir freigestellt zu fliehen«, erinnerte sie ihn.

Einen Moment war Rowan verunsichert, doch dann fiel ihm ihre Bemerkung über die Gegend wieder ein.

Er lächelte und wies auf die zwielichtigen Gestalten, die sie umringten: »Das habe ich.« Er verbeugte sich, als sie zögerte. »Doch es wäre mir eine Ehre, Euch nach Ballyroyal zu begleiten.«

Sie verschränkte die Arme, was ihre Brüste betonte. Obwohl er etwas anderes behauptet hatte, genoß Rowan den Anblick. Mit jedem Augenblick stand ihm der Sinn weniger nach ranken und schlanken Frauen. »Wie überaus galant«, sagte sie trocken, »daß Ihr Euer Ziel dem meinen anpaßt.«

Rowan grinste, denn ihm gefiel ihre Schlagfertigkeit: »Und wie entscheidest du dich?«

»Ich werde Eure Gesellschaft akzeptieren«, entgegnete sie so stolz, daß ein Blinder glauben mochte, sie hätte eine Wahl. Nein, diese Frau war nicht auf der Straße aufgewachsen, das spürte Rowan. »Aber nur, um zu sehen, wie Ihr versagt.«

»Sei dir da nicht so sicher«, riet Thomas ihr leise. »Die Dinge wandeln sich immer dann zu seinen Gunsten, wenn man es am wenigsten erwartet.«

»In der Tat«, stimmte Rowan zu und zwinkerte Ibernia frech zu. »Wenn es vorbei ist, wirst selbst du mir nicht mehr widerstehen können.«

Und da lachte Ibernia zum ersten Mal laut auf. Sie so überrascht zu sehen bereitete ihm Genugtuung, und Rowan ahnte, daß dieses eine Jahr eine Herausforderung darstellen würde, die weit über die Wette mit seinen Brüdern hinausging.

Ja, es gefiel ihm, daß sein Erfolg immer unwahrscheinlicher wurde. Rowan würde diese Bronwyn von Ballyroyal zu seiner Braut machen und Ibernia verführen, bevor sich ihre Wege trennten. Und das, wie Rowan wohl wußte, würde das größte Abenteuer werden, das er je zu bestehen hatte.

Er konnte kaum erwarten, daß es losging.